史全伟★著

垂范

引燃真理之火的共和国领袖

長江出版傳媒 | 长江文艺出版社

北京长江新世纪文化传媒有限公司
www.cjxinshiji.com
出品

目　录

周恩来

刘少奇

朱 德

任弼时

邓小平

陈　云

叶剑英

李先念

序

金冲及

中华民族有五千多年绵延不绝的文明史，为人类社会发展作出了卓越贡献。鸦片战争后，中国陷入内忧外患的黑暗境地，中国人民经历了战乱频仍、山河破碎、民不聊生的深重苦难。为了民族复兴，无数仁人志士不屈不挠、前仆后继，进行了可歌可泣的斗争，作过各式各样的尝试，但在很长时间内终究未能改变旧中国的社会性质和中国人民的悲惨命运。实现中华民族伟大复兴成为近代以来中华民族最伟大的梦想。历史呼唤着能出现真正合格的使命担当，那就是中国共产党。她一经成立，就把实现共产主义作为党的最高理想和最终目标，义无反顾地肩负起实现中华民族伟大复兴的历史使命，团结带领全国各族人民进行了艰苦卓绝的斗争，谱写出气吞山河的壮丽史诗。为了实现这个伟大使命，无论顺境还是逆境，中国共产党从来初心不改、矢志不渝，和全国人民一起，战胜千难万险，敢于在实践中修正错误，攻克一个又一个看似无法攻克的难关，创造出一个又一个人间奇迹。

不忘初心，方得始终。对社会主义和共产主义的坚定信念，百折不挠地为中国人民谋幸福，为中华民族谋复兴，是中国共产党人能经受住种种考验的精神支柱。毛泽东、周恩来、刘少奇、朱德、任弼时、邓小平、陈云、叶剑英、李先念等老一辈中国共产党领导人正是在方方面面成为值得我们永远学习的榜样。

历史的长河有如大浪淘沙，昭示出历史缔造者的动人风采。本书展现的九位共和国早年领导人的优良品德和崇高精神，既具有共同之处，又有风格各异的个人特点。例如：毛泽东的“为有牺牲多壮志，敢教日月换新天”；周恩来的“大贤秉高鉴，公烛无私光”；刘少奇的“真理寻求得，平生能坚持”；朱德的“肚量大似海，意志坚如钢”；任弼时的“抱病筹谋蜡炬红，路遥负重骆驼行”；邓小平的“走不出一条新路，就干不出新的事业”；陈云的“个人名利淡如水，党的事业重如山”；叶剑英的“矢志共产宏图业，为花欣作落泥红”；李先念的“大义当头亮高风，马上将军公仆心”。看看老一辈革命家们的崇高革命风范，就能进一步了解，中国革命所以能取得成功，社会主义事业所以能在中国打下坚实的基础，并不断取得新的胜利，离不开中国有这样一批杰出的革命领袖：坚守信仰、一心为民；思想卓越、宏图大略；严于律己、率先垂范。

史全伟同志撰写的《垂范——引燃真理之火的共和国领袖》，通过一个个真实故事，图文并茂地反映出共和国老一代领导人的崇高革命风范。它有几个鲜明特点：一是以情感人，老一辈革命家始终把人民群众放在心上，始终保持对国家、对民族的火热情感，始终保持艰苦朴素的优良作风；二是以德育人，高度重视道德修养，坚持以自己的实际行动影响和带动广大党员干部；三是这些都是真实的事。今天，我们正处在决胜全面建成小康社会、夺取新时代中国特色社会主义伟大胜利的新征程，需要学习的东西很多，继承和运用好老一辈革命家的崇高风范，仍然是一个常学常新的课题。一切有志于中华民族伟大复兴事业的人们，都可以，而且应该通过了解和研究老一辈革命家的丰富实践，探求他们的思想轨迹，触摸他们的精神世界，感悟他们的人格魅力，汲取能鼓舞我们不断奋发前进的思想力量。

2019 年 7 月

毛泽东

克勤克俭、不畏艰辛的师范生

1913 年春，毛泽东进入湖南省立第四师范学校预科读书。1914 年二三月间，湖南省立第四师范学校合并于省立第一师范学校，毛泽东被编入预科第三班。毛泽东在预科读了半年，直到这一年秋季，才被编入本科第八班。毛泽东在湖南省立第一师范学校学习了 4 年多，1918 年 6 月毕业。

1913 年在湖南省立第四师范学校求学时的毛泽东。

毛泽东在师范学校学习期间，不讲究吃，不讲究穿，从来不坐人力车，不上戏院看戏，不到馆子里吃东西。他的俭朴在学校是出了名的。

那时，师范学校学生的膳宿等费用都由学校供给。毛泽东在师范学校的这几年，总共只用了 160 元钱，其中三分之一是花在订报上（当时订阅费是每月 1 元），剩余的钱还买了许多书籍和杂志。初入学时，学校发了一套青色呢

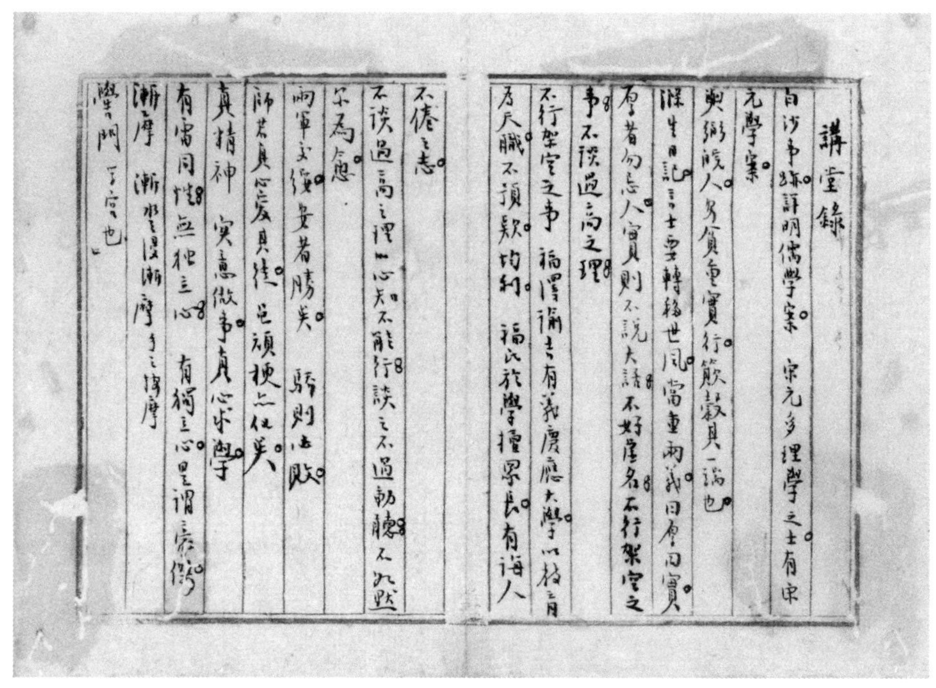
講堂錄
白沙事跡。詳明儒學案。宋元多理學之士。有宋
元學案。
與鄉僻人。多質重實行。簡穀其一端也。
滌生日記言士要轉移世風。當重兩義。曰厚曰實。
厚者勿忌人。實則不說大話。不好虛名。不行架空之
事。不談過高之理。
不行架空之事　福澤諭吉有義慶應大學以格言
為天職。不預欺。均利。福氏於學擅眾長。有誨人
不倦之志。
不談過高之理。心知不能行。談之不過動聽。不如默
而為愈。
兩軍交綏。勇者勝矣。驕則必敗。
師其真心。友其真德。邑頑梗亦化矣。
真精神　實意做事。真心求學。
有當同情。無獨立之心。有獨立之心。是謂豪傑。
漸摩　漸。浸漸。摩。揣摩。
學問

1913 年，毛泽东在湖南省立第四师范学校预科读书时手书的《讲堂录》。

制服，他穿了好几年，褪了色，穿了孔，还没舍得换掉，总是补一补又穿上了。除制服外，他还常穿一件灰布长袍、一条白布单裤。冬天，他就在外衣里面加穿一套旧夹袄；夏天，他就减去里边的旧衣裤。而那条白布单裤几乎四季不变。一些和他关系很熟的同学打趣地说："你的算术运用得好，冬天用加法，夏天用减法。"后来，毛泽东在长沙从事革命活动时，仍然穿着这件灰布长袍。毛泽东从入师范学校到毕业就只用一套蓝色的旧被褥，那是湖南一般农家用的大布套被，棉絮又旧又硬。毕业后，这套被褥又伴随他到北京、上海绕了几个圈子，最后跟他回到长沙，一直用到完全破烂、一点儿不保暖、无法再用了为止。毛泽东的鞋袜也很破旧，夏天没有袜子穿，布鞋也是破的。

毛泽东这种俭朴的生活习惯不仅体现在衣着方面，其他方面也莫不如此。每个星期天，学生回来赶不上饭的，可以自由补餐。厨房里有剩饭剩菜，但都是冷的。晚归的同学总是三五相邀，去吃炒菜。只有毛泽东打点儿冷饭冷菜，一人单坐一桌，

悄悄地吃完。

在第一师范学校就读期间，毛泽东非常注重锻炼身体，磨炼自己吃苦耐劳的坚韧品格。学校的浴室旁边有一眼清凉的水井，毛泽东常来这里洗冷水浴。当学校几百名同学还沉浸在梦乡的时候，毛泽东却早早起来，穿好衣服，带上罗布浴巾来到水井边。他用井架上的两个吊桶从井里一桶接一桶地打上水，倾倒在脱光了衣服的身上，接着就用毛巾使劲地擦拭全身，擦后又淋，淋了再擦，反复一二十分钟，直到皮肤发红发热为止。穿上衣服后，他接着做一些简单的运动，活动身体的各个关节，直到天色发白，才回教室学习。毛泽东最初试洗冷水浴是在夏天。到了冬天，纵然是天空飘雪，池水结冰，他仍然坚持，从未间断。

同学们问他为什么这样？毛泽东回答说，冷水浴好处多：第一有益健康，可以促进血液循环，增强皮肤的抵抗力，有助于筋骨的强健；第二有助于勇猛精神的培养，冬天里，用一桶一桶的冷水向身上冲，没有勇气的人是办不到的。有几个同学曾跟着毛泽东洗冷水浴，但天气一冷，有的同学就不来了，最终没有一个人像他那样坚持到底。他们不解地问："天寒地冻，我们把冷水往身上泼，觉得很难受，你是否也感觉难受呢？"毛泽东说："洗冷水浴最初感觉是难受的，不下决心是过不了这个关的，因而也就感受不到洗冷水浴的乐趣和实际效果。这个过程是由勉强到不太勉强，再由不太勉强到不勉强，坚持不懈地做下去，久而久之，就会习惯成自然，不会感到难受和怕什么困难了，人的意志就会得到锻炼了。"毛泽东青年时代养成的洗冷水浴的习惯，数十年如一日地坚持下来，直到晚年，他还坚持不用热水洗澡。他说："冷水浴对锻炼身体的确有很好的效果。我虽年纪大，不能搞冷水浴，但每天洗澡不用热水，只在冷水中加一点儿热水，使水温达到微温的程度，也不坐在浴盆里洗，只用水淋到身上，再用毛巾使劲擦洗。我觉得这样洗澡比一般洗澡的办法好得多。一般洗澡的办法只有清洁的作用，我这样洗澡的办法，除有清洁的作用外，还有锻炼身体的作用。"

在第一师范学校读书时，毛泽东除了坚持洗冷水浴外，还经常做其他形式的锻炼，以磨炼自己的意志。风浴、雨浴、日光浴就是其中几个项目。

在第一师范学校后面的山上有一个新修的运动场，那是毛泽东和同学们用勤劳的双手，花费了很长时间共同开辟出来的。这个运动场可以用来踢球、赛跑和进行其他体育活动。有一次，大家正玩得高兴，忽然天降大雨，大家纷纷四处找地方避雨，毛泽东却没有走。等到大家都跑光了，他脱去上衣，站在大雨里淋洗。在雨中，他一边挥臂做伸展运动，一边不断拭抹淋在脸上影响视线和呼吸的雨水。毛泽东这样做不止一回。当同学们问他这样做有何意义时，他回答："这是天雨浴，可以增进一个人抵抗风雨侵袭的能力。"

在炎热夏天的中午，同学们分散在寝室、自修室或操场树荫下面，有的看书，有的聊天，有的睡午觉休息，毛泽东却独自走到学校后面的山上，脱去衬衣，赤膊在太阳底下走来走去。这是他进行日光浴的一种形式。他平日到湘江里游泳，休息时躺在平软的沙滩上，让太阳晒遍全身；等晒了 10 多分钟后，他又跳到水里游泳；游完泳，还要在沙滩上散步、晒太阳。这是他进行日光浴的又一种形式。

寒冷的冬天来临，北风呼啸地吹着，毛泽东却趁这个时候走到校外空旷的地方，或爬到学校后的妙高峰上，脱掉棉衣，只穿着薄薄的衬衫，让寒风直吹，并且迎着寒风进行跑跳运动。毛泽东把这种活动称为风浴。

毛泽东在锻炼身体的同时，还十分注意锻炼意志和胆量。

一个盛夏的夜晚，狂风大作，电闪雷鸣，暴雨倾盆。岳麓山下的蔡和森家突然响起了敲门声。蔡母一听，心顿时提到嗓子眼——这个时候来人，准是有什么急事！她连忙去开门。门开了，闪进一个人，浑身湿透，脚底下一会儿就流了一大滩水。蔡母定睛一看，来人是毛泽东。在这电闪雷鸣之夜，他顶狂风，冒暴雨，独自一人爬上岳麓山顶，又从山顶跑下，来到蔡和森家。蔡母忙问出了什么事？毛泽东不慌不忙地说，这是为了锻炼自己的毅力和胆量，体会《尚书》中"纳于大麓，烈风雷雨弗迷"的意境。

野外露宿对毛泽东来说也是一种锻炼勇敢和胆量、克服困难、磨炼意志的好途径。他经常邀集朋友到学校后山的君子亭，岳麓山的爱晚亭、白鹤泉和湘江中的橘子洲头等处露宿。有一年暑假，毛泽东与蔡和森、张昆弟住在岳麓山爱晚亭里，每人只带了一条毛巾、一把雨伞和随身的衣服，每天只吃一顿蚕豆饭，既废朝食，也无晚餐。他们每天除了锻炼之外，就是读书、看报及讨论思考问题。当夜幕降临、百鸟归巢的时候，他们还在那里高谈阔论，直到夜深人静，大家都疲倦了，才各自找个地方，相隔一定距离，露宿到天明。有一天清晨，几个游人来到岳麓山，见庙旁露天的一条长板凳上睡着一个人，头脚都用报纸盖着，顿时觉得奇怪并议论起来。游人的声响吵醒了那个人，只见他翻过身，收拾好报纸，起身就走了。此人正是毛泽东。原来，山上夏夜蚊子多，他只好用报纸盖着身子睡觉。这种露宿活动既锻炼了身体和培养了耐力，也节约了开支。

毛泽东还爱好长途步行。1917 年学校放暑假时，毛泽东邀请他的当小学教师的朋友萧子升进行社会调查，有了一次“游学旅行”。他们从长沙动身，徒步走过了宁乡、安化、盖阳、源江等地区。

俩人身上几乎分文未带，采用过去“游学先生”的办法：遇到学校、商店、大户人家，就用红纸写两副喜庆的对联，给人家送去，人家就会给他们饭吃，或给他们几个钱，或留他们住宿。俩人有时也根据别人的需要，帮助抄写一些文字，以得到旅途中所需要的盘缠。毛泽东曾诙谐地对萧子升说：“穷秀才有穷秀才的办法。”

两个人在“游学”过程中找不到住宿之处时，就露宿在野地里或寺庙里；没有吃的，他们就吃山楂、野果。毛泽东说：“这是对一个人意志的锻炼，在艰苦的环境中磨炼自己克服困难的决心和适应环境而生存的本领。”

萧子升有时放不下当教师的架子，每次向别人问路的时候，都要先咳嗽两声，整一整衣服，再上前问话。他在路途中借宿求食只愿意去大户和富户人家，不愿意去小户人家，因为有时会碰到尴尬的场面和白眼。毛泽东却不管什么人家，都态度谦和地上前打招呼。他热心访贫问苦，尤其对于贫苦的农民，他更是深入地了解他们的生活。俩人走过了很多市镇和偏僻的农村，对社会各阶层人们的生活和不同地区的风土人情有了实际的了解。

1918 年夏，毛泽东从湖南第一师范学校毕业后，与蔡和森、张昆弟等几个同

1918 年 3 月，湖南省立第一师范学校第八班合影。四排右二为毛泽东。

学寄居在岳麓山湖南大学筹备处的半学斋。他们都是穷学生，每天赤脚穿着草鞋，到山里砍柴、挑水，用蚕豆拌大米煮着吃。在当时，就是这种花钱不多的饭，他们也是有一顿没一顿的。他们不愁穷，不怕苦，每天照常读喜爱读的书，讨论哲学问题和时事问题。

毛泽东在学生时代的锻炼是多方面的，不仅是体格的锻炼，也是意志的锻炼、能力的锻炼、感情的锻炼，为他日后参加革命实践、南征北战和二万五千里长征打下了坚实的基础。他曾经豪迈地写道：“与天奋斗，其乐无穷！与地奋斗，其乐无穷！与人奋斗，其乐无穷！”

1951 年秋的一个晚上，毛泽东接见几位在北京的湖南教育界人士。在谈到青少年培养时，他回顾了自己当年在湖南第一师范学校时的情景，强调应该培养青年人艰苦奋斗的品质，教育青年人不畏艰辛、积极锻炼身体。他说：“你们办学校应该注意一个问题，就是要重视青年学生的体育锻炼。我认为有志参加革命的青年，必须锻炼身体；不能锻炼身体的人，就不配谈革命。大家不是读过《红楼梦》吗？《红楼梦》中两个主角，我看都不太高明。贾宝玉是阔家公子，饮食起居都要丫头照料，自己不肯动手；林黛玉多愁善感，最爱哭泣，只能住在大观园的潇湘馆中，吐血、闹肺病。这样的人，怎么能革命呢？你们办学校，不要把我们的青年培养成贾宝玉、林黛玉式的人。我们不需要这样的青年。我们需要坚强的青年，身体和意志都坚强的青年。”

“一定要克服官僚主义”

毛泽东和朱德等指挥红军粉碎了国民党军的三次“围剿”，巩固和发展了中央革命根据地。这时，中共苏区中央局前线同后方的负责人之间产生了意见分歧。1932 年 10 月上旬，中共苏区中央局在江西宁都举行全体会议（称“宁都会议”）。会议严厉批评前线的部署是“纯粹防御路线”，是“以准备为中心的等待敌人进攻”的方针。对毛泽东是否仍留在前方的问题，会上发生了激烈的争论。周恩来、朱德、王稼祥坚持将毛泽东留在前方，但多数人不同意。

毛泽东鉴于不能取得中共苏区中央局的全权信任，坚决不赞成由他“负指挥战争全责”。会议通过周恩来提议的毛泽东“仍留前方助理”的意见，同时批准毛泽东“暂时请病假，必要时到前方”。这样，在宁都会议后，中共苏区中央局以要毛泽东主持中央政府工作的名义把他调回后方，撤销了他的红一方面军总政委的职务。随后，毛泽东被迫从前线回后方福建长汀福音医院休养。

毛泽东来到长汀，适逢那里大旱，农民天天顶着烈日抗旱保苗。田野里，“哗哗”的水车声一天到晚响个不停。

身体有病的毛泽东看到这种情形，坐不住了。到长汀没两天，他把毛巾往脖子上一搭，就要到田间去和农民们一起车水抗旱。

警卫员见了，劝阻说：“主席，您身体有病，我们去就行了，您就不要去了。”

毛泽东听后严肃地说：“我们共产党干部，时时刻刻都要关心群众的疾苦。我这次来，就是为了要看一下群众的实际情况，不到群众中去怎么行呢？”

警卫员没有办法，只好背上水壶，挑起水桶，跟着毛泽东。

来到田间，老乡们都围上来跟毛泽东打招呼。毛泽东抬头看了看火辣辣的太阳，关切地问大家："多少天没有下雨了？"

"50 多天了。您看，田都裂开了。"老乡们回答。

毛泽东望着田里的老乡，一个个赤膊光背，满头大汗。他伸手从警卫员那里要过水壶，递给跟前的一位老农，说道："喝吧，喝了水，我跟您去踩车。"

老农毫不客气，仰起脖子，"咕嘟咕嘟"地喝了几口，把水壶还给了毛泽东。

毛泽东笑着说："老人家，干活吧。"边说边大步朝一架水车走去。

毛泽东和老农肩并肩踩着水车，边踩边拉家常。老农看到毛泽东熟练地踩着水车，佩服地说："想不到你这个当官的还会踩水车。"

毛泽东笑了笑，说："我 7 岁就下地干活，我父亲管得严啊！"说完，俩人都笑了起来。

踩了一阵水车，两个人热得满头大汗。毛泽东从脖子上扯下毛巾，递给老农擦汗，又问起老农的身世和眼前的生活。

老人转过头来，叹了一口气，说："眼下闹旱灾，粮贵，盐也贵。那些粮食贩子平时低价买，眼下就高价卖；白匪封锁得紧，盐粮运不进来，城里的盐商把盐藏起来不卖，就苦了我们穷人了。"

毛泽东关心地问："这些事，政府知道不知道？干部们管了没有？"

"哪个管啊！干部们张口闭口只讲扩大红军、扩充运输队、收土地税，群众的苦处，谁也不管！"老人很有情绪地说。

毛泽东认真地听着，重重地擦了一把汗，说："他们有官僚主义啊！还挺严重！这个问题得赶快解决！"

帮老人踩水车回来，毛泽东接连看了一些地方，听取了一些意见，发现农民反映的问题确实存在。于是，他马上找到了汀州市苏维埃政府，和负责人谈了话，严肃地批评了他们的官僚主义作风。毛泽东语重心长地说："共产党的干部，处处要为人民服务，官僚主义是任何革命工作中都不应该有的，一定要克服官僚主义。"在毛泽东的批评和帮助下，汀州市苏维埃政府的同志马上改变了工作作风，迅速行动起来，帮助农民积极组织抗旱活动，为农民做了一系列实事。

1933 年 6 月，毛泽东在赣南闽西八县贫农团代表大会上讲话。

后来，在 1934 年 1 月召开的中华苏维埃第二次全国代表大会上，毛泽东专门就这一问题作了题为“关心群众生活，注意工作方法”的报告。毛泽东着重强调关心群众生活、注意工作方法对动员人民群众参加革命战争和赢得革命战争胜利的重要性。他指出：“我们应该深刻地注意群众生活的问题，从土地、劳动问题，到柴米油盐问题。”提出，“假如我们对这些问题注意了，解决了，满足了群众的需要，我们就真正成了群众生活的组织者，群众就会真正围绕在我们的周围，热烈地拥护我们。”他还指出：我们不但要提出任务，而且要提出解决完成任务的方法问题。一切工作，如果仅仅提出任务而不注意实行时候的工作方法，什么任务也是不能实现的。毛泽东正是从关心群众生活、注意工作方法着手，强调了克服官僚主义作风、脚踏实地为群众服务的重要性。

毛泽东要求领导干部注意工作方法，关心群众疾苦，在我党我军内部，毛泽东也坚决地反对官僚主义作风。

1938 年的春节刚刚过去，陕西延长、延川、宜川等县的“残废医院”的伤病员要到延安请愿，直接面见毛泽东。

事情是这样的：长征到达陕北根据地后，中央卫生部成立了几个医院，收容伤病员。这里许多同志都是长征过来的，在陕北根据地几个“残废医院”疗养。由于医院设备差，药物缺乏，医护人员对伤病员关心照顾得不够，伤病员意见很大；再加上有些伤病员成了残疾，不能重返战斗部队，不愿继续留在医院，也不愿在当地安家落户，纷纷要求回南方老家。1938 年农历正月十五后的一天，一些伤病员代表来找任两延（延长、延川）河防司令部司令员兼政治委员的何长工，向他说明了情况和想法，表示要上延安请愿。

何长工了解情况后，感到事情很严重。他一面对自己工作没有做好当面向代表们作了自我批评，对他们要上延安请愿作了劝阻，并安排他们在延长县住下，一面给负责八路军后方工作的杨立三打电话，叫他们马上派人来处理这件事。他又拿起电话，把这件事向毛泽东作了汇报。

毛泽东听了，停了片刻，问道："怎么处理的？"

"安排他们住下了。准备把他们的生活搞好一点儿，让他们好好休息一下再说。"何长工回答。

"你发火批评他们没有？"毛泽东关切地问。

"没有批评他们。我作自我批评了，是我们工作没做好。"何长工赶紧回答。

"没有责备他们就好。这些同志大部分是长征过来的，流过血，对革命有贡献，现在伤残了，没有向党伸手要什么，就是要求我们改进工作，这很好，即便提出要求回老家去也是合情合理的，是些好同志啊！"

稍停片刻，毛泽东接着说："长工，这个事情，我们没搞好啊！"从话筒里传来的毛泽东的声音，一字一句敲打着何长工的心。尽管他主动承担了责任，作了自我批评，但在主观上一度认为，河防司令部不过替卫生部临时代管一下"残废医院"，负直接责任的还是卫生部。

这时，话筒里又传来了毛泽东的声音：我们要承认有官僚主义，要发动伤病员给我们提意见，"动手术"医治这种官僚主义。他要何长工转告伤病员同志，就说毛泽东和党中央领导的窑洞已经腾出来了，欢迎他们到延安来住，整整我们的官僚主义！

何长工把毛泽东的话转告给伤病员代表，他们听后愣住了，没想到毛泽东这样理解他们。有人哽咽着说："长工同志，请你转告毛主席，我们不去延安了。"

正当何长工整理伤病员意见以便改进今后工作时，毛泽东来电要求何长工去延安。在延安，毛泽东向何长工详细地询问了"残废医院"和伤病员的情况，说："不要再叫'残废医院'了。这个名称对伤病员人格不尊重，任何人到那里去，都会对这个名字反感。我和富春（李富春）同志议了一下，准备把‘残废医院’改为荣誉军人教导院，你就做总院院长，再给你派个政委和卫生科长去，河防司令部另派人去工作。”毛泽东进一步郑重地说，“这个事情很重要，搞不好会影响前方部队的士气。现在，一时没有合适的人选，你先去工作吧。”

何长工听了毛泽东的话，坚定地说：“你放心好了，我去。”

毛泽东又说：“我们还要召集伤病员代表和卫生部门一起开个教导院工作会议，伤病员们有什么意见，有什么好的办法都拿出来。”他还着重交代说，“会要在延安开，伤病员要多派些代表来。不要怕给中央添麻烦。要尊重群众意见。以前有问题没及时处理，让问题成了堆才处理，这回再煮夹生饭，以后还要回锅。这是个深刻的教训呀！”

何长工回到两延河防司令部后，根据毛泽东的建议起草了一个建院方案。毛泽东看后回信表示同意，并作了一些具体指示。

1938 年 2 月底，荣军教导院成立大会在延安隆重召开，到会代表有 60 多人，伤病员代表和医护人员代表各占一半。会上，大家畅所欲言，提了许多很好的意见和建议，对主管这方面工作的同志端正思想、做好工作帮助极大。毛泽东到会并讲了话，欢迎大家多提批评意见。最后，毛泽东说：有的同志要求回南方老家，这个问题请周恩来副主席同国民党交涉，保证送你们回家去。后来，经周恩来交涉，何长工把 2000 多名荣誉军人送到八路军西安办事处，再由八路军西安办事处把他们送回了各自的家乡。

毛泽东的这种关心广大人民群众、一心为民、脚踏实地的工作作风不仅体现在对党内同志和根据地军民的关心上、爱护上，即使对国民党的工作人员，也处处体现了平易近人、毫无领导架子的崇高风范。

抗日战争胜利后，为了争取国内和平，毛泽东亲赴重庆和国民党进行谈判。到重庆后，毛泽东以原张治中的官邸——桂园为会客、工作、休息之所。

毛泽东每天上午八九点钟来到桂园，下午返回红岩村，一般是在红岩村吃早饭和晚饭，中午有时外出参加宴会，有时在桂园用餐。桂园既没有特别的厨房设备，也没有配高级厨师。毛泽东在桂园吃的是由身边工作人员和八路军重庆办事处派来的警卫人员用张治中家原有炉灶做的饭。他们只是做一些普通的饭菜，从来不到市场或附近餐厅买鸡鸭鱼肉。大家上下一致，同甘共苦。

在桂园办公、会客，毛泽东对人十分和蔼谦虚，亲切热忱，不但对来访的客人是这样，对国民党的警卫人员也是这样。

有一次，毛泽东送客走到桂园门口返回，在院子里正碰上值班的游动宪兵邱宏泽。毛泽东很亲切地问："你有多少岁？"邱宏泽立正回答："22 岁。"毛泽东十分关切地问了他是哪里人、家庭和上学情况等，最后主动伸出手来同他握手。这真是大出邱宏泽的意料！他返回警卫班后非常激动地说："国民党大官，我也见过不少，他们哪把我们放在眼里。今天我做梦也没有想到毛泽东会同我握手！"

毛泽东在重庆住了 40 多天，从来没有到重庆附近的风景名胜地区游览参观，成天会客访友，非常辛苦，但是中秋节时，他仍不忘慰问周围为他服务的人。

1945 年中秋节那天，毛泽东把工作人员都叫到了身边，问："今天是什么日子呀？"大家一下没反应过来，被问住了，谁也没答上来。

毛泽东笑着说："今天是中秋节，我们要好好过中秋节啊。"因为那时局势很紧张，谈判斗争十分激烈，同志们一时不知怎么过这个节才好。这时，毛泽东启发大家，不但要过节，还要买些礼物，送给在"张公馆"里服务的勤务员、司机、宪兵、炊事员、哨兵等。

大家明白了毛泽东的心意，买了月饼、香烟、酒肉等礼物分头送给了这些人，并对他们说："你们都辛苦了。今天是中秋节，毛主席让给你们送来一些礼物。"

这些人收到毛泽东叫人送来的礼物时都受宠若惊，一时不知说什么好，有的作揖，有的鞠躬，有的边掉眼泪边说："真没想到呀，我们这些侍候人的，干了这么多年，有谁瞧得起我们！大人物给下人送礼物，我们真没有遇到过呀！"有个国民党宪兵偷偷对桂园的工作人员说："你们跟毛主席说话、办事多随便啊！还能和毛主席握手。我们可老挨训。唉！共产党的官和国民党的官就是不一样，毛先生可真好啊！"

后来，国民党的干部们知道了这事，非常心虚，担心这些侍卫、哨兵、勤务兵被“赤化”，就三天两头地换人。然而，大家私底下争相传送这些消息，反而越换人，受到“赤化”的人就越多了。

华侨领袖眼中的穷人领袖

1940 年 5 月 31 日，延安迎来了第一位华侨领袖。

这一天，中共中央机关报《新中华报》几乎用了整版篇幅，刊载了全国记者协会主席范长江从重庆发来的报道《陈嘉庚先生印象记》。

下午，延安南门外的广场上集合了干部、学生 5000 多人，热烈欢迎南洋华侨筹赈祖国难民总会主席陈嘉庚以及常委侯西友、秘书李铁民等三位远道而来的客人。

陈嘉庚是著名的爱国华侨领袖，早在 1937 年中国全面抗战开始时，他就组织并领导了南洋华侨筹赈祖国难民总会这一团体，动员南洋华侨踊跃捐款，购买救国公债，选送华侨司机回国，在滇缅公路运输抗战物资，为祖国的抗战做出了巨大贡献。

1940 年 5 月，陈嘉庚冲破国民党的阻挠，在董必武、叶剑英的安排下到达延安，受到热烈欢迎。

尽管如此，陈嘉庚因对国内抗战状况、民众生活知之不详，又没有举派代表回国慰劳抗战将士及饱受战争创伤的民众，总觉得未尽义务。于是，他于 1939 年冬发起组织了南洋华侨回国慰劳考察团。此时，他已年近古稀，仍不辞辛劳，毅然决定亲自率团回国。

考察团先在国统区做了一番考察，看到国民党贪污腐败、士气不振，深感失望，因此不顾蒋介石的阻挠，决定到延安考察。但一行人到达西安后，国民党制造障碍，不准其他人前往，只让他们三人进入边区。

6 月 1 日，对陈嘉庚而言，是十分难忘的日子。这天下午，毛泽东在杨家岭住地亲切接见了他。

陈嘉庚一行到达之前，毛泽东就在门前迎候多时，陈嘉庚等人的到来使他特别高兴。

把客人迎进窑洞后，毛泽东拿出一罐英国香烟，亲自为陈嘉庚敬烟、点火。

陈嘉庚感到奇怪，想不到这儿竟有英国烟。

毛泽东赶忙解释说："我每个月的薪俸有限，不配抽这样名贵的香烟。这一罐是美国华侨司徒美堂送的，今天特地拿出来招待客人。"

陈嘉庚释然。毛泽东的话是真的，后来有一次，陈嘉庚亲眼看到毛泽东有一根烟抽了过半，有客求见，他舍不得扔掉，把烟头的火灭掉，搁在烟灰碟上，等到会完客后，再把剩下的部分抽掉。

陈嘉庚说："我这次回国的目的，是代表南洋侨胞向祖国致敬、慰劳前方将士的。我们虽然生长在南方，但中华民族的祖先是在西北，西北是我们的老家，到中部县曾谒黄帝陵，到延安，倍感大家都是同胞兄弟，一家人一样的亲切。"

"感谢南洋侨胞的爱国热肠。"毛泽东谈笑风生。

毛泽东衣着朴素，蓄着长发，面容消瘦。他的卧室兼办公室也极简朴，墙壁上挂着一张地图，室内摆放着一张办公桌、几把木椅和一条长板凳，仅此而已。

这真是一位穷人的领袖！陈嘉庚看到毛泽东消瘦的面容，问："您的作息时间是怎样安排的？"

毛泽东笑了笑："我习惯在夜间工作，鸡鸣后始睡。"

陈嘉庚摇头："这不妥，这不妥。您最好在白昼工作，这或许更有利于健康。另外，最好另建房屋专作办公用，敌机如来才进洞内。"

陈嘉庚讲的一口闽南话，毛泽东听起来较吃力。谈话间，两位华侨学生、一位福建集美的学生先后进来参加座谈，协助翻译。陈嘉庚细心地注意到，他们进来后没有敬礼，随便地坐了下来，毫不拘束。这是在哪个国家的政府机关都不可能见到的，陈嘉庚心想这就是平等无阶级的制度了。

晚上，毛泽东在自己窑洞的院子里请陈嘉庚用餐。一会儿，朱德等人也来了。大家安然而坐，没有起立、敬礼等礼节。

说是用餐，而且是一党的领袖宴请华侨领袖，饭菜却十分简单。10 余人围坐一桌，一块陈旧无光的圆桌布放在一张旧方桌上，4 张白纸覆盖桌面以代桌巾，开宴之前，一阵风把白纸吹落，就干脆不用了。

菜也不多，与平时毛泽东的饮食相比，只多了一味鸡汤。毛泽东向陈嘉庚解释说："我没有钱买鸡。这只鸡是邻居老大娘知道我有远客，送给我的。"

陈嘉庚不知出席过多少盛宴，这是平生第一次出席由重要人物邀请的俭朴的宴会，感触很深。抗战时艰，共产党的领袖除了特有的机智和勇武，几乎和普通群众没有两样。

宴毕，毛泽东和朱德陪同陈嘉庚来到中央党校内的中央大礼堂，参加"延安各界欢迎陈嘉庚先生晚会"。

整个礼堂没有一把椅子，所有座位都是钉在木桩上的长木板。陈嘉庚紧挨着毛泽东坐下，感受着边区人民的热情与朴实。

轮到陈嘉庚讲话了。他正正衣襟，走上主席台，说道："我们来延安后，得与中国共产党、八路军诸领袖畅谈，亲耳听到许多话，使我们万分相信祖国的抗战一定没有问题，并将此言宣达给南洋各侨胞。"

陈嘉庚原计划只在延安访问 3 天，因为李铁民头部不小心碰伤，侯西友患腹泻，于是便又多留了几天。毛泽东、朱德多次找陈嘉庚进行深入交谈。时间一长，也使陈嘉庚有了从侧面了解毛泽东的机会。

有一次，陈嘉庚和毛泽东闲谈南洋的情况，很多人跑来听，顷刻间，所有座位都坐满了。有一位勤务兵晚到了一会儿，发现毛泽东坐着的长板凳上略有空隙，就侧身挤了进去。毛泽东笑着看了他一下，把自己的身体移开了一点儿，让勤务兵坐得更舒服一些。

又有一次，毛泽东与陈嘉庚共进晚餐后，问起陪同陈嘉庚来延安的国民党陕西省府第一科科长寿家骏住在什么地方，陈嘉庚说在前面的平屋，毛泽东就信步走进寿家骏的住处与之交谈了几个小时。陈嘉庚在窑洞口等候与毛泽东告辞，直等到晚上10点还没见毛泽东出来，只好进窑洞就寝。对此，陈嘉庚深有感触地说：“毛泽东竟与一科长长谈了那么长时间，足见其虚怀若谷。”

延安华侨联合会安排了一些华侨男女青年给陈嘉庚当翻译，或组织他们座谈。在这些华侨子女面前，陈嘉庚显得特别轻松愉快，询问的问题不但多，而且直来直去，不绕弯子。陈嘉庚反复问大家：毛泽东领导的共产党、八路军是真的打日本鬼子还是打内战的？共产党是否不讲伦理道德？毛泽东关心不关心老百姓的生活？陕北老百姓拥护不拥护毛泽东、共产党？你们又是怎样到延安来的？生活习惯不习惯？……青年们一一如实相告。陈嘉庚了解了共产党、八路军是真正代表穷苦人的，不但与日本侵略者英勇作战，而且开展大生产运动，减轻人民负担，改善群众生活，十分钦佩。

陈嘉庚想起了来延安前，在国民党统治区的一幕幕情景。

在重庆，蒋介石好像皇帝，他在重庆励志社三楼接见陈嘉庚时，陪同的是一大帮国民党中央要员，陈布雷、邵力子、吴铁城等都在其列。门口那个传令兵是从国民党百万大军中精挑细选上来的，声音特别洪亮。当蒋介石的座车驶到时，那个传令兵喊一声：“蒋委员长到！”楼上的人立刻全体肃立，毕恭毕敬，连大气都不敢喘。等到蒋介石上来，卫兵为他卸去大氅，他挥手请大家坐下，大家方敢徐徐落座，诚惶诚恐，正襟收视。

陈嘉庚处处目睹国民党官僚的贪污腐化、挥霍民脂民膏的种种现象。为迎接他的到来，仅重庆一地就准备了8万元招待费，安排住豪华宾馆，举办一系列大小宴会，一掷万金。国民党中央大员无官不贪。比如吴铁城，几乎天天宴客，只这项开销就超过他的俸给不知多少倍！他还在嘉陵江边建造了一座豪华别墅。陈嘉庚后来与人气愤地谈论起此事，说：“依照我的估计，非花加币（新加坡的货币）50万元以上不可。他如果不贪污，这些钱从哪里来？”

陈嘉庚这次回国，还到了自己的家乡福建。在家乡，最使陈嘉庚不满意的是押解壮丁的情形。国民党对待壮丁采取种种残酷手段，令人目不忍睹、耳不忍闻，那种情形怎能鼓励青年们奋勇作战、杀敌卫国呢？

国民党极力阻止陈嘉庚等人去延安。

在重庆时，蒋介石曾亲自设宴招待陈嘉庚一行。席间，蒋介石问：“陈先生到成都后，是否他往？”陈嘉庚答：“兰州，西安。”蒋介石又问：“尚往别处否？”陈嘉庚知其意，即答：“延安如交通方便，也要去。”蒋介石听后，竟破口大骂起共产党来。陈嘉庚看到蒋介石声色俱厉，便答：“我受华侨委托，回国慰劳考察，只要交通无阻，我不能不亲自前往，以尽职责，回南洋方可如实向华侨报告。”蒋介石对陈嘉庚的答复颇为不满，但又无可奈何，只得说：“要去亦可，但勿受欺骗。”

……

想到这些，陈嘉庚的心灵被强烈地震撼了。短短几天时间，陈嘉庚在延安参观了工厂、学校、商店、市场。抗大学员赠送他一套八路军灰色军服。这套粗布军服凝聚着敌后浴血抗战的军民对坚决支援抗战的爱国侨胞的敬意，他欣然收下了。他向延安中央医院捐款3000元，表达对该医院尽全力使李铁民、侯西友恢复健康的谢意。

8日凌晨5时，陈嘉庚一行在陕甘宁边区政府、八路军留守处领导及延安各界代表的夹道欢送下惜别延安，前往山西考察。

延安之行，成了陈嘉庚一生的重要经历。他后来写文章说：“本人往延安前多年，屡见报载中国共产党凶恶残忍，甚于盗贼猛兽，及至重庆，所闻更觉厉害，谓中共无恶不作，横行剥削，无人道无纪律，男女混杂，同于禽兽，且有人劝我勿往，以免危险。及到延安，所见所闻，则完全与所传相反，由是多留数天，多历陕北城市农村，多与社会领袖及公务员接触，凡所见闻，与延安无殊，即民生安定，

1949年6月，毛泽东同爱国华侨领袖陈嘉庚在中南海合影。

工作勤奋，风化诚朴，教育振兴，男女有序，无苛捐杂税，无失业乞丐，其他兴利除弊，难于尽述，实为别有天地，大出我意料之外。”

回到重庆，陈嘉庚从国共两党占领区的实际情况及国共关系出发，希望国民党能实行民主与团结的政策，积极抗日，不要继续搞反共摩擦了。国民党不但不考虑这一公正建议，反而指责他“自访问西北后，态度转向媚共”。

陈嘉庚不以“媚共”为耻，反以“亲共”为荣。他把延安与国统区相比较，越来越觉得延安是中国的希望所在。他对身边的人感慨地说：“我未往延安时，对中国的前途甚为悲观，以为中国的救星尚未出世，或还在学校读书。其实此人已经四五十岁了，而且做了很多大事了，此人现在延安，他就是毛主席。”

后来，毛泽东称赞陈嘉庚为“华侨旗帜，民族光辉”。

“艰难困苦，玉汝于成”

抗日战争进入相持阶段以后，陕甘宁边区党政机关和留守兵团本来就比较艰苦的生活变得更加艰难了：一是边区地广人稀，经济落后；二是根据国共两党就红军改编时达成的协议，国民党只拨给很少经费，每个士兵每天只有一分钱菜金，有时连饭也吃不饱。国民党顽固派为了实现制造摩擦、积极反共的目的，又对八路军本来就少得可怜的军饷克扣、拖欠，在粮食供应上也有意地制造困难。这样，根据地无论领导干部还是部队战士穿着都很破烂，有些人甚至连一件换季的衣服都没有。面对这些困难，中共中央、陕甘宁边区以及留守兵团的领导同志都忧心忡忡，积极寻求解决问题的办法。

困难是从来吓不倒毛泽东的。国民党的经济封锁就是为了搞垮共产党，这难道能影响共产党继续抗日吗？毛泽东仍然以他特有的幽默对待这个严峻的现实。

一天，毛泽东找陕甘宁边区党委书记高岗、陕甘宁边区政府主席林伯渠和留守兵团司令员萧劲光，讨论解决困难的办法。毛泽东对他们说："我们到陕北是来干什么的呢？是干革命的。现在日本帝国主义、国民党顽固派要困死、饿死我们，怎么办？我看有3个办法：第一是革命革不下去了，那就不革命了，大家解散回家。第二是不愿解散，又无办法，大家等着饿死。第三是靠我们自己的两只手，自力更生，发展生产，大家共同克服困难。"毛泽东的话既风趣，又易懂，一下子解决了大家想解决困难又找不到解决办法的问题，驱散了大家心中的忧虑。3个人不约而同地说："大家都会赞成第三种办法的。"

毛泽东听了，笑了笑，接着说："现在看来，也只有这个办法了。这是我们的惟一出路，是打破封锁、克服困难的最有效、最根本的办法。至于顽固派对进出边区的物资实行封锁，我们边区可以想一些办法，来它个反封锁嘛！"他笑着对萧劲光说："至于军队的任务嘛，战士们不也都有两只手吗？你们就一手拿枪，一手拿锄头好了！"

为了布置留守兵团和党政机关的生产任务，党中央于1939年2月2日在延安召开了生产动员大会。毛泽东、张闻天、陈云、李富春以及各机关代表700多人出席了大会。会上，毛泽东代表中央发出了"自己动手""丰衣足食"的号召。毛泽东问代表们："饿死呢？解散呢？还是自己动手呢？"他自己马上又回答，"饿死是没有一个人赞成的，解散也是没有一个人赞成的，还是自己动手吧。开荒种地，渡过难关！"

在党中央和毛泽东的号召下，大会过后，军队、机关和学校迅速开展了轰轰烈烈的大生产运动。毛泽东自己身体力行，亲自加入到大生产运动之中。

一天，警卫班的战士们正在杨家岭的山坡下开生产动员大会，毛泽东从窑洞里走了过来，问："你们开什么会呀？"

"生产动员大会。"战士们回答。

毛泽东笑呵呵地说："这很好嘛！"接着，他向前走了几步，对大家说道，"党中央号召我们要开展生产运动，克服目前的经济困难，减轻边区人民的负担。杨家岭山上的土地很多，我们可以种瓜、种菜，还可以养猪，解决自己的穿衣、吃饭问题。"

会后，警卫班的战士们按照生产计划轮流上山，分片开荒。

毛泽东看见后对战士们说："我不能走远了，不能和你们一起上山开荒，可以在附近给我分一块地。只开一亩，不多也不少。"

一听说主席也要参加生产劳动，大家都坐不住了，七嘴八舌地劝阻说："主席工作很忙，身体又弱，不一定非要参加生产呀！我们每个人多干一点儿就行了。"

毛泽东摇摇头，坚定地说："不行！自己动手，克服困难。大生产运动是党中央的决定，我应该和同志们一样，响应党中央的号召参加劳动生产。我现在还能动，绝不要人代耕。"

在毛泽东的坚持下，大家就在杨家岭窑洞对面的山沟里开垦了一块长方形的地。毛泽东一有空余时间，就在这块地里参加劳动。

一天，毛泽东办公累了，就扛起镢头去刨地，几个警卫员一见，赶忙跟去抢着刨。毛泽东着急了，大声对他们说："你们这么抢，不是没有我的份了吗？你们有你们的生产计划，我有我的生产任务，咱们各干各的，好不好？"

警卫员们不管毛泽东怎么着急，一边并排刨地，一边偷偷地乐。毛泽东无可奈何，摇摇头，只好跟他们一起干。他使劲挥动镢头，刨得又深又平，干热了，就脱掉外衣；又干了一会儿，连衬衣也湿透了，土扑了一脸。战士们劝他休息，他笑着说："不要紧，劳动就是要流点儿汗水嘛。"

毛泽东在大生产运动中开荒种地。

地刨完了。毛泽东打算用这块地种菜。他问警卫员们："你们谁会种菜？"

警卫排长指着一个班长说："他是延安县的人，在家就种过菜。"

毛泽东笑着说："那很好，我就拜你做师父。我还不会种西红柿，你教教我好吗？"

那位班长马上红了脸，不好意思地说："菜是种过，可种得不好。"

毛泽东说："经验不多不要紧，我们大家一齐来研究研究嘛！三个臭皮匠，合成一个诸葛亮呀！"

很快地，这块地里就种上了西红柿、黄瓜、豆角、辣椒等蔬菜。菜苗出土后，毛泽东经常利用休息的时间给蔬菜施肥、浇水、锄草、打芽。

辛勤的劳动结出了丰硕的果实。毛泽东种的西红柿又红又大；架上的黄瓜，顶花披刺，又粗又长；红盈盈的辣椒非常喜人；嫩绿的豆角摘完一茬又一茬……这下，大家都能吃到丰富、新鲜的蔬菜了。客人来了，毛泽东就去地里摘自己种的菜来招待他们。有时吃不完，毛泽东就嘱咐警卫员摘一些送给其他领导。毛泽东种的菜甚至还作为礼品送给国际友人呢。

1942 年 6 月，斯大林派飞机送医务人员到延安，给毛泽东带了一封信、10 件皮大衣、10 条毛毯和 10 双长筒皮靴，还有几双矮腰皮靴和几箱香烟。毛泽东热烈欢迎了这些不远万里而来的苏联朋友，并详细询问了斯大林的健康状况。

苏联的同志们要回国了，给他们送些什么礼物好呢？毛泽东想来想去，给斯大林写了一封回信，请人缝了一个布口袋，装上了自己亲手播种、施肥、收摘、焙干的鲜红鲜红的大辣椒。毛泽东笑着对苏联朋友们说："延安这里没什么特别的东西，我就给斯大林同志送这点儿礼品，表示我的谢意吧。”

这袋红辣椒和给斯大林的信很快被带回了苏联，并转给了斯大林。斯大林收到后连连点头，非常高兴。

毛泽东以身作则，以普通劳动者的身份积极参加生产劳动，使陕甘宁边区的干部战士很受鼓舞，驻地老百姓也深受感动。有一个游手好闲的人，成天闲逛，不愿劳动，当他看到毛泽东冒着酷暑在地里锄草、浇水时，感动得落了泪，马上参加了生产劳动。至于那些劳动观念淡薄的下级就更不用说了。在毛泽东以身作则的行为的激励下，全边区的大生产运动开展得更加火热了。当年，全边区机关、部队、学校开荒100多万亩，秋后收获粮食2万多石，大大改善了各单位的生活。其中，八路军留守兵团和保安部队成绩最好，不仅实现了肉食、蔬菜自给，而且有节余，还给每个战士增发一套单衣以及毛衣、毛袜、棉鞋等用品，初步尝到了自己动手的甜头。

1940年至1942年，陕甘宁边区进入了最困难的时期。日本帝国主义发动太平洋战争后，在中国加紧推行“以战养战”的方针，更加强调以共产党为打击重点的作战方针，停止向国民党战场上的战略进攻，将主力部队转移到解放区战场，对我抗日根据地进行疯狂的大扫荡，实行灭绝人性的“三光”政策。与此同时，国民党顽固派的反共投降活动更加肆无忌惮，不仅停发八路军、新四军军饷，而且派出重兵，掀起了一次又一次的反共高潮，对陕甘宁边区实行军事包围和经济封锁，妄图以武力消灭共产党，困死、饿死共产党领导的抗日武装。

陕甘宁边区仅有140多万人口，又是土瘠地薄的黄土高原，在国民党顽固派的封锁下，要担负数万名干部、战士以及从全国各地不断奔赴延安的青年学生的衣食住行，有许多实际困难，加上边区遭受了严重的自然灾害，天灾人祸接踵而来，使边区陷入了困境。正如毛泽东指出的那样：“我们几乎弄到没有衣穿，没有油吃，没有纸，没有菜，战士没有鞋袜，工作人员没有被盖。”

这一系列情况，都促使中共中央和毛泽东果断采取措施，更大规模地开展大生产运动，实行生产自救。随着大生产运动进行得越来越深入，中央机关生产委员会给每位同志都落实了具体的生产任务。考虑到领导工作异常繁忙，毛泽东和书记处的几位同志都没有被分配任务。

一天夜里，毛泽东伏在桌上聚精会神地批阅中央机关生产委员会送来的报告，看了一遍后，他提起笔在报告上画了一个大大的问号，然后让警卫员去把中央书记处办公厅主任李富春叫来。

不一会儿，兼任机关生产指导委员会主任的李富春匆匆赶来，气喘吁吁地问："主席，有事吗？"

毛泽东点点头，指着面前的椅子说："富春，坐。"

李富春坐下后，毛泽东拿起桌上的报告，说："富春同志，这个报告怎么没有规定书记处同志的生产任务呢？"

李富春回答："我们考虑书记处的同志工作太忙……"

"不！不不！"毛泽东打断李富春的话，"这不能成为理由。不能因为忙就站在生产运动之外嘛！"

李富春不以为然地说："唉，书记处的同志要抓那么多的大事，哪能事必躬亲呀！"

毛泽东笑着摇摇头，说："不。该躬亲的事，一定要躬亲。"他语重心长地说，"目前，我们全党集中精力抓生产，克服困难，坚持抗战。对于这样的大事，我们不能只发发号令，必须身体力行，必须用实际行动为全党、全军和全边区人民做出榜样。作为党的领导机关的成员，就更没有理由将自己置身于大生产之外了。"

李富春想了想，说："你和朱总司令肩上的担子太重，情况特殊，不能按一般同志要求。再说，你还种了菜，这也可以算作生产任务嘛！"

毛泽东摇摇头，站起身来，来回踱着步，说："我们动员全党、全军和全边区人民参加生产运动，我们领导同志应该首先站在生产的前列，绝不做特殊公民！"李富春见毛泽东态度坚决，不知说什么好。

毛泽东继续说："我虽然不能和同志们一样去上山开荒种地，但我可以实行变工互助。比如，大家都有制造羊角纽扣的任务，我就可以利用工余时间多干一些嘛！”

李富春无可奈何地笑了，说：“我总是说不赢你。那好吧，我们就修改一下生产计划。”

“这就对喽！”毛泽东满意地点点头。

接着，毛泽东询问了大生产进展情况。李富春说：“现在，同志们的热情很高，中直管理局的同志们也提出要开荒种地交公粮。”

毛泽东一听，觉得很新鲜，吃公粮的人要交公粮，这还是头一回听说，忙问：“缴多少？”

李富春回答：“按每人每天1斤小米计算，每人上交45斤。”

“好啊！”毛泽东高兴地说，“我举双手赞成！我也要缴一份！”

“你也要缴一份？”李富春听了，马上说，“那怎么行！”

“那怎么就不行呢？”毛泽东诙谐地反问道。

李富春劝道：“你的负担太重了呀！”

毛泽东笑笑，说：“大家也不轻松呀！既要抗日，又要同国民党顽固派的反共摩擦作斗争，还要参加生产运动，可以说是满负荷运转，可是大家仍在奋斗，仍在拼搏。难道我能偷闲？你说呢？”

李富春沉思片刻，用征询的口气问：“主席，你的那一份公粮，由办公厅的同志代缴行吗？”

毛泽东轻轻地摇着头，说：“不，那可不行！作客、看戏可以代替，公民缴纳公粮可是不能代替的。再说一遍：我可不愿意做特殊公民哦！”

就这样，毛泽东等领导同志都增加了生产任务和劳动时间。毛泽东一有时间，就去菜地劳动，实在脱不开身时，便利用饭前饭后或与同志们交谈的机会，拿出刀子刻制羊角纽扣，一天几个、十几个，一个月下来就是一长串，年底一算账，同样完成了分配的任务。

“艰难困苦，玉汝于成。”轰轰烈烈的大生产运动使陕甘宁边区摆脱了困境，为中国共产党打破国民党的封锁、最终战胜日本帝国主义奠定了坚实的物质基础。特别是毛泽东亲自参加生产劳动，极大地鼓舞了边区军民自力更生、艰苦奋斗、克服困难的信心，成为边区生产运动的一股巨大推动力。

要求子女与工农子弟画等号

在一架从西安飞往延安的飞机上，几个人正用俄语进行交流。

当飞机飞到延安上空时，一位50多岁、身着苏联红军军服的将军从座位上站起身，以苏联人特有的豪放将双手摊开，紧紧地将一位年轻的军官搂进怀里，激动地说："乌啦——延安！"

那位年轻的军官很激动，也很兴奋。他将额头抵在舷窗上，目不转睛地俯视着机翼下面的一切：那起伏的黄土高原，那在画报上早已见过的宝塔，那蜿蜒的黄土大道，那一孔挨一孔的窑洞……

"呃，那是王家坪，那是枣园。延河封冻了，像条银蛇……"老将军如数家珍般地介绍着。

"阿洛夫将军，您到过延安？"年轻的军官很惊奇。

"到过，到过，我这回是故地重游了。谢辽沙，延安可是个土得出奇的地方。你回来后，生活上会变化很大，可以说，一个在天上，"他用手指向头上指指，又把手掌向下压压，"一个在脚底！中尉同志，你要有思想准备呀！"

另一位身穿西装的中年人说："阿洛夫将军，你过虑了，谢辽沙中尉是毛泽东的儿子，他怎么会吃苦呢？"

"米尔尼柯夫大夫，你错了！"阿洛夫将军以教训的口吻说，"你完全错了！你不了解毛泽东！"

飞机上用俄语交谈的这些人是谁呢？

原来，抗日战争胜利后，毛泽东由于积劳成疾，得了一种怪病：身心不能紧张，一紧张便头晕目眩，四肢发颤，大汗淋漓……当时国内的医疗条件有限，周围的大夫也诊治不出病因，尽管想尽了办法，也无法使毛泽东的病情有所好转。大家束手无策，只好向苏联求助。

后来，苏联拍来电报称，斯大林亲自指派了苏联红军将军级外科医生阿洛夫和内科医生米尔尼柯夫到中国来，近日即可飞抵延安，同行的还有毛泽东的长子毛岸英。

载着苏联专家和毛岸英的飞机从莫斯科起飞，在新疆迪化（今乌鲁木齐）郊区的机场降落，换小飞机飞往西安，再从西安秘密飞向延安……

毛泽东的儿子怎么成了谢辽沙，而且成了苏联红军的中尉军官呢？这还得从 18 年前说起。

1927 年大革命失败后，开完“八七”会议，毛泽东回岳父杨昌济先生的老家湖南板仓，看望先期回板仓的夫人杨开慧和 3 个儿子。没待几天，他便踏上征程，去发动和领导“秋收起义”了。

当时，长子岸英才 5 岁，次子岸青 3 岁多，三子岸龙刚出世。为了革命，毛泽东别妻离子，从湖南登上了井冈山，点燃了燎原的“星星之火”。

1930 年 10 月，毛岸英与母亲一同被捕。杨开慧牺牲后，毛泽东十分惦念 3 个孩子。在中共地下党的努力下，找到了毛岸英三兄弟，历尽艰险，将他们秘密送到上海，安排到大同幼稚园。不久，毛岸龙因患细菌性痢疾逝于上海。后来，毛岸英兄弟在上海四处流浪，住在破庙里，靠卖报赚钱糊口，还经常到外白渡桥推车，备受欺凌。毛岸青还被巡捕、特务打成了脑震荡。后几经周折，直到 1937 年年初，他俩才由党组织送到了苏联。在那里，他们接受了正规的教育和训练。

在延安的毛泽东十分关心远在苏联的两个儿子的成长。

1939 年，毛泽东接到儿子的来信，十分高兴，立即回了信。在来往的信件中，毛泽东具体指导儿子的学习。他谆谆教导儿子：“惟有一事向你（们）建议，趁着年纪尚轻，多向自然科学学习，少谈些政治。政治是要谈的，但目前以潜心多习自然科学为宜，社会科学辅之。将来可倒置过来，以社会科学为主，自然科学为辅。总之注意科学，只有科学是真学问，将来用处无穷。”

毛泽东不仅关心儿子在知识方面的长进和发展，更关心他们思想方面的成长。他夸奖儿子：“你们长进了，很欢喜的。岸英文理通顺，字也写得不坏，有进取的志气，是很好的。”同时，他也严厉地告诫儿子，“人家恭维你抬举你，这有一样好处，就是鼓励你上进；但有一样坏处，就是易长自满之气，得意忘形，有不知脚踏实地，实事求是的危险。你们有你们的前程，或好或坏，决定于你们自己及你们的直接环境。我不想来干涉你们，我的意见，只当作建议，由你们自己考虑决定。总之，我欢喜你们，望你们更好。”

1941 年年底，按照联共（布）中央的规定，苏联老师建议毛岸英加入苏联国籍。毛岸英坚决不同意。在战争最艰苦的时刻，他写信给斯大林，坚决要求上战场。在苏共驻共产国际代表曼努意尔斯基将军的帮助下，他先后到苏雅士官学校快速班、莫斯科列宁军政学校和伏龙芝军事学院学习，并于 1943 年 1 月加入联共（布）（1946 年回国后转为中国共产党正式党员）。军校毕业后，毛岸英获得中尉军衔，

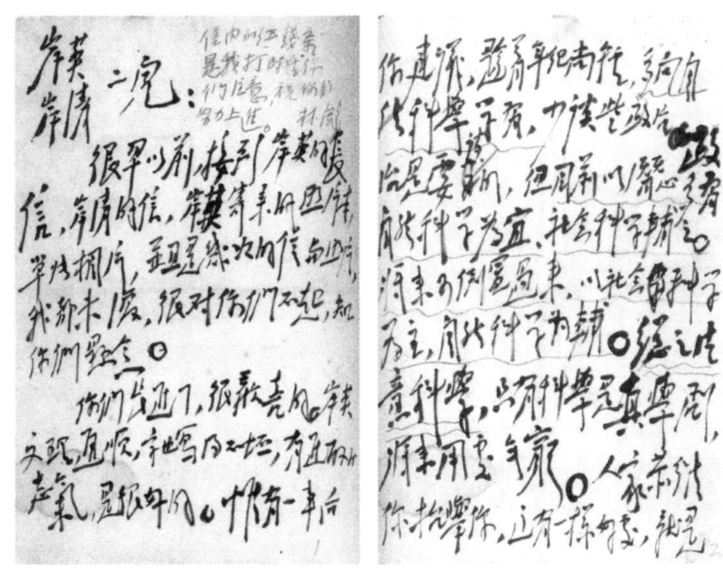

岸英、岸青二儿：

很早以前接到岸英的长信、岸青的信，岸英寄来的照片本、单张相片，并且是很久以前的信和照片，我都未复，很对你们不起，知你们悬念。

你们长进了，很欢喜的。岸英文理通顺，字也写得不坏，有进取的志气，是很好的。惟有一事向你建议，趁着年纪尚轻，多向自然科学学习，少谈些政治。政治是要谈的，但目前以潜心多习自然科学为宜，社会科学辅之。将来可倒置过来，以社会科学为主，自然科学为辅。总之注意科学，只有科学是真学问，将来用处无穷。人家恭维你抬举你，这有一样好处，就是

1941 年 1 月 31 日，毛泽东写给毛岸英、毛岸青的信。

被任命为坦克连的党代表，参加了苏军的大反攻。战斗中，他英勇击敌，不怕牺牲。在毛岸英回国前夕，斯大林接见了他，送给他一支手枪，作为他参加苏联卫国战争的最高奖赏……

飞机终于降落在延安简易的机场上。站在跑道边的毛泽东以及欢迎的同志马上迎上前去。

从飞机上第一个出来的便是毛岸英。尽管有18年没有见过父亲，但这些年来，毛岸英从父亲寄到莫斯科的照片以及电影、画报上已无数次地看到过父亲的魁伟形象。这天，他一下就认出了父亲。

父亲这么忙，天这么冷，又有病在身，还亲自到机场来，毛岸英几乎是从飞机舷梯上滑下来一般，飞奔到父亲跟前。

毛泽东迎上前去，张开手臂，紧紧地抱住儿子，凝视着比自己个头还高的儿子，第一句话是："你长得这么高了！"毛岸英以苏联式的奔放热情，紧紧地搂着父亲，不断地呼喊着："爸爸、爸爸，我多想你啊！"听着儿子亲切的呼唤，毛泽东的眼睛湿润了，轻轻地说："我也一样地想你啊！"

周恩来、邓颖超和毛泽东的儿子毛岸英（左四）、毛岸青（左二）在苏联。

毛泽东仔细打量着儿子：脚蹬牛皮靴，身穿苏军呢子大衣，那英俊秀气的面庞上，特别是开阔的眉宇间，既有母亲杨开慧的影子，也有父亲的遗传特征——天庭饱满。儿子也盯着父亲，见父亲穿着一身又肥又大的土灰棉衣，操着那一口改不了的韶山土话，觉得既好笑，又亲切。

父子俩在别人的眼里，一个是洋得潇洒，全副戎装，英姿飒爽；一个是土得出奇，一副陕北农村干部的打扮。

苏联专家经过会诊，得出的结论是毛泽东的病情由长期操劳过度、负担繁重、精神过于紧张所致，嘱咐他只要注意休息，让精神缓和下来，加上药物治疗，就可以恢复。俗话说：“人逢喜事精神爽。”除了苏联专家的治疗，阔别了18年的儿子回到自己的身边，这比任何特效药都有疗效。毛泽东的病很快痊愈了。

回到延安后，1946年2月，毛岸英被安排在中共中央宣传部工作。

当时，中央机关经常组织干部参加修公路、开荒、收庄稼之类的义务劳动。每当这时，毛岸英毫不惜力，常把外衣一脱，十分卖力地干起来。休息时，他又常常讲一些幽默的故事，逗得大家捧腹大笑。许多年轻人，尤其是一些从国统区过来的女大学生，见毛岸英人好，肯助人为乐，又有幽默感，都要求跟他在一个小组。为了调剂生活，延安的周末常举办舞会。毛岸英不仅会跳舞，而且很着迷。他身材高大，又有身份，常常有一些年轻漂亮的姑娘往他身边凑。当时驻延安的美军联络组组长包瑞德上校也趁舞会之机，借与毛岸英有英语共同语言之便缠着他，问这问那……毛岸英不知道此人有其他居心，还以为两个人是一见如故的朋友。

起初，毛泽东对儿子的衣着，对儿子说话手舞足蹈、比比画画、耸肩吐舌，只是默默地瞟去两眼，后来，他终于忍不住了。他先是让毛岸英脱下苏军制服和大皮靴，换上自己穿过的旧棉衣棉裤和江青用边区纺的粗毛线织的毛背心、毛袜子，不多久，又让儿子从自己身边搬到中央机关住。

一天，他突然问毛岸英：“你吃什么灶？”

毛岸英如实地回答：“中灶。”

毛泽东一听便生气了，责问儿子：“你有什么资格吃中灶？你应该跟战士一起吃大灶！”

虽然毛岸英肠胃有毛病，但仍愉快地听从了父亲的劝说，改吃大灶。一个受欧式教育、习惯了吃西餐的人，从吃面包、喝牛奶到啃小米窝头，这是一个多么大的转变啊！

接下来，毛泽东又开始教儿子如何待人接物。他说：“你回到了国内，要按照国内的习惯方式来生活，不仅是吃饭、穿着，其他也应该按中国的传统方式和人们交往。”稍微停顿了一下，毛泽东接着说，“你先去探望老同志，见了人不要没大没细（小）的。年纪大些的，你喊伯伯、伯母、叔叔、婶婶；最老的要喊爷爷、老爹爹、老奶奶；跟你差不多大的，或者喊哥，或者称同志，不要随便喊人家的名字。”停了停，毛泽东又说，“都是参加革命好多年的，他们对革命有贡献，有丰富的斗争经验，要多向他们学习。”

听了父亲的教导，毛岸英便逐个地去窑洞看望老一辈的革命者。对老同志，他尊重、有礼貌，大家开始喜欢并称赞他是一位知书达理的好青年；跟同辈青年交往，他不再像以前那样神采飞扬，而是抱着谦虚谨慎的态度。

后来，毛泽东又让毛岸英深入社会这个大课堂，拜工农为师，上“劳动大学”，向实践求真知。中华人民共和国成立以后，毛泽东又让儿子到工厂学习管理生产，接受工人阶级的教育。

1947 年 10 月 8 日，毛泽东在给毛岸英的信中教育儿子：“一个人无论学什么或作（做）什么，只要有热情，有恒心，不要那种无着落的与人民利益不相符合的个人主义的虚荣心，总是会有进步的。”毛岸英十分珍视父亲在这封信中关于人生、事业的教诲，并把它作为自己的座右铭。

不仅对 20 多岁的儿子这样严格要求，即使对几岁大的女儿，毛泽东也不例外。

毛泽东对儿女是极富怜爱之情的。他共有过 10 个子女，在艰难困苦的战争年代，幸存下来的只有毛岸英、毛岸青兄弟及李敏、李讷两姐妹。毛泽东自投身革命以来，大部分生涯都处于动荡之中。毛岸英、毛岸青兄弟早年失散，1940 年，李讷降生后，李敏又赴苏联与贺子珍团聚，年近半百的毛泽东渴望得到儿女亲情的慰藉，因此，他再也不忍心让李讷离开自己，尽管工作繁忙，也没把她送进保育院，而让她在自己身边长大。李讷小时，记不得多少次，毛泽东在紧张工作之余，抱着她，轻轻拍打着她的后背说：“娃娃，我的好娃娃，乖娃娃……”每当这时，李讷就用小手搂住父亲的脖子喊：“爸爸，我的小爸爸，乖爸爸……”然而，毛泽东从来不允许李讷在生活上有丝毫特殊。

1947 年，胡宗南率大批军队进犯陕北，陕北的粮食供应非常困难。一天晚饭后，毛泽东嘱咐阿姨："以后，你就带李讷吃大食堂吧。"

大食堂的伙食是一天两顿水煮黑豆，连皮都不去，大人吃了胀肚子，放屁放个不停，小女孩儿怎受得了呢？卫士长忍不住劝道："孩子才 7 岁，还是跟妈妈一起吃吧。"

毛泽东的手臂弯着，大手由里往外一挥："陕北老乡的娃娃吃黑豆一样长得壮。你不要说了。"

毛泽东说定了的事，不会轻易更改。阿姨第二天便带李讷去和战士们一起吃大食堂。每到开饭的时候，小李讷也像战士们一样，自己拿着小碗，打一碗饭、一份菜。最困难的时候，甚至一个多月天天吃黑豆。

李讷生得天真活泼，特别机灵。有一天，她悄悄问毛泽东："爸爸，我的牙齿很黑吗？"

毛泽东兴致勃勃地逗她："张嘴，张嘴让爸爸瞧瞧。"

她望望四周，皱紧眉头，十分忧愁地说："我也是天天吃黑豆……"

毛泽东明白了，自己刚才和一名警卫战士开玩笑说："朱老四同志，你的牙齿怎么这样黑呀？是不是吃黑豆吃的？"说着，毛泽东自己先笑了，大家也跟着大笑。朱老四爱抽烟，牙是烟熏黑的。朱老四一乐，冷不防"噗"一声放了一个屁。

"噗——？不是吃黑豆吃的啊。"毛泽东趁势逗乐。小李讷在旁边没笑，悄悄吮吮牙。谁知她有了心思，当了真。

李讷朝爸爸张开嘴，露出缺了门牙的两排洁白小牙。毛泽东把女儿抱在怀里，轻轻拍着她说："我的娃儿，黑豆怎么能把牙齿吃黑呢？爸爸是跟叔叔开玩笑的。黑豆是好东西，营养价值高，越吃，牙齿长得越白、越结实。"

就这样，才 7 岁的李讷在生活上就同叔叔阿姨们画起了等号，每天同大人们一起在大食堂就餐，随部队风餐露宿。她与大人们一样，常常举着一个小搪瓷碗，排队从大锅里分得一份黑豆，同大人们一起津津有味地嚼着、咽着。

如果说战争年代条件太艰苦，小孩子只能随遇而安，那么中华人民共和国成立后，条件大为改观，毛泽东总该对小女儿有些照顾了吧！其实不然，一次，阿姨要求毛泽东带李讷一起用餐时，毛泽东断然做着手势：“不要跟我，还是跟你，你带她一起吃大食堂吧。”平日里，毛泽东仍然不允许家人与他同餐共桌。

李讷和李敏考上大学后，继续过着与工农子弟画等号的生活。她们吃住在学校，同普通群众的子女一起，七八个人住一间宿舍，睡上下铺，吃一样清淡的伙食，一样下乡参加劳动，一样回家挤公共汽车。只有到了周末，大家都可以回家的时候，她们才能得到回家见见父母的机会，而就是在这种时候，她们一般也照例去机关食堂就餐……

父母对子女有舐犊之情，同时父母又是子女的第一任老师。毛泽东对青年一代的希望，实践在对子女的严格要求上。他希望青年做到的，首先要求自己的子女做到。他所耕种的“教子实验田”，于小家虽无五谷丰登，于大家却是功德垂范。

饮食上的最高享受

毛泽东的饮食太简单了，有时近乎艰苦。在吃的方面，毛泽东一直提倡大众化，反对搞特殊，反对铺张浪费。他平时的最高享受就是吃一碗红烧肉。他喜欢蘸着辣椒等佐料吃红烧肉、肘子肉，而且特别爱吃肥的部分。在他看来，能有一顿红烧肉吃就是大补了。现在很多人听了，也许难以置信。

解放战争时期，打沙家店，毛泽东三天两夜不出屋、不上床，“运筹帷幄，决胜千里”，歼灭了国民党整编第三十六师，俘敌6000余人。战斗结束后，毛泽东对身边的李银桥说：“银桥，你想想办法，帮我搞碗红烧肉来好不好？要肥点儿的。”

“打了这么大的胜仗，吃碗红烧肉还不应该？我马上去！”李银桥说。

毛泽东疲倦地摇摇头："我不是那个意思。这段时间用脑子太多，你给我吃点儿肥肉，对我脑子有好处。"

李银桥搞来一碗红烧肉，毛泽东深深吸着香气，赞叹道："真香哪！"他抓起筷子，三下五除二，吃个碗底朝天。

毛泽东放下碗，见李银桥目瞪口呆地站立在一边，忽然孩子气地笑了："有点儿馋了。吃点儿肥肉对我有好处，补补脑子……打赢了，我的要求不过分吧？"

"不过分！主席要求的太少了，太低了！"李银桥眼圈一下子红了。俘敌6000余人，他只要求吃一碗红烧肉！

"不低了。战士们冲锋陷阵，也没吃上红烧肉呢。"

自此，李银桥等卫士们知道毛泽东爱吃红烧肉，吃红烧肉是为了补脑子。每逢大战或者毛泽东连续写作几昼夜，卫士们便千方百计替他搞一碗红烧肉。

1947年，粮食短缺，官兵们天天吃煮黑豆，吃得人人胀肚，没完没了地放屁。毛泽东生活也很苦，但在困难环境中，仍然写了《中国人民解放军宣言》等大量文章。看着他常以手抚额用力揉搓，工作人员们心里很急。粮食都吃不到，去哪里搞红烧肉啊？

幸亏贺龙托人从河东捎来一块腊肉，李银桥忙叫炊事员炒了一小碟给毛泽东补脑子。

腊肉端上桌，毛泽东问明来历后，便叫李银桥撤下去，说："你们想叫我吃下去，可是我怎么能吃得下去呢？"

李银桥争辩说："这是为了补脑子，为了工作，可不是为了享受。"

"脑子是要补，可是也要讲条件，条件不同，补脑子的方法也不同。银桥啊，你给我梳梳头吧。"接着，毛泽东给李银桥讲黑豆有营养，蛋白质足够脑子用，梳头可以促进血液循环，把有限的营养首先补充给脑子。

那块腊肉以后再没有人动过，一直保存到新年前，用来款待了由华东赶来开会的陈毅司令员。

毛泽东说补脑子要讲条件，可是到西柏坡后，条件好了，他也没什么改变。

1948年，九月会议期间，卫士们给毛泽东做了两次红烧肉。见毛泽东很劳累，卫士们便想方设法要搞点儿好的给毛泽东吃。为了变变花样，卫士们曾出去打斑鸠给毛泽东吃。

知道了这一情况后，毛泽东嘱咐卫士们："你们不要为我吃的东西费力气，一个星期给我吃两次肥肉，那就足矣。"

此后，卫士们就照他的吩咐，每星期保证让他吃上两顿红烧肉。

济南解放了。当毛泽东挥着攻克济南的电报告诉卫士们时，一个卫士调皮地将其与红烧肉联系了起来："主席吃了红烧肉，指挥打仗没有不赢的。"

毛泽东指挥气势磅礴的三大战役，那是用了多少个不眠的日日夜夜啊！工作人员们都担心他的身体熬不住，商量着如何保证他的饮食，但他提出了自己的"最高"要求："只要一星期给我保证两顿红烧肉，我肯定能打败蒋介石！"工作人员照他说的办了，他也果真彻底打败了蒋介石。

中华人民共和国成立后，毛泽东将主要精力投入到国内建设之中，往全国各地跑的次数也多了。1953年，毛泽东在杭州住了3个多月，主持起草了我国第一部宪法，还以极大精力关注农村和农业生产。

这段时间，毛泽东下乡多，写东西也多。他写东西和指挥打仗一样，不分昼夜。这时，他吃饭总是很随便，要一催再催才喝一些麦片粥或吃一些挂面，这都是卫士们在电炉上给他做的。只有一条：每隔三四天，要给他来一碗红烧肉，而且要肥点儿的。

毛泽东爱吃红烧肉，但并不是一味地越肥越好。中华人民共和国成立后，在他要吃红烧肉时，工作人员尽量不让他吃太肥的，而是给他吃烧肘子肉。随着年龄的增长，保健医生考虑到毛泽东年事已高，肥肉、鸡蛋等胆固醇含量高的食品对他不合适，于是菜谱中就很少出现红烧肉了，但毛泽东总是每隔一段时间就找卫士长："我不要他的菜谱，你去给我搞一碗红烧肉来！"保健医生徐涛几次找毛泽东"论理"，但都被毛泽东驳得哑口无言。毛泽东说："人们要求生活更美好，可是你们医生饮食又搞了那么多限制，什么胆固醇又高了，油又多了，鸡蛋又限制了，这不是矛盾吗？……胆固醇是人体内存在的，必定也有用处，把它降得太低，就不会有别的问题吗？”

如果好长时间没有红烧肉吃，毛泽东便会亲自到厨房，诙谐地说：“怎么，是不是最近张飞没赶集了？”遇到这种情况，炊事员就给他做一碗，解解馋罢了。有一次，他这个“最高”要求由于江青的干涉未能满足，他竟发火了。一个党和国家的领导人因为想吃一碗红烧肉而大发雷霆，这在现在是不可想象的。

但是在三年困难时期，毛泽东硬是带头7个月不吃肉，在饮食上连这一点点的“奢华”之处也给省略掉了。他常常以白水煮面条，或是一盘马齿苋就一顿饭，或是一盘炒菠菜来支撑一天的工作。

毛泽东为什么爱吃红烧肉呢？根据他的解释和他身边工作人员的分析，可以从两方面来理解：从生理上看，吃红烧肉可以起补养作用，用毛泽东自己的话讲，可以“补脑子”；从消费和政治上看，这是大路货，不是山珍海味，好解决，老百姓改善生活也可以这样做，和人民群众相比，不算脱离群众，如果是山珍海味，就是两回事了，因为老百姓是吃不上山珍海味的。

共和国主席长子的婚事

毛泽东与儿子毛岸英在延安团聚时，毛岸英已是24岁的青年，正是谈婚论嫁的年龄，不少人为他张罗婚事。

当时抗大有一位北平来的姓傅的女学生，人长得很漂亮。江青对毛岸英还是很关心的，见到傅姑娘美丽出众，立刻动了一个念头。星期天，她把毛岸英和傅姑娘都约到她那里，吃饭聊天，高高兴兴玩了一天。

傅姑娘走后，江青问毛岸英：“你都24岁了，该找对象了。你看傅姑娘怎么样？”

毛岸英脸红了。延安不比大城市，像傅姑娘这么漂亮的女孩儿确实不容易见到。片刻，毛岸英喃喃地问：“我爸有这个意思吗？”

“只要你同意，他那儿，我说一声准行！”江青兴冲冲跑去跟毛泽东说，毛泽东却摇头：“见一面就定终身，也太轻率了吧！孩子年轻，沉不住气，你也沉不住气？你叫岸英来。”

江青关照毛岸英：“你爸叫你去呢，现在可就看你的态度了。”

毛岸英来见父亲，红着脸表态：“我觉得人还挺不错……”

毛泽东笑了，不失幽默地说：“不漂亮、不聪明，你也不会动心，这一条，我理解。可是，见了漂亮的就动心，这一条，我就不敢理解你了。”

见儿子沉默不语，毛泽东严肃地说：“除了漂亮，你还了解她什么？理想、品德、性格等等，你了解吗？她刚从北平来，我们都不了解。婚姻对你来讲，既是终身大事，也关系着我们的革命事业。谁叫你是毛泽东的儿子呢！一定要慎重，不能轻率从事！”

毛泽东的话果然得到应验，江青只是一头热，傅姑娘根本看不上前程未卜的毛泽东一家，也受不了延安的艰苦生活，不久便跑回了北平，还在国民党报纸上写文章辱骂延安的共产党人。

毛泽东知道后，说：“看来漂亮靠不住，还得靠志同道合。”

1948年5月，毛岸英从山东参加土改后来到西柏坡，在中央宣传部任编辑助理。这时，刘谦初烈士的女儿刘思齐到西柏坡探亲，住在毛泽东家里。两个年轻人接触多了，便相互产生了爱恋之情。经邓颖超和康克清帮忙，毛泽东同意了毛岸英和刘思齐确立恋爱关系。过了一些日子，随着感情的进一步加深，二人希望早日结婚。

毛岸英知道这件事情必须得到毛泽东的同意，于是，1948年8月的一天，毛岸英和刘思齐来到毛泽东的住处，征求他的意见。

明白二人的来意后，毛泽东和蔼地说：“你们俩都同意，我没有什么意见。你们接近、交谈，早已跟我说过了，我早也同意了。我没有意见，同意你们结婚。

结婚后，你们要好好工作，好好学习。”

毛泽东又问刘思齐：“你正在学校学习，还没毕业，现在结婚，不怕影响你的学习吗？”

刘思齐满怀信心地回答：“结婚后好好安排安排，不会影响的。”

谈话就要结束了，毛岸英和刘思齐起身准备离开，毛泽东突然又冒出一问：“岸英是1922年生的，思齐是哪一年生的呀？”

“我是1931年生的。”

“1931年生的？岸英比你大八九岁呢，你到18周岁了吗？”

刘思齐回答说：“只差几个月就到了。”

毛泽东沉默片刻，对刘思齐说：“你还不到18周岁，着什么急呀？过几个月，满了18周岁再结婚吧。反正我同意你们结婚，等一等好不好？”

听了毛泽东的话，刘思齐望了望毛岸英。毛岸英勉强表态：“好，听爸爸的。”

俩人离开后不大一会儿，毛岸英又回到了毛泽东的住处。

“咦，你怎么又回来了？”毛泽东不解地问。

“我从来都是听爸爸的。”毛岸英避开父亲的目光，说，“可我今年快27岁了，我想结婚以后专心学习、工作，这样，就不必再在这方面花费那么多时间和精力了。”

“你的意思，是不是让我同意你们结婚呀？”毛泽东知道了毛岸英的来意。

“是的，思齐差几个月就到18岁了。”

“差一天也不行！”毛泽东发脾气了。

“我自己的事还是让我自己做主吧。”看到父亲生气了，毛岸英恳求道。

这一下，毛泽东更生气了：“你找谁结婚由你做主，但结婚年龄不到，你做得了主吗？纪律和制度要做你的主！”

毛岸英听后不服气地说：“岁数不到就结婚的人多着呢……”

“再急，你也不能违反法律！解放区的婚姻法规定：男满20岁、女满18岁才能结婚，还有我们军队规定连长以上的干部，不到30岁不能结婚。你凭什么不到30岁就要结婚，来破坏这条规定？就因为你是我毛泽东的儿子，你就可以特殊化，不遵守军队的规定，任意破坏纪律？！都照你这样不受纪律约束，军队还能打仗吗？”毛泽东沉着脸严厉地说，“现在，你们的条件都不够，最主要的是思齐还不满 18 周岁。不管说什么，法律是公正无私的，不允许任何人不遵守，你毛岸英、刘思齐也不能例外！”

毛岸英没有料到父亲会发这么大的脾气，没有办法，气得脸色发白，转身就走。

毛泽东一贯是遵守纪律的典范，不仅自己以身作则，对儿子也绝不允许有一点点的特殊。

仍然想不通的毛岸英又气又急，回到住处就趴在床上哭了起来，饭也不吃，别人怎么劝也劝不住。

当卫士把这些情况报告给毛泽东，毛泽东勃然大怒。他大步走到儿子的房门口，大声吼道：“毛岸英，你想干什么？”

父亲的这一吼可比别人的劝说管用得多，正躺在床上耍性子的毛岸英立刻安静下来。

几天后，毛岸英想通了，向父亲作了检讨，承认了自己的错误，并表示等革命成功以后再结婚。

看到儿子终于明白过来，毛泽东笑着说：“很好。这样，你就是一个模范的守法者，而不是一个违法者了。”

直到 1949 年 9 月，毛岸英和刘思齐才商量好准备结婚。征求了刘思齐的母亲张文秋的意见后，两个人初步定下了婚期。

10 月 4 日下午，毛岸英来到父亲那里，把结婚的打算告诉了毛泽东，再次征求他的意见。

毛泽东说：“我同意。你们准备怎么办婚事呀？”

毛岸英说：“我们商量了，越简单越好，我们都有随身的衣服，也有现成的被褥，不用花钱买东西。”

毛泽东听了非常高兴：“不花钱办喜事，这是喜上加喜。浪费可耻，节约光荣，还是应该艰苦朴素。”毛泽东又说，“但你们结婚是一辈子的大事呀！我请你们吃顿饭。你们想请谁就请谁。你跟思齐的妈妈说说，现在都是供给制，她也不要花钱买东西了。她想请谁来都可以，来吃顿饭。”

经过商量，毛岸英和刘思齐列好了请客的名单，上面有邓（颖超）妈妈、蔡（畅）妈妈、康（克清）妈妈、谢觉哉伯伯、陈瑾昆伯伯等。

看过了名单，毛泽东摇摇头，说：“你们只请邓妈妈不行，请了邓妈妈，还应该请恩来叔叔；请了蔡妈妈，还应该请富春叔叔；请了康妈妈，还应请朱总司令；请了谢老，还应请王定国；请了陈瑾昆，还应请梁淑华。还有少奇和光美同志也要请。弼时同志有病住在玉泉山休息，就不要麻烦他了。该请的人由岸英去请，打电话或亲自去请都可以。吃什么也由你们跟他们商量，最好是家常便饭，简单一些。你们俩的意思是婚事简办，我完全赞成，就是要改一下旧习嘛。”

1949 年 10 月 15 日晚，中南海丰泽园喜气洋洋。这一天是毛岸英与刘思齐大喜的日子。他们没有婚礼礼服，毛岸英穿着当翻译时的工作制服和一双半新的皮鞋；刘思齐身着灯芯绒布上衣、半新的裤子，穿一双新买的方口布鞋。免了鞭炮迎亲，少了锣鼓齐鸣，共和国主席长子的婚礼就这样在中南海举行了。

这在后来被称作是一场最高规格、最低场面的婚礼。说到规格，政治局常委们基本都参加了，但要说场面，婚宴只设了两桌，一桌是领导和他们的夫人，另外一桌就是一些小朋友。菜肴也很简单，以腊肉腊鱼为主，兼有湖南风味的辣椒和苦瓜。

丰泽园里，大家欢聚一堂，都夸毛岸英、刘思齐是一对好夫妻，说毛主席找了个好儿媳。毛泽东欣喜地拉起刘思齐的手，慈爱地说：“今天，你是新娘子，成了大人，不是小孩子了。你过去是我的干女儿，现在成为我的大儿媳妇，我祝愿你和岸英和和美美，共同进步……”一对新人的伯伯、叔叔、阿姨们还带来了小礼物，向他们表示祝贺：蔡畅、康克清各送了一对枕头套，王光美送给刘思齐一套睡衣。毛岸英让刘思齐好好保存这些喜礼，以留作纪念。

席间，毛泽东举杯走到刘思齐的母亲张文秋面前，说：“谢谢你教育了思齐这个好孩子。为岸英和思齐的幸福，为你的健康干杯！”张文秋说：“谢谢主席在百忙之中为孩子们的婚事操心。思齐年幼，不大懂事，希望主席多批评指教。”

婚礼结束后，毛泽东又对大家说：“今天是非常高兴的一天，因为这是岸英和思齐结婚的日子，这喜酒和便饭，是岸英自己张罗的。他办得还可以，我要表扬他。如果办得不好，我也会批评他的。”

随后，毛泽东拿出随身带来的一件半旧的黑呢子大衣，递到毛岸英手里，说：“我没有什么贵重礼物送给你。这是我赴重庆谈判时穿过的大衣，后来未曾动用，现在送给你。”毛岸英接过大衣。毛泽东看了看刘思齐，觉得好像新儿媳没有礼物，就补充说：“这样吧，白天，岸英穿在身上；晚上，盖在被子上，思齐也有份。”刘思齐一笑，深情致谢。毛泽东接着说：“爸爸欠你们、欠亲人的太多了，只要你们幸福，我也就别无遗憾了。”

毛岸英和刘思齐的新房是社会部的宿舍，门上贴着大红“喜”字，房间里面的床铺、桌子、椅子是向公家借的，床上只有两条薄被，一条是供给制时由公家发的统一规格的被子，另一条还是刘思齐作为嫁妆带过来的，其余只剩下一些必不可少的生活用品。

中华人民共和国第一任主席、伟大领袖毛泽东的长子的结婚“仪式”，竟然如此简单！儿子儿媳的新房竟是如此简朴！毛泽东对儿子的婚事的关心有独特之处，他给予一对新人的关爱不是华丽和奢侈，而是培养他们遵纪守法、勤俭节约的优良作风。

知国情，倡勤俭

中共中央从西柏坡初迁到北平时，毛泽东住在北平西郊香山的双清别墅。不久，毛泽东便开始临时进城办公，中南海的菊香书屋便成为他在城里临时休息的处所。

北平的建筑群以帝王宫殿紫禁城为中心，象征了封建皇权的无上权威。从清代起，位于紫禁城西面的中南海便成为重要的政治活动场所。著名的“戊戌变法”失败后，慈禧太后便把光绪皇帝赶出了紫禁城，囚禁在中南海内的瀛台，一直到死。后来，袁世凯称帝，皇宫也定在中南海。民国期间，中南海也曾被不少达官贵人选为自己的府邸。所以，在中国近现代史上，“中南海”3个字也是政治权力的代名词。

在中南海高大的院墙内，有许多相对独立的建筑群。从中南海的南门，也就是新华门往里走，顺着南海西岸的马路行至北头，便会看到一个大院，院门口上方的黑色大匾上，书着乾隆皇帝的3个金色大字“丰泽园”。丰泽园是一座相对独立的建筑群，由许多小院落组成。丰泽园大院的东侧，有一个小院叫“菊香书屋”。北平解放后，住进中南海菊香书屋的第一位中共领导人是林伯渠。当时，林伯渠居住在北屋；毛泽东和周恩来临时休息的地方被分别安排在菊香书屋的东屋和南屋。为了创造一个好的环境，花匠在屋里屋外摆了一些盆花。

毛泽东临时进城主要是会见民主党派和人民团体的负责人，地点是在颐年堂，召开一些小型座谈会，广泛听取各界对即将召开的新政协的意见和建议。毛泽东下午进城，在含和堂吃饭。晚上8点多钟再返回香山住处。

为了迎接将要举行的开国大典，经过几个月夜以继日的劳动，中南海里里外外已经焕然一新。于是，北平市长叶剑英打了一个报告，请党中央正式迁入中南海。

等了几天，没见动静，叶剑英专门到香山双清别墅去催批他的报告。

“我不搬，我不做皇帝！这个剑英真固执！”毛泽东等叶剑英走了，很严肃地对周恩来说。

“你还是应该听剑英的。”周恩来含笑而言。他同意叶剑英的意见，但又不好直说。

“我偏不听，这是原则问题！”

“剑英坚持你进中南海也是原则。现在的这个地方连围墙也没有。”周恩来希望毛泽东搬进中南海，主要是考虑到住香山不安全，而中南海四周的高大红墙是天然的屏障。此时，毛泽东每天都要接见各民主党派代表人物和各界的人士，同时还要指导筹备政治协商会议预备会的工作。住在香山，工作确实也很不方便。

“不谈不谈！”毛泽东打断了周恩来的话头。这样，周恩来只得搬援兵了。

周恩来请朱德一起同毛泽东谈搬迁问题。大家在毛泽东住处商谈。开始，毛泽东还是坚持不去中南海住，这样，周恩来和朱德就开始做工作。

“毛主席住进中南海，我们才好高枕无忧啊。”周恩来对朱德这样说。

朱德也表示赞同，并且说：“现在就造办公大楼也来不及呀！……”

毛泽东也不愿在中华人民共和国刚刚成立时就大兴土木为党中央建筑办公地址。到后来，他说：这样看来，还得少数服从多数啊！

1949 年，在中国人民政治协商会议开幕前夕，毛泽东才搬到中南海丰泽园的菊香书屋院内。林伯渠搬到了中南海颐园。

这是一座古老的四合院，有 5 间东房，中间一间是过道，作为首长和来宾挂衣服的地方，也是毛泽东吃饭的地方，兼为全家和来宾的餐厅。靠北边的两间是办公室，书记处的 5 位书记经常在这里开会，彭真、罗瑞卿、陆定一、杨尚昆和胡乔木等经常在这里谈工作。靠南边的两间是会客室。南房也是 5 间，是家属住的地方。5 间西房中间的一间是过道，是从菊香书屋外出的主要通道。靠南边的两间西房是值班室和工作人员办公的地方，靠北边的两间西房是毛泽东的放书之所。5 间北房中，西边的两间为家属住，东边的两间为毛泽东住。房子很高大，很宽敞。5 间屋的当中一间门上挂有“紫云轩”的匾额，从进住中南海直到“文革”前，毛泽东工作和生活中多一半的时间是在紫云轩度过的。他也在万寿路的新六所和玉泉山住过，但都是暂时性的，住的时间都很短。他最喜欢住在紫云轩，说住在这里有“家”的感觉。毛泽东身边的工作人员也因此称他为“紫云轩主人”。

“紫云轩主人”特别崇尚自然。菊香书屋四面房子形成一个封闭的小院。院内南北、东西两条小路交叉成“十”字形，把草坪对称分开，整个草坪成一个“田”字形状。几棵百年老树又使院里增添了几分幽雅。工作人员打扫卫生时，总是习惯把院子里的小草拔光。毛泽东见了，说：“莫拔莫拔，莫伤了无数生命！”他说这草不但不影响卫生，还有好处。秋天，树叶满院，他不让工作人员扫树叶，说留着很好；冬天，他也不让别人把雪扫掉，说雪很好看，为什么要扫掉呢？

“紫云轩主人”崇尚俭朴，讨厌奢华、排场、浪费。住进中南海后，他一再告诫身边的工作人员要保持艰苦朴素的作风。

1949 年 10 月 26 日，毛泽东在给延安和陕甘宁边区的信中号召：“全国一切革命工作人员永远保持过去 10 余年间在延安和陕甘宁边区的工作人员中所具有的艰苦奋斗的作风。”在20世纪50年代，毛泽东提出了“勤俭建国”的方针，指出：“要使全体干部和全体人民经常想到我国是一个社会主义的大国，但又是一个经济落后的穷国，这是一个很大的矛盾。要使我国富强起来，需要几十年艰苦奋斗的时间，其中包括执行厉行节约、反对浪费这样一个勤俭建国的方针。”

因为毛泽东要经常住在菊香书屋，所以花匠师傅便在这里精心布置了一番，摆了许多盆花，还在毛泽东办公室门前的台阶上放了 4 个大鱼缸。5 月正值春暖花开的季节，菊香书屋院里变成了一个百花争妍的小花园。

工作人员本来的愿望是想把这个庭院装饰得好看一些，让毛泽东可以呼吸到新鲜的空气，换个好环境，使他赏心悦目，调节一下情绪，减轻他的疲劳。工作人员摆放这些花盆、鱼缸，是在头一天的傍晚之后、毛泽东没在院子里的时候，因此毛泽东没有注意到。第二天上午，当他刚走出房间门口，看到卫士安科兴正在他门外台阶上喂金鱼。

毛泽东走到鱼缸跟前看了一眼，问安科兴：

“你干什么呢？”

“我喂鱼哩。”安科兴只顾喂鱼，头也不抬地回答说。

“喂的是什么？”

“喂的是鱼食。”安科兴仍然低着头，边喂鱼边回答。

这时，毛泽东的声音有点儿不对了，问安科兴：“这鱼食是从哪里来的？”

“从中山公园买来的。”安科兴仍满不在意地回答。

突然，安科兴察觉到了有些不对劲儿，猛一抬头，毛泽东那严肃的目光和他的视线碰在了一起，他赶紧立正站好，好像自己做错了什么事。

毛泽东面带愠色地站在台阶上，但并没有发脾气，而是克制着，耐心地对安科兴说：“养那么多的鱼叫我一个人看，这得花多少钱？这不是浪费吗？我常给你们讲，咱们打了20多年的仗，现在，国民党给咱们留下这么个烂摊子，人民需要休养生息，恢复元气，国家要争取财政经济早日恢复，这就需要我们每一个国家工作人员，无论办什么事情都要勤俭节约，不要铺张浪费，减少行政开支，不应该花的钱，一分也不能花。你想到没有，国家的困难多着哩！全国上千万的受灾群众需要救济，我们要积极创造条件发动灾区人民生产自救；还有几百万城市工人，因为有的工厂被破坏了，有的工厂虽然没有被破坏，可是因为没有原材料，也开不了工，那些工人都没有工作，他们也得要吃饭、穿衣。我们是共产党，我们不能对他们不管，在他们没有恢复工作以前，我们把他们的生活包下来。另外，还有国民党原有的几百万旧军政人员，我们把他们包下来养活起来，我们的包袱很重。所以说，要想提高、改善生活条件，先得恢复生产，发展生产才能做到改善生活条件。”

毛泽东说着走下了台阶，来到院子里。这时候，他才发现院子里一夜之间变了模样。看到摆放了这么多盆花，他更加不高兴。他在院子里边踱步边继续对安科兴说：“栽这些花，养这些鱼，并非不可，而是现在的经济条件不允许。等生产发展了，人民的生活逐步提高了，大家就都可以种花养鱼，美化环境了。”

毛泽东接着说道：“过去，这里是公共场所，由他们随便布置，我不干涉，可现在我住在这里，就不要摆这么多的花了，少摆几盆，再摆一点儿松柏树就可以了。你们知道，到我这里来的人很多，以后还会有工人、农民的代表来。他们来了，就是为了看看我，看看我住的地方。如果我这里摆了那么多漂亮的花，那他们也会上行下效，向我看齐，养成这种风气就不好了。你去叫叶子龙来，把这些花和金鱼给我拿走，我这里不要这些玩意儿。”

按照毛泽东的嘱咐，大家很快把花基本上都搬走了，在院内的十字路口处，摆了两盆棕树、两盆无花果，凉台上放了两盆绿草。

布置完了，毛泽东看了看，满意地说：“这不是很好嘛！我不是不喜欢花，现在摆得太多了不大合适。”实际上，院子里的鱼缸和花盆是卫士们想办法搞来的，就连安科兴喂的鱼食，也是卫士们用自己的津贴费买的。当天下午，鱼也都给搬走了。从这以后，直到1966年毛泽东搬离菊香书屋，这个庭院里再也没有放过鱼缸和花之类的东西。

毛泽东的卧室在北房，办公室在东房，从卧室到办公室，必须经过院中心，晴天挺好，走几步路还可活动活动，但一遇刮风下雨，尤其冰冻路滑，就显得不太方便了，如果中间有条走廊相通，问题就很容易解决了。工作人员曾几次与毛泽东商量，想盖一条走廊。尽管添个走廊很实用，不像摆花盆那样可有可无，但毛泽东还是不同意。他说：“我看没有那个必要，花好多钱搞个走廊，就与艰苦奋斗的精神不相符了。”

当时，丰泽园的大门和外边的门柱油漆脱落了不少，有的柱角连里面的麻皮都露出来了。当毛泽东看见工人们搭架子准备油漆时，便对卫士阎长林说：“告诉行政部门，这里现在不需要刷油漆，过几年再修理吧。我住的地方不要和公共场所一样花那么多钱，搞那么漂亮……”

一搬进中南海，就遇到了一个上厕所难的问题。毛泽东的办公室和卧室附近没有厕所，上厕所要走到后院里，走很长的一段路，而且毛泽东经常召开会议，接见客人，别人来了，上厕所也很不方便。毛泽东本人对此倒不在意，但身边的工作人员过意不去。他们与有关方面协商，在毛泽东办公室后面盖了一间卫生间，与办公室打通，这才解决了难题。毛泽东看到这个变化后，连声称好。

菊香书屋院里的房子都是冬天烧地炉子取暖，但因年久失修，地道不通了。后勤部门经过研究，决定在菊香书屋里的一处空地上砌座小锅炉，这才解决了冬天供暖的问题，而且喝水、洗澡都非常方便。毛泽东要洗澡的时候，一开水龙头，热水“哗啦哗啦”地就流进了澡盆。毛泽东对身边的工作人员说：“以前，我每次擦澡，都是你们给我用脸盆端水，擦完了澡，还得请你们帮我把水一盆一盆端出去倒掉，真是麻烦你们了！现在好了，已经自动化了。”

勤政殿是中南海里最高的建筑，过去是皇帝休息和办公的场所，因而装饰得比较豪华。殿内正厅面积较大，可供上百人开会。新政协的筹备会议便选定在此处召开。有一天，毛泽东散步走到殿前，停下了脚步，对工作人员说："过几天就要在这里开会了，咱们先进去看看。"

进了大门，通过院子，便来到过厅。过厅很大，宽 10 米，长 50 米，两旁摆放着一些名贵的花瓶、古物和工艺品。毛泽东走上前去一一观看后，摇摇头，长长叹了一口气，说："过去的皇帝只管自己的排场，可苦了老百姓啊。"当检修工作的负责人员问毛泽东有什么指示时，他说："检修工作，总而言之就是一条，少花钱，多办事。"

为保持艰苦奋斗的光荣传统，根据毛泽东的指示，丰泽园的大门和院内的所有房屋都保持原样，就连颐年堂这个毛泽东经常开会和会客的地方，也只是彻底清扫了一下，没有花钱修理、没有刷油漆就继续使用了。

痛批"吃喝风"

1950 年 2 月 17 日，毛泽东、周恩来等结束了对苏联的友好访问，于 26 日乘坐苏联专列到达满洲里，很快换乘祖国专列。坐上自己的专列飞驰在祖国的领土上，和在异乡乘坐外国专列的心情当然有天壤之别。此时，毛泽东的情绪变得格外的好。27 日下午 2 时 15 分，专列驶进了哈尔滨站。

毛泽东在省市有关领导的陪同下，乘车经月牙街、红军街、邮政街来到现在的颐园街一号。这是一座带有欧式风格的建筑，虽然没法和现在的高楼大厦相比，但在那时完全称得上大建筑，里面的设施就当时来说也很先进，装饰得很漂亮。

毛泽东下车后，上下打量了一下这座楼。当他发现开车的司机站在自己旁边，流露出想说话又胆怯的神情时，便主动问："司机师傅贵姓？"

"主席，我免贵姓崔，叫崔洪松。"崔洪松很激动，抢前一步，和毛泽东边握手边回答道。

“谢谢你为我们服务。”毛泽东微笑着，用他那农民的大手紧紧地握着崔洪松的手说。崔洪松激动得掉下了眼泪。

毛泽东马不停蹄地来到会议室，认真听取了省市领导的汇报。下午3点30分，毛泽东稍作休息，便来到哈尔滨车辆厂视察并勉励大家要管理好工厂，为全国做出好榜样，并与厂里的工人亲切地交谈……

当毛泽东等领导人回到颐园街一号时，已是晚上6点多钟了。他和周恩来又不辞劳苦地接见了省市有关领导。晚上，省市领导一方面出于对领袖的热爱，另一方面为毛泽东、周恩来等接风洗尘，便在颐园街一号一楼举行了丰盛的晚宴。当时，毛泽东、周恩来还专门请来了同车回来的越南胡志明主席参加宴会。由于有胡志明在场，毛泽东对晚宴没说什么，但能看出他对这些吃的并不感兴趣，只是在两三个盘中夹菜，就吃了半碗米饭，其他的都没动。晚宴后，他语重心长地对饶斌市长说：“我们国家还很穷，不能浪费，不能搞大鱼大肉、山珍海味。吃米饭和蔬菜就可以嘛！”当天，毛泽东给中共松江省委题词“不要沾染官僚主义作风”，对党的领导干部也是谆谆教导，用心良苦。

颐园街一号的工作人员为让毛泽东好好休息，特意准备了高级沙发床和新被褥，房间的摆设也很豪华。当毛泽东走进为他安排的卧室时，感叹地说：“噢，这么漂亮的床！”说着，用手按按，发现是弹簧软床，便笑笑，对身边的卫士李家骥说：“还是换我们带的东西吧。这些让他

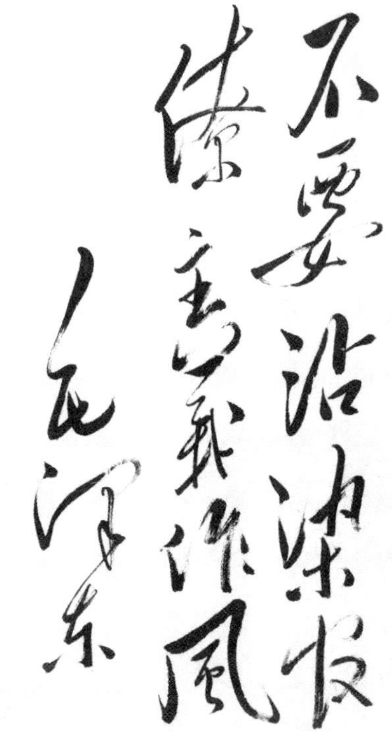

1950年2月27日，刚从苏联访问回到国内的毛泽东给中共松江省委题词。

们拿去，我睡硬板床。我没有这个福，享受不了这些东西。”

李家骥把火车上毛泽东用了多年的两面白的被子、两条灰毛毯和毛巾被、荞麦皮枕头都抱了过来。正在看书的毛泽东抬头看到了，说：“李家骥，还是我们的好！搞那么好的东西没必要，如果到一个地方换一套，我用了别人怎么用？那是浪费！”

说起床铺，毛泽东是很“讲究”的。他说过：“人生命的三分之一是在床上度过。我在床上的时间可能更多些，所以一定要搞舒服。”毛泽东讲这话，并不是讲他睡觉多。他睡觉时间比平常人大约少一半。他在床上时间多，是因为他有躺在床上读报看书、批阅文件的习惯。毛泽东怕热、不怕冷。在陕北时，他睡不惯当地的火炕，走到哪儿都是睡门板。进城后，他一直睡木床。巡视全国，他走到哪里都是睡硬板床。夏天天热，毛泽东的硬木床上就尽量少铺些东西。出汗多，他就在枕头上垫几张旧报纸，报纸经常被汗水浸湿弄破。毛泽东对被褥也是有“讲究”的，什么鸭绒、驼绒的，他不喜欢，更讨厌的确良布，而是喜欢棉布、棉花，色调越淡越好。他的被褥里外均为白布，荞麦皮枕头用一块白布包起来，睡衣和毛巾被补了又补，进城就用这些东西，逝世时仍然用这些东西。毛泽东外出时还总带一条旧的军毯。他习惯将毯子搭在床栏上，下面塞个枕头，靠在上面办公、批文件。宋庆龄知道毛泽东有躺在床上批阅文件的习惯，曾送给他一个高级的大枕头。毛泽东对宋庆龄是特别尊敬的，便收下这个枕头，在床上摆了一段时间，毕竟享受不了，收进了仓库，仍是将毯子搭在床栏上，下面塞了自己的那个白布荞麦皮枕头，靠在上面办公。

两个多月以前，也就是在毛泽东第一次访苏期间，他也是一直用自己的这些“宝贝”。那天，在师哲的陪同下，毛泽东走进苏方为他准备的卧室。他按了按卧室里的床，又看了看那些高级被褥，皱了皱眉头，说：“我睡不了这种沙发床，把我用的东西和书拿来。”他又按按鸭绒枕头，笑笑说：“这能睡觉？头都看不见了。”卫士李家骥在一旁接话道：“主席，我们把垫子掀开，铺上木板就行了。”毛泽东点了点头，但马上嘱咐：“不能麻烦人家。”工作人员便请我国驻苏联大使馆的同志来帮助解决。

当大使馆的同志把木板送来，大家就一齐动手给毛泽东做“新床”，并把苏联提供的高级被褥换掉，将毛泽东平常用的褥子、白床单、灰毯子、毛巾被、荞麦皮枕头放好。

两位苏联女服务员惊奇地看着中国人做“新床”，一脸的迷茫，用俄语嘀咕了一阵就走了。一会儿，卫队长别里别契跟着她俩走了进来，用手势问为什么把苏联的卧具换掉。

师哲用俄语向他们解释说：“毛泽东同志有用自己被褥的习惯。”别里别契和服务员不理解，师哲又进一步解释，“这样才能睡好觉。”苏联人耸耸肩膀。

不管对方是否理解，大家还是继续做“新床”。两位服务员虽然搞不明白，但还是很有礼貌地主动上前帮忙。后来，师哲特意向别里别契详细地介绍了毛泽东多年以来养成的习惯和他艰苦奋斗的品格。别里别契最终明白和理解了中国人的做法，进一步了解了中国人民的领袖，并非常钦佩地伸出大拇指连声说道：“毛泽东真伟大！毛泽东太俭朴了！”

2 月 28 日上午，毛泽东乘坐的专列离开了哈尔滨，中午抵达长春站。毛泽东随即换上小轿车，准备看看市容。当车子驶进市区时，大街小巷一个人也看不见，毛泽东便问一位当地领导：“为什么街上一个人也看不到？”这位领导回答：“现在正吃中午饭。”毛泽东一听便知说的是假话，于是风趣地说：“老百姓行动这么一致，比军队还整齐！”实际上，当地领导为毛泽东的安全着想搞了戒严，本也是好意。毛泽东不赞成这么做，沉下脸批评道：“你们在说假话。搞戒严，不让老百姓出来，这样太脱离群众了！”当地领导受了批评，马上解除了戒严。看到老百姓都上街了，毛泽东的气才消了。

28 日当天，专列离开长春，到达沈阳。毛泽东入住和平宾馆，并听取了当地领导的汇报。

晚饭时间，毛泽东在高岗等领导的陪同下来到食堂。看到餐桌上的饭菜搞得很丰盛，甚至比北京政协会还要好，毛泽东的脸马上沉了下来。吃饭的整个过程中，毛泽东仅吃了眼前的空心菜等几种菜和一点儿米饭，一会儿便放下筷子，吸起烟来。

虽然他心里不高兴，但仍然礼节性地让胡志明多吃一点儿。整顿晚饭也就用去半个多小时，始终没有掀起“高潮”，最后剩了不少菜。

饭后，毛泽东和其他领导陆续来到一楼会议室。大家闲谈了一会儿后，毛泽东收起笑容，欠了欠身子，开始发言。他先说今晚饭菜搞得太多，接着便用带有批评的口气说道：“同志们，我们是人民的公仆，是为人民服务的，如果你们一层一层仿效下去，这么吃起来，在人民群众中将会有什么影响？你们应重温七届二中全会精神。”叶子龙见毛泽东不高兴了，便小声插话问毛泽东刚才收到的电报该怎么处理，这才暂时把谈话的内容岔开，引到别的话题上。

第二天在东北局、辽宁省、沈阳市领导干部会上，毛泽东又重点讲到勤俭节约、艰苦奋斗的问题。这次讲话，他主要讲了3个问题：一是恢复经济建设；二是肃清反革命、国民党残余势力；三是七届二中全会精神。

毛泽东深深地吸了一口烟，说道：“我们的基层组织是贯彻中央精神的，总的形势是好的，但是也存在问题，包括我们各级领导干部在内。”

他稍微顿了一下，讲起了这几天的亲身经历：“这次我和恩来等同志路过东北，主要想了解一下东北的工作情况，了解东北地方工业生产情况。发现浪费太大。我在哈尔滨提过不要大吃大喝，到沈阳一看，比哈尔滨还厉害。我和恩来不是为了吃喝，搞那么丰盛干什么？”说到这里，他把烟头往烟罐中一捻，愤愤地说，“你们要做刘宗敏，我可不想当李自成啊！中央三令五申，要谦虚谨慎、戒骄戒躁，要艰苦奋斗，你们应做表率……”

独承老年丧子之痛

毛泽东的长子毛岸英作为中国人民志愿军第一批参战官兵，于1950年10月19日跨过了鸭绿江，奔赴抗美援朝战场。不幸的是，11月25日，毛岸英牺牲。

从毛岸英报名参加志愿军到不幸牺牲，仅仅 50 天时间！这 50 天奏响了他 28 年生命交响曲中永不消逝的最强音。

毛岸英在志愿军司令部担任俄语翻译兼机要秘书。志愿军入朝作战打响第二次战役的头一天，毛岸英正在设于前线的志愿军司令部作战室值班。上午 11 点左右，4 架美军 B-26 型轰炸机掠过志愿军司令部上空，向东北飞去。防空警报一解除，毛岸英便从防空洞里奔向作战室。谁知不一会儿，这 4 架美机折飞回来，再次掠过志愿军司令部上空，肆无忌惮地对地面目标实行狂轰滥炸。当美机飞过作战室上空时，扔下了几十颗凝固汽油弹。毛岸英和他的战友还没来得及出来，汽油弹就在房顶上及房子前后爆炸了，顿时，木板房和周围的松树燃起大火。木板房的门被火势封住，浓烟滚滚，火光冲天。毛岸英和他的战友高瑞欣倒在熊熊的烈火之中，壮烈牺牲。

当天下午，同志们将毛岸英、高瑞欣两位烈士安葬在山脚下。彭德怀率司令部全体人员在墓前脱帽久久伫立。彭德怀沉痛地说："毛岸英是我们志愿军的第一个志愿兵。党中央、毛主席刚任命我当志愿军司令员，他就找我报了名！"

11 月 26 日凌晨，周恩来从机要室主任叶子龙手里接到了毛岸英牺牲的电报：

军委并高（岗）、贺（晋年）：

我们今日 7 时已进入防空洞，毛岸英同 3 个参谋在房子内。11 时敌机 4 架经过时，他们 4 人已出来。敌机过后，他们 4 人返回房子内，忽又来敌机 4 架，投下近百枚燃烧弹，命中房子，当时有两名参谋跑出，毛岸英及高瑞欣未及跑出被烧死。其他无损失。

志司

25 日 16 时

拿着这份令人震惊的电报，周恩来的心在颤抖，手在发抖。毛泽东已经有包括妻子在内的 5 位亲人为革命捐躯了，现在，他最喜爱的长子也为国牺牲了，这对毛泽东是多么大的打击啊！想到这些，周恩来不禁热泪盈眶。

周恩来不忍心把电报给带病还在通宵达旦工作的毛泽东看，他和刘少奇决定暂时把毛岸英牺牲的消息隐瞒下来。直到毛泽东病愈后，1951 年 1 月 2 日，周恩来才拿出志愿军司令部 1950 年 11 月 25 日发出的电报，并附了一封信给毛泽东："毛岸英同志的牺牲是光荣的，当时，我因你们都在感冒中，未将此电送阅……"信由机要室主任叶子龙和江青呈送毛泽东。

毛泽东正坐在沙发上。听到这个消息，怔怔地盯着江青和叶子龙一声不响。

江青和叶子龙不敢说第二遍，也不知该说什么劝慰的话好，两个人不约而同地垂下了头。

毛泽东眨了一下眼，目光开始缓缓地移动，最后怔怔地盯着茶几上的烟盒。许久，他伸手去拿烟，两次都没将烟从烟盒里抽出来。卫士长李银桥忙帮他抽出一支烟，给他点上。

屋里静了很长时间，谁也没说一句话，能够听到的只有毛泽东吸烟的声音。

也许烟雾熏了他的眼睛，也许他想起了儿子许许多多的往事，他的眼圈陡然一红。

叶子龙一声不响地退了出去。

又沉默了良久，毛泽东吸完第二支烟，把烟头熄灭在烟缸里，用略带沙哑的声音发出了催人泪下的一声叹息："唉！谁叫他是毛泽东的儿子呢！……"

毛岸英的不幸牺牲深深地震撼了毛泽东的心。他两眼木然地凝望着窗外那已经萧条的柳枝，轻轻念叨着《枯树赋》："昔年种柳，依依汉南，今看摇落，凄怆江潭。树犹如此，人何以堪！"

面对如此悲怆的场面，李银桥忍受不住，哭着说："主席，你就哭一场吧！"

毛泽东沉默了一会儿，始终没有落泪。他轻轻地叹了一口气，交代了一句："这个不要急着告诉思齐了。"说完，他又点燃一支烟，开始听江青汇报儿子牺牲的经过……

事后不久，彭德怀回国向毛泽东汇报志愿军入朝作战的情况，也谈到了毛岸英牺牲的经过。他心情无比沉重地说：“主席，我没有保护好岸英，我有责任，我请求处分！”

听着彭德怀的诉说，毛泽东点燃一支烟，大口大口地吸着。沉默了一会儿，他抬起头来，沉痛而缓慢地说：“岸英积极响应党中央抗美援朝、保家卫国的号召，这个行动是可贵的。岸英是1922年生的，刚够28岁。为了中朝两国人民的共同革命事业，为了打败美帝国侵略军，献出了自己年轻的宝贵生命。作为无产阶级战士、共产党员，他尽到了自己的责任。”

毛泽东长长地叹了口气，又续上一支烟，深深吸了几口，昂起头，走了几步，以他那博大的胸怀激昂地说：“革命战争总是要付出代价的嘛！为了国际共产主义事业，反抗侵略者，中国人民志愿军的英雄儿女前仆后继，牺牲了成千上万的优秀战士。岸英就是属于牺牲了的成千上万革命烈士中的一员，一个普通的战士。不要因为是我的儿子，就当作是大事。不能因为是我、党的主席的儿子，就不该为中朝两国人民的共同事业而牺牲。世上哪有这样的道理呀！”

说到这里，毛泽东既是安慰彭德怀，又是自我安慰地说：“战争嘛，总要死人的。朝鲜战场上，我们多少优秀的儿女献出了生命，他们的父母难道就不悲痛吗？为了革命，为了保家卫国，他们死得光荣，我们做父母的也感到光荣啊！”

彭德怀静静地听着，眼里饱含着泪花。他深知，毛岸英的牺牲，对党，特别对毛泽东，是一个永远也无法挽回的巨大损失。毛泽东忍受了老年丧子的巨大悲痛。对于毛岸英的不幸牺牲，彭德怀曾经不止一次地谈起，他说：“国难当头，挺身而出，这不是每个人都能做到的。个别高级干部就没有做到，叫他去，他都不去，但毛岸英做到了，他是坚决请求到抗美援朝前线的。”

毛岸英牺牲后，志愿军政治部把他用过的一只皮箱送到了中南海。毛泽东接过箱子，紧紧抱在胸前，半天说不出话来。后来，他一直把这只皮箱放在床头，直到生命的最后一息。每到夏天，他会把箱子拿到院子里晒晒，还从来不让人帮他做这件事。这说明毛岸英牺牲后的26年漫长的岁月从来没有磨灭他对爱子的深深思念、歉疚和内心的隐痛……

毛泽东强忍住了老年丧子的巨大悲痛，把全部心血倾注到国家的社会主义事业上，用工作冲淡悲痛。可是，儿媳刘思齐每周必到的拜晤，对他来说简直是一场感情的灾难。

毛岸英在赴朝的前一天晚上专门去医院向妻子刘思齐告别，并特别叮嘱她每个星期天要去中南海看望爸爸毛泽东，另外还要照顾一下毛岸青。

毛泽东迟迟没有把儿子牺牲的消息告诉刘思齐，刘思齐也一直被蒙在鼓里，这也让他这个做公公的很不好受。一天，刘思齐发现他心不在焉，眼圈有些红，于是担心地说："爸爸，您不舒服吗？您要保重身体呀！"他喃喃说道："我的娃，我很好呢！你也要注意身体，岸英不在，以后就要靠你自己了。"儿媳没听出他的弦外之音，话语中还有些怨气："岸英去了这么长时间，也不来个信，真把人急死了！"毛泽东安慰说："想必他这次任务很重，要不就是事情太保密……思齐呀，你答应我，岸英不来信，爸爸不着急，你也别着急，行吗？"懂事的儿媳点头说："我听爸爸的。"毛泽东又劝慰道："娃呀，我也是这么过来的。早年闹革命，我和你开慧妈妈也总是聚少离多。1927年秋天的一个早晨，太阳还没有出山，岸英和岸青还在睡觉，她送了我一程又一程，我说很快就会重逢的，要她回去，可她就是不肯。最后，她站在田埂上，一直看着我一步步走远，直到浓雾遮住了她的视线……这是我们最后一次分别的情景。打这以后，我们谁也没有收到过对方的来信，互不了解对方的情况，而3年后传来的是她不幸牺牲的消息……"刘思齐毕竟是个才20岁的孩子，没能完全悟到毛泽东的深意：干革命就会有牺牲。她说："爸爸，我们还年轻，分别几个月没关系。志愿军战士离家别子，有的还在战场上牺牲了，我们夫妻分别一段时间又算得了什么呢？"

为了让刘思齐安心，毛泽东总是忍住悲痛，强作欢颜，若无其事地宽慰她，这样一直瞒了两年多。两年多，100多个星期天和几十个节假日啊！毛泽东独自默默地承受着老年丧子之痛。在这期间，他好几次扳着指头，用他那浓重的湖南乡音向儿媳讲述先烈的事迹，讲述他们家有 5 位亲人为党、为人民壮烈牺牲，叙述 5 位烈士生前的经历和牺牲时的壮烈情景，可是，他始终没有说出第六位烈士，不忍心亲手把这一层裹着巨大噩耗的窗户纸捅破。

在两年多里，即使是一个出色的演员，饰演这种复杂而难堪的角色，也是一件天大的难事，可毛泽东在这撕心裂肺的巨大家庭悲剧里充当的竟是主角！岁月无情！作为公公，毛泽东不能，也不愿一直扮演世上最难堪的角色。到了 1953 年，也是毛岸英牺牲两年半后的一天，毛泽东又向刘思齐诉说他们家为革命牺牲了的烈士：杨开慧、毛泽民、毛泽覃……

刘思齐越听越不对劲。《朝鲜停战协定》都签订了，为何岸英未寄回片言只字？难道他……

刘思齐不敢往下想了。看到花甲之年的爸爸，她反而安慰起毛泽东。这天，她离开中南海时，心慌意乱，很不是滋味。

刘思齐又一次来到中南海。毛泽东终于下了决心，要让刘思齐知道事情的真相。毛泽东把周恩来请来一起和她谈心。

周恩来十分委婉地告诉她：为抗美援朝、保家卫国，无数牺牲了生命的战士，人们永远不会忘记他们。“岸英也是其中之一！”这句话，总理说得很轻。可是，对于刘思齐来说，犹如一声晴天霹雳！她惊呆了，继而痛不欲生，伏在毛泽东的肩上撕心裂肺地哭起来，如同一棵在呼啸的狂风之中倒伏了的小草。这哭声冲垮了她 3 年受尽煎熬的感情堤坝；这哭声倾泻了她对丈夫累积 3 年的思念……

毛泽东木然地坐着，一声不吭，脸色苍白。

周恩来过来扶起刘思齐，想让她躺在沙发上缓缓气。当他的手碰到毛泽东的手时，立刻一惊，急忙低声对刘思齐说：“思齐，你要节哀，你爸爸的手都冰凉啦！”

刘思齐一愣，又哭着去安慰毛泽东……

毛泽东痛苦地拍着她的手臂，怆然而言：“好女儿，从今以后，你就是我的亲女儿！”

新婚刚满一年就突然永诀，这对刘思齐的刺激实在太大了！为了不勾起毛泽东的悲伤，她躺在屋里独自饮泣。

可是在饭桌上，她那又红又肿的眼睛瞒不住毛泽东。毛泽东的眼圈也红了，长叹一声，放下筷子，水米未进，起身慢慢地离开了饭桌。

为了不勾起父亲的伤心，刘思齐从此强迫自己把哀伤压在心底，眼泪咽到肚里。毛泽东当然知道她的心意。看着她日渐消瘦憔悴，他像是在安慰儿媳，又像是在安慰自己，不止一次地说："战争嘛，总是要死人的。不能因为岸英是我的孩子，就不应该为中朝人民而牺牲。"

对于毛岸英遗骨的安葬问题，刘思齐曾请求毛泽东将遗体迁回国。有关此事，彭德怀经过周密考虑，给周恩来写信提出了自己的意见。他在信中写道："……我意即埋在朝鲜，以志司或志愿军司令员刊碑，说明其自愿参军和牺牲经过，不愧为毛泽东的儿子。与其同时牺牲的另一位参谋高瑞欣合埋一处，似此教育意义较好，其他死难烈士家属亦无异议，原电报已送你处，上述意见未写上，特补告，妥否请考虑。"这个建议得到中央的认可。

彭德怀回国述职时，毛泽东也肯定了他的做法，对他说："岸英是属于革命烈士中的一员，你回去要讲岸英是志愿军的一名普通战士。至于岸英的遗体没有运回国内，埋在朝鲜的国土上，体现了我们与朝鲜军民同甘苦、共患难的革命精神，也说明我们中朝两国人民的友谊是用烈士的鲜血凝成的。你们做得对，做得很好。"不但如此，毛泽东还劝慰儿媳刘思齐说："青山处处埋忠骨，何必马革裹尸还。不是还有千千万万志愿军战士安葬在朝鲜吗？"

毛泽东的胸怀像大海一样坦荡无垠，他的爱与憎总是以人民的利益为准绳。美帝国主义夺去了千千万万中华优秀儿女，其中包括他心爱的年轻的儿子的生命，但是为了中国人民的根本利益，为了中美两国人民的友好往来，又是他，不以旧怨为念，亲手打开了中美建交的大门。

朝鲜平安道桧仓郡的"中国人民志愿军烈士陵园"坐落在山丘之中。陵园四周环绕着参天的苍松翠柏，山间清溪缓流，显得分外庄严肃穆。134 名中华儿女安息在这里。毛岸英的墓在最前排的正中间。毛泽东的长子就这样永远安息在他生前用生命和鲜血捍卫过的友好邻邦——朝鲜民主主义人民共和国的土地上。鸭绿江水水长流，流不尽朝鲜人民对毛岸英的深切怀念。他是一座桥梁，架在鸭绿江上；他是一座丰碑，立在中朝两国人民的心中！

中国人民志愿军官兵向毛岸英烈士致敬。

1959年，在刘思齐的请求下，毛泽东自己出路费，安排刘思齐的妹妹邵华陪同她去朝鲜为毛岸英扫墓，以尽夫妻之情。临行前，毛泽东嘱咐她们说："你们去看望岸英，这是我们家的私事，不准用公家的一分钱，不要惊动朝鲜的同志，住在大使馆里，也不要待得太久。"最后，两个人往返只用了几天时间。

刘思齐从朝鲜回来后，毛泽东将她此行问得很仔细，还让她画了陵园和毛岸英墓的方位图。他沉思良久，又深情说道："思齐，你有机会时，去看看岸英牺牲的地方。思齐呀，我难为你了。"刘思齐走后，毛泽东的两行老泪滴洒在了儿媳捎回来的儿子坟头的一捧黄土上……

刘思齐从朝鲜扫墓回来后不久，毛泽东把她叫到身边，充满感情地说："思齐，你对岸英的那份情，爸爸心里清楚，也能理解，所以这次爸爸让你去朝鲜看岸英，就是让你永远地记住他。但我们是唯物主义者，共产党人不主张从一而终。你单身已过了近10年了，我心疼啊！你尚年轻，再组个家庭，对身心健康、对工作、对发展中的建设事业都会有益，也是对岸英最好的纪念与安慰。让爸爸给你介绍个对象吧。"

刘思齐伏在毛泽东的膝上泪水长流……

这以后，陆续有人为刘思齐介绍对象，可惜刘思齐始终难以忘怀与毛岸英的深厚感情，内心接受不了新的爱情。毛泽东知道后，又语重心长地写了一封信劝她：

女儿：

你好！哪有忘记的道理？你要听劝，下决心结婚吧，是时候了。五心不定输得干干净净。高不成低不就，是你们这一类女孩子的通病。是不是呢？信到，回信给我为盼！

问好。

父亲

6 月 13 日（1961 年）

毛泽东对刘思齐建立新家庭的事一直挂在心上，常常对一些老友提及此事，拜托大家帮忙张罗。终于，有一位在空军担任领导职务的同志推荐了杨茂之。经过与杨茂之的相识、相知到相爱，刘思齐与其在 1962 年 2 月结婚。毛泽东很高兴，在刘思齐结婚前送给张文秋 600 元钱，要她为女儿添办嫁妆。结婚时，他又送去 300 元钱，还说："我不上街，不知买什么东西，你们根据需要买一件礼物吧。"又叮嘱道，"你不是我的儿媳了，可还是我的女儿嘛！一定要经常回来看看我。"并亲笔题写了一幅龙威虎振、潇洒俊逸的《卜算子 · 咏梅》作为贺礼。

刘思齐结婚后，毛泽东了却了一桩沉重的心事。后来，他又手书了李白《庐山谣寄卢侍御虚舟》诗中 4 句送给刘思齐：

登高壮观天地间，大江茫茫去不还。

黄云万里动风色，白波九道流雪山。

“四不主义”

毛泽东很重感情，却特别反感任人惟亲的腐朽作风。在处理与亲友故交关系的问题上，毛泽东有一条不成文原则：亲友故交生活上确有困难的，自己就解囊相助；如果他们在社会生活中有所企求，则一律按规矩办事，决不徇私情，决不为他们撑腰。中华人民共和国成立后，毛泽东的收入除供生活开支外，并无富余，他本人的日常生活也过得十分的简朴，好在他有一些稿费可以用于接济一下生活有困难的亲友们。毛泽东经常向全党各级干部强调：权力是人民给的，要全心全意为人民服务。

随着解放战争的顺利进行，越来越多的地方回到了人民的怀抱。同时随着国民党各级地方机关的垮台，人民政权的各级地方机构也迅速建立起来，这时候需要的干部和工作人员是很多的。许多老干部的家属和亲友此时投身革命，经人介绍，历史没有问题的，都被安排了工作。

毛泽东的家乡湖南解放后，他的许多亲戚、故旧、朋友纷纷来信，有的表示祝贺，有的寻求帮助，有的则提出要到北京。接到这些信，毛泽东很为难。他说：“我现在当大官了，如果翻脸不认人，人家就会说我毛泽东无情无义，何况有些人过去还帮过我、帮过我们党呢。如果有求必应，那就成了国民党的样子了。我们共产党的章法，决不能像蒋介石他们一样搞裙带关系，一人得道，鸡犬升天，如果这样，久而久之，就会脱离群众，就会垮台。”

经过再三考虑，毛泽东叫来秘书，对他们说：“以后一般的来信，都由你们处理，过一段时间写个简报给我过目就行了。实在不好解决的，再交给我。天天看信、天天回信，别的事，我就不用干了。”秘书问这类信怎么处理时，毛泽东说：“凡是要来北京看我的，一律谢绝。如果不听，偏要来，路费由他自己出，来了，我也不见，公家也不接待；凡是要求我找工作的，我这里是‘四不主义’：不介绍、不推荐、不写信、不说话；凡是反映地方部门工作情况的，可以作为材料收集起来，当作参考，但不往下传，不直接处理，免得下面无法工作。”

人总有三亲六故。毛泽东同普通人一样，也是为人亲属、为人故友的。在如何对待亲友的问题上，毛泽东为我们树立了光辉的榜样，特别是在他成为执政党的领袖、中华人民共和国的主席、大权在握以后，仍然始终如一地保持着与亲友的密切联系和情谊。他爱亲友，却从不为亲友谋私利；他重感情，但从不拿原则做交易。他始终严守共产党人的党性和原则。

在对待亲友故交的问题上，毛泽东对自己要求很严，而对于其他同志面临的类似情况，则持比较宽容的态度。一天，一位工作人员告诉毛泽东：现在不少同志都有亲戚、朋友来探望，如果按毛泽东的原则办，大家觉得很为难。毛泽东听了，叹了一口气，说："我这么做，也是不得已啊！其他同志家有客人来，当然应当招待，只要合格，也可以参加机关工作，但我毛泽东不能这么干。我一干，就可能成为一种不正常的现象，形成一股不好的作风，危害就大了。千里之堤，溃于蚁穴啊！"

由于毛泽东给自己立下了"四不主义"的规矩，中华人民共和国成立后，他的家乡很少有人到北京来找他，偶尔因事来信，毛泽东都按自己立下的规矩办，从未违背过原则。

生活上也要算大账

毛泽东精于算大账。政治上算大账，军事上算大账，在生活上，他也不例外。

转战陕北时，毛泽东只有一条毛巾。洗脸、擦脚都用它，都没有什么"毛"了，像个麻布片。

李银桥向毛泽东建议领一条新毛巾，把这条旧的留作擦脚用，并说擦脚、擦脸的毛巾应该分开。

毛泽东听了，说："分开就不平等了。现在每天行军打仗，脚比脸辛苦多了。

我看不要分了，分开，脚会有意见。”

听毛泽东这么说，李银桥“扑哧”一声笑了，说：“那就新毛巾擦脚，旧毛巾擦脸。”

毛泽东摇摇头：“账还不能这么算。领一条新毛巾好像不值多少钱，但如果我们的干部、战士每人节约一条毛巾，这笔钱就够打一个沙家店战役了。”

可能有人不相信，但这是千真万确的事实——从1953年年底到1962年年底，毛泽东没做过一件新衣服。他总是用清水洗脸，从未用过一块香皂。手染了墨或油污洗不掉，就用洗衣服的肥皂洗。他从没用过什么“霜”“膏”“油”之类的护肤品。刷牙只用廉价的牙粉，而舍不得买牙膏。他说：“我不反对用牙膏，用高级牙膏。生产出来就是为了用，都不用，生产还能发展吗？不过，牙粉也可以用。我在延安就用牙粉，习惯了。”即使牙刷，他也要用成“不毛之地”时才肯换新的。他的内衣裤和线袜子补丁摞补丁，当他坐下来时，一不小心伸出腿，就会露出袜子上的补丁。

1950年年初，毛泽东从苏联访问归来后，汪东兴找卫士武象廷谈了一次话。他说：毛主席离开莫斯科时，斯大林和莫洛托夫再三嘱咐他，一方面要保重身体，注重生活；另一方面要特别注意特务分子的暗害。因此，组织上决定指派专人负责毛主席的生活问题。于是，武象廷就从警卫班调整为专门负责管理毛泽东生活的管理员，主要任务是负责给毛泽东采购食品和蔬菜。

武象廷担任毛泽东的生活管理员后，发现毛泽东对子女的要求特别严格，绝不允许他们占公家一点儿便宜。毛泽东的两个女儿李敏和李讷那时在育英小学上学，每星期都回来过周末。到了这一天，学校就把学生的伙食费退给学生。李敏和李讷带回来的伙食费，都是如数交给毛泽东，毛泽东再把钱让卫士转交给武象廷。于是，这些钱就作为李敏和李讷星期日回到家中的伙食费，最后就在管理科上了账。

武象廷担任毛泽东的生活管理员没多久，一天，毛泽东来到小灶厨房，看见他正在厨房里忙碌，便问：“武象廷，你在这里干什么？”

“给小灶厨房准备菜哩。”

“你改行了，好啊！我告诉你，只要你们饭菜做得干净卫生就可以了，不必买贵重的东西给我吃。比方说，现在是冬天，你就别买西红柿、黄瓜之类的新鲜蔬菜，现在买一条黄瓜的钱，到了夏天就能买一筐黄瓜，冬天买一条黄瓜只能吃一顿，夏天买一筐黄瓜能吃几十顿。”

这是武象廷担任毛泽东的生活管理员后，毛泽东给他上的第一堂生活管理课。

到了夏天，武象廷因事请了几天假，王振海就临时替他给毛泽东买菜。王振海头一次上街买菜，尽挑新鲜的有营养价值的买，买回来一些嫩玉米蕊，也就是刚刚开过花、还没有结粒的小玉米笋。王振海满以为这下给毛泽东买回来好吃的了，很高兴。炊事员做好后，端去给毛泽东吃。

没想到，毛泽东皱起了眉头，任凭工作人员怎么讲，他就是坚决不吃，并且不悦地说：“炒这一盘菜需要多少棵玉米？要是这些玉米长熟了能打多少粮食？叫我吃这样的菜，还不是破坏生产吗？把这个菜端回去，谁买的就叫谁去吃！”

是啊，毛泽东是农民的儿子，所以处处都想着农民，时时过着普通人的生活。毛泽东当时的生活只属于一般水平，男女老少，是个八口之家。毛泽东提倡节俭，费尽心思地将家庭支出压到最低限度。

20 世纪 50 年代，毛泽东每个月都要检查家庭的收支账。有一次，李银桥把计划开支的明细表交给毛泽东看，其中包括穿衣、吃饭、房租、支援困难同志等几项。毛泽东对其他开支表示赞同，只是对他家里的伙食费有意见：

“一天 3 元，高了吧？”

“不高，一家大小，还要招待客人。”李银桥回答。

毛泽东挥笔批示：“照办。”

1953 年，毛泽东对王鹤滨说：“伙食费用能不能压下来一些？”

左算右算，伙食费仍然压不下来，王鹤滨表示为难。

“这么难啊！看样子，你非要下狠心向下压才行啊！”毛泽东用双手手心向下使劲压了两下，示意要用力把伙食开支的费用降下来。

在外地出差，毛泽东也严格掌握标准。到庐山的第四天，毛泽东找来了秘书高智："你与李师傅核计一下，看我的伙食费超支没有？超过了，不能补贴。"

湖南李师傅认认真真地一笔一笔算了一遍："没有超过。"

高智向毛泽东如实汇报了。毛泽东又问："煤钱算了没有？"

"算了。"高智回答。

毛泽东又叮咛："超过了，不能叫当地补贴。"

1955 年 7 月实行薪金制后，毛泽东一家的经济收支都由专门的工作人员掌管。李银桥写的《首长薪金使用范围、管理办法及计划》特别注明，因私请客应由自己的薪金开支。毛泽东全家一天的生活费用是 3 元，其中包括招待私客的支出。保姆生活费、给孩子看病用的汽车费、医疗费都是毛泽东自己掏，身边的工作人员因外出陪他吃饭，也都是从他自己的工资里开支。

毛泽东自 20 世纪 60 年代初将工资降为 3 级，即每月 404.8 元，到 1976 年去世，一直没有调过。每月交的党费、房租、水电费、餐费和李敏、李讷、江青的姐姐 3 个人的生活费，就占了毛泽东工资的一大半，加上孩子们的车费和营养费以及招待民主人士、故旧老友、家乡亲戚的饭费、车费、住宿费、医疗费等，毛泽东每月的工资所剩无几，有时还入不敷出。

"谁叫她是毛泽东的女儿呢！"

1960 年冬，正是国家经济最困难的时候。当时，毛泽东的女儿李讷在北京大学历史系读书，常常两三个星期才能回家一趟。

有一次，毛泽东的卫士尹荆山偷偷找个机会溜到北大看望李讷，见李讷脸色不大好，便问她是不是生病了？

孩子忸怩了半天，才小声道出了真情："尹叔叔，我确实很饿……"

是啊，几个星期以来，李讷一直忍受着饥饿的折磨。在学校报粮食定量时，她只报了 27 斤。李讷觉得自己是个共青团员，应该分担国家困难，降低自己的粮食定量。毛泽东知道这件事后，还表扬了她。但是，忍受饥饿的考验绝不像报定量时想得那么简单，上课时，肚子老是“咕噜咕噜”叫，思想也难以集中。有一次回家，妈妈心疼女儿，塞给她一包奶粉，父亲知道后很不高兴，叫她以后不要往学校带东西了。

尹荆山听后很心疼，回来就将情况向李银桥作了汇报。卫士们听后都又急、又难过。且不论她是毛泽东的女儿，单凭当年一起转战陕北的情谊，想到她吃了黑豆仍然为大家表演京剧的情景，也不能不管呀！李银桥想办法搞到一包饼干，悄悄给孩子送去了。

谁要是见到当时李讷接到饼干的情景，都会感到心酸。她眼睛骨碌碌转，观察附近没人，忙把两片饼干塞进嘴里，匆匆嚼了吞下，吃点儿这样的东西都像做贼一样怕人发现。她舍不得多吃，小心翼翼藏好，准备慢慢“享用”。

然而，这包饼干是李讷最后一次享受的“特殊化”待遇。事情最终被毛泽东知道了。他把李银桥叫进屋，声色俱厉地说：“三令五申，为什么还要搞特殊化？”

“别的家长也有给孩子送东西的。”李银桥小声地辩解。

毛泽东把桌子一拍：“我的孩子，一块饼干也不许送！”

做父亲的不是不爱女儿，毛泽东对这个小女儿是格外疼爱的。1958 年年初，李讷因患急性盲肠炎打针，针头断在肌肉里，连续做了两次手术，手术不顺利，引起伤口感染，发烧，毛泽东为此非常担心。一天，他工作一通宵，临睡前，为解除李讷的思想负担，挥笔草书一信。信中写道：“李讷：念你。害病严重时，心旌摇摇，悲观袭来，信心动荡……意志可以克服病痛。一定要锻炼意志。你以为如何？……”信末还抄录诗一首，“青海长云暗雪山，孤城遥望玉门关。黄沙百战穿金甲，不斩楼兰誓不还。”毛泽东要李讷充分体验意志的力量，通过与疾病作斗争，使自己意志更加坚强。

对于李敏，毛泽东也同样十分疼爱。李敏是毛泽东和贺子珍惟一活下来的孩子。

毛泽东给她起了个小名叫“娇娇”。1947年，贺子珍带着娇娇回到中国。1949年初夏，毛泽东派人把娇娇接到北京。娇娇回到自己身边，毛泽东十分高兴，逢人就说：“我家有个会说外国话的洋宝贝。”然而，就是有这样的父女之情，毛泽东也决不允许女儿有一点点特殊。

毛泽东对子女在生活上要求一向是非常严格的。自小，李敏和李讷就是跟警卫战士吃大食堂。1947年，李讷才7岁，便跟战士们一样行军，一样风餐露宿，一样经受飞机轰炸，听惯了子弹的呼啸，闻够了硝烟的辛辣。行军之余，她举着一个小搪瓷杯，和战士们一样排队从大铁锅里领一份黑豆。休息时，李讷头扎花头巾，腰系绳子，“隆格里格”地唱一曲《打渔杀家》，稚嫩的童音给大家带来了欢乐。

李敏还小时，毛泽东便对这个爱女敲警钟：“你还在上学，告诉人家你是学生，不要说你是毛泽东的女儿。”李敏和李讷进北京师大附中读书，毛泽东让王鹤滨带着她们去报名。校方给了两张学生注册登记表，表中有一栏要填写家长的姓名，王鹤滨想着不能自作主张，便把表带回了中南海。结果，毛泽东连登记表都不看一眼，就说：“你带去的学生，就填你的名字嘛！”就这样，在家长一栏中便填写了“王鹤滨”，李敏、李讷这对姐妹便多了个“王爸爸”。李敏、李讷上学期间，同学、老师从不知晓她俩是开国领袖毛泽东的女儿，她们同所有普通人家的子女一样，与几个同学合住一间宿舍，睡上下铺，吃一样清淡的伙食。

1946年，毛泽东在延安窑洞前教李讷识字。

1956年的一天，毛泽东在院里散

步，问身边的卫士："依你看，是李敏好呢，还是李讷好？"

"都挺好。"卫士爽快地回答，"她俩对我们都很尊重，身上没有高干子女的那种优越感。她们对自己要求很严格，有上进心。"

毛泽东听后不以为然地说："我看她们不如你们有出息，也不如你们有前途。她们比你们吃的苦少。能吃苦的人才有出息。"

"主席，您还想叫她们怎么吃苦？比起普通人家的子女来，她们吃的苦只多不少！"

毛泽东不同意，摇摇头，说："不对。你讲吃苦的时候，思路不对头，首先想到她们是我的女儿，所以给她们定了不同于一般人家子女的标准。她们不就是吃食堂吗？食堂的伙食要比多数农民家庭的伙食好，不是这样吗？"

"主席，您总找低的比，这不公平。"卫士道，"大多数城里人家的伙食，未必比学校食堂差。我家里就比大食堂的伙食好。"

"你为革命做了贡献嘛，吃好点儿，人民没意见。"毛泽东收起了笑容，严肃地说，"她们还没有做贡献呢。人哪，生活还是跟低的比有好处。不比贡献，比享受，那就没出息了。"

北大在北京市西北郊区，乘公共汽车到中南海至少要换两次车，两头还都要步行很长的路，骑自行车需要一个多小时。一旦学校有活动，孩子天黑才能离校。女孩子独自走夜路总是不太安全，李银桥便瞒着毛泽东去接，把汽车停在校外僻静之处，然后去宿舍把李讷找出来，再坐车回中南海，认为这样，学校的同学不会知道，也不会造成什么不良影响。

可是，这事还是被毛泽东察觉了，严厉地批评了李银桥。李银桥不服气，争辩说："天太黑，一个女孩子走夜路不安全，不然，我也不会去接……"

"别人的孩子就不是孩子？别人的孩子能自己回家，我的孩子为什么就不行？"毛泽东做了一个断然的手势，严厉地盯住李银桥问。

"谁叫她是毛泽东的孩子呢！"毛泽东听了李银桥的话一怔。李银桥接着大声说："别人的孩子，敌人不感兴趣，毛泽东的孩子，国民党特务可是很感

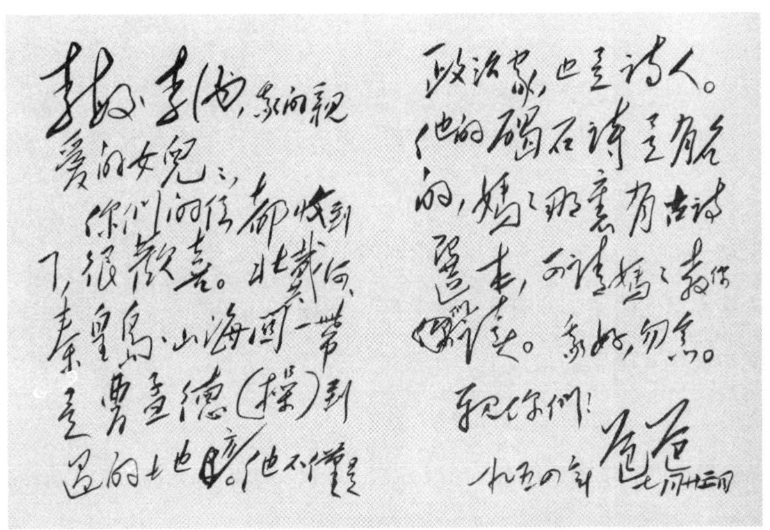

李敏、李讷，亲爱的女儿们：

你们的信都收到了，很欢喜。北戴河、秦皇岛、山海关一带是曹孟德（操）到过的地方。他不仅是政治家，也是诗人。他的碣石诗是有名的，妈妈那里有古诗选本，可请妈妈教你们读。问好，勿念。

亲你们！

爸爸

一九五四年七月廿三日

1954 年 7 月 23 日，工作繁忙的毛泽东给李敏、李讷的信，字里行间透着殷殷关爱。

兴趣呢！”

毛泽东笑了，显然对李银桥的敌情观念感到满意，可还是不松口：“不许接！说过的要照办，让她们骑车子回来。”

就这样，平日里，李讷总是穿一身旧蓝布衣服，和大家一样上课、劳动、挤公共汽车。如果不是熟悉的人，谁也不会想到她是毛泽东的女儿。

离上次送饼干时间不长的一个星期天，李讷回到家里。卫士尹荆山在倒茶时提醒毛泽东：“主席，李讷回家了。两三个星期没见，一起吃顿饭吧？”

毛泽东停下批阅文件的笔，抬起头，目光柔和，含着感激，嘴角微微一翘，流露出笑容：“嗯，那好，那好。”

尹荆山忙去报告江青。江青略一犹豫，小声说：“多下点儿米，多放点儿油。”

毛泽东的住处没有专门吃饭的饭厅，每次都是卫士用饭盒把饭提到卧室或办公室。今天搞了四菜一汤，还有辣子、霉豆腐等 4 个小碟。炊事员得意地说：“我今天多下了一倍的米！”

李讷在毛泽东的卧室向父亲汇报学习情况，末了委婉地说：“我的定量老是不够吃，菜少，全是盐水煮的。油水还不够大师傅沾光呢，上课肚子老是‘咕噜咕噜’叫。”

“困难是暂时的，要和全国人民共渡难关。要带头，要做宣传，要相信共产党……”毛泽东轻声细语地和女儿说，还开玩笑，“大师傅掌勺，连我也管不了啊！”

“今天一起吃饭。”毛泽东拉着李讷的手来到饭桌旁。

李讷看着桌上的菜，闻着久违的香味，挣脱了父亲的手，一边抓起筷子，一边把鼻子伸到热气腾腾的米饭上，深深地、深深地闻着：“啊！真香啊！”她望着父母粲然一笑，一副天真无邪的样子。

江青望望女儿，望望毛泽东，想说什么，可是卫士们侍立在旁边，她便忍住了，勉强笑一笑，夹了一筷子菜放在女儿的碗里。

“吃吧，快吃吧！”毛泽东用筷子示意着，眼睛却有些湿润了。话音刚落，李讷已经向嘴里扒拉饭了。饭太烫，她“呲呲”地向外吹热气，吹几下便咽了下去，都烫出了眼泪。

“吃慢点儿，着什么急？”毛泽东尽量平静地说。他轻轻笑着，但是笑得越来越不自然。

李讷瞟了一眼旁边的卫士，腼腆地说：“在学校吃饭都快，习惯了。”

“现在是在家里嘛。”毛泽东话音很低，已经变成苦笑。

“吃菜，多吃菜。”江青不停地往女儿碗里夹菜。她脸色有些苍白，嘴唇保持开始时笑的样子，却是哆嗦的、僵硬的。她看着李讷吃饭的目光与神色是母亲特有的。

李讷在父母面前不多拘束，也无须保持“形象”，慢吃了没几口，又变成狼吞虎咽，几乎嚼也不嚼就把一口口饭菜吞了下去。在她朝嘴里扒拉饭的同时，偶尔抬一下眼皮，目光匆匆扫过桌面，看饭菜还剩多少——这就是毛泽东的女儿啊！谁能相信她会饿成这个样子！

开始，毛泽东一边慢慢陪女儿吃，一边有一句没一句地说着什么，渐渐地，他不说话了，默默地夹一筷子菜或饭往嘴里送，嚼得很慢，很慢……终于，他停下了筷子，停了咀嚼，怔怔地望着女儿出神。

江青早已停了筷子，看看女儿，又看看毛泽东。她接连几次喘粗气，眼睛便盯住毛泽东不动了。她有时有想法并不说，而是希望毛泽东能够理解，能够先说。如果经历多次，毛泽东仍未有所表示，她才会按捺不住地爆发，甚至又哭又闹。

“哎，你们怎么不吃了？”李讷好不容易把嘴离开碗沿，抬起头来诧异地问。

“哦，”毛泽东身子一抖，不着边际地笑了笑，“老了，吃不多。我很羡慕你们年轻人。”他漫不经心地说着，抓起报纸侧了身看，头轻轻晃着，仿佛看得很专注，念念有词。

江青瞥一眼毛泽东，似怨似嗔，忽然端起碗，把剩下的半碗饭拨到李讷碗里，动作像赌气，然后起身匆匆离开，眼里噙满了泪水。

毛泽东似乎什么也没看到。可是，江青刚走回她的房间，毛泽东便抬起头望着女儿，慢条斯理地讲：“我年轻时在湖南农村搞社会调查。有次饿了一天，讨到一块糍粑……”他没有讲完，因为李讷心思只在饭上。她吃得正香，说：“你们不吃，我就全打扫了啊。”

“打扫完。”毛泽东目光在女儿脸上稍触即离，好像不愿多看，重新盯着报纸，手在桌上点了点，“‘三光’政策，不要浪费。”

其实，李讷也不了解父亲平时吃什么，如果她知道父亲有时一天只吃一顿马齿苋，她一定不会这样“放肆”了。她把饭菜吃得干干净净，连一片葱花也不放过，仔细夹起来往嘴里送。她两眼可怜巴巴朝桌子上转，仍然没有离开的意思，坐在椅子上绕山绕水地说：“爸爸，我还要发育呢，饭量特别大……这么大窝头，我能吃 3 个！”她比画着碗口那么大。

毛泽东没有看，始终盯着报纸，只是含住下唇习惯地吮一吮。

“今天的饭菜真香啊，可惜……”李讷瞟了父亲一眼，又孩子气地望着卫士，“尹叔叔，还有汤吗？把这盘子涮涮，别浪费！”

看到李讷饿成这个样子，尹荆山感到心酸！

“唉，李讷这孩子也真受苦了。”炊事员边嘟哝着，边找出两个白面和玉米面掺半的馒头。尹荆山等不及他在火上烤，便拿来给了李讷。

李讷摇晃着身子，不好意思地看着父亲，掰一块馒头，擦擦盘子再往嘴里塞。尹荆山拿来开水帮李讷一个盘子一个盘子地涮了喝。毛泽东喉咙里“咕噜咕噜”响两声，站起身，什么也没有说便走开了。他先朝院子走，到门口又折回来走向卧室，可是没进卧室，又走向院子，好像不知道自己要干什么！在院子里踱了几步，便停下，望着那 7 棵古老的柏树久久不动。

晚上，江青进了毛泽东卧室。半小时后，她出来了，眼圈红红的，显然哭过。

卫士明白这是为什么，也走进毛泽东卧室。

“主席，李讷太苦了！你看是不是可以……”

“不可以。”毛泽东什么都明白，“和全国老百姓比起来，她还算好的。”

“可是……”

“不要说了！我心里并不好受，她妈妈也不好受。”毛泽东深深地叹了口气，不无忧伤地说，“我是国家干部，国家按规定给我一定待遇。她是学生，按规定不该享受就不能享受。还是那句话，谁叫她是毛泽东的女儿呢！还是恪守本分的好，现在这种形势，尤其要严格要求自己！”

毛泽东抬起右手，由里向外轻轻一挥，卫士便悄悄退出了屋。毛泽东感情丰富，但他更注意自己的代表性，不仅要求自己，而且要求他的亲人与全国人民同甘共苦。

与全国人民共渡难关

1959 年，中国遭受了历史上罕见的自然灾害，粮食大幅减产，物资严重匮乏，国家遇到了前所未有的经济困难，人民生活十分艰难，一些地方饿死人的事屡屡发生。中国有句古话，叫作“祸不单行，福无双至”。就在这时，反复无常的赫鲁晓夫背信弃义，撤走了在华的近万名苏联专家，撕毁了 343 个专家合同，废除了 257 个科技合作项目，还大量减少了对中国的成套设备中的关键部件的供应，严重地影响了中国经济建设的正常进行。更为恶劣的是，赫鲁晓夫翻开旧账，要求中国在 3 年内还清苏联在抗美援朝战争中给予中国人民志愿军的武器、物资及其他贷款。赫鲁晓夫的做法无疑是在雪上加霜，显然，他乘人之危，想以此来压垮中国、压服中国。

在天灾人祸面前，毛泽东郑重地向全党全国人民发出号召："赫鲁晓夫越压，我们越要顶。"为了战胜困难，挫败赫鲁晓夫的阴谋，毛泽东决定亲自下去调查研究，摸清情况，运筹对策。

国庆节后，毛泽东的专列驶离北京。列车驶入山东境内，土地干旱龟裂，一片白花花的盐碱地透过车窗映入毛泽东的眼帘。进入安徽，土地更加荒凉，几乎看不到像样的庄稼。列车到达合肥正是晚上，整座城市都笼罩在黑漆漆的夜色中，不见灯光，不闻笑语，原来是长江水流枯竭，已不能发电了。毛泽东凝视着黑沉沉的城市，心事重重，一支接着一支地吸烟，喃喃自语："天灾人祸啊！有人趁火打劫，想逼我们屈服。"一路沉默不语的毛泽东吐出了这几句心里话，似乎精神轻松了一些。他若有所思地说："没有骨气的国家是不敢顶的。你们敢不敢顶？""敢顶！"工作人员异口同声地回答。这是人民的意志，这是强者的声音，毛泽东的脸上露出了欣慰的笑容。

10 月 31 日，毛泽东来到了杭州。

杭州有一座临湖依山的刘庄，绿波掩映，回廊曲折，环境幽雅，空气新鲜。这就是毛泽东生前工作、生活过的地方。

毛泽东一到刘庄，全国各地的文件、电报接踵而至，办公桌上堆得厚厚的。毛泽东神情凝重地批阅着各地报来的材料。山东的电报说，全省灾情严重，有的地区粮食颗粒不收；安徽的材料反映，去年的产量报多了，现在存粮很少，老百姓用粮食掺着杂草吃；河南说，有的地区的树皮、树叶都吃光了，许多人全身浮肿，出现了饿死人的现象……毛泽东的心在颤抖，眼泪顺着脸庞流下来。工作人员都扭过脸去，偷偷地擦眼泪。毛泽东看看大家，声音哽咽地说："全国不少地方遭了灾，许多老百姓在挨饿，我们是不是不吃肉、不喝茶了？我们带个头好吗？”说完，他用期盼的目光看着大家。

卫士们你看着我，我看着你，不知该如何回答。他们跟随毛泽东多年，太熟悉毛泽东的生活习惯了。对人参、鹿茸之类的补品，毛泽东从来不用。他所吃过的最高级营养品就是葡萄糖，这还是保健人员提出的建议，说在喝红茶时放上一点儿葡萄糖，可以调调味。如果再说毛泽东吃过其他补品，那就是红烧肉了。

毛泽东喜欢吃红烧肉，对猪肉的好几种做法都爱吃，如回锅肉、狮子头、米粉肉等，尤其喜欢吃五花肥肉。毛泽东的茶瘾也很大，对西湖龙井更是情有独钟。他喜欢喝浓茶，还时常津津有味地把茶叶也吃掉。毛泽东的工作量大得惊人，睡眠没有规律，再把一周吃两次红烧肉和喝茶的习惯改变了，那怎么能行？

毛泽东见大家面有难色，又进一步解释说：“人家逼债，我们少吃一点儿肉，争取 3 年内把债还清。”卫士们收住眼泪，目光不约而同地集中在毛泽东的脸上，看到了信心和力量。接着，毛泽东提高了嗓音坚定地说道：“我们中国人是有志气的，谁也休想让我们低头弯腰！”这是在艰苦复杂的斗争中磨炼出来的，面临挑战充分表现出来的英雄本色！

中华人民共和国成立以来，毛泽东曾多次到杭州，这次在杭州住的时间较长。几天过后，毛泽东明显瘦了。卫士和服务人员看在眼里，疼在心上。他们想出了一个主意，把自己饲养的一头猪杀了，做了一锅红烧肉。开饭时，毛泽东还没走进餐厅就闻到了香喷喷的红烧肉味，嘴里不停地念叨着：“好香哟！好香哟！”看到餐桌上放着一碗红烧肉，毛泽东劈头就问：“这肉是哪里来的？”卫士们互相交换了一下眼神，没有回答。毛泽东严厉的目光在每个人的脸上移动着，气氛一下子紧张起来。

“主席，这是我们警卫班的同志自己饲养的，你吃点儿肉吧！”有个卫士代表大家恳切地说。

毛泽东心里热乎乎的，态度缓和下来：“可不能破了我们定的规矩嘛。拿回去吧。”

“就这么一小碗，你就吃了吧！”大家眼眶里闪着泪花，再次请求说。

“不吃，拿回去！”毛泽东的态度很坚决。

“主席，这猪是咱们自己饲养的，不是买来的，就一小碗，尝尝吧！”

毛泽东和卫士们你来我往地“争执”着。望着这些真诚可爱的小战士，毛泽东慈祥地笑了。他意味深长地说：“到全国人民都吃上猪肉的时候再吃吧！”

回到北京后，毛泽东讲：我们的出路有两条，即自力更生和艰苦奋斗。当时，全国城市人口每天的粮、油等食品都是按控制的标准供应的。毛泽东对身边的工作人员说：“全国人民都在定量，我也应该定量。是不是肉不吃了？你们愿意不愿意和我一起带这个头啊？”

毛泽东历来是交代了的事情就要照办。在经历了杭州不吃肉、不喝茶的事情之后，大家都明白了，于是爽快地回答：“愿意！”

毛泽东听后高兴地宣布：“那好，我们就实行‘三不’：不吃肉，不吃蛋，吃粮不超定量！”

1960 年是最困难的一年，饥饿在中国大地上蔓延。此时此刻，毛泽东心情十分沉重，话少了，笑容也少了。这一年，毛泽东 7 个月没有吃一口肉。青黄不接的时候，他竟 20 多天不吃一粒粮！常常一盘马齿苋便是一餐饭，一盘菠菜也能支撑着工作一天。由于长期缺乏营养，毛泽东和很多人一样得了浮肿病，脚背和小腿的肌肉一时都失去了弹性，一按一个坑，久久不能恢复。周恩来见状忧心如焚，一次次地劝说：“主席，吃口肉吧。为了全党全国人民，吃一口吧！”毛泽东摇摇头，说：“你不是也不吃吗？大家都不吃，共渡难关。”

宋庆龄闻讯特意从上海赶到北京，亲自给毛泽东送来一网兜螃蟹。毛泽东说：“谢谢你！我不能收。我跟工作人员讲了实行‘三不’：不吃肉，不吃蛋，吃粮不超定量。”宋庆龄很受感动，坚持说：“螃蟹不是肉，也不是蛋，螃蟹就是螃蟹，你非收下不可！”毛泽东对宋庆龄始终保持着特殊的尊敬，推辞不掉，只好收下了。可是，宋庆龄一走，他就把螃蟹送给了警卫战士，自己仍然一口不吃。最终谁也无法改变他不吃肉的决定。

毛泽东不仅自己单独进餐时不吃肉，即使有客人来，也不破例。一次，毛泽东在颐年堂会见几位客人，让秘书高智准备饭菜，并陪客人一起吃。高智和炊事员十分高兴，心想这下总可以给毛泽东改善一下伙食，让他吃点儿肉了。炊事员做了两个素菜、两个荤菜，其中一个是毛泽东喜欢吃的红烧肉。

吃饭时，高智坐在毛泽东身边招呼客人，为客人夹菜。他注意到毛泽东只夹素菜，就是不碰荤菜。此时，高智心中着急，他灵机一动，一边劝客人，为客人夹了一块肉，一边趁机夹起一块红烧肉放在毛泽东碗里。毛泽东吃了些米饭，把这块肉也吃了。但过了一会儿，毛泽东还是不主动夹肉，高智就又给他夹了一块。这一回，毛泽东转过脸，看了他一眼。高智意识到这是在批评他，此后没敢再给毛泽东夹第三块肉。

之后，毛泽东又一次会见客人，要留客人吃饭。这回，毛泽东非要让高智把和炊事员商量的菜单拿给他看，结果，他把两个荤菜改成了一个。尽管如此，会客终究是毛泽东改善生活、沾点儿荤腥的惟一机会，所以，他身边的工作人员最大的愿望就是希望他总有中外客人，并且留客人吃饭，这样也可趁机让他多少吃块肉。

三年困难时期，不仅毛泽东和全国人民同甘共苦，他的家人也和人民一样，过着艰苦的生活。他的小女儿李讷在学校经常饿肚子。工作人员想让李讷和他一起吃饭，他坚决不同意，说："我和我的孩子都不能搞特殊。"他语重心长地对李讷说："困难是暂时的，要和全国人民共渡难关。"

领袖如此和全国人民一起忍饥挨饿，共渡难关，全国人民深深地感动了。大家勒紧了裤腰带，自力更生、艰苦奋斗、奋发图强，不但渡过了严重的困难时期，而且在最困难的时候开始了"两弹一星"的设计和制造，并于 1964 年 10 月 16 日成功地爆炸了第一颗原子弹！又是在最困难的时期，中国人建起了中国最大的石油基地——大庆油田，并终于把"贫油"的帽子扔进了太平洋！中国人靠"洋油"过日子的时代一去不复返了！

抽烟头与吃残茶

吸烟与喝茶是毛泽东日常生活中的两大嗜好，但就在这两个方面，毛泽东也丝毫不会放松对自己的要求，时刻注意节俭，避免浪费。

众所周知，毛泽东嗜烟如命，他从18岁抽到81岁，一抽就是63年，烟龄之长、烟瘾之大、抽烟之多，算得上国内、至少是党内的“头号烟民”。

他从何时开始抽上烟的，今天已无从考证了，不过，至少1927年上井冈山时，他的烟瘾就已经很大了。在延安窑洞里写《论持久战》，他是一支接一支地抽烟，一天要抽五六十支。身边的人早就劝他戒烟，他总是不以为然地说：“还是等革命成功了再说吧。”不过，后来革命成功了，他还是没有戒烟，烟瘾也还是很大，不少时候，他保持着一天抽50支的量。

在戎马倥偬的战争年代，他抽烟也没有太多的保障。香烟的主要来源是“战利品”，抽的牌子也是五花八门，他戏称自己“吃百家饭，抽百家烟”。要是“战利品”断顿了，他也抽农民自种自晒的旱烟。他说：抽旱烟也不失为一种接近群众的方式。长征时期，遇到没有烟的时候，他竟然拿枯干的树枝代烟过瘾！

1949年刚进北平城时，毛泽东抽“中华”烟，也抽过“三五”烟，还有云南的“云烟”、山东的“大公鸡”、陕西的“金丝猴”、河南的“散花”、上海的“熊猫”，后来就抽“熊猫”了。有时，周围的人劝他少抽，他就笑着说：“谈起话来、考虑问题时已经成了习惯，随便就拿起烟来，积习难改了，而且每次都要吸完一支才行。”他还风趣地开玩笑：“吸烟是爱国，给国家交税。”有时，毛泽东还称吸烟者是自成一派。

一次，毛泽东在上海接见外国记者，一进门就被围住了。毛泽东一边走向自己的座位，一边看着大家，说：“我已经认识你们中的好几位了。”并把认识的人一一指了出来，“但大多数人是新的。”

毛泽东坐在沙发上，点了一支烟，开玩笑地说道：“我，一个吸烟者，是一派，而斯特朗同志（著名的美国女记者——编者注）——”毛泽东开玩笑地看了斯特朗一眼，“则是反对派，不吸烟的一派。”

斯特朗一时不知如何答对，美国医生马海德却直接向毛泽东发出了挑战：“你把这一问题看成是派别问题吗？”

“当然。”毛泽东反击道，“在我和医生之间，医生说我不应该抽烟，我说应该。”

由于受到鼓励，有几个人也点上了香烟，气氛也因此变得随和起来……

有时，好友来访，碰上毛泽东手头上只剩一支烟，如让给客人吸，客人自然会谢绝；如主人抽了，更为失礼。在两难选择中，毛泽东只好将这惟有的一支香烟一分为二，宾主各抽一半。这既体现了毛泽东以诚待人、尽心尽意的处事风格，又说明了毛泽东的烟瘾之大。

为了毛泽东的健康，在一段时期内，他身边的工作人员发动了促使他戒烟的“人民战争”。参战的有医护人员、卫士、毛泽东的两个女儿，有时，叶子龙的两位千金也来助威参战。尤其是这 4 个女娃娃兵，执行任务坚决、果敢，可以从毛泽东的口中把烟卷拔出来，使他少吸几口，或把糖块塞进他的嘴里代替吸烟。遇到这种情况，毛泽东只好笑着任凭女孩子们摆布。

提起戒烟，还有一个小小的故事。那是 1945 年 8 月，日本帝国主义无条件投降后，毛泽东应邀飞往重庆与蒋介石谈判。他深知蒋介石不嗜烟酒，对烟味反应也很强烈，所以，他吩咐身边的工作人员：“凡由我方举行的有蒋介石出场的活动，一律不摆放香烟，我也不吸。”事后，蒋介石曾对陈布雷讲：“毛泽东不可轻视，他嗜烟如命，手执一缕绵绵不断，据说一天要抽 50 支烟。他知道我不吸烟后，在同我会谈的时候，竟然决不吸一支烟，对他的决心和精神不可小视啊！”

实际上，毛泽东对吸烟的危害是清楚的，从思想和行动上也愿意把烟戒掉，所以他同意大家所采取的戒烟措施，在他的衣袋里放进瓜子、糖块，想吸烟时，以嗑瓜子或含糖块来代替。经过一段时间的戒烟，毛泽东对大家说：“烟，我吸进去的并不多，大半是在手中燃烧掉的。没有香烟在手，或吸上几口，在思考问题时，总觉得少了点儿什么；有了香烟在手，就好像补充了这个不足，糖和瓜子都起不到这种作用。”

这是毛泽东的肺腑之言。用瓜子和糖块来戒烟的手段失败后，工作人员不得不商量采取另外的办法。毛泽东没有专用的烟盒，工作人员找来“前门”“恒大”或“中华”等有锡纸的空烟盒，把盒的两边一折，口一叠，做成自制烟盒，里边一次只放5支烟。有一段时间，为了让他少抽烟，卫士们干脆把一支烟分成两截，用刮脸刀片把烟的边缘刮得非常整齐，然后装进叠好的烟盒，再放进他的口袋里。当毛泽东思考问题时，常常是取出烟来就吸，并不注意烟的长短，半支也当一支吸，吸完为止，这样，一包烟就当成两包烟吸，毛泽东因此一天能少吸好多烟。见这个办法十分有效，卫士们非常高兴，而且一直维持了很久。后来，因为给毛泽东加了一个过滤烟嘴，他装烟时，偶然发现烟短了一些，就不解地问卫士，卫士就说明了原因。毛泽东笑了，他想了一下，说：“这样见了外宾恐怕不妥。”卫士回答：“您每次见外宾时，我们就提前把短的烟换成长的了。”毛泽东点了点头，算是通过了这一做法。

毛泽东开会的时候，工作人员就在他右边口袋里装上几支烟和一盒火柴。一般客人来见毛泽东，工作人员都不招待烟。当毛泽东手头上的烟抽完了，有时会向卫士要，因为卫士身上都带烟，这时谁还能不给他？不过，大家这样做至少会增加他要烟的次数，从而变着法儿适时地提醒他：“主席，抽烟要过量啦！”

虽然多人、多次、多种方法帮助他戒烟，毛泽东自己也愿意配合，但效果不大，能坚持做下来的只是把一支香烟截成两半，使每天吸烟的量下降了一些。就是这半截香烟，还曾引发了毛泽东的一番妙论。

20世纪60年代初的一天，毛泽东到中南海紫光阁跳舞。一曲下来，毛泽东坐到沙发上，拿起茶几上的香烟，又习惯性地将烟一折两截，把半截烟插进了烟嘴。坐在旁边的女同志好奇地问：“主席，为什么要把烟折成两半呢？”毛泽东神秘地笑了笑，说：“事物都是一分为二的嘛。”那位女同志想了一会儿，终究还是没有想通，实在不明白将烟一折两截与哲学上的一分为二有什么联系，就忍不住又问。毛泽东只是笑着，神秘地摇头。烟抽得只剩下烟头了，烟头在毛泽东那褐色的烟嘴里一明一灭地闪着暗淡的红光，他赶紧再深深地吸一口，将剩下的烟头摁入烟灰缸里。看着烟蒂有气无力地冒着残烟，烟雾袅袅地向空中飘去，毛泽东深出了一口气，说："帝国主义气息奄奄啰！"旁边的人们都被毛泽东的幽默逗笑了。

韩瑾行是毛泽东的侄媳妇、毛华初的夫人。1960 年秋的一天，她来到中南海看望伯伯。毛泽东正在游泳池游泳。寒暄一番后，毛泽东要吸烟，先自在茶几上拿了一支，递给韩瑾行，韩瑾行推辞说不会吸烟。"呵，不吸烟好。"毛泽东边说边把那支烟放回茶几上，拿起另一支吸残的烟头，随后，右手在自己的衣袋里摸来摸去。韩瑾行见伯伯很久没有取出东西来，以为他是在找火柴，便拿起桌上的火柴问道："伯伯，你是要火柴点烟吗？""嗯，要。"毛泽东答道，可仍在找着什么。她觉得奇怪，既有烟，又有火，还要找什么呢？这时，毛泽东找到了他要找的东西，原来是一根一寸长的烟嘴。他把那节快要吸完的烟头套上了烟嘴。韩瑾行这才明白，作为党的主席的伯伯连一个吸剩的烟头都舍不得丢掉。她连忙划燃火柴，给伯伯点上。也许因为面对的是家乡人，毛泽东没有太多的顾忌。发生在国家困难时期的这个小故事使我们看到了毛泽东与全国人民共渡难关的一个侧面，也反映出一代伟人朴素节俭的生活习性。

应该说明的是，毛泽东吸烟方面的花费都是从他的工资和稿费中开支的，他每个月的烟钱要 100 多元，占工资的四分之一，的确是一项不低的消费，可他常常嘱咐工作人员："不得揩公家分毫的油水。"外交部曾为毛泽东从日内瓦购回两打可装过滤药物的烟嘴，他的生活管理员想在招待费中报销，但毛泽东坚决反对，坚持自掏腰包。每次外出，工作人员总是要帮他带上足够的香烟。在对待公与私的问题上，毛泽东处理得泾渭分明，有时甚至有些"不近人情"。

1959 年 6 月 25 日，毛泽东回到阔别了 32 年的韶山。当晚，毛泽东请当地的负责同志到他住的松山一号寓所开会。入座后，毛泽东指着茶几上摆着的"中华"

牌香烟说："莫客气，要抽烟的自己拿。"而他却在自己的口袋里摸来摸去。公社书记毛继生见状，忙撕开一包烟递上："主席，你要烟？""我自己有。"毛泽东继续在口袋里摸着，终于摸出半截烟来，并高兴地把它插进烟嘴里，深深地吸了一口，打趣道："饭后一口烟，赛过当神仙。"他环顾了一下周围的人，接着说："你们会抽的就抽。这烟是招待所招待你们这些客人的，我可揩不得油啰。"说话间，那包"中华"烟在人们手中传看着，谁也没有抽。大家瞧着毛泽东那半截烟，深受感动。

毛泽东抽烟一直用火柴自己引火。他划火柴的习惯也与众不同，不像一般人那样在火柴盒两侧磷皮上随意擦划，而是有意从磷皮两端擦起，这样，一盒火柴棍擦完后，磷皮的中间部分可能还完好如新。他还要求工作人员：火柴用完了，火柴盒不许扔，买来散装的火柴棍放进盒里接着用，直到火柴盒实在划不着火了，他才会依依不舍地和小盒子"告别"。有一次，一位新来的工作人员不知毛泽东有这个习惯和要求，随手把一个空火柴盒扔进了垃圾桶。毛泽东发现后，叫他把火柴盒捡回来。这位工作人员有些疑惑："主席，空盒子还要啊？"毛泽东说："凡是还可以用的，就不能丢掉！"后来，那位同志与人闲聊又说起这件事："一盒火柴一分钱，空盒子留下来干什么？扔了就扔了呗！"可巧，这话让毛泽东听到了，他很生气，把这位同志叫了过来，严肃批评说："你这么说是错误的！我们国家还很穷，凡事都要讲节约，浪费不起哟！火柴盒确实不值钱，但它是用木材做的，丢掉它不就是丢掉木材吗？"

喝茶，是毛泽东除吸烟之外的又一大嗜好。

一觉醒来，先点一支烟，再喝一杯浓茶，这是毛泽东的老习惯了。接下来是读报，读完报起床、洗漱和吃饭，开始一天紧张忙碌的工作。他读书、办公，案头总有一杯热热的酽茶。他每天要喝很多茶，至少要换两三次茶叶，喝光一到两瓶开水。隔一段时间，工作人员进房一次，主要是清扫烟灰、添沏茶水。

毛泽东主要喝杭州西湖龙井，喜欢它的清香和甘醇，可又偏向于喝浓茶，龙井茶放再多也不够浓酽，所以，他也试过毛尖、毛峰、梅家坞、铁观音、碧螺春、汉阳峰及云川沱茶，结果都不理想，最终还是以喝龙井为主。每个月下来，至少也要喝掉三四斤茶叶。喝茶的花费和抽烟一样，也是毛泽东自己掏腰包，从来不揩公家的油。对于地方提供的茶，毛泽东也都付钱。中央有规定，在怀仁堂、钓鱼台、人民大会堂的公务活动中喝茶，也要按一毛钱一杯茶付款，每月结算一次。毛泽东很注意以身作则，从来也不破坏这个规定。

毛泽东不仅喜欢喝茶，而且养成了吃残茶的习惯。

1957 年初春的一天，毛泽东正伏在办公桌上批阅文件，值夜班的卫士封耀松轻轻走过来，准备给毛泽东的茶杯里续水。照往常经验，一个小时左右要续一次水。可就在这时，毛泽东伸出左手端起了茶杯。糟糕，杯里没水了！毛泽东右手放下那支红蓝铅笔，忽将 3 个指头插入茶杯，一抠，一送，杯里的残茶进了他的嘴巴，他咀嚼起来。这一连串的动作自然熟练，像个老农。封耀松看了目瞪口呆，赶紧拿起空杯出去换茶。

"主席吃茶叶了，是不是嫌茶水不浓？"封耀松小声问卫士长李银桥。

跟随毛泽东多年的李银桥对此似乎司空见惯，根本不当回事，说："在陕北就吃。既然能提神，扔掉了不是浪费吗？"

吃茶叶是毛泽东的一个习惯，每天不论换几次茶叶，残茶经常被他吃掉。他认为茶叶也像青菜一样有营养，全吃下去是理所当然的事。他喝茶还有一个习惯，就是睡前喝的那杯茶不倒掉，起床后加点儿开水再喝。现在人们都说喝隔夜茶有害，可毛泽东不管那么多，照喝不误。

毛泽东对生于斯、长于斯的故乡怀有深厚的感情。中华人民共和国成立后，他在日理万机之余，仍多次回湖南视察。他每次在长沙住下时，喝的第一杯茶都是家乡的"君山毛尖"。在家乡喝上家乡茶，毛泽东一定别有一番感受。

家乡人怎能不记得毛泽东对茶的喜好呢！"桑木扁担轻又轻，千里送茶情意深。香茶献给毛主席，贫下中农一片心。"不论这是虚拟还是事实，我们可以想象，当毛泽东看到家乡人千里迢迢送来的茶叶，一定会欣然接受、陶然品茗的。当然，他同样不会忘记让工作人员付上茶钱和路费。一片茶叶一片心，他接受的是家乡人民那如同香茶一般浓酽的情意！

“家丑不可外扬”

毛泽东对衣着有自己的标准：一是“不露肉”，二是“宽松随便”。他时常对周围的工作人员说：“你们年轻人穿新的精神。我岁数大了，穿旧的舒服。”毛泽东对旧衣服特别有感情，破了就补，补好再穿，旧得没法补了，旧衣服也就变成了补丁布。

毛泽东穿的衣服补丁很多，但他要求这些补丁“内外有别”。他身上的补丁主要集中在内衣、内裤以及粗线袜子上，这些补丁可以说是“千姿百态”“不成方圆”。蓝布头、黄布头、灰布头，有什么布就补什么补丁。有时候找不到布头，就拿用过的医药纱布当补丁用。对此，毛泽东说：“没关系，穿在里边，别人看不见，我不嫌就行。”“我节约一件衣服，前方战士就能多一发子弹。”中华人民共和国成立以后，他的衣服仍然有不少补丁。他说：“现在国家还穷，不能开浪费的头。”“没条件讲究的时候不讲究，这一条好做到。经济发展了，有条件讲究，仍然约束自己不讲究，这一条难做到。共产党人就是要做难做到的事。”

在丰泽园里的餐桌、茶几、办公桌上都摆放着几块小面巾，以便毛泽东擦汗、擦嘴用。面巾破旧了，他也不让扔掉，吩咐用来补毛巾和毛巾被。毛巾被上的补丁全是这种用旧了的面巾，到毛泽东临终时，上面竟打了 73 个补丁！

毛泽东有两件极为普通的毛巾布做成的睡衣，一件是黄色的，一件是白色的。这两件睡衣，他穿了好多年。线开了，缝一缝再穿，哪里破了就用块旧布补起来，也不知缝补了多少次。工作人员劝他换件新的，他说：“我们国家还很穷，发的布票很少。你不也穿着补丁衣服吗？我为什么就不能穿？因为我是主席？我看还是应该节省点儿，不要做新的，破了再补嘛！”劝他次数多了，他就不说话，一笑了之。

有一天，身边的工作人员趁他休息之机，给他换了一件新睡衣。穿衣时，毛泽东发现睡衣被人换了，很不高兴，一再追问旧睡衣哪里去了。工作人员看到他不高兴了，就赶紧把洗好叠平的旧睡衣拿出来。毛泽东接过睡衣，边穿边说："习惯了，还是这件补了补丁的睡衣好穿。"到 20 世纪 70 年代，毛泽东一直穿这两件睡衣休息。在他逝世时，这两件睡衣，一件上有 67 个补丁，另一件上有 59 个补丁！

毛泽东对外衣上的补丁还是"讲究"的。他要求补丁的颜色尽量选用同衣服本色相同或相近的布，补丁的形状也要尽量整齐规矩。他说："找块好布，帮我配合适了。外衣要给外人看，太刺眼了对人不礼貌。"

刚进北平城不久，毛泽东在香山双清别墅接待各民主党派负责人和各界代表、知名人士。当毛泽东得知张澜已经到京时，便打算次日马上去会见，觉得应该穿件像样的衣服以示尊重。毛泽东素来生活很俭朴，加上长期处于战争年代，生活用品很紧张，当时身上的外衣也打着补丁。于是，他吩咐卫士长李银桥："张澜先生为中国人民的解放事业做了不少的贡献，在民主人士当中享有很高的威望，我们要尊重老先生。你帮我找件好些的衣服换换。"

李银桥在毛泽东所有的"存货"里翻了又翻，选了又选，竟挑不出一件不破或者没有补丁的衣服。这就是毛泽东进城时的全部家当——没有一件像样的衣服。因为他说过"进京赶考"的话，所以李银桥只好向毛泽东报告："主席，咱们真是穷秀才进京赶考了，一件好衣服都没有。"

毛泽东听了，说："历来纨绔子弟考不出好成绩。安贫者能成事，嚼得菜根百事可做。我们会考出好成绩。"

"现在做衣服也来不及了，要不去借一件？"

"不要借了，补丁不要紧，整齐干净就行。张老先生是贤达之士，不会怪我们的。"就这样，毛泽东不无歉意地穿着补丁衣服来到北京饭店看望张澜。后来，毛泽东同样穿着带补丁的衣服会见了沈钧儒、李济深、郭沫若……

毛泽东从未主动提出为自己增加衣服，相反，多次批示凡增加衣服或废弃衣服都必须经过他本人同意。他增加的衣服相对集中在中华人民共和国成立前后，在中华人民共和国成立前夕，曾为他做过一套新衣服。因为接待民主人士和外国人多了，还要参加开国大典，总要有件像样的新衣服。据卫士马武义回忆，朱德在常委会议上专门提出讨论给毛泽东等领导同志增加衣服的问题，理由是中华人民共和国的领导人穿得破破烂烂，影响国家的形象。此前，毛泽东是没有新衣服的。第二次增加衣服是首次出访苏联，周恩来亲自指示给毛泽东做礼服，随行的工作人员也做了礼服。在访苏期间，毛泽东偶尔在外交场合穿穿，平时还是穿他那套旧衣服。第三次增加衣服是 1953 年，原因有两条：一是朝鲜战争结束了，毛泽东不穿军装了，他的衣服就少了；二是毛泽东这时候渐渐发福了。中华人民共和国成立前夕，毛泽东的体重为 160 多斤，到 1953 年，体重为 180 多斤了，过去的上衣基本上都系不上扣子，无法再穿，只好从上到下做了两套衣服。从 1953 年年底到 1962 年年底，毛泽东再没添一件新衣。制服袖子磨破两次，也都是送王府井织补好后继续穿。

毛泽东对旧衣服特别有感情，很“恋旧”。对于换掉的衣服，他更加“重视”，从没扔过一件旧衣服。1949 年 11 月，北京的天气开始变冷了。一天夜里，毛泽东工作之余到院子里散步，一股股寒气向他袭来，冷得他直打寒战。警卫员李家骥说：“主席，外边太冷，回去加件毛裤吧。”毛泽东表示同意。

李家骥把毛泽东的那条旧毛裤找出来，发现补丁摞补丁，已经破得不像样子了。据说，这条毛裤，毛泽东从长征一直穿到中华人民共和国成立，李银桥的爱人韩桂馨曾给他缝补过多次。李家骥拿着这条毛裤掂量了好半天，才对毛泽东说：“主席，你这条毛裤实在无法再穿了，补丁压补丁，又厚又沉，还不暖和。我到管理科给你领条新的吧。”

毛泽东摇摇头，说：“不用。毛裤穿在里边，外边还要套裤子，这又不要什么好看。还是麻烦你想办法给我修补修补吧。”

李家骥继续劝道：“主席，这条毛裤已经补了多少次了，实在无法再补了，还是换一条新的吧。你是党中央的主席，叫管理科给你买条新毛裤完全是应该的，再节省，也不在乎一条毛裤呀！”

毛泽东坐在沙发上，点燃一支烟，慢慢地吸着，听着李家骥的唠叨。他深思了一会儿，耐心地向李家骥解释说：“不论是谁，都要注意节约，不能浪费一分钱。我们是为人民服务的，是人民的勤务员，当主席也不能比别人特殊，也不能脱离群众。现在我们国家很困难，很多群众还吃不上、穿不上，他们连我这样的旧毛裤也没有啊！还是请你给我修补修补，不要花钱买新的了。”

李家骥没有办法，只好拿出针线，细心地给毛泽东修补那条破得不成“形”了的毛裤。这条毛裤，毛泽东一直穿到1956年，后来实在没法穿了才买了条新的，但他仍不舍得扔掉这条旧毛裤。

毛泽东的衬衣向来也是补了又补。有一件旧衬衣，因为穿的时间长，洗的次数多，变得很薄了。李家骥给毛泽东穿衣服时，一不小心，把后背撕开了一条一尺长的口子，便风趣地对毛泽东说：“主席，衬衣张大嘴了！”

毛泽东看了看撕破的衬衣，笑着说：“那就把大嘴缝上，以后再穿吧。”

李家骥用一尺多长的一条白布，把那个大口子补上了。

几天后，毛泽东在换衣服的时候看到了这件补好的衬衣，高兴地夸奖李家骥：“你的针线活还不错呢！”

“当兵啥都得会啊！”李家骥说。

毛泽东满意地点点头。他很喜欢这件衬衣，拿起来看了又看，并叮嘱李家骥：“没有我的同意，不能给我丢掉！”

毛泽东第一次出访苏联回国以后，李家骥和李银桥给毛泽东清理过一次衣服。他们觉得那件旧衬衣实在太破了，就送给警卫班李风华的孩子当尿布。

一天，毛泽东接待客人，非要穿那件补过的衬衣。李家骥忽然想起了毛泽东叮嘱过他的话，吓坏了。就是有天大的胆子，他也不敢说拿去给小孩儿当尿布，只好搪塞说：“找不到了。”

毛泽东偏偏对这件衬衣特别喜爱，非要不可。他不解地说：“难道这中南海还有人偷我的衬衣？”

毛泽东坚持要，李家骥无处找，只好如实地向李银桥汇报。李银桥给李家骥出主意说：“不吭声就行。”

为了缓和矛盾，李家骥躲开了，并让卫士赵鹤桐给毛泽东找了一件新一点儿的衬衣。毛泽东见李家骥溜了，好大不高兴，命令赵鹤桐：“你把李家骥给我叫来！”

赵鹤桐感到情况严重，向李银桥作了汇报。

李银桥只好带着李家骥去见毛泽东。毛泽东一脸严肃地问李家骥：“你是不是把我的那件衬衣丢掉了？我不是说没有我的同意，谁也不能给我丢掉吗？”

李家骥急得满头直冒汗，心里盘算着该如何做检讨，急中生智，撒了个谎，说：“主席，我哪敢随便给你丢掉！我见李风华的孩子没衣服穿，又见那件衬衣确实不能修补了，就想，用这件衬衣给孩子改一件小衣服不是挺好吗？这也不算浪费呀，所以，我未经请示就把这件旧衬衣给李风华爱人改做孩子衣服了。”

毛泽东一听，不是随便丢掉，没有浪费，心里的气也就消了，脸上露出了笑容，连声说：“好，很好！”

李家骥耍了个小聪明，总算蒙混过关了。他后来和李风华说起这件事时，才知道李风华并没有把毛泽东的这件衬衣当尿布，而是私自珍藏了起来。这样，李家骥心里才踏实下来。

随着年龄的增长，毛泽东身体发胖，旧衣服显小不能穿了，便送给儿子毛岸英穿，所以，毛岸英身上也总是补丁摞补丁，没有光鲜亮丽的时候。江青也是照此办理，能补的补，变小不能穿的就送给李敏穿。到20世纪60年代，江青变了，开始注意穿戴，毛泽东却仍然不变：外面的制服破了，便送到王府井织补，内衣、内裤依旧是补丁摞补丁。

1932年，曾志在福建漳州见到毛泽东，一眼就看见他脚上穿的黑线袜子已洗得又薄又稀了。毛泽东见曾志盯着他的袜子看，把脚一伸，说：“这双袜子，还是1929年下井冈山后，你替我买的。（贺）子珍把袜底从中间剪开，翻到两边，又缝了袜底。已经换过两次袜底了，你看，还是好的。不过，再不能换底了，袜面也太稀薄了，经不起洗了。”曾志在回忆起这件事时深有感触地说：“主席这

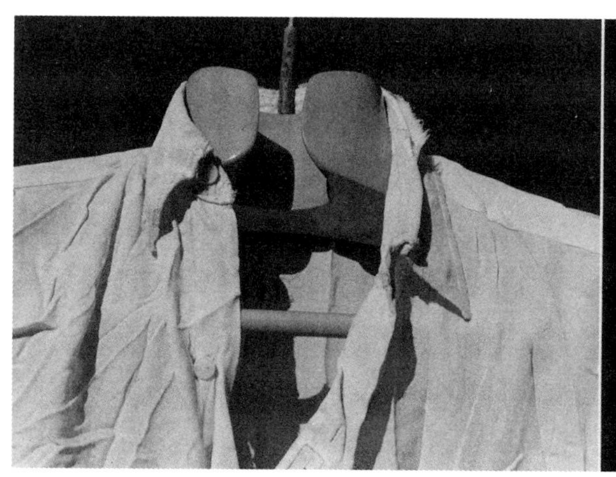
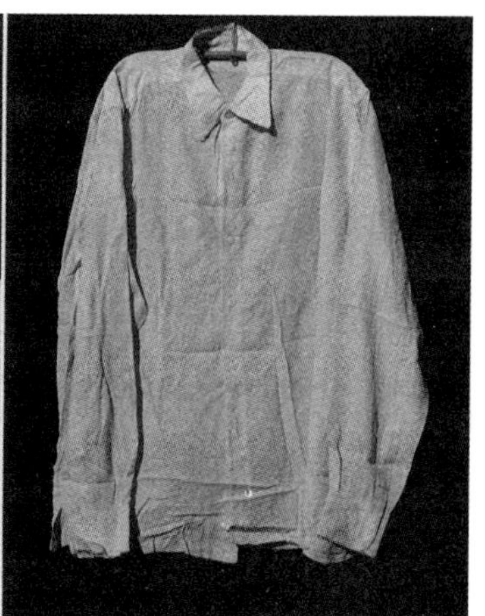

毛泽东穿过的衬衣，衣领、袖口等多处破损，他仍舍不得扔掉。

样简朴，有些人不相信，可我是亲眼所见，事实就是事实。毛主席的廉洁，在当时也是少有的。”

在延安时，毛泽东的服务员李晋用自己纺的纱为他织了双袜子，毛泽东舍不得穿，让李晋纳了双布袜底，然后把织的袜子从底下剪开，翻起来缝上，再把布袜底缝到下面。毛泽东说：“这样经磨耐穿。”大家知道毛泽东这样改造了袜子，也都跟着学开了。

毛泽东无论春夏秋冬，总穿袜子，冬天穿厚的，夏天穿单纱薄袜，几乎不光着脚穿鞋，哪怕是穿拖鞋，而且，他的袜子是清一色的长筒袜。毛泽东袜子数量不少，可大部分都是破了洞或重新织补过的。

毛泽东专列上的服务员姚淑贤清楚地记得第一次见到毛泽东长筒袜上那块赫然醒目的大补丁时的惊讶和感动：“他坐在沙发上和卫士们聊天，漫不经心地伸出两腿，于是，长筒线袜露了出来，脚腕处一块针线很粗的大补丁似乎和脚跟处一块补丁连起来了。我望着那双粗线袜出神，连他们聊天的内容也没听进去。”

有一次，毛泽东把袜子刚穿到脚上，卫士封耀松发现脚背上又磨破了一个洞，便帮他脱下补，劲儿用大了些，一个洞变成了 3 个洞。

“主席，换双新的吧？”封耀松问。

“嫌补着麻烦了？”

“这袜子都糟了。”

“我穿几天磨破一个洞，你动一动手就弄破两个洞，看来不能全怪我的袜子糟。”

封耀松没有办法，只好取针线将那破口吊几针，重新帮他穿好，并且半认真、半开玩笑地提醒道：“主席，接见外宾，别老往前伸脚。”

“为什么？”

“一伸脚就露出袜子了。家丑不能外扬啊。”

毛泽东笑了：“小鬼，就数你聪明！”

封耀松把毛泽东的圆口黑布鞋拿过来：“走路也要小心，这鞋底磨得不比纸厚，踩了钉子就糟了！”

毛泽东不笑了，认真地说：“讲吧，都是老话；不讲吧，还真不行！这比红军时候强多了，比延安时期也强多了。艰难时期节约，可以说是逼的；富了还讲节约，没有逼，就要靠自觉了，要靠思想觉悟呢。”

从此，当毛泽东接待外宾时，卫士总要事先提醒：“主席，坐沙发上要收回腿，一伸腿就露馅了。”久而久之，卫士们便把提醒毛泽东的这一动作精炼为一句话，叫作“家丑不可外扬”。

礼品交公

作为一个大国领袖，毛泽东受到国内外友人的尊敬，也收到了不计其数的礼品。一般情况下，他看到的只是白纸黑字的一份礼品单，实物直接由负责礼品的部门交公。有时，他甚至连礼品单也不看一眼，只说一句“都上交”就算完事。也有面见毛泽东时送礼的，礼物由他看过之后便交公。毛泽东处置礼品既有原则，又有分寸。对于没法保存的土特产，如果是水果，基本上送幼儿园；如果是几包茶叶，则一般送身边工作人员。毛泽东从来没有将这些礼品送给自己的孩子们。逢到送的土特产品量大时，毛泽东就让工作人员拿到中南海食堂卖掉，然后附上一封讲明我党关于不准送礼的信，将钱退给送礼的单位或个人。

毛泽东身为党和国家的最高领袖，来拜访他的外宾很多。外宾来了，当然会带些礼品，有的礼品比较珍贵。有时，工作人员会劝毛泽东："主席，这些礼品是送给您的，吃了用了都是应该的。"这时候，毛泽东就会耐心解释："这个问题不是那么简单，党有纪律。这些礼物不是送给我个人的，是送给中国人民的。如果说，你在我这个位置上，人家也会送给你的。""中国不缺我毛泽东一个人吃的、花的，可是，我要是生活上不检点，随随便便吃了、拿了，那些部长、省长、市长、县长都可以这样了，那么，这个国家还怎么治理呢？"

朝鲜停战后的第二年，金日成赠送毛泽东 24 箱苹果。这一次因为是金日成所赠，又是不宜保存的物品，毛泽东看了礼品单后，吩咐工作人员把苹果转赠给警卫部队。

此时恰好是春节前夕，战士们非常高兴，七手八脚打开纸箱，忽然都傻眼了：那透红发紫的国光苹果全是一般大小，中等个头，令大家惊奇的是每个苹果上都有一行字："毛主席万岁"。字是擦不掉的。大家后来才明白，那是早在苹果长成个头后贴上纸字，被太阳晒出来的。

怎么能吃掉"毛主席万岁"呢？大家束手无策。有人说："这样也好，干脆别吃，保存下来，天天可以闻到苹果的香味。"

毛泽东知道这个情况后，大不以为然，皱着眉头说："我就不喜欢这个口号！哪有人能活到一万岁的？活不到，那就吃掉。"于是，24 箱晒有"毛主席万岁"的苹果便全被战士们吃掉了。

金日成一直对毛泽东怀有特殊的感情，几乎每年都给他送来几十箱乃至上百箱的苹果、梨和无籽西瓜，大的西瓜重达五六十斤。退肯定不合适，毛泽东就让秘书开列一个名单，将水果分送给各位中央领导人。遇到这种情况，毛泽东身边的工作人员就会想到他的那几个仅靠干巴巴的二三十元穿衣吃饭的孩子，她们太清苦了！工作人员不敢向毛泽东请示，只能向汪东兴建议留点儿水果给李敏、李讷，也只有这时，她俩方可饱尝一顿瓜果的香甜美味。

各类补品是礼品中很引人注目的一部分。毛泽东从来不用人参、鹿茸、灵芝之类的补品，对送来的这些东西也一律交公。护士孟锦云问他："为什么不吃点儿高级补品？"毛泽东的看法是："有些所谓高级的东西，并没有什么特殊之处，只不过物以稀为贵罢了。虽仍有些人有一种很特殊的心理：如果这种食品，皇帝、皇后吃过，什么名人、大官吃过，它的名望也就高贵起来，甚至高不可攀，神乎其神，所以，那些有了权、有了钱的人是绝不肯放过它的，仿佛吃了皇帝吃的东西，自己便成了皇帝，吃了名人吃过的东西，自己便成了名人，这叫沾光吧。"说到兴浓处，他还开了一句玩笑，"本人生来不高贵，故高贵之物，不敢问津啊。"他还强调说，"补品能少吃便少吃，当然最好不吃，战胜疾病，保持健康，主要还得靠自己身体的力量，这叫自力更生为主，争取外援为辅。"

1965 年至 1966 年，印度尼西亚政府掀起了迫害华侨的浪潮，我国政府保护了华侨。有一位侨胞出于感激之情，送给毛泽东一份重达 31.5 公斤的燕窝。毛泽东毫不犹豫地指示："把这些燕窝全部送给人民大会堂招待外国友人。"秘书徐业夫问："主席，是不是家里留一点儿？"毛泽东摆摆手："不用留，一点儿都不用留，全部送去招待外国友人，也可为国家节省点开支。"于是，这 31.5 公斤燕窝一两不少

礼品登記表　　196　年　月　日

編号	礼品名称	数量	来源	接收时間	附件	处理意見 留用	处理意見 处理	经办人	备注
226	水牛烟灰缸	1	[illegible]	1964.8.18					已交
	猴皮	1							已交
227	大象牙	1	中非共和国总理 友好代表团带来	64					已交
228	[illegible]	1		1964.5.20					已交
229	大油画	1	[illegible]	1964.10					已交
	大锦旗	1	[illegible]	1964.10					已交
230	[illegible]	1	[illegible]	1964.10					已交

毛泽东享有崇高的威望，不少国家领导人赠送他珍贵礼品。毛泽东让身边的工作人员全部登记造册，如数上交。

地送到人民大会堂。9 年后的 1975 年，年迈的毛泽东已经行动不便，咳嗽哮喘，身体日渐衰弱。毛泽东的生活管理员吴连登向中共中央办公厅副主任张耀祠提出要给毛泽东增加营养，最好能弄些燕窝炖汤。张耀祠找到人民大会堂党委书记刘剑，发现当年送来的燕窝尚剩 7 两。经汪东兴批准，由吴连登打了收条，将这 7 两燕窝取回中南海。每次瞒着毛泽东在汤里加一点儿。这位伟人直到离世，也不知道那 31.5 公斤燕窝被他吃掉了 7 两。

除了西哈努克赠送的一件法国造文件包外，毛泽东一生中再没留用过外宾赠送的礼品。这个文件包还是在他身边工作人员的再三请示下，毛泽东才勉强同意留下的，用于外出视察时装睡衣、拖鞋、文件、放大镜、铅笔等物品。

中华人民共和国成立以后，除了外国政要、友人，全国各省市自治区也常有人给毛泽东送礼，其中有战友，有过去的熟人、同乡、同学，也有从未见过面的普通百姓。

那时的送礼与今天的请客送礼等不正之风完全是两码事。正像歌中所唱的那样，湖南农民要挑担茶叶到北京，新疆库尔班大叔要骑毛驴来看毛主席，这里表达的是广大人民群众对党和人民的领袖的感激之情。对于他们送的东西，毛泽东则有的收，有的不收。延安群众送来的小米、红枣、花生等，毛泽东从不拒收。他喝着延安的小米粥，脸上往往流露出欣慰的笑容。有时候，他又一言不发，看着老区送来的杂粮一动不动。对于有些老百姓和地方送来的礼品，他偶尔有选择性地收下后，绝不忘把礼品折成钱交还对方。1960 年，一位东北老人挖到了一棵硕大的老山参，还亲自送到北京，说是献给毛主席。毛泽东知道后，指示说："先把老人安排在招待所住下，把人参拿来先让我看一下，然后送到同仁堂药店，请他们按质论价收购，把人参钱交给采参老人。"他还派人陪老人在北京玩了几天，又买好车票送老人回家，老人在京的费用也从他的工资里支出。福建武夷山的"大红袍"，算得上是茶中上品。中华人民共和国成立不久，武安县委县政府把一盒"大红袍"送到了中南海。毛泽东是很喜欢喝茶的，这次，他破例把茶叶收下了，又委托中央办公厅寄去 100 元作为茶款。

第二年，武安县的领导又寄来了一盒“大红袍”，可没多久，这盒茶又原封不动从北京退了回去。很快，在毛泽东的提议下，中央还明确做出了国家机关工作人员不准接收礼物的决定。1953年，毛泽东60岁，各地送来了很多祝寿贺礼，小到一束甘草，大到虎皮、牛黄。十世班禅、阿沛·阿旺晋美和云南的碧土活佛分别赠送了麝香、藏红花和鹿茸。毛泽东却一件也没有留下来，还指示把这些礼物送到故宫博物院保管和展览。后经中央办公厅主任批准，药材类礼品交保健局、皮毛类礼品交中央特会室（即中共中央办公厅特别会计室，专为中央领导管理经济，也管礼品）、工艺类礼品交有关博物馆处理。

对于某些贵重的礼品，毛泽东偶尔也收，但往往另做他用。

一天，秘书给毛泽东送去一大一小两个熊掌，说是王震从新疆特意派人带给他的。毛泽东抬头看了秘书一眼，只道了一声：“哦。”这就算收下了。看来还是战友比外国人的面子大！但他又说：“把大的那个给宋庆龄送去。”

毛泽东对宋庆龄是很敬重的，两个人之间常有往来，互赠礼物，互祝康吉。过一段时间，毛泽东会对身边的工作人员说：“去看看国母。”工作人员便奉命前往，并带上毛泽东让带的东西。宋庆龄对毛泽东也十分敬重。有一次，她在自己东单的寓所请毛泽东身边的部分工作人员吃顿便饭。饭前，她专门看望了大家；吃饭时，她让秘书做她的“全权代表”招待大家。宋庆龄知道毛泽东平时有躺靠床栏办公的习惯，还特制了一个又大又软的靠枕，请人送给他。毛泽东没有收礼的习惯，所以没有收，当来人走后，毛泽东忽然又觉得不收不好，马上派工作人员追了上去，把枕头收了下来。后来，这个枕头用了没几天，就被细心地收藏起来了。

1957年冬，在我国北方贮菜的季节，毛泽东派人给宋庆龄送去一些山东大白菜。宋庆龄非常高兴并复信致谢。

敬爱的毛主席：

承惠赠山东大白菜已收领。这样大的白菜是我出生后头一次看到的。十分感谢！

您回来后一定很忙，希望您好好休息。致以

敬礼

宋庆龄

1957 年 12 月 1 日

一位党的主席赠送一位国家重要领导人的礼品竟然是大白菜，这在古今中外国家领导人的互赠之中绝无仅有。淡泊清风，令人感奋，发人深思。

宋庆龄每年都要给毛泽东寄贺年片。1956 年，毛泽东收到宋庆龄的贺年片后写了一封生动有趣、热情洋溢的回信。信中，毛泽东亲切地称宋庆龄为“亲爱的大姐”，对她送来贺年片深表感谢。对她的问候，毛泽东以幽默而关心的口气写道：“你好吗？睡眠尚好吧。我仍如旧，十分能吃，七分能睡。最近几年大概还不至于要见上帝，然而甚矣吾衰矣。望你好生宝（保）养身体。”这封信既表达了毛泽东的革命乐观主义精神，又体现了他和宋庆龄的诚挚友情。

毛泽东处理礼品的实际行动也感染着他周围的工作人员。一次，西藏地区一位非常有影响力的人士托人送来了一块金表，那表看上去金光闪闪，拿在手上沉甸甸的，含金量肯定很高。秘书送给毛泽东看，建议毛泽东把金表戴上，把正用着的旧表淘汰掉。毛泽东戴的这块表是 1945 年在重庆和蒋介石谈判时，郭沫若看

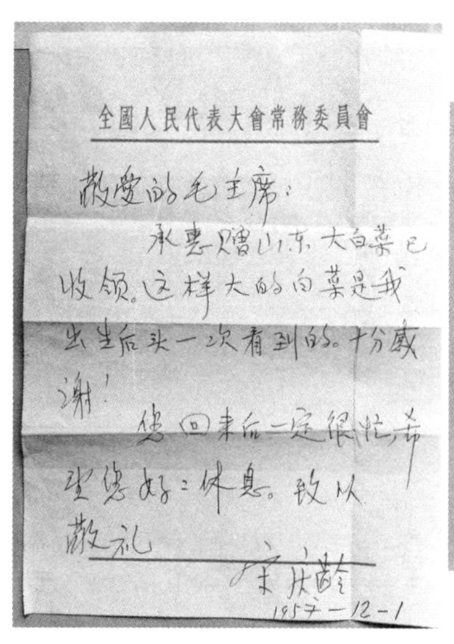

全國人民代表大會常務委員會

敬爱的毛主席：

承惠赠山东大白菜已收领。这样大的白菜是我出生后头一次看到的。十分感谢！

您回来后一定很忙，希望您好好休息。致以

敬礼

宋庆龄

1957—12—1

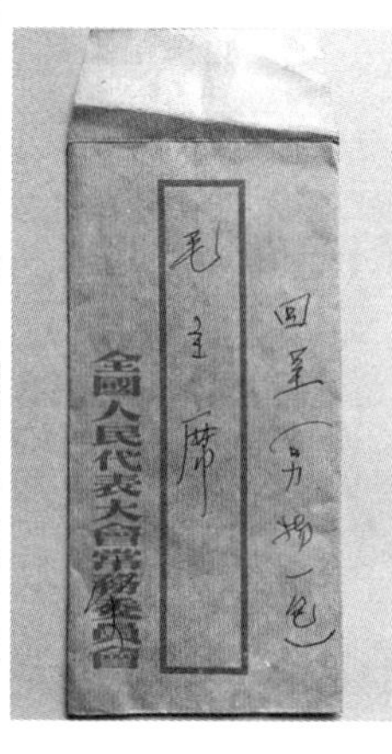

1957 年 12 月 1 日，宋庆龄致毛泽东的信。

毛泽东的这块手表，是1945年8月在重庆谈判时，郭沫若送给他的，一直用到逝世。

到毛泽东没有戴表，就将自己戴的手表送给了他。经过这么多年，说真的，这块表实在太旧了，表蒙子模模糊糊的，表盘上的数字也看不太清，早该淘汰了。可是，毛泽东看了金表一眼，脸上没有表现出丝毫的兴趣，说："不换。明天就把金表上交特会室。"毛泽东一直十分珍惜地戴着自己的这块旧表，直到临终。表盘、表蒙子和表带都更换过。毛泽东以身作则，处处保持劳动人民的本色，不搞特殊化。毛泽东朴素，他身边的工作人员也跟着朴素。俗话说："喊破嗓子，不如做出样子。"在毛泽东身边工作过的很多同志起初都没有手表，大家只靠办公室墙上的一个挂表每天来看时间，随着条件的好转，才陆续买了手表。

"丰厚"的遗产

毛泽东很少请客，偶尔为之，请的几乎是民主人士及同窗好友。也有例外，有几次在丰泽园开会开到深夜，毛泽东说："今天会开晚了，我请大家吃饭，每人面条一碗。"工作人员们顿时忙里忙外，将一碗碗炸酱面或打卤面端了上来。"你们吃你们的，不影响开会。"毛泽东看着大家吃着面条，继续讲话。不用说，这顿面条钱，他又会从自己的工资里支出。这样下来，毛泽东每月的工资所剩无几。据李敏回忆，20世纪50年代，毛泽东每月都要抽空检查家庭收支账，听管理员报告全月各种用项。他一再叮嘱，不能超支。

除工资外，毛泽东拥有大笔稿费，20 世纪 50 年代，稿费数额就达人民币 100 多万元。“文革”期间，出版的《毛泽东选集》《毛泽东语录》《毛泽东诗词》等数以亿册计，但是毛泽东没有拿过国内一分钱的稿费。不过，在国际上还是有稿费制度的。尽管如此，那时的社会主义国家，尤其是第三世界，翻译出版了很多毛泽东的著作，经常给毛泽东汇过来稿费。对于这些国家汇过来的稿费，毛泽东则让中央办公厅汇回去。对于国内这 100 多万稿费，毛泽东觉得太多太多。有一次，毛泽东问汪东兴：“这个稿费，你怎么越搞越多呀？”汪东兴回答：“不是我搞多了，是你没有怎么开支，每年又有利息，当然就越来越多了。”1972 年，为了便于毛泽东日常开支，机要秘书张玉凤经汪东兴、张耀祠批准，从特会室取了 3 万元作为备用金。然而，这笔备用金一直没有用。两年后，张玉凤将这 3 万元原封不动地退回了特会室。

1974 年，经毛泽东批准，分别给贺子珍、江青、李敏、李讷各 8000 元，作为生活补贴之用。这 4 个 8000 元的开支是由于 1972 年李讷生了儿子效芝后生活发生困难而引起的。毛泽东早有规矩：孩子们参加工作，拿到工资，就自食其力，不再补贴。他的理由是：“人民给了你待遇，你就自己安排自己的生活。”

那时，李讷的工资仅有几十元，要买柴米油盐，要买奶粉，要请保姆，再怎么省都不够。从来没有向父亲伸手要过钱的李讷束手无策了。负责管理毛泽东工资和伙食的吴连登只好向张耀祠求助。张耀祠觉得，给李讷一点儿补助合情合理，就写了张条子请毛泽东批准。毛泽东阅后，不觉动了情，说：“不要批了。你说该给多少钱？”张耀祠哪能说出个准数？就说：“这回李讷开销小不了，给个几千块吧。”毛泽东同意从稿费中支出 8000 元。

吴连登没有将这 8000 元全部给李讷，担心她万一用过头，再开口要就难了。他以李讷的名义存进银行 5000 元，只交给李讷 3000 元。

李讷拿到钱后，毛泽东出于对其亲属的关怀，又批准从稿费中给贺子珍、江青、李敏各支出 8000 元，作为生活补贴之用。

当时，贺子珍在 301 医院住院，工作人员把 8000 元送给她时，她非常感动，说："这钱就放在那里，我需要开支的时候再取。"后来，工作人员给她买了半导体收音机、录音机、录音带和生活必需品。

在毛泽东晚年，江青曾伸手向他要过钱。毛泽东从稿费中批了30000元给她，是由工作人员经办的。

毛泽东去世后的几年时间，没有任何人提起他的遗产问题。直到1981年，中共中央办公厅派人找李敏，了解她的生活和要求。

李敏说她没有什么奢求，如果可能，她只想要她父亲原来要给她的一份，因为当年父亲批给她的8000元还没有落实。这样，1981年，李敏得到了中办送来的8000元现金、一台电视机和一台冰箱。

中办也给李讷送去了一台电视机和一台冰箱，因为毛泽东在世时已经批给了李讷8000元。毛岸青也得到了同样的一份。

1984年，贺子珍去世后，上海市委老干部处将她留下的3000元交给了李敏。李敏把父母留给她的钱放到一起，不打算花掉，要把这笔遗产作为永久的纪念。

除此之外，毛泽东的其他稿费都交给了国家。毛泽东在世时一再声明："我参加革命，就是解放老百姓，建立中华人民共和国，使全国人民过上好日子。我的东西，包括这个稿费都是从老百姓那里来的，做事情来的。总有一天要取之于民，用之于民。"毛泽东的孩子毛岸青、李敏、李讷都依靠自己的工资生活。毛泽东留给子女的遗产不是金钱，不是房产，而是他那高尚的情操和自强自立的精神。

周恩来

“他不是高高在上，他就在你我他之间”

和周恩来共事的人，除了把他看作领袖，还会从内心里把他当成朋友。他为什么能对群众有如此大的吸引力呢？中南海的摄影师徐肖冰概括得好：周恩来与群众交往时，并不是把自己当作官，恩赐似的去“近”人，他发自内心地把自己看作普通人中间的一个。同周恩来谈话，无须“仰着脸”。他不是高高在上，他就在你我他之间。

周恩来和少数民族群众在一起。

周恩来对身边的工作人员向来平等相待。他明确对身边工作人员说："在国务活动时，我是政府总理；在党内活动时，我是一个普通党员；在群众中活动时，我是一个普通的劳动者。"工作人员的爱人生了孩子，他让邓颖超给送去老母鸡。夏天，看炊事员做饭满头是汗，让邓颖超买凉快的绸子布料给炊事员做衬衣。工作人员结婚，他参加婚礼，送上美好的祝福。谁家有了困难，他总是解囊相助。他批评身边工作人员偶尔也有批评错了的时候，弄清情况后，总是亲自道歉，作自我批评。每一位在西花厅工作过的同志都感到西花厅是个民主、平等、和谐、温暖的大家庭，在那里工作的经历，成为他们一生中最美好的回忆。每逢年节，周恩来和邓颖超都要到机关家属区看望大家，每家都去，与大家亲切握手，给大家拜年，对保姆也不会漏掉。

不管是老年人还是青年人，不管是工人、农民、干部还是知识分子，不管是将军还是战士，周恩来都平等地对待。

有一次，由于周恩来的汽车驰入中南海时车速较快，警卫战士韩良举没有看清规定的汽车出入信号，就挥起指挥旗拦住了汽车。当韩良举看到周恩来在车内向他微笑致意时，顿时不知所措，竟忘了立正敬礼。周恩来从韩良举紧张的神态中觉察出他背上了思想包袱，所以一下车就给警卫处领导通了电话，转达了对他的歉意，并热情地赞扬他坚持原则的负责精神。

在一次外事活动中，有记者为了抢拍毛泽东与外宾握手的照片，无意间把照相机的长镜头放在了周恩来肩上。周恩来笔直地站立，尽量保持平稳，甘为记者当摄影支架。记者拍完照片，发现长镜头竟然放在总理肩上，十分内疚和不安，周恩来却微笑着点点头，似乎在说：同志，没关系，这有什么呢？

人民大会堂的服务员刘桂兰响应党的晚婚号召，28 岁才办婚事。周恩来赞赏她的好思想。刘桂兰结婚那天，周恩来夫妇带着鲜花来到大会堂山东厅向新婚夫妇祝贺婚礼。参加婚礼的人都在一块红绸布上写下自己的名字作纪念。周恩来见状，也提起毛笔在红绸布上签了自己的名字。婚礼上，大家请周恩来讲话。他笑眯眯地说："大会堂的服务员响应号召，实行晚婚，这样很好。今后，哪位服务员也是28岁以后结婚的，不管是谁，我都要来参加婚礼。”

周恩来常常到北京饭店理发。一次，他走到饭店门口的时候，迎面遇上一位要出门的服务员。服务员一看周恩来要进门，便退在一旁让他先走，可是周恩来的脚步停住了。周恩来一面招手示意服务员先走，一面和蔼地说：“你有工作。我只是来理发，应当让你先走，为什么给我让路呢？”周恩来认为大家的工作，只是分工不同，在政治上是平等的，自己和大家一样。

北京饭店理发师朱殿华为周恩来理发20多年。一般情况下，周恩来都是自己到北京饭店理发。北京饭店有两个理发室，一个为贵宾和国家领导人理发，一个是普通理发室。周恩来总是到普通理发室理发。有时候人多，他就和大家一样，坐在椅子上看报，排队等候。有时，工作太忙或急待迎送外宾，才请朱师傅到他家去为他理发、刮脸。周恩来总是在门口迎接朱师傅，握着朱师傅的手亲切地说：“老朱，又让你跑一趟，耽误你的工作了。”

有一天，周恩来连续工作十几个小时后，急着赶往机场迎接外宾，便请朱师傅来为他理发、刮脸。朱师傅刮着刮着，周恩来突然咳嗽了一下，朱师傅没有提防，刀子在周恩来的下巴上划破了一个口子。朱师傅心里很难过，抱歉地说：“总理，真对不起你！我工作没做好！……”

“怎么能怪你呢！怪我咳嗽没和你打招呼。还幸亏你刀子躲得快。”周恩来笑着安抚朱师傅。刮完胡子，周恩来饭也顾不上吃，拿了两个馒头就上车去机场了，临走时还嘱咐邓颖超：“你陪老朱吃饭。我走了。”

周恩来病重住院后，朱师傅常到医院给他理发。每一次，周恩来都要和朱师傅聊一聊，谈一谈北京饭店职工的学习、工作情况，但很少谈起自己的病情。周恩来逝世前一个多月，病情进一步恶化，已经有一段时间没有理发了。朱师傅好生惦念，于是托人给周恩来捎了个话，说要去给他理发，可是没有等到回音。

1976年1月8日，周恩来逝世。工作人员给朱师傅挂了电话，请他来为周恩来遗体整容。朱师傅看到周恩来的头发、胡子都很长，流着泪问工作人员，几次请求给总理理发，为什么得不到答复。工作人员也流着泪回答：“你的请求，我们告诉总理了，可是总理说：‘他给我理了20多年发，看到我这样，他会难过的，还是不让他来吧！’”

周恩来不仅对朱师傅，对北京饭店其他同志也很关心、尊重。由于工作关系，他去北京饭店次数比较多，每次去，总喜欢在饭店内走动走动，同店里的领导、服务人员打打招呼，聊聊天。饭店里所有的同志都对周恩来有一种特殊的感情。老职工至今一提起周恩来，没有不挥泪的。

北京人民艺术剧院老演员、一级编剧梁秉堃回忆说：每次见到周总理，无论是在舞台上，还是在后台、在休息室……他都极为主动地、热情满怀地、真心实意地与我们每一个人握手，也不知道前前后后握过了多少次，没有人计算过，好像是永远也握不够。几乎在每一次周总理到来之前，剧院的领导都会认真嘱咐大家：“总理在长征中骑马摔伤了胳膊，握手的时候，我们千万不能用力，要轻点儿，再轻点儿！”到了握手的时刻，我们倒是小心翼翼了，周总理却是满脸带笑地、兴奋地、用力地用手上下摆动好多次。凡是遇到这种情况，真是让人又高兴，又心疼，就像是自己做错了什么事。在与周总理握手当中，还有一个现象很值得提到，那就是他总要从离他最远的人握起。如果握不到，他就主动走到跟前去一一握手，从不怕麻烦，从不怕辛苦。据秘书说，总理认为站得最远的人也是最担心握不到总理的手的人，应该尽量不让他们失望。1957年5月12日深夜，周总理看完戏后，就陪着我们演职员从首都剧场一直步行回到史家胡同宿舍大院。途中在灯市东口，遇到了一位正在清扫马路的女清洁工。周总理感觉到对方已经看见了自己，便马上走过去，主动地拉起了

1965年，周恩来在埃及的亚历山大港同工人们握手。

她的手，紧紧地握着说：“同志，辛苦了！感谢你呀，人民感谢你！”更让人能牢牢记住的是周总理的握手方式。在一般情况下，不管你是干部，还是群众，他都是首先伸出手来拉住你的手，然后用那双明亮的大眼睛专注地对准你的眼睛，凝视片刻以后，再握紧你的手并用力地上下摆动，最后才会缓缓放开。对于这种平等的、真挚的、亲切的握手，有的人说：“这不仅仅是身体的接触，更是心灵的沟通、交流和补偿，能够让人感觉到一种精神上的满足和享受。”

“我肚子里还装着很多话没有说”

1982 年 6 月，在中国共产党迎来 61 岁生日前夕，邓颖超深有感触地谈到，周恩来同志是“我亲眼看到的一个始终严格遵守党的保密纪律的共产党员”。

1925 年 8 月 8 日，周恩来和邓颖超在广州结婚。图为他们于 1926 年在汕头的合影。

在周恩来和邓颖超建立恋爱关系的时候，彼此都不知道对方是共产党员。他们在通信中从来没有提起过党的纪律要求不许谈的事，仅仅谈论自己和朋友们的思想认识，倾吐自己的理想，诉说对革命的向往。直到 1925 年 8 月，他们结为夫妻时，彼此才知道都是党员。以后，他们常常相互提醒，一定每时每刻都严格遵守党的纪律，保守党的机密。他们始终自觉地认为党的机密即使在夫妻之间，也应互相保守。

1927 年，蒋介石、汪精卫相继

叛变革命后，中共党组织全部转入地下秘密状态。不久，党中央决定在南昌举行武装起义，由周恩来担任党的前敌委员会书记，迅速离开武汉去南昌领导起义。在离开武汉的当天晚饭前后，周恩来才告诉邓颖超，说自己当晚就要动身去九江，但是，去那干什么、去多久，周恩来一句话也没提。因为夫妻二人对保密已经形成习惯，对方不说的，也不能问，所以邓颖超什么也没有问。50多年后，邓颖超回忆起这件事时是这样描述当时的情形的：“我们只是在无言中紧紧地握手告别。这次分别后，不知何日相会。在白色恐怖的岁月里，无论是同志间还是夫妇间，每次的生离，实际意味着死别！后来还是看了国民党的报纸，才知道发生了南昌起义。”

党的利益高于一切，党的秘密比自己的生命还重要。当周恩来冒死去从事党的工作时，邓颖超还不知道丈夫去干什么。这就是中国共产党铁的纪律，它是党的事业坚不可摧的一个重要原因。

周恩来有个侄子叫周尔均。一次，周恩来送给他们夫妇两张工人运动会开幕式的票，并反复叮咛：“一定要到场，一定要看完。”周尔均他们虽然去了，但因为有事，只看了一半就退场了。第二天，周恩来见到他们，问道：“看到毛主席了没有？”他俩很惊讶地说：“没有啊！”周恩来连连叹息：“你们这些孩子就是不听话！”于是，邓颖超告诉他们：“运动会，毛主席要出席，因为工作，中间才能到场。伯伯遵守纪律，不能提前告诉你们，又想让你们不要错过一个难得的见毛主席的机会，所以，嘱咐你们看到底。”他俩听后懊悔不迭。

我国第一颗原子弹爆炸试验时，周恩来以身作则，使我国很好地保住了核试验的机密。在原子弹即将爆炸时，周恩来专门把张爱萍和刘西尧等主管负责同志找去，严肃地说：“这次试验要绝对保密，除了同试验直接有关的人员外，一律不能让其他人员知道，包括你们的妻子、儿女。邓大姐是我的妻子、党中央委员，因为她的工作同核试验无关，所以，我没有告诉她。”张爱萍等人把周恩来的话原原本本地向试验现场的全体人员作了传达。大家听了，更增强了严守机密的观念，使我国的核试验事先没有任何泄密事件发生。邓颖超知道周恩来的这番话，也是在 18 年以后。

周恩来的办公室定有极为严格的保密制度，除有关人员外，别人都不得随便入内，亲属、朋友除非来谈工作，否则也不能进入。他的办公室门和保险柜的钥匙，平时总是装在他的口袋里，睡觉时压在枕头下，几乎 24 小时不离身。只有当他出国时，才把两把钥匙交给邓颖超收藏。一次，周恩来出国访问，由于诸事缠身，临走时非常匆忙，到了机场才发现钥匙还在自己的口袋里。他立即用一个信封把钥匙密封好，让一个可靠的同志带给邓颖超。当他归国后，与邓颖超见面的第一件事就是要回两把钥匙。

“文革”期间，我们党和国家的保密制度遭到严重破坏，几乎无密可保。但是，周恩来仍然严守党和国家机密，从未向任何无关人员透露过，对自己的家人也是守口如瓶，滴水不漏。直到他得了癌症，病魔缠身后，也只是对邓颖超说了这样一句话：“我肚子里还装着很多话没有说。”邓颖超同样默默地回答自己的丈夫：“我肚子里也装着很多话没有说。”最后的诀别不久就会残酷无情地来临，但对于这对忠诚的共产主义战士来说，那些没有对对方说的话，永远只能藏在心底了。

“我是这个国家全体人民的总理啊，我怎么休息得了啊！”

1972 年 5 月 18 日，周恩来被确诊患了膀胱癌。尽管医生没有告诉周恩来患的是癌症，但周恩来从医护人员和周围人员的表现以及多年的经验判断，自己患了不治之症。如果这个时候能得到充分的休息，病情也许能够缓解，可周恩来更加忘我地投入了工作，这是他一生中最后的一搏，他要抓紧时间多干些工作。

1973 年 6 月初的一天夜里 1 点多，秘书纪东忍不住走进周恩来的办公室，看着手表提醒：“总理，时间不早了，距离出发还有 14 分钟。”因为越南外宾已经来华，要求马上就见周恩来，所以外事活动安排在半夜两点。听了纪东的话，周恩来似乎累得不行了，觉得该歇口气了，便很听话地站起身来。

“唔，你们做准备，我刮个胡子。”这时的周恩来已很虚弱，从座椅上起身已然吃力，身体微微晃了几晃才站稳，接着独自向卫生间走去。

只要刮胡子，就说明周恩来马上有外事活动，这已经成为习惯。周恩来在各种场合非常注重仪表整洁，他也要求身边工作人员这样做，说这是对人尊重，也是中国礼仪之邦的礼貌行为。

1972 年 5 月 18 日，周恩来被确诊患了膀胱癌。在生命的最后几年里，他仍然超负荷地工作，为国为民，鞠躬尽瘁，死而后已。

秘书一看所剩时间不多，知道周恩来又顾不上吃饭了，就马上给负责招待工作的领导打电话，让在会谈场所准备一点儿吃的东西。

秘书刚打完电话回来，就见客厅里人来人往，大家都很着急地在找总理。

忙乱中，不知谁想起来了：“哎呀，总理不是要刮胡子吗？”大家这才想起来去卫生间里寻找。

门推开的一刹那，所有人都怔住了，只见周恩来左手拎着一条毛巾，右手握着沾有肥皂沫和胡子茬的刮脸刀，歪着身子，倚在镜子前睡着了……他的脸显得那么瘦削，那么疲倦。这是大家常常引以为荣的俊朗总理吗？！

几个人站在门口，一阵心酸，止不住的泪水夺眶而出，但谁也不愿意上前叫醒总理。他们相互看看，感觉到每一个人的眼睛里就一个愿望——不要出声！

但是这种沉静只持续了片刻。突然，周恩来腿一打弯，差点儿摔倒，卫士抢前一步扶住了他。

周恩来睁开眼睛，自己也吃了一惊，连忙用毛巾擦去脸上的肥皂沫，赶紧迈腿就往外走，一边走一边抬手看表，不停地自责："糟糕，我睡着了呢！迟到了！迟到了！这次怪我！……"

周恩来来到钓鱼台。外交部副部长韩念龙已经等候在那里，迎上来就向周恩来汇报情况。

周恩来已经不分白天黑夜地工作了 30 多个小时。怕周恩来太劳累，秘书刚想劝他休息几分钟再工作，话还没有说出口，却发现周恩来那灰黄的脸上奇迹般地焕发了容光，正如他自己所说的那样：只有工作能够使人显出年轻。

接待人员轻轻走到周恩来身边，让他吃碗面条。

周恩来看看手表，觉得没时间吃饭，就没同意吃面条，但提出能不能给他两块咖啡糖。

剥糖纸时，周恩来的手指颤抖着，差点儿把糖块掉到地上。他迅速把两块糖塞到嘴里，因为咖啡糖可以提神。

这次会谈，越南总理范文同是带着要求来的，会谈中，越方不停地提条件，会谈进行得十分艰难。

周恩来饿着肚子与越南代表周旋谈判，为了提神，只能不停地喝茶，但是随着时间推移，极度疲惫的神态越来越掩饰不住了。周恩来想了一个办法，他借服务员上水的机会，小声吩咐："给我送条湿毛巾。"

服务员很快就用托盘送来了凉毛巾。周恩来拿过毛巾，在额头和眼窝的部位反复擦拭按摩，然后放回托盘，哑声说："谢谢。"

可是不到 10 分钟，周恩来又使眼色要毛巾。女服务员上毛巾时，他小声请求："要热的，热一点儿。"

周恩来一边倾听范文同的讲话，一边将热毛巾用力按在额头上。也许是热毛巾起了扩张血管的作用，大脑得到充分供血，很快，周恩来恢复了谈判的睿智与敏捷，与范文同对话句句反应敏捷，字字切中问题实质，迅速而有力地阐明道理，回答问题。

会谈从夜里两点一直进行到旭日东升。其间，每隔 10 分钟，服务员便送上一次开水泡过的毛巾。

天色放亮，周恩来完成了谈判任务，要走了，两位递送热毛巾的女服务员却没有像往常那样丢下手里的活儿来送周恩来，而是捧着双手一动不动，默默地站立在放开水瓶的地方远远地望着。

接待的领导奇怪了："你们今天这是怎么啦？个个像被霜打过的，蔫了。"

原来两位年轻姑娘的手掌心在绞开水毛巾时，烫起一串串晶明透亮的水泡，一碰就痛得钻心，她们生怕送总理时，与总理握手会被发现。

还有一次，周恩来召集会议，与会的有李先念副总理等人。人们陆续来到他的办公室，他还伏在办公桌上紧张地批阅文件。人到齐后，他连忙放下手中的工作，站到主持会议的位置上。秘书到他身边悄悄提醒："总理，你坐下吧。"周恩来望了望会场里的人，苦笑着说："我不能坐，我一坐下就睡着了。"一句话说得在场的人眼睛都湿润了。

周恩来的机要秘书赵茂峰在"文革"期间写过周恩来的"大字报"，用"造反"的形式要求周恩来注意休息，保护身体，不能光顾着工作。周恩来也在这张"大字报"上亲笔写了"诚恳接受，要看实践"8 个大字。实际上却没有休息。赵茂峰曾深情地回忆说："就在那张'大字报'贴到总理办公室门上不久，我把当天值班收到的一堆文件、材料经筛选后又送到他的办公室。他停下手中的笔，望着那一堆堆文件，无奈地对我说：'老茂，你们都劝我休息，你看我休息得了吗？'"

这个时期，周恩来的病情已经相当严重，每天大量便血，多的时候达到上百毫升。有一次，他出去开会，回到西花厅后，半天站不起身，最后还是卫士把他扶出车。从下车地点到他的办公室只有 30 多米的路，他自己已无法走完，只好由卫士架着走。他的身子软得直往下坠，不得不对卫士说："我太疲乏，让我喘息一下。"喘息片刻后，周恩来说："好了，我们走。"卫士要扶他回卧室，他不肯，挣扎着说："去办公室，去办公室。"卫士哭着求他："总理，求求你了，休息休息吧，恢复一下体力！"周恩来一句一喘地说："你叫我什么？总理。我是这个国家全体人民的总理啊！我怎么休息得了啊！现在国家这个样子，我不管谁管？”就这样，周恩来又回到办公桌前。卫士帮他套上袖套，扶他在椅子上坐下来……

“在这样的领导身边工作，是一点儿也马虎不得的！”

周恩来办事向来一丝不苟，严谨周密。在他身边工作的人都有一个共同的体会，那就是：周恩来对工作要求非常严格，在他身边工作可一点儿也马虎不得！

20 世纪 30 年代初，周恩来在上海曾主持党中央的工作。当时，吴德峰在他直接领导下，分管党的秘密交通方面的工作。有一次，吴德峰辗转收到零零碎碎的一袋戒指、耳环、手镯、项链等黄金首饰作为钱款。按规定，这笔钱款必须直接交给周恩来处理。吴德峰计算了件数和斤两，委托爱人送缴上去，按照 16 两折合 1 斤的小两计算，大约有 70 多两。周恩来收到后，借来了天平，把这些黄金首饰反复称了三次，结果与吴德峰报来的数量不符。第二天，周恩来详细询问了吴德峰在接受这笔钱款的过程中出过什么差错没有，是用什么天平和砝码来称这些黄金首饰的。一问才知道，吴德峰因为找不到砝码，用银元当作砝码称的。这枚银元已流通了很久，所以吴德峰没按出厂时的七钱二计算，而是按七钱一五计算的。于是，周恩来又用吴德峰使用的天平和砝码，亲自称量了两次。用不足一两的银元作砝码来测七八十两的零碎黄金，是一件琐碎而费时的工作，粗枝大叶的人很容易出差错。周恩来一向稳妥细致，对党、对同志负责，耐心称完两次后，脸上泛出了笑容。他握住吴德峰的手，先说明他们两个人计算的结果完全一致，接着赞许地说：“德峰同志，你既忠诚，又很精细；党的事业需要你这样的同志，我们机关工作更需要你这样的人。”吴德峰由衷地说：“说实在话，在这样的领导身边工作，是一点儿也马虎不得的！”

1949 年“五一”节前夕，周恩来亲自听取了北京市治安情况的汇报。当听说前一天发生了电车被烧的事件时，他立即询问在场汇报的同志到过出事现场没有，大家都说没有去。他立即带领同志们赶往现场，细致查看，详细深入地了解情况。归途中，他颇有感触地对大家说：“我们这一车都是些官僚主义啊！”简单一句话，字字千斤重，使同志们受到极深刻的教育。自此以后，公安机关立了一条规矩：凡发生重大案件和治安事故，领导同志必须立即赶赴现场，了解第一手情况，亲自指挥战斗。

中华人民共和国成立后，周恩来日理万机，异常繁忙，但他始终保持着严谨细致的工作作风。他最不能容忍自己的部下马虎、敷衍、心中无数。

三年困难时期，有一次，周恩来等人研究各省的粮食计划调拨安排。当排出表格后数字相加时，他发现有 5000 万斤差数不能平衡，一时查不出原因。周恩来戴上老花镜，在表格上一个省一个省地核对、一个数字一个数字地计算后，沉思了一会儿，问道：“当时研究调出时，给浙江省增加了 5000 万斤，加了没有？”主管调拨工作的杨少桥听后恍然大悟，正是他把这个数字漏记了。周恩来在表上加上这个数字，一打算盘，这才收支平衡了。当时，从周恩来那里退给粮食部办公厅的现存的 32 张报表上，竟有周恩来的笔迹达 994 处之多，其中在《1962—1963 年度粮食包产产量和征购的估算表》上，周恩来用红蓝铅笔作标记 145 处，调整和修改数字 40 处，在表格边上进行计算 6 处，批注文字 7 处，整个表

1960 年，一场前所未有的经济困难出现在党和人民面前。最为突出的是粮食出现了严重危机。一时间，周恩来成了“粮食调度的总指挥”。

格密密麻麻地留下了他的手迹！周恩来严谨细致的工作态度可见一斑！

有一次，周恩来拟宴请外国专家。外专局报告“在京专家人数为250人至370人”，这样大的伸缩性，招待部门如何准备席位？公文报到周恩来那里，周恩来随笔便批上一句：“至多280人。”有关部门就照280名外国专家做了准备。到了宴请那天，除个别因故未能出席的，到席者果然为270多名，接近280名。

凡是周恩来批阅过的文件，哪怕错一个标点符号，他也要改正过来，件件看得细，所以事事记得清。很多次，周恩来随口纠正部长们汇报的各种统计数字，当众让那些部长下不来台，把材料摔还部长，严厉训斥：“这就是你们弄的文件？数字都抄错了！”“这件事就没说清楚嘛！”当面汇报就更难了。有的部长怕周恩来问数字，问细节，汇报前就带了有关司局长、处长，准备了又准备，可是没等汇报，周恩来就沉下了脸：“这是做什么？搞祖孙三代同堂？”还有的部长带了个助手坐在其身后，也被周恩来严肃批评：“汇报工作还要问二排议员，这是不允许的！”

有一次，周恩来主持国务院会议，到会百十号人，来自几十个部委。一位部长汇报工作，照着材料念。也许因为材料不是他写的，也许因为太紧张，时常念不成句子。当念到一个数字时，周恩来眉头一皱，说：“不对！看清了再念！”那位部长脸红了，眯细眼又看着念了一遍。

“不对！”周恩来不满地点了这位部长的名，然后随口说出了数字，当场惊起了波澜，会场响起“哗哗”的翻纸声。有几位部长沉不住气了，将准备再三的材料又悄悄地翻了翻。

“对对，是这个数。”那位正汇报的部长不安地解释，“这里印得不清……”他突然说不下去了，因为他的目光与周恩来的目光碰在一起，该说的，周恩来都用目光说明了。

接下来汇报工作的是一位副部长。副部长汇报完，周恩来开始提问。问到一些问题，副部长答不上来，就忙前忙后地翻材料、找答案。

“对于自己主管的工作，离了材料就说不清，这是不允许的！”周恩来说完，转向那位部长，“这些文件送国务院时都是盖过章的，说明经你们审阅过，为什么还要念错？”

部长赧颜解释说：“这项工作是副部长主持，文件是办公厅主任签的字。”

“那么，这里的问题到底是制度不健全，还是责任心不强、官僚主义？”对于周恩来的批评，部长无言以对。

“有制度问题。”周恩来像以往那样，先严厉批评，再放缓声音，“有些文件质量很差，可也盖了章送到我这里。我批了退回去重写。现在，我宣布一项明确规定：凡是向党中央、国务院送的文件，不能只以盖章为准，要有部负责人、各委办直属局负责人签字才能送。这样，以后我在文件上发现问题，部长签字，我找你部长；副部长签字，我找你副部长。你签了字，问你情况答不上来，那就是官僚主义，就必须做检讨……”

事后，叶季壮、韩念龙、南汉宸等几位老部长感慨地说：“哎呀，总理不得了，记天下大事不说，一个个部委部长、主任都不记得、不知道的事，竟都知道，都记得……”有这样一位总理，哪个部长不“害怕”？哪个部长还敢不动脑筋，还敢搞官僚主义？

不仅是一般的部长们，即便是德高望重的开国元老，如果在工作中由于不严谨而出了差错，周恩来也一视同仁地严厉批评。

1965 年，周恩来与外交部长陈毅赴阿尔及尔参加亚非会议，周恩来途经开罗并停留，陈毅直飞阿尔及尔打前站。途中，周恩来接到电报，说阿尔及尔发生军事政变。周恩来在开罗通过邓小平向毛泽东汇报，建议改变与会计划。

陈毅先期抵达阿尔及尔后，许多亚非国家的代表也到了。由于局势变化，会议能否按计划举行尚不得而知，大家着急，纷纷来找陈毅，了解中国的立场。陈毅是个火暴脾气，脑子一热，表了态：“这次亚非会议必须开，而且一定要开好！”最终，由于各种因素，会议被迫取消，许多原本信任中国的亚非国家很失望。

陈毅知道自己捅了娄子，周恩来刚回国，就赶紧去请罪。见到陈毅，周恩来严厉地说：“你无组织、无纪律！你是中国的外交部部长，不请示、不报告，就擅自放炮表态！都像你这样还了得！”陈毅诚恳地检讨：“我负荆请罪，我一炮没打好……我错了，我向总理检讨。”周恩来郑重严肃地纠正他：“不是向我检讨，是向毛主席、党中央检讨！”也许是火气已经发泄出来了，周恩来的表情和语气缓和了一些，转而耐心地对陈毅陈述道理，晓以利害。陈毅心服口服，对周恩来诚恳地说：“我向毛主席、党中央做检讨。”

陈毅走后，目睹此情的秘书提醒周恩来：“总理，你是不是批陈老总批得太重了？”周恩来没有苟同，认真严肃地说：“他们都是各路‘诸侯’，在这，我不严厉，回到他的‘诸侯国’，谁还敢批评他？”周恩来对事不对人，老帅们不仅不抱怨，还都与他相处融洽，心心相印。

不仅是事关国内国际的大事，即便是生活细节，周恩来也都认真严谨地对待。他要厨房管理人员定期向他汇报伙食开销细目。有一次，管理人员念完一个月的账目后，周恩来说：“你多算了一分钱。”管理人员又算了一遍，还是原来的数目。周恩来说：“以前盐是每斤一毛五，这月怎么一毛六了？”管理人员拿出票据查看，确实是一毛六。周恩来立刻责令有关同志到商业部门去查为什么盐要涨价。经过逐级检查，结果是一个商店私自将运输损耗费加到了盐价中。周恩来知道调查结果后，指示有关人员立刻停止加价，把多收的钱退给群众，尽最大可能减少群众的损失。周恩来表示，不能小看一分钱，它关系到千家万户的利益，也关联到党和群众的关系。

第一时间亲赴地震灾区

1966 年 3 月 8 日，河北省邢台地区发生了强烈地震，人民的生命财产遭受了巨大损失。在初步查明震情后，周恩来立即紧张地布置各项救灾措施。在这严峻的时刻，周恩来冒着频繁余震的危险，在震后第二天就赶赴灾区，急群众所急，全面部署抢险救灾工作，为灾区人民带去了党中央和毛主席的亲切关怀，全面增强了灾区人民战胜困难、重建家园的信心。

3月9日，周恩来抵达石家庄。在听完当地领导的汇报后，他说："我看，我们今天晚上就到隆尧县吧，那里是重灾区，又是这次地震的中心地区。你们是不知道啊，我心里着急，不知道那里到底是个什么情况，老百姓到底受灾受到什么程度！我要是现在不马上去，这心里不踏实啊！"一听周恩来说要连夜赶过去，有同志马上说："总理，您今天晚上还是休息一下吧！"周恩来说："没关系，不妨事嘛！如果我现在过去，能怎么过去呢？我是坐飞机来的。从这里到隆尧应该用不了很多时间，坐车过去就可以了，我反正用不着地上跑，累不着，是不是？"有同志说："总理啊，现在外面余震不断，真的不安全啊！"周恩来有些急了："那么多群众都不怕不安全，我还能怕不安全吗？地震没有什么了不起的，今夜一定要去！"说罢，他摘下老花镜就往外走。

周恩来到达隆尧县城时还下着小雨，街上没有电灯，周围都是倒塌的房屋，到处都是砖头瓦块。有人提着马灯为他引路，踏着废墟深一脚浅一脚地走。余震依然不断地发生，偶尔还会发生很大的晃动。震得严重了，周恩来就停一停；震得小一点儿了，又接着走。晚上，在县委院内震裂的二层小楼一楼会议室里，周恩来听取地县和驻军同志关于灾情和救灾工作的汇报。在汇报过程中，突然发生了5级以上强余震，房子一个劲地摇晃，门窗作响，墙上的白灰和尘土不断地往下掉，几块墙皮掉到了周恩来身上，在场的人无不心情紧张，都为周恩来的安全捏着一把汗。县委书记张彪说："总理，这里不安全，我们到外边找个地方汇报吧！"在场的人也异口同声劝周恩来转移到安全地带。周恩来环视了一下房屋的结构后，仍镇静地坐在那里，边说边摆手："不要紧。大家要沉住气。这座楼是新盖的，它要是倒了，群众的小屋不都得平了？还是继续谈吧。"周恩来镇静地和大家继续研究救灾工作。大家看他那安详的神态，紧张的情绪很快平静下来。汇报结束时，周恩来深情地说："人民遭了灾，我们要及时站在人民中间，帮助他们克服困难，渡过难关……"

3月10日下午，周恩来亲自到灾情最严重的白家寨慰问。听说总理来了，白家寨的男女老少像潮水般从四面八方涌来。这是个雪后的冷天，西北风飕飕地刮着，到处都是残垣断壁，大地还在频繁地颤动，地面上的大缝里不断地往上喷沙冒水，余震一阵接着一阵。周恩来只穿着发旧的黑色中山呢子服，没戴帽子，双鬓斑白，显得衣着朴素而又过于单薄。他大步走向群众，紧握着大家的手，连声说："乡亲们受惊了，遭灾了！我来迟了！"面对围上来的群众，周恩来先用手势让前面的人蹲下，还把一个乱跑的小孩儿抱给蹲在前面的人，叮嘱人们不要挤着娃娃。当他踮起脚尖眺望，发现自己还望不到外围的一些群众时，便问身边的人能不能找个什么东西，让他站在上面。部队的一个同志跑到就近的帐篷外，搬来两个运送救灾物资的空箱子。周恩来站在上面，大声说："同志们，乡亲们，你们遭了灾，受损失很大！党中央、毛主席让我来看望大家！"这声音像洪钟响在无垠的原野上，震撼着人们的心扉，上千名群众挥泪高呼："共产党万岁！毛主席万岁！"接着，周恩来讲了社会主义制度的优越性，讲了已有两万多名解放军、一万多名人员组成的地方工作队、医疗队前来支援等情况，号召大家："发扬愚公移山的精神，下定决心，排除万难，战胜灾害，重建家园……"周恩来的话鼓舞了灾区人民的斗志，给了人们无限的希望和无穷的力量。

开过群众会，周恩来向白家寨村里走去。村里已经没有路，到处是碎砖烂瓦，到处是横三竖四的檩梁，还有条条地裂。周恩来却置安危于不顾，挨家挨户进行慰问，一个窝棚一个窝棚地查看。在一个胡同口，周恩来见到老党员王老齐，问他多大年岁了，嘱咐他一定发挥老党员的模范带头作用，坚持和灾害作斗争。当得知老人在地震中失去了儿子、儿媳时，周恩来的双眸湿润了，关切地安慰道："死了人都很难过，但是不要低头。在社会主义国家，天塌下来也不要怕，有党中央、毛主席的关怀，什么困难都能克服！"王老齐连连点头，他那饱经风霜的脸上挂满了泪水……军属于小俊见周恩来走过来，连忙迎了上去。周恩来问："你家里伤人没有？"于小俊回答："俺8个孩子死了4个，孩子他爹还在窝棚里躺着。""治疗了没有？"周恩来问。"医疗队给看过了……孩子他爹性命难保。俺这咋过啊！"

地震发生后的第二天，周恩来赶到邢台灾区慰问受灾群众。

她一边说一边哭。周恩来也心痛得掉泪了，安慰她说："你不要发愁。你丈夫的伤，这里治不好，去邢台，邢台治不好，去石家庄。"周恩来说着，往窝棚走去，要去看她丈夫。于小俊擦一把眼泪，急忙拉住周恩来："棚子窄，孩子他爹迷糊着……"周恩来坚持走进窝棚，看望了于小俊的丈夫，为他拽了拽被角，嘱咐干部们要千方百计为他治好伤。窝棚外传来了一位因失去儿子而痛哭的老大娘的哭声。周恩来赶紧钻出窝棚，当他得知老大娘失去了所有的亲人，成了孤寡老人后，上前握住老大娘的手，含着泪说："大娘，以后我就是您的儿子！"走着走着，周恩来忽然看见一座倒塌了的屋门口站着一个小女孩儿，他赶紧走过去，把她抱起来，关切地问："你爸爸呢？你妈妈呢？"听到孩子说爸爸妈妈都在，周恩来才放心地把她放下来，抚摸着她的头，对村干部说："孩子是革命的接班人，要很好地照顾！一定要带好娃娃！"

慰问村里的家家户户后，周恩来走进村头的帐篷，开座谈会。帐篷里只有一张桌子、三条板凳、一个竹皮暖壶、几只农家用的粗瓷大碗。大家进来，周恩来说："同志们辛苦了，快坐！"大家促膝交谈。谈话间，有位同志往粗瓷大碗里倒了白开水，捧给周恩来。周恩来双手接过，放在桌上继续谈。那天有风，帐篷遮挡不严，碗里荡进了尘土，周恩来端碗要喝时，他身边的保卫人员过来按碗阻止，周恩来没有理会，端起大碗，轻轻吹掉水皮上的尘土，痛快地喝了下去。地震时，井水翻花涌出黑水，地震后，风尘不止，秽物乱飞，卫生条件极差。周恩来本来是可以带专用水的，可他没有。他喝了群众倒给他的白开水，而且喝得那么痛快。一碗白开水反映了领袖与人民的深情。周恩来又详细询问了群众生活的安排情况，嘱咐要把群众的生活安置好，还要抓紧恢复生产……

3 月 22 日，在余震频发的邢台地区，以宁晋县为中心的广大农村又发生了 7.2 级强烈地震，虽然人员伤亡没有前次大，但灾情继续扩大，一些村庄遭到比隆尧县更为严重的破坏，群众情绪蒙受更大打击。为了安定人心，鼓励灾区人民奋起抗灾，4 月初，周恩来再次来到邢台地区地震现场。

在刮着六七级大风、寒气袭人的恶劣天气里，周恩来来到宁晋县东汪村。得知周恩来到东汪村视察的消息，许多群众自动赶来，很快汇集了一万多人。风尘仆仆的周恩来站在临时搭建的讲台前。确切地讲，讲台就是一张学生上课用的小课桌，小课桌还不够高，下面还垫了砖头，桌子上面放着一个话筒。周恩来在寒风中站着讲了很久，嗓子都有些沙哑了。

随后，周恩来和随行人员徒步往南向中学广场走去，看望住在那里的受伤群众。小路两边是麦田，小麦已开始返青。周恩来走在前面，担心后面的人多，踩了麦苗，边走边向后传话，让大家注意别踩了麦苗。

临时帐篷里住着伤员，周恩来从一个帐篷走向另一个帐篷，和伤员一一握手，问寒问暖，了解伤情。周恩来走到骨盆严重折伤的老贫农贺全胜身边，蹲下来紧紧握着他的手，先撩起褥子，看看铺得厚实不厚实，然后轻轻掀起被子，仔细观察伤情。贺全胜流着热泪激动地说："总理呀，解放军把我救出来。您整天为我们操劳国家大事，工作那么忙，还亲自来看我们，这可叫我们怎么报答您的恩情！"周恩来亲切地说："为人民服务是应该的。解放军是为人民服务，我也是为人民服务。"

离开东汪村，周恩来又去了宁晋县的耿庄桥、束鹿县（今辛集市）的王口、冀县的码头李乡视察灾情。下午四五点钟，周恩来到达巨鹿县何家寨。

周恩来由巨鹿县委书记张玉美陪同，径直走到群众中间去，向群众招手问候。

县委组织人员用杉篙和席片、木板搭的坐北朝南的背风讲台矗立在风中。周恩来从北头走到南头，发现群众面对西北风而坐，问张玉美："风沙这样大，怎么让大家迎着风沙坐呢？"张玉美解释说："这样面对讲台，您讲话也方便。"周恩来说："不行啊，同志。我在讲台上讲，避风方便，可群众呢？让几千名群众迎着风？！"周恩来坚持改变布置，让群众背风。临时改搭讲台不可能了，只好把两辆刚卸了救灾物资的卡车开到南头连起来作为临时讲台。周恩来登上卡车，迎着大风对着麦克风向几千名群众发出"起立""就地向后转""坐下"等口令。会场坐南朝北，人们开始时摸不清是怎么回事，当背着风沙坐下来，看到呼呼的风沙扑打周恩来的衣襟和面颊时，才陡然明白过来。会场上一阵沸腾，这是千万颗心的颤动！

周恩来迎着扑面的风沙，通过麦克风，对大家说："8号地震后，我看了隆尧，没有到你们这个庄上来。22号以后，党中央、毛主席和国务院派代表团来慰问你们。你们受了灾，情绪还很好，敢于向困难斗争……"热烈的掌声压倒了狂虐的风沙。周恩来迎着风沙越讲越激昂。他一句一顿，铿锵有力地说："自力更生，奋发图强，发展生产，重建家园！"周恩来每说一句，群众就振臂同声高呼一句。对于这感人至深的场景，在场的干部、战士和群众看在眼里，记在心里，无比激动，有的人情不自禁地说："周总理到我们中间，那样亲切慈祥、艰苦朴素，就和俺们庄稼人一样。有党中央的关怀，有国家的支持，我们一定要迎着困难上，医治创伤，搞好生产，决不辜负毛主席和周总理的关心和爱护！"

周恩来离开何家寨时，天已经黑了。他边走边指着眼前的一大片土地，神色严峻地对县、公社干部说："建设这么多年了，这里还这样荒凉，我们对不起人民。今后要多植树，多打井，让人民过上好日子！"周恩来就要上直升机了，再一次向送行的群众频频挥手，走几步回转一次身，直至登上飞机舷梯，再一次回转身来，深情地大声说："乡亲们，大家要把生产搞好，把日子过好！过几年，我一定再来看望你们！"

根据震情的发展，地震活动有向南北两头迁移的趋势。为了引起人们的重视，预做准备，周恩来不顾疲劳，亲自到邯郸、大名等县市以及岳城水库视察，部署那里的抗震、防震、抗旱、生产各项工作。返京后，周恩来还惦记着灾区人民，委托李先念副总理、周荣鑫秘书长到灾区检查抗震救灾工作落实情况，并架起救灾指挥部与北京的直通电话，把中南海和邢台人民紧密地联系在一起……

总理的汽车

周恩来常年四处奔波，为了节省时间，必须坐汽车。中华人民共和国成立初期，由于我国还不能生产汽车，周恩来坐的汽车是斯大林送的“吉斯”车。这部车老化后，有关部门准备给他买一辆外国车，他当即拒绝，并说：“不能再花外汇去买车，要尽快研制出我们自己的红旗车。”我国的红旗车刚研制出来，周恩来说：“别人不坐，我坐，我喜欢坐国产车。”有人担心红旗车刚研制出来，各方面性能还不稳定，没有经过实践检验，周恩来却说：“我是试用，不保险才试用，保险了还谈什么试用？我坐上了，可以促进他们改进，促进我们的民族工业发展。我坐红旗车就是为他们做广告。”

按规定，周恩来外出有严格的安全保卫措施，出动时，前驱车、后卫车都要齐备。对此，周恩来很反感，多次严厉警告不许前呼后拥跟着他。他对工作人员说：“浪费，没有必要。你去跟他们讲，我不要这一套。像这样还怎么接近群众？吓也吓跑了，影响很不好！”工作人员就解释说：“不要警卫跟着，万一车在路上坏了呢？不说安全，也要耽误时间，影响工作啊。比如接见外宾，你的车坏到半路上怎么办？”周恩来耐心地说：“并不是每次外出都有外宾等候，可你们每次都要搞这种前呼后拥。有重大国事活动，这还可以；我去看个朋友，你们也搞这种做法就很笨，缺少灵活性。我在重庆时做过这方面的工作。不同的环境、不同的对象、不同的活动要有不同的措施和方法。比如，我去看望民主人士，去人民群众中间了解情况，你们这样前呼后拥是什么影响？连自己的人民群众都信不过还谈什么为人民服务？”

周恩来对乘车做过许多规定，比如雨天行车，车轮子不能把路面上的泥水溅到行人身上；进会场，不能抢人家的车道；不能停在老人的车前；不能先于老人退场；不要停车场的交通民警给予特殊的照顾；等等。这些要求充分体现了他严于律己的高尚情操。

1959 年，第二届全国人民代表大会第一次会议召开期间，有一天，周恩来到北京饭店参加小组会议。当他坐的汽车快到饭店门口的时候，饭店工作人员见有一辆车挡在前面，就让它往前开，给周恩来的车让路。周恩来下车后便批评那个同志说：“你为什么让人家的车开到前面去？快去把人家请回来。我是代表，人家也是代表呀！”周恩来站在饭店门口，等那位代表下了车，就主动迎上去握手，并且坚持让那位代表先进了大门，自己才进门。

行车难免会遇到危险，周恩来乘坐的汽车也会遇到此类情况。

1961 年 6 月 15 日，下着小雨，周恩来定于下午两点半去钓鱼台接越南总理范文同，一道去人民大会堂出席北京市各界万人欢迎大会。周恩来对自己要求一向很严格，外出活动从不让警卫部门派警卫车在前面给他开道。这次去钓鱼台，也没有沿着警卫部门为保障国宾活动专门布设了交通民警的那条路线，而是沿着去钓鱼台的最短路线快速行驶。

周恩来乘坐的是一辆 20 世纪 50 年代从苏联购置的吉斯车。这天，周恩来习惯地坐在汽车后排左侧的位置上，伸出左手拽住窗侧的吊带。卫士长成元功坐在他的右侧，卫士张树迎坐在司机杨金明一旁。这时，雨下个不停，挡风玻璃上的雨刮器不停地刮来刮去。司机杨金明既要注意前面的路况，又要留心不使车轮溅起的泥浆溅到自行车和行人身上。当周恩来的座车驶到展览路南口时，就见前面路南一个大门里钻出一辆卡车。它本来是右拐向东行驶，没有想到将要和周恩来的座车交会时，忽然逆行，接着突然横到了马路中间。杨金明早就看到了那辆卡车。他是司机，对沿途路口、路况很熟，知道要经过哪些道口、机关、工厂，当然也知道那辆卡车是从北京市电车一厂的车场出来的。因那卡车出门后向右拐，所以交会时杨金明并没有鸣笛，两车各行其道，互相并不妨碍。当杨金明看到那辆卡车忽然驶入逆行，既未打大迂回指示灯，又不鸣笛，不打手势，估计它可能横在马路中间，自己车速又快，眼看要被它撞上，酿成特大事故，立即采取措施，鸣笛、点刹、换一挡，向右避让。车正往右偏，忽见前面有根粗大的水泥电线杆，杨金明连忙又改为逆向避让，并把方向盘向左打死。就在这时，那辆卡车的车身忽然在他眼前一晃，眼看就要撞上，杨金明暗暗喊了一声："不好！"随即脚下猛地一踏，汽车立即来了个 180 度大调头，嘎的一声停住！

当周恩来的座车眼看要与卡车撞上的时候，坐在前排的张树迎立即回过身来托护周恩来；成元功立即用左手和身躯使劲架着周恩来，右手则用力支撑着中间那排座椅的靠背。周恩来也使出很大的力气支撑。虽然几个人在汽车急调头的过程中，身体失去了重心，歪倒在一边，几乎摔到座位下面，但谁也没有受伤。尽管两车几乎相撞，险些造成重大交通事故，可是那辆卡车的驾车人像什么事也没有发生，依然不打指示灯，也不鸣笛，在马路中间又莫名其妙地来了个大迂回，然后驶回电车公司一厂的大门里边了！见此情景，成元功、张树迎和杨金明气得要冒出火来！这时，周恩来只是平静地说了一句："快赶路，去钓鱼台，不能误点！"汽车飞快地驶向钓鱼台。到目的地后，周恩来表扬说："都是老杨开车技术高，处理得好，才避免了一场大车祸。"随后，周恩来又嘱咐成元功去查一下那辆卡车是怎么回事。

情况很快弄清楚了。驾车的是电车一厂的一名维修工，私自开车出来玩的。知道这个情况后，周恩来让成元功转告电车厂领导，要他们结合这次事故对全厂职工进行教育，杜绝类似情况再次发生；厂里要加强制度管理，没有制度不行，有制度不执行，同样不行；对那位私自开卡车出厂的同志要做好思想工作，不要因为是遇上周恩来的车而加重处分。随后，周恩来又让大家注意安全，并说："有时候为了赶时间开快车，是我叫开的，这怨不得你们。但遇到红灯时绝对不能闯。我是总理，应该带头遵守交通规则。"又说，"我的车是不能撞人的！"

说到“撞人”，周恩来乘坐的汽车确实发生过一次“撞人”事件。从这次小的交通意外中，我们可以进一步看到周恩来对劳动人民深切关怀的高贵品质。

1972年8月3日夜晚，在北京市西城区府右街、国务院西门北面大约100多米的地方，北京低压电器厂青年女工刘秀新因想超过前面的一个骑车人，插到了快行道。她刚刚学会骑自行车，技术是个“二把刀”。当她到了快行道上，一听见后面传来汽车鸣笛声，顿时慌了，本来应该赶紧往边上靠，却一捏闸下了车，愣头愣脑地站在了马路中间。汽车紧急刹车，车头右侧剐了她一下。

刘秀新刚扭过头看，这辆车后座旁的窗帘唰地拉开了。周恩来亲切地注视着刘秀新，目光中充满了关切，像在询问：同志，碰着了吗？受伤没有？

这时，司机跳下车来，急切地问：“同志，怎么样？碰着没有？”

“没事儿！没事儿！”刘秀新赶忙回答。此时，她又是激动，又是担心、害怕，有一种闯了祸的感觉，心想：我影响了总理汽车的顺利通过，一定会受到领导的严厉批评，说不定还要受处分呢！

周恩来替她想到了这一切，当即对同车的一位国务院办公厅的同志作了三点指示：一、马上送她到医院检查；二、不许批评她；三、代我给她买件新衣裳。

其实，刘秀新只是让汽车剐了一下，衬衫剐破了，后背蹭破了一点儿皮，回家上点儿药就行了。可是，遵照周恩来的指示留下处理这件事的工作人员坚持让她坐进“红旗”轿车，并且脱下衬衫叫她穿上。

汽车很快开到了医院。检查将近结束时，屋内的电话铃响了。刘秀新听出，电话是周恩来打来的，详细地询问了检查的结果。刘秀新激动得泪水涌了出来。检查和治疗结束后，这位工作人员打电话请来刘秀新车间的支部书记和班长，一起坐车去天安门交通队，谈了谈这次事故的经过。这时候，国务院的一名工作人员匆匆赶来，手里拿着一件崭新的白色的确良衬衫，一定要刘秀新穿上。这下可急坏了刘秀新，她再三说，衣服剐破了是自己的过失造成的，哪还能再要衣服呢？送衣服的工作人员坚持叫刘秀新收下，说这是领导的指示。刘秀新感动得不知说什么才好，只好收下了这件珍贵的衬衫。

总理的神秘皮箱

周恩来有个皮箱，在国内视察工作总是带着它，走到哪里，带到哪里。它还跟着周恩来周游了很多国家，从莫斯科到阿尔及尔，从日内瓦到雅加达，许多国家的服务员都知道周恩来有这么个皮箱，而且警卫人员看守很严。不了解情况的人，无不以为箱子里边藏有重大机密或钱财。特别是周恩来到第三世界比较贫困的国家，一旦决定给其援助，受援国的服务员就会指指那个皮箱，悄悄问我们的同志：“你们援助我们的钱都锁在那个箱子里面吧？”每逢这时，我们的同志不便明确回答，只能笑着摇摇头，但马上又感慨万千地点点头，心里别有一番酸涩的滋味，因为这要“严格保密”。

这究竟是什么皮箱，里面到底装了些什么“宝物”呢？

其实，这是周恩来的行李箱，里边装的“宝物”是他的生活用品：

一条旧棉被。这是出于卫生和安全上的考虑，也是因为周恩来用惯了自己的被子，所以，他出国不使用宾馆的高级被褥，也免得麻烦人家。周恩来这条被子的被面是绿色平纹布，被里是粗糙的白布，中间夹着一个薄薄的棉花套。还有个荞麦皮枕头。他进城后始终用这个枕头，很旧了。

一件旧睡衣。这件睡衣是1951年做的，早磨光了棉绒。由于周恩来睡前有办公的习惯，背部着床多，所以那里首先磨薄磨破，先破小洞，渐渐磨成大洞。工作人员补了又补，到实在补不了时，索性就把整个后背的布换掉，破了再补，所以也就补丁摞补丁了。这件睡衣周恩来一直穿到去世。

三双袜子。没一双不带补丁，特别是脚掌部分磨损大，补丁更多，几乎每星期都要由卫士拿去补一两次。卫士们都养成了习惯，周恩来一上床，就检查他的袜子，发现新洞，马上拿去补，第二天早晨再提着袜子进来交给周恩来穿。这种情况直到有了尼龙袜子才稍好些。尼龙袜子结实，不那么容易破。

几条毛巾。周恩来的毛巾更不好见人。擦脸巾磨得没了绒毛，就像块纱布，对着光一照还透亮，时间久了就磨出洞，等到洞越来越大时，周恩来就将毛巾从中间剪开，将很少磨损的两边换到中间对缝起来继续用。周恩来的擦脚巾是用废纱布缝起来的，他说纱布比毛巾好用，因此几十年来一直都是用这样的纱布擦脚巾。

周恩来用的牙杯上印有“保家卫国”4个大红字，用了几十年，直到他去世。周恩来用的是猪鬃牙刷、白玉牙膏、“力士”牌香皂。每次刷过牙，周恩来总要多甩一阵牙刷。工作人员纳闷，先后有几位同志问：“总理，你刷牙怎么没完没了甩牙刷呀？”周恩来笑着解释说：“你看牙刷上的猪鬃是用线扎在牙刷把上的，水不甩尽就会把线沤断的。而且，这么甩一甩也是运动，一举两得，何乐不为？”那时的“力士”牌香皂没有香味，碱性大，卫士曾帮他买过一块檀香皂，结果挨了一顿批：“你是不是还想买些香水、头油回来？”

周恩来的内衣裤，件件补丁摞补丁。每次出国访问，他的衣服都不拿到街上洗，也不拿给下榻的国宾馆洗，一来是怕国外有传染病，要保证他的安全和健康；二来他的内衣裤既破旧，补丁又多，拿出去影响不好；三来用洗衣机洗，这样的衣服肯定会被搅破。在国外宾馆洗了，也没办法拿出去晾晒，万一被拍照，在报纸上一亮相，那就更热闹了。所以，出国时，周恩来换下来的衣服就交给所到国家的中国大使馆，请大使馆里的女同志帮忙洗。每逢这时，常常是大使夫人亲自动手洗。许多大使夫人看到周恩来穿的竟是如此破旧的衣服，都被感动得热泪盈眶，甚至边洗边哭。有一年，周恩来到马里访问，中国驻马里共和国大使赖亚力的夫人看到周恩来穿的衣服，有的补丁摞补丁，有的布都糟了，洗的时候稍一用力就破个洞，所有的衬衣，只有领口、袖口因为时常更换，像新的一样，里面早已破旧得不成样子。这位大使夫人一边洗，一边流眼泪，喃喃地说：“总理……”可就是说不出一句完整的话来。

周恩来过着俭朴的生活，几十年如一日，而且不论在国内还是在国外，都始终如一。一个泱泱大国的总理，出国就穿这样的旧衣服、破袜子，叫外国服务员看到了会怎么议论？他们不了解我们的国情，和我们的价值观、道德观也不同，难免不理解，还是向他们严格保密为好，绝对不能在他们面前开周恩来的行李箱。所以，每天早晨周恩来一起床，卫士就赶快到他的房间，将他的旧棉被、破睡衣叠好，收进箱子锁起来，不让服务员看见；晚上，周恩来临睡前，再开锁拿出来。这样，外国服务员从未看到这只箱子打开过，自然就以为里面装的是钱财、宝物或者是重要机密。大概他们连做梦也想不到，这箱子里装的竟然是旧棉被和旧衣袜。

1963 年年底至 1964 年年初，周恩来计划出访欧、亚、非的 19 个国家，后因乌干达政局动荡，减为出访 14 国。这是当年一次很有国际影响的出访。

周恩来到达埃及，也同到其他国家的情形一样，中国驻埃及大使馆派人到他的住处，把他要换洗的衣服取走，拿到大使馆去洗。当时，中国驻埃及大使是陈家康，这次帮周恩来洗衣服的是陈大使的夫人徐克立。当看到周恩来穿的竟然如此破旧时，徐克立边洗、边难过、边上火，要当面责问总理身边的工作人员，为什么衣服穿成这个样子还不给换新的？

徐克立亲自把洗好的衣服送回宾馆。她一见到周恩来的卫士长成元功就开始发火：“你们简直不像话！”这劈头盖脸的一句，弄得成元功莫名其妙。说着，徐克立抖开周恩来的旧衣服，批评成元功：“你看看，你们都看看！这种旧衣服，连我们使馆的工作人员也没有谁再穿了，你们就叫总理穿这样的衣服？太不像话了！我们要给总理做衣服！”徐克立与成元功比较熟悉，所以说话直来直去，丝毫不留情面。

成元功苦笑着说：“难道我们不想给他做新衣服吗？可你能说服他吗？”

“那不行，后面还要走好多国家呢！我们六七亿人口的大国，总理穿这样的衣服怎么行呢？”说着，徐克立从包里取出三件外国衬衫，“我和老陈用自己的钱买了三件衬衫。我们知道总理的习惯，这不是花公家的钱，是我们送他的，还不行吗？”

成元功说："我们去说，总理是肯定不会听的。最好你自己去跟总理说吧。"

徐克立拿着衬衣去找周恩来。当她说完，周恩来笑了笑，说："我还有衣服穿嘛。"

"这是我们拿自己的钱给你买的。"徐克立强调她和丈夫是公私分明的。

"你们的钱又是哪里来的？还不是国家的外汇吗？我要是做衣服，在北京就做了，何必花外汇在国外买？再说，我也有衬衣。你问他们有没有？"周恩来指了指卫士，又说，"破一点儿，还能穿。"

徐克立非要把三件衬衣留下。她对周恩来说："这三件衬衣，交给成元功带上。如果穿不着，回北京再退给我。"

成元功只好收下了。可周恩来就是不穿。"你们拿回去，你们穿！"周恩来这样说。果真，这三件衬衣带回国后，周恩来始终没有穿。

"我这样做是不是有点儿过分？"事后，周恩来像是问工作人员，又像是在问自己，带着沉思的表情停顿片刻又说，"我看不过分。前提是我们国家还一穷二白。这里有两种考虑：六七亿人口的中国，不就是我一个总理吗？再穷也不缺我几身新衣服，何况对外还有个影响问题。这话不是没道理，但我们不能少了另一个考虑：身为六七亿人口大国的总理，我怎样做不是我一个人的事，这表明我提倡什么。六七亿人口的大国是应该提倡节俭，还是现在就不顾国情去追求享受？我更多考虑的是后者。"

拒修西花厅

1949 年，北平和平解放后，中共中央从西柏坡迁到北平，首选的落脚地是香山。周恩来作为党的副主席，日理万机，有时一天内要不止一次地往返西山与城区之间，这样奔波既劳累，又浪费时间。根据当时北平市长叶剑英的建议，周恩来、林伯渠等几位领导人率先住进了中南海。周恩来最早是同林伯渠一起住在丰泽园。过了一段时间，经过再三做工作，毛泽东同意住进中南海，周恩来就把自己原来居住的里院腾了出来，先搬到中院的正房，再搬到外院的东厢，最后搬到西花厅，以此作为居住和办公的地方。

位于中南海西北角的西花厅是清朝为末代皇帝溥仪之父、摄政王爱新觉罗·载沣修建的摄政王府西花园，因为园内一处主要建筑叫西花厅，所以后来就统称这里叫西花厅。王府西花园还没建好，清王朝就垮台了。后来，北洋政府国务院、国民党北平特别市政府都设置在这里。中华人民共和国成立时，西花厅院内早已破败。周恩来的卫士韩福裕回忆：周恩来住进西花厅后，有关工作人员曾打算把院内整修一下。周恩来知道后，立即给予制止，说："我们国家刚刚从废墟中站起来，底子薄，要花钱的地方很多，我这里能住就行了。"结果，工作人员只对房屋进行了一些堵漏和屋内简单的粉刷，周恩来就住进去了，这一住就是26年。

西花厅全是北京的老式砖墙建筑：上边为老式筒瓦覆盖，地面为老式方砖铺地。西花厅后院的几间旧式平房是开国总理周恩来的办公室。这几间老式平房由于年久失修，柱子上的油漆早已斑驳脱落。屋里光线很暗，地面潮湿，每当严冬来临，肆虐的寒风就会钻过窗户的缝隙长驱直入，工作人员只得用旧报纸裱糊以挡风御寒。看到这种情况，主管行政生活和警卫工作的秘书们很不安。有关部门几次要给周恩来修房，均遭到他的拒绝。周恩来说，这个居住条件比延安的窑洞强多了。

《人民日报》原记者金凤回忆，1958年夏天，她采写了一条重要新闻，送给周恩来审阅。周恩来看过后说："这个消息是否发表，还得回去请示毛主席。你和我一起到中南海去，在我办公室等着。"到达中南海不久，天空乌云密布，雷声隆隆，紧接着就下起了滂沱大雨。金凤正在总理秘书办公室等着去向毛主席请示的周恩来，忽然听到"滴滴答答"的滴水声。她抬头一看，原来是陈旧的屋顶漏雨了。秘书赶快找了一个旧脸盆，放在有裂缝的砖地上盛接雨水，又找了一个旧脸盆，直奔总理办公室。一会儿，秘书空着手从总理办公室走出来，金凤忙问："总理办公室也漏雨吗？"秘书点点头。金凤吃了一惊，如果不是耳闻目睹，谁能相信一个泱泱大国的总理还身居漏屋呢？

不久，金凤从一个党报记者的责任出发，向有关方面反映了这件事。国务院机关事务管理局和中央警卫局派人查看后，打报告请求尽快整修一下，以改善总理的工作环境。然而，没有周恩来的允许，谁也修不了，事情就又被拖了下来。周恩来的秘书也为维修房子的事着急，想找个合适的机会再说。正巧，1959年年底至1960年年初，周恩来、邓颖超夫妇去外地视察，离开北京时间较长，这给工作人员提供了一个“抢修”西花厅的机会。1959年12月26日，经中共中央办公厅副主任兼总理办公室主任童小鹏等领导批准，工作人员对周恩来的办公室和卧室进行了上面堵漏和内部粉刷，撤换了一些旧的沙发、地毯和窗帘，挖去了地面方砖，铺上了水泥地，办公室和卧室还铺上了木地板。最后，工作人员打算把西花厅的大院门也整修一下，在上边架上拱形过顶，使之与中南海内的其他建筑相协调，也更方便于安全保卫工作。不料，刚刚砌好大门的两个墙垛垛，周恩来便回到了北京。他立即找来主管西花厅事务的何谦秘书，予以严肃批评，并明确表示，必须换回原来的沙发、地毯和窗帘，否则决不回西花厅居住。然后，他就让司机驱车钓鱼台，找了个临时住地。这样，已经砌好门垛还未来得及砌拱顶的西花厅院门只好停止施工。

陈毅得知此事后，信心十足地去说服周恩来，但没把周恩来劝回家，反而被周恩来带到了国务院办公会议上。那时，每星期开一次国务院办公会议，周恩来在会议上作了严肃的自我批评，甚至联系“大盖楼堂馆所”的问题，说他亲自制止了一些楼堂馆所的建设，严令下马，没想到自己家里发生了这种事，很难过，说要求别人的事，自己没做到。

周恩来不仅在国务院办公会议上讲，平常的汇报会、生活会、计划工作会议，大会小会，逢会就讲，就作检讨。几乎国务院的干部全知道总理“犯错误”了，都听到了他的自我批评。周恩来说：“花了那么多钱替我修房子，我在这种会议上再次作检讨，有没有这个必要？我看是有的。我最担心、最不安的是，我的房子修了，带了头了，这是个很坏的头；那么，副总理、部长、副部长的房子修不修？如果有人要学我的样子也去修，我要不要批评，要不要制止？我感觉很不安……”

这话使副总理及部长、副部长们都受到了震动，以为把西花厅修成不得了的宫殿样子了，纷纷来参观，参观之后就不只是震动，而成了震惊。房子都是修了该修之处，若说添置了一些家具，也绝够不上奢侈，甚至不比某些部长、省委书记的住房条件好。而总理如此自责，如此看重这件事，谁还敢乱花钱为自己营建“安乐窝”？

1960 年 3 月，有天晚上，周恩来把秘书何谦叫到身边，抓住他的手，在他的手背上轻轻拍了几下，发出一声长叹，诚恳而深情地说：“小何，你跟我这么多年，对我的性格还不了解吗？你们花那么多钱，把我房子搞那么好，群众怎么看？你不要只听人说没什么，说只修了应该修的。一旦有人搞个人主义，就会拿这些话出来作挡箭牌。任何事，不同的意见肯定是有的。真有人学着修起房子来，我还怎么说别人？这个头是我带的嘛。我一个人似乎影响不大，部长、副部长都修起房子来，在群众中会产生什么影响？这样一级学一级发展下去怎么得了？现在既成事实，都为难。我搬进去住吧，我心不安；我不搬进去住吧，你们心不安。我知道你们也难。教训哪，你们这么搞对谁也不好啊……”何谦眼含热泪静静地听着周恩来的这番肺腑之言，心里充满了敬佩和自责。稍停，周恩来又注视着何谦说：“我的存折上还有多少存款？”“你们的那点儿工资，除了每月的正常开支，还要负担一些亲属和烈士子女的书、学费，每月都已不剩什么。”何谦知道周恩来的意思是想由他们自己付修房款，就据实相告。“你看，我赔又赔不起，真是没有办法啊！”说着，周恩来无奈地长长叹了一口气。最后，周恩来说：“何谦同志，你们在我这里工作，一定要了解我。我住得好点儿，吃得好点儿，穿得好点儿，别人不会有意见，但我不能那样做，因为我是国家总理，我带一个好头，可以影响大批党员干部；如果我带一个坏头，也会影响一大片。”

别无选择。何谦将西花厅的地毯、沙发、窗帘、梳妆台、灯具等凡是能搬走的全搬走，恢复了原貌，只剩地板没法拆，澡盆用水泥在卫生间里抹死了，要搬走这些东西就得搞破坏了。在向周恩来汇报时，陈老总说：“油漆要不要刮掉啊？

那就不是节俭，而是更大的犯罪喽！”周恩来被逗笑了。至此，他才搬回西花厅，回到了他的家里。

其实，周恩来的住房设施非常简单，办公室连个沙发也没有，还是他被检查出患了癌症后，毛泽东送给他一个特别的单人沙发。他的笔筒就是个普通的玻璃杯。他日夜批阅文件，连个台灯也不让买，还是中南海的工人用铁棒、铁皮给他制作了一个。此后，他一直住在西花厅，房间再也没有大修过。西花厅有养鱼池、水榭，但是周恩来怕浪费，生前没有让放过水，也就没有鱼虫水草和莲藕，常年干涸着。周恩来去世后，日本代表团访华，要参观他的住宅，胡耀邦才让把房子重新整修了一下，养鱼池才放上了水。

一名普通劳动者

十三陵水库是毛泽东于1958年号召修建的，在那个火热的年代，水库工地也在进行热火朝天的紧张施工。

1958年5月25日是个星期天，党的八大二次会议刚刚结束。下午3时，毛泽东、周恩来、朱德等党和国家领导人顶着烈日来到水库工地，和广大工地建设者一起参加劳动。

毛泽东和周恩来等中央领导先观看了水库的全景，视察了工程全貌，随后来到现场指挥所。工地的同志拿来笔墨纸砚，请领导同志题词。毛泽东饱蘸浓墨，写下“十三陵水库”5个苍劲有力的大字。周恩来似乎还沉浸在八大二次会议的气氛中，谨慎地写了一遍“总路线”：“鼓足干劲，力争上游，多快好省地建设社会主义。”

题词之后，毛泽东一行人开始义务劳动。毛泽东和彭真一起，手执铁锹铲土，周恩来站在民工队里往大坝上传土。见装筐的民工有意少装土，免得累坏领导，

周恩来率领中央和国家机关干部队伍前往十三陵水库工地参加劳动。

周恩来开玩笑地说："都装这么少，大坝什么时候才能长起来呢？"他看到附近有4名女同志正在挑沙子，就走过去，拿起扁担，问："我跟你们挑沙子行不行？"还没等她们回答，他已经将柳条筐担了起来，颤颤悠悠地朝大坝奔去。刘少奇、朱德、邓小平等也都和群众一道，打夯的打夯，挑土的挑土，平地的平地，不一会儿都干得汗流浃背。毕竟他们大多是60岁以上的老人了。傍晚6时40分，毛泽东、周恩来等领导同志离开工地。尽管他们劳动的意义更多的是一种象征，但还是体现了党中央领导不脱离群众的意愿。

6月中旬，周恩来在国务院查问各部部长的劳动情况。大家都说工作忙，参加劳动不多。周恩来说："那我们一起去劳动。"6月15日，烈日当空，周恩来以60岁的年龄，高擎红旗，率领中央和国家机关各部门领导及部分司局级负责人共500人，再次奔赴十三陵水库工地参加劳动。周恩来身穿一件褪了色的灰布衣服，背一顶草帽，肩上搭着一条白毛巾，雄赳赳、气昂昂地走在国务院队伍的最前面。这一次，他们要和工地的群众同吃、同住、同劳动，共同战斗一个星期。

到了工地，大家先席地而坐。工地指挥部的同志分配劳动任务前，说："我们欢迎首长们……"周恩来立刻打断他的话，认真地纠正说："这里没有首长，没有总理、部长、司局长的职务。在这里，大家都是普通劳动者。"王震也是个好开玩笑的人，对工地指挥部的同志说："现在你是首长，我们都是你的部下。"

随着一声令下，周恩来和大家开始了紧张的劳动。工地上一片龙腾虎跃的繁忙景象。

他们的主要任务是为水库大坝准备石料。周恩来的右臂受过伤，不能完全伸直，搬石头时要靠左手用力，遇到大块的石头，他就要完全俯下身把石头抱起来，很吃力。推车的同志看到周恩来汗流浃背，生怕累坏了他，故意在推车回来时放慢了速度。周恩来马上提出“抗议”：“我们窝工了！”

周恩来在北京十三陵水库工地劳动。

在工地上，周恩来不把自己看作一个国家的总理，而是看作一名普通劳动者，不要任何人给予特殊照顾。传运大石头时，大家排成长长的队伍，周恩来站在队伍中间。石头被太阳晒得很热，但大家的热情更热。他们风趣地把大石头叫作“西瓜”，把小石头叫作“香瓜”。在劳动的队伍中不时传来一声声吆喝：“嘿！来了一个大西瓜！”“嘿！又来了一个小香瓜！”工地上的气氛既热烈又欢愉。有的同志看到周恩来年纪大了，故意放慢传递速度，或将“香瓜”传给他，但他马上提出“抗议”，不停催促：“加快速度！来个大‘西瓜’！”人多力量大，石头一会儿就堆成了一座小山。和周恩来一起参加劳动的领导同志平均年龄达 45 岁，大家尊敬地称他们为“黄忠队”。

休息的时候，大家围坐在一起。一个年轻人组成的啦啦队叫开了：“欢迎‘黄忠队’集体来一个！”这下可给“老头儿”们出了难题。有人说：“唱歌，那是 20 年前的事啦！现在老了，不行啦！”周恩来马上站起来给大家“打气”说：“只是前 20 年能唱，后 20 年就不能唱？这不是有点儿‘暮气’、有点儿干劲不足嘛！”他鼓励大家，“拿出延安精神来，唱一个！”他亲自指挥，组织大家唱《社会主义好》。

愉快的歌声伴着欢笑声在工地的上空回荡。大家在周恩来等同志的精神鼓舞下，干劲冲天。

在工地劳动期间，周恩来住在一间简陋的平房里。屋里只有一张用两条板凳架起来的木板床，上面铺着很普通的旧布被褥，窗前放着一张旧三屉桌和两张油漆脱落的木椅子，此外什么也没有了。周恩来和大家一样，每天劳动 8 小时，从不迟到早退。劳动中间，就在工地上吃饭。开饭时，他同大家一样排队去领一块烙饼，或者两块发糕，然后席地而坐，吃一口干粮，就一口咸菜，喝一口白开水。收工回来，周恩来跟大家一起在一个大食堂里吃大锅饭，在一个几十平方米的大澡堂里洗澡，一点儿也不特殊。他只带了一个警卫员，并嘱咐说："到了这里，一切都要按这里的规矩办事。"有人建议周恩来带一名医生，可他怎么也不同意，说："到了工地，一点儿也不能特殊。参加水库建设的有工人，有农民，有解放军，有干部，他们就不生病？不用说经过劳动，我的身体会更好，即使有点儿毛病，应该和大家一样，请工地的医生看就是了。"

周恩来要求自己一点儿也不特殊，做个普通劳动者，但与众不同的是，每天人们都就寝了，他那间屋子里还亮着灯光，他仍在坚持学习和工作，有时直到后半夜才休息。警卫员多次劝他早点儿休息，可他总是说："在家里事多，到这里主要是劳动，应该尽量挤时间，多学习一点儿，多看点儿东西。"他还常常在深夜去厨房慰问加班加点工作的炊事班的同志，感谢他们为大家付出的辛勤劳动。

周恩来在来工地之前，曾对一些担任领导职务的同志说：我们来参加劳动是为了改变一种风气，造成一种风气，那就是要创造出一种热爱劳动、上下之间完全平等、大家互相协作和毫无隔阂的新风气。他是这样说的，也是这样做的。他的模范行动不仅鼓舞了工地广大干部群众的斗志，也为我们今天的广大干部群众树立了光辉的榜样。

“我只是你们中的一个”

周恩来在与广大干部群众合影时，不愿意站在中间，经常是随便找个位置。

1961 年 7 月 1 日，风和日丽，周恩来与童小鹏等漫步登香山，与参加故事片电影创作会议的 100 多位电影工作者欢庆党的 40 岁生日，并合影留念。在拍照时，大家请周恩来站在前排中间，可他怎么也不肯，和蔼地对大家说：“今天主角是你们，我只是你们中的一个。”结果，在第一排正中间的是以演喜剧著称的演员兼导演、一辈子什么“长”也没当过的谢添；在谢添的左边是著名女戏剧家孙维世；再左边是著名电影演员兼导演崔嵬。在谢添的右边是珠江电影制片厂导演王为一，这位素来谦恭的中年导演居然交叉着手，站在领导人和长辈的前头；再右边是北京电影制片厂厂长、导演兼演员田方；田方身旁是中国电影界元老蔡楚生。时任文化部副部长的夏衍、陈荒煤、徐平羽，中央电影局副局长司徒慧敏等都随意地挤在第三、第四、第五、第六排。各电影厂的书记、厂长，也都夹在群众中笑眯眯地露出脑袋来，有的只露出半边脸。而周恩来站在第四排，和大家肩挨肩、心连心、平等地站在一起。

像这样的事例有很多。1960 年的一天，周恩来观看中国儿童艺术剧院演出的话剧《以革命的名义》。演出结束后同演员合影时，大家请周恩来坐在扮演列宁和捷尔任斯基的演员中间。周恩来风趣地说：“不，列宁和捷尔任斯基是无产阶级的导师，我是学生。十月革命时，我还是普通青年，才 19 岁，邓大姐 13 岁。瓦夏（剧中人

1960 年，周恩来在北京观看中国儿童艺术剧院演出的话剧《以革命的名义》后与大家合影。

物，由覃琨扮演——编者注），你也 13 岁。我们是兄弟，我们两个坐在一起。”

1965 年 11 月 1 日，周恩来亲切接见中华医学会全国第一届妇产科学会的全体代表，并作了一个多小时的讲话。在同代表们合影时，几百名代表请求他坐在正中间，可他说什么也不肯。他对林巧稚说：“你是学会的主任委员，你应该坐在中间，当仁不让嘛！”最后，他还是坐在旁边同大家留影。

1966 年夏天，周恩来出国访问路经新疆和田县时，在百忙中接见了当地驻军代表。在照相留念时，大家请他站在当中，而他走到边上，说：“我就站在这里。为什么一定要我站在当中呢？”摄影记者就这样给大家照了相。

还有一次，周恩来在一个宾馆里同外宾会谈。送走外宾后，他出来要和参加服务工作的同志们一块儿照相，大家的心里别提有多高兴了，都站好等候着，并给周恩来预留了中间的位置。周恩来到后一看，说：“为什么一定要我站在中间呢？边上也可以嘛！”说完，就站在边上，和大家一起照了相。来宾馆做饭的北京饭店中餐厨师张荣林激动地说：“我们这些厨师，在旧社会是最被人瞧不起的伺候人的下等人。可是今天，国家的总理和我们站在一起照相，而且还站在边上。总理真是把我们厨师看成完全平等的普通劳动者啊！”

服务人员和工作人员见到周恩来，都希望能和他一起照张相，周恩来也很体贴大家的心情，总是满足大家的要求。拍照时，他总要关心地问问摄影师，是不是都能照进去，看到有跑过来的同志，他就叫等一等再照。1965 年，周恩来出访巴基斯坦，在大使馆和全体人员合影时也是这样：大家高兴地站在周恩来的身边，摄影师迅速地调好了镜头，忽听周恩来说：“等一等那位同志。”可是摄影师已按动了快门。顺着周恩来的指向，人们看到一位刚忙完工作的司机师傅急匆匆地跑过来。周恩来说：“同志们都不要动，让这位同志站好，我们再拍一次。”于是拍了第二张。大家刚要散，又有一位女同志气喘吁吁地赶来，她是因为接电话来迟的。周恩来再一次把大家叫回来，说：“咱们再拍一次。”在中国大使馆工作的巴基斯坦人员听说了周恩来一连和大家拍了三张合影的事，也十分感动，还用不流利的中国话连声说：“你们的总理好！太好了！”

1956 年 12 月 9 日晚上，周恩来在即将结束对印度的友好访问前，在加尔各答举行了盛大的招待会。招待会后，陪同访问的印度记者和工作人员要求和周恩来一起照一张相留作纪念，周恩来欣然同意了。

在准备合影的大厅里事先摆好了 6 把座椅，计划安排周恩来和陪同他出访的贺龙副总理、中国驻印度大使和夫人、印度驻中国大使和夫人的座位，其他人员站着合影。周恩来一行进入大厅后，印度外交部的礼宾官说明了他们的安排意见，并请周恩来和贺龙就座。周恩来笑容满面地对礼宾官说："请把椅子拿走，我们一起站着照吧。"礼宾官坚持请周恩来就座。"争执"之中，周恩来和贺龙笑呵呵地席地而坐，要两位大使和夫人坐在椅子上。周恩来这种打破常规、对普通工作人员平等相待的政治风度，使在场的印度友人激动万分，他们再次请周恩来坐到椅子上，两位大使和他们的夫人也恳请他就座，但周恩来还是不肯，推着两位大使和他们的夫人就座，自己仍和贺龙席地而坐。大家说服不了周恩来，也就只好按照他的安排合影留念了。在场的人都十分感动。这件事在印度舆论界引起了很大反响。第二天，印度的报纸刊登了中国总理、副总理坐在地毯上与记者和工作人员合影的照片，并发表了赞扬周恩来接近普通工作人员的评论。

公私分明

周恩来身居高位，却从不谋私，向来公私分明，绝不占公家一点儿便宜。

周恩来给自己立了规矩："坐公车办私事要自交车费"，需要记账。如果司机忘了记账，就会受到严厉批评。

有一次，周恩来要去人民大会堂接见外宾，从西花厅乘车先到北京饭店刮脸。他再三提醒司机要记账缴费："从西花厅到北京饭店算私事，从北京饭店到人民大会堂才是公事，你不要又笼统搞错了。"周恩来因看戏、到公园散步、到饭店理发、到医院看病以及以私人身份访友需用车，都坚持自费。他经常问司机："这段路交费了没有？"到了一定时间，周恩来还要一笔一笔地核查。每月发工资的时候，周恩来必定要检查是否扣除了用车费，看到确实扣除了才放心。

周恩来有时在家里请一些知名人士、演员、运动员或老战友吃饭，从不让公家报销。他常对身边工作人员讲，要严格遵守国家制度和各项规定，不要因为我是总理，就不认真执行。每月的房租、水电费交了没有，拿回家的自费药交钱没有，他都要过问。

西花厅园子里有一个水池子，长年失修，一直不能蓄水。园子里的花工是个勤快人，便利用这块地方种上了菜，并把地边、墙角边都合理地利用上，种了玉米、豆角等。有一天，卫士摘来了花工种的豆角。周恩来看到后，马上问："给钱了没有？"卫士听到周恩来的问话很纳闷，心想这菜都是自己人种的，还要给钱？往哪儿交钱呢？便回答说："没给钱，都是自己人种的。"周恩来摇了摇头，说："这样不对，用公家的地、公家的水种的东西，就得按数量付钱，一部分给机关，一部分给花工。"西花厅的园子里有一棵梨树，年年梨子成熟后，周恩来都要工作人员一个不少地缴给公家。周恩来坚持公私分明，真是一点儿都不含糊。

1963 年 2 月，周恩来在无锡视察期间，到蠡园参观。他问陪同的市委负责同志："买过门票没有？"那位负责人根本没有在意此事，没有买票。周恩来十分认真，马上让同去参观的人停下，郑重其事地一一查点人数，当场购了票，连陪同人员的票都是由周恩来代买的。

1963 年 2 月，周恩来和邓颖超在苏州游园时，亲自清点随同人数并购买公园门票。

1973 年 9 月，周恩来陪同法国总统乔治·蓬皮杜访问杭州。访谈结束，送走外宾后，考虑到几天来随行人员十分辛苦，周恩来就吩咐秘书："今天中午，我请大家到楼外楼吃便饭。”饭后，周恩来叫秘书去结账。省里同志出来阻拦说：“不必总理付了，由我们地方报销吧！”周恩来说：“我请大家，当然由我付钱！”店里经理知道周恩来的脾气，就收了10元钱。谁知周恩来不同意，说：“这么多菜，10元钱怎么够呢？一定要按牌价收足。”经理和厨师商量了一下，又收了5元钱。不料，周恩来还是不答应，认真地说：“不够的！谁请客吃饭，谁付钱。总理请客吃饭，也要和一般顾客一样付钱嘛！”楼外楼的经理没办法，只好又收了5元钱。这样共收了20元钱。周恩来走后一个小时，机场给楼外楼的经理打来了电话，说周恩来上飞机前留下10元钱，补付中午的饭费。楼外楼的经理和职工们捧着这30元钱，商量了一下，只有按周恩来的吩咐去做，当即把当天午餐的饭菜按照牌价单子细算了一下，总共19元5角，和普通顾客一样结了账，并给周恩来写了份详细报告，附上清单和多余的10元5角，寄还给总理办公室。

周恩来从不私收礼物，送给他的礼物一律退回；不能退的，就付款，然后交有关部门处理。

1961年春节前夕，周恩来家乡淮安县的人民为了表达对周恩来和邓颖超的敬意，托人两次给他们送来了土特产。第一次送来的是藕粉、莲子和几件小工艺品。因是县委托人捎到北京，不便退回，周恩来收下后，即委托办公室写信批评淮安县委。信中明确指出：在中央三令五申不准送礼的情况下，你们这样做是不好的。还附寄了一份《中共中央关于不准请客送礼和停止新建招待所的通知》，让其仔细研究并严格执行，同时寄去100元钱，大大超过了所送实物的价格。第二次，淮安县委送了点儿茶馓，是县委书记到北京开会时带来的。周恩来坚决不收，委托办公室的同志原封不动地退了回去，又送给淮安县委一份中共中央关于不许请客送礼的文件。他还亲笔在文件上批示：“请江苏省委、淮阴地委、淮安县委认真阅读一下，坚决照中央文件精神办！”

1970年1月，邓颖超陪外宾到延安。回北京前，当地的同志想托邓颖超带上一点儿小米给周恩来。他们把2斤小米装在一个小布袋里，捧着交给邓颖超，说：“总理爱吃延安的小米，请你带一点儿回去……”没等说完，邓颖超便笑着说：

“延安的小米，恩来同志见了一定很高兴。吃上延安的小米，就像回了一趟家。”她的一席话，说得大家都愉快地笑了起来。接着，邓颖超说：“不过，粮票和钱，你们得收下。我们党有规定，不送礼。要不我带回去，恩来同志要批评我的。”就这样，邓颖超留下了粮票和钱，才带走 2 斤小米。

有一次，周恩来过去的秘书、福州军区副司令员龙飞虎托人给周恩来送来一筐桔子，说请老首长尝个鲜。周恩来知道后，说：“我不需要。”随即让秘书去问问这筐桔子市价多少钱。当得知是 25 元时，周恩来吩咐给龙飞虎寄去 50 元，并让秘书转告他，多的钱由他处理。这样，龙飞虎以高出一倍的价钱“卖”给周恩来一筐桔子，以后再也不敢给老首长送东西了。他说：“送东西就等于敲总理竹杠，谁还敢送啊！”

1973 年 10 月 14 日，周恩来陪同外宾参观洛阳龙门石窟时，见到了北魏时期的龙门二十品拓本，爱不释手，便问：“多少钱一套？”负责销售的服务员回答：“500 元。”周恩来扭头问身旁的秘书带了多少钱。秘书面露难色，轻声说：带的不多。周恩来又问了几个同志，都说带的不够。大家凑了一下，也没有凑够。于是，秘书向周恩来建议：“是否到北京汇钱来，请他们寄一份……”周恩来赶紧摆手制止秘书再往下说：“不行，那样做，他们就不收钱了。”周恩来的举动让旁边的市委领导看见了，心想：总理喜欢石窟的拓片，这可是洛阳的骄傲，偌大的一个古都，给总理送一套拓片都送不起，也太寒碜了吧！于是便向周恩来提出：“我们送一套！”周恩来马上警觉地望着这位市委领导，口气非常严厉地说：“你这个同志怎么这样讲！国家的财产，怎么能送人！”周恩来反复看了拓片，最终还是因为没有凑足 500 元钱而依依不舍地离去。

周恩来个人从不收礼，也不允许地方给中央送礼。1961 年，青海省委知道中央机关的生活很艰苦，就从青海湖打捞了 2000 多斤鳇鱼运到中央办公厅。周恩来知道后，下令不许收，要退回去，但因为路途遥远，退回去，鱼会腐烂，才同意作价，把款汇了过去。为此事，中共中央、国务院专门发了通报，要各省市以此为戒，不准再送东西给中央。

即使在国外出访，外国元首送给周恩来的礼品，回国后，他也要统统上交外交部礼宾司，自己绝不留一样礼品。凡是以周恩来个人名义送给外宾的礼品，他都自己付钱。

1964 年初秋，正是南方蜜桔收获的季节。外交部礼宾司接到周恩来办公室的电话，说要给柬埔寨王后送一些蜜桔。礼宾司建议以周恩来个人的名义签字赠送，这样更亲切些。周恩来说："这个主意好，就这么办。既然以我个人名义送，一切费用由我本人负担，不能让公家报销。"礼宾司的同志听后感到惊讶，认为不管是以国务院总理名义，还是以周恩来个人名义送外宾东西，都应由公家报销，因此没有考虑费用问题。蜜桔并不贵，但航运费比较贵。周恩来的秘书说："总理的银行存折上目前只有 400 元，尽量省着些用吧！"后来，礼宾司的同志想办法，把蜜桔托人顺便带到了柬埔寨。王后收到礼品，非常感动。对于此事，礼宾司的同志心里很不平静，说："我们出的这主意给总理添麻烦了。周总理真是世界上少有的清廉的总理，公与私的界限是那样分明！"

国家总理与普通百姓一起坐公共汽车

周恩来虽然工作非常繁忙，但时刻关心、惦记着群众的生活和困难。

1954 年年底的一天下午 5 点多钟，周恩来对秘书何谦、卫士赵行杰说："群众反映北京市公共汽车拥挤得很厉害，上下班要在路上浪费一两个小时。今天，咱们去乘公共汽车，了解一下情况。你们不要告诉保卫部门。"说完，还未等他俩反应过来，周恩来已披上大衣走出了门。

保卫部门出于安全上的考虑，一般是不让首长"私自"到公共场所的，即使去，也必须先由保卫部门采取严密的保卫措施。作为国家总理，瞒着保卫部门去坐公共汽车，未免使秘书和警卫员为难。但他们知道总理需要的是接触群众，最反对兴师动众、前呼后拥。这时争执已没有用，他俩只好跟着周恩来出了国务院北门，来到北京图书馆汽车站。

此时正值下班人流高峰，车站上人很多。赵行杰一阵紧张，劝周恩来在离车站 10 余米的地方候车。他们等了一会儿，汽车进站了。等车的群众蜂拥而上。周恩来等他们都上完，才最后上车。车厢里很拥挤，更没有空座位。周恩来往里面走了几步，站在了中间，握住车上的吊环。汽车开动了，人们在拥挤中顾不上东张西望，居然没有看到身边站着周恩来。一直走了两三分钟，站在周恩来对面的一个乘客发现了他，才大声叫起来："哎呀！这不是周总理吗？"

听说总理在车上，车里顿时沸腾起来，许多人站起来让座，不少人往他身边挤，有的人还把手伸过来要和他握手。见此情景，何谦和赵行杰更加紧张了，把周恩来挡住，惟恐把总理挤倒了。

周恩来镇定地挥着手，一个劲地说："请坐！请坐！别挤！大家别挤！不要动！"

这时，一位乘客挤上前来，握着周恩来的手，激动地问："总理，你那么忙，怎么还来坐公共汽车？"

周恩来笑着回答："我也来体验一下你们的生活嘛！"

有的乘客非要让周恩来坐下，周恩来坚决不肯，一直站着和大家亲切地说话。周恩来问大家在哪儿工作，住在哪儿，生活怎样，每天上下班坐车要多少时间。有的乘客光顾着和周恩来谈话，竟忘了下车，坐过了站；有的乘客挤不到周恩来面前，不甘心，继续往中间挤。过了一站又一站，新上车的乘客纷纷向周恩来打招呼，下车的乘客又都依依不舍地同周恩来告别。

车走了几站后，何谦和赵行杰越来越担心周恩来的安全，便劝他下车："公共汽车上的情况也就是这样了，咱们赶紧回去吧！"

周恩来没依他们，坚持坐下去，继续向群众了解情况。后来，他下了公共汽车，又上了无轨电车，在寒冷的夜晚走了大半个北京城才返回中南海。

周恩来很快将有关领导找来，召开了一次专门会议。会上，他介绍了自己了解到的一些情况，提出要较好地解决市民乘车难的问题。会议讨论和制定了如何解决好公共汽车拥挤问题的具体措施。画出人行横道、在繁华路口的马路中间设安全岛等，就是周恩来提出来的，都是为了保证行人的安全。此外，周恩来还指示：国务院各部门和有关单位，如有条件都要用大车接送职工上下班。

由于周恩来亲自体验并直接抓管，经过相关部门的努力，北京市乘坐公共汽车难的现象很快得到了缓解。

以普通观众身份买票看戏

周恩来很喜欢看戏，20 世纪五六十年代，他在工作之余偶尔会去剧场看戏、看节目。他总是以普通观众的身份出现在人民群众中间，从不让为自己安排专场演出，不许工作人员兴师动众。周恩来坚持看戏、看节目都是自己花钱买票，虽然他往往只看一段折子戏，但要买全场的票，不但自己买票，跟着他一起去的卫士和司机等人的票也是他买。周恩来去看戏的时间很讲究，比如，戏开始的前两三分钟到剧场，等要换节目了，灯暗了，幕帘放下了，才趁着黑暗走进去。谁都不会想到他这个时候会来，所以，他坐在那儿不影响大家看戏。有时候看完戏，周恩来走出来，有观众发现了，他招招手就走了。

1957 年夏，广西壮族自治区文工团来到北京，在人民剧场为首都人民汇报演出歌剧《刘三姐》。秘书考虑到周恩来日理万机，很少休息，如果能去看看歌剧《刘三姐》，一来对广西文工团和广西人民是一个极大的鼓舞，二来也可以利用看戏的机会得到一会儿休息，便征求周恩来的意见，他愉快地答应了，但同时向秘书提出两个要求：一是不要和广西文工团打招呼，也不要和主办单位打招呼；二是只允许秘书和卫士、司机 3 个人随同前往。

开演前几分钟，周恩来一行人对号入座。此时，观众们都忙于找座位，竟没人发现周恩来。歌剧很快就开演了，剧场的灯光也暗了下来，周围的观众也都没有发现周恩来。就这样，周恩来以一位普通观众的身份，坐在观众席上观看演出。

中间休息的时候，剧场的灯光亮了起来。不大一会儿，演出主办单位的同志发现了周恩来。一位领导同志来到周恩来跟前，有点儿不好意思地说："总理，我们不知道你来，实在对不起……"

"是我叫他们不要打招呼的，我来看戏，和大家一样，都是观众，再惊动你们就不好了嘛！"周恩来没等他说完，抢过话头，微笑着解释说。

"总理，请到后台或者休息室休息一下，喝点儿水。"那位同志请求说。

周恩来坐着没动，指了指座位，说："就在这里坐坐很好嘛！谢谢你们啦！"

这时，坐在附近的观众都发现了周恩来，许多人站起来，向周恩来投来敬仰的目光，有的还热情地跟周恩来打招呼，或挤过来握手，体现了人民群众对自己总理的深厚感情。

1957 年 12 月 14 日，周恩来观看绍剧《闹天宫》演出后，怀抱演员小六龄童留影。

同一年，北京曲艺团用曲剧这个新剧种编排了《杨乃武与小白菜》，初次在北京前门外大栅栏仅能容纳 400 人的小剧场公演。周恩来看到报纸上的广告，便向卫士长交代："今天晚上，咱们自己买票，去看看魏喜奎她们演出的《杨乃武与小白菜》。"他还交代，"谁也别告诉，买到什么票，就坐在哪儿，不许挤群众的座。"当卫士长买票时，好位置的票已经卖完了，只好买了剧场北边靠门的几个座位的票。晚上，周恩来只带了警卫员、卫士长和司机 3 人前去看戏。为了不惊动观众和演员，他们一行人在场外等到里边灯灭时才入场，悄悄找到座位坐下来，津津有味地看起来。

周恩来非常喜欢去首都剧场观看北京人艺的戏。20 世纪 50 年代末和 60 年代初，下午工作结束，周恩来偶尔会问秘书晚上有没有安排，如果没有，就可以去首都剧场看戏、看节目。因此，首都剧场的杨经理每天演出以前，都要留下几张保留票以备不时之需，一直等到演出以后半个小时方另行处理。当然，周恩来如果来看戏，必定要按照保留票的票价付款。

有一天，演出半个小时后，剧场刚刚把保留票售出，观众也已经进场入座，突然接到电话——周总理要来看戏。怎么办呢？杨经理没有别的办法，就把楼下第 7 排中间几个座位的熟悉观众好言好语地请到边上的座位上。换好座位不久，周恩来到了剧场，悄悄地被带到第 7 排座位上就座。

中间演出休息的时候，周恩来来到小休息室。突然，他把茶杯放下，问道："我坐的座位上原来是不是有人呢？"杨经理只好说出了实情。周恩来听后有些激动地说："胡闹！世界上根本没有这样的道理，人家是先来的，我这个后来的反而要把人家赶走。不能这样，一定不能这样！杨经理，休息以后，你要把人家请回到原来座位上去，而且要向人家赔礼道歉。要道歉！"他停了一下，又交代，"你们剧场里不是还有一个导演间吗？我就坐在导演间里看戏好了。"杨经理只得答应照办。

休息以后，几个熟悉的观众回到了原来座位上，周恩来坐到了观众席的最后方、看不太清楚又听不太清晰的导演间里。自此以后，似乎形成一个不成文的规矩：周恩来只要看戏迟到了，就坚决要求到导演间里观看，不能有其他的特殊安排。

立下"十条家规"

周恩来对待自己的亲属从来都是要求很严格的。他决不允许亲属由于他的关系而有一丝一毫的特殊。

周恩来同胞兄弟三人，两个弟弟名叫周恩溥和周恩寿。周恩溥于 1944 年因病去世。周恩来投身革命，长期遭敌人通缉，要求难免受到牵连的主要亲属改名回避，因此周恩寿从 1928 年起一直以“同宇”二字为名。中华人民共和国成立后，周恩来又要求他的亲属不要说出与他的关系，以免受到特殊照顾，所以，周同宇就没有把名字再改回去。1950 年开始，周同宇一直在工业部门任职，是一名普通工作人员，后来因病不能坚持正常工作，被有关部门安排到内务部任参事。周恩来为此向内务部长曾山多次提过意见，并在一次会议上讲起这件事：“周某人的弟弟在内务部做参事，不管是什么原因去的，总没有好影响。他在工业部门时能够工作，我不干涉。现在当参事等于拿干薪，那就要考虑了。”会后，周恩来对曾山讲：“同宇不能坚持工作，就应该按有关规定办理因病退休手续。如果他因此在生活上发生困难，我个人给予补贴……我讲的绝不是客套话，是要你们按规定去办的。”1963 年春节，周恩来约一部分亲属来到西花厅。他对弟弟说：“同宇，你多病，不能坚持正常工作，又快到退休年龄了（其实还差一岁——编者注），就退休吧！不要让别人说，周恩来的弟弟长期病假，快到年龄为啥不退休？”周恩来又恳切地说，“你退休后能把几个孩子教育好，这就是对国家的最大贡献。生活费困难，我给你补。”于是，周同宇于 1963 年 6 月提前办理了退休手续。

周恩来还有一个堂兄，抗日战争期间曾帮助共产党建立过电台，中华人民共和国成立后仍留在原来就职的铁路系统工作，1953 年因历史问题及经济问题被判刑劳改。有关部门知道后，想给予照顾，但周恩来坚决不准，说堂兄有旧思想，应该在社会上好好锻炼、改造。这个堂兄的孩子，因家庭关系，入党后一直未能转正。为这事，这个孩子于 1958 年来找周恩来。周恩来帮助他正确认识家庭问题，鼓励他接受党组织的考验，并说：“不能因为你是我的亲属，我就去干涉你的转正问题。”多年以后，这个孩子终于靠自己的努力，加入了中国共产党。

周恩来和邓颖超没有子女，但对侄儿、侄女等要求都很严格，从小就教育他们，要树立长大后到农村、到基层，当农民、当工人、做普通劳动者的思想，并教育他们：“你们要严格要求自己，带头执行党和国家的各项政策、规定，不能利用亲属的职权搞特殊化。”

有一年，周恩来的表兄万叙生给周恩来写来一封信，请他为表侄女安排个正式工作。周恩来回信说：这是关系到遵守国家制度和服从国家需要的问题，我没有权力要求国家对自己的亲友给予特殊照顾。我从来也没有这样做过。四女（即那位表侄女——编者注）现在有临时工作，很好。要教育她不管参加什么劳动都一样，只是社会分工不同，都是建设社会主义必不可少的工作，都是光荣的。

周秉德是周恩来三弟最大的女儿，自 12 岁住进中南海，在周恩来身边生活了 10 余年。周秉德上学时住校。一到周末，有的同学有车去接，而她只能挤公共汽车，心里就有些不平衡，于是向伯父抱怨。对此，周恩来明确说道：“汽车是我为人民工作用的，我的工作需要，才用车。你们是学生，不能够享用，只能自个儿坐公共汽车、走路或骑自行车，不能享用公家为我配的车辆。”

1968 年，周恩来年仅 15 岁的侄女周秉建响应“知识青年上山下乡”的号召，报名到内蒙古牧区插队。周恩来知道后非常高兴，临行前叮嘱她说：“秉建，我坚决支持你上山下乡，到内蒙古大草原安家落户……你一定要迎着困难上，和内蒙古人民一起建设边疆，决不能当逃兵！”周恩来知道周秉建在家里不吃牛羊肉，又特意嘱咐她到了牧区要锻炼吃牛羊肉，过好生活关。周恩来语重心长地说：“你去的是牧区，是少数民族地区，要很好地注意少数民族地区的风俗习惯，要尊重那里的风俗习惯，还要学习那里的语言。”在为周秉建送行的家庭告别会上，周恩来特别指定做一道苦瓜菜，让她做好吃苦的准备。

周秉建插队后，住进蒙古包，学蒙古话，穿蒙古袍，干牧业活儿，融入了牧民之中。参军是那个时代年轻人的普遍追求，从小怀着参军梦的周秉建也一样。插队两年后，1970 年冬，她凭着自己的良好表现，通过正当途径实现了梦想。1971 年元旦那天，周秉建穿着草绿色的新军装，高高兴兴地到北京见周恩来和邓颖超。没想到，周恩来见面第一句话是：“你能不能脱下军装，回到内蒙古草原上去？”看到侄女眼泪汪汪、一时不能理解，周恩来又耐心地说：“你不是说内蒙古草原是广阔天地吗？你参军虽然符合手续，但内蒙古这么多人里挑上了你，还不是看在我们的面上？我们不能搞这个特殊！”当时，确有一些干部子弟通过“走后门”当兵，在社会上产生了不良影响。但周秉建在牧区的生产队参加劳动，交通不便，信息闭塞，根本就不知道这些。她心里有一点最清楚，那就是伯伯的话一定有他的道理。后来，周秉建才知道，伯伯收到她的信后，已经派人去部队了解她是怎样被批准参军的，是否通过正常的手续。于是，只有 3 个月“军龄”的周秉建很快又回去当了牧民。在周秉建重返草原之前，周恩来特意从百忙之中安排出了时间，专门和她谈话。周恩来十分明确地告诉侄女：“回去还是要住蒙古包，要和牧民在一起，这一点要百分之百做到。”还叮嘱说，“你这次回去以后，对你的照顾可能要大，对你的歧视可能要小，要防止这一点。要坚持在基层，这次回去，可不要再上来哟！”回到牧区后，周秉建经过踏踏实实的劳动，入了党，后来又被选为大队党支部副书记。

20 世纪 60 年代初，周恩来的侄儿周尔辉在北京钢铁学院任教。他于 1961 年结婚后，爱人仍在老家江苏省淮安县工作。当钢铁学院领导知道周尔辉和周恩来是亲属关系后，为了照顾他们解决两地分居问题，就找有关单位联系，把他爱人

1951 年，周恩来在中南海西花厅与家人合影。后排左起：侄儿荣庆、周恩来、八婶、邓颖超、二弟周同宇；前排左起：大弟媳王兰芳、侄女秉德、侄儿秉华、侄儿秉钧、二弟媳王士琴、侄儿尔辉。

从淮安调到了北京。周恩来知道后很生气，批评道：“照顾夫妻关系，为什么不能从大城市调到小城市？这几年遭受自然灾害，中央调整国民经济，北京市大量压缩人口，国务院也正在下放、压缩人员，你们为什么搞特殊化，不带头执行？”邓颖超也在一边给侄儿、侄媳做工作：“伯伯是抓压缩城市人口工作的，他要带头执行这项政策，他的亲属也不能例外，不能特殊。”在周恩来夫妇的耐心说服下，侄儿、侄媳一起调回了淮安工作。周尔辉回到淮安后，在淮安县中学当了一名普通的人民教师。

周恩来对自己的晚辈亲属一再嘱咐，不论是填表还是谈话，都不许透露与他的关系。

侄儿周尔辉的父亲是烈士，周恩来将其接到北京抚养。当时北京办有干部子弟学校，专门培养烈士、高级干部子女，但周恩来没有让周尔辉上这样的学校，而是让他到普通的北京市第二十六中学住校学习，还特意嘱咐他：无论是领导谈话、填写表格还是同学交往，千万不要说出与他的这层关系。周恩来告诫他：“你要说出和我的关系，人家知道你是总理的侄儿，就会处处照顾你，将就你，你也会产生优越感。那样，你的进步就慢了。”周尔辉住校后有两种伙食标准：一种每月 9 元；一种每月 7 元。周恩来让他吃每月 7 元的伙食。周尔辉牢记伯父的教导，刻苦攻读，自强不息，后来考上了大学，毕业后留校工作。谁也不知道他是周恩来的亲戚，直到组织上要发展他入党，到他家乡调查他的社会关系时，才知道他是周恩来的侄儿。周恩来的所有侄辈以及第三代的登记表里，都找不到与周恩来关系的记载，这也是周恩来的家风使然。

1958 年 11 月，周恩来的侄媳蔡淑清由广州到北京参加机关事务工作会议。一天下午，她如约去看周恩来。去之前，她参观北京饭店时就听服务员说：周总理来理发，不愿去为中央首长专门准备的理发室，而是去普通理发室排队。蔡淑清想：伯伯是国家总理，尚且不要特殊照顾，我作为他的亲属，也应向他学习。因此，她没有乘坐有关部门为她准备的小车子去看周恩来，而是搭乘公共汽车辗转前往。周恩来在谈话中知道这事后，表示赞许。6 年后，蔡淑清随爱人从广州

1956 年 5 月，周恩来与侄儿、侄女们在一起。左起：秉华、秉和、周恩来、秉建、秉宜、秉德。

调到湖南沅江工作。9 月，他们到北京看望伯伯、伯母。邓颖超问他们调到湖南后，领导知不知道他们与伯伯的关系。蔡淑清回答："有人知道，但多数不知道。"邓颖超说："不要讲出去，特别要教育小孩子也不要讲出去。讲出去，人家就会照顾你们，那不好。"这番话又何尝只对蔡淑清说过，周恩来的晚辈们都曾听到教育他们如何摆正这种关系。周恩来经常提醒他们：在任何场合都不要说出与我有关系，不要炫耀自己；但在处理问题的时候，要考虑到和我的关系，要特别慎重，不可轻率从事。永远不要搞特殊化。要说特殊，那只能是在工作上做出特殊成绩来。

晚辈们到北京，都想跟两位老人家照一张合影，作为珍贵的纪念。周恩来和邓颖超很理解晚辈们的这种心情，尽量满足他们的这一愿望，拍一张合影，但照片冲洗出来后，周恩来在发送照片的细小事情上都考虑到不能让他们有优越感。他只给晚辈们一张合影，说，"给多了，你们就会拿去送人，就会无形中炫耀自己。只能给一张。"

古人云："不以规矩，不成方圆。"国有国法，才能长治久安；家有家规，才能教子成才。进入和平年代以来，周恩来家过去失去联系的一些亲戚来找的多了，他们中有的只是纯粹出于亲情，但是也有一部分人想托周恩来帮助办一些事情。周恩来和邓颖超对他们既关心，又严格要求，决不因身居高位，对亲属搞特殊化。为此，周恩来立下了"十条家规"：一是晚辈不能丢下工作专程进京看望他，只能在出差顺路时才可以来看看；二是外地亲属进京看望他，一律住国务院招待所，住宿费由他支付；三是一律到国务院机关食堂排队就餐，有工作的自付伙食费，没工作的由他代付；四是看戏须以家属身份购票入场，不得享用招待券；五是不许请客送礼；六是不许动用公车；七是凡个人生活中自己能做的事，不要别人代劳，自我服务；八是生活上要艰苦朴素；九是在任何场合都不能说出与他的关系，不要炫耀自己；十是不谋私利，不搞特殊化。这“十条家规”，周恩来要求在外地的亲属必须做到。对于在北京的亲属，周恩来要求每年开一次会，会上并不谈别的事，只要求他们汇报一年来的思想，再一个个检查一下，有没有借用他的名义办什么私事。“十条家规”虽然没有一句豪言壮语，但每一句话都坦荡无私，每一个字都掷地有声。“十条家规”的核心要义是不能搞特殊化。

周恩来对亲属的严格要求始终如一，直到他生命的最后时刻。

1976 年 1 月 8 日，周秉建突然接到从北京发来的电报，电文是“见报勿归”。周秉建心里纳闷，这是怎么回事？第二天早晨，她听到电台在哀乐声中广播了周恩来逝世的噩耗。她悲痛至极，立即给北京打长途电话。伯母邓颖超劝她留在自己的工作岗位上，不要到北京奔丧，并说这是她伯父的意见。原来，周恩来在弥留之际，曾留下这样的嘱咐：他去世后，希望他的亲属留在各自的工作岗位上，不要到北京来，这才是真正的悼念；如果他们一定要来北京，应该自己花路费，一分钱也不要政府开支，不能有丝毫特殊，千万记住。

周恩来这样严格要求亲属，并非是对他们缺少感情，恰恰相反，正是对他们的爱护和关心。他常常告诫亲属们，不要靠上辈掌握的权力为自己谋私利，也不要有任何优越感，要同普通百姓子女一样。如果说共和国总理有特殊，那是指他是人民的特殊公仆，要为国家做出特殊的牺牲，除此之外，他永远是革命队伍中的普通一兵，毫无特殊。而他的亲属就更没有什么特殊而言了。周恩来是国家总理，管理着一个大“家”，却始终把自己当作人民的勤务员，以身作则，从自己做起，从自己家里做起，决不让亲属之事影响大“家”。

处理旧居的“三条指示”

在江苏省淮安市淮安区驸马巷和局巷相接的地方有一所住宅，曾经挂着这样的牌子：“私人住宅，谢绝参观。”这便是周恩来的旧居，牌子是当地政府按照周恩来的嘱咐挂上去的。旧居由东西相连的两个曲折的三进院组成。1898 年 3 月 5 日，周恩来诞生在这里。1910 年，周恩来离开了淮安，就再也没有回来过。周恩来把他人生最初的 12 年留在了故乡，这些院落仍然回荡着周恩来人生的第一串足音，仍然印刻着周恩来人生的第一段身影。

中华人民共和国成立初期，这所宅院已年久失修，行将坍塌。淮安县委顺应家乡人民的心愿，对西边宅院的 3 间堂屋进行了初步维修。1952 年，周恩来得知此事后，立即写信给淮安县委，要求他们今后不要再进行维修，并询问了修缮的费用，用自己的工资作了偿付。

但是后来，淮安县委考虑到家乡人民的感情和全国人民的心愿，又对西边宅院的 3 间堂屋做了较大的整修。这件事再次传到周恩来的耳朵里，他很是生气。1958 年，当淮安县副县长王汝祥来北京时，周恩来对他进行了严肃批评：“听说你们把房子翻修了？这不好！我不是一再给你们带信吗？我的房子不能修！坏了可以拆掉，砖头、木料可以盖工厂，我有权这样处理！”

王汝祥回去后，周恩来又特意写了一封信给淮安县委。信中要求把除他的弟媳陶华居住房屋外的全部房院交给公家处理，陶华也不再收房租。周恩来在信中还说：“在公家接管房院后，我提出两个请求：一是万不要再拿这所房屋作为纪念，引人参观。如再有人问及，可说我来信否认这是我的出生房屋，而且我反对引人参观。实际上，从我婶母当年来京谈话中得知，我幼时同我寡母居住的房屋早已塌为平地了，故别人传说，都不可靠。二是如公家无别种需要，最好不使原住这所房屋的住户迁移。后一个请求，请你们酌办；前一个请求，无论如何，要求你们答应，否则我将不断写信请求，直到你们答应为止。”

此后，周恩来又不断地指示，要求把他住过的房屋处理掉。他对淮安县委负责同志说：“我的房子一定要处理掉，决不能同毛主席的旧居相比。”经过慎重研究，淮安县委决定把周恩来诞生和生活过的东边宅院作为淮安县委学习室和儿童图书馆；西边宅院，让群众住进去。如此处理执行后，淮安县委写信向周恩来作了汇报。

不久，淮安县委收到总理办公室的回信，说周恩来对县委的做法表示满意。1961 年 8 月，周恩来在接见侄媳孙桂云时，又详细询问了淮安县委对旧居处理的情况。孙桂云无意中提到：尽管这样，还是经常有人来参观。周恩来对这个情况很重视。他说：“还是拆掉好，拆掉了可以盖工厂、盖学校嘛！”他还郑重嘱咐孙桂云：“你们不要说出我住过的房屋，还要告诉邻居，叫他们也不要讲。”

1973 年 11 月 17 日，周恩来又让国务院值班室主任吴庆彤打电话到淮安县委办公室，正式传达了周恩来关于处理旧居的三条指示：一、不要让人去参观；二、不准动员住在里面的居民搬家；三、房子坏了，不准维修。第二天，淮安县委常委会研究并决定：一、不动员住在里面的居民搬家；二、不维修房屋；三、县委在干部会上动员大家不组织、不带领人们去参观，并在当晚向国务院办公室作了汇报。11 月 30 日晚，国务院办公室又来电话说：“总理对县委决定的三点表示满意，以后要派人检查你们的执行情况。”隔了 5 天，国务院办公室又打电话给淮安县委书记，询问对“三条”的执行情况。

1974 年 6 月 1 日，周恩来在医院做了第一次手术。两个月后，周恩来见到孙桂云时，又当面询问“三条”的执行情况。孙桂云汇报说：“都执行了，但外地人千方百计找上门来，实在没有办法。”周恩来问：“把房子拆了，你们搬个地方住，行吗？”在场的邓颖超表示支持，说：“拆迁吧，我们给钱。”孙桂云说：“拆迁房屋要经政府批准，我们自己不好决定。”周恩来点头说：“你们要劝说前来参观的人，叫他们到韶山去瞻仰毛泽东的旧居。”

但是，拆迁房屋必须经当地政府批准，亲属们不好决定。这样，直到周恩来溘然长逝，他的旧居也没有按其意愿拆除，却成了亿万爱戴他的人民群众络绎不绝地去瞻仰的地方。

周恩来不仅对待旧居如此，还提倡移风易俗，平掉祖坟。他认为人死了，不做事了，还有一块地盘，这是私有观念的一种表现。平掉祖坟，不但扩大了耕地面积，也是破旧俗、立新风的一场革命。1953 年春天，周恩来就向淮安县委提出平掉周家祖坟的问题，以后又多次向淮安县委提出这一要求，直到 1965 年春节前，淮安县委才不得不遵从他的指示，协助其亲属，把其祖父母、生母等 13 人的祖坟深葬。其间，周恩来还于 1958 年专门派人到重庆，把抗战时期葬在那里的他的生父及邓颖超母亲的坟平掉，种上庄稼。1956 年，党在最高国务会议上倡议实行火葬，周恩来是带头响应者之一。他认为，人死后不仅应该火化，而且没有必要保留骨灰。他尤其反对人在生前分等排位，死后骨灰也要分级放置。他认为从土葬到尸体火化是一场观念上的革命，从保留骨灰到不保留骨灰又是一场观念革命。为了带头破除旧观念，他早就与邓颖超商定，死后把骨灰撒向祖国的江河大地。

刘少奇

《论共产党员的修养》

刘少奇在几十年的革命生涯中，一直十分重视党的建设，有许多重要著述，提出了一系列重要的思想，其中《论共产党员的修养》影响最大。

1939 年 3 月，时任中共中央中原局书记的刘少奇从华中敌后回到延安，参加中共中央会议。在延安，刘少奇的住处与马列学院院长张闻天的窑洞毗邻。

一天，刘少奇对张闻天说："六届六中全会提出加强党的建设任务。现在从各地奔赴延安的革命青年中，许多人已经入了党。这些人有朝气和激情，但是缺乏对共产党的认识，对于怎样做一个共产党员不甚了解。对他们进行党的基本知识教育，是当前党的建设工作的一个十分迫切的任务啊。"

抗战爆发后，中共中央所在地延安成为革命青年向往的地方，大批不愿当亡国奴的热血青年，从全国各地纷纷涌向延安。1938 年 3 月，中共中央作出了《关于大量发展党员的决议》，要求全党大量地、十倍百倍地发展党员。这个决议下达后，各地党组织采取许多措施发展党组织和吸收新党员，大批热血青年和知识分子纷纷被吸收入党，党员数量迅速增加。对我党短期内大批吸收新党员，刘少奇一方面表现出极大的兴奋，另一方面表示了忧虑，担心如不能及时加强对新党员的教育引导，使之端正思想，树立正确的人生观和世界观，势必会影响到党员队伍的健康成长，进而影响到党的事业的发展壮大，因此，他认为如何在政治上、思想上、组织上巩固党，是中国共产党面临的极为严峻的政治任务，也成为能否完成党的政治任务的决定因素。

张闻天听了刘少奇的话深有同感，说：“是啊，我最近也在想这个问题。虽然六中全会从制度上加强了党的政治建设和组织建设，但是要解决思想建设问题，还要花大力气对党员进行基本素质教育。”张闻天便不失时机地邀请刘少奇到马列学院来给学员讲这方面的课。刘少奇沉思片刻，说：“上次我给党训班作了一个‘论共产党员修养’的报告。要讲，就从共产党员的修养讲起吧。”

关于共产党员修养的问题，刘少奇一直在思考。1938 年年底，刘少奇尚在奔赴中原途中，就开始思考马克思主义经典作家尚未系统、全面论述的共产党员的修养问题了。当时，豫西地下党负责人会议在河南渑池八路军兵站召开，同时举办了豫西特委党员训练班。刘少奇在第一期党训班上作了报告，第一次提出了共产党员修养的思想。不久前，刘少奇从华中来延安途经西安时，给八路军驻西安办事处的同志们也讲过。上两次是针对两地党的建设问题讲的，听课的人数比较少。这次给马列学院的学员们讲，针对的问题和听课的人数都与前两次有很大的不同。为此，他专门找了一些学员谈话，以求有的放矢。他了解到工作兴趣、个人前途和党的需要之间的矛盾是学员中存在的普遍问题，便准备从怎样做合格的共产党员和提高党员的思想境界讲起。

1939 年 7 月 8 日，延安马列学院窑洞前的广场上很早就坐满了听课的学员。刘少奇上来就开门见山地说：“同志们，今天，我要讲讲共产党员的修养问题。”他在接下来的 4 小时中，结合自己多年来对党内生活的体察，深入浅出地阐述了共产党员的道德规范和行为准则、共产党员修养的内容和方法，指出做一名合格的共产党员必须要加强思想修养，发挥先锋模范作用。由于内容太多，当天没有讲完。7 月 12 日，刘少奇又去讲了一次。这一次，刘少奇主要讲共产党员在组织纪律方面的自我修养。

刘少奇的讲课受到了学员们的热烈欢迎，赢得大家一片称赞声。有人说：“这个报告如果早讲半个月，我就可以少犯不服从组织分配的错误了。”有人说：“怎么少奇同志讲的问题都好像是针对我的呢？”大家纷纷对照讲话从自己身上找问题、找不足，并希望将刘少奇的讲话整理出来发表。

考虑到刘少奇工作非常繁重，兼任中央宣传部长和中央机关刊物《解放》杂志总编辑的张闻天又找到刘少奇，以试探的口气商量说：“有些没有听到演讲的同志听说演讲的内容很精彩，希望知道具体内容。你能不能把它整理成文，在《解放》周刊上发表，让全党的同志都学一学？”没想到，刘少奇爽快地答应下来，并问：“打算什么时候发表？”张闻天说：“尽快吧，同志们要求很迫切。”此后，刘少奇夜以继日，整理、充实演讲提纲。当时的演讲内容分三部分，但没有整理完，只整理了第一部分即绪论（主要讲共产党员为什么要进行修养以及修养的基本方法）和第二部分即党员思想意识的修养，第三部分即党员组织纪律的修养没有整理。刘少奇将整理出来的前两部分内容仍定名为“论共产党员的修养”交给张闻天，张闻天立即转给《解放》杂志责任编辑吴黎平。吴黎平按照当时的规定，将文稿呈送毛泽东最后审阅。3 天后，审定稿返回编辑部，毛泽东还附了一封短信，说这篇文章写得很好，“提倡正气，反对邪气”，应尽快发表。于是，《论共产党员的修养》一文先后在《解放》杂志 1939 年 8 月 2 日第 81 期、8 月 30 日第 82 期和 9 月 20 日第 83、84 两期合刊上全文连载。11 月 7 日，延安新华书店出版了单行本。随后，敌后各抗日根据地的报纸、刊物也纷纷转载，并出版了各种式样的单行本。这篇著作在延安整风运动中被列为干部必学的文件之一，后编入《刘少奇选集》。

中华人民共和国成立后，《论共产党员的修养》又多次再版，并被译成英、日、捷、荷等多种外文以及蒙古、维吾尔、哈萨克等 13 种少数民族文字出版发行，影响遍及 80 多个国家和地区。这部著作不仅成为刘少奇荣获马克思主义理论家伟大称号的代表作，而且教育了一代又一代共产党员，成为每个党员的必读之书，在马克思主义政党建设史上占有重要地位。刘少奇本人更以自己坦荡的一生实践了他在书中提出的崇高准则。

《论共产党员的修养》再版和刘少奇写的一些文章、讲话发表后，有时报刊为他寄来稿费。开始刘少奇不知道，都是由秘书代为保管。后来，秘书征求刘少奇的意见，是否可以用稿费来补贴一下家庭开支。当时，刘少奇家中人口很多，加上老家的亲戚时有人来，经济上确实需要补贴一下。刘少奇听后表示，这些文章是由于工作关系发表的，稿费不属于个人，应该交给组织，并诚恳地说：老百姓有的连饭还没吃上呢，他们在生活上还存在许多困难，我们替人民办事，不能额外再要报酬，要尽量减轻人民的负担。后来，王光美代表刘少奇和全家人将这些稿费上交了中央组织部，了却了刘少奇的一件心事。

刘少奇每天除了吃饭睡觉，时间几乎全部用在了处理国家大事上。尽管如此，他从不因为国事繁忙而忽略身边的事情，更不因为自己是国家主席而搞特殊化；相反，他总是从大处着眼，小处着手，想大事，拘小节，身体力行，模范地遵守各项规章制度。

外出视察，刘少奇总要叮嘱随行人员，不准向基层的同志提要求，不准接受礼物，不准请客吃饭，参观时不准前呼后拥地陪同。他为了少给地方同志增添麻烦，经常吃住在火车上。地方上的同志偶尔为他准备一点儿土特产品，他知道后一律拒收，并严肃指出：这种做法是不妥的，是中央反对的！

刘少奇亲属很多，大部分在老家务农。中华人民共和国成立后，有些亲属和本家看到他当了“大官”，就来北京见他，有的想在北京找个工作，有的想离开乡下到城里。刘少奇知道这些事后，心情很沉重，专门开了一次家庭会议表明自己的态度。他告诉全家说：“我是国家主席不假，但我是共产党员，不能不讲原则、滥用手中的权力啊！……你们现在已经可以吃饱、穿暖，就该好好为国家工作，要为国家争气……”

刘少奇不仅从不为子女谋私利，从不搞特殊化，而且鼓励子女去基层工作，到艰苦的地方锻炼。对于子女存在的缺点、错误，更是毫不留情地进行批评教育，配合组织使他们醒悟改进，图强自立。

正如1980年5月17日邓小平在刘少奇追悼大会悼词中所指出的：少奇同志言行一致，“他在《论共产党员的修养》中对广大党员提出的党性锻炼的要求，自己都以身作则地实践了。”“他的《论共产党员的修养》一书和其他关于党的建设的著作，教育了全党的广大党员，是我们党的宝贵的精神财富。”

先人后己

1939年9月的一天，天刚蒙蒙亮，西安市还沉浸在一片寂静中。突然，天空中隐约传来一阵“嗡嗡”声，紧接着，刺耳的防空警报此起彼伏地响起。日本鬼子的飞机又来轰炸了。

这时，刘少奇正在西安市七贤庄八路军办事处的一间办公室里同陕西省委的一位负责同志谈话。刘少奇由延安去华中根据地，途中在西安作短暂停留。一位警卫战士急忙推门而入，紧张地催促道：“鬼子飞机来轰炸了，快防空，快！”

刘少奇觉得不要紧，还想继续谈，但省委的同志劝他说：“鬼子飞机轰炸西安，七贤庄每次都是重点，必须赶紧躲起来！”说话间，敌机的马达声越来越响了，刘少奇这才站起身来，说：“那好，你们快走。”当刘少奇和随行的几位同志最后离开屋子时，四周响起爆炸声，炸弹从空中呼啸而下，熊熊大火立刻蔓延开来，眼看就要烧到办事处的房子了。

由于情况突然，又不熟悉地形，院子里的许多老百姓和一些新来的同志都惊慌地到处乱跑，特别是一些妇女、儿童，紧张得不知往哪儿躲才好。刘少奇见此情景，焦急地高声喊：“不要慌！不要慌！快向西北方向跑，那里有防空洞，快进防空洞！”

人们立刻涌向办事处西北方向的一个防空洞，但由于洞口小，人群在洞口堵塞起来。这时，刘少奇也赶到防空洞外面，抬头看到敌机在头顶上盘旋，连忙大声喊："大家不要挤，让有小孩儿的女同志先进去，其他同志依次序进！"听到有人在指挥，大家的情绪稍微稳定了一些，进防空洞的速度也快了不少。

敌机还在空中盘旋，寻找投弹目标。几位同志这才发现，刘少奇只顾指挥群众进防空洞，他自己还站在外面。大家看到一位中央的领导同志这样先人后己、临危不惧，打心底里感到佩服，同时也觉得很过意不去，大家连声喊："让少奇同志先进去！少奇同志快进去！"

随着喊声，人们自动闪出一条通道。刘少奇抬头一看，几架敌机又将俯冲投弹，焦急地喊道："大家别停下！你们快点儿进！快，快！"话音未落，几颗炸弹在不远处爆炸了，泥土溅了刘少奇一身，气浪差点儿把他掀倒。

刘少奇晃了一下身子，抖抖身上的土，继续镇定地指挥大家进洞。等人们走得差不多都进防空洞了，他才跟在人们后面进去。

在长期的战争环境中，刘少奇经常和部队一起行军打仗，虽然他当时已是中央政治局委员、中原局书记，但在吃住等生活方面从不讲究，而且事事想着他人。

1940 年 8 月初，新四军江北指挥部从皖北转移到苏北，刘少奇也随部转移。一天夜间，部队开到一个丘陵起伏的小村子宿营。这个村子特别小，只有 20 来户人家，而宿营的部队有 500 多官兵，一时住房成了大问题，老百姓腾出来的房子，还有草料房、马厩、牛棚全部都住满了，还容不下这么多官兵。指挥部负责安排房子的同志一开始给刘少奇找了一间比较干净的房子。刘少奇一进屋，就要警卫员去问部队都住下了没有。当警卫员回来说部队还没有完全住下时，他立即对秘书说："我住的房子，包括随我来的机要科和警卫班住的房子都立即腾出来，让部队住，我们再随便找个地方住。部队要行军打仗嘛，不休息好怎么能行？"

过了一阵子，警卫班的同志回来报告说找到一间马厩和半间草料房，刘少奇连声说："很好，很好！"让大家赶快搬过去。

刘少奇首先进了马厩。马厩没有门，又矮又潮，还有一股腥臭味。刘少奇不管这些，等警卫员们借来一张方桌，上面铺一块油布后，点起小马灯，拿出当地地图，便抓紧时间看了起来。

1940 年 10 月，刘少奇率中原局机关、江北军政干部学校学员以及其他干部 1000 余人从皖东去苏北，11 月 4 日同陈毅等在苏北海安会合。图为刘少奇（左）、陈毅（右）与在新四军工作的奥地利医生罗生特合影。

这时，指挥部赖传珠参谋长等负责同志看完地形来到刘少奇住处。他们看到刘少奇住在这样一个马厩里，感到太过意不去，就把有关同志找来，要他们再去想法借一间房子。刘少奇闻声连忙制止说："快别去了！现在老乡住房很挤，他们家中有老有小，男男女女，把人家挤到一块儿，怎么能行呢？不要找了，不要再麻烦人家。大家都不要动了，我也不动了。"他对赖传珠说："现在是战争环境，我们的任务是行军打仗，要先照顾战斗部队，部队休息好了才能打胜仗。来来来，我们快谈工作吧！"于是，刘少奇和大家在马厩里开始讨论下一步的行动方案。

紧张的工作，简朴的生活

1949 年，中央机关进入中南海，刘少奇被安排住在万字廊。这是一幢旧式房子，共有 3 间，一间做办公室，一间做会客室，一间做卧室。因年久失修，房子很破旧，更谈不上有什么设备和装饰，连烧开水、做饭都是用煤球炉，一个很旧的小锅炉专供烧水洗澡，每周只能用两次。刘少奇却很满足，总是乐呵呵地说，这比以前好多了。

1952 年，管理部门安排刘少奇住进中南海的西楼。这里仍然十分简单。

刘少奇在西楼的办公室是二楼靠西的一间不到 20 平方米的房子。办公室里只有一张办公桌、一对沙发、一把藤椅，还有几个书架和文件柜，既没有地毯，也没有空调，更没有供欣赏的摆设。办公室的西墙壁上有 4 个大窗户方便采光，但夏天午后，太阳把室内晒得十分闷热，以至刘少奇有时只穿一件背心办公还热得汗流浃背；而一到冬天，西北风从窗缝直往屋里钻，室内温度常常上不去，刘少奇在屋子里还要穿棉鞋。

刘少奇办公时习惯跷腿，而按照办公桌的高度，他无论如何也无法跷腿。有同志想给他定做一张新办公桌，但他坚决不同意，出主意让工作人员叫来木工，将抽屉下面的隔板挖了个洞，这样跷起腿来就顶不着上面的抽屉了。有工作人员嫌那样不美观，刘少奇却风趣地说："我要的是适用、方便，不像你们年轻人那样讲究美观。要美观就要重做，那太浪费了！"

有一年，管理部门看到刘少奇办公室和楼道走廊的地板比较滑，走路容易跌倒，趁他到外地出差，就在办公室外的走廊里铺了一条地毯。刘少奇回来后很不高兴，叫撤掉。身边的工作人员向他解释说这是为了安全，不是为了排场。刘少奇说："不管是不是讲排场，反正铺这个太贵、太浪费！"经大家一再解释，他才答应换铺些便宜的东西。管理部门把地毯换成了橡胶垫条，他走上去试了试，说："这个好，这东西便宜，又结实耐磨，走路也不滑，铺这个就行了。"

刘少奇常常说：我们花的钱都是人民群众勒紧腰带节省出来的，是人民的血汗，公家的钱，不能乱花。

刘少奇的卧室更简单了。除了书架以外，就只有一张床和两个凳子，来几个人就显得拥挤。有天深夜，周恩来总理带着三四个同志到刘少奇的卧室商量要事，卧室顿时显得相当拥挤，有的人干脆就坐在床上，有的人只好站着。

一般情况下，刘少奇一天要工作十七八个小时。每天起床后，他先让秘书报告有什么急件和当天活动安排，然后浏览当天报纸。早饭后，如果当天没有会议或别的集体活动，就开始在办公室批阅文件或写东西，一直到第二天凌晨两点钟左右才离开。回到卧室，还要盘腿坐在床上看当天的国内外参考资料，有时一看又是两三个小时。

为了适应毛泽东夜间通宵工作的习惯，刘少奇跟秘书们规定："毛主席那里找我，你们要及时告诉我，不管我是在休息、睡觉还是开会，都要马上叫我。"为了不耽误毛泽东的时间，他还具体交代说："如果我睡了，你们可以先要车，接着通知我起床，起来就走。"有一次，他连续工作很长时间，吃了安眠药刚躺下一会儿，毛泽东的秘书来电话通知开会，他马上又吃提神药，立即赶去参加会议。

除了工作，刘少奇每天主要的身体锻炼是睡觉前有几十分钟的散步，但在这个时间也常常不闲着，因为秘书们还要利用这段时间向他请示工作、报告情况，这成了刘少奇那里的一项不成文的制度。

刘少奇家庭人口多，仅靠他和夫人王光美两个人的工资，要应付全家的生活开支，再去掉房租、水电费和保育人员的津贴，就所剩无几了，所以必须处处精打细算，省吃俭用，特别是在伙食方面，毫不讲究。负责刘少奇伙食的郝苗从1949年进中南海，给刘少奇做了18年饭。郝苗说：给少奇同志做饭非常容易，因为他从不挑剔，你做什么，他就吃什么，不论咸淡，不论酸辣。有一次，郝苗把菜做咸了，刘少奇二话没说，倒来一杯开水冲淡了就吃。

由于工作紧张，刘少奇吃晚饭要在夜里12点以后。为了不影响炊事人员休息，晚上那顿饭就由王光美做。这顿饭非常简单，只要中午多做点儿，晚上就把饭菜倒进小锅里，放在炉子上热一热，来个一锅烩就行，所以，刘少奇身边的工作人员都开玩笑地称王光美是"烩饭厨师"。炊事员实在过意不去，几次提出晚上做点儿夜餐，刘少奇总是淡淡一笑，说："反正我吃不多，有点儿东西填填，不觉得饿就行了。你们白天工作很辛苦，晚上应该好好休息，不应该打扰你们。"刘少奇身边的工作人员看他日夜操劳，加上年事已高，身体欠佳，都觉得他的伙食应该改善一下，才能应付长期繁重的工作。

一次党小组会上，有同志提出：我们夜里工作到12点都有夜餐费，刘少奇、王光美同志每天都要工作到第二天清晨，当然也该有夜餐费。于是，大家讨论决定，按规定，每天补助给他俩每人5角钱的夜餐费，加到他们的伙食费中。刚开始那几天，大家心里总是惴惴不安。由于刘少奇家里的伙食开支是由炊事员和有关管理人员管的，他和王光美平时都不过问，所以，夜餐补助费的事，他们在很长时间里一直不知道。打这以后，刘少奇的伙食稍好了一点儿。不知不觉，3年过去了。有一天，这件事被刘少奇无意中发觉了。他立即让王光美去查伙食账。一查，发现每月的伙食费多了30元钱。刘少奇很不高兴，马上追问这30元钱是从哪里来的？工作人员只好道出原委。刘少奇听了，理解工作人员的心情，没有多作批评，但十分严肃地说："这样是不应该的。我的生活由我自己负责，不能要国家补助。请你们把补助的钱从我每个月的工资中扣除归还。补了多少，退还多少。"工作人员再三解释，认为过去的可以不扣，以后不补就是了，可是刘少奇坚决不答应，一定要扣还。在刘少奇的坚持下，工作人员只得照办。发这笔夜餐费已经过了3年多，加在一起，对刘少奇家的开支是一笔不小的数字。为了退还这笔钱，刘少奇家在经济上更拮据了，每月给孩子的零用钱也减少了。他身边的工作人员都为办错了事而感到内疚，心里很不是滋味。刘少奇却不以为然，对大家说："一个人每天就吃3顿饭嘛！我白天吃也好，夜里吃也好，反正是3顿，何必再给国家添负担呢！"

刘少奇的日常用品也都是普通的大众用品。他在家里穿的都是布衣服、布鞋；衬衣总是穿到无法补了才肯换新的；手帕磨出了洞洞，也不让扔掉，继续使用；洗脸毛巾中间破了，就叫人从中间剪开，把两头对接起来再用；一条床单一用就是十几年。在许多照片中，我们常常看到刘少奇围着一条朴素大方的方格薄毛围巾。这是中华人民共和国成立之初，王光英送给他的，是一条驼、灰两色交织的围巾，刘少奇一用就是十几年，上面的绒毛都磨光了。他在中华人民共和国成立之初做的一身深灰色华达呢制服和一身黑呢子制服，平常很少穿，只在正式集会或外事活动时才穿，往往一回到家就脱下来，换上家常衣服，还风趣地说："这是工作服嘛，工作完了，就脱下来嘛。"1960 年，刘少奇去苏联出席国际会议之前，工作人员提出莫斯科天气寒冷，要用组织上按规定发给的置装费给他做一件大衣，可刘少奇坚持不让做。后来，大家只好"移花接木"，从旧大衣上拆下一条皮领子，缝到另一件厚一点儿的旧大衣上，他对此很满意。刘少奇常对家里的保育人员说，穿的衣服，能缝就缝，能补就补，能利用就利用，不要轻易扔掉。有时，保育人员把他们家的衣服拿到洗衣房去洗，别人看着那些补了又补的衣服，无论如何也不相信这是刘少奇和他的孩子们穿的衣服。

刘少奇俭朴的生活作风无处不在。他修改文章、签发文件习惯用铅笔，一则方便，二则经济。然而就是这等廉价的东西，刘少奇仍是分毫计较，连只剩下寸把长的铅笔头也想办法废物利用——安上个笔帽，继续使用。

喜欢别人称呼他"少奇同志"

刘少奇一生担任过许多重要的领导职务，不管他的职务怎么变化，身边的工作人员称呼他"少奇同志"从未改变。刘少奇要求，不管是秘书还是驾驶员、炊事员、护士等，只能叫他"少奇同志"，不能称呼他的职务与官衔，他对国家机关和基层单位的负责人也是这样要求的。

1947 年 7 月，刘少奇在河北省平山县西柏坡主持召开全国土地工作会议，讨论制定《中国土地法大纲》时，职务是中共中央书记处书记、中央军委副主席和中央工作委员会书记。会议期间，大家都尊敬地称呼他"刘副主席"，甚至在呈送给他的报告、文件和讲话稿上都冠以"刘副主席"。刘少奇对这种做法很不乐意。他特意抓住机会表明态度，专门在一次会议上讨论了党内称呼问题。他首先问大家："同志们，我们同在一个革命队伍里，志同道合地在一起奋斗，最亲切的称呼是什么呢？”与会人员突然听到这样的提问，一时摸不着头脑，都在对视中急切地等待答案，会场一片宁静。在大家的期盼之中，刘少奇大声地回答：“是同志！”接下来，刘少奇又诚恳地对大家说：“我称呼你们同志，希望你们也称呼我同志。我不喜欢你们叫我副主席。你们以后就叫我少奇同志，这样称呼，我感觉很亲切。”从此，“少奇同志”这个称呼就叫开了。

中华人民共和国成立后，刘少奇担任过中央人民政府副主席、全国人民代表大会常务委员会委员长、中华人民共和国主席等重要职务，是党和国家的主要领导人之一。但是，他身边工作的人，谁也没有称呼他的官衔。刚到他身边工作的人，对不称其官衔而直唤“少奇同志”，总觉得不习惯、喊不出口，时间长了，见大家都这么称呼，就又感到只有称“少奇同志”才最顺口、最亲切。

1954 年 9 月，第一届全国人民代表大会第一次会议在北京召开。大会按照新颁布的《选举法》进行投票选举，产生了新一届国家领导人。刘少奇当选为第一届全国人大常委会委员长。散会后的第一天，秘书杨俊向刘少奇报告工作。杨俊想，刘少奇现在是委员长，党内的职务不可以称呼，行政上的职务总可以称呼吧。于是，他来到刘少奇办公室门口，轻轻叫了声“委员长”，但刘少奇没有应声，头也不抬，继续伏案工作。杨俊以为刘少奇全神贯注地工作，没有听见自己的声音，于是稍稍提高嗓音，又叫了一声“委员长”，可是刘少奇仍然没有什么反应，依旧若无其事地伏案工作。杨俊心里不禁犯起了嘀咕，脑子快速地搜索自己有没有什么做得不对的地方，可是一时间没发现不妥之处，只好壮着胆子提高声调叫了第三次“委员长”，声音比前两次响亮多了。这回，刘少奇终于有了反应，不高兴地抬起头来看了看杨俊，严肃地说：“你怎么突然叫我这个，不感到别扭吗？”

因为刘少奇平时很少责怪工作人员，这一问，把杨俊问了个大红脸。刘少奇见杨俊受了委屈、一脸茫然的样子，语气缓和下来，温和地说：“以后不要这样叫了，还是叫‘同志’。叫‘同志’多顺口啊！”听到刘少奇这么说，杨俊这才恍然大悟。可已经叫出口了，不知如何是好，表情十分尴尬，只好低着头，两颊憋得通红。王光美赶紧过来解围，和颜悦色地对杨俊说：“你怎么叫他委员长呀！

委员长是对外的称呼，在家里还是像往常一样叫'少奇同志'嘛！既顺口，又亲切。"

那一阵子，有的同志也遇到过类似的情形：称呼刘少奇的职务时，往往连叫几声，他都不吱声。但一改口称"少奇同志"，他就马上答应了。不久，刘少奇郑重地向工作人员重申：无论何时何地，对他一律称"同志"，不要称呼他的职务。刘少奇说："在我们党内，只有对3个人可以称职务，一个是毛主席，一个是周总理，一个是朱总司令，大家称他们主席、总理、总司令，这是多年来形成的习惯，没有必要改，对其他人，应该一律互相称'同志'。"

1959年4月，刘少奇在第二届全国人民代表大会第一次会议上当选为中华人民共和国国家主席后，称呼上也没有任何改变，除了在国际舞台、出国访问、外事活动、重要公务中必须以国家主席的身份出席并称呼职务之外，在办公室、国家机关、家里和下基层视察工作时，一律称呼他"少奇同志"。1959年6月底，刘少奇离开北京去江西庐山出席中共中央政治局扩大会议和中共八届八中全会，因为身边的工作人员更换了，一批新人并不知道这个规矩，于是按通常的做法称呼他为"刘主席"。有一次，一位勤务员来到办公室门口提醒正在专心办公的刘少奇："刘主席，该吃饭了。"刘少奇站起身来对他说："请叫我'少奇同志'吧。你叫着顺口，我听着顺耳，彼此也觉得亲切，你说好不好啊？"勤务员听后连忙改口说："少奇同志，该吃饭了。"刘少奇很高兴地说："这么叫就对了！"

1954年9月，刘少奇在第一届全国人民代表大会第一次会议上当选为全国人民代表大会常务委员会委员长。代表们向他表示热烈祝贺。

由于刘少奇以身作则，带了好头，党内对其他领导人也养成了称"同志"的习惯，如称小平同志、陈云同志、彭真同志，等等，大家显得融洽和谐。

1965年，中共中央专门就称呼问题发出《中央关于党内同志之间的称呼问题的通知》，要求党内一律称“同志”。至此，“同志”一词已不仅仅只是一个称呼，而是发扬党的优良传统、克服和抵制旧社会腐朽习气和官僚主义作风的一种方式。

严守机密的典范

在日常工作中，刘少奇非常重视机要保密问题。他经常告诫身边工作人员“一定要绝对保守党和国家的机密”。这一方面跟他曾长期从事白区工作养成的严守机密的习惯有关；另一方面也表现了他具有坚强的无产阶级党性。对这个问题，刘少奇的秘书们体会最深。

1956年3月，刘振德调到刘少奇办公室当秘书。到任那天，刘少奇找他谈话时就特别强调说：“你必须保守机密。在这里工作，有些事知道得早一点儿，多一点儿。不能搞小道消息，对谁都一样，包括对我的孩子都一样。”

一次，毛泽东的秘书通知刘振德，要召开中央政治局常委会。

刘振德接到电话后立即来到饭厅，向正在吃饭的刘少奇报告了毛主席召集常委会的时间、地点及内容。刘少奇正利用吃饭的空隙叫来一个孩子，了解学习情况。刘振德进屋时虽然看见孩子在场，但并没有在意，当着孩子的面就向刘少奇作了汇报。刘少奇当着孩子的面，没有说话，只是“哼”了一声，表情瞬间变得严肃起来。

刘振德回到办公室不久，王光美就来了。她先闲聊了几句，接着转入正题，说：“以后有‘小耳朵’（指小孩儿）在场，我们就不要谈工作上的事情。”王光美说话的语调很平和，但刘振德联想到刘少奇刚才的表情变化，又想起刘少奇一贯强调的保密要求，立刻感到王光美言语的分量。

王光美接着说：“少奇同志对家庭成员的保密要求是很严的，从不向我讲不该我知道的事情。”为了使秘书更清楚地领会这个问题，王光美的话说得很具体，“比如中央领导人之间的往来信件和文件，他是亲启亲拆的，阅后随手就放到了抽屉里。他从来不准孩子们进入他的办公室，更不准他们接触文件。有时孩子有事，也只能把我们叫出去说。类似主席那里开会的事，是绝对不让他们知道的。有时我们离京开会，或去什么地方干什么事，也不告诉他们，只留个‘爸妈不在家’的条子。”

然后，王光美加重语气，严肃地说：“这不只是关系到少奇同志一个人的问题，而且涉及到中央其他领导人的行动问题。敌特情报机关对我们中央领导人的行动踪迹都非常关注，而且不惜采用一切手段想得到这些。并不是说孩子们会有意地泄密，而是说他们年龄小，没有保密观念，又不负这个责任，一旦失密，后果将不堪设想。”

王光美又给刘振德讲了一件事：

一直以来，刘少奇都带头遵守和执行机要保密纪律。他的寝室和办公室只有一墙之隔，但他从不把机密文件带进寝室，在寝室里只看一些报纸、杂志和图书。他不仅以身作则，而且非常重视言传身教，对自己的子女不护短，不讲情面。有

1956年，刘少奇、王光美与女儿亭亭在一起。

一年春节，刘少奇全家一起吃年饭。平时一家人难得一起吃饭，孩子们都非常高兴。在餐桌上，孩子们无拘无束，海阔天空地和父母谈论，有个孩子无意中把同学之间传播的“小道消息”说了出来，有些是他们不应该知道的内部情况。刘少奇立即严肃地追问：“这是谁说的？”这个孩子看了父亲一眼，满不在乎地说：“反正从你们这里什么都听不到、看不到。我们有的同学消息就特别灵通。”孩子的话触怒了刘少奇，他放下手中的筷子，严厉地批评了这个孩子。这还不算完，刘少奇又当着全家人的面重申：“我所做的工作每天都接触大量的党和国家的核心机密，但我首先要保密。我不给你们讲不该你们知道的东西，是完全正确的，这不但不是我的缺点，还应该是我的优点。反过来说，别人给你们讲这些东西，不仅不是优点，而且毫无疑问是他的缺点。你们要把精力全部集中到学习功课上，有空余时间就多读点儿书，多看点儿报，千万不要在这些小道消息上浪费精力。脑子里装满这些东西，不仅要影响学习，而且一旦说出去，轻者是泄密，重者甚至会给党和国家造成不可估量的损失。”刘少奇又用不容分说的语气说：“你们以后要抵制，绝不能跟着去传播，更不要去打听、搜集。”热闹祥和的家庭聚餐变成了刘少奇重申保密重要性的家庭会议，这对全家人都是一次深刻的教育。

这算是耳闻，后来，刘振德又眼见了一件事，充分证明了刘少奇对保密工作的重视。

1957 年夏，刘少奇去北戴河开会。一天早晨，留在北京清理文件的秘书来到办公室。一进门，他就发现有一扇平时从不打开的门开了一个缝，稍瘦一点儿的人可以从那个缝中进入办公室。办公室里放着许多机密文件，秘书顿时紧张起来。他先给警卫人员打电话报告了情况，并请示派人来看看现场，接着打长途电话到北戴河，向刘少奇报告了这件事。得知消息后，刘少奇十分重视，立即找来也在北戴河的公安部部长罗瑞卿，告诉他：“我的机要秘书的办公室夜间有人把门打开了。我的房子周围是有警卫的。这个问题很严重，请你过问一下。”罗瑞卿随即打电话给中央警卫局，指示马上追查。警卫局迅速勘察了现场，并展开了追查工作。两天后，事情有了结果：原来，那天夜里，值勤的同志检查门窗时，拉开了那扇门，没有进屋，但忘了把门关好。报告送到刘少奇的手中，刘少奇看过后责问："为什么把门拉开后不关好，事后也没有向领导报告？"就这件事情，警卫局批评教育了那位拉开门的同志，那位同志也深刻做了检讨。刘少奇一直惦记着这件事，从北戴河回北京后，直接来到秘书的办公室，仔细地查看过那扇门后，叮嘱秘书："今后一定要关好门窗！"

硬席车厢里的普通旅客

1958年7月11日傍晚，天津火车西站的广场上，旅客们进进出出，行色匆匆。被火辣辣的太阳烤了一整天的地面散发着热气，使人感到闷热异常。

随着一声汽笛长鸣，从天津开往济南方向的列车驶出了天津西站，向南疾驶。在倒数第三节的硬席车厢里，刚上车的旅客，有的在整理行李，有的在找座位，过道里人来人往，声音嘈杂。7月的天气十分炎热，车厢里的乘客有的抖动着衣服，有的拿着书报、扇子不停地扇着风，以赶走身上的热气和车厢里污浊的空气。

这节硬席车厢里，一位身着白色衬衣和灰布裤子、脚穿普通北京布鞋、头发有些花白的旅客，也从旅行包里取出杯子，对坐在他旁边的一位年轻小伙子说："小曲，到哪里去弄点水喝？"

这时，旅客们的东西整理得差不多了，车厢里也渐渐安静下来。那个被叫作小曲的年轻人刚要去倒水，正好女列车员提着水壶走了过来。女列车员接过小曲的杯子，说："同志，我这儿有开水。"说着，倒满一杯开水，递给那位年长的旅客。

突然，女列车员的目光在这位旅客的脸上停住了，继而惊异又兴奋地喊道："您——您是刘委员长吗？"

这位旅客，正是刘少奇。小曲是跟随他的警卫员曲琪玉。当天，刘少奇从天

1958 年 7 月 11 日，刘少奇在从天津去济南的火车上与乘客亲切交谈。

津视察完后准备乘火车去济南考察工作，身边工作人员要为他安排专列或加挂包厢，但是刘少奇不同意。他说：“我不坐专列，也不要挂包厢，买一张硬座票就可以了，和群众一起，还可以顺便了解一些情况。”工作人员只好照办。

刘少奇笑着同女列车员握手，说：“你好！你辛苦了！我搭你们的车，到济南去。”

有谁会想到，刘少奇能坐硬席车呢？一时间，旅客们兴奋地围拢过来，争着与刘少奇握手、问好。刘少奇也特别愉快，一边擦着汗，一边亲切地同大家一一握手问好，并同大家交谈起来。

这节车厢里的一群中学生一下子就围了上来，有的靠坐在刘少奇身旁，有的站在他身后，有的还依偎着他的肩膀。刘少奇望着这群朝气蓬勃的年轻人，打心底里感到高兴。他热情地和中学生们交谈起来，问他们家住何处、学习怎样、毕业后打算干什么。学生们七嘴八舌、争先恐后地回答，刘少奇边听边频频点头微笑，和蔼地说：“你们正年轻，要做好学生、好青年。要开展勤工俭学活动，经常参加劳动，比如农忙时，到农村帮助社员收割、插秧。”说着，他还给学生们做插秧的示范动作。车厢里充满了轻松、欢乐的气氛。

22 点左右，刘少奇又和乘坐这次列车的江西省都昌县农业考察团的同志们亲切交谈起来。刘少奇操湖南口音，都昌县的同志讲的是江西老表话，互相都有些听不懂，旁边的王光美用标准的普通话做“翻译”。说也奇怪，都昌的土话，王光美大致能听得懂。当摄影记者给大家拍照的时候，王光美谦虚地回避了。

刘少奇仔细询问都昌县的自然地理及生产等情况，又问大家参观后有什么收获。大家一一作了回答，并表示一定要向先进单位学习，克服困难，做好工作。刘少奇认真倾听后，说：对，你们不要怕困难，有了困难就要克服它，不会的东西要学会它……交谈了一个多小时后，坐在刘少奇旁边的一位同志提议说："现在该让委员长休息了吧？"刘少奇却不以为然，笑着问大家："你们累不累呀？"都昌县的同志说："不累！少奇同志，您辛苦了，该休息啦！"刘少奇摇摇头，说："不要紧，你们不累，再谈一会儿吧。"

列车穿过村庄，越过河流，在原野上奔驰。欢声笑语不断地从窗口溢出，洒向铁路两旁。

夜里 1 点 30 分，列车徐徐驶进了济南车站。刘少奇这才站起身来，笑着对大家说："好吧！我到站了，你们可以休息了。再见！"一时间，掌声震动着整个车厢。刘少奇不停地招手答谢。刘少奇下车后，大家还久久地谈论和回味着这次意外而又难忘的经历。

"你掏大粪是人民勤务员，我当国家主席也是人民勤务员"

1959 年 10 月 25 日，全国工业、交通运输、基本建设和财贸方面社会主义建设先进集体和先进生产者代表大会在北京人民大会堂举行。由于参加会议的都是各条战线的劳动模范，因此人们形象地称此次会议为"群英会"。这是第一次在新建成的人民大会堂召开的盛大会议，参加会议的代表有 6000 多人，其规模之大、规格之高，都是空前的。中共中央政治局常委（当时毛主席在外地，未出席）及其他党和国家领导人、各民主党派的著名人士都出席了大会开幕式。

下午 3 点，人民大会堂湖南厅内热闹异常，国家主席刘少奇等党和国家领导人亲切接见参加大会的部分代表。刘少奇径直走到一位身穿劳动服的工人面前，一把握住他结满厚茧的手，脱口而出：“你是老时吧？”

被刘少奇称作“老时”的是时传祥，一位北京市崇文区清洁队的掏粪工。时传祥出生在一个贫苦农民家庭。他 14 岁逃荒流落到北京城郊宣武门一家私人粪场，受生活所迫当了掏粪工。在旧中国，掏粪工不仅受到社会的歧视，还要受行业内部一些恶势力的压榨和盘剥。时传祥在这些粪霸手下一干就是 20 年，受尽了压迫与欺凌。中华人民共和国给了他做人的尊严，工人阶级当家做主使他扬眉吐气，他对党充满感激。他用一颗朴实的心记住了一个通俗的道理：掏粪也是社会主义建设事业的一部分。时传祥由于工作表现突出，被工友选为崇文区“粪业工人工会”委员。1952 年，他加入了北京市崇文区清洁队，继续从事城市清洁工作。说起“掏粪”这个工作，如今人们对其已经不熟悉了。

现在，大城市运送粪便都用专门的带吸管的运输汽车，只要开动吸泵，就可以把粪池里的粪便吸进运输汽车的椭圆形罐子中运走，无论装或卸，都不需要用手接触粪便。但是，在 20 世纪 50 年代不是这样。那时在北京清除粪便，都要工人同志用粪勺把粪便从池子里掏出来，装进背桶里，放在肩上背着送到粪车上，才能运走。当时，北京市人民政府为了体现对清洁工人劳动的尊重，不仅规定他们的工资高于别的行业，而且想办法减轻掏粪工人的劳动强度，把过去送粪的轱辘车全部换成了汽车。运输工具改善之后，时传祥合理计算工时，挖掘潜力，把过去 7 个人一班的大班改为 5 个人一班的小班。他带领全班由过去每人每班背 50 桶增加到 80 桶，他自己则每班背 90 桶，最多每班掏粪背粪达 5 吨。管区内居民享受到了清洁优美的环境，而他背粪的右肩却被磨出了一层厚厚的老茧，因而赢得了人们的普遍尊敬，也赢得了很多荣誉。他以主人翁的姿态，以“搞好环境卫生，美化人民首都”为己任，肩背粪桶，走家串户，利用公休日为居民、机关和学校义务清理粪便，整修厕所。1955 年，他被评为清洁工人先进生产者。1956 年当选为崇文区人民代表，同年 6 月加入中国共产党。1959 年被评选为全国劳动模范。

此时此刻，时传祥万万没想到，国家主席竟能一眼认出他来。

1959年10月，在全国“群英会”上，刘少奇与全国著名劳动模范、北京清洁工人时传祥握手。

刘少奇亲热地握着时传祥的手，关切地问：“老时啊，这几年生活过得怎么样？清洁队的工人同志工作累不累啊？”

时传祥有点儿拘谨地回答：“我们现在的生活过得挺好！大家的干劲可足了！过去，我们是用轱辘粪车一车车推，平均每人一天背8桶粪。现在改用汽车运，工作效率提高了。大家并不满足这些成绩，还要为社会主义多出几把力呢！”

刘少奇听了很高兴，称赞说：“大家的干劲真足啊！可是光你们先进还不行，还得加把劲把全市的清洁工人都带动起来。”刘少奇又亲切地问：“老时，过去掏粪工人识字的很少。你们现在学了没有？学得怎么样？”

时传祥见刘少奇这么平易近人，拘束的感觉也渐渐消失了。他向刘少奇详细汇报了工人们的学习情况：“大家进业余学校学习后，不少人都达到了高小程度，能看报、写信了。就是我差点儿，现在才认识二三百字，连自己的名字都写不好。”

刘少奇听了，既是批评更是鼓励地说：“老时啊，一个先进生产者，一个共产党员，光工作好还不行，各方面都应该好。我们的事业越来越发展了，没有文化哪行？我都这么大年纪了，现在还学习呢！你才40多岁，更要学，时间还不晚。”说着，刘少奇拿出一支“英雄”牌金笔送给时传祥，说：“以后要好好学习，阳历年的时候给我写封信，好不好？”

握着亮闪闪的金笔，听着这么温暖的话语，时传祥感慨万分，不知说什么好。旧中国掏粪工人的苦难生活，一幕幕在他眼前闪现：

那时，掏粪工人生活在社会最底层，收入非常低，见人矮三分，经常受人侮辱打骂。阔人老爷、公子、小姐们见了掏粪工人，捂着鼻子躲得远远的，还骂他们是“臭屎蛋”“屎壳郎”。有一次，时传祥在一个阔老爷家里掏完粪，又累又渴，想喝点儿水，一个仆人刚要拿起勺子借给他，就被老爷厉声喝住：“别给他，沾脏了咱们的勺子！给他那个碗用。”时传祥顺着老爷指的地上一看，是一个喂猫的破碗，气得一转身就走了……

时传祥想到这些，再想到今天和国家主席在一起亲切交谈，内心百感交集，眼圈一红，激动的泪水流了下来。

刘少奇推心置腹地对时传祥说：“我们在党的领导下，都要好好地为人民服务。你掏大粪是人民勤务员，我当国家主席也是人民勤务员。这只是革命分工不同，都是革命事业中不可缺少的一部分。”刘少奇说着，紧紧地握着时传祥的手，勉励他回去后，要更好地为党工作，不要骄傲自满，把首都建设得更加美好。时传祥也表示：要永远听党的话，当一辈子掏粪工。

1959 年 10 月 29 日，《人民日报》刊登了刘少奇与时传祥的合影，对全国从事清洁工作的劳动者都是巨大的鼓舞。时传祥说：“我已经干了 30 年的掏粪工。只要党需要，我还要再干它 30 年、60 年！党需要我干到什么时候，我就干到什么时候。”

“群英会”后，时传祥满怀幸福和激动之情回到了清洁队，带领掏粪工人们干得更欢了。时任北京市副市长的万里也曾背起粪桶，跟着时传祥学习背粪，给环卫工人鼓气，一时间传为佳话。清华大学的一些学生也拜时传祥为师，学习他身上那种吃苦耐劳的精神和“宁肯一人脏，换来万家净”的崇高思想境界。工作之余，时传祥以蚂蚁啃骨头的精神坚持学习文化知识。1959 年 12 月 26 日，新年临近，刘少奇收到了时传祥的来信。当天晚上，刘少奇高兴地对夫人王光美说：

“著名的全国劳动模范时传祥给我写了一封信，你看看！好老时，有毅力，有气魄嘛！”

从此，普通掏粪工人时传祥与国家主席刘少奇之间建立起了真挚而深厚的感情。一次不同寻常的握手，把领导干部与劳动人民的心紧紧地联系在一起。

开“家庭会”杜绝亲属求自己办私事

中华人民共和国成立后，“朝里有人好办事”的旧思想还比较普遍存在。刘少奇的有些亲戚、老乡认为，刘少奇在北京做了大官，办事一定很容易，可以沾点儿光，于是便通过各种方式想找刘少奇办各种私事。对此，刘少奇光明磊落，廉洁奉公，不仅严以律己，更严以律“亲”，从不允许自己的亲戚、朋友利用他的关系谋取私利。

1950 年年初，刘少奇的姐姐刘绍懿在土改中被定为“地主”，写信给刘少奇表示不满。刘少奇复信说：“你家过去主要是靠收租吃饭的，是别人养活你们的，所以你应该感谢那些送租给你们、养活你们的作田人。人家说你们剥削了别人，那是对的，你们过去是剥削了别人。”“我当了中央人民政府的副主席，你们在乡下种田吃饭，那就是我的光荣。如果我当了副主席，你们还在乡下收租吃饭，或者不劳而获，那才是我的耻辱。”

虽然刘少奇坚持原则，从来不为亲属谋私利，但仍然不时有亲戚、朋友想找他办事，特别是1959年4月，刘少奇当选为中华人民共和国主席的消息传到家乡后，这个问题显得更加突出。刘少奇的一些本家和亲戚通过写信、托人、找上门来等方式，要求刘少奇买东西，不想在农村、要进城市，帮助安排工作或调个好单位等。国庆节前夕，刘少奇的侄女和几个亲戚又为一些事找到北京来了。

1959 年的国庆是中华人民共和国成立 10 周年大庆。刘少奇作为国家主席，国事活动特别繁忙，但是，当刘少奇了解到这些本家、亲戚的不正确想法，甚至因为自己不给他们帮忙而产生埋怨情绪时，感到有必要对他们进行思想教育。于是，刘少奇决定在国庆期间，抽出工夫召开一次家庭扩大会议。这一天，刘少奇让秘书刘振德通知全家成员和来京的亲戚到他的小会议室开家庭会。

刘少奇首先说："今天，请你们来开个会。这个会议室是我曾主持政治局会议的地方，可见我是很认真地对待这个会议的。"他点燃一支烟，吸了一口，接着说，"为了什么事呢？就是要正确处理人民内部矛盾嘛！什么矛盾呢？你们以为我当了国家主席，给你们一点儿方便，给你们搞点儿东西很容易。但我和你们的看法不一致，这就是个矛盾。有了矛盾就要正确处理，所以找你们来开个会。"刘少奇吸了一口烟，继续说，"现在解放了，当农民的也好，当工人的也好，生活都比过去好多了。当然，完全的平等合理，现在还做不到。你们在农村的想进城，希望我帮忙。不错，我是国家主席，硬着头皮给你们办这些事，也不是办不成。可是不行啊，我是国家主席不假，但我是共产党员，不能不讲原则滥用手中的权力啊！"

整个屋里静得连呼吸声都能听见。看到大家都不吱声，刘少奇站起身来，一边在屋子里来回踱着步，一边亲切地说："现在生活比过去好多了，可是国家还不富裕，还有许多困难。我们大家都要好好工作，建设好这个国家，不能因为你们是国家主席的亲戚，就可以搞特殊，就可以随随便便，不好好工作。"

之前，刘少奇的一个侄女提出想要一块手表。那时，"上海"牌手表刚生产出来，曾作价 60 元送来一块表给刘少奇，只要刘少奇点下头，侄女要表的事儿就解决了，但刘少奇就是没有这样做。

这时，刘少奇走到那个侄女身边，停了下来，慈祥而又认真地说："你要一块手表，我不是舍不得，也不是给不起，不是这样一个问题。我给你一块表，也不能代替你革命。古人说：'贫贱不能移，富贵不能淫。'要艰苦朴素，不断革命嘛！我的权力不能乱用，决不能用它为个人谋利益。你说对吗？"侄女不好意思地低下了头。

1961 年，刘少奇回家乡期间，看望了他的一些本家亲戚。图为刘少奇同姐姐话别。

刘少奇又转向大家，意味深长地说："在你们看来，帮助安排个工作，那是我一句话就可以办到的事。但是，这一句话我不说，也不能说。我们不能乱用党和人民给的权力，不能搞特殊。你们现在已经可以吃饱、穿暖，就该好好为国家工作，要为国家争气。"

刘少奇的一席话真挚诚恳，态度坚决，使大家意识到自己的错误认识和不正确的思想，受到很大的教育。本来有意找他帮忙的，听了这番话后，也悄悄地把想法咽回了肚里。自此以后，刘少奇的亲属很少再有人请求他办私事了。

"首先抢救人民群众！"

1960 年 5 月 15 日，刘少奇乘"江峡"轮离开重庆。第二天，刘少奇途经三斗坪，考察未来的长江三峡水电站大坝坝址。在考察完坝址后，刘少奇又匆匆乘客轮顺江东下，驶往武汉。时值傍晚，在朦胧的夜幕下，轮船破浪前进，在它的前后，零星地有几只小木船，正借助风力和水势顺流而下。

轮船刚过宜昌，忽然天空乌云密布，刹那间，四周黑得像锅底一般，紧接着，狂风裹挟着雨水呼啸而来，小山似的巨浪一个接一个卷到甲板上，轮船剧烈地颠簸起来。客轮在波峰浪谷间摇来晃去，经验丰富的老舵手知道，这是碰上了难以预料而又十分险恶的龙卷风了！

客轮上紧张起来了！船长飞奔到驾驶舱，水手们迅速各就各位，其他船员也纷纷上了甲板。他们十分焦急，为客轮的安全担心，为刘少奇的安全担心。保证国家主席的安全，这是党和人民交给他们的重任，他们怎么能不紧张、不担心呢？为了安全起见，船长命令打开探照灯。雪亮的光柱投向江面，划破黑暗，似乎给人们增添了几分安全感。

忽然，船员们发现距轮船不远处，几只小木船像是几片树叶，漂在风浪中，随着咆哮的巨涛，忽而被托上浪尖，忽而又被压到涛底，随时都有倾覆的可能。小船上的人惊惶无奈，本能地大声呼救。客轮上的人们倒吸一口冷气，焦急万分，议论纷纷：

“啊呀，前面有情况！”

“小船危险！”

“怎么办？我们总不能见死不救！”

“我们的任务是保证主席安全，偏离航道去救他们，恐怕自身都难保！”

“赶快用讯号通知其他船只来救！”

摇摆不定的船身以及呼喊声惊动了正在伏案审阅文件的刘少奇，他赶忙走出船舱，看发生了什么事。得悉是附近的小船遇险，他二话没说，当即命令船长：马上救援！

“可是，我们要保证主席您的安全呀！”船长犹豫了，因为他知道，在这种情况下停船，实在太危险了，他必须为主席的安全负责。

“不能因为我个人的安全就不救群众！”刘少奇明白船长的意思，不容置疑地说，“船长同志，你不能只考虑我的安全。正因为是国家主席坐的船，更应该

1960年5月，刘少奇从重庆乘“江峡”轮顺江而下，考察未来的长江三峡水电站大坝坝址。

首先抢救人民群众！”

根据刘少奇的指示，船长和船员们立即奋不顾身投入到这场抢险的搏斗中。经验丰富的老舵手把稳航向，克服浪涛的推力，让船侧身擦过浅滩；水手们用链索把自己固定在船栏上，探身舷外，把小船上的人和几个落水者一个个拉上甲板。刘少奇不顾保卫人员的劝阻，也跑上甲板参加抢险。船长急坏了，坚决要求刘少奇回舱休息。刘少奇恳切地说：“你们都在奋力抢险，我能在一旁坐着吗？快给我任务吧！我也是普通一兵！”

令人目眩的探照灯正在四下扫射，巨涛像矗立的墙壁咆哮着扑来，重重地摔在甲板上，浪沫和雨点像利箭一般飞溅。刘少奇紧皱着眉头，两眼顺着四下扫射的探照灯光搜索着江面。当他发现有几只小船还在风雨中飘摇时，又立即命令轮船横过来，为小船挡风，让小船靠拢轮船，用绳索将小船和客轮连接在一起。船长按照刘少奇的命令，指挥客轮横在江心，截住小船，并放下缆绳把它们牢牢系住……

刘少奇看到小船都已靠拢轮船，船上的人也都已脱险，脸上露出了欣慰的微笑，才放心地回到舱内，重新拿起文件。

天亮时，风停雨过，江面上又恢复了平静。朝霞映红了天空，染红了江面，也染红了船上人们的笑脸，大家都为战胜了这场突如其来的暴风雨感到高兴。连接小船的缆绳解开了，被救上轮船的人，紧紧地握住船长和水手们的手，激动地告别。当他们得知搭救他们的轮船上竟然乘坐着国家主席刘少奇，并且是他亲自组织了这场抢险时，感动得热泪盈眶。小船一条条散去。小船上的人们依依不舍地望着国家主席乘坐的客轮缓缓驶向东方，不停地挥手致意，心里充满了温暖和幸福。

国家主席的家教

在孩子们眼中，刘少奇是做事严谨的长者。对于子女，刘少奇也是严格管教，一丝不苟，亲自制定严格的“成长进度表”，培养孩子们自强自立的品格。

20 世纪 50 年代，刘少奇的几个孩子都在北京第二实验小学就读。学校离家不算很远，但为了培养孩子们的独立生活能力，刘少奇要求孩子们在学校食宿。每周六下午，一位老师傅骑着木板三轮车，把刘家的孩子和其他人家的孩子一起接回中南海；周一早上，还是这位师傅把这群孩子送回学校。后经刘少奇提议，大家决定上四年级以后的孩子不再乘三轮车，给孩子们都买了月票。自此，大一点儿的孩子就自己到车站坐公共汽车上学了。为了锻炼孩子们的毅力和体质，刘少奇为子女制定了一个严格的“成长进度表”：9 岁学会游泳，10 岁学会骑自行车，11 岁学会自己洗衣服，13 岁能够生活自理，15 岁独自出门。并不是定完就完了，定完是要严格落实的。刘少奇的儿子刘源回忆说：“我们都依照这个‘进度表’实施。我自己是每项指标都略有提前。除了拆洗被褥外，我 10 岁以后就没有让别人洗过衣服。”

1949 年 9 月，刘少奇、王光美与从苏联留学归来的女儿刘爱琴在北京合影。

1959 年秋天一个下午，北京第二实验小学的几个校领导和班主任老师应邀来到国家主席刘少奇家。刘少奇请他们来，一是想了解孩子们在学校里的表现，二是想了解老师的工作和生活情况。校领导和老师来时，刘少奇正在开会，王光美就把他们领到几个孩子的住房看看。孩子的房间布置得十分简单，完全没有想象中的气派。木板床上铺着布制的被褥，小书柜里整齐地码放着孩子的用书。方桌上，孩子的学习用具整齐地放在一角。打开了孩子的衣柜，里面是叠得整整齐齐的衣服，衣服洗得干干净净。王光美对老师们说："这些衣服都是孩子自己洗的。"显然，刘少奇的孩子和普通人家的孩子一样，并没有娇生惯养。不一会儿，刘少奇开会回来。他一边亲切地同老师们握手，一边笑着说："让你们久等了。快请坐！孩子们在你们学校读书，给你们添了不少的麻烦。你们要把他们当成自己的孩子那样管，不要迁就他们，不要因为是我的孩子就加以照顾，相反，还应当更严格地要求他们。"

刘少奇深沉地爱着每个孩子，但他绝不允许子女搞特殊化，对于子女存在的缺点和错误，更是毫不留情地进行批评教育，配合校方使他们醒悟改进，图强自立。

1952 年年初的一天，中国人民大学计划系党支部召开党员大会，研究关于刘少奇的女儿刘爱琴预备党员转正问题。事前，刘少奇亲自给人民大学党委打了电话，告诉他们说，刘爱琴没有达到党员标准，不同意她转正，并说："不管什么人入党，都要坚持党员标准。"经党员大会讨论后，大家认为刘爱琴没有具备正式党员的条件，最后，刘爱琴的预备党员资格被取消了。1955 年，刘少奇的儿子刘允若在苏联某大学学习飞机、无线电、仪表专业。一天，他以爱好文学、跟同学关系不好为由，向领导提出了转学的要求，并将此事写信告诉了父亲，想得到他的支持。

1965 年 8 月，刘少奇在家中听儿子刘源汇报在部队锻炼的情况。

刘少奇见信后，一连给他去了几封长信，向他进一步说明学习专业知识的重要意义，并严厉地批评他的错误思想，尖锐地指出他的根本问题是骄傲，不尊重别人，“不谦虚，怕吃亏”；要求他对待同学应“俯首甘为孺子牛”，请求他们批评，并向组织承认错误；教育他要“闻过则喜”，每个人都不应当躲避党和人民的监督，而应主动把自己的思想、言论和行动放在党和人民的监督之下……经过父亲和组织上的教育帮助，刘允若改正了错误，并以良好的成绩完成了学业。

曾有人问刘少奇的女儿刘亭亭：“作为国家主席的子女，应该很有优越感吧？”刘亭亭回答：“没有。在学校里面，同学们都不知道我们的爸爸、妈妈是做什么的，我们所有的档案中，父母一栏都填的是化名。爸爸、妈妈不许我们讲，我们也就不敢讲。三年自然灾害时，我们也都在学校里吃不饱饭，我在学校里晕倒了两次，我同学的妈妈就给我妈妈打电话，说你的心太狠了，你女儿在学校已经饿晕倒过两次了，你还不接回家？妈妈正准备接我，爸爸说：‘现在，全国人民都在受苦，我希望他们从小知道要跟人民同甘苦，将来长大了，为人民做事情的时候，他就不会让人民再受苦。’于是，我们就继续住在学校里。”

1962 年夏天的一个晚上，刘少奇专门召开了一次家庭会议。到会的除刘少奇全家人外，还有几位刘少奇身边的工作人员。会议一开始，刘少奇说：“我们家的孩子也不一定要考高中、上大学。能多受些教育固然好，但是没考上就不能要求别人照顾。国家主席的孩子和工农兵群众的孩子一个样，不能搞特殊。我看，咱们家搞工农兵的都有，也不错嘛！”原来，刘少奇儿子刘丁这年考高中，报了几个学校都没有被录取，闷闷不乐。刘少奇身边的一些工作人员认为，国家主席的孩子，还能上不了高中吗？只要刘少奇一句话，问题就解决了。这事传到刘少奇耳朵里，他认为，孩子能不能上高中，应由学校根据考试成绩来决定。自己是国家主席，是为国家、人民办事的，没有权力为自己的孩子办私事，更不应该为孩子的升学问题徇私舞弊。如果这样做，不仅对孩子不利，更对党、对人民不利。为了教育孩子和家人，也为了教育身边的工作人员，所以召开了这次家庭会议。会上，刘丁听了爸爸的话，受到很大的教育，表示服从学校的决定。在座的工作人员见刘少奇大公无私，也深受感动。后来，刘丁接到农机学校的录取通知。这是一所半工半读学制的中等专业学校，且离家较远，去还是不去，刘丁犹豫了。刘少奇却鼓励他去，并让他按时报到。临走那天，刘少奇再三叮嘱他要努力学习，积极参加劳动锻炼，不要搞特殊化。

刘少奇不仅从不为子女谋私利，从不搞特殊化，而且鼓励子女去基层工作，到艰苦的地方锻炼。

1958年，国家为了改变政府机关臃肿、人浮于事的现象，对国家机关进行了精简整编。精简下来的人员支援边疆建设或调往文化教育单位。刘少奇的女儿刘爱琴所在的国家计委采取了自愿报名、领导批准的办法进行。刘爱琴回家便跟父亲谈起了此事。刘少奇先谈了下放支边的重要意义，然后鼓励女儿去支边。经过几天考虑，刘爱琴终于下了决心报名去支边。刘少奇知道后高兴地勉励说：“你就应该下去锻炼锻炼。过去，你出去了几次，也跟我谈了很多，浮光掠影，实质性的东西了解得还少。”就这样，刘爱琴告别了父亲，去内蒙古落户支边。不久，刘少奇的儿子刘允斌一家也在父亲的支持下，离开北京到内蒙古支边了。

出差“四不准”

刘少奇经常外出视察、开会，为了能在外边搞好工作，减轻各地领导负担，防止不正之风，他给身边工作人员规定了出差“四不准”，即：不迎送；不请客吃饭、搞铺张浪费；不收别人的礼物；参观时，不搞前呼后拥地陪同。每次出发前，刘少奇总要向随行的工作人员重申这四条，并和大家共同遵守。

刘少奇外出经常轻车简从，一向反对迎送，更不搞前呼后拥陪同这一套。

为了了解真实情况，以调整各项生产建设事业的发展，中共中央提出要大兴调查研究之风、实事求是之风。1961 年四五月间，刘少奇外出调查研究，来到湖南的长沙、湘潭、宁乡 3 个县。湖南省的党政领导对此十分重视。省委为他安排了高级轿车，还特意从宾馆请来高级厨师为他做饭。总之，衣食住行，安全保卫面面俱到。刘少奇得知省委的安排后，严肃地说：“干部下乡，直接到老乡家。如果像你们这样安排，倒是不会打扰老百姓了，但怎么去和老百姓打成一片呢？我这次去乡下，不住招待所，直接到老乡家，睡地板，铺草禾，要以一个普通劳动者的身份出现，这样才能深入群众，了解真实情况。如果像你们安排的那样，讲排场，摆阔气，群众见了会怎么想呢？”其实，省里也是考虑到刘少奇年岁大了，乡下条件太差，生活很艰苦，怕他身体吃不消才这样安排的；再者，刘少奇毕竟是国家主席，这样准备也不过分。刘少奇说：“我此次来调查研究，不要影响省委的正常工作。我们采取过去‘打游击’的老办法，穿布衣，背背包，自带柴米油盐，自备碗筷用具，人要少，一切轻装简行。想住就住，想走就走。”就这样，刘少奇一行人只乘坐一辆普通的吉普车就下乡调查去了。

湖南是刘少奇的家乡。为了更真实地了解情况，他没有急于回家乡炭子冲，而是先来到宁乡县东湖塘公社王家湾生产队。当他来到挂着“万头猪场”牌子的大院门口时，兴致勃勃地走了进去。可是，在这“万头猪场”里，刘少奇只看到几头瘦弱的猪无精打采地趴在地上。刘少奇沉着脸一言不发地走进一间阴暗潮湿、破旧不堪的饲料库，对随行人员说：“就住在这儿了！”随行人员见这里实在太破旧了，就竭力劝阻，后来见实在没法改变刘少奇的主意，只好在这间破屋里拼凑出办公桌、椅子和一张床。在这间破屋里，刘少奇找人谈话，深入查访。一段时间后，刘少奇又“移居”到另一简陋的住处——王家塘生产队的大队会议室。床是架在两条板凳上的门板。有一次，他在公共食堂吃饭，当地工作人员见刘少奇几天来很辛苦，吃得也不好，就加了一个“泥鳅煮豆腐”。刘少奇看见，就不客气地说：“别特殊！群众吃什么，我们也吃什么。”工作人员很过意不去，说：“您是国家主席，那么招待您，太没礼貌了！”刘少奇说：“如果群众能吃好、过好，比什么招待都要好！”

对于请客吃饭、搞铺张浪费，刘少奇向来都是强烈反对、严厉制止的。

1960 年 4 月，刘少奇去河南洛阳调查研究，住在友谊宾馆。开饭时，服务员小杨端来了鸡、鱼、菠菜、豆芽各一盘，请刘少奇用餐。刘少奇看了看，脸上有些不悦，没说什么，只吃了些豆芽、菠菜就放下了筷子。吃完饭，他指了指桌上的鸡和鱼，说：“小杨同志，这几个菜没有动，请转告食堂大师傅，这几个菜不是不好吃，是吃不了，请师傅不要生气。以后少端点菜，多了浪费。”当时的厨师只管按规格做菜，没有把刘少奇的意见放在心上，也不敢随便更改菜谱，到第二顿饭时，不仅没减菜，反而增加了一条黄河大鲤鱼。刘少奇一看就急了，站立桌旁，不肯坐下，生气地说：“我已经讲过了，菜多了是浪费，这顿又端来这么多？”服务员忙解释：“这里住的有外国专家，生活条件好些。”听了这些，刘少奇更生气了，说：“外国人是外国人嘛，我是中国人！”说到这，刘少奇指着桌子上的菜问：“你们知道老百姓吃的是什么吗？”刘少奇说话的语气越来越重，“我党没有这样的作风！那样不好嘛！”

1961 年 7 月中旬至 8 月中旬，刘少奇在东北和内蒙古视察。每到一地，他总是事先打招呼说，国家正处在困难时期，吃喝上要节俭，不要上鸡鸭鱼肉，做点儿小米粥、窝窝头，也不要多，够吃就行了。在哈尔滨花园村时，炊事员虽然没准备荤菜，还是精心地用豆制品、菠菜等做了 6 个素菜。开饭后，当上到第四道菜时，刘少奇就不让上了，摆手说：“太多了，不需要了！再多就浪费了！”

1964 年 7 月，刘少奇到济南了解情况。第一顿中午饭，招待处的同志准备了一桌丰盛的宴席。刘少奇对招待处的同志说：“你们搞这一桌子，够农民吃几天了，快退回去吧！以后不管哪一级来人，有便饭就行了。”在他的坚持下，服务员把宴席撤了下去，换上便饭，刘少奇才高高兴兴进餐。

刘少奇廉洁，自然也痛恨别人拿国家和人民的财产挥霍浪费。一次，他在某地视察军事设施，看到一栋精心设计的豪华别墅，不仅没有一句赞赏之词，反而心情沉重地说：“这样搞，要亡党亡国的啊！”“当前国家还很穷，老百姓生活也不富裕，吃的都很困难，你搞那么高级的房子，和老百姓悬殊那么大，要脱离群众的啊！我们共产党人随时都要注意，永远不要脱离群众！”

无论是地方还是国外送给刘少奇礼品，他的原则只有一条，就是不收、交公。

1959 年冬，刘少奇在海南岛休假，同一些同志共读政治经济学。当地干部在他生日那天送来一块带有“寿”字的大蛋糕。刘少奇知道后，非常生气地对秘书说：“谁叫你们搞的？拿走！”然后把王光美叫来，问她知道不知道？为什么不制止？王光美说，事先不知道。刘少奇严肃地说：“党中央早就做过决定，政治局的同志不过生日，我举手同意了的，就要坚决执行，决不能带头破坏中央决定！”

1960 年，刘少奇到四川视察。一天，在参观成都市轻工业展览后，回到招待所休息。不一会儿，有人送来几条展出的新产品“白芙蓉”香烟。刘少奇立即要工作人员把烟退了回去。有一位地方干部送来两瓶茅台酒，他也坚持不收。服务员感到很为难，把酒交给刘少奇的秘书。事后，服务员清扫房间时，发现这两瓶酒一滴不少地放在橱柜里。

刘少奇作为国家主席，曾应邀到巴基斯坦、阿富汗和缅甸 3 国访问。当时，这些国家送了不少纪念品和礼物。工作人员推辞不掉，只好代他收下，事后报告了他。他当即明确指示：别的国家送的东西，都要造册登记，个人不能接受，一律送到有关部门收存。1964 年，日本工业展览会在北京举办，送给刘少奇一台 9 英寸的半导体电视机，体积小，造型美，图像好。工作人员想给他的孩子们留下，

1960年11月至12月，刘少奇率领中国党政代表团访问苏联。图为刘少奇向莫斯科欢送群众告别。

刘少奇却坚决不同意。他说：“这不是送给我的，是送给我们国家的。”还是照例送交有关部门收存。

刘少奇出差总是自带行李和生活用品。国家干部因公出差，有住勤和旅途补助，这是已定的制度。刘少奇从不领取补助，王光美也不领。有时，身边的工作人员帮领了，刘少奇便叫退回去。1960年，刘少奇率领代表团到苏联参加81国共产党会议，作为代表团团长，当时按规定发给他5000卢布的零用钱，可是，他没有为个人使用一个卢布，回国前，将这笔钱全部交给了我国驻苏联大使馆。他一贯反对向国家伸手，占公家的便宜，就是制度范围内允许的事，他也尽量以减轻国家负担为原则。他严肃地对身边工作人员指示：“公私要清楚，尽量用自己的。”刘少奇严格要求自己，可对身边工作人员十分关心，总是惦记让一同出差的工作人员去领补助。身体力行，率先垂范，是刘少奇的风格。

朱　德

“朱德扁担，不准乱拿”

1928年4月，朱德、陈毅率军到达井冈山革命根据地的砻市，同毛泽东带领的工农革命军会师，合编为工农革命军第四军（不久改称中国工农红军第四军），毛泽东任党代表和军委书记，朱德任军长。1928年11月中旬，红军集合在宁冈、新城、古城一带，进行冬季训练。井冈山革命根据地地处罗霄山脉中段，周围500里都是崇山峻岭，地势十分险要，是湘赣两省的交界。这里人口总共不过数千，年产稻谷不足万担。就这么一点儿粮食，连老百姓自己糊口都颇感匮乏，更别说供给部队吃粮、储粮了。由于湘赣两省国民党军的严密封锁，井冈山根据地同国民党统治区几乎断绝了一切贸易往来，根据地军民生活十分困难，所需要的食盐、棉花、布匹、药材以及粮食奇缺，一日三餐大多是糙米饭、南瓜汤，有时还吃野菜。为了解决眼前的吃饭和粮食储备问题，红四军司令部发起“挑粮上山”运动。

所谓“挑粮上山”，就是到盛产稻米的宁冈县去买粮，并把粮食挑到井冈山上来。具体的挑粮路线是从红四军司令部和直属机关的驻地桃寮出发，经过黄洋界哨口，到宁冈以东的柏露村去挑粮，往返一趟60里，并且全是崎岖难行的盘山小路。

红军战士们积极响应司令部“挑粮上山”的号召，纷纷报名。这天晚饭后，朱德来到伙房，找到了司务长老秦，说：“我来报个名，明天参加挑粮。”

老秦正在统计挑粮队的人数，听朱德说也要报名，心想：军长已经是40岁开外的人了，白天黑夜还要处理那么多军务大事，够累的了，哪能再让他去挑粮？累坏了怎么办？他灵机一动，便随口回答：“不行啊，军长！我们挑粮队有条规定：40岁以上的人，不收！”

朱德笑着说：“你别想蒙我，这规定，我怎么不晓得？是你刚刚想出来的吧！如果我没有记错的话，你老秦今年已经41岁了，是不是也不去参加挑粮？”

老秦被问住了，抓耳挠腮，答不上话来，半晌才笑着说：“军长，我不是想蒙你，实在是因为你太忙、太累了！全军的担子都压在你身上，已经够呛了，哪能再增加你的负担？再说，你年纪大了，山路坑坑洼洼的，很不好走，挑粮的事，我看你就算了吧！”

“那怎么行？”朱德摆了摆手，说，“我身体挺好，你不用替我担心。军事工作，我可以安排在早晚的时间去处理，误不了事的。‘挑粮上山’是前委的决定，我这个当军长的应该带头执行，绝不该有任何特殊。咱们共产党的干部和旧社会的官老爷可不同。一个共产党员，不管他的地位多高，权力多大，都是人民中间的一分子，应该同群众同甘共苦。当部队靠扁担挑粮吃的时候，我不能光坐着吃现成的；当战士们肩膀上压着扁担的时候，我哪能躲在一边去找清闲？官兵一致，本来就是咱们红军的光荣传统嘛，你说是不是？”

老秦听完军长的话，除了满腔的敬佩之情外，再也想不出任何不让军长挑粮的理由了，只好答应说：“那好，我们挑粮队接收你。不过有一条，你可不能多挑！”

清早，挑粮队就出发了。朱德一根扁担挑着两个大箩筐，走在战士们中间，不熟悉的人根本分不出谁是军长，谁是战士。路远难行，光是空手上山下山都很吃力。朱德虽然年岁大，可他挑粮从不比战士们少，担子两头装了40多斤，再加上他经常佩带的一支德造三号驳壳枪和一条装有约百发子弹的皮子弹袋，负重快50斤了。

头两天，挑粮进行得蛮顺利，可是到了第三天，朱德早早起了床，正准备出发，却怎么也找不到扁担了，去问警卫员，警卫员们只说没看见，却不肯卖力去找。他忖度：这些小鬼不想让我去挑粮，在跟我要花招哩。

朱德忖度得没错。军长身先士卒，战士们打心眼里敬佩，但又心疼他，怕他累坏了，于是通信员朱良就出了个“鬼点子”，干脆把朱德用的扁担藏了起来。朱德没多说什么，独自出了门，找到了军需处的范树德，对他说：“你想办法再给我搞一根粗一点儿的扁担来，写上我的名字，不然这个挑、那个拿的，到我用的时候又找不到了。”范树德接受了任务，当即到桃寮村张家祠附近，用一个铜板向老百姓买了一根毛竹，扛回来削成两根扁担，一根送给朱德，另一根留着自己用。在朱德的那一根上，他用毛笔在一端写上“朱德扁担”、另一端写上“不准乱拿”8 个字。

朱德拿到扁担，又看了看写在上面的字，特意对几个警卫员高声说：“谁要再‘偷’我的扁担，我可要批评啦！”

就这样，第二天清晨，朱德魁梧健壮的身影又出现在挑粮队的行列里。他把一只手搭在扁担的前端，另一只手拉着身后的箩绳，不紧不慢，从容迈步。沉甸甸的担子压在他肩上，箩筐在他前后颤颤悠悠。就这样，朱德挑着沉重的粮担，稳稳当当、一步一步向前走去。一位当年挑粮的老红军回忆说：从井冈山上到山下宁冈的茅坪，上下足有五六十里路，山又高，路又陡，着实难走。每到运粮的那天，我们天一亮就出发，赶到装粮地点，有的用箩筐担，有的用口袋背；用具不够，有的同志索性就脱下一条裤子，把裤腿扎紧，满满装上两裤腿，往肩上一搭。这样挑的挑、背的背，翻山过坳，直到天黑才回到山上。

在朱德的带领下，战士们挑粮的劲头更足了。为了纪念朱德这种身先士卒、艰苦奋斗的精神，有人专门编了一首歌赞颂他：“朱德挑谷上坳，粮食绝对可靠。大家齐心协力，粉碎敌人‘围剿’。”这悠长的歌声在井冈山的山谷回响，在红军战士心中激荡。

带头遵守革命纪律

在战争年代，朱德作为人民军队总司令，向来以身作则，模范遵守革命纪律，为全党全军做出了表率。

1933 年 8 月，朱德带着两个警卫员，从瑞金出发，到于都县银坑镇检查工作。

刚走出不远，迎面遇到两个站岗的儿童团员，一个十四五岁，瘦高个儿，另一个十一二岁，胖墩墩的。他们拦住走在前面的警卫员，威严地说：“同志，请把路条拿出来，我们要检查！”

那个警卫员在衣裤兜里左摸右摸，也没找到路条，这才发觉出发时忘记带了。他央求说：“小同志，我们确实有路条，只是出发时疏忽，忘记带了。好歹通融一下，让我们过去吧！”

“那不行！”瘦高个儿斩钉截铁地表示，“没有路条，就是不能通过，这是规定！”

正说着，朱德走过来了。他问清楚了事情的缘由，也觉得这件事很难办，便微笑地问瘦高个儿：“没有路条，按规定该怎么办？”

小胖墩抢着回答说：“怎么办？按照县里的规定，没有路条的人，就要绑起来押送到县苏维埃！”

“哎哟，这么严重啊！你俩大概不知道，这位首长不是别人，是朱德总司令啊！”警卫员忙向他们解释。

瘦高个儿用怀疑的目光瞟了朱德一眼，接着说：“你说他是朱总司令，可我也不认识，谁晓得他到底是不是？”

朱德想了想，问道：“一定要绑起来吗？”

“对，一定要绑！”

“那好，绑就绑吧。不过不要绑两只手，每人只绑一只手，行不行？”

瘦高个儿和小胖墩商量了一下，说：“好吧，说你是朱总司令，我们只相信一半，那就只绑一只手吧。”

说着，瘦高个儿就从腰里解下一条绳子，把朱德和两个警卫员的左臂都捆绑起来，说：“走吧，到县苏维埃去！”

这样，小胖墩在前边带路，瘦高个儿在后边压阵，一行5人就这样上路了。

来到县苏维埃大门口，正巧县委书记从里边走出来，定睛一看，见两个小鬼竟然把朱德总司令给“押”来了，县委书记急忙跑过去，一边给朱德和两个警卫员松绑，一边斥责那两个儿童团员：“真是乱弹琴！怎么能把总司令也绑起来了呢！”

朱德哈哈大笑，对县委书记说：“你不应该批评他们，他们做得很对嘛！该受批评的应当是我们，因为我们确实忘记带路条了嘛！”

第二天，朱德在群众大会上表扬了这两个儿童团员，并且题了“提高警惕”4个大字，奖给这个儿童团哨卡。

中国抗日战争进入到相持阶段，由于日本侵略军的疯狂进攻和“扫荡”，加上国民党顽固派的军事包围和经济封锁，使中国共产党领导的抗日民主根据地的财政经济发生了极为严重的困难。为了战胜困难，坚持抗战，中共中央号召根据地军民自己动手，艰苦奋斗，开展生产自救。1940年5月，朱德返回延安，提出“南泥湾政策”。从1940年年底开始，王震率领的三五九旅开赴南泥湾实行军垦屯田。经过3年奋战，在缺乏生产资金和生产工具的极端困难的情况下，三五九旅发扬自力更生、奋发图强的精神，把南泥湾变成了“陕北江南”，成为大生产运动的模范。

1940年，朱德在山西抗日前线。

1943 年 10 月初，南泥湾一片金黄，处处是成熟的谷子和高粱。朱德和其他几位首长从延安出发，去南泥湾视察大生产情况。警卫团派一个尖刀班在前面开路。山道弯弯，时隐时现。走着走着，一块谷地挡住了去路。从地形可以看出，原来这儿是一片山草地，路从草地中间穿过，可能是大生产运动中，农民们把这片山地开垦出来，种了庄稼，使原来一条笔直的人行小道拐了 4 个直角弯。如果绕着走，要多走一里多路。考虑到首长时间宝贵，而且谷子地里已被人踏出了一条小路，尖刀班打算从谷子地里直穿过去。谁知前面几个战士刚踏进谷地，就被从后面赶上来的朱德叫住了。他翻身下马，走到站在谷子地里的几个战士跟前，严肃地问："怎么能从老乡的地里走？'三大纪律　八项注意'学过没有哇！"见那几个战士低头，认识到了错误，他的语气变得温和起来："'三大纪律　八项注意'不仅要会唱，还要照着做。革命的军队，不论什么时候都要记住：不能损坏老百姓的庄稼。"他让站在地里的战士回到埂上，见地里的谷子一根未倒，便顺着谷子地的边沿一指："从这儿绕过去吧。"于是，尖刀班在前，总司令等首长随后，沿着谷子地的边沿，拐了 4 个弯，绕过了被谷子地拦断了的去路，继续前进。

1947 年 5 月至 1949 年 3 月，朱德在西柏坡生活工作了近两年的时间。

1948 年夏季的一天，朱德从西柏坡出发去视察刚落成的水电站。来到离河坊村不远的河边，朱德发现河里有两只鸭子在水草和芦苇丛中时隐时现。朱德爱打猎，以为是野鸭子，就停下车，从警卫员手中接过枪，一甩手，"叭叭"两枪，两只鸭子应声毙命。警卫员乐呵呵地捡起鸭子正要上车，一个老大娘哭喊着跑了过来："你们为什么打俺家的鸭子？"

朱德见状，说声："坏了，不是野鸭子！"忙从车上下来，向老大娘赔礼道歉，"老人家，实在对不起！我以为是野鸭子呢。我们赔你钱，赔你钱！"

警卫员问："你要多少钱？"

"一只 20 块，两只 40 块！"老大娘语气坚决地说。

朱德马上付了钱，并把鸭子也留给了老大娘。

朱德走后，一个走过来看热闹的年轻人说老大娘：“两只鸭子，你就讹人家40块钱？你知道那老头是谁？”

“管他是谁，打死我的鸭子就得赔！”

“那是朱总司令！”年轻人说。

“啊！是朱总司令？你这浑小子怎么不早说！”老大娘慌了。

下午，当朱德的车返回路过河坊村时，司机看到那个老大娘一只手提着鸭子，一只手举着钱在路上拦车。

“他们说你是朱总司令。我老太婆有眼不识泰山，两只鸭子算什么，不该让你赔钱呀！”说着，老大娘把鸭子和钱往车上塞。

朱德赶紧跳下车，说：“损坏老百姓的东西就得赔，这是我们的纪律，一定得赔！”好说歹说，朱德就是不肯收下鸭子，老大娘就是不让开车。朱德看了看表，时间不早了，就说：“好，好，我们收下。”

车一开动，朱德打开车门把鸭子和钱放到地上，并说：“老人家，我们有纪律，一定得赔！”

是总司令，又是普通一兵

朱德为人和蔼，生活简朴，在战争年代，穿着和普通士兵别无二致，因此，不认识他的人往往弄不清他的真实身份，有时还闹出趣闻。

1928年11月，朱德和毛泽东率领红军打下新城以后，部队在新城附近进行短暂休整。数月行军作战，红军指战员的衣服脏了，袜子破了，头发长了。休整时，朱德除了布置军事训练和政治学习之外，还留出时间让指战员们处理个人事务。

一天，数名战士来到新城南门的一家理发店理发。理发店的黄师傅很热情，一边给红军战士理发，一边跟大家聊天。说话间，朱德也到这家理发店理发。他见理发的人多，就悄悄地排在几个战士后面等候。朱德衣着和普通战士一样，所以也没有人注意到他。

好一会儿，有个战士理完了，翻好衣服领子走出来，忽然看见朱德排在后面，吃惊地叫起来："朱军长，你也来理发？"战士们一听，立刻站起来，争先恐后地说："军长，你先理！"黄师傅回头一看，才知道此人就是朱德军长，连忙拿着白围布走过来，说："朱军长，我先给你理！"

朱德笑着摇了摇头，说："不，不，你先给他们理。干什么事都有先来后到嘛。我还是排在后面吧。"

1936 年 7 月，红军左路军北上穿越康北草地。

一天，朱德跟红三十军走在一起。伙夫小陈双脚打了血泡，挑着一副担子，前面是桶，后面是口铁锅，一瘸一拐地走着。朱德见了很心疼，忙上前对小陈说："小同志，你歇一歇，我替你挑一会儿。"他不管人家同意不同意，夺过担子挑上肩，迈开大步就走。

朱德挑了一阵，在休息号声中放下炊事担子，掏出烟斗悠闲地抽着烟，同周围的人摆起龙门阵来。这时，从后面走来几个喘着粗气的战士。他们一看这个上了年岁的老同志黑黑的脸膛，满嘴的胡须，身边放着一口大锅，估计可能是伙夫班长，于是亲热地上前招呼道："喂！老班长，有开水喝吗？"

朱德抬头一看，见战士们口渴的模样，连声应着："有！有！请稍等一下，我马上就烧！"说罢，就起身拿锅。

坐在旁边的警卫员着了急，一边夺下铁锅，一边向几个战士气呼呼地大声说："这是总司令！什么班长不班长的！"战士们一听愣住了，低着头呆呆地站着。

自此，朱德的又一个"伙夫头"的故事在草地里不胫而走，他那普通一兵的崇高形象更加耀眼夺目了。

全国抗日战争爆发后，朱德率军东渡黄河，开赴抗日前线。当时八路军总司令部在西安东南的云阳镇，司令部里的人听说朱总司令要来上任，就派几名年轻

1942年，朱德（左二）到金盆湾视察时，同战士一起席地就餐。

干部去迎接。这几名干部一大早赶了三四十里路，来到一条河的桥边上等候，这是部队必经之路。迎接的人虽久闻朱总司令的大名，却没有见过面，都在猜想总司令一定骑着高头大马，威风凛凛，一派与众不同的将帅风度。

不一会儿，部队出现在桥上，都是一个打扮，穿灰军装，腰扎皮带，脚蹬草鞋，没有谁特别一点儿，更没有骑大马的。迎接的人以为这是打前站的部队，连问都没有问一下，满有把握地等候后面的部队过来。

可是等了半天，他们也没看见后面有部队过来。这是怎么回事？他们开始不安：是不是总司令没有走这条道，还是日期变动了？于是就派了两个人先回司令部汇报，其他人继续在桥头等着。这两个人赶回司令部，一进大门就高声报告："我们到现在也没有看见总司令，是不是总司令改变路线了？……"

"嘿嘿……哈哈……"

他们的话还没有说完，就满堂大笑。

朱德笑着说："我看见你们站在桥头，还以为你们赶路赶累了，在休息呢。哪知道你们是迎接我的？让你们多走路了！"

简直不可思议！这个朴实得和他打个对面也不会多看几眼的军人就是八路军的总司令！两个回来汇报的人愣愣地望着一口浓重四川口音的总司令，"腾"地一下红了脸。不用说，他们迎接的总司令就是在他们眼皮底下走过去的。

总司令的求助信

朱德与母亲感情深厚，却因长年南征北战、出生入死，不能留在长辈身边亲自照顾。在忠孝难两全的情况下，朱德毅然做出选择：舍小家为大家，忠于人民和革命事业。朱德后来在接受一位外国记者采访时说："我违背了古代相传的孝道，可是自觉对家庭的忠诚，应该服从于更大的忠诚——对国家和全体人民的忠诚。"正如朱德在《回忆我的母亲》一文所写："我用什么方法来报答母亲的深恩呢？我将继续尽忠于我们的民族和人民，尽忠于我们民族和人民的希望——中国共产党，使和母亲同样生活着的人能够过快乐的生活。"

1937 年 11 月，朱德老师的儿子邓辉林随抗日部队从四川来到洪洞县八路军总部看望朱德，告诉他四川老家仪陇正逢旱灾，家里人因他参加革命而遭受株连和迫害，生活异常艰难。一番话让朱德想起了自己 80 多岁的生母钟氏和养母刘氏。由于自己忙于革命，一直没能照顾她们。他担心二老不能度过荒年，很想接济一下，尽一个孝子应尽的义务。然而，身为八路军总司令的朱德苦于身无分文，于是在 11 月 29 日给四川的儿时好友、同学戴与龄写了一封信："……昨邓辉林、许明扬、刘万方等随四十一军来晋，已到我处，谈及家乡好友，从此话中知道好友行迹，甚以为快。更述及我家中近况，颇为寥落，亦破产时代之常事，我亦不能再顾及他们，惟家中有两位母亲，生我养我的均在，均已八十，尚康健。但因年荒，今岁乏食，恐不能度过此年，又不能告贷。我十数年实无一钱，即将来亦如是。我以好友关系，向你募贰佰元中币，速寄家中朱理书收。此款我亦不能还，请你作为捐助吧……"

这封不足 300 字的求助信透出的恳切和无奈，令人读后无法不为之感慨。200 元难倒了总司令，说八路军总司令没钱谁相信？但事实的确如此。这一点，朱德在前不久写给前妻陈玉珍的两封信中也有提及："……家中支持多赖你奋斗，我对革命尽责，对家庭感想（情）较薄亦是常情，望你谅之。我的母亲（指朱德的养母刘氏。她于 1934 年曾去陈玉珍处，由她赡养。）仍在南溪或回川北去了，川北的母亲（指朱德的生母钟氏）现在还在否，川北家中情况如何？……我们的军队是一律平等待遇，我与战士同甘苦已十几年，快愉非常……我为了保持革命军队的良规，从来也没有要过一文钱，任何闲散人来，公家及我均难招待。革命办法非此不可。家庭累事均由你处置，我从不过问……”“惟两老母均八十，尚在饿饭中，实不忍闻。望你将南溪书籍全卖及产业卖去一部，接济两母千元以内，至少四百元以上的款，以终余年，望千万办到。至于你的生活，望你独立自主的（地）过活，切不要依赖我。我担负革命工作昼夜奔忙，十年来坚（艰）苦生活，无一文薪水，与士卒同甘苦，决非虚语。现时虽编为（革）国民革命军，仍是无薪水，一切工作照旧，也只有这样才能将革命做得成功……我这种生活非你们可能处也，我决不能再顾家庭，家庭亦不能再累我革命。我虽老已五十二岁，身体尚健，为国为民族求生存，决心抛弃一切，一心杀敌。”

戴与龄与朱德是同乡、同学和亲密战友，1916 年，他在驻防泸州的靖国军第三混成旅当军需处长时，朱德就是旅长，后来，他被委任为云南盐津县县长，朱德也离开了靖国军。1922 年，朱德远赴德国留学，寻求救国救民的真理，同时，戴与龄也被免去了县长职务，回到泸州开办了“大东西药房”。由于朱德到德国是自费留学，所以戴与龄就一直寄钱给朱德，使朱德在德国安心学习马克思主义，直到 1926 年回国。为此，朱德还多次写信给戴与龄表示感谢并谈到他的收获。他在一封信中写道：“与龄老弟，你的来信及汇款壹仟伍佰元已收到。我来德国留学，学到了我梦寐以求的当代先进的社会科学理论，达到了我多年来想要学习的理想。你是我的好友，深知我过去工作一直是没有积蓄的，现在我在德国留学是自费，全靠你寄钱来供给我的留学费用。希望你今后仍能给我寄钱来，使我在德国多留学几年，为中国寻找一条新的革命道路，将来回国后，才能为祖国人民多做贡献。”这样的信，戴与龄收到了 10 多封。1927 年 8 月，戴与龄参加南昌起义。部队南下时，戴与龄受伤，在朱德劝说下，离开了部队。之后，他隐瞒了自己参加南昌起义的事情，在泸州继续以开药店谋生。

看完来信，戴与龄心中充满了对老朋友、对八路军、对共产党的敬佩之情。于是，戴与龄很快给朱德在仪陇老家的母亲寄去了200元钱，使朱德的两位母亲的生活困难状况得到了缓解。戴与龄与朱德在抗战初期有了通信联系后，自己勒紧裤带、节衣缩食，多次捐助朱德的亲属，并动员自己的亲属十几人投奔陕北或华北抗日前线，因为他相信朱德要走的路和做的事是正确的，是值得他尽心竭力来支持的。

1949年12月，戴与龄在泸州病逝，享年61岁。朱德为失去这样一位忠厚、对革命默默做了许多好事的老朋友感到悲痛，为革命刚刚胜利、自己还没有来得及回报老友而深感遗憾。他把戴与龄的儿子、儿媳请到北京，对他们说：“我为什么喊你们来？因为你们的爹爹是对革命有帮助、有贡献的人，能做的事，他都做了，人民不会忘记。你们来北京不是要做官，而是要学习本事，为人民服务。”

“愿把此风扬四海，逢人先说大冬瓜”

1940年5月，朱德从前线回到延安，住在王家坪山坡下的一排石窑洞里。当时，陕甘宁边区在经济上、财政上日益困难。1940年冬，国民党政府不仅完全停发八路军的薪饷、弹药和被服等物资，而且调动几十万军队对陕甘宁边区和其他抗日根据地实行军事包围和经济封锁。毛泽东曾说，这一时期，“我们曾经弄到几乎没有衣穿，没有油吃，没有纸，没有菜，战士没有鞋袜，工作人员在冬天没有被盖……我们的困难真是大极了。”为了夺取抗日战争的最后胜利，党中央发动边区党政军民，人人参加劳动生产，厉行节约。朱德和党中央、毛泽东一起领导着各抗日根据地的工作，指挥敌后游击战争。在这样繁重的工作中，他还挤出时间，亲自领导和参加生产运动。

跟随朱德回延安的有四五十人。朱德指示大家要积极参加生产，并说明边区经济困难的情况和生产节约的重要意义，要大家组织起来，搞好生产，并且提出具体目标：“我们这个小单位，要在一年内，做到自给自足，要用自己的劳动，达到自力更生，全部不要公家补贴吃穿。”那时候，中央管理局觉得朱德年纪大了，工作太忙，为了照顾他的身体，有时送一些吃用的东西，为此，朱德再三告诉大家：“不准到管理局领东西。缺什么东西，我们自己生产解决。”

朱德和身边几个小特务员一起组成生产小组，在王家坪前面种了 3 亩菜地，种上白菜、葱、蒜、韭菜、辣椒、西红柿等十几种蔬菜。休息的时候，朱德就来挖地、浇水、施肥、锄草。几位特务员年纪很小，没有种过菜，朱德是个种菜能手，就手把手地教他们，地要挖多深，什么菜要浇什么肥料，怎样搭菜架，等等。部队中、机关里、百姓中纷纷有人来信要求给朱总司令代耕，但他都不予接受。他说：“生产任务可以自己完成。生产虽然要花费劳动力，也是一件最快乐的事，这对整个革命，对自己的身体都有好处。按照生产计划，生产任务的完成是完全有保证的。”

朱德有着丰富的农业知识，他种的菜质量好，产量高，品种多，在当地很有名。经常有人前来参观朱德的菜园。朱德同大家交流种菜经验，向大家推荐蔬菜的新品种，还常请人品尝。朱德的部下去看他时，他常留大家吃饭，用自己种的菜招待大家。他种的菜吃不完，经常用来送人。1943 年年底，在延安召开的陕甘宁边区劳动英雄及模范工作者代表大会上，还展出了朱德亲手种出的一个大冬瓜，大家看后都很感动，有个干部当场写了一首诗：“工余种菜又栽花，统帅勤劳天下夸，愿把此风扬四海，逢人先说大冬瓜。”

为了解决陕甘宁边区资金和粮食严重不足的问题，朱德策划倡导把边区的优势资源食盐和羊毛出口到边区以外地区换钱，以及实行屯田军垦、开垦南泥湾，有效克服困难，发展生产。

1942 年，延安到处都响着“嗡嗡”的纺车声，各机关、团体、学校，人人都在纺羊毛线。王家坪总部也不例外。朱德发动身边工作人员动手纺羊毛线。没有纺车，他就让人到南泥湾拉回木料，从别的单位借来一辆纺车作样子，模仿着做。好在延安创造的纺车很简单，不几天，大家就做好几辆纺车。朱德和大家一起，兴高采烈地坐在板凳上，一手摇纺车，一手拉羊毛。可是，想着容易做着难，拉出来的毛线比绳子还粗，越急越拉不动，越使劲，拉出来的毛线就越粗，拉了一两天，还是不成功。这时候，有的同志唉声叹气，有的同志发牢骚，说："把羊毛都浪费了！吃力不讨好！""这种毛绳子，谁要？""别说打毛衣，连个地毯都织不起来！"朱德发现了这种情绪，平心静气地说："大家不要悲观失望。一样东西，就怕你没有决心，只要有决心，没有学不会的。"在朱德的鼓励下，大家耐着性子，又开始纺毛线。过了一个星期，大家果然都学会了。除了工作时间，平均每人每天能纺半斤八两毛线，而且质量不错。经过一个多月的时间，每个同志都完成了自己的生产任务。

朱德不仅带领大家积极进行劳动生产，而且在其他细节上处处身先士卒，起到了良好的模范带头作用。

随着大生产运动的深入发展，经济条件稍微好转后，朱德不断叮嘱身边的同志要节约，不要把辛辛苦苦生产出来的东西随随便便浪费掉。他还提议成立一个伙食委员会，每月要开一次会，算一次账，还要把各种账单、条子拿给他看，吃多了，就要大家以后注意管控。

朱德在延安穿的棉衣是1936年红四方面军长征到达陕北后发的。这套棉衣穿过几年后，已经褪色并打了多块补丁，既破又硬。警卫战士多次要给朱德换一件新棉衣，但都被他严厉制止了。他总是说："要注意节约。我的棉衣破的地方补一补就可以了。"

1940年的一天，冀中军区警备旅一团一营教导员李尚德得到通知：总司令明天要来部队视察。营长知道朱总司令是很爱吸烟的，就派人跑了几里路，买来了两盒"天坛"牌的好烟。当朱德到达营部后，营长忙给朱德递上一支香烟。朱德说："我不抽烟。"营长说："听说总司令会抽烟。"朱德笑了笑，说："过去是爱抽烟，而且烟瘾还不小呢。可是现在，部队的供应这么困难，每月一个人连2两油、2两盐也供应不了，一个战士平均3个月发不到一双鞋，一套衣服要穿3年哪！眼下主要是解决吃穿的问题。我现在每月只有一块钱的津贴，如果抽了烟，就连洗衣服的肥皂钱也没有了。所以，我戒烟已有一年多了。”朱德拿起那支“天坛”牌香烟看了看，说：“这烟很不错呀，是高级香烟，价一定很高吧。抽这样的烟，一盒就相当于一个战士一天吃饭的费用。”听了总司令的话，大家心里都很惭愧。营长又问：“总司令，你的马匹和警卫员在哪里？”朱德回答说：“路又不远，只有 20 来里。为了锻炼身体，我没有骑马，也没有带警卫员，因为今天要参加集体生产，留下他，多一个人就多一分力量。”

当时在延安中央党校学习的学员们，每人都分了一小块地，除了完成学习任务外，种好这块地也是学员们的任务。为了使自己分到的地能长出更多的果实，学员们都想了很多办法，其中最费心思的就数积肥了。因为党校挨着中央机关和军委机关，单位很多，人员很集中，有一点儿肥，都互相“抢”，动作慢一点儿，就叫人家抢去了，因此，有的学员天刚蒙蒙亮就起来拾粪。1942 年开春的一天清晨，低温阴冷，几个学员起了个大早，抢先到延河一带拾粪。正当大家拾得起劲时，朦胧中迎面走来一高一矮两个人，也在干着同样的活计。

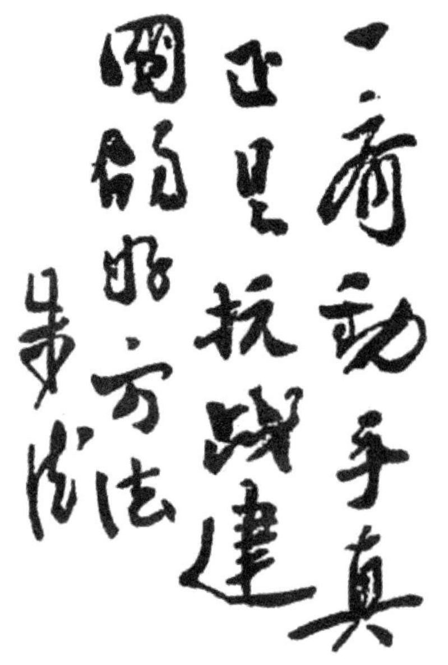

1944 年 5 月 28 日，朱德为大生产题词：一齐动手真正是抗战建国的好方法。

“啊，总司令！是前几天刚给我们讲课的朱总司令！”一位学员眼尖，首先认了出来。

迎面走来的其中一人果然是朱德。只见他穿一件灰色粗布上衣，打着绑腿，一手提筐，一手拿铲，站在凛冽的寒风中，后面跟着警卫员。学员们跑步迎了上去：“总司令早！”大家不约而同地问候。

“你们比我更早嘛！看你们都拾了半筐了，我才拾了一点点。”朱德微笑地说。

有位学员伸手去夺朱德的粪筐，想往他的筐里拨点儿粪，朱德忙说：“使不得，使不得！那我不成了‘剥削户’了？我当总司令的‘剥削’战士的肥料，这多难听！”说完，大笑起来。

看到总司令那么一把年纪，还同大家一样拾粪，大家心里过意不去，有学员说："总司令，您事情那么多，大事情都操劳不完，就不要来拾粪了。什么时候需要肥料，只要通知我们一声，我们就给您送去，或者让警卫员到我们这来挑，都行！"

朱德听后严肃地说："那怎么行？哪有当总司令的就不能拾粪的道理？我们大家都是农民出身，这些活，我在家时都是干过的。这些年忙于行军打仗，好久没生产了。现在国民党逼着我们搞生产，我们就要上下一起来干，同心协力克服困难。再说，我这也是积肥、锻炼相结合，一举两得嘛！"

朱德以身作则的精神深深地感动和教育了大家。通过劳动生产，也锻炼和改造了大家的思想。当时的报刊评论道："总司令在生产中的这种模范作用，感动了所有看见他劳动的人，成了推动生产运动，建立革命家务的一股巨大的力量，这股力量鼓舞着大家去创造奇迹。"

"不要宣传我"

在荣誉面前，朱德从不居功、不夸功，永远那么谦逊，总是把功劳归于群众，归于党。他曾经说："比如我，我个人，中外人士都知道，好像我是三头六臂，实际上我只是广大群众事业与功绩的代表中的一个而已。一定要记住，如果有功，功是党的，是群众的。""功是谁的？是战士和工人、农民的，领导的人不经过他们，就一点儿功劳都没有……比如，我是总司令，有时把我当作他们的代表，把他们的功挂在我的名字上，如果我因此就夸功，那岂不可笑！不经过工农群众，哪里来的功！"

1941 年 1 月，组织上决定让刘白羽回延安完成撰写朱德文稿的任务。临行前，朱德诚恳地对刘白羽说："你此次回延安完成党交给的任务，我没什么意见，但你一定要记住，我个人的历史没有什么，只是处处跟着党走，做了一个党员应该做的事。你这次回去可以多听听同志们的意见，特别要得到党中央的指导，切不可盲从执笔！”这平淡的话语，一字一句都使刘白羽感受到一个无产阶级战士崇高的品质和博大的胸怀。

出于对总司令的爱戴，1951 年，朱德 65 岁寿辰，仪陇家乡派人到北京看望他，并提议把仪陇县改名为“朱德县”。朱德听了赶紧说：“这怎么使得！我不算英雄，只是一个在战场上没有被打死的普通士兵，为革命牺牲了的烈士才称得上英雄。”

到了土地改革时期，仪陇县委的领导又提出，马鞍场是朱德的故乡，现在全国各地乃至世界上的一些朋友都想来仪陇参观，访问他老人家的故居，因此计划拨出几百亩土地修建一个“朱德纪念馆”。县委专门向中共川北区工作委员会打了报告，川北区党委把这份报告转呈了中央。朱德听说后很着急，要川北区党委立即转告仪陇县委：纪念馆不要修了，农民世世代代生活在那个地方，不应该把他们迁走，那些土地要分给农民耕种，以利发展生产。马鞍场的父老乡亲得知后，激动地说：“总司令心中处处想着人民，就是没有他自己。”

1959 年，为了迎接国际友人来朱德的故里参观，仪陇县委根据上级指示，将年久失修的朱德故居加以修缮，开辟成一个陈列馆，把朱德少年时候用过的喂猪槽、养蚕筒架、装酒坛的木柜、石砚、毛笔、算盘、桐油灯、竹背篓等东西都陈列在这里。1960 年，朱德利用到四川视察工作的机会，回到阔别了 50 多年的仪陇，看望故乡的人民和亲戚。当他看了陈列馆后，严肃而诚恳地对县委书记说：“不要办我的陈列馆。把这个地方办成一所学校，让娃娃们念书，好不好？希望你们赶快就改！”不久，他又叫四川省委、南充地委的领导同志给仪陇县委打电话，再三要求把陈列馆改成学校。此次朱德回故乡，还专程去了几十年前自己参加创办的城关小学。走在校园里，看见当年自己种下的桂树和皂角树上悬挂了“朱德同志手植”字样的木牌，还有一首歌颂他的诗，他立即请校领导把那块木牌和诗拿掉了。1962 年，仪陇县委书记和副书记到北京开会，朱德再次向他们问及陈列馆的事，仍然建议把故居改建成学校，以便让更多的孩子有书读。家乡的同志深为朱德大海一样的胸怀所打动，但又不能采纳他的建议，就再三解释保留陈列馆的原因。临别时，朱德还是满怀忧虑，无可奈何地说：“我感谢仪陇县委、各级党组织和全体人民对我的信任和关照。但对这件事，我仍然保留我的意见。我希望你们不要宣传我。”

朱德在同志面前从来不谈自己的革命事迹和功绩。每当人们要他讲讲他的经历，他总是摇摇头，或摆摆手，说：“我没什么，就是跟着毛主席。”“我们这一辈人，以毛主席为代表。”他不仅总是由衷地称赞、敬重毛泽东的领导，还经常称赞、推崇周恩来、刘少奇、邓小平、陈云等党的其他领导人的才能和贡献，也常常称赞其他老帅们领导军队、南征北战的功绩，却从不谈他自己。

1957 年夏，中国人民解放军总政治部发起建军 30 周年征文活动，号召全军撰写革命回忆录。当一位从事部队文学创作的同志请示朱德要为他写传记一事时，朱德先是一笑，然后摇着头说：“还是不要写了吧。中国革命的胜利是人民的胜利，是依靠中国共产党的正确领导，依靠毛主席和许多老一辈革命家的共同努力所取得的。我是普通一兵，只做了自己应该做的事情……”这位同志见朱德执意不愿意谈自己，只好说：“总司令，那您给我题几个字吧。”朱德笑着应允了。几天后，当这位同志去取字时，朱德指着手书的条幅说：“我写了南昌起义的一段话，你看看吧。”条幅的内容是：“南昌首义诞新军，喜庆工农始有兵，革命大旗撑在手，终归胜利属人民。”当这位同志想借机了解朱德在南昌起义时的事情时，朱德微笑着说：“领导起义的不只我一个人，还有周恩来总理，还有贺老总……”朱德再一次拒绝了谈自己的事情。

1962 年，朱德重回井冈山。当地负责同志请他给大家作报告。朱德笑着说：“我没啥可说的，我是来看看大家。离别了井冈山 30 多年啦！《毛选》四卷不是已发表了吗？你们要认真学好四卷，用四卷来指导我们的各项工作。我再讲也不会像四卷讲得那样完整，那样深刻啊！”井冈山的大井村是当年朱德住过的地方，正在准备修建革命旧址旧居。朱德得知后，当即指示：“我住的房子不用恢复了。毛主席的旧居要好好整理，要宣传毛主席。”后来，在参观井冈山历史博物馆时，有人指着闻名中外的“朱德的扁担”说：“朱委员长，您的扁担在这里！”朱德说：“扁担不一定要放在这里，主要要放毛主席的东西。”一位跟随朱德重访井冈山的同志说：“敬爱的朱委员长在重上井冈山的4天里，处处称颂毛主席，不断赞扬其他老同志，还高度称赞了井冈山人民的革命斗争精神，而惟独不提他自己！”

不仅在其他同志面前，即使在家人面前，朱德也从不谈自己的事迹，从不摆自己的功劳。朱德的几个孙子、外孙从小在他身边长大。20世纪五六十年代，每逢节假日或工余时间，朱德常常把孩子们接到身边，给孩子们讲早年家境的贫寒、读书求学的艰难、革命烈士的牺牲、红军战士的英勇、抗日英雄的传奇……几个孩子渐渐长大，尤其上学以后，知道爷爷是总司令，就缠着爷爷讲讲过去带兵打仗的故事！这时，朱德就把大手往孩子们头上一放，笑着说：“红军打老蒋，八路军抗日，战斗故事多着呢，三天三夜也讲不完，难道你们不想听？”孩子们又嚷起来：“现在就要听爷爷自己打仗的故事！”这种情形下，朱德总是和蔼地对孩子们说：“我自己都是些老掉牙的故事，没什么好听的。老讲自己的过去有什么意思？咱们还是要多讲现在，多讲将来。中国革命的事情还很多，世界革命的事情还很多，要站得高，看得远，才能革命到底。”在朱德几个孙辈的记忆中，保留着许多爷爷讲过的故事，却惟独没有一个是他自己南征北战、出生入死的战斗故事。

不为家乡亲属徇私情

朱德出生在四川省仪陇县一个贫苦佃农家庭。尽管他对自己的家乡、对自己的亲属怀有无比深厚的感情，但他决不用私情去代替党的政策，决不用职权去为亲友谋取私利。

1937年8月，朱德就任国民革命军第八路军总指挥（不久改为第十八集团军总司令）。9月，朱德率部赴山西抗日前线，指挥八路军将士同日军浴血奋战。斗争是艰苦的，甚至是残酷的。正如毛泽东给表兄文运昌信中所说的：“……惟我们这里仅有衣穿饭吃，上自总司令下至火夫，待遇相同，因为我们的党专为国家民族劳苦民众做事，牺牲个人私利，故人人平等，并无薪水……”这个时候，远在朱德家乡仪陇的一些亲属听说朱德当上了八路军总指挥，就想投奔他，仰仗他的权势和威望，大小混个事干干。朱德听说了这件事，立即写信给家人，直言不讳地说：“理书、尚书、宝书、许明扬等，现在还生存否，做什么事，在何处？统望调查告之，以好设法培养他们上革命战线，决不要误此光阴。至于那些望升官发财之人决不宜来我处。如欲爱国牺牲一切能吃劳苦之人无妨多来……我为了保持革命军队的良规，从来也没有要过一文钱，任何闲散人来，公家及我均难招待，革命办法非此不可。”

1949年，中华人民共和国成立后，朱德成为党、国家和军队的主要领导人之一。作为开国元勋，他深知“一人得道，鸡犬升天”的危害无穷，用实际行动为世人树立了破除裙带关系的榜样。

中华人民共和国成立初，一些远在家乡的亲属们准备来北京，名为“看望”，实际上还是想利用同朱德的亲属关系，谋求一个更理想的职位。当时，他家乡仪陇的乡亲中有几十人串连起来，背着柴火，带着米袋，走出大巴山，经过南充，乘木船沿嘉陵江到了重庆，要上北京。朱德得知这一情况后，立刻告诉重庆的负责干部：要做好工作，动员他们尽快回去劳动生产，一个也不要来；他们中要求参加工作的，也要根据党的政策，量才录用。贺龙替朱德接待了这批乡亲，派人陪他们在重庆游览后送返家园。随后，朱德又专门为此事给亲属们写信，说国家刚刚建立，百废待兴，人人都忙，嘱咐他们要安心工作，不搞特殊，不要给地方党委增加麻烦，要多为祖国的繁荣昌盛出力。

朱德在老家有个侄孙，不安心在农村，曾几次写信给爷爷，希望能帮助他调到北京工作，朱德都没有答应。后来，这个侄孙作为适龄青年参了军，一次从东北回家探亲，路经北京时看望了朱德。朱德对他说：“你参军了，咱们是革命同

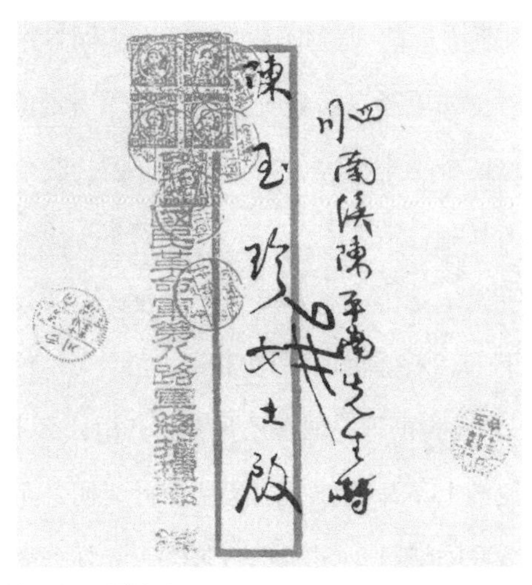

1	
3	2
5	4

1937 年 9 月 27 日，朱德致陈玉珍的信。

志关系，尔后才是其他关系。你要模范遵守部队纪律，好好学习，严格训练，努力进步。”过了几年，这个侄孙从沈阳复员，到北京请求朱德帮助在城里找个工作。朱德说：“使不得。回原籍安置是政府的政策，我要带头执行，不能有半点儿特殊。你在部队入了党，共产党员应该服从组织纪律。仪陇县天地广阔，需要你，你要愉快地回老家去，由地方组织安排，无论干啥都要干好。”侄孙听从了爷爷的意见，回到家乡，由当地组织部门安排担任了公社的电影放映员。

1958 年秋，仪陇县供销合作社的一名采购员出差路过北京，向朱德汇报了家乡近年的生产发展情况。他说到产的粮食多了，棉花也多了，采集的山货药材也挺多，可就是运输工具不足，东西压在那里运不出去，希望朱德能帮助供销社买辆汽车。朱德听后笑了笑，说：“你是搞商业工作的，晓得我们国家搞的是计划经济。你们需要汽车，就应该向四川省委打报告。他们根据国家的经济计划和当地的实际情况，是会考虑你们的具体困难的。至于我这里，坦率地说吧，什么也没有，就是买一根针，我也不能给你帮忙。”朱德何尝不希望自己家乡的经济尽快发展起来？但是，他爱家乡，更爱人民共和国。他是共和国的缔造者之一，珍视共和国的经济秩序，决不用个人的感情代替国家的政策。像对子女、对亲友的爱一样，朱德对家乡的爱也是博大而深沉的！

位高不矜，平等待人

朱德习惯称自己是“广大群众的代表”，他认为自己既然代表群众，就首先要成为群众的一员，和群众心连心。“三反”时，朱德曾感慨地说：“我个人从来没有想到党和人民会给我这样高的地位和待遇。如果不是参加了革命，入了党，像我这样的人，个人成功了，出名了，还不是个地头蛇？现在有些当了领导的同志，生活待遇已经不错了，但还不满足，这是一种严重脱离群众的倾向，应加以防止。”

中华人民共和国成立后，朱德经常去各地体察民生。到一处，朱德总是让汽车在远处停下来，然后步行走向群众，跟群众进行广泛的接触，了解他们的生产生活情况。遇到下雨，朱德还要关照驾驶员“开慢点儿”，免得把泥浆溅到老百姓身上，对老百姓的体贴表现得细致入微。他总是以一个普通劳动者的姿态出现，从不摆架子、搞特殊，始终同人民群众保持着鱼水般的关系。

一次，朱德到成都。在招待所下车后，服务员请他休息，他说：“不忙，我先到园艺组报个到。”来到园艺组，他同工人一一握手问好，就像久别重逢的老朋友。他常常系着围腰跟工人一起劳动，让人分不出谁是工人，谁是委员长。在老家马鞍公社，朱德见到小孩子就拉到自己怀里，见到老人就让坐在自己身边。在他家的院子里，他的腿上、背上爬的全是孩子，常常是他一到，院子里就人声鼎沸，笑语喧哗，谁主谁客，难分难辨，好个热闹景象。

1958年9月，朱德视察新疆时，住过喀什宾馆和乌鲁木齐的延安宾馆。离开前，他都走进厨房、水房、服务员室，和炊事员、烧水工、服务人员、保卫人员亲切握手，感谢大家的服务，鼓励他们要热爱本职工作。在乌拉乌苏农场，他去商店看副食品供应情况，和售货员一一握手。酱菜柜台的一个女服务员满手沾着酱油、醋，急于擦手，朱德一把握住她的手，亲切地说：“没关系，你的手不脏。”

1959年，庐山会议期间，一天午饭时，警卫员向朱德报告：“董老（董必武）夫人何连芝同志上午来看望康大姐，大姐不在。何大姐曾问到总司令，我说您在楼上办公，她就回去了。”朱德听了，和蔼地说：“你这个同志啊，怎么能这样子待客呢？周公离现在几千年了，他是周成王的叔父，又是宰相，还很谦虚。周公有一次洗头发，不得不三次握着头发立即接见来访的人；有时在吃一顿饭当中，不得不三次吐掉口里的食物，立即接见来访的人，这叫‘一沐三握发，一饭三吐哺’。古人都讲谦虚，不搞官僚主义。你不让客人见我，就给打发走了，这样做，多不好啊！”

1963年3月21日，朱德来到四川省剑阁县剑门镇，正值集市，便顺着人流，漫步街头。见一家肉铺里一个老屠工正在卖肉，朱德问：“多少钱一斤？”答：“六角六。”“要不要票？”“斤肉斤票。”老屠工没有理会问话的是何人，仍然埋头切肉。朱德转身向随行的同志说："这个老头好，管你是什么人，斤肉斤票，坚持原则。"这时，肉铺里一位妇女猜到来人是谁，但又怕认错了人，赶忙跑到附近的公社办公室，对照墙上的领袖像后，激动地大声喊起来："是朱总司令！朱总司令来了！朱总司令来了！"赶场的人们一下子沸腾起来，有些人往前追赶，都想一睹朱总司令的风采……

一次，朱德在外地视察，乘车路过海边，看见不远处海滩上有3间草房，烟囱里冒着烟，便叫司机停下车，下车后信步朝草房走去。朱德进了门，见一位老汉正在做饭，便乐呵呵地打招呼："老哥，看你这年纪，该有80岁了吧？"那老汉一时没有认出这就是朱德，但见有一些工作人员跟在他的身后，知道来的不是平常人，有些拘束地答道："对，对，81岁了。"朱德听了更亲热地说："咱俩都是80多岁的人了。看你这腰板还挺壮实哩！"老汉见来者很和善，不觉也热情起来，一个劲儿地说："不中用啦！可要我光吃饭、不干事也不中。年轻人说我老了，老了又怎么的？不能出海，还不能在家里做饭？"朱德越听越高兴，一边夸赞这位老人不服老的精神，一边和他拉起家常，问他家里情况，又问生产队的收入，还问一年能打多少鱼，社员生活怎么样。直到工作人员说，天不早了，该回去了，朱德才和老人告别。老人把朱德送出门，看着他的背影，兴奋地说："这位老干部可真够和善的！"走在后面的工作人员轻声告诉他："这就是我们的朱德委员长！"老人一听，又惊又喜，望着朱德远去的背影连连说："朱总司令！

1958年9月20日，朱德在新疆维吾尔自治区喀什农村了解棉花生长情况。

他就是朱总司令！”

朱德喜欢诗词，从青年时代就开始写诗，一生中写了许多好诗，但从来不以诗人自居，也不以元帅、党和国家领导人的身份谈诗。有一年，他和陈毅、郭沫若等人与首都40多位诗歌作者在人民大会堂福建厅讨论诗歌创作，朱德以普通作者身份，讲了他对诗歌发展的看法。他还幽默地说：“我经常要拜郭老为师，当个徒弟，他就是不收。”郭沫若笑着站起来，风趣地插话：“元帅在上，老郭不敢谈诗。”引起全场哄堂大笑。大家为能和朱老总一起随意畅谈，感到格外痛快。

1976年5月，朱德病逝前的一个多月，成仿吾把他新译的《共产党宣言》送呈朱德，请朱德提提意见。朱德用两天时间一口气将这个新译本看了一遍，然后驱车几十里路前往中央党校看望成老。行前，成老听说朱老总要亲自前来，打电话说：“您已90高龄了，还是我去看望您。”但朱德说一定要登门看望成老。他热情地称赞成老的工作，说：“这个新译本很好，没有倒装句，好懂。弄通马克思主义很重要，做好这个工作有重大意义。”

朱德对他身边的工作人员也总是平等相待，慈爱宽厚，关怀备至。

给朱德当过保健医生的顾英奇回忆说：“在近10年的接触中，我深深体会到总司令既没有官气，也不摆老资格，甚至年龄上的老资格也不摆。”那时，顾英奇是个二三十岁的青年人，但70多岁的朱德一直称呼他“顾医生”“顾大夫”。有一年，顾英奇因血清转氨酶偏高住进医院，朱德和康克清还专门来到病床边探望他，安慰他好好养病，这使医生、护士和病友们都十分惊讶、感动。

中华人民共和国成立后，中央机关办了一个业余学校，分上、下午两班上课。朱德经常督促身边的工作人员去听课。他曾对警卫员于许卫说：“你没有念过书，没文化，不能怨你，是旧社会害的。现在全国解放了，要学文化。没有文化，建设中华人民共和国就会有困难。我在家时，你们留一个人就行了，其余都上学去。”从课堂回来，朱德就检查他们的作业，看看课本，问问老师是怎样讲课的，有时还亲自给他们讲课文中心思想，提示要点。他常常跟战士们说：“你们才一二十岁，正是努力学习的年龄，到30来岁独立工作就会感到学习得不够了。”朱德关心警卫人员的生活，有时到食堂看看伙食怎么样，问问他们家里来信了没有。他还做了一个特殊的规定：工作人员一年有一次探亲假，谁要是回家，要跟他说一声。除组织上规定的 20 天假期外，朱德还给他们另外加 10 天，说那 20 天是探亲的，这 10 天是让大家做社会调查的。朱德说："你们回去，家乡的群众会跟你们谈很多知心话，可能是别人难以了解到的第一手材料。"所以，朱德都要亲自听探亲回来的同志汇报，能写的还叫写出来，不能写的，要他们请秘书代写。

朱德说："我是一个普通的共产党员，没有什么特殊……个人特殊了，就会脱离群众。"因此，当人们给他一些特殊照顾时，他总是拒绝接受。朱德到各处视察时，从不让组织群众欢迎，不让多跟车。1958 年 9 月，朱德视察克拉玛依油田时，矿务局组织群众列队迎接，他批评说："你们组织大家欢迎我，一方面耽误了工作，同时违反了中央的规定，希望今后不要这样做。"1963 年，朱德到四川乐山地区视察工作，途中经过峨眉山时，不少人劝他到万年寺看看。当地群众听说朱委员长要上山，特意给他准备了一副"滑竿"，可朱德坚决不坐。他说："共产党员是不应该坐'滑竿'的，更不能坐着它爬山，如果那样就失去了爬山的意义了。"别人劝他说："您已是近 80 岁的老人了，又不常来，偶尔坐一次不算过分。"朱德却坚持说："不，偶尔坐一次也是错误的。"就这样，他坚持没有坐，硬是沿着陡峭崎岖的山间小路，一步一步攀登到万年寺。在山上稍微休息后，又坚持步行下山。

处处自奉清俭

朱德主张艰苦朴素，不仅是教育别人，首先身体力行。从中华人民共和国成立，直至他去世，他在吃、穿、住、行各方面处处自奉清俭。对此，不仅是他身边的人称道，凡是接触过他的人，都有口皆碑。

给朱德当过厨师的邓林说："一般人以为朱老总是中央领导，吃饭是'特灶'，标准一定很高。可实际上，从进北京到 1971 年我生病离开中南海，老总、康大姐和我 3 个人加起来的伙食费平均每月都不过四五十元，就是按当时的标准，也只是一般中层干部的水平。"平时，康克清在机关食堂吃饭，在家里吃"特灶"的只有朱德自己，每顿都是一小碗米饭、三小盘菜、一个汤。三小盘菜中，一盘是带点儿鱼和肉的荤菜，其余两盘都是普通的素菜。汤则是一碗普通的青菜汤或鸡蛋汤。晚饭更简单一些。几乎天天如此，从来没有超过这个标准。有时来了客人，朱德留吃饭，也只是嘱咐添一两个简单的菜，不够就上一点儿泡菜、咸菜等小菜，从不铺张浪费。

邓师傅最初给朱德做饭时，总想多做一些，好让他多吃点儿，心想：吃不完，倒掉就算了。可是没过几天，她就发现这样做不行。朱德每次吃饭都是尽力把饭菜都吃掉，连一点儿菜汤、一颗饭粒都不愿剩下。有时剩下了饭菜，到下顿吃饭的时候，朱德总要问剩菜哪里去了，如若听说倒掉了，马上就严肃地批评说："这是浪费人民的血汗！"并且一再嘱咐，剩菜剩饭一点儿都不能倒，一定要留作下顿吃。邓师傅曾想把朱德的伙食搞得好一点儿，荤菜里放的肉多一点儿。一次，朱德饭后到厨房对邓师傅笑呵呵地说："同志，你是不是资本家出身啊？"邓师傅赶紧说："首长莫开玩笑，我哪里是什么资本家啊？""不是资本家，怎么那样阔气呀？不要天天都成席嘛！要吃家常便饭。我们这些人过去都是农民，是吃杂粮、小菜长大的，身体也很健康。我不让你每天做大鱼大肉，不是怕花钱，主要是要养成俭朴的习惯，生活上不要超过老百姓的水平。"

20 世纪 50 年代中期，有一天，机关供应站来了一批对虾。邓师傅知道朱德爱吃鲜鱼虾，就买了几个，精心烹好，端到饭桌上。朱德一见，就问是从哪里来的，多少钱一斤。邓师傅如实回答了。朱德听后，说："老邓啊，对虾是好吃，可你知道吗，一吨对虾到国外就能换回好多钢材哟！我们国家穷，缺钢材，对虾少吃一口有啥关系，进口钢材更要紧。以后记住，再有对虾，你就不要给我买了，买了我也不吃。"邓师傅说："您是国家领导人，就是顿顿吃对虾能吃多少？"

朱德说："国家领导人就更要想着国家，能节约一点儿就节约一点儿，以后不要吃就是了。"

三年经济困难时期，朱德也紧缩了自己的饮食标准。他减少了粮食定量，也很少吃肉，有一段时间干脆不吃肉，常吃一种把米和菜煮在一起的"菜糊糊"。由于他家里来往的客人多，有段时间，粮食亏空了 50 多斤，工作人员想报请机关行政部门把短缺的粮食补上，朱德坚决不同意。一天，他亲自指导厨师做了一顿"菜糊糊"，请身边的工作人员吃。他对大家说："今天请你们吃这顿饭，是让大家不要忘记过去战争年代那种艰苦奋斗的精神。现在国家经济困难，人民生活艰苦，我们要想到全国人民，和人民一起渡难关，能节约一点儿是一点儿。"这样，他坚持和家里人一起吃"菜糊糊"，硬是用"瓜菜代"的办法，把短缺的粮食补了回来。

朱德向来主张轻车简从，在外地工作也时时处处体现出清廉节俭的一贯本色。中华人民共和国成立后，曾指挥千军万马的朱德不顾年事已高，经常下去调研，体察民情民意。他去各地视察，常常带着自己的行李——战争年代开始用的绿色被褥、绿色挎包、绿色搪瓷缸，即使招待所预备了被褥、用具，他也不用。招待所桌上备了茶叶，他不喝；备了水果，他让撤下去。他每天起得早，当服务员来整理房间时，他早已把自己的铺盖叠好，房间收拾干净。他到哪里，都按规定用餐，不接受吃喝一类招待，从不挑剔或提特殊要求，也从不接受下面的礼物。

1960 年，朱德回到故乡四川仪陇。县委的同志想，多年来，朱老总第一次回老家，该好好招待一下才是。可朱德还没回到家，"指示"先到了："就吃家乡饭，其他通通不要。"而且这个"指示"一直发挥着"效益"。以后，他每次到四川，都是吃杂粮，吃泡菜、灰灰菜、清明菜和折耳根等四川野菜。如果饭吃不完，他总嘱咐把剩下的饭菜收起来，下顿饭热一热再吃，谁要给倒掉了，就要挨他的批评。在南充，他吃了清明菜和米粉做成的馍馍。在成都，服务人员见他吃烤红薯不剥皮，就关心地说："连皮吃不好消化。"他却和蔼地说："不要紧，我消化得了。"在成昆铁路工地上，有人想给他单独做饭，却被他阻拦了。在简陋的工棚里，他吃的是跟筑路工人一样的饭菜。1962 年，朱德回到阔别 30 多年的井冈山。井冈山人民出于对总司令的爱戴，准备了一些菜肴款待他，可是他一一谢绝了。他提出要吃红米饭和南瓜汤，说：“井冈山的红米、南瓜，我已 30 多年没吃到了，很想吃。”有一顿，南瓜没有吃完，他叮嘱说：“请不要倒掉，留着，下顿饭热一热，我再吃，倒掉就可惜了！”

朱德去外地视察或外地的同志到北京，有时出于对他的崇敬，地方的同志会给他送一点儿土特产，对此朱德每次都是坚决拒收。

有一年，江西的同志来北京，顺便给朱德捎来几筐冬笋。朱德知道后说：“下面的同志往中央送东西，这个风气不好，不能提倡。咱们更不能白吃下面同志送来的东西。这些冬笋都要送到机关供应站去，让大家按市价买，谁吃谁掏钱。我们要吃也拿钱去买，把收的钱交给江西的同志。”

1960 年，朱德在仪陇，人们送给他一些家乡的特产，他却一样也没有带走，只是在临别故乡时，自己在街上买了两双草鞋。有人问：“买这干啥？”朱德意味深长地说：“草鞋穿起来舒服。过去我在家里劳动，穿的就是它。”

有一年，朱德去山东视察工作时正是水果收获的季节。地方上的同志知道朱德喜欢吃莱阳梨，就想让朱德带走一些回北京吃，可又怕当面给他不收，就装了两筐，在他坐火车离开前悄悄抬到火车上。火车开后，两筐梨被朱德发现了。他马上把随行人员叫来，批评说：“我们下来是工作的，不是来搜刮的，怎么能随便收下边的礼呢？今后订下一条，下来工作，不许接受礼物；谁接受了，就让谁原封送回去！”他又吩咐，这两筐梨，一个都不能动，到下一站火车停住，就把梨抬下车，派人送回去。果然，车停到一个小站时，两筐梨一个不少地送回去了。

朱德的衣着也非常俭朴。他经常穿一身布衣服。有的衣服穿了多年，领口、袖口、肘部和膝盖处都打了补丁，还继续穿。有两身较好的服装，也只有接见外宾、参加大的国事活动或外出时才穿，一回到家，就又换上旧衣服。

朱德在住的方面也处处体现了一贯朴素节俭的作风。中华人民共和国成立初期，朱德住的中南海永福堂是 3 间老式平房，东头一间是他与康克清的卧室，西头一间是他的办公室兼书房和会客室，中间一间隔成两半，前半间是过道兼饭厅，后半间作储藏室。管理部门的同志看那房子太破旧了，说要修理，朱德却说，这房子很好嘛，有钱应该多给老百姓盖新房子。后来搬到中南海西楼，住房也并不宽敞，连饭厅都留不出来，节假日，子女回来，还得临时搭铺。朱德卧室的陈设也很简单：一张旧棕绷床，一个旧床头柜，一个旧衣柜，一张木桌，一张旧式沙发，墙上挂着毛主席像和他自己手书的毛主席诗词和语录，此外再无其他装饰了。他的床单、被褥都是用了二三十年、打了补丁的。他坐的那个沙发很旧，也很矮，晚年的时候，因为行动迟缓，常常坐下去，再站起来就很吃力。工作人员早就提出要换个新沙发，他坚持不让换。为了起坐方便，朱德就自己想出个主意：他让工作人员用 4 根木头把沙发腿接高了一截，还风趣地称这个沙发是“土洋结合”。就是这张接了腿的高沙发伴着朱德度过了晚年。朱德住处的卫生间窄小，洗澡盆又高又笨，每次进出都很不方便，特别是他年纪大了，手脚本来就不灵便，还有病，澡盆又高又滑，太容易发生意外。考虑到他的安全，组织上几次要把澡盆改装一下：放得低一些，上面再加个喷头，好让他坐着淋浴。其实这只是花几个工时、用不了多少钱的事，朱德却始终不同意。他总是说：“国家用钱的地方多得很。我这里已经很好了嘛，再修，又要浪费钱财。”直到 1976 年 6 月底，朱德因病住院了，工作人员才趁机悄悄地把澡盆改装了。深知他老人家脾气的工作人员为了这件事，还做了等他出院后挨他批评的准备，结果，这番心思白费了，他老人家还没有使用一次就与世长辞了。

“我要的是革命接班人，不要孝子贤孙”

在朱德看来，干部子女往往容易背上一种包袱，自以为比别人优越，这是十分要不得的。因此，朱德治家很严，教导子孙们不要搞特殊，永远把自己看成普通群众中的一员，要过艰苦的生活，“要接班，不要接官”，要有为人民服务的思想，掌握为人民服务的本领。在朱德的言传身教下，他的子女们普遍养成了热爱劳动、团结群众的良好习惯。

朱德有一个儿子和一个女儿，战争年代都没有和他一起生活。儿子朱琦 1937 年才到延安，不久，按照父亲的意见到部队基层工作。1943 年，他右脚负伤，造成残疾，伤好后只好转到抗大行政部门工作。1947 年 4 月，朱德到冀中军区检查工作，特意问第十一分区司令员杜文达：“朱琦在你们这里，他最近的表现怎么样？”杜文达说：“朱琦同志工作积极，学习也好，责任心也很强。”朱德连忙制止说：“你不要光讲优点。难道他就没有缺点吗？”杜文达想了想，说：“缺点嘛，当然有。他有时生活上散漫一些，说话随便些。”朱德深思了一会儿，严肃地说：“朱琦生活上散漫，说话随便，这就是他认为自己是我朱德的儿子，有优越感嘛。这样发展下去，就会造成很不好的影响，是会脱离群众的。因此，我要求你对他严格管教，不能搞特殊，要把他的优越感克服掉。你回去要找他谈，告诉他这是我朱德交代给你的任务。他是个共产党员，是为人民服务的，是人民勤务员，而不是当官做老爷，更不准有耍威风、摆官架子等旧军队的作风！”

1948 年秋，朱琦带着爱人到西柏坡看望父母亲。他们结婚已经有两年了，这是第一次有机会来见父母亲。朱琦说，他们参加土地改革工作后，将转业到地方去工作。朱德嘱咐说：“转业到哪里，安排什么工作，要完全听从组织分配；无论做什么，都是革命的需要，都要干好，务求上进。”

按照朱德的要求，在部队已是团级干部的朱琦先是当练习生，后来当火车司炉工和司机，真正从一名普通工人干起来。朱琦严格要求自己，以致于许多和他在一起工作过多年的同志都不知道他是朱德的儿子。1953 年的一天，朱琦刚上班，就听领导说，今天开车是执行一项重要的政治任务，一定要完成好。朱琦和机组的同志们齐心协力，把车开得又快又稳。列车顺利抵达目的地，圆满地完成了任务。这时，铁路局领导通知朱琦：“首长要见你，快点儿去吧。”朱琦连工作服也没换就到了接待室，他怎么也没想到接见自己的首长竟然是自己的父亲！朱德望着身穿工作服、两手油污、满脸汗水的儿子，上前拉着儿子的手，高兴地说：“你学会了开火车，而且开得蛮不错，这很好！”送儿子出门的时候，朱德又连连嘱咐儿子不要满足现状，政治上要上进，技术上要精益求精，要踏踏实实地工作。

朱德的女儿朱敏小时候被送到苏联读书。在苏联卫国战争期间，曾被德国法西斯关进少年集中营，吃了许多苦。1953 年，朱敏结束了在苏联的学习返回祖国，被分配到北京师范大学当教师。回到家，朱敏就拉着父母的手，迫不及待地向他们汇报了在苏联学习的情况。朱德看到自己的爱女已经长大成人，即将成为社会主义建设的有用人才，不禁喜形于色。朱敏亲昵地挽住父亲的胳膊，深情地说：“爸爸，那么多年不在您的身边，我没有尽到做女儿的责任。这次回来，我就不离开您了，好好地侍奉您。”朱德听罢，笑了起来：“好女儿，我要革命事业的接班人，不要孝子贤孙。爸爸像你这么大的时候，早已离开家去寻找救国救民的道路了，到现在还没有回过家呢。爸爸这里，你不要操心了，把精力投入到工作中去。等你生下孩子，就搬到单位住，一来便于工作，二来可以和群众打成一片，学到许多好的东西。”当时，朱敏已经结婚，但学校的新宿舍没有建起来，她生完孩子就一直在单身宿舍住了 4 年，才搬进学校分给的房子。

朱德常对儿女们说：“你们不要总想着我这个家。我生活、吃住都有组织来管，条件比大家好得多。这些是党和人民给的待遇，可你们不能享受。你们在节、假日里来这住几天是可以的，但不能常住。生活上要自力更生，不要依靠我；工作上也不要靠我去当官。共产党不是凭哪一个人就可以做官，而是靠自己的本领，能干什么就干什么。”1965 年，朱敏的学校组织师生到晋东南地区参加“四清”运动，开始时，考虑到朱敏有高血压病，不同意她去，但朱德鼓励女儿争取参加。他说：“你应该去，尤其是你从小在国外学习，不了解中国的农村，更应该去经受锻炼。”朱敏在父亲的鼓励下，坚决报名争取，得到学校批准。朱敏在晋东南农村生活了半年，其间，因一只眼睛患病得不到及时治疗而摘除了。朱德得知后，劝慰、鼓励女儿说：“你虽然丢了一只眼睛，但你了解了中国的农村，一只眼睛也一样干革命嘛。”朱敏后来谈道：“正因为当初爹爹没让我享受特殊的生活，让我和普通人一样生活和工作，才使我今天能拥有普通人的幸福生活和普通人那金子般的平常心。”

朱德对孙辈们也是严格要求的。他曾说：“旧社会，不学无术、不成材的都是有钱人家和贵族的孩子。我们要注意这个问题，对子女尤其要注意。”

朱德的孙儿们上小学离家比较远，每逢节假日，机关会派车接送。朱德知道后说：“这对孩子们不好，容易滋长他们的特殊思想。”于是不准再派车接送孙儿们，让小的孩子乘三轮车，大的孩子乘公共汽车，车费自己付。朱德严格控制家庭日常开销，从不允许乱花钱。孙儿们添置必要的衣服和用具，都要征得同意，并一一记账。朱德让制订一个开支表，每月伙食费、水电费、书报费、衣物费、杂支等项目细致清楚地记下来，还要亲自检查这些开支。朱德常说：“粗茶淡饭，吃饱就行了；衣服干干净净，穿暖就行了。不然，就不能到工农中去了。”

三年困难时期，有一天早晨，朱德和康克清散步，挖了一些野菜带回来，和孙儿们一起吃。孩子们刚吃到嘴里，就吐着舌头说：“这是什么菜？多难吃啊！”“谁也不许吐！”朱德警告孩子们，“这菜苦吗？在野菜里还算是最好吃的哩。长征的时候，我们连这样的野菜都没得吃，多少同志因为没有东西吃牺牲了。现在国家遇到暂时困难，毛主席、周总理带头不吃肉、不喝茶，我们也要和人民共患难。”他又说，“就是丰收年景，野菜也应该吃呀！”他还让孙儿们都住到学校去，嘱咐说：“同学们吃什么，你们吃什么，回家来也要到大食堂吃饭，买饭时要排队，吃饭不能超过个人的定量，一点儿也不要特殊。”

朱德特别注意教育孙儿们从小养成爱劳动的习惯和艰苦朴素的作风，防止孩子们背上比别人优越的包袱。1963 年 3 月，学习雷锋的活动在全国掀起高潮。这年的“六一”儿童节，朱德和康克清送给每个孙儿一本印有毛主席题词和雷锋相片的日记本，还在扉页上写了鼓励的话。康克清告诉孙儿们：“爷爷希望你们像毛主席要求的那样，好好学习，天天向上，努力掌握文化知识，学习雷锋为人民服务的精神。从现在起，你们要把学雷锋的收获和体会写在本子上，爷爷说还要检查呢。”朱德说到做到，一有空就把孙儿们的日记本要过来认真地检查。到了星期天，他就让全家人接替服务人员的工作。开始干活了，他对孙儿们说：“服务人员很辛苦，今天应该让他们休息。你们也要做些事，不能光吃现成的，这也是学雷锋的具体行动嘛！”于是，全家老少齐动手，有的打扫房间，有的洗衣服，有的扫院子，忙得不亦乐乎。朱德还经常带领孩子们一起耕耘劳作，把镢头、铁锹、锄头等工具发到每个人的手上，手把手地教他们垦土、种菜，教育孩子们体验劳动，要自食其力，培养对劳动人民的感情。

孙儿们渐渐长大了，陆续走向社会，有的上山下乡，有的进工厂做工，有的入伍当兵。朱德看到他们走上为人民服务的岗位，成为普通劳动者，感到欣慰，常对他们说：对工作不要挑挑拣拣，干什么都是为人民服务，不管干什么，都要把那一行干好。又说：要接班，不是要接官。接班就是接为人民服务的思想和本领。现在还有这样的人，只想着自己的名誉地位，这样的人早晚要被人民抛弃。

朱德的外孙刘建，刚满16岁初中毕业，就到北大荒生产建设兵团务农。开始，他劲头很足，但过了一阵子，觉得那里生活又苦又累，情绪有些低落。连里分配刘建去养猪，但是由于他年龄小、力气小，挑不动猪食，还洒了一身，一生气就给家里写了一封信，要求调回北京。朱德知道后，马上回信对外孙进行严肃的教育：“干什么都是为人民服务，养猪也是为人民服务，怕脏、怕苦、不愿养猪，说明没有树立起为人民服务的思想。为人民服务就不要怕吃苦。劳动没有贵贱高低之分。想调回来是逃兵思想。”在外公的鼓励教育下，刘建坚持在劳动中磨炼自己，渐渐对北大荒产生了感情，不那么想家了。

1974年，朱德的儿子朱琦病故。有关部门考虑到朱德已是88岁高龄了，几个孙子、外孙都在外地工作，身边也应该留一个，就把他在青岛当兵的一个小孙子调回北京，以便能常常看望一下他。这个小孙子调到北京的海军司令部工作后，一天，去看望爷爷、奶奶。朱德问他：“是出差，还是开会？”小孙子

1974 年春节，朱德、康克清与孙子合影。

没敢说自己已调回北京，推说是暂时到海军司令部来帮忙。两个月后的一个星期天，他再去看望爷爷、奶奶。朱德又问："你在海军司令部帮忙，帮了这么长时间，怎么还不走，是不是调到北京来了？"小孙子就说了实话。朱德一听，知道里边有问题，就把海军首长请到家里，详细询问了小孙子调到北京的经过。他说："你们还是把他调到部队基层去锻炼吧，不要把他放在北京的大机关里。朱琦去世了，我有组织上照顾，用不着他们。我要的是革命接班人，不要孝子贤孙。"

在朱德的要求下，部队决定把他的小孙子调到南京海军某部。调令下来时，正是 1975 年农历腊月二十九。小孙子回家说："爷爷，组织上决定调我到南京部队的一个基层单位去工作，明天出发。"朱德一听，高兴地说："应该走出大机关，到基层去锻炼，这对你的成长大有好处。"那时正赶上要过春节，小孙子想过了春节后走，征求爷爷同意。朱德耐心地劝道："不行！一个解放军战士，必须坚决服从命令、听指挥，严格执行纪律。还是到部队去过春节吧，到那里和同志们在一起更有意思。"小孙子听了爷爷的话，大年三十就出发去报到了。

最后的党费

1976 年 7 月，朱德病情加重，生命垂危。

在病榻上，朱德同看望他的国务院副总理李先念作了最后一次谈话。这天，他正闭着眼睛，听到李先念来了，立刻睁开眼睛，与李先念紧紧地握手。他轻声慢慢地说："生产要抓，不抓生产，将来不可收拾。"又说，"生产为什么不能抓？哪有社会主义不抓生产的道理？要抓好。"

随着病情的加重，朱德几乎连说话也困难了。7 月 2 日，他那刚刚毕业的孙女来看他。朱德见心爱的孙女来了，精神似乎好了些。孙女坐到他身边，他的脸上顿时出现了一丝光彩，努力显得轻松些，甚至还说了句笑话："我们的大学生来了……"刚说第二句"要做……无产阶级……"就再也没有力气把话说完。他显然要嘱咐孙女做无产阶级革命事业的接班人。这是朱德留给子孙后代最后的宝贵遗训。

7 月 4 日，朱德已经意识到自己将不久于人世。他用尽全身仅有的一点儿气力，清楚地喊了一声女儿的名字，然后两眼露出期待的目光，凝视着女儿，口微微张了几张，似乎有话要说。见此情景，朱敏立刻俯下身去，凑近父亲的耳畔，安慰他老人家说："爹爹，您不用说了，我明白您的意思——'永远听党的话，全心全意为人民服务，革命到底。'您放心好了。"听到这些话，朱德脸上露出欣慰的笑容。

1976 年 7 月 6 日下午 3 时 1 分，朱德的心脏永远停止了跳动，享年 90 岁。

朱德一生廉洁奉公，全心全意为人民服务，鞠躬尽瘁为党工作，没有丝毫的私心杂念。生前，他曾多次对子孙说，人总是要死的，不能永远活着。你们是革命的后代，要热爱老一辈的事业，不应关注老一辈的财产。你们是革命事业的接班人，而不应该是我财产的继承人。我没有财产，我这里的一切，包括我的整个生命都是属于党和人民的，没有党，便没有我的一切，便没有你们。我死后，你

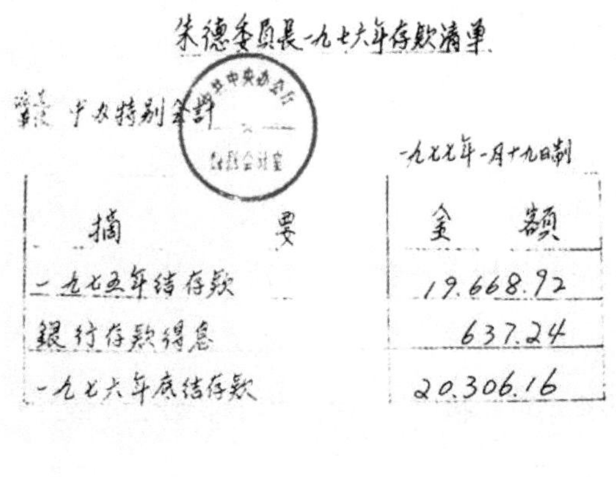

朱德委员长一九七六年存款清单

中办特别会计

一九七七年一月十九日制

摘要	金额
一九七五年结存款	19,668.92
银行存款得息	637.24
一九七六年底结存款	20,306.16

会计　　复核　　制表

遵照朱德的遗嘱，康克清将他的 2 万元存款全部上交党组织，作为最后一次党费。图为朱德 1976 年的存款清单。

1937 年年初，美国进步作家史沫特莱到达延安，多次访问朱德。图为朱德（左）与她亲切交谈。

们没有什么可继承的，房子、家具都是公家的。我所用的东西，都要上交给国家。我最珍贵的，就是屋里挂的那张毛主席像，你们可以继承。我的那些藏书，你们可以拿去学习。

朱德一生自奉节俭、自供清淡，节衣缩食，临终前积攒下了近两万元存款。对于工资，朱德自己有个规定，他的工资待遇不能超过毛主席和周总理。1955 年，中国人民解放军实行军衔制，朱德位居共和国第一元帅，但他坚决不要元帅工资，直至他去世前的 21 年间，从未领过元帅的工资，朱德逝世后，大家才知道这件事。那么，他拿有限的工资，如何应付全家那么多口人吃饭呢？总的来说，他的办法是计划开支，降低生活标准，节衣缩食，省吃俭用。他的女儿朱敏说："这来之不易的积蓄是爹爹用近似'虐待'自己的方式才换取来的。"

朱德曾有一笔巨款，早就存放在德国。美国著名女作家史沫特莱在抗日战争时期采访过朱德。回到美国后，她怀着对中国革命和对朱德的敬爱之情，写成了《伟大的道路——朱德的生平和时代》一书。史沫特莱 1950 年去世前曾留下遗嘱，将稿费转交给朱德。国外有关机构将这笔稿费交给了中国驻德意志民主共和国大使馆。朱德知道这件事情后，怀着对史沫特莱深深的敬意，亲自将她的一半骨灰安葬在北京，并在墓碑上题了字。此后，他对稿费没再过问。1958 年 2 月，中国驻德意志民主共和国大使馆请示："朱德副主席在我馆存稿费（系史沫特莱遗留）95008.30 马克，已有两年之久，此款如何处理？"朱德提笔批示："买自然冶金科学新书、化学新书寄回。"这样，朱德用这笔稿费为正在建设中的国家购进了大量国外最新科技书籍，全部分给各大图书馆和有关科研单位，余下的钱，也全部交公，自己分文不取。中华人民共和国成立后，朱德多次出国访问，多次接见外宾和国际友人。他将外宾、国际友人赠送给他的礼品一概看作是送给中国人民的，有必要接受下来的，都当即交公。

临终前，朱德对身边的工作人员讲："我有两万元的存款。这笔钱不要分给孩子们，不要动用。告诉康克清，把它交给组织，作为我的党费。"朱德逝世后，康克清遵照他的嘱托，把这笔存款如数交给了党组织，完成了丈夫的遗愿。

朱德省吃俭用 20 多年积蓄下来的那张两万元存款单，现在陈列在中国人民革命军事博物馆内。朱德虽然没有给后人留下什么物质财富，但是他把宝贵的革命传统、高尚的无产阶级品质留给了后代。朱德的曾外孙女刘清芸是朱家的第四代，朱德的教导依然牢记在她心中："我从来没有见过我老爷爷（朱德），但是我能从我奶奶身上、从我的叔叔伯伯姑姑身上，感受到我老爷爷身上的品质。我希望未来用我自己全部的力量，来传承好……"

任弼时

“党内的妈妈”

任弼时是第一代党中央领导集体的重要成员，在全党享有崇高的声誉，得到干部、群众普遍的尊敬和爱戴，被亲切地称为“党内的妈妈”。

在土地革命战争前期，任弼时到达湘赣苏区时，正赶上“肃反”。他坚定维护党的团结，充分信任党内的同志，反对轻易搞“路线斗争”，在他的职权范围内，保护了一批干部，江文就是受到任弼时保护的干部之一。

1934年5月，在第五次反“围剿”中，国民党军突破永新防线，向城区发动进攻。湘赣省委与军区机关紧急撤退，却没有来得及通知无线电中队。时任无线电中队政委的江文得到消息后，当机立断，带着电台与人员向城北撤退，两天后才与军区机关会合。人员没有损失，电台也保住了，这本应是功劳，但在“左”倾路线和“肃反”扩大化的影响下，被演绎成“江文动摇，想逃跑”。有人向保卫局告了黑状，准备逮捕与审判江文。

任弼时听了这事，非常气愤，对保卫局的负责人说：“如果江文同志真想逃跑，就不会拼死带着人员和电台突围，也不会再来找我们了！我认为不应该怀疑他。”考虑到“肃反”的紧张气氛，任弼时又补充说，“先观察一段时间，此事由我处理吧。”

随后，他把江文叫来，说："我是了解你、信任你的。但有人说你的坏话，说你不可靠。在这种时候，还是采取主动为好。你马上召集电台的全体人员开个会，就说因有人怀疑，已向任政委辞去了中队政委的职务，到小电台当队长，主要做技术侦察工作，欢迎同志们的监督、考察。自己一定把工作做好，不辜负党的信任。"

江文当然明白其良苦用心，立即按照任弼时的指示办了。果然，保卫局没有再追究。不久，红六军团突围西征到湘黔边界。任弼时又把江文叫去，命他继续担任无线电中队的政委。如此算来，离江文去职仅有 3 个月。

对于这件事，江文始终不能忘怀。他称任弼时是"救命恩人"，并说："没有弼时同志的保护，我的生命就难保了。"

受到任弼时保护的干部还有很多，后来担任重要领导职务的张爱萍、王首道、张启龙等都曾受到"残酷斗争，无情打击"，也都是任弼时从"左"倾错误的屠刀下将他们解救了出来。廖承志并没有在任弼时领导下工作，但也因任弼时的保护而获得"解放"。

当时，红二、红四方面军正在长征途中。在一个小山坡上，任弼时正和张国焘谈话，一队被押解的"罪犯"刚好从旁边经过。任弼时打量着其中一位戴眼镜的人，忖度着此人可能就是廖承志，于是径直走过去，伸出手，小声问："你是廖承志吗？我是任弼时。"

红军时期的任弼时。

廖承志又惊又疑，连声答道："是，是我。"

任弼时马上像久别重逢的老朋友一样，紧紧地握着他的手，并高声地问候。

张国焘看到这种情况，赶忙凑了过来，装起笑脸问："怎么，你们认识？"

任弼时笑着说：“老早就认得，老朋友了！”

其实，这是他们第一次见面。廖承志是国民党左派领袖廖仲恺之子，早年参加了共产党。遵义会议以后，红四方面军中一些反对张国焘的干部战士仍然遭受张国焘的残酷迫害。廖承志等都被张国焘分开监禁参加长征，被押解着随队伍前进，一般同志谁都不敢和他打招呼，更甭说聊天，他自己也不愿意和任何人打招呼，怕因此而连累其他同志。

此时，听任弼时这么说，廖承志心如明镜，非常感动，温暖油然而生。

任弼时指着武装押送的人员，显出惊异的神情，回头问：“这是怎么一回事？”张国焘有些狼狈。任弼时也不想让张国焘太难堪，就说：“他是我的朋友，如果他有什么需要的话，我可以帮助他，请你告诉我。”张国焘不免尴尬地应答着。凭张国焘的心计，他不一定就会相信任弼时的话，但他毕竟心中有鬼，害怕任弼时的追问，不得不暗中恢复了廖承志等人的部分自由。

十几年过去，任弼时病逝，许多战友满怀悲痛地回忆共同战斗的一件件往事，而廖承志却只写了这么“一点”回忆，他真诚地写道：“实际上，弼时同志救了我们。”

1938 年 3 月，任弼时到莫斯科接替王明任中共驻共产国际代表团负责人。到职后，他在政治秘书师哲的协助下严肃认真地清理了王明任职期间遗留下来的诸多问题。

一天， 师哲在清理遗留文件时，发现了王明给予陈郁“最严重警告处分”的决定和陈郁的 8 次申诉信。

陈郁，党内的同志并不陌生。他是中共早期重要的革命活动家，1925 年加入中国共产党，先后任中共广东省委常委、职工运动委员会书记，香港市委书记兼香港海员工会主席。1930 年 9 月，在中共六届三中全会上被增补为中央委员。1931 年 1 月，在中共六届四中全会上被补选为中央政治局委员；后因反对王明“左倾冒险主义”，于同年 6 月被送往苏联学习。在苏联期间，陈郁又同王明持不同意见，屡与王明对立，因此受到王明、康生等人的无情打击。1934 年 1 月，王明以中共驻共产国际代表团的名义，指定陈郁参加“清党”。在“清党”会上，王明作演讲，说陈郁在莫斯科犯了许多原则性错误，反对领导，非常严重。最后，王明与康生以中共驻共产国际代表团的名义给陈郁以最严重警告处分，并送往斯大林格勒拖拉机厂劳动改造，连组织关系介绍信都不给他开具。从此，陈郁改名“彼得”。1935 年，陈郁一再上书中共驻共产国际代表团，提出申诉，都被王明无理扣压，不予理睬。1938 年，王明回国时也不作任何交代，直到师哲在清理一团乱麻似的档案时，才知道斯大林格勒拖拉机厂工人中的“彼得”原来是中央政治局委员陈郁。

任弼时获悉此事，十分气愤：“这真是一件令人难以置信的事情！处理了一位中央政治局委员，自己回国去了，却没有任何交代，好像这个人在世界上根本就不存在似的！”他仔细审查了对陈郁的处分决定，认为理由站不住脚，随即向共产国际作了汇报，并决定召陈郁到莫斯科问明情况。

陈郁走进中共驻共产国际代表团办公室。任弼时一见，赶忙走上前去，一把握住他的手，抱歉地说：“真是对不起，陈郁同志！关于你的情况，我们知道得太晚了！”

几句话，令陈郁热泪盈眶。他向任弼时倾诉了多年来的曲折遭遇。任弼时安慰他：“你的问题很快就能解决。现在国内形势与你出国时大不同了。我们党成熟了许多，根据地比过去大多了，军队也强大多了。”陈郁激动地要求马上回国参加战斗。任弼时认真地说：“由于报批复查需要一定的时间，请耐心地等一等。我一定负责督促共产国际干部处尽快解决！”

共产国际监察委员会研究了陈郁的全部材料，决定取消给他的处分，并恢复了他的组织关系。1940 年 3 月，陈郁实现了多年的愿望，回到祖国，来到延安。

同是中共驻共产国际的代表，对待同志的态度却完全不同。难怪以后的几十年中，每当陈郁回忆起这件往事就潸然泪下。他说：“怪不得很多同志都称赞弼时同志是‘党内的妈妈’。我认为，对于这个光荣称号，他是当之无愧的！”

1940 年 5 月，任弼时和李富春乘车到真武洞去视察七大会址，路经安塞县侯家沟，将车子停在一所小学门前，下车走进这所小学。任弼时有一个习惯，走到哪里，就把调查研究搞到哪里。在同校长的谈话中，得知该校有位女教师姓贾，是陕西韩城人，任弼时便迫不及待地问："她的女儿是不是叫师秋朗？"

校长很惊讶："你怎么知道？"

任弼时说："先不谈这个。赶紧把她们请来。"

贾老师带着女儿来了。经过了解，任弼时断定她们就是师哲下落不明的妻女，于是把她们带回了延安。师哲见到离别 15 年的妻子和女儿，异常激动。以后，他们念念不忘，是任弼时使他们全家得以团圆。

其实，师哲并没有请求组织帮助寻找妻女。任弼时不过是在一次聊天中，了解到师哲家庭的情况，就记在心中，一有机会就帮助寻找。功夫不负有心人，他终于找到了师哲失散的妻女。

抗战胜利后，中央决定派东北干部团日夜兼程挺进东北。时任延安青年救国联合会宣传部长兼青年俱乐部主任的东北人褚志远是东北干部团的成员之一。临行前，褚志远去枣园向任弼时辞别。任弼时和蔼地询问了他的近况，关切地说："去东北的路程很远，相隔这些年，那里的情况，你已经不甚了解，把孩子交给党中央和我，别带去了。等到那里打开局面，站稳脚跟，中央再负责把孩子给你们送去。"褚志远的儿子当时还不满两岁，带去东北确实有困难，但他又想，哪能给中央首长增添麻烦呢！而且中央组织部对此已有安排，通知他带着小孩儿，组成东北干部团第十一中队家属队化装挺进东北。老首长细致入微的关心使褚志远十分感动。临走时，任弼时还语重心长地叮咛："你是东北干部，又是青年人，10 年没回家了。到家乡后，要和那里的群众打成一片，要戒骄戒躁，万不可有衣锦还乡、荣归故里的想法。我党在那里的威望很高，要为党多做工作。"

任弼时公私分明，进北平后，特别强调因私不得使用公车。有一天半夜，任弼时秘书的爱人临产，当时，任弼时刚吃安眠药入睡，工作人员不好打扰他，就用三轮车把产妇送到了医院。第二天，他知道了这件事很生气，批评工作人员太机械，该用车也不用，如果孩子生在路上怎么办？ 出了事怎么办？工作人员虽然受到批评，但心中很温暖。

善于倾听，循循善诱

善于倾听，循循善诱，既是任弼时的工作作风，又是其政治智慧的体现。

红军时期，任弼时经常到机要科和侦察分队的工作房询问工作情况。有时，他与这些小报务员坐一条板凳随便聊天。当侦听到重要情况时，任弼时常会喊他们的绰号表扬两句。报务员有时困得不行，侦听时忍不住闭上眼睛打个盹儿，如果任弼时遇上了，就在他们的肩膀上轻轻一拍，随口说一句："小鬼，以后注意。"就算了事。有一次，一个名叫萧荣昌的报务员在机房玩，看到通讯员的马枪立在床边，就拿起来摆弄，并举枪做瞄准动作，哪知枪是上了子弹的，"砰"的一声响，立时惊呆了所有在场的人，幸好没有伤着人。在司令部跟前响了一枪，那还了得！萧荣昌吓坏了，浑身发抖，真怕自己被送到保卫局审查。任弼时闻讯把他叫去，详细地询问了情况，说："小鬼，以后要注意呀！"就这一句话，没有更多的责备，事后也没做任何处理。

大革命时期即到苏联工作的师哲，从1930年起，几乎每年都到共产国际去找中国代表团，要求回国工作，但每次都被应付了事。1938年，他找到新任中共驻共产国际代表任弼时，一口气汇报完十几年来在苏联的工作情况和问题，最后提出回国工作的要求。和以前大不相同，师哲的讲述不但没有一次被打断，任弼时还当即找来共产国际干部处处长核实情况，着手落实，这让师哲"觉得自己好似重新回到了母亲怀抱的婴儿，感受到无限的温暖"。不久，组织上安排师哲担任任弼时的政治秘书，1940年3月同任弼时一起返回延安。

1936年，丁玲刚到延安不久，就主动申请到彭德怀和任弼时领导的红军前敌总指挥部深入生活。那时，长征刚结束，红军在定边自卫反击，打胡宗南，彭德怀是前敌总指挥，任弼时是政治委员。

丁玲从来没有和任弼时在一块儿工作过，更没在一起打过仗，他们并不认识。认识任弼时前，丁玲只习惯和搞写作的文人交谈，和红军首长谈话的机会很少，所以总是首长谈得多，她只注意听。初次见到任弼时时，她觉得他样子很严肃，两只眼睛很有神，两撇短胡子很有威风。可一接触，发现他非常平和，很容易接近。他们从各自曾经就读的长沙明德中学、周南女中谈起，谈到社会上的一些事情，海阔天空，什么都谈。任弼时喜欢提问，而且根据讲话对象所讲的一再提问。丁玲本来比较单纯，也很少世故，不懂得在什么时候、什么地方，什么该讲、什么不该讲，在任弼时面前什么顾虑都没有，把心里话都很坦然地倒了出来。以至于从来不称呼任弼时职务，而是直呼其名——“弼时”。

1938 年，康生曾在党校说：丁玲如果到党校来，我不要她，她在南京被捕的那段历史有问题。1940 年，有人将这话告诉了丁玲，丁玲很生气，就给当时的中央组织部部长陈云写信，让康生拿出证据来，并要求组织上做个结论。不久，任弼时找丁玲谈话。同过去一样，丁玲说得多。任弼时丁是丁、卯是卯地一一发问，丁玲毫无保留地一一作答。他们像聊天一样，谈得很仔细。习惯了和任弼时坦率交谈的丁玲当时一点儿没感觉到任弼时是在审查自己，更不知道是组织上委托任弼时来做这件事。后来，中央组织部对丁玲的这段历史作了结论，陈云、李富春亲笔签名，结论作得很好，丁玲非常感激。

任弼时并不因为对丁玲政治上的了解就忽视她工作中的问题。抗战初期，丁玲带着西北战地服务团在前方工作，常去时任八路军政治部主任的任弼时那里汇报工作。那时，国民政府只拨给八路军 3 个师的给养，八路军的生活非常艰苦，西北战地服务团在农村演出一次才有两三块钱经费。有一次，丁玲在演出费里报了包括炭火费、钉子费等几元钱的账。任弼时就问：“你们不是有烤火费吗？为什么还领炭火费呢？”丁玲说：“当然有，那是在老百姓家里，办公用的，这炭火费是在露天舞台、后台用的，后台冷，演员化妆需要烤火。”“你们演出，住室的炭火不就省下了嘛！”任弼时又问，“钉子干什么用？”丁玲说：“挂幕布。”任弼时又说：“钉子用过后不是可以拔下来带走吗？”可见，和善亲切的任弼时对于同志的要求是毫不放松的。

1938年年初，任弼时（左三）与丁玲（左四）等在山西洪洞马牧村。

任弼时一贯耐心谦虚地听取干部、群众的意见。不管是反映情况、倾诉苦衷还是提出建议，也不管讲得正确与否，他总是诚心诚意地听完，不会轻易打断谈话。

有一次，师哲向任弼时反映一个问题，任弼时细心地听着。在某一点上，师哲讲得有些偏差，任弼时立刻予以纠正。这时，师哲才知道对他所反映的问题，任弼时是完全了解的，于是，师哲好奇地问："既然对我反映的问题完全了解，为何还要听我的汇报呢？""你兴致勃勃地反映情况，我怎能给你浇冷水呢？"任弼时笑着回答。师哲说："你能耐心听，这使我很感动，却耽误了你的时间啊！"任弼时解释说："听取下级汇报，反映情况，是领导干部的基本职责之一。"听了这句话，师哲深受启发。后来，他很有感触地说："正因为弼时善于同干部、群众商量问题，征询意见，采纳别人的建议，所以，他的指示和意见较易得到贯彻执行。"

另一次，曾担任延安中央研究院历史研究室秘书的叶蠖生和任弼时谈起边区和部队中存在的缺点，任弼时一言不发地倾听着。叶蠖生以为这一定是自己提出的材料很深刻、很新鲜，才引起任弼时的注意。等叶蠖生谈完，任弼时一条条分析给他听：哪些缺点已经克服了；哪些缺点在不得已的情况下无法立即克服，只能等待时机成熟，才能完全纠正。这时，叶蠖生才知道任弼时如此倾听，并不是因为他所谈的材料真的新鲜和深刻，而是为了不打断下面同志提意见的热忱，希望能听到一两句有用的话。

1946年春天，中共中央华东局领导委派杜前、马仪等几位负责青年工作的干部到延安向党中央汇报工作。任弼时在杨家岭中央青委机关听取汇报并参加讨论会。会议持续了两个月，在此期间，中央青委的同志每隔几天都要向任弼时汇报情况，每次汇报，总感到十分亲切。他们后来这样评价任弼时："和人相见，他的脸上总是挂着慈祥、和善的笑容，热情地同你打招呼、握手，亲切地让你坐在他身旁。谈话时，他总是凝神聚目听着你的诉说，不喜欢打断别人的发言。他习惯于倾听别人的讲话，同时边听、边判断。这中间，绝无漫不经心。当你的发言结束后，他才说说他的分析、他的见解，回答你最需要回答的问题。他常用同你商量的口吻说：'你看这样好不好？''是不是这样的？'"

任弼时一贯耐心谦虚听取干部、群众的意见的同时，对于任何一个革命同志，不管犯了什么错误，他自己的责任只有一个：彻底弄清问题，分清是非，切实解决问题，帮助干部端正思想，提高认识，改正错误，继续前进；绝不随便抛弃他们，绝不一棍子打死。许多干部，尤其是犯了错误、陷于窘境的干部，往往都愿意找任弼时谈心，并请他帮助解决问题。他对这类问题，不论是排解、调停，不论是批评、纠正，也不论是给予何种处分，总是合情合理、恰如其分。任弼时说：无论对干部还是群众，都不能使用高压手段，不能威慑，不能使人害怕；因惧怕而畏怯、而疏远、而不讲真话，那你就无法弄清实情和澄清问题。所以，干部、群众都乐于接近任弼时，说他和气、可亲、可敬，愿意同他谈问题，特别是敢于把自己的心里话、难言的苦衷、不便向人透露的私话，尽情地向他倾吐出来。

与人民群众心连心

任弼时心里时刻想着群众的利益，处处关心和爱护群众，绝不允许有损害群众利益的事情发生。

有一次，任弼时率部队来到一个小山村宿营。当地老百姓由于受了国民党反动宣传的影响，都跑到山里了。一个战士做饭时，不小心烧了老百姓几间茅屋。任弼时知道后，立即派人到山里找老百姓赔礼道歉和赔偿损失，但由于老百姓不了解这支军队，不敢出来。任弼时便亲自把政治部的同志找来，叫他们写了一封表示歉意的信，然后用红布包了500块光洋作为赔偿费，连同信一起放在村口的一棵大树底下。

任弼时很喜欢打靶。有一次，任弼时住在陕北一个乡村里，让警卫员给他装置一个靶子。警卫员在老乡家里找到一张芦席，做了一个靶子。任弼时问清楚芦席的来历后，马上叫警卫员送回去，说："我们不能随便用老乡一点儿东西。"

任弼时曾经住在北岳区一个乡村里，村外是稻田，田中小径纵横，有近路，也有远路。一天任弼时出门，警卫员建议他走近路，任弼时却说："走近路会不会踏坏庄稼？老乡允许不允许？同志，要注意，我们在任何问题上，都不能损害群众利益。"

任弼时在延安枣园期间，担任中共中央书记处书记，分管中央机关、组织、外事、农委、妇委、青委等项工作，日理万机，十分繁忙。然而，不管他怎么忙，都时刻关心枣园周围农民群众的疾苦，经常抽出时间深入农户，嘘寒问暖，帮助解决困难。一次，一位老农告诉他："地里的杂草长得比庄稼还快，大家都忙不过来。"翌日清晨，任弼时头戴草帽，扛着锄头，带领几名干部、战士，去帮助农民除草。农民赵占山的妻子患了急病，穷山沟里缺医少药，正当赵占山准备用门板将妻子抬到十几里外去求医时，却有人前来叩门，打开门一看，是一位背药箱的军医找上门来治病。赵占山喜出望外，感激涕零。原来，任弼时曾经交代枣园村的村长：凡农民家遇有急事，必须迅速向他报告。这次便是任弼时根据村长的

任弼时的爱好非常广泛，他在繁忙的工作之余，喜欢摄影和打猎。

报告，亲自安排医生前来给病人治病的。

任弼时关心爱护群众的同时，也善于倾听群众呼声。1947 年 1 月，国民党军队包围吕梁山区云周西村，15 岁的村妇联会秘书刘胡兰慷慨就义。她的英雄事迹可歌可泣，在当地老百姓中广为传颂。任弼时知道后，深受感动，认为刘胡兰是个好典型。第二天，他就赶往王家坪向毛泽东汇报。毛泽东奋笔写下“生的伟大，死的光荣”8 个大字。新华社及时播发了刘胡兰的事迹和毛泽东的题词。就这样，刘胡兰的名字和事迹很快传遍大江南北，在各个解放区以至今天的中国，都产生了巨大影响。

随着革命的胜利，任弼时体恤民情的作风一如既往。任弼时曾经两次遭到逮捕，受过严刑拷打特别是电刑的摧残，加之多年积劳成疾，身体状况日趋恶化，高血压、严重心律不齐、眼底出血等毛病一直缠着他。1949 年 3 月，北京西郊机场的阅兵式结束后，任弼时就病倒了，血压（低压）高达 150 毫米汞柱，心脏每分钟跳动 110 次以上。党中央连夜开会决定，任弼时必须立即全休静养，直到康复。任弼时放下手头的工作，来到西郊清幽的玉泉山。

一天傍晚，在医师和警卫的陪同下，任弼时拄着拐杖到附近田野里散步。此时正是稻子成熟的季节。薄暮中，他们在湖边遇见一个驼背的老人，正在看着地里的庄稼。任弼时走上前去，热情地同老人聊起家常。他问老人的年岁，问老人地里的收成好不好，问老人家里几口人，等等。临走的时候，他又问老人吃过晚饭没有。

老人答道：“没有吃晚饭，这两天得看着庄稼。”

任弼时觉得很奇怪，连忙问他为什么。

“你看，那几只鸭子……”老人抬手指向湖中的鸭子。

顺着老人手指的方向，任弼时看到远远的湖里浮着几只鸭子，立刻明白，原来老人是怕鸭子吃庄稼，在这里看着呢。他转过头问警卫员：“这些鸭子是哪里来的？”

警卫员只好实话实说。原来，炊事员见任弼时身体不好，血压高，而水鸭是凉性食品，可以降血压，便特地买了几只水鸭，放养在池塘里，等养肥了再做给任弼时吃。谁知鸭子不老实，偷吃了老人的稻子，惹出了麻烦。

任弼时听后，立刻向老人道歉，并马上吩咐警卫员把鸭子转送给别人，同时叮咛："现在就办！"

散步回去的路上，任弼时没有像往常那样跟身边的工作人员说笑，反而严肃地说："你们没学过'三大纪律 八项注意'吗？其中有一条就是不损坏群众的庄稼，你们违反了这一条。"

回家后，整整一晚，任弼时的心情都很不愉快。第二天早晨，他又到湖边散步，为的是亲自查看是否把鸭子送走了。当看到那几只鸭子已送走，心情好转一些的任弼时对身边的工作人员说："今后可别再干这种损害群众利益的事了！"

开展自我批评的典范

自我批评是中国共产党的优良传统，是纯洁党内生活的一剂良药。毛泽东曾经说，有无认真地自我批评，是中国共产党和其他政党互相区别的显著的标志之一。在这方面，作为党的第一代领导集体的重要成员，任弼时从延安整风开始，始终强调自我批评对每个党员的重要性，并经常性地开展自我批评，为党内形成批评与自我批评的优良作风做出了表率。

1931 年 7 月，王首道受中央委派到湘赣革命根据地担任省委书记。湘赣省委成立后，遵照毛泽东的"工农武装割据"思想，统一湘赣边区的领导，发动群众进行土地革命，在此基础上进行大量的拥军爱民工作，开展游击战争，配合中央红军粉碎国民党军第一、第 二、 第三、第四次"围剿"，将湘东独立师发展成为红八军，进行了根据地的经济文化建设。通过这些工作和斗争，根据地得到了巩固和发展。但不久，王明"左倾冒险主义"路线贯彻下来，加之"富田事变”的影响，湘赣根据地开展“肃反”，抓了一些所谓“AB团”分子。后来，打击面越来越大，连安源矿工出身的省委常委袁德生、王首道的秘书张槐生以及由王首道经过长期考察提拔起来的一些优秀县委书记也被作为“AB团”分子抓了起来。这使王首道等产生了怀疑，准备加以制止，于是派湘赣省工会负责人刘士杰到中央苏区汇报，但刘士杰到中央苏区后诬陷王首道等。当时以博古为书记的中央竟轻信了刘士杰的一面之词，于1933年2月做出了《关于湘赣省委的决议》，给王首道戴上了“右倾机会主义”的帽子，决定改组湘赣省委，撤销王首道的省委书记职务，以刘士杰为省委书记，在刘士杰未到职前，由陈洪时代理省委书记。

对于拟任刘士杰担任湘赣省委书记，大多数湘赣根据地的干部坚决反对。两个多月后，中央又派任弼时去湘赣根据地接替陈洪时，担任省委书记兼军区政委。任弼时到湘赣革命根据地时，正值陈洪时、刘士杰一伙对王首道和张启龙等同志进行“残酷斗争，无情打击”。陈、刘在任弼时面前捏造了王首道许多“莫须有”的罪名，主张把他开除出党；同时认定湘赣军区总指挥张启龙是反革命，决定送保卫局法办。在这种情况下，任弼时没有听信一面之词。一方面，他不得不执行中央的决议，象征性地召开对王首道的批斗会；另一方面，他对陈、刘一伙的诬陷并不轻率表态，而是深入调查研究，广泛听取各方面的意见。最终，任弼时认为王首道和张启龙等都是好同志，尽管工作中有一些缺点和错误，但在湘赣省委几年工作中还是有成绩的，对敌斗争还是英勇的。当陈、刘一伙把张启龙关进保卫局的时候，任弼时亲自去保卫局把张启龙放了出来。由于省裁判部已经召开过公审大会，刘士杰又深得中央的信任，加之任弼时当时也受“左”倾路线排斥，处境艰难，故不可能完全改变局面。最后，省裁判部仍将张启龙开除出党，并判了一年零两个月的徒刑。

王首道被撤职后，下放到袁州、永新一带搞基层工作。由于环境艰苦，王首道手脚都生了疮，又患了疟疾，骨瘦如柴，生活很苦，没有人管，思想上也非常苦闷。任弼时听说了这一情况，心中十分不安。一天晚上，沉思良久的任弼时对妻子陈琮英说："琮英啊，首道同志现在处境很难呢，最近又听说他生病了，我很不放心。明天，你带些钱和吃的东西代表我去看看他。"

陈琮英来到袁州，在一间又破又暗的小屋里见到了病中的王首道，说："首道同志，弼时同志听说你病得不轻，很不放心，特让我来看看你。"王首道听见耳边有人称他"同志"，感到很惊奇。几个月来，他已习惯人们管他叫"右倾机会主义分子""反革命分子"，而今居然有人叫他"同志"！他努力睁开沉重的眼皮，猛然看到是任弼时的妻子，禁不住热泪纵横。一种同志间真挚的关切深深地温暖着身处逆境的王首道。"琮英啊，如今我是犯了严重错误的人，是戴着'右倾机会主义'帽子的人呀！弼时同志还让你专程来看我，真怕连累了你们啊！"说着，王首道的泪水又禁不住淌了下来。此刻，陈琮英也很难过，但她不愿让眼泪在正蒙受屈辱的同志面前流下来，笑着宽慰王首道说："怕，我就不来了。我们是生死与共的革命同志，本就应该相互关心，更何况你卧病在床。眼下，你还要放宽心，注意保重身体。日后，咱们还要并肩战斗呢。"说完，陈琮英把带来的食品和两块银元塞给了他。不久，王首道病愈，提出要到中央苏区工作，任弼时欣然应允。

在任弼时等同志的关怀和保护下，张启龙随红六军团参加了长征，否则留在苏区很可能再受陈洪时等人的加害。长征中，任弼时每每遇见张启龙，总要鼓励和安慰他，关心他的身体和精神状态。1936 年秋，任弼时主持召开了红二方面军党委会，恢复张启龙的党籍，并决定让张启龙担任红六军团的统战部长。

由于处于战争时期，湘赣苏区的问题始终没有得到解决，一直延续到延安整风的后期。延安整风的最后阶段，抗日战争即将迎来全面大反攻，党的七大也即将召开，党中央认为有必要对各个苏区的历史做出结论。1944 年 10 月，在延安召开了湘赣工作座谈会，总结湘赣省委工作的经验教训，研究解决一些历史遗留问题。

作为党的历史问题议案准备委员会召集人，任弼时也表示有必要对湘赣苏区的这段历史给予评价。正是因为如此，任弼时以当年湘赣新省委书记、红六军团

1944 年，任弼时与朱德在延安枣园。

军政委员会主席的身份参加了湘赣工作座谈会，他的发言也被认为是这次会议的总结发言。在发言中，任弼时开宗明义地提出：“我们来检讨历史问题的时候，首先，应该从各种不同的历史情况出发，了解历史问题，检讨自己的错误。”作为当时湘赣新省委书记，任弼时对自己在湘赣省委时期由于认识上的失误，曾经执行了某些“左”的错误政策进行了深刻的剖析，作了严格的批评与自我批评。他表示自己在这一段工作中，还是有许多缺点错误的，执行的路线还是临时中央的更“左”的路线，在土地、军事、“肃反”等问题上是“左”的。他说：“今天看来，改组省委是错误的。反对王首道等的‘右倾机会主义动摇’也是错误的。对张启龙以及甘泗淇这些同志的打击都是不对的。这责任不在同志们，责任主要由我来负。”他对张启龙表示：“我在湘赣也批过你，省委还把你的党籍搞掉了，这都是错的，责任在我。现在，我向你道歉！”

作为这次会议的实际主持人，任弼时的讲话没有浮饰推诿，没有文过饰非，他的坦率而实事求是的态度、勇于承担责任的精神，使到会同志很受感动，使原来湘赣省委的干部统一了认识，分清了是非，能够心情愉快地奔赴各自的工作岗位。参加了这次会议的王首道感慨地说：“作为一个领导者，既能坦率诚恳地批评别人，又敢于承担责任，虚心接受别人的意见，勇于自我批评，确实使我和到会的同志深受教育。”

开展自我批评对任何一个人来说都不容易。有些人在理论上可以把自我批评阐述得头头是道，一旦开展起来却支支吾吾，难以启齿。在革命生涯中，任弼时也有过缺点和失误，但他对此并不讳言，而且不断严格解剖自己、警诫自己、督促自己以实事求是的态度去改正错误、改进工作。延安整风期间，他曾多次对自己在“左”倾路线影响下所犯的错误作自我批评。甚至在为中共七大准备的发言稿中仍表示：“在过去党内领导犯三次‘左’倾错误时期中，我都参与，成为积极的执行者，错误的性质都是偏‘左’。”正是有了任弼时等中央领导的率先垂范，延安整风时期，党内自我批评蔚然成风，为党的七大提出理论联系实际、密切联系群众、批评和自我批评的“三大作风”提供了很好的基础。

“同是党的儿女”

任弼时和陈琮英是“娃娃亲”。陈琮英 12 岁那年到任家做童养媳，和任弼时定下了终身。因家庭贫困，陈琮英 14 岁进入长沙一家织袜厂当女工。1926 年，已是共青团中央总书记的任弼时把陈琮英接到上海，举办了简朴的婚礼，俩人从此相濡以沫，相伴一生。任弼时帮助陈琮英学习文化，传授她工作经验，引导她走上革命的道路。陈琮英则是任弼时生活和工作上的得力助手和亲密战友。

陈琮英刚到上海时，穿戴、举止都很土气，在街上常遭到少爷、夫人们的冷眼。任弼时鼓励她说：“不要怕，我们是在这里做党的秘密工作，是同敌人进行斗争，你要学会斗争。”1927 年，大革命失败后，上海一片白色恐怖。任弼时还像往日那样，顽强机智地从事党的工作。为了避开敌人的耳目，他们经常变换住址，改换姓名。1928 年秋，中央派任弼时到安徽视察，不久在南陵县被敌人逮捕。

1926 年 3 月，任弼时和陈琮英在上海结婚。

敌人对他动用了各种酷刑，把他折磨得死去活来，但他始终没有吐露真实身份。陈琮英得知任弼时被捕的消息后，抱着女儿连夜爬上拉煤的火车，冒着刺骨的寒风，赶往长沙。天冷风大，煤渣、煤块狂乱地飞向母女俩。尽管陈琮英紧紧地抱着女儿，但女儿还是受风寒得了肺炎，不久夭折。任弼时为此深情地说："她也是为营救我，为革命献身的呀！"

任弼时长期生活条件艰苦，工作强度大，身体又很弱，陈琮英总是把他照顾得无微不至。在中央苏区时，陈琮英变卖了自己为数不多的几件像样的衣服，换了一些鸡蛋给任弼时增加营养。任弼时对陈琮英也很体贴，每当妻子外出归来的时候，只要有空，他一定走到门外去迎接她。任弼时常常对陈琮英说："我们是革命的夫妇，同是党的儿女，我们的爱情是融化在对党、对人民的爱里的。"

1934 年 8 月，任弼时奉命率领红六军团突围西征。当时，陈琮英刚生下儿子湘赣。为了便于行军打仗，任弼时和陈琮英商量，把孩子寄放在老乡家。中华人民共和国成立后，他们去找过这孩子，但一直没有找到。见陈琮英很难过，任弼时安慰说："不要难过了，为了中华人民共和国，我们失去了多少同志，多少亲人！"在长征的路上，任弼时的女儿任远征降生了。任弼时跟陈琮英说："把她留给藏族兄弟吧。"陈琮英久久不答话，只是抱着孩子默默地流泪。是啊！远征是他们的第七个孩子了。在白色恐怖的年代里，远征的哥哥姐姐们有的失散了，有的死了，只剩下一个姐姐，还送回了湖南老家。此时，陈琮英多么想带着女儿啊！但她身体瘦弱，还要担负繁重的机要工作，没有力量背着孩子走完这艰难的里程。任弼时又何尝不想带着自己心爱的女儿呢！可是，那要给部队带来多少麻烦啊！结果，周围的同志们都坚决反对把孩子留在当地，自动担负起背孩子走过万里征途的任务。当时的生活极其艰苦，没有吃的。如果有机会，任弼时就钓鱼给陈琮英吃。每到一地，任弼时就和战士们一起挖野菜和草根，把嫩的给陈琮英吃，自己吃老的。

1949 年年底，经党中央批准，任弼时准备前往苏联治病。尽管苏联对于他来说并不陌生，但是面对糟糕的身体状况和尚不知归期的治病行程，能把妻子陈琮英带在身边，照料起居，聊天做伴，将是对他最大的安慰。然而临行前，任弼时主动提出：随行人员宜少，家属一个也不带，译员不必配备，卫士也不需要，只需带上一名医生即可。他说："我们的国家刚刚解放，带的人多了，就要给国家增加负担。"

在异国他乡独自治病、养病的半年多时间里，任弼时每天除了吃饭、吃药之外，就只能遵医嘱躺在床上休息，因此，读写家信成为他念亲思亲、消解寂寞的惟一方式。在刚到莫斯科的大约 3 周内，他给北京的家人写了 8 封信，给在苏联学习生活的小女儿写了两封信。每次收到信，都使他"高兴而快乐极了"。每一封家信，他都要反反复复看上几遍，从字里行间中感受着亲人的爱意。

任弼时深深地牵挂着妻子陈琮英。在信中，他督促孩子们在周末和假期多回家陪伴妈妈，为她排解寂寞，带来安慰；他告诫调皮的小儿子"必须听妈妈的话，听了妈妈的话才不会生病"，"才会进步得更快"；他关心着妻子的身体状况，询问她是否时常失眠；他惦记着妻子和孩子们的生日，琢磨着"当买点儿什么东西送给你们才是"。

任弼时去世后不久，陈琮英就把斯大林赠送的"吉姆"轿车以及他生前使用过的软床、钢琴统统交还国家，就连女儿骑的自行车也不例外。陈琮英一生从事党的机要工作，毛泽东曾称赞她："不为名，不为利，是革命的贤妻良母。"

不要把孩子养成革命的娇子

在长期艰苦的革命战争年代里，任弼时与孩子们聚少离多，但他是子女眼中最和蔼的父亲和最负责任的老师。只要子女在身边，任弼时无论多忙，都要尽量抽出晚饭后的一点儿时间和他们一起散步，有时探讨学习和生活问题，有时讲讲革命故事和政治道理。他从不在子女面前谈论自己的功劳、地位和权力。当子女好奇地问他是干什么工作的，他笑着回答："我干一般工作，坐办公室。"他鼓励子女学习文化，鼓励他们锻炼身体，鼓励他们过朴素的生活。他常常说："吃了人民的小米，不能辜负人民对你们的希望，将来一定要为人民做事。"

任弼时尽管很疼爱子女，但从来不因身处高位而为子女谋特权，不因艰难的生活而溺爱纵容子女，总是刻意培养他们吃苦耐劳的优良品质。

1937年春，任弼时、陈琮英与刘英(右)在陕北。图中小孩儿为任弼时二女儿任远征。

1947年春，国民党胡宗南部队进攻延安，党中央决定暂时撤出延安。那时，任弼时的大女儿任远志、二女儿任远征分别在中学和小学读书。有些同志考虑她俩年龄小，随学校行军有困难，建议她们跟着妈妈一起走。任弼时不同意，说："还是让她们锻炼一下吧，不要把孩子养成革命的娇子。"按照爸爸妈妈的意见，她们打起背包，和同学们一起出发了。当时，任弼时家里6口人，分散在5处：任远志、任远征分别随各自学校转移，妈妈带着儿子任远远随中央工委过了黄河，小女儿任远芳远在莫斯科国际儿童院，任弼时和毛泽东、周恩来转战陕北。从延安撤出，行军很艰苦，日宿夜行，不论天多黑，也不能打火把。任远志从小营养不良，得了夜盲症，踏出第一步，不知第二步往哪儿迈，只好在前面同学背包上拴一条白毛巾，隐隐约约地看着这个小白点儿前进。不料一次过河，她因眼睛看不清，右脚趾骨摔裂，伤势较重，从小趾到大腿全部肿了起来，并引发高烧。一天，任远志正拄着棍子在路上艰难地行走，意外遇到了任弼时的警卫员。警卫员见此情形，将任远志带回了家。任弼时查看了女儿的脚伤，虽然非常心疼，但仍教育任远志说："轻伤不下火线。你怎么回来了呢？"

任远征也随学校转移，在徒步行军的队伍中，她是最小的一个。每天，老师拉着她的手，走在队伍的最前面。不知走了多少天，也不知走了多少路，任远征经常走着走着就睡着了，还时常栽倒后滚进敌人的弹坑里。每到这时，老师就跳下坑，把她抱上来，放在路上，再继续拉着她走。有一次，师生们走了几十里路，正准备宿营，突然，通信员跑来报告说敌人离队伍只有十几里路了。校长立即把大家召集在一起宣布："如果敌人追上来，谁能跑就使劲跑，要尽量多跑出几个人去！"后来幸亏解放军及时赶来，他们才免遭敌人袭击。

任弼时对孩子要求甚严，要求已上学的孩子全部住校，吃大灶，过艰苦的生活，不许他们有优越感。他常教育孩子："要能吃苦，好好锻炼自己，努力学习，长大了才能为国家做事，为人民服务。"战争年代，任弼时的两个女儿任远志、任远征到延安后住校读书，吃延安当时规定的 3 种伙食标准的最低档——大灶。一次，任远志生病了，好几天吃不下饭。学校把任远志生病的情况通知了任弼时，请他接孩子回家治疗。任弼时得知这个消息后，既没有派人去接女儿，也没有派人去看望女儿。任远志很不高兴，开始想故乡，想带她长大的王奶奶，还想大米粥、酸泡菜。任远志周末回到家中，任弼时看到女儿才知道女儿真的病得不轻，人也瘦了，便心痛地对女儿说："我还以为你不习惯陕北的生活，吃不了苦，所以，你的老师通知我时，没有去看你，也没有让别人去接你，希望你在学校锻炼得更好些。"女儿这才明白了爸爸的良苦用心，怨气一扫而光。

对于任弼时培养子女们艰苦朴素的品格，任远志在文章里这样写道："有几次，妈妈让我和妹妹把破旧衣服拿出来打袼褙做鞋底用，爸爸走过来一一翻拣着，拿起这件说，领子破了可以缝缝，拿起那件又说，这件袖子可以补补穿，还时不时地自语：‘缝缝补补又三年嘛！’结果，我们那几件破旧的衣服总是挑来拣去舍不得毁掉。”“我和妹妹盛衣服的箱子都是爸爸用过的旧木箱，很粗糙简陋，平时就放在卧室的窗下。一次上学前忘记关好窗子，赶上了大雨，木箱被淋个透湿。当妈妈帮我晾晒衣服时，爸爸看到我的衣裤补了又补的样子，既欣慰，又心痛。”任远远也回忆说：“在生活上，哪怕是一些很小的事，爸爸也要求很严。他经常嘱咐我们，一定要节约水电，电灯要人走灯关；自来水用时不要开得太大，用完要关紧；不要在墙上随便钉钉子挂衣服；窗子开了，一定要钩好，不然风一吹就要打破玻璃……”任远远说：“爸爸给我们讲大道理的时候并不多，他事事处处用自己的行动在教育着我们，使我们知道应该怎样做一个真正的人，一个对民族、对人民有用的人。”

任弼时的言传身教逐渐转化为子女们的行动。任远志回忆：“读书时，我从不主动向妈妈要1分钱。有时，爸爸妈妈忘记给我车票钱，我身上有3分钱就乘3分钱的车，其他路程就步行，遇上1分钱也没有时，就全程步行。参军后，我里里外外一身军装，从未做过入时的衣服。成家后，经济比较紧张，我带着孩子平时艰苦度日，病时借贷吃药，顽强地度过了最艰苦的时期，这一切都归于父亲对我的教诲与影响。尽管这一生中，我从认识父亲，到父亲病逝，才仅仅4年多，生活在一起的时间是屈指可数的，但父亲的教诲让我受益终身啊。”

最怕多用公家的钱

无论在革命战争年代，还是在和平建设时期，任弼时始终保持着艰苦奋斗的作风，在生活上严格要求自己，最怕多用公家的钱。

任弼时处处注意节约，哪怕是小到一张纸、一支笔、一个信封，都不许浪费。早年曾在任弼时身边工作的刘宗舜回忆说：“有一天晚上，他把我叫去，拿出一叠两面都用过的信封，要我把它翻过来糊好，以备再用。开始，我没有经验，将翻过来的信封一个个地拆，一个个地糊，工效很低，而且拆坏了一些。他发现后，纠正了我的做法，把许多个信封拆开后，又熟练地按规格斜着排列起来一起打浆糊，然后再一个个折叠。这样工效就高多了。看得出，弼时同志做这件事不是第一次了。他还启发我说：‘你想过没有，我们的革命根据地这么大，人员这么多，如果不注意节约，浪费起来是很大的。就拿这个信封来说吧，一般只用一次，我们不讲形式，不求好看，正面用了，背面再用，还把它翻转过来再用两次，一个信封就顶 4 个用，你说节约的潜力大不大？我们省委机关这样做了，就可以给下面做出一个好样子。’”

党中央从西柏坡迁到北平时，有关部门建议给书记处的每个同志做一套新衣服，以备参加入城阅兵式，但任弼时不同意：“我们是穿着这身衣服打天下的，也能穿着这身衣服进北平。”中华人民共和国成立后，生活条件比过去好了很多，但任弼时身上还是那件在农村穿的打着补丁的衣服，盖的被子还是 1934 年长征路上缴获的战利品。他对别的同志说：“你们不要以为现在进城了，应该阔气一些了，这样想就不对了，不能忘记目前我们国家和人民还有困难。什么东西也不准给我领。那些被褥和衣服补一补还可以用嘛！”

中华人民共和国成立后，身体越来越差的任弼时住的是一所旧房子，临街，很不安静。为了保证他的休息，有关部门给他选了一所比较适宜的房子，却被他拒绝了：“那个房子住着一个机关，而我是一个人，怎么能一个人牵动一个机关呢？”后来，组织上准备把那所旧房子修缮一下。任弼时说：“能将就着住就不必整修，免得给组织上和同志们增加麻烦。”直到他 1950 年 10 月逝世，一直住在那所房子里。

他经常叮嘱周围的同志不要铺张浪费，要爱护公物。1949 年，斯大林送来几辆新的小轿车，行政部门分给任弼时一辆。他对身边的公务人员说：“不要去领，我那辆旧的还可以坐。”工作人员外出办事，经任弼时同意，才可以用配给他的那辆旧吉普车。他一再叮嘱，最好把要办的事积在一起，集中去办，这样可以减少用车次数，以免浪费汽油。

任弼时的伙食也非常简单，每顿就是两菜一汤。有时，炊事员给他做点儿好菜，他就马上把炊事员找来：“今天的饭菜为什么比平时好呢？”并嘱咐，“今后一定要注意，不能超过公家规定的伙食标准。”有一次，任弼时发现炊事员老周把老菜帮子和不新鲜的菜扔了，就问道：“老周同志，你怎么把它都扔了呢？”老周说：“那都是老菜帮子和不新鲜的。”任弼时弯腰捡起一部分，说：“你看，这不是很好嘛，还可以吃。老周同志，我们不能忘记长征路上的艰苦生活啊！一定要注意节约，一粥一饭，当思来之不易。”任弼时的夫人陈琮英说：“在战争年代，弼时同志和广大战士在生活上没有区别，穿的是同样的衣服，吃的是一锅饭。为了照顾他的身体，给他另搞点儿吃的，他都不允许。”不仅如此，任弼时每个月都要问夫人菜金有没有超过标准，生活用品是不是按制度领取的。

1950 年 5 月 28 日，任弼时结束了在苏联的疗养回到北京后与家人合影。左起：长女远志、夫人陈琮英、三女远芳、任弼时、幼子远远、次女远征。

任弼时经常教育子女要爱护国家资财，节省开支，勤俭持家。1948 年，任弼时全家随中央进驻西柏坡后，有一次，大女儿任远志和儿子任远远想给掉了油漆的自行车做一件“车衣”，就让警卫员帮忙从后勤处领了 6 尺白布。“车衣”还没做，任弼时就知道了。他把儿女叫来，耐心教导说："毛主席号召'节约每一个铜板'，他自己还穿着补丁衣服呢。你们领公家的布做'车衣'，好不好？"姐弟俩听了父亲的话，当即退还了白布。任弼时的孩子很少穿新衣服，衣服破了，他就让陈琮英把大人穿过的旧衣服改做给孩子们穿。为了节省组织上规定的生活费，孩子们放学回家，任弼时就让他们到工作人员食堂吃大灶。

"凡事不能超过组织规定的制度，一丝一毫不能特殊！"

任弼时是一贯遵守党的纪律的模范，从不允许自己有半点儿特殊。他一再强调：凡事不能超越制度，党的干部，尤其是党的高级干部，更不能搞特殊。

任弼时的生活十分朴素。公家如果发了东西，任弼时总要问问照顾他的同志，是公家按制度发的，还是同志们特别要求的。如果是按制度发的，他就不说话了；如果是同志们特别要求的，他就要耐心地批评说：凡事不能超过制度，我们一丝一毫不能特殊。1933 年，任弼时来到湘赣苏区担任省委书记。他工作十分繁重，经常通宵达旦地开会研究工作、批阅文件，有时还要到各地检查工作，调查了解各方面的情况。在生活上，他和大家一样，每天 5 分钱菜金，吃红米饭、喝南瓜汤，身体很虚弱。为了给他改善一下伙食，有一次，警卫员们商量，买了几个鸡蛋，准备早晨起来用开水冲一下给任弼时吃。当警卫员把鸡蛋送给他吃时，他神色严肃地问："这鸡蛋哪里来的？"警卫员回答说："是买来的。"他不相信，问："买来的，哪来的钱？"警卫员如实地讲了事情的经过。任弼时听后，诚恳地说："你们不能这样做。现在我们整个苏区都很苦，要苦大家一起苦。每人只有几分钱的菜金，你们把它节省下来给我买鸡蛋，你们吃什么呀？搞革命不能靠我一个人，要靠大家。你们把身体搞坏了，又怎么工作？以后不许给我搞特殊了！"说完，任弼时笑着端起桌子上那碗鸡蛋汤，送到警卫员手里，让他拿去分给大家吃。

剩的蛋，也炒了给大家做菜吃。

红六军团离开湘赣苏区西征以后，一路上冲破了敌人的重重封锁线。部队打下黄平县后，便进行了短期休整。党小组长小何利用休整的机会通知召开党小组会。西征一开始，任弼时就和司令部一些警卫员、公务员、收发员编在一个党小组。一次开党小组会议前，大家考虑到任弼时连日工作太辛苦，就没有通知他。当大家从任弼时门前走过时，他抬起头来，看到收发员刘永珍，便问："小刘，你干什么去？"小刘告诉他是党小组长通知开会。任弼时听后说："开会，为什么不通知我呀？"小刘回答："看到您工作忙，就没有告诉您。"任弼时说："那可不行！我应该去参加会。"于是便和小刘一起来到开会的地方，并对小何说："在党内，任何个人，不管他是军长还是政委，都是普通一员，都要服从组织，绝不能做特殊党员！"说着，任弼时还亲切地拍着小何的肩头叮嘱道："下次开会可一定要通知我啊！"开会时，大家喊他"任政委"，他马上说："不要叫我这个职务，叫我任弼时同志，或者任胡子好啦！在革命队伍里，我们都是同志啊。"当听到大家喊他"任胡子"时，他高兴地笑了。

养病期间，任弼时在垂钓。

在西柏坡时，有一天，傅钟找任弼时汇报工作后，任弼时留他在机关小食堂吃饭。其实，小食堂也没有什么特殊的好菜，只不过除了几个小菜之外，另外加了一盘豆腐。傅钟看见任弼时的孩子们在身边，就要孩子们同去小食堂吃饭。任弼时坚决不让自己的孩子们享受首长待遇，硬要孩子们回家吃饭。

1949 年四五月间，任弼时在北京玉泉山养病期间，有一次，兼任颐和园管理处主任的高富有听说任弼时要到颐和园钓鱼，非常高兴，迅速把钓鱼的地点、中午吃饭的地方、午饭吃什么，都一一安排好了。当他和任弼时钓了半晌鱼后，说：“中午，在听鹂馆已经准备好了便饭，随便吃些……”

“不用！不用了！我自己带午饭来了。瞧，这是水，还有饼干，已经很好了。其他人（指秘书、司机和警卫员等——编者注）到你们食堂吃饭就行了。”任弼时边说着，边拿出军用水壶和一包普通的饼干来，在他面前晃了晃。

“这不好，弼时同志，应注意身体健康，还是都到听鹂馆吃饭吧，我早已安排好了。”高富有说。

“不行，不行！我现在是休息养病期间，怎么能到那里去吃饭呢？好了，不要再多说了，就这样定了！”任弼时显然认真起来。

那时是供给制，一般领导人在听鹂馆吃顿便饭纯属正常，何况任弼时是级别那么高的领导人。高富有知道任弼时一贯严格要求自己，公私分明，绝不允许自己有一点儿特殊，所以就不再坚持己见了。

任弼时养病期间，常到景山散步。他身体很坏，不能走远路，警卫员建议从一个较近的小门进去。这个小门横着一条铁丝，挂着“游人止步”的牌子。任弼时拒绝了这个善意的建议，并耐心地说：这是园里的制度，我们绝不能破坏制度。如果需要这样做，也得先和人家商量，得到人家允许。

任弼时对自己要求严格，对亲属的要求也很严格。他从未利用手中的权力为子女或亲属谋取半点儿私利，也不允许他们搞特殊。北平解放后，有一次，任弼时阔别 22 年、长期生活在国民党统治区的三妹任培辰和她的丈夫来家里探望他，看到任弼时的家用很简单，餐桌上放的都是搪瓷碗和竹筒碗，并且都已破损。一位共产党领导人的家庭生活竟然如此简朴，这是任培辰夫妇始料未及的。任培辰临走的时候，希望任弼时给湖南省委写封信，为她的丈夫安排工作。任弼时的回答是：“这虽然是件小事，但是为了私事给省委写信，影响不好。你们的工作，当地政府是会安排的。”

“能坚持 100 步，就不该走 99 步”

任弼时在几十年的革命生涯里，总是不辞劳苦、兢兢业业、无怨无悔地投入到党和人民的各项事业之中。他长期卓越的工作是与自身的疾病斗争相连的。两次狱中受刑对他的身心造成极大的伤害，加之日夜劳累，因而时常患病，被确诊患有高血压病、糖尿病、血管硬化等，但他总是以常人难以想象的意志，克服疾病带来的痛苦，拼命地工作。

在延安时期，任弼时的各种慢性病开始发作，时常感到头晕、头痛，不能看东西。这期间，他相继担任中央秘书长、中央书记处书记等要职。从吃住等日常行政事务到中央大政方针的确立和落实，任弼时以多病之躯，尽心尽力、精益求精地做好。日本投降后，任弼时的身体已相当不好，中央书记处的会常常不能参加。当时，斯大林派的米尔尼科夫医生（大家都叫他米大夫——编者注）到延安，给我党的高级干部做了一次身体普查，并把结果报告了毛泽东：“除了任弼时外，所有干部的身体都是健康的。”米大夫还说明了任弼时的身体状况：一、动脉血管硬化已到相当程度，并还在发展；二、有糖尿病，这和高血压互相影响；三、由于血管硬化影响到脑血不足，也有破裂的可能，还可能影响瞳孔视力。为此，米大夫说：“任弼时的病情是严重的，随时都会发生问题，如果护理好，还可能维持一个时期，建议马上休息。”因此，党中央决定要任弼时休息。

但是，任弼时并没有真正休息。他带病跟随毛泽东转战陕北，协助毛泽东做了许多工作。到西柏坡后，任弼时的身体更坏了，但并没因此减轻工作。他和周恩来、朱德等一起协助毛泽东指挥辽沈、淮海、平津三大战役。为了把物资送到前方，他经常和负责交通的吕正操、滕代远等一起研究各种物资调运的问题。他总是说：“我们后勤工作要时刻想到前方。”

任弼时常常忘记自己重病在身，工作起来，根本看不出他是一个有病的人。有些经常和他接触的人说：“他就是这样一个忘我的人，工作起来，好像病都被赶走了。”其实，他的病是一般人难以忍受的，是靠了坚强的意志战胜病痛、坚持工作的。他虽然如此病痛难忍，但很乐观，经常给人讲他对病有“适应性”。

1949 年春，有一天，任弼时工作到深夜 3 点。警卫员邵长和感到他太辛苦，就找米大夫一起去劝说他注意休息。任弼时一见他俩，就问：“你俩都来干什么？约会吗？”邵长和说：“首长该休息了！”任弼时打了个哈欠，说：“现在，你俩的任务是休息，我的任务是工作，咱们各不相扰。”米大夫随机改口说：“你工作时间长了，我给你测量一下血压和脉搏，看有什么变化。”任弼时没办法，只得说：“这倒可以。”

米大夫先量了他的血压，又听了他的心脏，检查的结果是：高血压又升到 220 毫米汞柱，加之心律不齐，有风吹一样的杂音，脉搏每分钟达 110 次。米大夫说：“首长，你应该立即休息。”说完，就给他打针，并让他吃药，又让邵长和收拾床铺，让他躺下。任弼时却慢慢地从床上坐了起来，说：“不会那么严重吧？我的病是常年老病了，已经习惯，有了抗病力。”

米大夫和邵长和坚持劝他休息，任弼时说：“没有关系，我们都是共产党员，肩负着革命的重担，能坚持 100 步，就不该走 99 步。”他一面说，一面摸着邵长和的头，“你们先睡吧，我还有两份急待处理的文件。”当他俩劝任弼时明天再看文件时，他说：“同志，我们中华民族多少年、多少代受着封建主义的束缚和帝国主义的奴役。在共产党的领导下，经过几十年艰苦的奋战，才赢得当前夺取全国胜利的好时机。全国革命的胜利就在眼前。我们不仅要迅速夺取全国胜利，还要建立一个新中国，有多少事情急需办啊！你们想想，我能躺得住吗？”他说着说着，激动起来，把手一挥，握着拳说：“我们的工作，只许往前赶，不许往后拖呀！”

1949 年 3 月下旬，任弼时随同党中央由西柏坡移驻北平。这时，任弼时的身体状况很不好，医生要他尽量减少公务和社会活动。3 月 31 日，任弼时参加了接见并宴请第四野战军师以上指挥员和干部的活动后，感到体力不支。事后，负责中央领导人保健工作的傅连暲医生看他实在支持不住了，劝他赶快休息，他这才表示：

“等公务稍加清理后，即搬到玉泉山休养所去。”这时让任弼时牵挂的最主要公务，就是中国新民主主义青年团第一次全国代表大会（简称“团代会”）和全国青年代表大会的筹备工作。4 月 11 日，团代会开幕。4 月 12 日，任弼时抱病向大会作政治报告。作这么长的报告，对当时的任弼时来说是超负荷的。他在讲完第一部分后，开始感到头晕、心跳过速和气喘。在同志们的要求建议下，报告改由他人代读，但任弼时坚决不肯离开会场，坚持坐在主席台上，直到会议结束。4 月 18 日，团代会闭幕。当天下午，任弼时就移住玉泉山休养所，接受特别护理和治疗。

后由于病情越来越恶化，他被送到莫斯科治疗。尽管当时以斯大林为首的苏共中央对他的病情很关切，也没让他安下心来好好疗养，他想的是中华人民共和国建立后的各项建设事业。他常说：“大家都那样艰苦地去工作、去斗争，我哪能老休息呢？”当他在阅读《真理报》和《党的生活》杂志时，把其中有关的文章摘录下来，译成中文，从摘录的文章内容看，任弼时的注意力显然集中在战后苏联经济恢复工作和党建工作方面。当他经过疗养、自我感觉稍为好些时，就立即动身回国。

任弼时是 1950 年 5 月 28 日回到北京的，中央决定让他继续休息一个时期，但他在身体略有好转时就要求参加工作，并于 6 月 26 日给毛泽东和中央书记处写了一封信。信中这样写道：“最近几天，每日看电报、文件及报纸，总共在 4 小时左右，尚能支持得住，不感觉太疲倦。自然，初期不要过分疲劳，但做点儿工作如分管组织部和青委，我想是可以的。请加考虑。”第二天，毛泽东批示：“同意弼时意见，试做工作，每日不超过 4 小时，主管组织部和青委。”这样，任弼时开始“练习工作”。

任弼时这位离开战斗岗位一年多的老战士重返第一线，觉得有许多事需要马上去做。恢复工作不久，任弼时便要求医生把工作时间增加到 5 小时，可是他一工作起来就忘记了休息，往往超过 8 小时。这年 6 月，他参加了党的七届三中全会。10 月 1 日，他在天安门城楼上参加了庆祝中华人民共和国成立一周年的大会。朝鲜战争爆发后，他非常关心战局的发展，常常在深夜里批阅电报，研究文件，查看地图。

头痛得厉害时，就叫女儿轻轻地捶一捶，接着继续工作。由于疲劳，经常需吃安眠药才能休息。有时，刚吃过药，听到电话铃响，又马上起来，问是不是通知开会，如果是开会，他就一定要参加。这期间，中共中央连日开会，尽管医生规定，任弼时到睡眠时间应退席，但他常常坚持到深夜。

1950 年 10 月 1 日，任弼时在天安门城楼参加中华人民共和国成立一周年庆典。

10 月 19 日，在重病中的任弼时为了准备召开全国党的组织会议，还找武安县委书记和区委书记、支部书记来谈组织工作中的问题，进行调查研究，征求他们的意见，并做了详细的笔记。10 月 24 日，秘书送来毛泽东起草的关于增派志愿军出国作战等电报。晚上，他继续在灯下查看地图。夫人陈琮英劝他快些休息，有事明天再忙。他说："明天有明天的事啊！"他完全忘记自己重疴在身，却坚持一个信念：能走 100 步，决不走 99 步。夜深了，他在地图上标了最后一个红圈，随手把台历翻到新的一页——10 月 25 日，他完全没有料到这是他迈向第 100 步的日子……

1950 年 10 月 27 日 12 时 36 分，任弼时溘然长逝，为党、为革命一直战斗到最后一息！

任弼时 16 岁参加革命，46 岁英年早逝。在 30 年的革命生涯中，他始终如一地为党和人民的事业贡献着自己全部的心血、才干和精力。任弼时的一生，正如叶剑英元帅在《哀悼任弼时》中所评价的："他是我们党的骆驼，中国人民的骆驼，担负着沉重的担子，走着漫长的、艰苦的道路，没有休息，没有享受，没有个人的任何计较。他是杰出的共产主义者，是我们党最好的党员，是我们的模范。"

邓小平

“只有公开承认自己的错误，群众才能原谅我们”

1938 年 1 月的一天，晋冀鲁豫抗日根据地辽县（今左权县）城外的清漳河河滩上，凛冽的寒风摇曳着树梢。随着一声清脆的枪声，一个身着八路军军服，但没有戴领章帽徽的战士被执行了枪决。站在河对面的邓小平，随着那声枪响流下了眼泪。

事情还得从头说起。

“七七事变”后，邓小平任八路军政治部副主任；1938 年 1 月，任八路军第一二九师政治委员。图为第一二九师领导人在山西辽县（今左权县）桐峪镇合影。左起：李达、邓小平、刘伯承、蔡树藩。

邓小平和师长刘伯承率八路军第一二九师挺进太行山时，就在第一次大会上宣布了严厉的纪律。邓小平说：“同志们，我们八路军是威武之师，是一支由共产党领导的、纪律严明的人民军队，是人民的子弟兵。因此，在与日本鬼子作战时，必须尽一切可能保护人民群众的利益，做到秋毫无犯，谁要是违反了这一点，我们决不姑息，一切以军法处置！”

然而，偏偏有人在这个问题上触犯了纪律。一名在第二次国内革命战争时期就参加革命并且立下过战功的老战士，一天因为多喝了几杯酒，竟强奸了一位农村少妇。当老乡哭哭啼啼地将此事告到第一二九师师部后，邓小平震怒了，立即要政治部保卫部查明真相，给予严惩。

保卫部根据邓小平的指示，很快查清了事情的真相，认为这个战士主要是因为思想意识和作风问题，走上了犯罪道路，故做出了判处死刑的决定，最后报邓小平审批。为了教育广大干部战士，维护八路军铁的纪律，邓小平同意了保卫部的意见，并要求举行公审公判大会，以树立我军的威信。

消息传出后，整个部队议论纷纷。不少人说判得太重了，特别是不主张公审公判，觉得这样大张旗鼓地召开大会，有损八路军的军威，于是，纷纷有人到保卫部和邓小平处说情。一位政治部的领导找到邓小平，说：“邓政委，我们的战士犯了这么大的错误，给予处分是应该和必要的，但要枪毙他，是不是太重了？再说，他也为革命出生入死，立下过战功，是不是降低处罚，给他一个将功赎罪、改过自新的机会？”

邓小平一听，立即火了起来：“什么？作为八路军战士，强奸妇女，还只给处分？我们在老百姓面前说得起话吗？为了严明军纪，给他什么样的处罚都不为过。你这个搞政治工作的可要好好想一想，如果我们轻判了这个战士，我们今后还怎么带兵？又怎么向太行山的老百姓交代呀！再说，我们都有姐妹姑嫂，如果我们自己的姐妹姑嫂被人奸污了，我们又是怎样一种心情呢？所以，不管群众怎么说，怎么求情，我们也是不能宽容这个犯罪的战士的。今后，对奸污妇女者，杀无赦！”

“邓政委，就是判死刑，也不要公审公判，这不明摆着丢我们八路军的丑吗？干脆秘密处决就算了吧。”那位干部见求情不成，便又提出了新的意见。

邓小平仍不同意，严厉地说：“不行！不公开审判，群众怎么知道我们有严明的纪律？不公开处理，怎么能教育干部和战士？不公开处理，怎么能说服受害者家属？同志呀，我们只有公开承认自己的错误，群众才能原谅我们，我们也才能得到群众的拥护！你回去好好想一想吧！”

那位说情的干部本来想为犯罪的战士开脱，谁知最后反被邓小平说服了。

事情并没有结束。当地群众听说八路军要处决这个战士的消息后，都到师部找邓小平，要求轻判，甚至受害者的一些亲属也找到邓小平，请求不要枪毙那个战士。村子里的一位长者找到邓小平，说：“邓政委，那个战士也许是一时糊涂才犯了大错。只要他能认罪并戴罪立功，到前方多打几个鬼子，就算了吧！”邓小平听后，耐心地解释说：“老大爷，处决那个战士，既是部队的纪律，也是我们解放区的法律决定的。我们共产党历来奖罚分明，功是功，过是过，功不可以抵过。”

尽管这样，部分干部战士仍想不通，认为处罚得太重了。为了说服教育广大干部战士，使他们充分认识到这个问题的严重性，邓小平决定在公审公判大会上发表讲话。

公审公判大会如期举行。邓小平发表了讲话：“同志们，我们今天公开处决这个犯罪的战士，丝毫没有损害我们党的威信，没有损害八路军的威信，相反，我们将更加受到广大人民群众的拥护。我们是共产党领导的队伍，与军阀最大的区别之一，就是有着严明的纪律。我们决不能允许任何侵犯和损害群众利益的现象存在。我们决不能把是否损害群众利益作为一件小事，小事也会出大问题的！我们只有做到这样，才能得到群众的拥护和爱戴，才能在敌后生存。同志们哪，老百姓历来是怕当兵的，特别是山西的统治者过去就向群众灌输过共产党是多么可怕，多么可恶，说共产党的军队是一支抢、杀、掠、夺的‘土匪’队伍，等等。我们如果自己不严格要求自己，岂不正中了反动派的阴谋吗？所以，为了让群众真正了解我们共产党和八路军的真实情况，让群众知道我们八路军是完全不同于旧军队的，就需要我们用自己的实际行为来打动群众。当然，应当承认，我们这支队伍自出师以来，部队的纪律是好的，已经初步得到了群众的信任，但是决不能有丝毫的懈怠。这次奸污妇女事件的出现，向我们敲响了警钟。虽然只是一个战士犯罪，但一传开来就会造成不好的影响。特别是如果我们不作严厉惩处，就会给敌人以话柄。所以，我们一定要严肃处理这件事。希望大家从这件事中吸取经验教训，并在今后的工作、战斗中严格遵守群众纪律，遵守‘三大纪律　八项注意’，做一个真正的革命军人。”

八路军第一二九师政委邓小平作动员讲话。

邓小平一席语重心长的讲话，使广大干部战士真正明白了他为什么坚持严惩那个犯罪的战士的良苦用心。邓小平也抓住这次事件，对干部战士进行了一次深刻的教育，从而达到了整顿军纪的目的。这一天的事件细节深深地印在了从日本回国不久、刚加入八路军的张香山的脑海中。50 多年后，他回忆道：“说实话，当听完判决书的时候，我也觉得似乎判得重了一些，但在听了小平同志的讲话，又仔细地想了一想以后，感到确实非如此判决不行！”

细微之处见精神

在抗日战争的艰苦岁月里，邓小平曾深刻指出：“得人者昌，失人者亡，这是一个浅近的真理。离开民众，坚持敌后抗战是不可能的。”他坚持把保障民众的利益放在第一位，践行群众路线，遵守党的群众纪律，情系百姓疾苦。

抗战初期的一天，在山西阳城县县城，邓小平即将赴延安开会。战士王兴芳

1937 年，任八路军政治部副主任的邓小平。

为了做好行前准备工作，准备去马店给邓小平的战马挂掌。他骑着邓小平的战马上了街，当跑过一处弯道时，冷不防“叭”的一声，似乎把什么东西掀倒在地。由于时间紧迫，他没在意。

当他给马挂好掌回到驻地时，见邓小平脸色铁青。邓小平严厉地对他说：“你干的好事，骑马过街，撞坏了老百姓！”原来，刚才马过弯道时，撞倒的竟然是一位老大娘，满街的老百姓对此议论纷纷，传到了邓小平耳朵里。王兴芳意识到自己闯了大祸，可得知老大娘伤势不重，又松了口气，心想：我也是为快点儿完成任务，不耽误首长赴延安开会的时间，也没必要这么大动肝火呀！于是，王兴芳嘟起嘴，既不回答，也不申辩。邓小平见状，转换口气耐心地说：“现在是团结抗战的时候，人民一心向往的是共产党。你是共产党领导的八路军的一名战士，这样对待群众，影响多不好！我们来自人民，是人民子弟兵。人民是水，我们是鱼，八路军离不开人民，正像鱼离不开水一样。小伙子，要爱护人民啊，如果我们不爱护人民，人民就不会拥护我们，我们也就会成为无源之水、无本之木的山间草寇。到了那一步，不要说打日本，恐怕自身都难保哇！这些严重后果，你想过吗？”

邓小平入情入理的一番话，触动了王兴芳，使他认识到自己的错误。王兴芳眼里噙着泪，诚恳地说：“邓政委，我错了，处分我吧！”“不。你应该到当地公安部门去，由他们处理。还应该给群众赔礼道歉。我这儿有几元钱，你带上，给老大娘做医药费。”说着，邓小平从口袋里掏出钱来。王兴芳知道这钱是邓小平去延安的路费，要是给了他，如何赶路？便说什么也不肯接钱。邓小平一把将钱放到他的手里，坚决地说：“快去给大娘治伤！”说完，就跨上战马走了。

邓小平率八路军第一二九师第十七团第一营第三连战士准备插入敌后，当队伍行至山西省阳城县时，被“扫荡”的日伪军冲散了。当时正值青黄不接，老百姓生活很困难，部队也断了粮。邓小平就和大家挖野菜充饥，和大家一起度过了7昼夜。

一名新入伍的小战士不忍心看着邓小平和大家一起挨饿，就设法搞来一个玉米棒子，高高兴兴地送给邓小平。

邓小平没有接玉米，笑着问：“为了它，你费了不少劲儿吧？”

小战士擦着脸上的汗水，说：“那当然！我好不容易找到一个藏粮食的洞。”

“拿群众的东西，给群众留钱了吗？”邓小平问道。

小战士得意地回答：“当然留了，还写了一张条子呢！”

“好！”邓小平表扬了这位新战士，接着严肃地说，“你要立即把玉米送回去。这是老百姓留的种子，把它吃了，老百姓拿什么种地？”

事后，邓小平把全体战士召集到一起，问：“毛主席讲，我们的八路军、新四军同老百姓是什么关系？”

战士们异口同声地回答：“是鱼和水的关系！”

邓小平进一步问道：“鱼离开了水会怎样呢？”

“只有死路一条！”战士们回答。

“对！”邓小平赞同地说，“毛主席亲自为我军制定‘三大纪律　八项注意’，目的就是要我们永远不能脱离群众，事事为群众着想，决不能遇到一点儿困难就去违犯群众纪律！”最后，邓小平满怀信心地说，“革命是艰苦的，但只有通过我们的艰苦奋斗，才能使人民群众过上好日子。同志们，这一天已经为时不远了！”

1939年春，八路军第一二九师从山西省辽县西河头村向黎城县转移，由于不熟悉路线，便请来老乡当向导。谁知，老乡一口地方语言，战士们听不懂，于是，通信班长郭继联就有点儿不耐烦，说话声音大了一些，吓得老乡不敢多吱声了。邓小平见状，走过来批评郭继联说：“对群众讲话声音大，态度不好，这怎么行呢？

当班长要注意‘三大纪律　八项注意’，跟老百姓谈话态度要好一些、客气一些嘛！咱们八路军只有依靠人民群众才能打胜仗，你怎么发脾气呢！”从那以后，郭继联养成了处理各种问题时总要想到人民群众的良好习惯。

邓小平对儿童也极为关心。1938 年 5 月，第一二九师指挥机关由辽县转至邢台县西部营头镇，司令部驻扎在道沟村。一次，邓小平在街上被几个正玩耍的小孩儿挡住了去路，警卫员立即上前喝令孩子让道。邓小平马上加以制止，并抱起为首的孩子，亲切地问他叫什么名字，做什么游戏，随后转过身对警卫员说：“以后不准这样对待孩子！你不想想，咱们抗战为了谁？还不是为了老百姓，为了革命后代能够过上好日子？”还有一次，一个顽皮的孩子从树上摔下来，碰得头破血流，不省人事。邓小平闻讯，马上派战士把孩子送到师部卫生所抢救，并亲自前去看望，再三嘱咐医务人员要精心护理好孩子。这个被救的孩子叫牛振雨，中华人民共和国成立后在村里担任了 20 多年的党支部书记。后来，每每提及此事，他总是感动得热泪盈眶。

一天，一队八路军指战员从山西省武乡县洪水镇刘家嘴村村口经过。一个年轻战士和一位首长模样的人看到陈磨兰站在村口的大树下，便走了过来，对她说想借针线用一下，补一补衣服。陈磨兰一听，二话没说就把他们领回家，十分麻利地帮他们把衣服缝补好了。他们临走时又向她借了几根针和一绺线，并且拿出 3 角钱给她，但她说什么也不肯收。

那位首长模样的同志和蔼地说：“我们八路军有一条纪律，叫作‘不拿群众一针一线’。”

陈磨兰不服气地说：“你也别忘了，八路军和老百姓鱼水不能分，也好比这针线一样。”

他们没有说服陈磨兰，只好拿着针线走了。

过了两三个月，陈磨兰早把这件事忘了个一干二净。一天，村里一个小姑娘领着一个八路军小战士来到她家。

小战士很有礼貌地问：“你就是陈磨兰大嫂？”小战士边说边从兜里掏出一

个小纸包，“这是邓政委让我交给你的。”

“邓政委？”陈磨兰感到莫名其妙。

“邓政委说你给他补过衣服。”

“啊，他就是邓小平政委！”

陈磨兰激动地打开纸包，见里面是一包针和一大绺线，纸上还写着这样几个字：“针线连着军民情。邓小平。”

此事对陈磨兰触动很大，以后，她逢人就讲邓小平借针线的故事，就这样，这个故事在那一带的山庄流传开了。

1942 年春，根据邓小平的指示，第一二九师政治部拟定了一个助民春耕和部队生产的规定，要求助民生产部队一是不吃群众家的饭，不要报酬；二是不遗失或操作坏工具，损坏者赔偿；三是争做助锄英雄；四是对群众进行抗日自救宣传。当时，第一二九师司令部设在涉县赤岸村。规定下达后，仅 1 月 20 日这一天，邓小平就组织助民生产部队帮助赤岸、沿头、会里等村的群众运粪 376 担。此外，帮助当地群众修滩 1000 余亩，筑起一道用工 10000 多人次的护堤大坝。

7 月初的一天，正赶上下雨，邓小平亲自率领工作队帮助群众抢种庄稼。在他的影响下，全师各部队都投入到助民生产活动中。工作队每天自带粮食和菜金，分散在农民家中吃饭。他们带的粮食除了自己吃以外，还救济了几位受灾群众。群众为此赞扬说：“八路军就是好，咱吃啥，他们吃啥，这样的军队真是少见！”

邓小平在赤岸村居住期间，生活条件十分艰苦，但他从不搞特殊。他经常与司令部、区党委机关的干部同吃一锅饭。每天吃的红高粱和黑豆加野菜、树叶合蒸的菜窝头又黑又硬，同志们都风趣地说他们在吃“砖头”。邓小平身体患病，有几次炊事员提出给他另做一碗面汤，可是他都婉言谢绝了。他自觉坚持与群众一道同甘共苦，始终保持了一个共产党员的廉洁作风。

“关心战士生活不是小事情”

1942年春节前的一天清晨，沙河独立营政委王占国正在部队驻地巡查，太行军区第六军分区政委朱穆之骑马赶来告诉他，师首长要来看望大家。不一会儿，邓小平从第六军分区驻地骑马赶来。邓小平身边只带着一名通信员，衣着和普通战士一样，只见他头戴着一顶旧军帽，身穿一套褪了色的灰土布军装，膝盖和胳膊肘上都打着补丁。

邓小平这次来第六军分区，主要是检查指导生产自救和精兵简政工作。他在朱穆之的汇报中，了解到沙河独立营在反“扫荡”时摆过一个漂亮的“石雷阵”，消灭了一个中队的日军、两个中队的伪军，还炸毁了行驶在平汉铁路上的一列敌人的军用列车，便特意抽出时间来慰问独立营的指战员们。

王占国向邓小平汇报了部队的战斗和生产情况，同时汇报了当地的减租减息情况。最后，王占国向邓小平详细介绍了独立营如何摆“石雷阵”取得反“扫荡”胜利的经过。

“哦，摆‘石雷阵’，这可是一个好办法！我们太行山到处是石头，这下可不缺少武器弹药了。回去要把你们这个经验在全区好好推广。”邓小平听后赞许地说。

得到师首长的表扬，王占国自然很高兴。他要营通信兵找来司务长，弄几个菜，好好招待招待师首长。这下可急坏了司务长，因为前几天，日军刚刚发动了春季“扫荡”，所到之处，烧杀抢掠，鸡犬不留；再加上连续两年大旱，庄稼没收成，整个根据地军民的生活极端困难。偌大一个独立营竟然没有一点儿白面，仅有的是两袋小米、三石柿糠炒面和几筐干野菜。平时，官兵们吃的是小米野菜汤，汤稀得像镜子一样可以照出人影来，大家美其名曰“照明汤”。师首长大老远来，总不能和官兵们一起喝“照明汤”吧。没办法，司务长和炊事员就四处去借粮，最后只在老乡家借到了仅有的一点儿白面，炊事员用来给师首长擀了面条。那天中午，官兵们仍然吃野菜，但破例给大家熬了一锅小米粥，算是打牙祭了。

邓小平到3个连队亲切看望大家后回到营部，看到热腾腾的面条端上来时，立即皱起了眉头，脸上露出不悦的神色。邓小平用圆润清脆的四川口音说：“同志哟，你让我搞特殊哟，要不得！要不得！快把这碗面送给三连那位重伤员吧。我自己去食堂吃饭。”当重伤员知道手中的面条是师首长送来的时候，手颤抖了，眼泪流了出来。

邓小平来到一连伙房，饭已开过，炊事员正在铲锅巴。王占国让邓小平到二连去吃饭，邓小平风趣地说：“不必了，小米加步枪是我们的革命传统。想当初，我们参加二万五千里长征时，还没有小米吃呢！今天，我就吃吃小米锅巴吧。”说着，邓小平拿起一块锅巴放在嘴里，有滋味地嚼了起来，不时听得“咯嘣”“咯嘣”响，小米里的沙子实在太多了！

邓小平吃完一块锅巴后问王占国：“平时战士们都吃的是这个吗？再没有别的东西了？”听到王占国肯定的回答，邓小平停顿了好一会儿才说：“我们不能让战士们天天都吃这种东西，长期这样下去，部队哪来的战斗力呢？一定要多想想办法，解决这个问题。”他又对司务长和炊事员说：“你们搞后勤工作的，也要多想想办法。米里沙子太多了，这可要不得哟。我们是小米加步枪，可不是沙子加步枪哟！”说完，邓小平顺手拿起一个水瓢，对炊事员说：“小鬼，你会淘米吗？我告诉你，淘米可有学问了。要这么淘，才能淘出米里的沙子。”邓小平一边说，一边熟练地给大家做起了淘米的示范动作。

走之前，邓小平再三叮嘱王占国：“一定要关心战士的生活，这可不是小事情啊！越是在艰苦的条件下，越是要关心战士们的生活，这和打仗同样重要。如果战士们的生活不能得到改善，身体素质就不能提高，这样下去，要在战斗中取得胜利就增加了难度。你们独立营在与敌人作战时打得不错，值得表扬，但对战士的生活问题注意得不够，这我可要批评你们了。当然，目前要完全解决这个问题的困难是很大的，可我们要积极想办法呀！我想有些问题是可以解决的，主要是看我们当领导的重视不重视了。我想你们当务之急要解决好三个问题：一是要炊事班的同志把米淘干净，不要吃的全是沙子；二是要给每个战士准备一个针线包，衣服、裤子破了，好自己随时补补，不要穿得破破烂烂的；三是要在战斗之余开荒生产，搞生产自救，从根本上解决吃饭穿衣问题。吃饱肚子好打鬼子嘛！”

看着邓小平那严肃的神态，王占国才真正感到自己忽视了关心战士们的生活，便检讨说：“邓政委，我们错了，过去只注意训练和打仗，只注意战斗力的提高，却忽视了关心同志们的生活。今天，我们一定要按照首长的指示，在这个方面好好检讨一番，然后，拿出一个切实可行的方案来，力争在短期内，真正改善战士们的生活。请首长下次再来检查我们。”

“好！我相信你们像打仗一样，在这方面也一定能做出榜样来。”说完，邓小平骑上马，风尘仆仆地走了。

自那以后，王占国就一直牢记邓小平的话，处处关心官兵们的生活。他在带领官兵们打游击、与敌人作战之余，在驻地的山坡上开荒100多亩，种上了粮食和蔬菜，并在沟里放养了两群羊，定期给官兵们打牙祭，使全营的生活很快有了较大的改善。官兵们的斗志也越来越高，在反“扫荡”中接连打了几个大胜仗。军分区党委先后授予独立营“生产先锋”“威震敌胆”两面锦旗。官兵们一看到这两面锦旗，手里端起香喷喷的饭菜时，心中就不由想起了邓小平政委。

“不握手会议”

1946年八九月间，刘伯承、邓小平率晋冀鲁豫野战军在取得陇海战役歼灭国民党军16000余人的胜利后又发起了定陶战役，几天内消灭国民党军队17000余人，并且活捉了国民党中将师长赵锡田。刘邓大军从邯郸出发，连传捷报，战果一个比一个辉煌。由于打了胜仗，部队中开始滋长起一种骄傲情绪，有的指战员开始不检点，作风有些松懈；有的违犯群众纪律，影响了军民之间的团结。

1946 年 8 月 22 日，陇海战役结束的当天，邓小平和刘伯承出席晋冀鲁豫野战军直属军人大会，传达贯彻中共中央关于整顿纪律的指示，部署整顿野战军直属队纪律。邓小平在讲话中严肃指出：要完成爱国自卫战争的任务，必须维护部队纪律，爱护群众利益。邓小平强调：领导同志要从自身做起，要起模范带头作用。邓小平常说，领导对部队纪律整顿得如何，首先要看他的直属队和他的警卫员。他曾尖锐地批评某些干部：一点儿小行李，自己也不背，两个小包袱，还要老百姓来挑，仿佛我是来革命的，老百姓应该跪在我面前。邓小平还一再告诫部队干部：一定要意识到，群众不是命中注定要跟我们走的。如果我们纪律不好，那老百姓为什么不可以跟别人走呢？

陇海战役结束后，曾有人向邓小平反映，部队的群众纪律执行得不好，在战争中损坏了不少群众的家具、锅碗瓢盆等。邓小平听后立即赶到杨勇的七纵队司令部，在一个农家院里召开干部会议。会上，他说："陇海战役，你们打得好，消灭了几千个敌人，但是必须指出，你们严重违犯了群众纪律。你们在战斗中牺牲了那么多人，为了什么？不就是为了解放人民群众？为什么要损害群众的利益？你们要认真地赔偿群众的损失！"说话间，敌人的飞机轰隆隆地飞了过来，杨勇担心邓小平的安全，跑到高处去观察敌机的去向。邓小平盯着杨勇，大声说："杨勇，怕什么！有什么关系嘛！飞机不是天天来吗？"他又语重心长地对大家说："违犯了群众纪律，就得不到人民的支持，没有人民的支持，取得战争的胜利是不可能的。"会后，七纵队立即组织进行了赔偿工作。七纵队的指战员说："陇海战役打了个大胜仗，却挨了个大批评。"

部队因为胜利而滋生的一些毛病，邓小平看在眼里，急在心中，于是，他决定从端正高级干部的思想认识入手，利用战斗间隙，召开一次整顿纪律、反骄破满、增强斗志的会议。

1946 年 9 月 10 日这天正好是每年一度的中秋佳节。三纵队司令员陈锡联、六纵队司令员王近山、七纵队司令员杨勇几乎同时接到通知，要他们到"野司"

开会。“野司”是晋冀鲁豫野战军司令部的简称。几位司令员高高兴兴赶赴“野司”，都以为自己打了胜仗，又是中秋节，“野司”首长请他们开会，一是表扬他们，二是请他们吃一顿饭，吃月饼。

纵队司令员们一到开会的地方，顿时觉得有一种异样的感觉，气氛十分严肃，根本不像要请大家吃月饼。他们一进会场就上前要跟邓小平握手。邓小平却手一挥，说：“今天开的是不拉手会议，不握手！”一句话说得几位纵队司令员面面相觑。

会议由邓小平主持。他开宗明义地说：“今天，我请大家来不是为了欢度中秋节，不是庆祝我们打了胜仗，而是要开一个不握手的会议。不要以为打了几个胜仗就沾沾自喜，握手言欢，心满意足，你好我好，什么都好，你们更多地要想一下自己的不足。我们部队从邯郸出发以来，我们的工作做得怎么样？群众纪律怎么样？内外的团结搞得好不好？部队的指挥、战斗作风还存在着哪些问题？现在大家发言吧。”

接着，刘伯承司令员、李达参谋长和张际春副政委依次发言，指出部队中大量存在着这样或那样的问题。会议从上午开到中午，午饭后接着开。会议期间，不断有参谋人员进来报告说敌人已经逼近了。听到敌情，大家把目光投向刘伯承和邓小平。趁着刘、邓低声讨论敌情这一间隙，陈锡联凑到杨勇身边，说：“人贵有自知之明。今天咱俩不作自我批评，恐怕就散不了会！”

“是啊！”杨勇也颇有同感，“待会儿我先做检讨。”

没过一会儿，邓小平严肃地宣布继续开会。话音未落，杨勇就头一个发言，说：“七纵军民、军政关系不好，仗也打得不好，所有这些，我全都负责，我回去好好进行整顿，提高斗志。”陈锡联接着杨勇的话做检讨说：“三纵所发生的一切问题，全都由我来负责。”

听到这里，邓小平看到会议达到了预期的目的和效果，便站起来宣布散会。

各纵队司令员回到各自的岗位后，立即对所属部队进行了卓有成效的整顿。这些部队很快便以崭新的面貌投入到了新的战斗中。

大胜之下，部队生出骄气，邓小平见微知著，防患于未然。有了上面的“不握手会议”，才有了以后的军民关系的改善及群众工作的加强，继而有了刘邓大军的威名。可见，在战争年代，群众路线是我们取得胜利的法宝。邓小平在会议上几乎没有多说一句话，没有多说一个字，但他的话字字重千钧，在陈锡联及其他同志的脑海里留下了难以磨灭的印象。陈锡联每每回忆起这次“不握手会议”的情形，便说：“邓政委对高级干部要求更加严格，尤其在重大是非原则问题上，他是决不迁就的；但他对这些干部也非常信赖，相信他们的觉悟，知道高级干部们一旦认识到错在哪里，就一定会勇于克服的。”杨勇后来曾这样讲：这次召开的“不握手会议”，虽然没吃上月饼，但自己所受的教育是终生难忘的。

严守群众纪律

1947 年 6 月底，刘邓率晋冀鲁豫野战军强渡黄河时，指挥部选在了山东省阳谷县蒋家庄。蒋家庄的群众为照顾好刘邓首长，专门腾出一座两层小砖楼供二人居住。来到楼前时，邓小平沉默了，打量了一下小楼后恳切地对村干部于春梅说：“我们是为老百姓打天下的，不是来享福的。大家的心意，我们领了，这小楼还是乡亲们住吧。”几句朴实真诚的话，说得大家心里热乎乎的。见邓小平执意不肯住小楼，村干部们商量后，把他们安排到了普通农民孔月仙家住。

老实厚道的孔月仙听说刘邓首长要来自己家里住，感到无比喜悦和激动，立即把堂屋打扫干净。邓小平来后环视了一下小院，问道：“你们一家住哪里？”孔月仙说：“我们搬到东屋和西屋去住。”

和堂屋相比，东屋和西屋又矮又小，风吹雨淋，土墙上留下了道道沟痕。邓小平看了看，说：“你们不要搬，我们住东屋和西屋。”孔月仙一听急了，忙阻拦说：“那咋行？这西屋又脏又乱，再说火辣辣的天，里面又闷又热。”但任凭孔月仙怎样劝说，邓小平和刘伯承还是坚持不住堂屋，并和随从人员一起走进西屋打扫起卫生来。望着他们忙碌的身影，孔月仙及在场的干部群众十分感动。

1947 年 8 月，刘邓大军千里挺进大别山。到大别山初期，部队也出现了违反纪律的现象。9 月 2 日，即部队到达大别山第五天，邓小平专门召开了一个干部会议。他说：现在部队纪律不好，这是我军政治危机的开始；我们的中心工作是要明确建立大别山革命根据地的意义，全体同志要学会克服困难，严格遵守群众纪律。之后，他宣布了几条铁律：枪打老百姓者枪毙；抢掠民财者枪毙；强奸妇女者枪毙。

这三条纪律宣布后，起到了一定的震慑作用。11 月 11 日，刘邓大军总直属队路过黄冈县总路咀的时候，店面商贩全跑了。邓小平正走在街上，突然看到一个军人挑着一块花布和一捆粉条。邓小平要人马上查这个军人的身份。原来，这个军人是警卫团四连副连长。邓小平马上跟刘伯承商量，要枪毙这个军人。消息传出去以后，有人就替副连长求情，说这个人立过战功，是不是可以不杀。邓小平说，必须杀，并且当天下午就召开直属军人大会，请所有路过的小商贩来参加宣判大会，对这位副连长立即执行死刑。这对后来刘邓大军在大别山建立巩固的革命根据地，并能够得到人民群众的衷心拥护是非常重要的。

1947 年 12 月下旬，邓小平率前方指挥所进驻金寨县沙河下楼房。12 月 31 日上午，他听取了漆店区委书记兼工作队长、二纵民运部副部长江川的工作汇报。之后，他强调：“要严格遵守群众纪律，艰苦奋斗，与群众同甘共苦，打成一片。”邓小平看到当地很多人患有粗脖子病，关切地对江川说：“此地粗脖子病多得很，患这种病是很痛苦的，影响身体健康，要想尽办法帮助治疗。”邓小平还认真了解部队执行纪律的情况，并对江川讲：“听说群众捕地主塘里的鱼，也送你们一些，这也不应该啊！我们要坚决执行‘三大纪律　八项注意’，只有这样，我们才能在大别山站稳脚跟，坚守大别山根据地啊！”邓小平还问：“我们到山上拣一些枯树枝回来烤火，群众有没有意见？”江川回答：“枯树枝，满山都是，群众是不要的，拣枯树枝烤火，群众不会有意见。”邓小平听后笑了。他指出：“大别山西濒武汉，东扼南京。我们坚持大别山斗争，就等于在蒋介石心脏里插上一把尖刀。这对于夺取全国解放战争的胜利，有极其重要的战略意义。这是党中央和毛主席的伟大战略决策，要向同志们多宣传坚持大别山斗争的意义。”

随后，邓小平要江川迅速通知地委和县委的同志来汇报工作。江川返回驻地后，一边写信派人分头通知地委和县委的同志，一边叫同志们将准备过元旦吃的猪肉和瓜子等送给邓小平等首长。结果信还没有写完，给首长送东西的同志就把东西挑回来了，并汇报说：“首长不但不收，还批评了我们。听一位同志说，首长在麻城时，同志们去送东西，也挨了批评。”黄昏时，大部分地委和县委的同志都到了，不少同志还带来了慰问品。听江川说邓政委不准送东西的规定后，也不好再送了。

12 月 31 日，鄂豫皖区党委会议在下楼房的周宅召开。邓小平亲切地说：“我们从这里路过，顺便找大家谈谈。你们先讲讲，到大别山后给群众做了哪些好事？这里的群众发动得怎样？”大家你一言、我一语地汇报起了金寨县各区发动群众、建立农会和清匪反霸、改造政权的情况，忘记了时间和寒冷，越谈越热火，把几个月来的经历差不多说了个遍。

这时候，邓小平突然回过头问江川：“你们那位陈科长把老乡的牛送回去了没有？”江川忙回答说，已经由陈科长亲自去送还，并当面向老乡道歉了。

原来，两天前，邓小平路过商（城）南黑河村，住在一个老乡家。老乡说，前一天，解放军在湾子里打土匪，把他的牛牵走了。邓小平问他是怎么回事。老乡说，牛原先是土匪抢走的，解放军一打，土匪扔下便跑，就让解放军拾到了。等老乡去认领时，队伍已经走远了。邓小平答应帮老乡调查。第二天，邓小平宿营时遇上了工作队的陈科长。恰巧就是他们前一天在黑河剿匪，并且牵走了一头牛。邓小平马上叫他们把牛送还给老乡，并说：“你们怎么不想一想土匪的牛是从哪里来的？凡事一定要多动动脑筋，对群众有利的就做，否则就不做。一切行动都要以维护群众的利益为出发点，在新区工作，尤其应注意这一点。”

听完江川的汇报，邓小平非常满意，点着头温和地说：“这样很好。不要认为这是件小事情。严守纪律、关心群众，这是关系到我们能否在大别山立足生根的大事。破坏纪律、脱离群众，是自掘坟墓。记住这是个教训。苏联有一本小说《不走正路的安得伦》，你们看过没有？可以看一看，看看搞地方工作，单凭热情，武断蛮干会闹出什么样的恶果来！”

不久，邓小平在金寨度过了他到大别山的第一个除夕，也是他在大别山过的惟一的一个除夕。

除夕前，大别山已经下了好几场雪。山里过年并不热闹，何况眼前正在打仗，连一些生活必需品都无处购买，更不要说置办年货了。

除夕那天上午，金寨县委书记张延积带人给邓小平、李先念、李达等人拜年，并顺便带来了一些鸡、羊肉、花生之类的年货。

之前，张延积已从其他同志那里了解到，邓小平一向严于律己，从不收受老百姓的礼物，也决不允许身边的工作人员以任何借口收留老百姓的东西，但考虑到今天是除夕，首长总要改善一下生活，所以硬着头皮送来了年货。

“哪儿来的这些东西？”邓小平紧蹙着眉头问张延积。

“今天是除夕，是群众慰问的。”张延积回答。

“嘿，真是‘山中无日历，寒尽不知年’啊！”邓小平严肃地说，“接受群众的慰问品也要分个时间、地点嘛！这里是新区，人民群众生活很苦，我们不能再给他们添麻烦。赶快把这些东西全部退还给群众，要让群众过个好年！”

年货是退回去了，可除夕还得过。邓小平坐在那堆烧得正旺的松柴旁，一边拿书本煽火，一边对站在一旁的卫士长说：“看看还有些什么吃的，拿出来，大家一起吃嘛。”

“只有几个麦饼，又冷又硬，还有一些枣子。”卫士长正在为首长们没有一顿像样的年夜饭而犯愁。

邓小平一听，立刻来了精神：“那好嘛，快拿来吃！麦饼烤一烤，红枣当菜，蛮好的一顿大年夜饭嘛！”

邓小平就是这样处处想着群众。他就着炉火，吃着红枣，嚼着烤得又糊又硬的麦饼，度过了除夕夜。

俭朴的生活

在邓小平的革命生涯中，有过近两年任县委书记的经历：1931 年 8 月至 1932 年 5 月任中共瑞金县委书记；1932 年 5 月至 1933 年 2 月任中共会（昌）寻（乌）安（远）中心县委书记。这期间，战斗和生活条件极其艰难。邓小平带头倡导开展节约运动，提出“节省每个铜板支援革命战争”，在人民群众中形成“每人每天节省一把米支援红军”的浓厚风气。

在瑞金时期，邓小平住与老百姓一样的民房，甚至有时住祠堂、庙宇。在瑞金的 10 多个月里，他迁居五六次。

邓小平平时吃的是红薯。他吃红薯不剥皮，还风趣地说：“红薯皮营养高，吃了不怕风吹雨打，丢了太可惜了！”他平时常穿的是粗布中山装。他的一条成色好点儿的灰哔叽裤子，一穿就是好多年，裤脚边都磨破了，一直缝缝补补，结果裤子越穿越短，但他依然穿着它走村串户。中华苏维埃第一次全国代表大会召开时，他穿着这条裤子参加开幕典礼。身边人员觉得他出席这么庄重的庆典，穿这样的裤子太难看，要给他买几尺布新做一条。他坚定地拒绝说：“共产党人穿衣不是图漂亮、好看，而是讲究个干净整洁，破一点儿没啥子关系！”

邓小平有一条洗脸的花格毛巾，用了几年，尽管已经单薄无毛了，但仍然可以用，而别人同样的毛巾用了一段时间就破破烂烂了。别人问他有什么诀窍。他说：“你们洗脸时都是两手用力拧毛巾，毛巾的纤维容易断。我洗脸时用两手挤干毛巾的水，毛巾的纤维不容易挤断，当然耐用啰！”

厉行节约，是邓小平终身保持的优良作风。在艰苦卓绝的战争年代是这样，在物质丰裕的社会主义建设时期也是如此。邓小平反复强调：“为了把国家财政放在稳固的基础上，保证社会主义工业建设，必须节减一切可以节减的开支，克服浪费。”

1977 年，邓小平再次恢复工作。时任中央办公厅主任的汪东兴请邓小平搬回经过扩建整修的原住所。搬进来之前，警卫秘书张宝忠随着邓小平到住所看了一次。一进房门，邓小平就自言自语地说了一句："这么大，是该批评。"张宝忠回忆说："虽然不知道首长这话的真实含义，但我猜想，准是有人给首长提出有关房子的意见了。不管是谁提，我心里明白，小平当时的住所并不过分。住房最大的也就 20 平方米，会议室兼客厅不到 60 平方米。这在当时并不超标。况且，我还知道，开始设计这房子时，面积还没有这么大。当邓小平被再次打倒后，中南海有关部门接手建设，才扩大了面积。"当初在设计这个住地时，香港霍英东先生出于对邓小平的敬爱之情，并知道邓小平喜欢游泳，还资助了 100 万元，准备在院子隔壁为邓小平修建一个游泳池。邓小平知道后，坚决反对。他严肃地对大家说："我还能游几年？再说，我是不喜欢在游泳池游泳的，这你们是知道的啊！我就喜欢在大海里游泳！"大家都清楚，只要邓小平不同意，谁也不可能劝回来，于是改变了设计，那块地方为部队建了营房。

1977 年 7 月 1 日，邓小平一家正式搬到原住所。此后，他一直住在这里，再也没有搬过家，直到离世。邓小平住在这里的 20 年间，许多老百姓的住房条件都在逐步改善，而他始终住在与老百姓只有一墙之隔的普通院落，从没向组织上提出任何要求。邓小平卧室、书房的家具都是一二十年不变的老样式，虽然已经很陈旧，但他坚决不让换新的。客厅的地毯用了多年，颜色都变了，他也不同意换新的。他说：只要没坏，打扫干净就可以，换新的还要花好多钱。

邓小平生活一向俭朴，表现在饮食上就是有什么吃什么，从不挑食，从不吃补品。川菜是他一生的爱好，但也仅限于宫保鸡丁、麻辣豆腐之类。邓小平吃饭简单，多数时间是看着孩子们吃。20 世纪 60 年代初，工作人员担心邓小平和大家一起吃，营养不够，提出让他单独吃，他不肯。有时，给邓小平单独炒一个菜，他却分给孩子们，自己一口也不吃。改革开放后，生活好了起来，邓小平家的伙食也改善了，一般情况下都是四菜一汤，但晚上总有一个固定的大烩菜，就是把中午所有剩的菜都烩在一起。邓楠深情回忆父亲与家人一起吃饭的最大嗜好时说：

“喝碗稀饭，吃点儿咸菜，他觉得特别满意。他总说，稀饭是好吃的东西，你们不懂。他最爱喝的粥是绿豆粥。”餐巾纸也是邓小平晚年才享用的，但坚持一张纸裁成四块，每次只用一小块，一天只用两张。

邓小平外出视察或者举家游览，饮食上一贯保持俭朴的作风。1980 年 7 月，邓小平与家人住在武汉东湖宾馆。“在生活上，他从来都没提过要求，每次都是四菜一汤，一般是一个荤菜、一个夹荤菜、两个素菜。都是我们这里准备的一些简单时令菜。他有时怕麻烦服务员张罗，就自己在房间吃。”当时的宾馆服务员王合荣回忆说，“每次家人围坐在一起吃饭，吃到最后，他和夫人卓琳都会教导孩子们将盘子清空，不要剩饭剩菜。这给我留下的印象太深了！我们如今提倡的‘光盘行动’其实在他那里一直就是家规，每每吃饭必执行。”1986 年 1 月 31 日起，邓小平在成都金牛宾馆住了 10 多天。他每顿饭一般是三菜或四菜一汤，菜也就是粉蒸肉、回锅肉、青菜、豌豆尖之类的家常菜，汤一般是酸菜粉丝汤或酸菜肉丝汤。让服务人员特别感动的是，他绝不浪费一丝一毫。有一天中午，厨师给他做了一个清炖蹄花，一共只有两小节。他吃了一节后，对服务员说：“这节猪脚吃不了，搁到下顿吃吧。”到了晚上，厨师只好把剩下的这节猪蹄热了端上桌。还有一次，邓小平在飞机上进餐，不小心将一根豆芽菜掉到桌子上，便马上夹起放进了嘴里。

邓小平非常讲究衣着整洁，但也非常简单朴素。他的很多衣服的领子、袖口都补过。从中华人民共和国成立后直到“文革”前，邓小平在公共场合穿的外衣有三套中山装，一套是黑色呢子的，一套是灰色派力斯的，一套是咖啡色一般材质的；另外有一件花达呢的外套。这几套外衣，一直穿到“文革”后不能再穿为止。邓小平有一件羊绒开司米毛衣，是上海刚刚解放时，在上海做地下工作的刘晓给他买的，穿了几十年，肘部磨破了。卓琳会织补毛衣，就找了一些颜色差不多的毛线，把粗线破开，变成像开司米那样细的线，然后用针穿上线，用织毛衣的方法进行织补。那么大的一片破洞，经她一补，竟然和原物所差无几，不知道的，一眼还真看不出来。还有那些破损的边角，卓琳都细心地一一补好。邓小平逝世后，家人把这件毛衣捐献给了四川广安邓小平故居陈列馆。长期以来，邓小平的内衣都是有补丁的。衬裤的裤口和裤裆，衬衣的领口和袖口，总是缝了又缝，补了又补。据身边工作人员回忆，一次在杭州视察，服务员在洗衣服的时候问他："这是你的衣服，还是首长的衣服？"得知是邓小平的衣服，服务员指着缝得密密麻麻的衬衣领子，又打开有几块补丁的衬裤，看了好一会儿后惊讶地说："我要不是亲眼看到，绝不会相信！"直到20世纪七八十年代，邓小平还在穿有补丁的内衣。20世纪90年代后，人民的生活水平普遍提高了，穿戴上已经有了很大的变化，但是邓小平朴素的生活依然如故。后来，他的女儿们给他买了夹克服等新衣服，不想让父亲再穿有补丁或者很旧的衣服了。1997年2月19日，邓小平去世前嘱咐卓琳，走的时候不要买新衣服。那一天，他是穿着一身灰色的旧中山装和一双旧皮鞋离开我们的。在四川广安邓小平故居陈列馆中，陈列着邓小平生前穿过的中山装、军便服、白衬衫、圆口布鞋、视察南方时穿的布夹克等部分衣物，还有用了几十年的手表、皮带。睹物思人，这些衣物是那样的眼熟，又是那样的简朴。他经常穿的那条的确良军裤，上面烟头烧的小洞依稀可见。

生活俭朴的邓小平一生没有什么积蓄。晚年，他和卓琳先后两次以"老共产党员"的名义向"希望工程"捐款。他的著作《邓小平文选》等出版后，他从来没有领取过稿费。当得知《邓小平文选》有一笔稿费还存放在出版社，他郑重其事地把家人召集在一起开会。他说："虽然钱不多，但是我得捐出去。咱们来研究研究，这点儿钱能干什么，捐到什么地方去。"最后，邓小平决定把钱捐给科技和教育事业。

勤政廉洁的工作作风

邓小平向来主张工作不能用别人代劳，要自己动脑，自己动手，埋头苦干；办事要雷厉风行，说干就干，讲求实效，不能慢慢腾腾、拖拖拉拉；讲话要简明扼要，力求精练。

邓小平这种作风是在战争年代养成的，一直保持到他的晚年。

邓小平在苏区任县委书记时，一个人，一匹马，一个警卫员兼马夫，轻骑简从，就这么在瑞金、会昌一带那么大的区域来来往往。女儿邓榕说：“父亲这个人，最不讲排场，反对繁琐哲学。这种一人、一马、一警卫的习惯，他一直保持到抗战开始。在他就任更重要的职务后，他也是这样崇尚简朴。整个抗战期间和解放战争期间，他没有私人秘书。中华人民共和国成立后直到‘文革’开始前的 17 年中，他也只有一个秘书。对他来说，不在人多，重要的是效率要高。”

跟邓小平一起工作过的老同志更是有切身的体会。王平将军对邓小平的工作作风的印象是：他很冷静，严肃认真，讲话不多，但简明扼要。他讲话句子短，好记录，而且观点明确，讲的都是有用的话。梁必业将军回忆说：小平同志写东西快，大家形容他写东西是“倚马可待”。有一次，朱瑞催他写一个连队的讲话材料，他说：“这个好办。”马上找来一张纸，用一支铅笔，没有桌子，就在膝盖上写，很快就写好了。

在战争年代，邓小平对待重大工作一直坚持亲自动手、动笔、动口。他从来坚持自己起草文件和报告，从不让人给他代写讲话稿，而且讲话也从不拿讲话稿，一篇讲话，洋洋洒洒数小时，十分精彩，可谓“胸有成竹”“腹稿在怀”。淮海战役中，张生华差不多每天都在刘伯承和邓小平身边工作，对他们的工作作风最了解。他说，刘邓是直接指挥作战，亲自处理重大问题，坚持当天的事当天办完。所有来往的电报和各类情报材料，均送作战科，由参谋人员分类放好，由刘邓来时阅读和处理，保证了工作的及时性和高效率。淮海战役歼灭黄维的初步总结，是由邓小平亲自主持完成的。邓小平亲自撰写的文件、电报数量很大，仅上报中央的，每年就有几十份之多。作战科的人都说，邓政委写文电报告又多、又快、又好，许多需要的有关数据，也记得非常准确。

邓小平不靠秘书写稿子而亲自动手、动笔、动口的勤政廉洁的工作作风，不仅在军情如火如荼的战争年代如此，而且在领导全国人民进行社会主义现代化建

1992 年 1 月，邓小平在深圳视察。

设中仍然保持和发扬。

从《邓小平文选》第三卷的 119 篇文章中，可以看到有 96 篇是邓小平同外宾或国内有关负责人的即席谈话或讲话。这些即席谈话或讲话，包含着丰富的建设有中国特色社会主义的理论，是当代中国的马克思主义。这些新观点、新思想，不可能产生于秘书的笔下，只能是邓小平本人创造性思维的结果。

邓小平在 1992 年的南方谈话中，要求全党干部都要发扬廉洁的工作作风，防止形式主义和官僚主义作风。他指出：现在有一个问题，就是形式主义多。电视一打开，尽是会议。会议多，文章太长，讲话也太长，而且内容重复，新的语言并不很多。重复的话要讲，但要精简。形式主义也是官僚主义。要腾出时间来多办实事，多做少说。毛主席不开长会，文章短而精，讲话也很精炼。周总理四届人大的报告，毛主席指定我起草，要求不得超过 5000 字，我完成了任务。5000 字，不是也很管用吗？我建议抓一下这个问题。

邓小平的这种工作作风体现到日常生活中，就是尽可能地自己的事情自己做。身体好的时候，他是这样，到了晚年，特别是身体欠佳的时候，仍然是这样。他坚持只要自己可以做的，尽量不让别人代劳。每次游泳，或者每次洗浴，他都让工作人员把衣服放好以后就不用管了。有时，工作人员看他年龄大了，穿衣服、穿袜子挺费劲的，就上前帮他，他坚决不让，只要自己还能动，即使费点儿劲，也要自己慢慢地穿。其实，这些细微的小事不仅体现了邓小平对生命和体能的积极态度，还渗透着对工作人员的爱护与尊重。

“高级干部以身作则非常重要”

邓小平历来强调：领导干部，特别是高级干部以身作则非常重要。群众对干部总是要听其言、观其行的。连长、指导员不以身作则，就带不出好兵来；领导、干部不做出好样子，就带不出部队的好风气，就出不了战斗力。

邓小平要求高级干部以身作则，而他自己一贯都身体力行。

在战争年代，他经常深入群众，深入基层，与干部战士同吃、同住、同劳动。红军长征，三大主力会师后，红一军团政治部驻扎在甘肃省固原县七营镇。这时，邓小平担任政治部副主任。战争年代的部队不同于和平时期，随时都要执行作战任务，为了便于行军和转移，不宜库存更多的粮食和其他物资，一般身边都只带三五天的粮食，部队的生活所需全靠临时筹措。邓小平所在的政治部也经常发动干部战士到几十里以外的后山里去背粮食。邓小平同政治部的干部战士一样，经常去山里背粮食。有一次，政治部的全体战士接到去后山里背粮食的命令，正要出发时，邓小平也赶到了。大家心里明白，邓小平又要和大家一起去背粮食，便纷纷议论开了，有的说：“邓副主任没有一点儿架子，一贯严于律己，以身作则。”有的说：“邓副主任，你工作太忙了，就别去了吧。”邓小平听了这些议论和劝阻，风趣地对大家说：“命令是我下的，我能不带头执行？要吃饭，就得干。”他边说边挤进了队伍之中，同全体官兵一起出发了……

全面抗战初期，邓小平率八路军第一二九师师部进驻邢台县道沟村。在这里，邓小平不但和战士们一起上山砍柴，还经常挤出时间帮助老百姓劳动。一天傍晚，战士们挑着柴捆走到村口，一位快言快语的大嫂对身边的几位妇女说：

“快来看呀，那挑柴的不是邓小平吗？砍得还真不少哩！”邓小平笑了笑，走了过去。那天，师部在牛家坟柏树林召开军民联欢会。演出之前，刘伯承讲抗战形势，邓小平讲统一战线和军民关系。这时，天空忽然下起雨来，警卫员马上给二位首长取出雨衣。正在讲话的邓小平连连摆手叫把雨衣拿走，并对警卫员说：“军队和老百姓要风雨同舟嘛！群众开会不怕雨淋，我们能怕吗？”接着继续作报告。

邓小平这种以身作则、身体力行的模范作风，一直保持到他的晚年，他同战争年代一样，凡事要求别人做到的，自己首先做到。邓小平亲自倡导开展全民义务植树，又亲自参加义务植树的实践，就是一个典型的例子。

全民义务植树运动始于1981年，是邓小平倡导了这场绿色革命。这年夏天，四川、陕西等地遭受了历史上罕见的水灾，给国家和人民生命财产造成了重大损失。这场无情的特大水灾引发了邓小平深切的关注和深刻的思考。这年9月，他特地找到万里，心情沉重、神情严肃地说：“最近的洪灾涉及林业，涉及木材的过量采伐。看来，中国的林业要上去，不采取一些有力措施不行。”接下来，他便进一步把经深思熟虑的想法和盘托出，“是否可以建议全国人民代表大会通过一项议案，规定凡是有劳动能力的中国公民，每人每年都种几株树，比如三至五株，包栽包活，多者受奖，无故不履行此项义务者受罚。总之，要有进一步的办法。”

不久，邓小平的建议被提到议事日程。10月19日和11月9日，中央书记处连续两次召开会议，深入讨论的结果是，一致同意邓小平的意见，并由国务院向全国人大常委会提交了决议（草案）。12月13日，在五届全国人大四次会议上，人大代表审议通过了《关于开展全民义务植树运动的决议》，在法律上为每个适龄公民规定了每年植树三至五株的义务。随后，国务院制定了实施办法，规定：“凡中华人民共和国公民，男11岁至60岁，女11岁至55岁，除丧失劳动能力者外，均应承担义务植树任务。”

邓小平是义务植树的倡导者，更是义务植树的积极实践者。全国人大关于开

邓小平不但是义务植树的倡导者，也是义务植树的积极实践者。1982年3月12日，第一个全民义务植树日，邓小平带领家人和身边工作人员到京西玉泉山参加义务植树活动。

展全民义务植树运动的决议实施的第一年，也就是1982年植树节前的2月，值解放军总后勤部召开全军绿化座谈会之际，邓小平向全军发出指示：军队在植树造林中，要积极地多做工作，除搞好营区植树造林外，营区外10公里范围内，要与地方共同协商搞好植树造林。

虽然邓小平当时已是78岁高龄的老人，远远超过了规定的义务植树年限，但他率先垂范，以身作则，带头积极投身于义务植树活动中。植树节的前两天，邓小平念念不忘作为一个公民应该履行的植树造林义务，于繁忙中对身边的工作人员说："植树节快到了。我们家今年每人至少要栽3棵树，要包种包活。"

1982年3月12日，在北京西山脚下，来了一批又一批肩扛铁锹、手提水桶的义务植树者。上午10点左右，邓小平兴致勃勃地带领家人前来植树。邓小平和大家打过招呼后，径直走到植树点，举起铁锹便干了起来。他挥动铁锹，种下了一棵又一棵树。当旁边的人劝他休息一下时，他连连说："不累，不累。"还一再表示，"我们要完成任务。"植树活动结束时，邓小平围着新栽的树苗，嘱咐首都绿化委员会的负责同志说："植树要选好的品种，要选那些长得快、能成材的。栽下后要有人管理，保证成活。"

为了进一步表达对这项工作的关注，号召全国人民积极行动起来，踊跃投身于全民义务植树运动，1982 年 11 月，邓小平为全军植树造林总结经验表彰先进大会题词："植树造林，绿化祖国，造福后代。"

1983 年 3 月 12 日，邓小平在北京十三陵同群众一起植树时，对周围的同志说："植树造林，绿化祖国，是建设社会主义、造福子孙后代的伟大事业。要坚持 20 年，坚持 100 年，坚持 1000 年，要一代一代永远传下去。"

1987 年 4 月 5 日上午，邓小平带领家人来到天坛公园万寿双环亭东侧，挥锹栽下了这天义务植树的第一棵桧柏。劳动中他指着身旁的外孙女羊羊，诙谐地笑着对在场的同志说："今天我带的这个人已经跟我种了 6 年树了。今天，我又增加了一个'部队'，羊羊的小弟弟。"随后，他又郑重强调说，"植树绿化要世世代代传下去。"

1984 年 2 月，邓小平（右一）在厦门特区万石岩植物公园植树。

邓小平尽管工作十分繁忙，但每逢植树季节，即便是外出视察工作，不论走到哪儿，他都牢记植树一事，抽空履行植树的义务。在植树时节种下几株树成为他雷打不动的固定日程安排。

1984 年 2 月，邓小平到厦门等经济特区视察工作。原定于 2 月 10 日上午，接见完最后一批客人，临行前在厦门的山上植树。偏偏天公不作美，一大早就阴雨连绵。相关领导见状，建议取消原定的植树活动。邓小平却笑着摇摇头，说："下这么点儿小雨怕什么，上山吧。”约10点钟，邓小平和王震冒着霏霏细雨，来到厦门万石岩植物公园，走过湿漉漉的泥地，步入植树区，兴致勃勃地拿着铁锹干起来，在后山坡上栽下了10多株南国佳木——云南香樟。植完树已近中午，雨仍然在下。邓小平拄着铁锹站直了身板，望一望灰蒙蒙的天空，看一看身边刚刚植好的树苗，高兴地说：“这几棵树，这一下保活了。”植完树，邓小平双脚上还沾着泥巴就登上了北去的专列。回到北京以后，适逢植树节，邓小平不顾疲倦，同其他中央领导人一道赶往十三陵，参加植树造林义务劳动。

北京的十三陵、天坛公园、龙潭湖、景山公园、亚运村……都留下了邓小平植树的足迹，留下了他辛勤的汗水和心血，留下了他种上的青松翠柏。邓小平的话语和以身作则的模范行动，激励了全国人民更加广泛深入地开展义务植树运动，为发展国民经济和改善生态环境做出新的贡献，为子孙后代留下更多更美的森林。

“主权问题不是一个可以讨论的问题”

邓小平说：“我是中国人民的儿子。我深情地爱着我的祖国和人民。”1982年9月，在与英国首相玛格丽特·撒切尔夫人会谈时，邓小平以一个伟大爱国者的情怀，指出“主权问题不是一个可以讨论的问题”，宣布中国领导人决不当李鸿章，表明了中国政府收回香港、维护中国主权与统一的坚定立场。

香港包括香港岛、九龙、新界三部分，原属广东省宝安县，自古以来就是中国领土。第一次鸦片战争后，英国强迫清政府于1842年签订了丧权辱国的《南京条约》，永久割让香港岛。1860年，英国又强迫清政府签订《北京条约》，永久割让九龙半岛尖端。1898年，英国再趁列强在中国划分势力范围之机，逼迫清政府签订《中英展拓香港界址专条》，强行租借九龙半岛大片土地以及附近200多个岛屿（后统称“新界”），租期99年，1997年6月30日期满。

1982 年 9 月，邓小平在会见来访的英国首相撒切尔夫人时指出：“主权问题不是一个可以讨论的问题。”中国一定要在 1997 年收回香港。

100 多年来，中国人民一直反对上述 3 个不平等条约。中华人民共和国成立后，中国政府的一贯立场是：香港是中国的领土，中国不承认帝国主义强加的 3 个不平等条约，在适当时机通过谈判解决这一问题。

随着 1997 年的日益临近，英国方面不断试探中国关于解决香港问题的立场和态度。1979 年 3 月，香港第二十五任总督麦理浩来到中国，按照英国政府的旨意，提出 1997 年以后，英国希望继续租让香港。邓小平在会见麦理浩时，郑重阐述了中国政府对香港问题的立场和态度：我们历来认为，香港主权属于中华人民共和国，但香港又有它的特殊地位。香港是中国的一部分，这个问题本身不能讨论。但可以肯定一点，就是即使到了 1997 年解决这个问题时，我们也会尊重香港的特殊地位。在本世纪和下世纪初相当长的时期内，香港还可以搞它的资本主义，我们搞我们的社会主义。

香港回归所要直接面对的就是英国政府，邓小平在会见麦理浩后，又陆续会见了英国前首相希思、英国外交大臣杰弗里·豪和英国首相撒切尔夫人，而和撒切尔夫人的会见更是香港回归谈判中的“浓墨重彩”。这位在英国、在欧洲乃至全世界闻名的政治人物虽然是位女性，但由于其强硬地反对共产主义，被苏联媒体称为“铁娘子”。她在外交上更是力主强势外交，故而“铁娘子”的称号可谓名实相符。

1982 年 4 月，阿根廷军队发动突袭，一举夺占英国守备力量单薄的马尔维纳斯岛（简称马岛）。当时，英国朝野震惊，包括军方在内，都认为万里之外的马岛无法收回。只有从未当过兵的撒切尔夫人力排众议，坚持不惜一切代价，捍卫国家主权和利益。最终，英国军队远涉 2 万多公里，越过南大西洋，至 6 月 14 日，打败阿根廷军队，夺回了马岛。在以后英阿争端中，英国一直占据强势地位。马岛战争使撒切尔夫人名声大噪。

撒切尔夫人正是带着马岛战争胜利的骄矜之色飞往北京的，以为只要手段强硬，香港问题的解决便会如马岛一样。她的顾问尤德等对此有些担心。他们在来中国前做了大量的功课，十分清楚英国在中英最高层次的对话中所面对的不是别人，而是具有传奇色彩的邓小平。他们知道邓小平也有一个雅号——“钢铁公司”，这一雅号还是毛泽东所赐。毛泽东称他 “柔中寓钢，绵里藏针。外面和气一点，内部是钢铁公司”。

1982 年 9 月 22 日下午 1 时 20 分，一架英国皇家空军专机在北京首都机场徐徐降落。撒切尔夫人仪态万方走下飞机。她此行的目的是为了加强中英关系，特别是为了香港问题向中国摊牌。早在来华之前，撒切尔夫人就事先声明：“有关香港的 3 个条约仍然有效。”在国际上大造舆论，意在试探中国方面的立场。

24 日上午 9 时，邓小平在人民大会堂福建厅会见撒切尔夫人。撒切尔夫人盛装亮相，一袭蓝底红点丝质西式裙，脚上是一双黑色高跟鞋，挽黑色手袋，颈戴一条珍珠项链，显得雍容华贵，光彩照人。邓小平仍然是一身灰色中山装，腰板笔直，脸上带着微微的笑意，但眼神里透出坚定和刚毅。

双方先是一番寒暄。撒切尔夫人说：“我作为现任英国首相访华，看到您很高兴。”邓小平嘴角一抿，微笑着答道：“是呀，英国首相，我认识好几个，但我认识的都下了台。欢迎您来呀！”很快，友好气氛中的闲谈结束了，记者被请离场，会谈转入正题。

会谈一开始，撒切尔夫人就提出“有关香港的 3 个条约仍然有效”的主张。显而易见，这就是英国对香港行使主权的公然挑战。

面对英国首相的挑战，邓小平寸步不让，毫不含糊地回应道：“我们对香港问题的基本立场是明确的，这里主要有 3 个问题：一个主权问题；再一个问题，是 1997 年后，中国采取什么方式来管理香港，继续保持香港繁荣；第三个问题，是中国和英国两国政府要妥善商谈如何使香港从现在到 1997 年的 15 年中不出现大的波动。”

接下来，邓小平逐一解答 3 个问题。他强调指出：“关于主权问题，中国在这个问题上没有回旋余地。坦率地讲，主权问题不是一个可以讨论的问题。”他又说，“如果中国在 1997 年，也就是中华人民共和国成立 48 年后还不把香港收回，任何一个中国领导人和政府都不能向中国人民交代，甚至也不能向世界人民交代。如果不收回，就意味着中国政府是晚清政府，中国领导人是李鸿章。”如果不收回，“人民没有理由信任我们，任何中国政府都应该下野，自动退出政治舞台，没有别的选择。”他说，“中英两国应该合作，但这不是说，香港继续保持繁荣必须在英国的管辖之下才能实现。香港继续保持繁荣，根本上取决于中国收回香港后，在中国管辖下，实行适合于香港的政策。香港现行的政治、经济制度，甚至大部分法律都可以保留，当然，有些要加以改革。香港仍将实行资本主义，现行的许多适合的制度要坚持。”

撒切尔夫人讲道：“有人说一旦中国宣布 1997 年收回香港，香港就有可能发生波动，甚至带来灾难性的影响。”邓小平回答：“我的看法是小波动不可避免。如果中英两国抱着合作的态度来解决这个问题，就能避免大的波动。中国政府在做出这个决定的时候，各种可能都估计到了。如果在 15 年的过渡时期内香港发生严重的波动，中国政府将被迫不得不对收回香港的时间和方式另做考虑。”

这个“另做考虑”的回应斩钉截铁，是中国政府应对过渡期内可能出现的大的变故的严正态度。作为一个战略家，邓小平当然清楚刚刚取得马岛战争的胜利，“铁娘子”志得意满，神采飞扬，她的思维仍然没有跳出把香港类比于马岛的错误的逻辑。在撒切尔夫人访华前，邓小平曾对李先念说，中国要准备把使用武力作为保卫香港的最后手段。正是因为有这样的思想准备，当撒切尔夫人提出以主权换治权，以香港将会出现“严重的波动”相要挟时，邓小平才做出上述铿锵有力的回答。

邓小平接着说：“如果说宣布要收回香港就会像夫人说的‘带来灾难性的影响’，那我们要勇敢地面对这个灾难，做出决策。我相信我们会制定出收回香港后应该实行的、能为各方面所接受的政策。我不担心这一点。我担心的是今后15年过渡时期如何过渡好，担心在这个时期中会出现很大的混乱，而且这些混乱是人为的。这当中不光有外国人，也有中国人，而主要的是英国人。制造混乱是很容易的。我们进行磋商就是要解决这个问题。”

邓小平建议双方达成这样一个协议，即双方同意通过外交途径开始进行香港问题的磋商。有理、有利、有节，英方这时才领略了邓小平“柔中寓钢，绵里藏针”的风采，再也提不出反对的理由。撒切尔夫人同意了邓小平的建议。两国领导人这次会谈的历史意义在于开启了中英香港谈判大门。

撒切尔夫人没想到邓小平在香港主权问题上的立场会那么坚定，毫无通融余地。她回去后对当时的驻华大使柯利达说：“邓小平真残酷啊！”撒切尔夫人在其回忆录《唐宁街的岁月》中，追忆了中英谈判的全过程，表达了她对邓小平等中国领导人的敬佩：“我早就听说邓小平是实事求是的人，跟他一打交道，我还发现他是一个非常执着的人，他的态度很坚决。他说，香港主权根本不在讨论之列，稍后，中国会正式公布收回香港的决定。这一点出乎我的意料。”

有功不讲功，有过不诿过

邓小平70多年的革命生涯涵盖革命、建设、改革不同历史时期。在每个历史时期，他都发挥了重要作用，有着巨大贡献。但他向来虚怀若谷，在很多场合下，都不愿意讲自己的功劳。

有一次，女儿毛毛好奇地问父亲：“长征的时候，你都干了些什么工作？”

邓小平用他一贯的简明方式回答：“跟着走！”其实，所有参加过举世闻名的二万五千里长征的人，都有许许多多关于长征的回忆，都有说不完的关于长征的故事，可是，邓小平只有这么 3 个字。邓小平在同子女谈心、聊天时，从来不向他们摆自己的功劳。1977 年 7 月，在决定恢复邓小平领导职务的党的十届三中全会上，邓小平表示：“出来工作，可以有两种态度，一个是做官，一个是做点儿工作。我想，谁叫你当共产党人呢，既然当了，就不能够做官，不能够有私心杂念，不能够有别的选择。”邓小平这段感人肺腑之言，是他真情的表白。

随着改革开放政策取得举世瞩目的辉煌成就，引起了国内外的极大关注，对邓小平的功绩进行了广泛的宣传报道。在这些舆论宣传面前，邓小平保持了清醒的认识，多次讲到不要突出自己，要讲集体的作用。1986 年 9 月 2 日，邓小平在接见美国记者迈克·华莱士时，这位记者问：“到现在为止，还没有看到在中国的任何场合挂您的照片，这是为什么？”邓小平作了这样的答复：“我们不提倡这个。个人是集体的一分子。任何事情都不是一个人做得出来的。”1987 年 11 月 16 日，邓小平在会见日本社会党委员长土井多贺子的谈话中说：“我们党的十三大报告是集体创作，集中了几千人的智慧，有许多内容并不是我提出来的。当然，其中也有我的看法和意见，但大部分是集体的意见。1978 年党的十一届三中全会以来的路线、方针和政策的制定，我是出了力的，但不只是我一个人。所以，不能把 9 年来的成绩都写到我个人的账上，可以写我是集体的一分子。过分夸大一个人的作用并不有利。”

邓小平一方面强调个人只是集体中的一分子，肯定集体领导的作用；另一方面，他又把个人的作用同群众智慧紧密地联系起来，肯定群众的作用。邓小平曾多次讲到群众在农村改革中的作用。1988 年 9 月 5 日，邓小平在会见捷克斯洛伐克总统胡萨克的谈话中讲道：“我个人做了一点事，但不能说都是我发明的。其实很多事是别人发明的，群众发明的，我只不过把它们概括起来，提出了方针政策。”1992年，党的十四大报告充分肯定了邓小平在创立建设有中国特色社会主义理论上的历史功绩。邓小平读了送审稿之后说了下面一段话：“改革开放中许许多多的东西，都是由群众在实践中提出来的。报告中讲我的功绩，一定要放在集体领导范围内，绝不是一个人的脑筋就可以钻出什么新东西来，是群众观点的智慧，集体的智慧。如农村搞家庭联产承包，这个发明权是农民的，我的功劳是把这些新事物概括起来，加以提倡。”

邓小平是 20 世纪世界上非常有魅力的、影响深远的政治家之一，中外人士都希望能够看到他写的自传。但是，人们的这个愿望被他拒绝了。他执意不写自传，也不主张或不喜欢别人给他写传。1988 年 9 月，邓小平对胡萨克讲道：“很多外国记者要来采访我，搞我的什么传，我都婉拒了。我认为，过分夸大个人作用是不对的。”1989 年 9 月，邓小平同几位中央负责同志谈话时又说：“我多次拒绝外国人要我写自传。如果自传只讲功、不讲过，本身就变成了歌功颂德，吹嘘自己，那有什么必要？至于一些同志回忆自己的历史，写一些东西，那很有益处。聂荣臻同志写的那一段亲自经历的事，很真实。有人也写了自己的错误，比如李维汉同志。但是有些自传还是宣传自己的多，这种事情不值得赞扬。对我的评价，不要过分夸张，不要分量太重。”这是他的肺腑之言。

邓小平历来反对无原则地歌功颂德，为自己树碑立传。他要求地方政府不要在他出生的故居搞什么陈列室，照原样子不动，让老百姓住进去。因为他知道，搞陈列室无非是宣传他的业绩。

1989 年 9 月，邓小平在即将退休之时，找中央几位负责同志商量他退休的时间和方式问题时，恳切地说：“对我的评价，不要过分夸张，不要分量太重。有的把我的规格放在毛主席之上，这就不好了。我很怕有这样的东西，名誉太高了是个负担。”1997 年元旦，中央电视台播放大型电视文献片《邓小平》。病榻上的邓小平看到了电视里一幕幕熟悉的画面，当工作人员告诉他这是反映他的电视片时，老人脸上露出了羞涩的表情。邓小平病重和去世后，家人致信中央，再次转达他本人捐献角膜、解剖遗体和骨灰撒入大海的遗愿，并最终实现了遗愿，体现了马克思主义者彻底的唯物主义情怀。

对于自己为中国革命事业做出的巨大贡献，邓小平曾轻描淡写地说："我算不了什么，当然，我总是做了点儿事情的，革命者还能不做事？"而对自己的错误，邓小平总是磊落地承认，有过不诿过，这是邓小平一贯的品质。

在 1954 年召开的党的七届四中全会上，邓小平对自己在工作中的缺点错误作了认真的检讨和反省："拿我来说，缺点是很多的，错误也是常常要犯的，远的不说，到中央来了以后，分散主义，我是有份的，这一时期，我所解决的问题，无论对事对人绝不是都那样妥当的。至于过去，无论在华北，在中原，在西南，工作中都是有缺点错误的。不能设想，像我们这样的马列主义水平在工作中会没有错误、没有缺点。"

在党的十一届五中全会第三次会议上谈到党在"文革"前犯过的一些错误时，邓小平说："这个话，我有资格讲，因为我就犯过错误。1957 年反右派，我们是积极分子，反右派扩大化，我就有责任，我是总书记呀。1958 年'大跃进'，我们头脑也热，在座的老同志恐怕头脑热的也不少。这些问题不是一个人的问题。我们应该承认，不犯错误的人是没有的。拿我来说，能够四六开，百分之六十做的是好事，百分之四十不那么好，就够满意了，大部分好嘛。"

邓小平总是一分为二地看待自己一生所做的工作，并毫无顾虑地展示自己承认错误的勇气。1980 年，他公开承认"反右扩大化"的错误，作了严格的自我批评，承担了一部分责任，并大力支持给几十万无辜者平反。但是，邓小平认为，不能说当时整个运动都是错误的，他说："1957 年的反右是必要的，没有错。""错误出在哪里呢？问题是随着运动的发展，扩大化了，打击面宽了，打击的分量也太重。"邓小平对我们党犯的错误，总是主动承担自己的一份责任，不把过错都推给别人。他说："'文革'前，我们也有一些过失，比如'大跃进'这个事情，虽然我不是主要的提倡者，但我没有反对过，说明我在这个错误中有份。"1980 年 8 月，当意大利记者奥琳埃娜·法拉奇问邓小平"你对自己怎样评价"时，邓小平回答说："我自己能够对半开就不错了。但有一点可以讲，我一生问心无愧。你一定要记下我的话，我是犯了不少错误的，包括毛泽东同志犯的那些错误，我也有份，只是可以说，也是好心犯的错误。不犯错误的人没有。不能把过去的错误都算成毛主席一个人的。"尽管邓小平在"文革"中被毛泽东点了名，挨过整，受过严厉批判，也遭受撤职的命运，但他没有把过去的错误都推给毛泽东一个人，而是再三地表示，他个人也有份，要承担责任。这既是公正的事实，也是邓小平勇于承认错误、严格要求自己、胸怀坦荡的表现。

在新的历史时期，邓小平在肯定改革开放的巨大成就的同时，从来没有回避工作中的缺点或失误。1989 年 3 月 23 日，邓小平在会见外宾时说："中国近 10 年获得了可喜的发展，成就是主要的，但也出现了一些失误。最大的失误在教育方面发展不够。在经济得到可喜发展和人民生活水平得到改善的情况下，没有告诉人民，包括共产党员在内，应该保持艰苦奋斗的传统。"他回顾说，"近 10 年的时间里，大错误没有犯，小错误没有断，因为我们没有经验，没有经验就要摔跟头，今后也难以避免。"1992 年，邓小平在视察南方的重要谈话中指出："回过头看，我的一个大失误就是搞 4 个经济特区时没有加上上海，要不然，现在长江三角洲，整个长江流域，乃至全国改革开放的局面，都会不一样。"

日常工作中，邓小平一旦发现自己说错了话，办错了事，便即刻作自我批评。1984 年 5 月，首次邀请港澳记者赴京采访"两会"。邓小平接见记者时，就香港回归问题讲了一席话。他说，中央对香港问题的发言，除了他本人和负责具体问题的姬鹏飞等人之外，所有其他发言人都是无效，都不算正式的。又说："我要辟个谣，黄华、耿飙讲的香港驻军问题不是中央的意见。你们去登一条消息，没有那回事，香港要驻军的，既然是中国的领土，为什么不能驻军呢？"邓小平这番话，是针对亚洲电视台一位记者在采访黄华后播发的新闻而讲的。邓小平在了解真相后，事隔 3 日，在接见香港"船王"包玉刚时，曾内疚地说："黄华同志没有说过驻军问题，我不该错怪他。"世人清楚地看到，邓小平事后作了自我批评，这正是中国共产党人高风亮节的表现！

世界上不犯错误的人是没有的，伟人也是一样。古人说的，君子之过，如日月之蚀，过则能改，善莫大焉。邓小平的过错，正如日月之蚀，丝毫不影响他的光辉，人民反而更崇敬他、拥戴他。

关心身边医务人员

邓小平非常关心身边的医护人员。在医护人员的眼中，邓小平既是一位伟人，又是一位慈祥的长者。在解放军总医院，有不少医护人员在邓小平身边工作过。开始，他们总不免有些担心，如果为这样的大人物服务出了差错，会影响首长的工作，也担心不了解首长的生活习惯。但是，时间一长，他们就觉得这些担心不必要了。

曾在邓小平身边工作了十几年的一位护士回忆说：我第一天上岗时，小平同志看到我是新来的，就先和我拉起了家常，从我在北京的家谈到了我的老家，从我的父母又谈到了我的孩子……不知不觉，我心里原来的那份紧张消失了。一次，我陪小平同志到外地出差，列车刚刚开进河南安阳站，小平同志就说："到你的老家了。"我不禁心头一热。自己刚到首长身边时谈到的老家，竟被时时刻刻考虑国家大事的他记在心里。这些年来，在小平同志身边工作，就和在自己家里与自己的亲人在一起一样。

1991 年到邓小平身边工作的护士黄琳也有和这位护士一样的经历。第一次轮到她单独值班的时候，她非常紧张，于是每做完一件事，就偷看邓小平一眼，生怕哪件事没做好，可邓小平总是对她报以慈祥的微笑，好像在说："就这样做，做得很好。"其实，黄琳心里明白，自己做的事并非件件妥帖，这是首长在鼓励她呢。有一次，黄琳在家做饭时不留神把手弄破了。第二天，她一上班就被邓小平发现了。他关切地询问："怎么割的？还痛不痛？"随后又嘱咐她，"快去包

邓小平是一位慈祥可爱的老人。含饴弄孙，是他晚年生活的一大乐趣。

扎上，沾水的活，你就不要干了，让其他工作人员帮帮你！”黄琳以为这件小事就这样过去了，没想到隔了几天，又轮到她值班时，邓小平一见面就问：“我看看你的手好了没有？”黄琳回忆说：“一个80多岁的老人，身边的工作人员又那么多，竟还记得几天前一名普通工作人员手被割伤的小事，小平同志是多么的细心啊！”

有一天，护士小徐为邓小平送早餐，摆盘子时不小心把桌子上的一个药瓶碰掉在地上。药瓶没有摔坏，可小徐心里别别扭扭的，大家也跟着紧张。“我们这里有个小马虎。”邓小平笑着说。一句玩笑话，把当时的紧张气氛化解得一干二净。这件事小徐一直牢记在心：“它时时刻刻提醒我，做什么事都要小心谨慎，可不能有半点儿马虎。”

为了让医护人员在医疗保健过程中思想不紧张，邓小平总是表现得轻松、幽默，把自己视为普通人或普通病人，没有任何的特殊要求。“首长，您该吃药了。”医护人员一声轻轻的招呼，邓小平马上满面春风地回应：“我晓得了，晓得了。”每当医护人员想为邓小平查一次身体，或采取一项治疗措施时，他常常会幽默地对医护人员说：“你看我是不是特别听话？”听邓小平这么一说，医护人员心里不知有多么热乎，仿佛自己服务的不是显赫的保健对象，更不是特殊领导，倒像是个听话的普通百姓、慈祥可爱的老人。邓小平自己身体不舒服时，就用“我没事”来安慰他们。陪伴邓小平时间较长的医护人员都知道，“我没事”几乎成了邓小平在治疗保健时的常用语。

1992年春天，邓小平要到上海视察。临行前，他答应与身边的医护人员合一张影。那天上午就要动身去上海，大家都忘了合影一事，然而邓小平没有忘。他早上不到6点就起了床，亲自写了个条子，上面写着有关人员的名字，并坚持让秘书去请他们来，照了相后才离京赴沪。

在邓小平身边，医护人员不仅领略到一代伟人的风采，更看到了一位令人敬仰的慈祥老人。心中有事，他会为你开导化解；做错了事，他能在不知不觉中让你接受教训。邓小平关心别人，体贴别人。晚年，邓小平的每顿早餐都有一个煎鸡蛋，但他往往都要分给接白班的医护人员，理由是他们赶来上班，不一定吃了早饭。有时，医护人员感到过意不去，反复要求他按营养配餐的“规定”办，他这时就妥协一下，但要“你一块，我一块”。为感谢医护人员的服务，邓小平每年过生日时，都会把生日蛋糕送到医护人员的手里。逢年过节前夕，邓小平总是叫医护人员早点儿回家团聚。

“一位老共产党员”的捐款

1989年，为了筹集资金救助全国贫困地区失学儿童重返校园，共青团中央创办了中国青少年发展基金会（简称中国青基会），并启动了“希望工程”。

1990年，共青团中央给邓小平写信，请他为希望工程题词。不久，中国青基会就收到了邓小平亲手书写的苍劲有力的4个大字——“希望工程”，这张散发着墨香的字幅让中国青基会的工作人员激动不已。1992年4月16日，邓小平为希望工程的题词在《人民日报》上发表。邓小平为希望工程的题词给中国青基会和希望工程的发展带来难以想象的巨大推动力，希望工程借邓小平在中国历史上的地位和影响力，迅速地深入人心和形成品牌，由此也揭开了“希望工程百万爱心行动”的序幕。那段时间，是希望工程启动后接受捐款最多的时候，最高领导人的关注的确给全国人民“带了很好的头”。

1992 年 6 月 10 日，两位军人来到中国青基会，拿出 3000 元钱捐给希望工程。工作人员在接待之余向他们询问捐赠者的姓名，两名军人却不愿意透露信息。工作人员解释说，留下捐款人的名字是基金会的规定，要为后人留下一份责任与爱心的清单。在工作人员的坚持下，一名军人说：“如果一定要留名，就请写‘一位老共产党员’吧。”就这样，希望工程第一次有了名为“一位老共产党员”的捐赠人。

10 月 6 日，两位“神秘”的军人又来到基金会，拿出 2000 元要捐赠给希望工程，仍然留下了“一位老共产党员”的签名。

这位“老共产党员”究竟是谁呢？两位军人第二次来捐款时，工作人员留了个心眼，在他们离去时记下了他们的车牌号。经过多方打听，终于得知，这是邓小平心系贫困学子，给希望工程捐赠的善款。

中国青基会经过认真讨论，决定将这 5000 元捐款用于邓小平早期工作、战斗过的广西百色。1929 年 12 月，邓小平、张云逸、雷经天、韦拔群等组织领导和发动了百色起义，创建了红七军和右江革命根据地，并建立右江苏维埃政府。5000 元捐款最终用于百色市平果县凤梧乡仕仁村希望小学，包括周标亮在内的 25 名贫困失学儿童成为受益者。周标亮等贫困儿童的人生从此发生了转折。周标亮说：“有一天，我的班主任找到我说，你很幸运，你得到了邓爷爷的资助，你可以继续上学了。当时，我简直不敢相信自己的耳朵……”周标亮非常珍惜这来之不易的学习机会并发奋读书。她代表百色贫困儿童在写给邓小平的信中说：“当我们得知您以‘一位老共产党员’的名义向希望工程捐赠了 5000 元钱，又知道中国青少年发展基金会把这笔钱用于救助我们百色革命老区的失学孩子时，我们激动得哭了……邓爷爷，您的工作多忙呀，可您还在惦记着我们这些老区山里的娃娃。我们感到，虽然您在北京，离我们很远很远，但您的心与我们的心贴得很近很近。”

邓小平以一名普通共产党员的身份身体力行支持希望工程，不仅体现了这位中国人民的忠诚儿子对人民的深厚感情，对老区孩子的关怀慈爱，也反映了他一贯重视教育、对发展我国教育事业殚精竭虑的心情。我们不会忘记他的反复告诫：“我们要千方百计，在别的地方忍耐一些，甚至牺牲一点儿速度，也要把教育的问题解决好。”

邓小平为希望工程捐款的消息不胫而走。一位在全国人民心目中享有崇高威望的领袖的示范力量是无比巨大的。20 多年来，希望工程吸引全社会参与慈善公益，向贫困学子献爱心，改变了一大批失学儿童的命运，改善了贫困地区的办学条件，唤起了全社会的重教意识，弘扬了扶贫济困、助人为乐的优良传统，推动了社会主义精神文明建设。现在，希望工程已成为我国社会参与非常广泛、非常具有影响力的公益品牌之一，中国青基会也从一个简单的慈善募捐机构变为服务于中国青少年的公益平台。而邓小平同志的捐款正是这一切的“催化剂”。

不仅邓小平本人亲力亲为向希望工程捐款，他的家人也心系希望工程。

在邓小平为希望工程捐款两年后的 1994 年 6 月，他的女儿邓榕来到中国青基会，向希望工程捐款 15000 元，用以救助 50 名沂蒙山区失学的贫困儿童。邓榕好奇地询问时任中国青基会秘书长的徐永光是如何弄清父亲那笔捐款的，因为捐款时已说好不留姓名。她风趣地问，是不是来捐款的同志“泄密”了？徐永光神秘地回答：他们守口如瓶。至于是怎么弄清楚的，这也是个秘密。邓榕说：我们一家人都支持希望工程，母亲多次为希望工程捐款，今年，她补发了 4000 多元工资，都捐给了希望工程，不过，她也没透露真实姓名。据邓榕透露，邓小平的夫人卓琳对希望工程和公益事业非常关注，经常会在饭桌上问子女：“你捐款了吗？”

1997 年，邓小平的外孙女羊羊来中国青基会做志愿者，在基金会的宣传部门工作。当时，中国青基会开展了不少活动向公众募捐，羊羊作为一名热情的志愿者，不遗余力地参与工作，给基金会工作人员留下了深刻的印象。“她去了大同的希望学校待了一个星期，在那里进行社会实践。她特别同情孤儿。”时任青基会宣传部长的王旭东回忆说，“她回来后，希望工程再次迎来一笔 10000 元的捐款，署名还是‘一位老共产党员’。我们问了羊羊才知道，这是她的姥姥卓琳让她捎来的。”

在 2004 年邓小平 100 周年诞辰之际，遵照他的嘱托，家人把他生前的全部稿费 140 多万元捐献出来，设立中国青少年科技创新奖励基金，旨在打造青少年科技创新平台，为建设创新型国家、培养创新型人才创造环境。邓小平再一次为我国青少年的发展贡献出自己的力量。

陈　云

"吃饭要照镜子"

在延安时，陈云是中共中央政治局常委、中央组织部部长。中央组织部开始在延安城内，日本飞机轰炸延安城之后，搬到北门大约两公里外的黄土山头上的窑洞里。驻地附近有一家菜社，顾客很多。一些归国华侨和国统区官员、富豪的子女到延安学习，寻找抗日救国的道理，但是不习惯生活上的艰苦，经常去这家菜社解馋。那些人很有钱，大吃大喝，每次都点上很多菜，显得十分阔气，吃不完就扔掉，毫不在意，同延安一般人的艰苦日子形成鲜明的对比。陈云看到这种铺张浪费现象十分反感。

抗日战争时期，陈云在延安。

在一次群众大会上，陈云大力倡导艰苦朴素、勤俭节约的作风，严厉地批评了随意扔掉饭菜的铺张浪费行为。他说："延安人的生活艰苦，大家都实行供给制，每人每天3钱油、5钱盐，粮食也不足，吃菜靠自己种，吃肉由各伙食单位养猪去解决，所以要珍惜每一粒米、每一滴油，绝不能糟蹋农民的血汗，有丝毫的浪费，否则就会脱离群众，逐渐变质。"他还提出一句名言："吃饭要照镜子。"什么是照镜子呢？就是不仅把饭菜吃完，还要端起盘子来，用馒头擦干净盘底的油迹，面对干净明亮的瓷盘子，不正像用镜子照脸吗？

陈云是这样提倡的，自己更是以身作则、率先垂范。

在中央组织部里，按照当时的规定，陈云是吃小灶的。但是在那种困难的条件下，大家每月的津贴都相差不大，一般干部每月津贴2元，最高的中央领导，像毛泽东也只有5元。所谓吃小灶，并好不到哪里去，无非是能吃上大米。陈云吃的小灶，每顿饭有两小碟菜，油水很少，就是这样，他还时常要检查有没有超过标准。抗战结束后，陈云到了东北，条件比延安时好多了，但陈云依旧很注意，不准超标准。有一次，因为他生病了，食堂为他多做了一个菜，他见到后，硬是给端了回去。从此，再也没人敢不按规定随意给陈云加菜了。

由于大女儿出世，陈云的夫人于若木忙不过来，1942年12月，中央组织部为陈云家请来一个叫王玲的保姆。刚到陈云家，王玲对陈云那种艰苦朴素的生活作风还不太了解。一次，王玲做饭时，正要将纽扣大的一块洋芋扔掉，被陈云看见了，他马上制止说："王玲同志，食物不要糟蹋了，炒炒还可以吃嘛！"1943年初夏的一天，王玲在延河边洗完衣服，将一块薄薄的肥皂片丢在河沿下。下午，陈云散步路过这里看见了，便捡了回来，和蔼地对王玲说："这点肥皂还可以用嘛，浪费了可惜！"陈云的被子破旧得很厉害，秘书领来一块洋白布，让王玲为他换个被面。陈云知道后，对秘书和王玲又是一顿劝勉："现在是困难时期，我们可要节约哟！"

1944年，陈云任西北财经办事处副主任，掌管陕甘宁边区财政和部队、机关、学校10多万人的物资供应。他穿的那套军装，和陕甘宁边区一般战士的一样，冬天是棉衣，春天把棉花抽掉变成夹衣，夏天把里子拆掉又变成单衣。陈云身体不好，出汗多，衣服烂得快，补了不少补丁。管后勤的陈清泉想到陈云经常接待来访的代表团和外宾，就打电话通知给陈云送一套新军装。陈云知道后，立即把陈清泉叫去，非常严厉地说："你是只给我新军装，还是给陕甘宁边区所有的同志都发？"陈清泉忙说明给他增发一套新军装的理由。陈云严肃地说："现在不到发军装的时候，任何人都不能例外。你马上打电话撤销刚才的通知。"看到陈清泉脸上有愧悔之意，陈云缓和了一下语气，说："老陈，我们是管钱管物的，如果搞特殊化，不按制度办事，那还怎么能管好全边区的财政？这制度还有谁去认真执行？"当时，于若木要临产了。陈云拿出一枚金戒指给陈清泉，说："这是于若木同志从北京家里带来的一枚戒指。你帮我拿到边区银行兑些边币，买些妇女坐月子用的红糖、鸡蛋等补养品。记住，不要动公家的一分钱。"陈清泉拿着金戒指，眼眶湿润了。

"不收礼、不吃请"

"不收礼、不吃请"，这是陈云为自己立下的一条规矩，他不仅身体力行，还要求身边的工作人员也不能违反。

陈云要求身边的工作人员，凡是有人送礼，必须向他报告，不得擅自收下。他说："送礼是有求于我，收下后，决定事情必有偏差。"他在解释这些铁的纪律原则时说："如果主席、总理给我送礼，我就收，因为他俩没有求我的事儿。"

1960 年，陈云到郑州视察，离开郑州火车站后，列车长告诉警卫员，地方送了一大捆芹菜和半袋花生米。陈云知道后说，按价格算钱，把钱装在信封里面写上"下不为例"，火车到了徐州以后，马上把钱退回郑州。

这次是"下不为例"，有时候连"下不为例"也不允许。有一次，陈云在某地的公务结束，正准备乘火车返回北京。当地的同志看到这些天陈云整天忙着谈话、开会、深入基层，很是辛苦，在生活上又坚持低标准，都很受感动，为表达敬意，决定把一些当地土特产送上火车。虽然大家早就听说陈云拒收礼物的态度是“不可商量的”，但考虑到送上来的仅仅是两只老母鸡和一些蔬菜，东西如此简单，又是悄悄搬上了火车，估计这次不会再吃“闭门羹”。陈云一行对此毫无所知，直到火车即将开动，秘书才得知这件事。秘书对陈云处理此类事情的态度很清楚，于是向当地同志表达感谢，并婉言请他们把东西带回去。但是当地同志的态度也很坚决。见实在拗不过，秘书将此事向陈云作了汇报，并建议说，当地同志如此盛情，不如按市场价格，把这些东西都买下来，这样做也不违反原则。陈云听完汇报，果断地说：“不能开这个先例，有第一次，就会有第二次，以后就阻止不住了。还是请他们把东西带回去，要和他们说，他们的心意，我领了，但东西，我不能收。”见陈云直接表态了，当地同志不好再坚持，于是把东西又都搬下火车，无不赞叹：陈云同志在原则问题上确实“不可商量”！

一位老同志从国外给陈云捎来一套组合音响，并很自信地说，这是自己勒紧腰带节省下钱买的，他是首长的老部下，与首长熟，感情深，别人送的，首长不要，他送的，首长一定会要。陈云知道后，严肃地让秘书转告他：“我的工资，全家吃饭都不够，哪有钱买这东西？”

陈云回故里探亲，回程时，乡亲们送了一些土特产表示心意。陈云知道后，表示了感谢，并让随行的工作人员将礼品如数退回，并幽默地说：“我收礼只收上级的‘礼’。”陈云的“只收上级的‘礼’”，不是向上级领导邀功请赏，而是上级对自己工作成绩的认可与信任。毛泽东就曾评价陈云：“我看他这个人是个好人，比较公道、能干，比较稳当……”这种褒奖是对陈云的最大贺礼。

在实际工作和生活中，即使是在同志们诚心诚意地向他表示尊敬的时候送的礼，哪怕礼物再轻，他也是“来者必拒”。

一次，一位原来从事军事指挥工作的老部下利用从外地来北京开会的机会，专门带了一箱苹果送给陈云，表达一点儿心意。当时陈云外出不在家，回来得知此事后，对秘书说：“1946 年在东北，这位同志在军队工作，能打仗。中华人民共和国成立后，我们已很久不见了。不过，我不能收他的东西……一定要把苹果送还他，并且告诉他，他的心意，我领了。”

“文革”结束后，一些以往被扫地出门、靠边站的老同志，在邓小平、陈云等的仗义执言和亲自关怀下，重新走上了工作岗位。有一位老同志为略表心意，在登门拜访陈云时，顺带捎来了一纸箱葡萄。谈完事情后，陈云指着纸箱说：“请把它带回去。”那位老同志反复解释，这不值几个钱，只是一点儿心意。陈云笑着说：“那好，我就尝 5 颗，行不行？”说完，打开箱子，摘下 5 颗。老同志见此情景，实在没有办法，只好依了陈云。

一位同陈云非常熟悉的老同志知道陈云肠胃不好，医生建议他每天吃香蕉，所以特意从广州带回一箱香蕉，派人送来，到了陈云家门口。陈云知道后，回答得很干脆：“我这里有香蕉。让他拿回去，自己吃。”来人只好扛着那箱香蕉回去了。

1984 年，中国人民银行送来 3 枚中华人民共和国成立 35 周年的纪念币，每枚面值 1 元。陈云跟秘书说：“要给他们钱，否则，我不要。”秘书只好照办，弄得对方都不知道该怎么下账。

“不迎不送，不请不到”，这是陈云在去外地视察和休养时，对地方领导同志提出的要求。他经常对身边工作人员说：“大家都挺忙，走那形式干吗？我年事已高，身体又不好，不能为党做多少工作。地方领导同志都很忙，不必常来看我，有事，我会找他们，少给他们添麻烦。没事别来，有事说事。如果电话中把事办了，就别跑腿了。”有一次在杭州，一位省领导因为知道陈云的“原则”，所以没打招呼便过来看他。陈云得知这位省领导已经到住地门口了，仍然不见，说：“我这里没事，要他回去做工作。”

陈云除了参加“国庆节”“建军节”“劳动节”等重大节日的庆祝招待会以及接待外宾之外，如果是在北京，历来是公事一处理完毕即回家吃粗茶淡饭，从不参加公家或私人的宴请。

出差到外地时，当地要请客或要给他做些好菜吃，他都婉言谢绝。有一年，他到外地，接待单位不知道他的饮食习惯，给他摆了一桌子菜。他一看就不高兴了，

陈云经常外出视察工作，但他向来坚持以工作为重，有事说事，轻车简行。图为 1958 年 6 月，陈云在兰州市郊桃林农业生产合作社视察。

无论如何不肯就座，坐在别处和秘书聊天，直到厨房重新做了他平时吃的一荤一素，才肯就餐。

就是吃饭时多加一道菜，陈云也是不允许的。有一次，陈云在地方疗养的时候，地方的同志想给他增加点儿营养。大家知道，如果先请示，他肯定是不会同意的，于是决定来个“先斩后奏”。中午，在原来一荤一素之外加了一小碗鱼翅。吃饭时，陈云发现多了一个小碗，就问：“这是什么？”当听说是鱼翅时，陈云摆摆手，平和而坚定地说：“不需要！我吃的营养足够了。”保健大夫和地方的同志一起来做工作，但陈云仍然坚持不吃。饭后，他语重心长地对工作人员说：“太贵了，吃不起呀！”稍停，他又郑重其事地说，“现在还有很多贫困的地方连饭都吃不饱啊！今天吃了，哪怕是一点点，以后，他们就会找借口给我做。这次‘浪费’了，他们就不会再做第二次了。”奢华吃请，在陈云这里没有“下不为例”。

“接触钱财物的机会越多，越要廉洁奉公”

陈云是中国社会主义经济建设的开创者和奠基人之一，长期主管中央财经工作，和“钱”打了一辈子交道，关于“管钱”“用钱”最有心得。他经常语重心长地告诫财经干部：“钱是老百姓的，我们不能拿老百姓的钱开玩笑。”“接触钱财物的机会越多，越要廉洁奉公，同每一元钱作斗争，个人不动用公家一元钱！”

1948 年年底，东北全境解放。有的干部想给自己安排个好单位，也安个家，一时争房子、争汽车的风气抬头。作为沈阳军管会主任，同时是中央政治局委员、东北局副书记的陈云要找好房子住下很容易，可供挑选的对象很多，花园洋房有的是。经过自选，陈云连同秘书住进了一所很普通的房子里。这是国民党占领期间的交通银行职员住宅，是背靠背的两栋二层日式建筑，面积不大，陈云住一栋，两个秘书各住另一栋的一层。陈云实际上也只住同样的一层，因为楼下一层是警卫员和孩子等人住的，坐的汽车也是接收过来的旧汽车。

中华人民共和国成立初，陈云主持中央人民政府政务院财政经济委员会（简

1949 年 10 月 21 日，中央人民政府政务院财政经济委员会（简称中财委）成立。前排左六为主任陈云。

称中财委）工作。作为国家最主要的理财人，他经手的钱财以亿万计，生活却十分简朴自律。那时，中财委办公处所的暖气烧得不好，办公室里很冷。行政部门看到陈云经常感冒，便给他的办公室里配了电炉子。他为了节约用电，只开过几次电炉子，那都是在苏联顾问到他办公室谈话之前为苏联同志开的。正是由于陈云的以身作则，中财委上下形成一种勤俭节约的风气。有一年 11 月 10 日前后，北京气温骤降。周恩来去陈云那里，发现陈云正拥着棉被坐着办公，周恩来看着于心不忍，马上批示这里提前几天烧暖气。陈云却坚决地推辞了："11 月 15 日供暖的时间是我定的，我不能破这个例。"

20 世纪 60 年代初，为了应对我国经济出现的困难局面，主管经济工作的陈云和其他领导曾主张搞几种"高价商品"以回笼货币。所谓的高价商品，就是指购买这些商品时不再凭票，只要花上比平价商品高几倍的价格就能买到。高价商品一经推出，就受到市场欢迎，仅 1961 年 1 月，全国就出售了 1800 万斤高价糕点和糖果，回笼资金 8300 万元。这一年夏天，陈云的夫人于若木上街为他购置了一床高价毛巾被，结果第二天报纸就登出消息：因为国家经济已经恢复到一定水平，可以取消高价产品了，即日起，所有商品都降为平价商品。看到这个消息，于若木有点儿报怨陈云为什么不早点儿告诉她，害她花了冤枉钱。陈云却说："我是主管经济的，这是国家的经济机密，我怎么可以在自己家里随便讲？我要带头遵守党的纪律。"

1959 年 6 月至 1960 年 6 月，陈云因心脏病在于若木的陪同下到外地休养。按理说，陈云是党和国家的重要领导人，夫人陪同照顾理应视为公务。然而，陈云不这么看，他对于若木说："你在陪我期间的工资不能拿。"于是，于若木回京上班后，把攒了一年的 2000 多元工资全部退了回去。单位为退回的工资开出了一张收据。如今，这张收据珍藏在陈云故居暨上海青浦革命历史纪念馆中。

无独有偶。1971 年 9 月，在中国科学院物理研究所工作的陈云的大女儿陈伟力，来到江西南昌照顾父亲，在那里待了 10 个月。其间，单位照常给她开出工资。陈云对女儿说："国家发给你工资是让你给国家做事。这段时间，你没有给国家做事，就不应该拿工资，你将来要把工资退还给公家。"1972 年 6 月，陈伟力回到物理研究所，把这一段时间的工资悉数退还给了单位。

20 世纪 80 年代末，中央关于征收个人所得税的决定刚刚通过，有关部门的发票还没有来得及做出来，陈云就马上前往交税。他表示决不能等到下个月，于是就有了一张手写的缴税收据。

20 世纪 80 年代初,《陈云文稿选编(1949–1956)》出版发行。1982 年 8 月 24 日，陈云收到 5000 元稿费。9 月 25 日，他将这笔稿费全部交了党费。此后,《陈云文选》第二卷、第三卷陆续出版发行，陈云也得到了一笔稿费，但他打算全部作为党费上交。秘书劝他先存起来，以后可以捐给某项事业。后来，他把这笔稿费分别捐给了希望工程和新成立的北方曲艺学校。

1995 年 4 月 10 日清晨，陈云在弥留之际，向党组织交了最后一次党费。党费收据是 10 日上午开具的，上面写着：“ 3、4 月份党费，112 元 4 角。”下午 2 时 04 分，陈云与世长辞，享年 90 岁。据当时在场清理遗物的陈云的二女儿陈伟华回忆，1994 年 4 月 6 日，陈云从《新闻联播》中看到中央机关为希望工程捐款的报道，第二天，他就委托身边工作人员从他的存款中取出 5000 元，送到了中国青少年基金会。接受捐款的河南省卢氏县希望工程办公室要求受助学生每年都要给捐款人写信汇报学习情况和家庭生活情况，这些信件由老师统一交送团县委，再由团县委邮寄或转送给捐助人。于是，陈云的遗物中就有了一摞保存得非常完好的信件。

总结“十五字诀”工作法

1937 年年底至 1944 年，陈云主持中央组织部工作。这 7 年时间正值中国人民抗日战争时期，也是中国共产党历经挫折走向成熟、团结带领全国人民为争取民族独立和解放共同奋斗的重要历史时期。陈云接手组织部工作时，全国的党员只有 4 万多人，到 1938 年年底增加到 50 多万人。繁忙的工作之余，陈云还组织中央组织部机关干部系统学习马克思主义基本理论和毛泽东哲学著作，规定每周要看几十页书，每星期六用半天时间进行学习讨论。他本人通过研读毛泽东的著作和起草的文件、电报，领悟到实事求是的基本指导思想，总结出“不唯上、不唯书、只唯实，交换、比较、反复”的“十五字诀”，作为终身的思想方法、工作方法和领导原则。

对于“不唯上、不唯书、只唯实，交换、比较、反复”的含义，陈云在 1990 年 1 月 24 日将写有这“十五字诀”的条幅赠送给浙江省委书记李泽民后曾作了详细的解释。

陈云说：不唯上，并不是上面的话不要听。不唯书，也不是说文件、书不要读。只唯实，就是只有从实际出发，实事求是地研究处理问题，这是最靠得住的。交换，就是互相交换意见，比方说看这个茶杯，你看这边有把、没有花，他看那边有花、没有把，两个各看到一面，都是片面的，如果互相交换一下意见，那么对茶杯这个事物，我们就会得到一个全面的符合实际的了解。过去我们犯过不少错误，究其原因，最重要的一点，就是看问题有片面性，把片面的实际当成了全面的实际。作为一个领导干部，经常注意同别人交换意见，尤其是多倾听反面的意见，只有好处，没有坏处。比较，就是上下、左右进行比较。抗日战争时期，毛主席《论持久战》就是采用这种方法。他把敌我之间互相矛盾着的强弱、大小、进步退步、多助寡助等几个基本特点，作了比较研究，批驳了“抗战必亡”的亡国论和台儿庄一战胜利后滋长起来的速胜论。毛主席说，亡国论和速胜论看问题的方法都是主观的和片面的，抗日战争只能是持久战。历史的发展证明了这个结论是完全正确的。由此可见，所有正确的结论，都是经过比较的。反复，就是决定问题不要太匆忙，要留一个反复考虑的时间。这也是毛主席的办法。他决定问题时，往往先放一放，比如放一个礼拜、两个礼拜，再反复考虑一下，听一听不同的意见。如果没有不同的意见，也要假设一个对立面。吸收正确的，驳倒错误的，使自己的意见更加完整。因为人们对事物的认识，往往不是一次就能完成的。这里所说

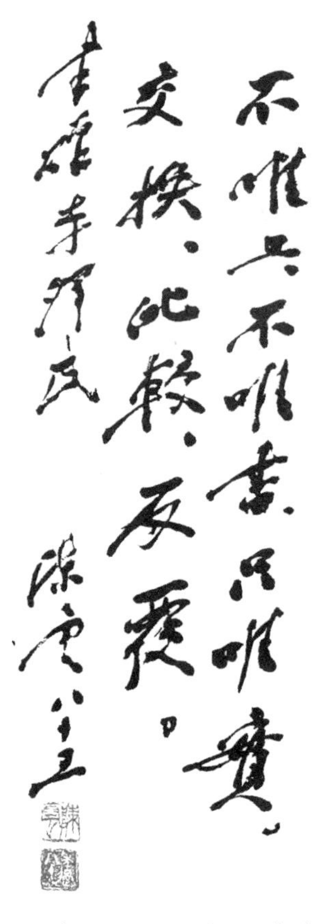

1990 年 1 月 24 日，陈云为李泽民题词：不唯上　不唯书　只唯实　交换　比较　反复。

的反复，不是反复无常、朝令夕改的意思。

解释完自己总结的 15 个字的实事求是的基本指导思想后，陈云进一步作了概括：这 15 个字，前 9 个字是唯物论，后 6 个字是辩证法，总结起来就是唯物辩证法。

重视调查研究，最讲实事求是，这是陈云的一贯品格。

抗日战争胜利后不久，1945 年 9 月，党中央派彭真、陈云等同志首批到达东北。在崭新而复杂的国际国内形势下，在这片辽阔又陌生的土地上，党的工作应该采取什么方针和步骤是一个难于解答的课题。陈云运用“不唯上、不唯书、只唯实，交换、比较、反复”的思维方法，经过两个多月的调查研究，1945 年 11 月底，由他本人主持起草，3 人共同署名，向东北局并报中央提出了《对满洲工作的几点意见》。这份报告与中央最初对东北的方针有所不同，但得到中共中央的充分肯定。东北全境解放后，1949 年 3 月，在西柏坡召开的七届二中全会上，毛泽东讲话再次肯定了这些意见。

在 1958 年“大跃进”的浪潮中，陈云较早发现了党内很多同志头脑发热，把粮食、钢铁指标定得过高，不赞成经济建设中出现的急躁冒进、急于求成的倾向。他时常忧心忡忡地对身边的工作人员讲：“亩产水稻几万斤，这可能吗？如果把那些稻谷平铺在60平方丈的土地上，该有多厚！什么‘人有多大胆，地有多大产’，是十足的形而上学。”1958 年，当陈云了解到 1959 年的钢产量为 2000 万吨时，亲自到国家计委参加讨论，用事实阐明，不能盲目追求高产，应根据国情实力制定钢产计划。1959 年，他再三要求压缩基本建设规模，但大家听不进去。那时，陈云整日焦虑思索，无奈而又感慨地说：现在，大家头脑发热，不吃苦是压不下来了。

1958 年 7 月 7 日，陈云视察武汉钢铁厂。

“大跃进”的后遗症迅速波及全国各地，国民经济发展遭受严重挫折，发生了全国性的饥饿恐慌和营养不良。为了进一步制定农村经济政策，以贯彻和落实中共中央关于“调整，巩固，充实，提高”的“八字方针”，以及集中力量加强农业的国民经济调整方针的精神，1961 年，陈云在家乡上海青浦深入基层，进行了为期半个月的调查研究，不仅完成了《青浦农村调查》等高质量的调研报告，而且形成了陈云调查研究的独特风格。后来，党史专家把陈云调查研究的风格概括为“加减乘除法”。“加减乘除法”鲜活生动、实在管用，是陈云灵活运用“十五字诀”的典型代表。

陈云用加法多为群众谋利益，用减法减轻群众的负担，用乘法提高为人民服务的效益，用除法革除种种不符合群众利益的弊端，真正做到了以百姓之心为心，努力解民忧、办实事，为推动党和国家事业发展汇聚强大力量。陈云常说：我们做工作，要用百分之九十以上的时间研究情况，用不到百分之十的时间决定政策。所有正确的政策，都是根据对实际情况的科学分析而来的。为此，赵朴初先生曾写诗赞曰：“惟实是求，珠落还起。加减乘除，反复对比。运筹帷幄，决胜千里。老谋深算，国之所倚。”

“三不准”的规定与普通劳动者的家风

陈云清正廉洁、两袖清风是有口皆碑的。他严于律己还表现在对家人的严格要求上。他给家人规定了“三不准”，即不准搭乘他的车；不准接触他看的文件；不准随便进出他的办公室。对于陈云的“三不准”要求，家人几十年如一日、一丝不苟地认真执行。

中华人民共和国成立初期，陈云担任中财委主任，夫人于若木也在中财委机关工作，本来完全可以搭乘他的汽车上下班，但于若木从来都是骑自行车去机关，没有搭过他一次便车。后来，于若木调到中科院植物研究所工作，有时候还得去香山，早出晚归。早上，她就带着饭盒，骑自行车要骑一个半小时，半路上饿了就吃一块糖，有了力气再骑。粉碎“四人帮”以后，于若木调到中国科学院院部的落实政策办公室，也是骑自行车上下班。有一次，她骑车被撞，脚面骨折，不得不休息了很长时间，这才把自行车给了二女儿陈伟华。大女儿陈伟力上初中、高中都是骑车；读大学时，从家到位于玉泉路的中国科技大学骑车要一个多小时，5 年间，她都是坚持骑车，从不要公车接送。

陈云的孙子陈小希上小学二年级的时候，有一天下雨，工作人员在门口看见他推着车子，穿了雨衣，准备往外走，就说：“小希，现在下大雨，天气冷，是不是开车送你一下？”小希马上回过头说：“我家里有规定，不能用公车，不能坐爷爷的车，不可以，有规定！”说完，扭头骑上车就走了。这种“夹着尾巴做人”的家教，对已经是成年人的工作人员来说，是一个很大的触动和教育。后来，工作人员上下班都坐公共汽车，很自觉地遵守陈云家的规定。

陈云非常重视孩子们的学习，经常教他们如何看报纸、看参考，如何开阔视野、了解世界大事，却从来不把党内文件拿出来说什么。1971 年发生了“九一三”事件，10 月以后，开始由中央向地方逐级传达。当时，陈伟力正在江西照顾父亲陈云。

有一天，陈云得到通知到省里听传达文件。陈云回来后，陈伟力就问都说了些什么？陈云说：“现在还不能告诉你，这个事情会传达，但是要等到文件规定传达到你这一级的时候，我才能讲。”这之后，陈伟力又问了好几次，他总说还不可以讲，因为没到时间。陈伟力就对父亲抱怨说：人家的爸爸都跟孩子讲好多事。陈云说他就是不可以讲，他不是那样的人。一直到文件规定可以传达的时候，陈云才正式地很严肃地给她讲了关于林彪叛逃的事情。

对于不准随便进出陈云的办公室的规定，陈云身边的工作人员曾宪林回忆说：平时，子女们有事要和首长商量和汇报，会让我们进去请示，首长同意，他们才会进去。陈云要求自己的子女要像一般人家的子女一样工作和生活，不能有特权思想，更不能搞特殊化。孩子们非常关心爸爸，但不是每天都能见到，他们都有自己的繁忙工作，只是在休息日到警卫值班室或是在家吃饭时碰到我们，问一问：“爸爸情况怎样？”在这个大家庭里，我们称于若木同志为阿姨，对子女们则直呼小名，如“元元”“方方”“南南”等，而他们的孩子，又称我们为“叔叔”或“阿姨”。大家之间，随意亲切，无拘无束，相互尊重又相互爱护。

不搞特殊化，以普通的劳动者标准严格要求自己，是陈云家风的一大特色。于若木曾经说：“我们家的家风有一个特点，就是以普通劳动者自居，以普通的机关干部要求自己，不搞特殊化。我们的儿女、孙子辈在学校里，别人看不出他们是干部子弟，他们比普通老百姓的孩子还要朴素。”

中华人民共和国成立初期由供给制改为工资制。陈云家有3个孩子都在住宿制学校上学，学费、伙食费要从工资中扣，一下子交不出来。为了省钱，于若木只好把他们转到附近的普通小学走读，在家吃住。三年困难时期，国家棉布实行定量供应。为了省布票，于若木就把大人的衣服拆了，改给小孩子穿；又把大孩子的衣服拆了，改给更小一点儿的孩子穿。那时，孩子的衣服和书包都是她用缝纫机缝的。

大女儿陈伟力开始上小学时，陈云很严肃地把她叫到办公室，当成一个大人一样跟她谈话。因为陈伟力没上过幼儿园，一直在家里，有点儿自由散漫。陈云说："你就要上学了，学校里有很多同学，而且这些同学来自不同的家庭，出身都不一样，有的孩子甚至可能很穷苦。你到这个环境以后，绝对不许提陈云是谁，更不能觉得自己比别人优越。你没有什么可以骄傲的本钱，你是你，我是我。"陈伟力上初中时，陈云又不厌其烦地对她说："做人要正直、正派，无论到哪里，都要遵守当地的规矩和纪律；答应别人的事，一定要说到做到。如果情况有变化，要如实告诉人家。这些事看起来很细小，却要这样做。你们若是在外面表现不好，那就是我的问题了。"尽管女儿那时并不太清楚父亲的特殊身份，对父亲的话也还不能完全理解，却一直记在心上，并努力按父亲说的去做。

1968 年，21 岁的二女儿陈伟华高中毕业后被分配到北京怀柔山区当老师。去报到前，陈云特意嘱咐她，到农村不要穿皮鞋，因为农民的生活都很艰苦。陈伟华第一次远离家，在那边人生地不熟，经常想家。不是周末的一天，她没向学校请假，就走了几十里山路，冒雨赶回了家。没想到，陈云看到女儿回来，不但没有显出高兴的样子，特别是当知道女儿没有请假后，还严肃批评了她。晚上，陈云又专门找陈伟华谈心，说孩子们的功课缺不得，让女儿在那儿安心教好书、育

20 世纪 50 年代初，陈云和家人在一起。

好人，在农村好好干下去，干出好成绩。陈伟华听了父亲的话，第二天一大早就赶回了学校。1977 年，国家恢复高考后，陈伟华从农村考进北京师范大学历史系，毕业后被分配到国家人事部工作。考虑到教学一线教师紧缺，她在陈云的鼓励下，毅然放弃了国家机关的工作岗位，到北京师范大学附属实验中学当了一名普通的中学教师，一干就是 20 年，直至退休。陈伟华弃政从教的事迹成为当时教育界的美谈，产生了广泛的社会影响。

陈云的次子陈方上中学的时候，为了学习游泳，有一次买脚蹼，从生活管理员手中要钱，超出了预算。陈云知道了这件事，就找陈方谈话，问他的钱是从哪里来的？陈方说是从工作人员那儿要的，陈云又问工作人员的钱是从哪里来的？陈方说是爸爸的工资。陈云问："我的工资是谁给的？"陈方回答说是人民给的。陈云又问："人民给我的工资，你为什么用呢？"陈方理直气壮地说："我是你的儿子，你是我爸爸。"这时，陈云告诫他说："节约一分钱是节约人民的钱！我看你的行动！"

1984 年的一天，陈云把已经在组织部门工作的小女儿陈伟兰叫到办公室谈话。陈伟兰跟父亲报告了自己的工作情况。陈云问："如果你工作中有了一点儿别人认为做得不错的地方，你怎么办？"陈伟兰说："我就谦虚谨慎啊。"陈云又问："你怎么才能谦虚谨慎？"陈伟兰说："我时时记着，一定要在思想上保持警惕，谦虚谨慎。"陈云说："我告诉你，最重要的一条是你要摆正位置。工作是大家一起做的，是群众和领导一起做的，你不能把成绩算到自己的账上，要算到组织和群众的账上。"他还问女儿："如果工作有了缺点，别人批评了怎么办？"陈伟兰说："那我就找批评我的那个人详细谈谈。"陈云说："这样好。共产党员就要有自我批评的精神，有了自我批评的精神，才配做一个共产党员。"后来，陈伟兰从办公室走出来，快出门时，陈云还在大声嘱咐："你要摆正你自己的位置！"

陈云的孙子辈在学校里，别人看不出他们是干部子弟，他们甚至比普通老百姓的孩子还要朴素。陈云最大的外孙女叫陈茜，曾在北京实验中学读初中。她在

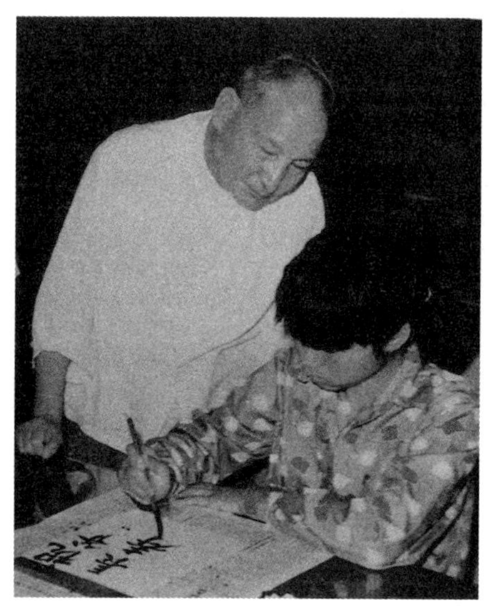

1984 年 6 月 13 日，陈云在中南海家中指导外孙女写毛笔字。

校几年，别人都不知道她是陈云家的孩子。1984 年 6 月，《中国少年报》刊登了陈云和她一起练毛笔字的照片，她正在用毛笔写“祝爷爷长寿”，陈云在旁边看着她写。同学们一见报才知道，陈茜是陈云的外孙女。她平时一点儿都不特殊，和一般老百姓家的孩子一样，自己骑车上下学。那个时候，她放学回家复习功课，有时也到同学家里去。有的同学就说这次你到我家，下次我到你家，按理说这是对等的，但陈茜老推托说：“到我家不方便。”陈茜的班主任后来很感慨地对她说：“从你身上，我看到了朴实，看到了老一代无产阶级革命家的好传统。”

“做事不能脱离群众”

战争年代，陈云一家总是忙着搬家，从一处转到另一处，以致子女经常问陈云：“咱们什么时候搬家呀？”直到陈云奉命调回中央工作，孩子们依然问父母：“什么时候搬家？”这时，陈云才给家人一个肯定的回答，说不再搬家了，并告诉他们中华人民共和国成立了。

陈云一家住进一所外国人建造的半地下二层小楼。东临故宫筒子河，南靠女一中的食堂、厕所等生活区，楼下一层为半地下，4 间房，住 3 个秘书和警卫值班室。陈云一家 7 口，加一个保姆 8 口人住楼上 5 间房。其中靠南头的一间是陈云的办公室，约十五六平方米，因为紧临女一中的厕所、食堂等生活区，所以终年不能开窗，不然臭气和噪声使陈云无法办公。卧室窗户朝东，夏天在烈日照射下，筒子河水蒸发的热气扑面而来，因此也要紧闭窗户。那时没有空调，其闷热程度可想而知。3 女 2 男 5 个孩子，加上保姆挤在两间房子内。另一个约 20 平方米的房间是陈云会见重要客人的地方，也是一家人共用的起居室。陈云的秘书肖华光回忆说："1957 年下半年，我调到陈云同志处做机要秘书后，想了解一下工作环境，就请一位在这里工作的老同志领我到院内和楼里各处转转。据这位同志说，陈云从 1949 年 5 月进北京后，搬进来的第一个夏天，发现房顶漏雨，机关行政部门把房顶的瓦全部换了，所以从外面看这幢楼还不算太旧，可是到楼里各处一看，由于年久失修，房间内显得很旧。" 1958 年，因房屋门窗油漆脱落，地板破损，在陈云离京外出期间，做了必要的简单修理。他回京发现后，还批评了经办的同志。

1976 年夏，唐山大地震时，陈云办公室的南墙被震出一条两米多长、两三厘米宽的裂缝。住地的房子成了危房，工作人员当即把这一情况向机关行政部门的领导同志作了报告。机关行政部门很快安排陈云等转移到另外一处较安全的房屋暂时住下，请来了北京市房建部门的技术人员对危房进行了全面检查。经过认真检查，发现房顶木支架由于年久，又遭雨水侵蚀，已变朽，而且地震后发生了错位和松动；由于楼房离故宫的护城河太近，地下潮湿，砖砌的房基被侵蚀得很厉害，坚固程度大受影响；楼房的墙壁里外两面虽然都是整砖砌的，但中间是用碎砖瓦片和泥土填的，因此，房建部门认为如果再发生较强地震，楼房有可能倒塌。机关行政部门研究后，给陈云另找了一处住房，希望他能尽快搬过去住。于是，工作人员先去看了新找的房子，并做了一些搬过去住的准备工作。至于这幢老房子，大家一致认为，为了能从根本上解决问题，还是拆掉另建，等新楼建成后再请陈云搬回来住。工作人员将上述意见和新找的房子的情况向陈云作了汇报。陈云听完汇报，说："我一进北京就住在这里，到现在已有 20 多年了。俗话说：'金窝，银窝，不如穷窝。'我还舍不得离开这里呢！这幢楼房虽然老了、旧了，我看总比北京一般市民住的房子要好得多吧！我一辈子管全国的基本建设，不能为自己动一砖一瓦，更不能为自己盖房子。像这样的房子要拆掉，周围老百姓看了要说话的，影响不好。做事不能脱离群众，我不搬。”一次动员没有成功，过了几天，工作人员又去动员。大家劝说：“不搬，如果以后再发生较强地震，首长的安全出了问题，我们可负不了这个责任。”陈云笑笑，认真地说：“这个责任不用你们负，是我决定不搬的，由我来负。”工作人员还是不甘心，继续劝说：“你是国家领导人，总不能什么都和老百姓一样吧！这不是搞特殊化，这是为了保证安全。”陈云还是坚持说：“拆了老楼盖新楼，群众影响不好，我们不能做。我不搬。”于是，机关行政部门只好对这幢楼房进行了必要的加固，给他在办公室用钢管搭了一个防地震的架子，上面铺着厚木板。相当长一段时间，陈云就坐在那个钢架子底下办公、生活，在这里会见了很多中央领导同志。此后，陈云又在这座小楼里住了几年，直到1980年经有关部门反复劝说，才勉强同意搬了家。就这样，陈云在这座小楼里工作、生活了30多年。

之后，陈云搬进了中南海。他一看房子比原来大了很多，就跟夫人于若木说：“咱们还是回原来那个小房子吧。”唠叨了足足有半年时间。大家都劝他，还是在这边比较安全，他才同意住下，但明确提出，房子不要再花钱重新装修，就按原样住。后来，工作人员发现客厅的窗帘太破旧了，就趁他出差的时候换了新的，谁知他回来看到了，立即要求把旧窗帘换回来。此后，直到他去世，房子依然旧貌如昨。

一生注意点滴节约

陈云出身于贫苦人家，始终保持着清廉俭朴的生活作风，一生注意点滴节约。“粗茶淡饭，布衣素食”是陈云生活的真实写照。

早些年，陈云家里子女多，开销大，伙食很简单。早饭通常就是稀饭、馒头、咸菜。陈云是南方人，吃不惯馒头，早饭时就为他准备两片面包，算是特殊照顾，除此之外，他和家人吃的一样。午饭晚饭炒菜时，只放一点点肉，餐桌上连鸡蛋也少见。大家担心伙食太差，影响他的健康，便提出晚饭时给他增加一小盘质量较好的菜，他却怎么也不答应。直到 1962 年，他的肠胃出了毛病，才和家人分开吃，也不过是加一些容易消化的食物。为此，他还常常开玩笑说："过去革命战争年代想吃，没有东西吃；现在革命胜利了，有东西吃了，又不能吃。自己真是没有口福呀！"改革开放以后，老百姓的餐桌上已是丰富多彩了，而陈云仍是简单的饮食：中午两菜一汤，菜谱每周一轮，都是一些普通家常菜。给他做饭的厨师说："首长一年到头就吃几样普通的家常菜，我的技术都提高不了。"特别是晚年，他依然保持很有规律的一日三餐：早餐是两片面包、一杯豆浆、一碗稀饭加几粒核桃仁，后来在大夫的建议下，又加了几粒煮花生豆。午餐是一荤一素、二两米饭加两片蒸的胡萝卜。晚餐是一个豆制品、一个素菜、一碗米饭。饭后常吃的水果是一根香蕉或是其他几小片水果。这些食谱常年不变，即使是逢年过节或是过生日，大家想给他改善一下，他也不答应。有一年春节，工作人员到陈云吃饭的小房间，见仍然是两菜一汤，一荤一素，便对他说："过节了，加个菜吧。"陈云笑着说："不用加，我天天过节。"意思是说，现在的伙食和过去艰苦年代比，就和过节一样。20 世纪 90 年代的一个除夕夜，当时分管接待工作的上海市委副书记王力平前来给陈云拜年。陈云恰在吃饭，桌上放着一盘豆腐、一盘炒荷兰豆，正吃得津津有味。见此情景，王书记不禁感慨："这就是我们国家领导人的年夜饭啊！"

陈云吃饭的要求是：只要够吃就行，不能浪费。每餐必吃光喝净，不剩一粒米、一口汤。有时，他把掉在桌子上的饭粒都捡起来吃了，还把盛粥的勺子放在嘴里舔干净，做到不浪费一粒米。陈云从不吃奢侈的美味。他说："鱼翅、海参是山珍海味，太贵了，吃不起呀！以前是地主吃的。"

陈云生活用品非常简单。他用过的旧皮箱，穿旧的衣服、鞋子，用旧的毛巾、牙刷等，都不会随便丢掉，按他的话说就是：“不能让它们轻易‘退休’。”陈云的外衣一般都比较整洁，但毛裤、毛衣、秋衣都是补丁摞补丁。他的毛裤是1961年买的，一直穿到去世，足足穿了34年！身边工作人员多次建议给他换条新毛裤，他都没同意，说毛裤穿在里面，补一补没关系。每当有新人来陈云身边工作，说起补丁裤，他总是微笑着略带自豪地说：“它比你的年龄还要大！”陈云的一件棉背心是解放战争时期他在南满主持工作期间做的。这件棉背心跟随陈云38年，共有32块补丁。“文革”期间的一年夏天，陈云和儿子陈方坐在一起聊天。天气热得很，汗流浃背的陈云让儿子拿一件换的背心来。陈方把父亲换下的旧背心拿到椅背上晾，发现衣服已经破了一两个洞，便说：“爸爸，要不我给您买一件新背心吧。”陈云摇摇头，说：“这个能凑合穿就凑合穿，背心穿在里面也看不出来，不用换新的，最多补补就行了。”他的刮胡刀，刀架是1935年9月从上海秘密去苏联之前买的，一直用到去世，用了整整60年！他日常使用的一条毛巾，破了四个窟窿，还是不愿轻易扔掉。他常对工作人员说：“你们不要把我的‘四川（穿）毛巾’换掉。”直到这条毛巾实在不能再用了，才替换下来，但他仍嘱咐说：“别扔掉，还可以用它来打扫卫生。”

在陈云朴实无华的办公室里，除了一大片书柜和装评弹磁带用的木箱有点儿特别外，找不出一件与主人身份相匹配的硬件，更不用说是时髦的现代化设备了。就连圈阅文件的铅笔也是如此，都是要用到再也无法用刀削了，手也再拿不住了，才宣布让它“退休”。每年办公桌上换下来的旧台历，他都要专门留下来做便条纸用。很多次的重要讲话提纲，都是用那些旧台历起草的。在陈云看来，一件东西只要有使用价值，就应发挥它的作用，否则就是无端的浪费。

陈云经常提醒家人和身边的工作人员要节约每一度电、每一滴水。在他的办公室里有几组大灯，但他平时只让开最少的那一组灯；看文件时，就开沙发旁边的台灯；用不着时，要人走灯灭。每次洗手，他先湿一下手，在打肥皂时，关上水龙头，等搓完肥皂后，再打开水龙头冲洗。他的盥洗室水池是漏斗式的，下面放个桶接水，洗头时低着头，用一大瓷缸水从上面浇下去，就算喷头了。他口渴喝水时，从来都是能喝多少倒多少，从不随意把水倒掉。他的办公室里和卫生间里各放一个热水瓶和一个备用的冷水壶。在他的要求下，工作人员必须充分地利用好他的日常用水。每当在更换新的开水时，他要求首先把办公室和卫生间的热水瓶剩余的开水倒到备用的冷水壶里。他用办公室的冷水壶里的凉开水与热水调兑后继续喝；卫生间的冷水壶里的凉开水用来每天刷牙、漱口和洗头。到了晚年，陈云患有青光眼和白内障等眼疾，常点药水，为了避免手帕擦拭引起感染，1993年，大夫建议他改用消毒棉球擦泪水。陈云认为这太浪费了，要求把他用过的卫生棉球保存起来，消毒以后改作他用。过了几个月，他还是惦记着浪费的事儿，一定要计算一下，他一年用多少棉球？一共花了多少钱？工作人员把用过的棉球积攒起来从中统计出：陈云一个月约用棉球250克，价值七八元，全年花费不超过100元。陈云听后，再次要求工作人员一定要把棉球消毒改作他用，这才安下心来。陈云就是这样，一点一滴地以身作则、身体力行，教导大家要节省资源。

陈云从没有办过生日祝寿活动。1985年6月13日是他80寿辰。家人知道陈云除外事活动外，从来不参加也不设什么宴会，所以此前提议召集一些老同志在一起吃顿便饭，简单地庆祝一下。但即便是这个提议，陈云知道后也坚决不同意。

1985年6月13日，陈云同前来看望他的党和国家部分领导同志及有关部门负责同志合影。

经过协商，最后决定大家照张合影，用这种再简单不过的形式为他过了80岁生日。

陈云节俭朴素的事例举不胜举，因为这是他一贯的工作、生活作风。这种简朴的作风源于他崇高的精神境界。他常说：“一件商品到了消费者的手里，看似很容易，可谁想过，它经过了多少道工序？它用了多少资源和能源？它又让劳动者付出了多少心血？如果我们大家都能处处节约一点儿，这也是支援了国家建设。浪费和贪污一样都是犯罪。”他告诫大家要处处注意节约，尊重劳动人民的每一项劳动成果。

他还常对家人和身边工作人员说：“以前，人们好讲我国是一个‘地大物博’的国家，其实，我们的‘地’并不大，‘物’也不博，只是我国的人口比别的国家多就是了。我国的大地资源就这么多，大家都要节省一点儿用，我们都要当‘孝子’。我说的‘孝子’不是人们常说的儿子要孝顺老子，我说的是我们这些现代人，要‘孝顺’我们的儿子、孙子——子子孙孙的后代，我们不能吃光、用光，让子孙们‘逃亡’。”

酷爱学习，孜孜以求

陈云自幼家境贫寒，读完高等小学后就被迫辍学，外出谋生，但他一生酷爱学习，勤奋学习，善于学习，特别是重视对马克思主义哲学的学习。

在延安担任中央组织部部长期间，陈云在部内组织了一个学习小组，重点学习马恩列斯和毛泽东的哲学著作，前后坚持了5年。陈云酷爱学习的作风在他和于若木恋爱结婚时充分显露出来。他们的定情之物，就是于若木在给陈云做看护工作时常在窑洞门口读的列宁的《帝国主义论》一书，他俩在这本见证了彼此爱情的书上各自签上自己的名字，把它珍藏起来。1938年春，他们在延安中央组织部的一间平房里举行了热闹而简单的婚礼。接连3个晚上，在明亮的麻油灯下，陈云给于若木讲党史，讲大革命失败后盲动主义给党造成的损失，讲向忠发、顾顺章叛变后对党中央形成的威胁，讲中央苏区第五次反“围剿”失败后，毛泽东对党和红军的挽救等等。“陈云同志在洞房给于若木上党课”，一时成为中央组织部干部传诵的佳话。

陈云自己热爱学习，也要求和帮助家人学习，而且在他的带动下，全家老少都对学习感兴趣。他常对子女们说：我只有小学文化，小学毕业后就没有机会再上学，所以希望你们多念点儿书，有知识，有文化，好为国家多做贡献。待几个孩子年纪稍大些时，陈云便鼓励他们多看书、看报，拓宽知识面。

大儿子陈元从小爱看《参考消息》的习惯，就是陈云引导和培养出来的。陈元还在上小学时，一开始只是很好奇地翻翻《参考消息》。坐在一旁的陈云看在眼里，没说任何话，只是投来赞许的目光。后来，陈云跟别人夸陈元从小就爱看报纸，爱看《参考消息》。陈元得知后，就更加受到鼓舞，看报纸的劲头更足了，不仅看，而且琢磨里头是些什么事，什么问题，该怎么理解。时间一长，父子俩形成了一种心照不宣的默契。陈云下放江西“蹲点”期间，陈元去看他，每次看到陈云在《参考消息》上画出一些杠，或者圈一下标题，就知道这是父亲提示自己注意看的内容。

“文革”中，陈云因战备紧急疏散，被下放到南昌郊区，走时只带了 5 个箱子，其中 3 个箱子装的是马恩列斯、毛泽东、鲁迅的著作。到了住地，他每天上午去附近工厂“蹲点”，其余时间便用来看书。陈云的几个孩子都去看过他，他跟孩子们谈得最多的是读书，让他们读马列著作、毛泽东著作，还教他们学习方法。

陈云非常注重学哲学。他曾经说：“学习哲学，可以使人开窍。学好哲学，终身受用。”他还特别跟子女讲，读哲学是一个人一生最重要的学习过程，只有掌握了好的思想方法、好的工作方法，才能够做好事情。小女儿陈伟兰刚开始读一些马克思著作时感觉比较吃力，陈云就让她先停下来，安排她先读《毛泽东选集》。陈云帮女儿分析说，因为毛主席的著作写的是中国人自己的事情，比较容易懂，而且你多少有一点知识。他说，毛主席在教学方法上始终贯穿着辩证法。对过去

1986 年 4 月，陈云题词：闻鸡晨舞剑　借萤夜读书。

的事情，大家可能都会有一个结论，但是对未来的事情怎么分析、怎么看，就要用哲学思想来指导。他说，毛主席之所以能够把中国革命搞成功，其中一个特别重要的原因，也是毛主席非常高明的地方，就是他用哲学思想培养了一代人。我们这些老干部感谢毛主席，想念毛主席，尊重毛主席，根子也在这儿。后来有一天，陈云又跟陈伟兰说，学习就像扭秧歌，说着说着就从沙发上站起来扭起了秧歌。他说，你瞧，扭秧歌是往前走两步，往后退一步，学习的过程也要进进退退、退退进进，只有这样，才能够把学习搞扎实，如果进得太快了，就不能真正学懂。

陈云指导子女学哲学，不只是教给他们掌握观察问题的立场、观点、方法，而是希望用他的信仰感染子女，用他的智慧引领子女，希望子女培养自学的能力，有正确的思维方法，能够发现问题、解决问题、提高工作能力。

为了鼓励家里人学哲学，陈云将大家组织起来，成立了一个家庭学习小组，专门学习马克思主义哲学。方法是每人先按照约定的书目、段落分头阅读，然后利用每周日的上午 6 点半至 9 点半集中讨论，提出疑问，交流学习心得。1973 年 8 月，陈云给在北京郊区怀柔县当乡村小学教师的陈伟华写信，告诉女儿他已邀请在京的一些家庭成员，如她的母亲和小姨、姐姐、妹妹等人组织一个家庭学习小组，并希望她也参加。陈云在信中还交代了首先学的著作是毛泽东的《实践论》以及第一次要学的页码，并嘱咐她，先通看一遍，然后看哪几页，对哪几页必须细读。凡遇有疑问，都记下，到集中学习时提出讨论。老一辈革命家有良好家风的并不少，但像陈云这样组织家属集体学习哲学的实在不多见。

陈云还很关心身边工作人员的学习，尤其倡导大家学习哲学。他说："学好哲学对工作、生活都是很有用的。看问题要一分为二，辩证地看，好的方面、坏的方面都要考虑进去，这样才会少犯错误。" 1983 年的一天，陈云对秘书朱佳木郑重地说："今天和你不谈别的事，就谈学哲学的事。我主张你今后也要抽时间学一下哲学，每天晚上看几十页书，并找几个同志一起学，每星期讨论一次，为期两年；先学什么，后学什么，要订一个计划。"他又说，在延安那些年学习哲学，使他受益匪浅。过去讲话、写文章缺少辩证法，学过哲学后，讲话和写文章就不一样了，就有辩证法了。针对秘书担心平时任务重、怕学习影响工作的顾虑，陈云说："耽误一点儿事情不要紧，文件漏掉一点儿也不要紧，以后还可以补嘛。有所失才能有所得，要把眼光放远一点儿。要提高自己的思想水平、工作水平，必须学好哲学。"工作人员们很尊重陈云提出的意见，他们组织起来，制订学习计划，交流学习心得，营造了一种积极健康的学习氛围。

"个人名利淡如水，党的事业重如山"

纵观陈云的一生，在各个历史时期都做出了重要贡献，尤其对我党的经济方面的工作，更是功不可没。但他一直非常低调，"不居功，不自恃"是他为人处世的准则。他在党的七大报告中讲到，工作取得了成绩要讲功劳，第一，是人民的；第二，是党的；第三，才是个人的。位置不能摆错了。在陈云的一生中，有顺境，也有逆境，无论怎样，他从不主张宣传自己。

在他生前，有关他的书籍少之又少，甚至报刊上的报道也很少。比如，大家都公认他在四保临江战役中取得了很大成就，但凡是有人描写这段历史，陈云都把自己的事情全部勾掉。20 世纪 90 年代，中央电视台播放了一部电视剧《陈云出川》，讲的是在红军长征途中，陈云奉中共中央之命，从四川秘密前往上海，然后前往苏联莫斯科，向共产国际汇报遵义会议情况。此剧本事先未向陈云报告。电视剧《陈云出川》拍摄完后，由中央电视台播出。陈云夫人于若木透露：陈云晚年由于患白内障及青光眼，视力很差，不看电视，只是每天一早一晚准时收听中央人民广播电台的“新闻联播”，如果有事，就叫人把广播录下来，有空时补听。陈云本来不会知道《陈云出川》的播出，不料，一位新来的护士因不知道对陈云“保密”，跟陈云说：“昨日在电视里看了《陈云出川》，很精彩。”陈云一听，连忙问：“什么《陈云出川》？”当他知道拍了这么一部关于自己的电视连续剧时，立即叫来秘书了解情况。他要秘书把剧本拿来读给他听。听罢，他认为不能播放这样一部片子。他写信给中央，要求停播这部电视剧。于是，中央电视台执行了中途停播的指示。

此外，有关部门编辑了一本摄影画册《陈云》，在出版之前，将书稿送陈云过目。陈云收到书稿之后，不置可否，压在那里，既不点头，也不退还书稿。这样，这本摄影画册就在陈云那里压了多年。陈云的秘书透露：“首长很注意报纸、电视、出版物，不愿意宣传他个人。所以，谁要是写了关于他的书，写好了，必定要送他过目，而他一定会压在那里……”关于那本被压了多年的画册，有关部门负责同志再三请陈云“点头”，以便在陈云诞辰 90 周年时出版，理由是：毛泽东、刘少奇、周恩来、朱德、邓小平、彭真的画册都已经出版，只有陈云还是一个劲地“拖”。后来，他勉强“点头”。可是，等画册出版时，他已经离世了。

陈云一生总是顾全大局，从不计较名位，对职务的升降变动看得很淡。党的八大以前，他是中共中央的五大书记之一；八大以后，他是中共中央四位副主席、六位常委之一。但是，他始终要求有关部门在待遇上、宣传上不要把他同毛泽东、刘少奇、周恩来、朱德并列。苏联政府赠送中共中央五大书记一人一辆小汽车，陈云坚持把给他的那辆小汽车退给有关部门。当供给制改为工资制时，有关部门把党中央五位书记定成最高级别：一级。他知道后，给时任中央组织部部长的安子文打电话，说对他要和对毛、刘、周、朱有所区别，他们是“第一排”的，自己属于“第二排”，他只能定二级。八大之后，《红旗飘飘》丛书要给每位中央政治局常委都登一个小传，而陈云始终不同意登他的小传。凡是宣传他的文章，只要报到他那里，毫无例外地都要被他“枪毙”。有人说，这是陈云同志谦虚。他说：这不是谦虚，是实事求是。

社会主义探索时期，他遭遇了很多挫折和困难。无论境遇如何，他始终坚持信念。当他的意见不被接受时，他说不以成败论英雄，从来不怨天尤人；当工作取得成绩时，他也从不沾沾自喜，始终能摆正自己的位置。“文革”期间，陈云跌入政治深谷，仅仅保留了中央委员的头衔，但他很淡定，没有任何怨言。十一届三中全会后，陈云复出工作。他全力支持邓小平，处处维护邓小平的领袖地位，不愿突出自己。在常委排名问题上，中央征求他的意见，看能不能让别的同志在常委里往前排，陈云不假思索就同意了。

1982 年 4 月，有关部门拟将陈云在 1949 年 至 1956 年的文稿选编出版时，他特别要求工作人员向编辑组转告：在文稿《后记》中一定要说明，他当年在中财委主持工作期间，几乎所有的决定，特别是重大决策，除了他做了必要的调查研究以外，都是经过集体讨论做出的。许多重大决策都是根据以毛泽东为首的党中央确定的路线、方针、政策做出的，或者是经过党中央批准的。大家在阅读这卷文稿时，如果觉得哪一段工作还有成功之处，绝不要把功劳记在他一个人的账上。

党的十二大之后，中央新闻纪录电影制片厂提出，他们那里有其他中央领导平时工作、休息的镜头，惟独缺陈云同志的，希望能拍一些留作资料。秘书向陈云报告了这件事。他起初勉强答应了，但拍了一两次便烦了，不让再拍，并说，他历来不主张搞这种宣传个人的东西，没有电影镜头没有关系，他现在还死不了，等将来死了，有一张照片就行了。话说到这份上，事情只好作罢。后来，遵义会议纪念馆来信，说为了恢复当年中央领导同志住过的旧址，希望陈云回忆一下是否住过遵义会议的那栋楼，还说打算把当年他担任政委、刘伯承担任司令员的遵义卫戍司令部旧址内的单位迁出，辟为纪念地。陈云回信说，他没有在遵义会议会址住过，也不要恢复司令部旧址，只要在会址说明词中写上他参加过会议、当时住在哪里就行了。陈云历来不赞成搞这些东西，以前有人提出要把他家的房子搞成纪念室，他就没有同意，说以后也不能搞。

在个人名利上，陈云看得很淡，但在对待党的事业方面，则看得很重。

1958 年春，我国开展了“大跃进”运动。当时的陈云已因“反冒进”而受到严厉的批评，他主持全国财经工作的职位实际上也被取消了。但在这种情况下，出于对党的事业一贯高度负责的精神和一贯实事求是的思想作风，他在可能的范围内，对于明显违背经济规律和实际情况的想法、做法，讲了许多意见，采取了许多纠正和补救措施。

20 世纪 60 年代初，陈云经过调查研究，认为可以用包产到户的办法提高农民的积极性，以便恢复农业的产量，并准备把自己的意见向上反映。有同志提醒他这样做会有风险，但他说，我担负全国经济工作的领导任务，要对党负责，对人民负责，此事提与不提，变与不变，关系到党的声誉，关系到人心向背，既然看准了，找到了办法，怎能延误时机？后来，陈云的意见果然没有被接受，而且因此受到了冷落和批判，职位也被架空。虽然如此，陈云表现得很冷静，很坦然，从不找人诉苦，也从不发牢骚。

在十一届三中全会上，陈云当选为中央纪律检查委员会第一书记。当时正值改革开放初期，经济活跃之下，人们思想上准备不足，党内少数干部出现了一些违反党纪国法的现象。那段时间，陈云明显流露出对经济犯罪情况比较严重的担忧，他对不良社会风气是非常反感的。有一天，他看了《人民日报》的一篇评论员文章，对文中批评的不请吃饭办不成事，“四菜一汤生意平常”、“八菜一汤独霸一方”的现象非常反感，并用红笔画了出来，说这么搞下去绝对不行。1980 年 11 月，陈云严肃提出“执政党的党风问题是有关党的生死存亡的问题”。陈云以对待党的事业的高度责任感，下定决心坚决不当“老太婆纪委”，要当就当“铁纪委”，要狠抓整顿党风，严打经济犯罪。

陈云对反腐之所以有一种强烈的危机感和紧迫感，是源于他对党的历史的了解。他深知共产党一步步成长起来，成为全国人民的领导和精神支柱，靠的是群众的支持和信任，所以，他最怕的就是脱离群众，最怕的就是群众的不信任。他觉得，共产党一丝一毫的腐败都不能有，要彻底地清除。他提出抓党风、抓反腐败，首先要从党的高级干部抓起。他说：“这些事情都是上行下效的，领导干部带头守法，下面就不敢乱来，领导要是自己开了口子，那下面就乱套了。”在那些日子里，年近八旬的陈云不顾年老体衰，几乎把所有的精力都放在了打击经济犯罪上。

反腐败是要冒风险的，当时确实有领导同志遭到了腐败分子的报复。陈云心里十分清楚自己和家人面临的危险，特意让秘书提醒子女：要注意安全，回家的时候一定要注意，小心在后头有人可能会拿车撞你们，或者拿刀子捅你们。陈云虽然有着不小的压力，但他没有畏惧和退缩，而是下定决心，得罪多少人也在所不惜，甚至做好了最坏的打算。他曾对身边工作人员说：“我是准备人家打黑枪，准备折子折孙的！”为了党的事业，陈云就是这样正气凛然，无私无畏。

1978 年至 1987 年，陈云担任中央纪委第一书记长达 9 年，领导全国各级检察机关查处各种经济犯罪案件 70 多万件。他领导建立健全了党内政治生活规则，加强了党纪党规的制度化建设，恢复重建了党的各级纪检组织，培养锻炼了一支作风过硬、能力突出的纪检干部队伍，为新时期党的纪检工作奠定了坚实基础。他多次强调：“党性原则和党的纪律不存在‘松绑’问题。没有好的党风，改革是搞不好的。共产党不论在地下工作时期或执政时期，任何时候都必须坚持党的纪律。”

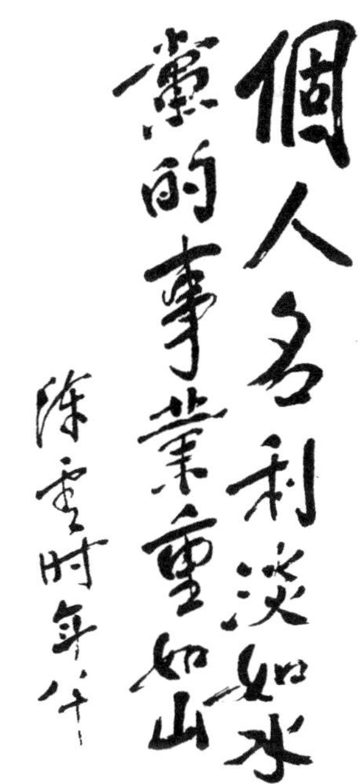

陈云在 80 岁时手书：个人名利淡如水 党的事业重如山。

1984年，陈云写下了这样一幅题词：个人名利淡如水，党的事业重如山。题词表达了对“个人名利”和“党的事业”两种不同视角的鲜明态度。在陈云看来，党和人民的利益高于一切。为此，共产党人要做好长期艰苦奋斗的准备，要有奉献和牺牲精神。革命战争年代不畏艰难困苦，甚至不怕蹲铁窗、杀头；和平建设时期和改革开放年代不为个人名利和升官发财，不被经济利益和各种私欲所诱惑，始终坚持“不求有名于个人，只求有益于党”的操守，这是他在耄耋之年对自己一生奋斗历程的一种总结，也是对党内同志的谆谆教诲。

晚年心系群众

20世纪80年代前期，陈云还担任着党中央政治局常委的职务，但已经摆脱了日常工作，处于中央领导的二线。可是，他对人民群众的实际生活仍旧十分关注，总是强调要维护好群众的切身利益，要从解决群众迫切需要解决的问题入手去做工作。他只要发现问题，就及时提醒有关领导或有关方面去解决。

陈云读报有个习惯，不仅注意从中获取信息，而且经常从如何方便读者的角度进行评论。一天深夜，陈云把秘书叫去，指着《人民日报》一篇题为《驱除盐碱 还我良田》的文章说：“这篇东西讲了一个很重要的问题，但看了两遍还是没看懂到底用哪几个办法解决了土地盐碱化的问题。要是文章前面写个内容提要，就可以一目了然。所以，我主张报上的长文章以及重要的评论、通讯等，都应当有提要，这样既可以大大节省读者的时间，又在实际上提高了报纸的作用。报纸要为广大读者着想，报社领导和编辑要经常提醒自己：‘假如我是读者。’‘假如我是一个很忙的读者。’”他还说，“《人民日报》很重要，党的政策主要靠《人民日报》传达给基层干部和群众。如果连我这样每天用很多时间看报的人都看不过来，那些担负实际工作的人就可想而知了。《人民日报》要为人民嘛。”这个意见传达后，人民日报社很重视，不仅一些长文章开始加提要，而且短文章越来越多。对此，陈云十分高兴，给予充分肯定。但过了一段时间，报上长文章又多了起来，他又让秘书给报社领导打电话，一方面称赞哪篇社论写得好，哪个专栏办得好；另一方面指出，有些文章虽然很好，可惜长了一些。“文章越长，看的人越少；越短，看的人越多。应当多写点儿‘豆腐块’文章。”

陈云看《人民日报》很仔细，每天都要从第一版看到第八版。他说，这对于他来讲等于休息。1982 年 5 月下旬，陈云在《人民日报》第八版的一角，看到有一篇题为《首都少年儿童看戏难》的文章，反映北京儿童剧场颓危停用，首都百万儿童无处看戏。陈云把秘书朱佳木叫去说，这篇文章是专门写给他看的，因为报社的同志知道他每天看第八版，所以有什么要向他反映的意见，就放在这一版。去年，他们也登过一篇反映儿童看戏难的读者来信，他看到后，给中央书记处的领导写过一个条子，建议向儿童开放单位内部的礼堂，后来中央办公厅率先开放了怀仁堂。所以，今年，他还要给中央书记处和国务院领导再写一封信。说完，陈云要朱佳木先起个草稿，就说他同意《人民日报》文章的建议，在新的首都儿童剧场落成之前，暂时拨借一个剧场专供孩子们看演出，如果固定一个剧场有困难，可以由几个剧场轮流定期为孩子们开放；另外，提议在今年“六一”节时，全国城镇的所有影剧院和机关、企业的所有礼堂，均应免费向孩子们开放一天。朱佳木很快按他的意见把信写好，他看后签了名。考虑到当时离“六一”节已经很近了，他又在信笺上方亲笔写了“特急件”3 个字，还在下面画了 3 个圈圈，以示重要。5 月 28 日，中央办公厅和国务院办公厅为此联合发出了一份紧急通知，要求全国的影剧院和礼堂、俱乐部在“六一”节向少年儿童开放。

1984 年 2 月，陈云跟秘书说，《人民日报》上反映，现在大年龄的未婚青年很多，这件事与我们这些年宣传晚婚有关，应当由中央书记处议一次，并请一个部门抓一抓。秘书说，这与“文革”知识青年上山下乡也有关，尤其是一些大龄女青年回城后找不到对象，已经成为一个不大不小的社会问题。最近，新华社有一份反映这个问题的内部材料，是否可以在上面批一下。第二天，陈云把新华社题为《天津市30岁以上未婚青年有六万多，市政府要各级领导关心这些人的婚姻问题》的内部材料批给了中央书记处负责同志。批示指出："这个问题不仅天津有，北京和其他地方也有，尤其是女青年方面占的比例很大，是个不算小的社会问题。建议书记处议一下，指定一个部门专门抓这项工作。"后来，中央书记处把这个问题列入了例会议程，并由中央办公厅发出了《关于关心30岁以上未婚青年婚姻问题的通知》，要求各级党组织重视和关心这个问题，工会、妇联、共青团组织要把解决这个问题作为重要工作认真抓好。

陈云主抓财经工作时提出重要民生工作"必须安排在前"的方针，老百姓的吃穿用度，哪一样短缺了，他都睡不好觉。他常说的两句话就是："民以食为天，食以粮为主。老百姓开门七件事，柴米油盐酱醋茶。"在他眼中，大白菜也是政治问题。从那个年代生活过来的人，都不会忘记冬储大白菜。当时，大白菜可是北方老百姓饭桌上的"当家菜"，炖、炒、熬、溜、凉拌、包饺子，大白菜都是绝对的主角。那时，受各种条件的限制，居民冬天用菜不像现在这样，可以随吃随买，而是要在秋菜上市后，到商店把一冬天要用的菜（主要是大白菜）一次性买回家储存。由于菜量大，商业部门往往堆放在露天，如果供应慢了，或者居民购买不及时，寒流一到，很容易发生烂菜。陈云说，冬季老百姓就是靠大白菜、土豆这两种东西过冬，卖得太贵了，他们会买不起，没菜吃不行啊！他就让秘书告诉管理部门，大白菜的储存、运输等每一个环节都要搞好。到了1982年，已经77岁的陈云，给当时中央主要领导同志写信，要求务必组织好大白菜的生产、流通和消费，避免冬季烂菜问题的出现。那一年，经过陈云的过问，北京市委、市政府提前召开了各区、县、局和有关单位领导参加的秋菜供应、储存工作动员大会，还成立了秋菜指挥部，使冬储大白菜供应工作进行得很顺利，基本没有发生烂菜情况。

1982年7月，北京航空学院一位教师给中央书记处研究室写的信和全国政协关于知识分子政策落实问题调查组写的报告，都反映中年知识分子生活、工作负担重，工资收入低，很多人健康水平下降。陈云看了以后，觉得这是一个十分重要的问题，在进行充分的调查研究后，致信中央常委，指出：这是国家的一个大问题，确实要下大决心，在今明两年内解决，不能再按部就班地搞。我们基本建设每年要用 500 多亿元，为什么不可以用十几亿来解决知识分子的问题呢？改善他们的工作条件，应当看成是基本建设的一个项目，而且是基本的基本建设。我们把钱用在中年知识分子身上，是好钢用在刀刃上。他说：知识分子是国家的宝贵财富，抢救知识分子，抢救他们的健康，是非常重要的。后来，陈云的那封信得到了邓小平和其他常委们的赞成，信中的意见也被中央有关部门在工资改革中所采纳。

1984 年 9 月，陈云得知高中毕业生很少有人把师范院校当作高考的第一志愿时，认为教师质量不高对下一代影响很大，应该重视这个问题。他指示有关领导同志，一定要重视教师待遇问题，“要继续想办法帮助教师主要是中小学教师解决一些实际问题，提高他们的社会地位，使教师真正成为社会上最受人尊敬，最值得羡慕的职业之一。”他的这个意见传达后，有关部门迅速召开会议研究贯彻落实问题。几乎与此同时，陈云收到了国务院关于国家机关和事业单位工资改革方案的送审稿。他在批示中又特别提出：“对中小学教师，不仅要有工龄工资，而且要使他们的工资标准，比同等学历从事其他行业的人略高一点儿才好。”于是，党中央、国务院决定拿出十几亿元，从 1985 年 1 月 1 日开始，为全国几百万中小学教师增加工资，使中小学教师的待遇和地位由此有了进一步提高。

叶剑英

“吕端大事不糊涂”

20世纪50年代末，在北戴河召开的一次中央工作会议上，毛泽东对叶剑英说：我送你一句话，“诸葛一生惟谨慎，吕端大事不糊涂”。吕端是北宋著名宰相，时人称之“识大体，以清简为务”。毛泽东所说的这句话，是指叶剑英在长征途中获悉张国焘要陈昌浩南下的电报，及时报告了毛泽东，保证了党中央和中央红军按原计划北上。在这里，毛泽东是表扬叶剑英在政治上的坚定性。

那是1935年6月，长征中的中央红军在四川西北部的懋功地区同红四方面军会师。红一、红四方面军会师时，红一方面军不到2万人，而红四方面军有8万之众。率领红四方面军的张国焘依仗人多、枪多，向党闹独立，甚至要求改组党中央和中央军委，被党中央拒绝。7月下旬至8月上旬，党中央在川西北的芦花、沙窝、毛儿盖等地连续开会，反复强调北上抗日方针和创建川陕根据地的任务，并批评张国焘的错误。党中央决定，以红四方面军总指挥部为红军的前敌总指挥部，任命徐向前为总指挥，陈昌浩为政治委员，叶剑英为参谋长，李富春为政治部主任。8月3日，党中央决定，将红一、红四方面军混合编成左、右两路军，共同北上。左路军由红军总司令朱德、总政委张国焘、总参谋长刘伯承率领，从马塘、卓克基出发，经阿坝北上与右路军会师。右路军在党中央、毛泽东直接领导下，由前敌总指挥部的徐向前、陈昌浩、叶剑英指挥，由毛儿盖过草地到班佑、巴西，与左路军会师。8 月下旬至 9 月上旬，右路军艰难地走过草地，到达班佑、巴西、潘州一带。可是，左路军在张国焘率领下，到达阿坝以后即按兵不动。张国焘向党中央提出，主力红军全部南下川康边一带，其真实目的则是继续向党中央要价，妄图篡夺党和军队的领导权。这种无理要求理所当然被党中央拒绝。9 月上旬，党中央不断给张国焘发电报，劝告他执行中央的北上方针，率左路军北上。但张国焘对中央的电示不予理睬，坚持南下，并于 9 月 9 日背着中央，命令陈昌浩率右路军南下，企图以武力要挟党中央和红一方面军，阴谋分裂危害党中央和红军。

对此，叶剑英认为，从全国看，华北事变后，日军步步进逼，民族危机日益加深，全国人民坚决要求抗日，在中国共产党的领导和推动下，抗日民主运动出现新的高涨局面，华北已经成为抗日战争的最前线。党和红军北上开辟根据地，可以领导和推动全国的抗日民主运动，也有利于提高中国共产党的影响力。红军如果南下，必然受到国民党强大势力的打击与挤压，没有前途，必然失败。因此，叶剑英坚决拥护和执行党中央的北上抗日方针，反对张国焘的错误路线。

叶剑英立即赶往中共中央驻地报告了毛泽东。毛泽东等中央领导人立即召开紧急会议，决定迅速脱离险区，率红一方面军主力和中央、军委机关北上。9 月 10 日凌晨，党中央率红一、红三军及军委纵队先行北上，11 日到达甘肃南部迭部县俄界。12 日，中央政治局在俄界召开扩大会议，通过《中央关于张国焘同志的错误的决定》。这就是长征途中同张国焘分裂主义作斗争的经过。

对于这段惊心动魄的经历，1982 年，叶剑英与军事科学院几位同志谈话时曾回忆：

大概在 1935 年 9 月上旬，我们到了巴西一带一个叫潘州的村子里。我和徐向前、陈昌浩同住在一间喇嘛庙里。中央机关和毛主席他们也住在附近。张国焘率左路军到了阿坝，就不走了，不愿再北进。中央多次催他北上，他就是不干。他还阻止陈昌浩等人北上。我们在巴西那一带等他。

9 号那天，前敌总指挥部开会，新任总政治部主任陈昌浩讲话。他正讲得兴高采烈的时候，译电员进来，把一份电报交给了我，是张国焘发来的，语气很强硬。我觉得这是大事情，应该马上报告毛主席。我心里很着急，但表面上仍很沉着，把电报装进口袋里。过了一些时候，我借故走出会场，去找毛主席。他看完电报后很紧张，从口袋里拿出一根很短的铅笔和一张卷烟纸，迅速把电报内容记了下来。然后对我说："你赶紧先回去，不要让他们发现你到这来了。"我赶忙跑回去，会还没有开完，陈昌浩还在讲话，我把电报交回给他，没有出娄子。那个时候，中央要赶快离开，否则会出危险。到哪里去呢？只有到三军团去，依靠彭德怀。

形势危如累卵。在危急时刻，叶剑英首先想到的不是个人的安危，而是革命。他这样回忆当时的情景：毛主席提议上三军团开政治局会议。他们临走的时候，张闻天和秦邦宪找到我，对我说，"老叶，你要走啊，这里危险。"我知道有危险，但是我想，军委直属队还在这里，我一走，整个直属队就带不出来了，我要等直属队走后才能走。我对他们说：我不能走，你们先走吧。如果我一走，恐怕大家都走不了啦。我以后会来的。经过思考，叶剑英设计了一条妙计，利用张国焘要部队南下的电报脱身。他假装执行张国焘南下的指示，通知各个直属队找地方打粮食，限 10 天之内把粮食准备好。然后秘密到军委直属队找负责人开会，与李维汉、杨尚昆、李克农、萧向荣等商定，于次日凌晨两点离开红四方面军，与中央会合。他带着当时全军惟一的一张甘肃全图，领着部队悄悄地离开了张国焘控制的部队，赶上了中央，一同向俄界进发。

同张国焘的错误进行坚决斗争的红四方面军总指挥徐向前（左）、红军前敌总指挥部参谋长叶剑英。

张国焘恼羞成怒，公然分裂党和红军，

另立中央，并通令对叶剑英“免职查办”。叶剑英知道这个消息，一笑了之。他根本就不屑与张国焘这样的野心家去争什么。

关键时刻，叶剑英及时揭露了张国焘妄图危害中央和分裂红军的阴谋，巧妙地率领军委直属队北上，使党中央和中央红军脱离险境，从而避免了党和红军的分裂，深刻地影响了党和红军的命运。

毛泽东曾多次提到这件事。1935 年 9 月，毛泽东在哈达铺，向陕甘支队干部说：红一、红四方面军分家时，剑英给我送了电报，立了一大功。1937 年 3 月，毛泽东在有张国焘等人在场的延安政治局扩大会议上说：张国焘一到毛儿盖就反了，他就在这里大开其督军会议，用枪杆子来审查党中央路线……叶剑英同志便将秘密的命令偷来给我们看，我们便不得不单独北上了。当时如果稍微不慎重，那么会打起来的。中华人民共和国成立后，毛泽东也多次谈及此事。1967 年夏天，毛泽东曾摸着脑袋跟杨成武风趣地说：叶剑英同志在关键时刻是立了大功的。如果没有他，就没有这个了。他救了党，救了红军，救了我们这些人。周恩来、彭德怀、聂荣臻等当事人和知情者，都曾明确地回忆了长征途中此事的经过。对于叶剑英的功绩和坚定的革命立场，正如聂荣臻所写：“综观剑英同志的一生，每逢革命的关键时刻，他总是挺身而出，义无反顾，以超人的无产阶级革命家的胆略，勇敢机智地捍卫革命利益。他的这种精神是何等的可贵啊！他的革命立场，他的原则性，是何等的坚定啊！‘吕端大事不糊涂’，他是无产阶级的吕端！”

把群众的冷暖时刻挂在心头

在叶剑英的革命实践中，每到一地，他首先了解和关心群众的生产、生活，不论工作多繁忙，都不忘抽出时间体察民情，主动为群众排忧解难，把群众的冷暖时刻挂在心头。

早年，叶剑英追随孙中山参加革命。1925 年，他被广州留守大元帅府任命为梅县县长。在任期间，叶剑英注意体察民情，安民除暴，不收礼，施廉政，当地老百姓遇到困难去找他，他都会一一帮助，梅县的老百姓都称他为“清官”。有一次，叶剑英在街头发现有的士兵压低粮价向老百姓买粮，便亲自带卖主到买粮的连队，按公平粮价，算还粮钱。梅县王寿山庙里有个勾结官府欺压民众的和尚，听说县里来了革命县官，便派人送上 300 块光洋行贿。叶剑英说：“金钱买不动我的心！”悉数退回银元。接着，根据群众揭发的事实，将这个恶僧镇压了。叶剑英当县长时还清理了旧官府的一些错案，为民申冤。他的故乡雁洋堡有个乡邻叫赖宾庭，家里十分贫困，迫不得已向当地一个乡绅借了高利贷，因无力偿还，跑到外地不敢回家。赖妻想起了当县长的叶剑英，想让他出面说情，减缓利息，便提上家里仅有的几尾鱼来找叶剑英。叶剑英听了这件事，即刻派人找来那个乡绅，斥责他放高利贷是违法的，须按正常利息结算，并坚决不收赖妻拿来的鱼。雁洋堡故里的亲友们听说叶剑英当了县长，有的想求他找个小差事，有的希望让他办点儿私事，但他说，革命政府不能和封建社会一样，一人当官，鸡犬升天。

1927 年 4 月，蒋介石悍然发动“四一二”反革命政变。时任国民革命军新编第二师代师长的叶剑英在一片白色恐怖的危急关头，不顾个人安危，毅然放弃高官厚禄，通电反蒋，并于当年 7 月加入中国共产党。叶剑英后来回忆说：“我想到自己年轻时立志为国为民做点儿事，参加革命后当了师长。那时师长每个月差不多都有二三万元收入。二三万元不少了，10 个月就是二三十万，公公道道，做二三年师长就是个百万富翁。……如果只是为了个人，跟蒋介石走，至少可以做大官……”是什么原因让这名国民党高官做出了这样的选择呢？那就是：一生只为百姓谋利益，不爱乌纱、不爱钱。

1947 年，叶剑英带领中央后方委员会驻扎在山西省临县双塔村。叶剑英对当地群众的生活非常关心，经常同群众谈话，了解他们的生产情况，关心他们生活上遇到的困难。一天早上，叶剑英散步来到村外，看见许多老百姓挑着水桶排队。

他跟着挑水群众来到山脚下的水井边，只见下面仅有一个小坑，坑里只有浅浅的一点儿浑水。挑水先要下 10 多个台阶到达坑底，然后用瓢一下一下地把水舀进桶里。水量很小，挑满一担水要花很长时间。由于人多，弄得泥泞路滑，脏水又流入水坑，很不卫生。回到驻地，叶剑英立即找来后委的有关负责同志说："双塔村的群众吃水这样艰难，我看了心里很难过。我们应该帮助群众解决这一困难。"当时，从陕北调来的一些石匠正在山脚下挖防空洞，修指挥所，叶剑英立即决定让他们先为群众突击打井，同时抽调一部分战士一起干。尽管工作很忙，但叶剑英每天早晚都会抽空到工地看看工程进度，并和大家一起搬石头、垒井台。同志们劝他休息，他幽默地说："为群众打井，我也应该出一份力嘛。再说，我还等着水喝呢！"经过连续几个昼夜的奋战，这口井在原有基础上又向下挖了一丈多深，还垒起了井台，井水变得很清澈。从此，双塔村的群众再也不用排队挑浑水了。群众喝着清澈可口的井水，感激地说："叶参谋长为我们做了一件大好事！"

1947 年秋，叶剑英在河北省平山县西柏坡村参加全国土地会议后，返回晋绥边区途中，绕道山西省五台县视察。一天晚上，一名五台县妇女被歹徒袭击，身受重伤。区政府根据线索很快抓住凶手，然后同受伤妇女一起将凶手送到五台县县委机关。正在县委机关的叶剑英知道后，立刻来到受伤妇女跟前，仔细询问伤势，又转身吩咐警卫员拿一些白糖和代乳粉给她，接着让当地干部找附近的军事机关派一名医生带上药品，以最快的速度赶到五台县委。第二天叶剑英亲自审问罪犯，并建议县政府依法严惩，为民申冤。之后，他再次探望受伤妇女，得知其转危为安，才放心地回到住所。当时目睹此事的五台县干部李惠德回忆说："叶剑英同志的这种关心群众疾苦、 疾恶如仇的高尚品质，不要说受伤者本人，就是我们这些旁观者也十分感动。他工作那么多，那么忙，还亲自过问一个受伤的农村妇女，这充分说明他心里时时刻刻装着群众呀！"

1948 年，根据毛泽东和中革军委的指示，叶剑英调到位于河北石家庄的华北军政大学任校长兼政委。那时，国民党的飞机经常轰炸这里。叶剑英不仅指示学员要组织好群众的防空工作，还要在敌机轰炸后带领医务人员走家串户看望群众，帮助群众修建被炸毁的房屋，医治被炸伤的群众。有一户人家原本有 6 口人，在一次轰炸中只剩下家里 60 岁的老母亲。幸存的老母亲因极度悲伤而神志不清。叶剑英得知后，亲自和医生一起带着药品、食物去看望她，并指示医务人员一定要把她的病治好。在叶剑英的亲切关怀下，这位老人很快恢复了健康。

北平和平解放后，摆在市长叶剑英面前的是许多纷繁复杂涉及老百姓切身利益的问题。叶剑英在处理这些问题时注重运用群众工作中的灵活性，把复杂困难的问题处理得井井有条。他从群众最关注的问题着手，赢得群众的支持和拥护。比如，北平市当时垃圾堆积成山，市民出行甚至要翻越垃圾山，生活、交通苦不堪言，就连天安门城楼也是破败不堪，广场杂草丛生。面对这种状况，叶剑英看在眼里，急在心里。他决定从市民们最关注的垃圾问题入手，改变北平城的面貌，使老百姓对共产党的领导有新的认识。在他的指挥下，轰轰烈烈地揭开了全民大清扫运动序幕。经过 91 天的会战，北平市共清除垃圾约 22 万立方米，重达 20 多万吨。垃圾山消失了，臭味、怪味也没有了。市民们感慨地说：“旧社会，穷人走路都困难。新社会，给我们开了幸福路。”他们发自内心地拥护共产党和新政府。

1958 年 3 月，中国人民解放军军事科学院正式建立，叶剑英任院长兼政委。他不但在思想建设、组织建设、学术建设、作风建设等方面付出了巨大的心血，而且非常关心群众的生活，注意干部生活福利的保障。建院时，他就提出院内设立门诊部、幼儿园和合作社，还建立了几个生产基地。在 20 世纪 60 年代初的生活困难时期，叶剑英正忙于军事科学院的创建和领导工作。为了保证大家的生活，他特意组织人员到外地打黄羊，采豆子，想方设法帮助大家共渡难关。而他自己则节衣缩食，过着艰苦朴素的生活。女儿叶向真回忆这段生活时说：“记得（20 世纪）60 年代初，我在大学读书时，因为营养不良，得了浮肿病。父亲见我面孔苍白浮肿，什么话也没有说过。上大学后，和父亲在一起的时间不像儿时那样多了。能和父亲聚一聚，见见他慈祥的面容，成了一件经常盼望的美事。正巧一天下午没课，中午我就回了家，和父亲共进午餐。桌上的菜虽然简单，但对我来说也是‘久违了’，心想可以饱餐一顿了。我端起饭碗大口吃起来。过了一会儿，才发现，父亲根本没动筷子，只是用一种异样的神情望着我。‘爸，您怎么不吃呀？您不舒服……’‘女儿，你知道不知道，这几天，毛主席都不吃肉了。毛主席对炊事员讲：全国人民都没有肉吃，为什么还要给我肉吃？每次端上肉来给他，他都让端回去……他不是别人呀，连他都不肯吃肉了。……’父亲的声音开始颤抖，说不下去了。一个饱经风霜的老人，表情忧伤而痛楚，眼圈都红了，我作为他的女儿在他身边，心里有说不出的难过。我知道自己无法排遣他的沉重的心情，因为在他心里，正想着暂时困难给全国人民带来的痛苦。”

20 世纪 70 年代初，某地区下了一场大雪，一部分牧民和牲畜受困，来电请求支援。叶剑英问工作人员是什么时间收到电报的。当他得知是刚刚收到的，满意地点点头，叮嘱大家：像这样的事情，一定要随到随办，不能延误；还说牧民们受困已几天了，这是人命关天的大事，一定要及时处理。叶剑英就是这样急人民所急，虑人民所需。

叶剑英的家乡梅县由于山多田少，粮食产量一直很低，发展速度始终非常缓慢。为此，叶剑英时刻惦记着家乡人民的吃饭和生活问题。1976 年，朋友送给他一种珍贵的水稻良种标本，他便立刻托人捎回家乡试种。第二年的 11 月，他去广州还专门接见了家乡的干部代表，了解家乡的生产和人民的生活情况。当他了解到梅县还有三分之一的地方人均粮食供应水平每月仍在 30 斤以下时，心情沉重地说：“我们搞了近 30 年建设，群众连吃饱肚子的问题都还解决不了，真是愧对乡亲们啊！”之后，他又多次指示梅县要从实际出发，发展山区经济。

“矢志共产宏图业，为花欣作落泥红”是叶剑英的诗句，也是他光辉一生的真实写照。他以人民为先，以人民为镜，为党和人民的事业兢兢业业、鞠躬尽瘁、奋斗终生，以自己的实际行动为党员干部践行党的群众路线做出了表率。

没有一点儿“官架子”

无论是在革命战争年代，还是在社会主义建设时期，叶剑英虽然勋业卓著，位高权重，却从不居功自恃，一贯宽厚待人，关心部属，平易近人，没有一点儿“官架子”。

1926 年，叶剑英被任命为国民革命军新编第二师代师长。那时当个国民革命军的师长既神气，又阔气，出门不是骑马，就是坐轿子，前呼后拥，威风凛凛。在经济上实行委任经理制，即包干制。全师一个月军饷 15 万块银元。叶剑英当代师长，从不克扣军饷。他告诫军需处长，不能贪污，每个月，发完饷要清理账目，向他报告。叶剑英一向宽厚待人，关心部属疾苦，经常用自己的薪俸接济有困难的人。每个月，他都接到许多来信，有些老同学、老同事、老下级，这个结婚，那个报丧，每有所求，他都寄给几十元或上百元。他与身边的人平等相处，公务之余，常教他们骑马、射击。

1932 年年底，叶剑英从前线调回瑞金，任中国工农红军学校校长兼政委及瑞金卫戍司令员。1933 年 1 月，吕黎平被选做叶剑英的机要秘书。作为一名初出茅庐的地方干部，他不懂机要业务，心里忐忑不安。叶剑英看出吕黎平的拘谨，对他倍加亲切，以师长对小学生一样的和蔼态度，手把手教他如何翻译电报，鼓励他看书学习，思想上要有抱负，不要浪费血气方刚的年华；工作之余，不仅关照他的生活，还经常同他唠家常、讲故事，用谈笑风生、平易近人的方式教他办事待人，毫无“官”气。叶剑英很体贴他，有时，他工作到深夜时，便对他说：“我很快就办完了。小鬼，不要等我，你年轻，瞌睡虫多一点儿，先下去睡觉吧。”有段时间，吕黎平腿上生了疥疮，叶剑英知道后，既减轻了他的工作量，又亲自找医生来给他治疗，并督促他每天早晚用热水清洗以除去毒菌。

1934 年 4 月，叶剑英任中华苏维埃共和国福建军区司令员。为了打破国民党军的“围剿”，叶剑英组织军区野战司令部、政治部，领导地方武装开展游击战。叶剑英在指挥部队转战过程中，每当遇到身负重伤的指战员，总要亲自查看。一次，叶剑英亲自率队在最后面阻击敌人，命令一个班的红军战士边撤退、边收容伤员。有两个负责收容的战士误以为一名重伤员已牺牲了，就把他放在路边，恰好叶剑英骑马赶来。他翻身下马，认真地检查了重伤员的伤情，又摸了摸重伤员的脉搏，发现这个重伤员还活着，便立即要他们将重伤员送到后方抢救。这时，追兵已近。在危急关头，他仍坚持要战士将这个重伤员抬走，命令说："你们抬着这个伤员先走，我来阻击敌人，掩护你们。"后来，他经常教育部队：在收容伤员时一定要仔细，不能粗心大意。每个红军战士都是我们的阶级兄弟，只要还有一口气，我们都要设法抢救。多救出一个红军战士，就为革命多增加一份战斗力量，要爱护我们自己的阶级兄弟呀！

抗战时期，叶剑英是我党派往重庆的主要负责人之一，虽然他那时已是大名鼎鼎的高级将领，却十分平易近人，从不摆架子。每当从重庆回到延安，他总喜欢同干部战士在一起"同乐"。有时开文娱晚会，他还同朱德一道参加乐队合奏，一个演奏扬琴，一个拉二胡，与同志们配合得十分默契。叶剑英不仅能同群众打成一片，而且还十分关心爱护同志。在延安，由于敌人实行经济封锁，那时的生活很艰苦，弄到吃穿，得自己动手，吃到一点儿好的食品很困难。然而，叶剑英在外面每逢弄到一些为数不多的较好食品，都要带回来分给大家吃。

叶剑英对部下的关怀可谓无微不至。1944 年冬，叶剑英为了加强参谋部工作，把当时在延安中央党校学习的刘志坚调到军委作战局，并亲自找他谈话。当叶剑英看到刘志坚穿得单薄时，就到卧室拿出一件皮大衣给他。见刘志坚推辞，不好意思要，叶剑英硬是让他穿上试一试，还笑着说："长了点儿，晚上还可以当被子盖。"抗战胜利后，刘志坚告别怀孕的妻子，随刘邓大军到了太行山。1945 年 12 月的一天，刘志坚突然接到叶剑英从延安发来的电报，恭喜他得了一个儿子。在紧张艰苦的斗争中，这个简短的电文可谓重抵千金。后来，叶剑英到北平军调处工作，还特意让秘书带了两罐奶粉到延安给刘志坚的妻子。军委机要秘书张明的妻子生孩子，身体虚弱，没有奶水，孩子整天饿得哇哇哭。叶剑英知道了，就把伙房每天分给自己的半磅牛奶给孩子吃，还亲自去看望，并把自己小孩儿用的小床送过去。伍修权调到东北执行紧急任务，他的妻子身体不好，孩子又小，无人照顾。叶剑英对他的家属关怀备至，不久，又派人把他的妻子、子女安全送往东北，与伍修权团聚。伍修权夫妇后来告诉子女要以老首长为榜样，切实做到关心他人胜于关心自己。

叶剑英这种照顾部属、关心干部的好作风，可谓几十年如一日，到了晚年也是如此。

20 世纪 70 年代初起就在叶剑英身边工作的李俊山回忆："首长是个极和蔼的老头。在工作之余，常和工作人员说说笑笑，没有一点儿架子。我们在首长面前也很随便。我感到，能在这样慈爱的首长身边工作，十分荣幸。"叶剑英在晚年有时利用工作之余看看电影，总是忘不了喊身边工作人员一起看。逢年过节，他总是邀请工作人员和他一起吃饭。1976 年春节，李俊山到战友那儿去玩，叶剑英见饭桌上少了他，还让秘书打电话找他。

1980 年，叶剑英患了帕金森病，并常常因此引起并发症。1982 年以后，他的肺部感染一次比一次重，并且越来越频繁。为了积极有效地控制肺部感染，医疗小组认为，使用静脉滴注抗菌素是最有效的方法。但是，这种方法给病人带来的痛苦比较大。专家们反复讨论，认为只有采用这种方法治疗，才能控制疾病的发展。当叶剑英知道这是惟一有效的办法后，便鼓励医护人员说："要大胆地穿刺，不要因为是给我打针而紧张。"有的护士问他："首长，您平常不是最害怕打针吗？怎么真正要打针的时候，又不害怕了呢？"叶剑英笑了笑，回答说："这个道理很简单，当你们决定要打针治疗的时候，我若是紧张，你们不是更紧张了吗？"

女儿绫子回忆："在父亲身边，我从没听到过他说自己如何能干，以此向我们这些小字辈摆功，也从来没有听到过他说谁谁怎么怎么不好。他说到别人犯了错误，总是带着一种沉痛而惋惜的语调。他这种以他人之忧为己忧的情绪，往往使在他身边的我们产生一种共鸣。”

不论多么艰难困苦，也不允许搞半点儿特殊

1947 年 3 月，国民党军队由于无力继续进行对解放区的全面进攻，便集中兵力，重点进攻山东、陕北两个解放区。中共中央面对国民党军队对陕北的进攻，决定主动放弃延安。中央指定叶剑英等负责驻延安各机关撤退的组织指挥工作。

行军中，叶剑英看到负责自己生活管理的刘德明用了 8 头牲口驮东西，就马上说：怎么弄这么多牲口？应该分几匹马给其他行军的同志。叶剑英说完，忍痛将一件使用了多年的皮大衣和其他行李丢掉了，腾出两匹马给其他单位的家属骑，而自己身边工作人员的行李却一件也不让丢。

3 月下旬，叶剑英东渡黄河，前往晋西北地区。从延安撤退的中共中央和中革军委机关 3000 余人经过艰苦行军，至 4 月上旬陆续到达山西省临县三交镇双塔村及附近的 10 多个村庄。

行军至河西，这里是老解放区，百姓家里比较富裕，部队管理员采购东西也相对容易。过河后情况就不同了。这一带常作战，生活本来就苦，又集中了从河西撤过来的这么多人，生活就更困难了。炊事人员常到河里捕鱼，到山上拣木耳来改善生活。即便再艰苦，叶剑英也不允许自己有一点儿特殊，和大家同甘共苦。当时在叶剑英身边工作的路宝银回忆：“叶参谋长对工作严肃认真，对自己的生活要求严谨，不论多么艰难困苦，他从不准我们搞半点儿特殊。只要他看到桌上的饭菜稍微好一点儿，就要问个明白，如果有一点儿不说明白，就会很严肃地批评教育我们。”

有一天，叶剑英问管理员刘德明：“今天的猪肝味道不错，你是怎么弄来的？”刘德明回答：“用你的生活费开支，好不容易在街上买的。”当时，叶剑英一个

解放战争时期的叶剑英。

月的生活开支要按小米定量计算，所以，一个月的任何生活开支，诸如为他买顶草帽、一根绳子等都要算进规定的小米定量中去，绝不能超过。他经常过问，惟恐超过定量或有特殊之处。这一天，刘德明买来猪肝，因为没有油，怕炒出来不好吃，就想起在家乡弄野味的情景，便用火把猪肝烤熟了。叶剑英知道刘德明这种做法后，让他赶快去把这个方法告诉也在三交镇的邓颖超。叶剑英平时的“小灶”伙食也很简单，有时偶尔能吃上一点儿炒土豆、胡萝卜之类。有一次，从山东解放区运来一些带鱼，管理员按供应量为叶剑英领回一两斤。叶剑英很节省，每顿饭前只让人切下一指头宽的鱼做菜，就着这点儿菜就能让他吃下一顿饭。叶剑英说，这是山东前线运回来的，很不容易，不要一次吃完了。

在衣着方面，叶剑英同样艰苦朴素。有一次，路宝银看见叶剑英的棉衣穿了好多年，已经补丁连着补丁，就想给他做一件新棉衣，刚把这个想法说出口，就被他拒绝了。他耐心地解释道：“现在是集中全力，推翻压在中国人民头上的‘三座大山’的紧要关头，解放区的人民正节衣缩食支援我们，我们要全心全意为人民服务。衣服能穿就行了，不应该再做新的。”叶剑英拍着路宝银的肩头说，“小路，你们不也是穿着旧衣服吗？你看毛主席、朱总司令、彭总他们穿的衣服不也是补丁摞补丁吗？再看看邓大姐，好些年都是穿的那一套衣服。”听了叶剑英的话，工作人员只好作罢。叶剑英又穿着那件旧棉衣过冬了。

1948 年 12 月，根据中共中央的决定，叶剑英被任命为中共北平市委副书记、北平市军事管制委员会主任兼北平市长。1949 年 2 月初开始，北平的接管工作在叶剑英、彭真的领导下全面展开。接管工作大体被划分为政权接管、物资接管、文化接管 3 个方面，并组成相应的机构进行对口接管。物资方面的接管情况相对比较复杂，叶剑英每天都要听取负责物资接管的同志的汇报，及时掌握接管进度，处理工作中遇到的难题。叶剑英要求所有工作人员正人先正己，廉洁自律，不贪图物质享受，全心全意为群众谋利益。

有一次，北平警备司令部的一位领导找到叶剑英，说："警卫部队守卫的仓库里就有一批车子，可战士们一辆也没有动用。他们成天跑路，能不能给他们解决几辆值勤用车？"

叶剑英沉思了一会儿，说："战士们自觉遵守纪律的精神使我很感动。批一些车子给他们，以便值勤，完全应该。可是，现在要东西的单位太多，我们军管会所属单位应该以身作则，起模范作用。宁肯自己吃点儿苦，也要尽量把东西分给别的单位。"他说到这里，用手指了指这位领导，又指指自己，笑着说："我们之间的个人关系很好，但是不能私相授受啊！你说对吗？"

这位领导觉得叶剑英的话在理，当即表示："你讲得很对，我们是应该高风格，先人后己。"

"我不批车子，部队不会有意见吧？"叶剑英稍有顾虑。

"不会的。部队进城以前，进行过政治纪律方面的教育和大讨论，开展了'评入城资格'的活动，觉悟都有很大提高。他们感到，能入城参加警卫工作，是一件十分光荣自豪的事。有些没被评上入城资格的战士，还哭鼻子哩！"这位领导接着又说，"分配给你的东西，你都不要，部队怎么会有意见呢！"

这位领导说的是事实。几天前，军管会的物资部长童陆生找到叶剑英，说："现在，物资都分配得差不多了。我给军委机关分了一批东西，其中有一些被服和办公用具，每个领导干部都分配一点儿，你要点儿什么？"

"我什么都不要！"叶剑英一直忙于给各单位分配物资，却从未想过自己。

"我是正式向你报告这事，不是随便说的。"童陆生认真地说。

"我是军管会主任，又是市长，领导接管了旧北平这么多物资，怎么能给自己分配呀！"叶剑英笑着正式作了答复。当时，叶剑英领导接管的旧北平市党政军机构的物资，在仓库里堆积如山，有各种各样的高级家具和成千上万件毛毯、被服，还有古董、名人字画等。

“这又不是你伸手要的。”童陆生说。

“我知道。你现在手里有很多东西，车子、房子、被服，特别是那些古董，都非常珍贵，你可要保管好，如数交给国家，可不能随便给人啊！”叶剑英严肃地说。

“你放心，我一定保管好！”童陆生又问，“办公用品，你总是需要的吧？”

“那你就送一架打字机和一点儿‘派克’墨水吧，但必须登记入册。”叶剑英想了想，最后终于要了一点儿办公用品。

最终，警备部队值勤的战士们没有分到一辆自行车，但大家不仅没有意见，还纷纷表示要向叶剑英学习，发扬高风格，先人后己。

叶剑英在任北平市长期间，以实际行动体现了党中央关于进城以后要继续保持艰苦奋斗作风的精神，为军管会和市政府全体同志树立了榜样，被群众亲切地称为“平民市长”。

主持召开摊贩代表座谈会

1949 年，北平和平解放初期，很多城市贫民、失业工人、破产小商人等由于没有稳定的职业，为了维持生计，不得不在要道、路口等繁华地区摆个小摊，做点儿小生意，艰难度日，但这样经常造成交通拥堵，时常会引发车祸，而且有特务分子、不法分子以摊贩为掩护，趁机捣乱，进行破坏活动，社会秩序十分混乱。据当时的工商部门统计，北平有摊贩 4.5 万至 5 万户，占全市总户数的 10% 至 15%。

为了尽快搞好市政建设，稳定民心，让百姓安居乐业，叶剑英一直在思考如何解决摊贩问题：是像旧政府一样凭警力横加取缔或者放任不管，还是采取照顾帮助与管理的办法，积极引导、变害为利呢？

5 月 23 日晚，叶剑英与彭真专门召集北平摊贩代表开了一次座谈会。

会议一开始，叶剑英便亲切地说："同志们！今晚利用这个时间，不妨碍大家的生产，请大家到这里来谈一谈。""同志们"这一称呼，让本来带着抵触情绪而来、等着接受共产党严厉整治的摊贩们大感意外。

叶剑英十分同情摊贩们的困难处境，深情地讲道："你们的生活很苦，过去受了很多压迫和苦难。共产党领导中国人民革命就是为了把受压迫、受苦的人解放出来，从事建设与生产，逐步地使大家都有饭吃，有衣穿，有屋住，有书读，生活得好。"

接着，他谦虚地称代表们为"先生"，说："我们对摊贩没有管理过，我们是学生，你们是先生，要同你们商量一下，如何管理。集中大家的意见以后，我们便去办。这里，我先要请大家答复一个问题。"他看了看大家，问道，"过去，国民党的市长们，国民党的市党部和你们开过会没有？对你们用什么方法管理？"

摊贩们听到这些话，顿时觉得新任市长没有官架子，立马放松了紧张情绪，气氛一下子活跃起来，便开始你一言、我一语地说道："那些大官，我们连见都见不到，还会同我们开会吗？"

"警察、宪兵动不动就用皮带抽打我们！"

"他们不开会，是下命令。"

"他们对我们的办法就是强制和压迫！"

叶剑英听了大家的意见，说道："同志们，他们是反革命，是不讲道理的。国民党是用皮带鞭打你们。人打人的事是古代奴隶社会的遗传，奴隶主强迫奴隶耕田，把奴隶看成是会说话的毛驴。在奴隶主的眼中，打人和打毛驴是没有什么区别的。国民党把人民当作毛驴，对毛驴用打的方法来管，对人民也用打的方法来管。几十年来，北平那些做官的哪一个把你们当作人？只有共产党才把你们当

1949 年 4 月，叶剑英在北平市欢迎各方民主人士大会上致辞。

人看。”

叶剑英站在摊贩的立场上，设身处地地为他们着想：“摊贩是劳动人民的一部分。现在，你们的生活很困难，共产党和人民政府完全知道。我们应当帮助大家从事生产，以求逐步克服困难。”他说，“摊贩作为一种营业方式，是正当的，既然正当，为什么还要整顿呢？”他深入浅出地讲述了摊贩管理的必要性，说，“因为摊贩有两个问题要解决：第一，就是我们摊贩还没有办手续，没有登记，没有领牌照，没有纳一点儿税，尽点儿义务；第二，就是位置摆得不对头，不适当……”这种诚恳谦虚的态度，让摊贩们打消了顾虑，开始打心底里认可和理解这个为人民说话的政府。会场逐渐热闹起来，摊贩们畅所欲言，提出了许多很好的建议和办法。

会后，叶剑英积极吸收摊贩们的意见和建议，具体问题具体分析，不搞“一刀切”。比如，有些摊贩提出修自行车摊、擦皮鞋、卖夜宵、水果摊和零食摊等不好集中，这些建议就被政府采纳，没有强行将他们集中迁移。整治工作得到摊贩们的大力配合和支持。经过整顿，全市摊贩得到了妥当安置，有效改善了市政交通。

取消“疍家”称谓

1949 年 10 月，叶剑英担任华南分局第一书记、广东省人民政府主席，兼任广州市委书记、广州市长、广州市军管会主任。他不仅为建立、巩固祖国南大门而日夜操劳，还大力领导广州市开展建立各级基层政权，发动群众恢复生产，发展经济，搞好市场供应，保障金融货币流通，稳定群众生活。

1950 年前，广州市约有 10 万居民是生活在水上的。水上居民，旧时被称“疍家”，绝大多数都是劳动人民，以船艇为家，从事捕鱼、渡客、水上运输业等。根据 1926 年广州市人口统计，“疍民”约有 11 万人，约占全市总人口的 10%。广州市内河南（今海珠区）江岸东起石涌口西至白鹅潭，均是水上居民活动频繁的江岸线。正是他们的辛劳，才有了珠江两岸的交通和发展。然而，水上居民不受陆居居民的认同，不仅在经济上受到国民党反动官僚、特务分子、码头恶霸的剥削压迫而极端贫困，而且在社会上完全被人瞧不起，毫无政治地位可言。他们生活在社会的最底层，不准在陆上居住，不准同陆上的人通婚，死后不准在陆地埋葬，即使上岸时，也不准穿鞋。他们没有学校，不准在岸上的学校读书，所以文化程度普遍很低，大多数是文盲。他们长年累月住在河面的小木船上，船上没有自来水，吃的、用的完全是河水，卫生条件没有保障，所以，他们的健康状况很差，婴儿死亡率达到 40% 至 46%。此外，水上妇女还经常受到警匪恶霸的调戏凌辱，真是苦不堪言。

广州解放后，叶剑英经过调查研究，了解了水上居民过去的情况，对他们的处境高度重视和关怀。1949 年 11 月，广州市委、市政府为水上居民专设了一个管理区叫“珠江区”。1950 年 11 月，广州市第三届各界人民代表会议根据叶剑英的提议，正式通过取消“疍家”称号的决议，一律称“水上人民”。叶剑英在会议上郑重宣布：应从政治、经济、文化、生活等各个方面取消对水上人民的歧视，不准再称水上人民为“疍家”。水上人民应同陆上人民一样，政治上完全平等，上岸可以穿鞋，可以同陆上人通婚，水上人民的子女也可以上陆地学校读书……这样，水上人民在党和政府的领导下，不仅政治上得到彻底翻身解放，经济上也得到了很大发展，成立了渔业社、民船运输社、手工业联社等各种组织，增加了收入，生活不断得到改善。政府在广州市珠江河段专门开设了 9 所水上人民子弟学校，供水上人民子弟上学读书。政府在各个码头为水上人民设立了自来水站，使水上人民用上了自来水；同时建立了水上卫生所，为水上人民治病；建立了水上文化馆、文化站，丰富了水上人民的文化生活。

广州市解放后短短的几年，在党和政府的关怀下，水上人民逐渐迁居到岸上入户，过上了幸福的生活。

三回故居显风范

叶剑英故居位于广东省梅县雁洋堡下虎形村，坐东北朝西南，前拥池塘，后倚小丘。故居始建于清代，系叶氏俊贤公祠的左侧二横杂屋。民国初期，叶氏俊贤公祠进行了较有规模的修整，故居相应有所新建。直延续到20世纪70年代初，由当地政府及地县拨出专款进行部分整修，将宗族近房亲属后裔另迁他处安居。故居建筑面积约350平方米，是客家单门楼式两杠平房，共15个房间。故居主要部分属叶剑英叔辈所有，其父亲仅有3间房和一间合家共用的小厨房。1897年4月28日，叶剑英就诞生在这里，并在这里度过了童年、少年时代。

叶剑英对故乡，对故乡人民，充满深情厚谊。1916年冬天，年仅19岁的叶剑英离开家乡，戎马倥偬，献身于中国人民的革命事业，一晃将近40年，直到中华人民共和国成立后，才有机会回故居。叶剑英有3次回故居，每一次回去，都体现出他的崇高风范。

1953年5月，时任中共中央华南分局第一书记兼广东省人民政府主席的叶剑英回到梅县故居，总共停留了两个小时。他先到故居周围边走边看一遍，然后到其母亲生前住过的房间，见房门上了锁，便用极诚恳的语气向现住人说："麻烦将房门打开，让我看一下我的胞衣迹（出生地——编者注）。"在场的宗亲对叶剑英说："房间是你的，何来客气？"叶剑英却说："我当然知道房间是我的，但现在已由他人代管使用，他便是现主人。今天，我要进此房，必须以礼相待，如果以势压人，不是我们共产党人的作风。”离开故居前，叶剑英到其母墓前参拜。有位村民告诉他：“有人想将你母亲的坟挖掉，将地开出来种作物。”叶剑英听后，说：“如能开成土地种作物，就由他们拆吧，种上粮食对国家、对个人有利的事，我们都要支持啊。”同时交代其宗亲，“如骸骨被挖出来，可送到对面深山中去或深埋地下，免得再与生人争土地了。”

1971 年 1 月，叶剑英在执行公务时顺途回到梅县。在故居，他见了几位叔侄、伯母，看了儿时住过的、玩过的地方和村边的水井、田间的小道。当看到光秃秃的祖山时，他问陪同参观的干部：“村背后过去满山是树，为什么现在光了？”陪同的干部回答：“1958 年大炼钢铁时砍光的。”叶剑英说：“1958 年已经过去十几年了，为什么不再种上树？种上，十几年不是又长大了吗？”中午，接见机关干部时，叶剑英作了讲话：“这次因公出差，从北京至福建，到广东，都没有作什么讲话。回到家乡，心里很高兴，跟同志们讲几句。我离家半个世纪了。半个世纪以来，我们的国家发生了巨大的变化。但回家看看，家乡的路还是半个世纪以前的路，田园、房屋还是老爷爷留下来的，没有变。有一样变了，就是山变光了。主要是本地干部缺乏为人民服务的思想。”叶剑英的谆谆教导，至今仍教育着故乡人民去思考，鞭策着故乡的干部去努力，把家乡建设得更好。

1980 年 5 月，叶剑英回到梅县视察，最后一次返回故里。家乡的人民很高兴，准备好好接待这位功勋卓著的革命老帅。可是，叶剑英早有准备，刚到广州，就定下规矩，一定不要给群众增加负担，并叫人传达下去：一、不要惊动大家，不搞迎来送往；二、不准宴会请客，只吃三菜一汤；三、不准送礼馈赠。叶剑英到了梅县故居，走进出生的房间，面对双亲的遗照，看到小时读书的小木桌，即兴赋诗一首：“八十三

1980 年 5 月，叶剑英在梅县旧居同亲友一起品尝家乡的客家菜。右二为习仲勋。

年一瞬弛，木窗灯盏忆儿痴。人生百年半九十，万丈霞光值暮时。”中午，负责接待的同志多安排了几个家乡菜请他品尝。叶剑英看到超过了他的规定，坚持必须把多余的菜端走，之后才入座就餐，而他的随行人员吃的都是自带的干粮。这次，叶剑英在故乡待了5天。他兴致特别高，临别时一再说：“以后，我还要回来的。”想不到，这是他最后一次回故乡！

“攻城不怕坚，攻书莫畏难”

翻开叶剑英书架上《社会学大纲》一书的扉页，“攻城不怕坚，攻书莫畏厚”两句诗赫然入目，这是他1943年1月22日写的。事隔34年，在粉碎“四人帮”以后，思想理论战线开始拨乱反正，党中央决定召开全国科学大会。为了迎接这个具有历史意义的空前盛会，鼓舞全国人民向四个现代化进军，勇登科学技术的高峰，叶剑英将原作的第二句“攻书莫畏厚”的“厚”字改成“难”字，并重新写了两句，组成了一首新的五言绝句《攻关》：“攻城不怕坚，攻书莫畏难。科学有险阻，苦战能过关。”这是他几十年战斗、学习、工作的经验总结。

从青葱少年到白发老人，从战火纷飞的革命年代到如火如荼的建设时期，不论是攻城夺堡，还是攻书学习，叶剑英总是发扬“苦战”攻关的精神，知难而进，敢想敢拼。

叶剑英7岁那年，虽然生活拮据，但父母仍然省吃俭用，借钱垫补送他去读书。深知读书机会来之不易，叶剑英读书很勤奋。在课堂上，他全神贯注地听讲；放学回家，一边帮父母做家务，一边坚持学习，整日以书为伴。特别是每天晚饭后，他和弟弟妹妹帮助妈妈收拾完碗筷，用抹布把小方桌擦得干干净净，便坐下来在书本的海洋里刻苦攻读，直到深夜。夜晚读书必然要点灯费油，去学堂读书，家里已经花了不少钱，哪里还有闲钱去买油灯呢？有没有既能读书、又能省油的两全其美之法呢？叶剑英灵机一动，想起了山里人用的“竹精子”。他在大人们的帮助下，从山上砍来一种叫“硬头黄”的竹子，然后把它们剖成一根根筷子大小的竹篾子，缠上破布，再浸些松脂，晾干以后，能够照明的“竹精子”就做成了。“竹精子”虽然省钱，但是燃烧时间短，每根只能燃烧一刻钟左右。为了读书，叶剑英就一根接着一根地点，一个晚上下来，要点十几根“竹精子”。每天早上，小方桌下都会堆积着厚厚的灯灰。由于读书太过用功，一次，叶剑英实在太累，趴在桌子上打盹儿，被“竹精子”飞溅的火星烧焦了一缕头发。母亲见了十分心疼，他却毫不在乎，依然埋头苦读。一张窄小的木制方桌，一根根简陋的“竹精子”，陪伴少年叶剑英度过了一段难忘的苦读岁月。以后，无论环境多么艰苦恶劣，叶剑英始终保持勤奋读书的好习惯。他曾经非常谦虚地说：“我这个院长（指军事科学院院长——编者注）实在惭愧，肚子里一点儿科学也没有。怎么办？要么爬上琅琊山，要么退休、解甲归田。还是爬山，科学的大山要爬。马克思已 60 岁才学俄文。干到老、学到老。人生就要干，要战斗、前进的人生。”他是这样说的，也是这样做的。

马恩列斯和毛泽东的思想著作，尤其是革命导师的哲学思想和军事思想，是叶剑英孜孜不倦、反复钻研的理论书籍。他形象地说：“理论好比是一条红线，老同志一脑子珍珠玛瑙。再好的一箩珍珠，不用红线穿起来，还是一箩珍珠。”对于那些重要的书籍和文章，比如马克思恩格斯的《共产党宣言》，列宁的《国家与革命》《共产主义运动中的“左派”幼稚病》《关于列宁的哲学笔记》，毛泽东的《目前形势和我们的任务》《中国革命战争的战略问题》《论持久战》《实践论》《矛盾论》，等等，叶剑英都反复阅读和研究。就像地质钻探一样，他总是从一点上深入钻研下去，取得实践需要的宝藏。他经常对大家说，遇到问题了，要多翻翻马克思、列宁和毛泽东的书，和他们商量。

除了学习政治理论书籍之外，他还特意聘请专职老师帮他攻读数学、物理、化学、历史、地理等，像一个小学生那样尊师重道。一次，在和大家重温恩格斯的《步枪史》时，叶剑英十分感慨地说：“恩格斯在那样的年代，条件那么差，

1949 年夏，叶剑英在北平住地读书。

还写了那么多军事著作。他甚至花了那么大的精力，对步枪的历史做了那么系统的研究。时至今日，我们从事军事科学研究，还写不出这样的作品，说来真是惭愧！”

外语是叶剑英始终勤学不辍的一门课。早年在苏联莫斯科劳动大学学习期间，从未接触过俄语的他，下定决心攻克语言关，每天废寝忘食，苦读苦练，背俄语单词，并经常向在苏联高级步兵学校学习的刘伯承请教，交流学习俄语的经验。有一回，他走在校园里，由于太过投入，差点儿撞到树上。经过一年多的努力，他终于能自己看懂俄文报纸和阅读一些简单书籍。

即使步入耄耋之年，叶剑英还坚持学习英语。那时候，叶剑英总是阅读英文的参考清样，还亲切地称呼熟悉外文的陈秘书为“teacher”。英文秘书带着他读，什么地方不会，他都及时记下来，并在旁边注上中文的意思。通过一段时间的学习，叶剑英的英文水平有了很大提高。他不仅自己学，还督促办好英语学习班，让身边的秘书、警卫员、服务员、炊事员等工作人员一起学。每当有人产生畏难情绪、懈怠思想时，只要一看到叶剑英执著的学习劲头，就会立马重新投入到学习之中。

叶剑英办公室写字台桌面玻璃板的下面放着这样一张字条：“抓紧时间工作，挤出时间学习，偷点时间休息。”这是叶剑英根据自己的切身体会总结出来的“座右铭”。1964 年 3 月，叶剑英接见勤奋学习毛泽东著作的人民解放军某部三连副指导员廖初江，表扬他善于挤时间勤奋自学。他对廖初江说：“学习的时间主要是靠自己挤出来。努力挤，就有；不挤，就没有。”这句话来自于叶剑英的亲身体会。早上，他一般会早起一会儿用来读书。《辩证法唯物论诸问题》这部近 33 万字的书，就是他连续用 9 个早起的清晨读完的。他常利用白天工作间隙读书看报，自学外语；利用吃饭和散步的工夫听秘书根据有关资料汇报国内外形势。晚上入睡前，他也是习惯性地读会儿书。

他读过的书上记载的时间许多都是深夜 12 点以后，如在《马卡洛娃讲演集》一书的倒数第二页背面边白上记载：“阅过，18 / 10，1951 年，1 时 15 分，于北京北长街 81 号。”在《论农民的社会主义改造》一书的最后一页正面边白上记载：“阅完，1952 年 2 月 21 日夜，12 时 45 分。”并题写了“珠江江上月如钩，夜阑人静好读书”两句诗。叶剑英还会利用外出视察途中和住院休养的时间读书，如《掌握布尔什维克领导经济的方法》一书，就是他在视察工作的途中读完的。记载在该书《按劳取酬的社会主义分配原则》一文的第四页背面天头上的时间、地点是“8 / 3，1950，正午，离开岳阳北上”，记载在本书最后一页背面边白上的时间、地点是“8 / 3，1950，阅完，于岳阳、武汉间”。又如记载在《当前苏联军事学说与战略的关系》一书最后一页边白上的时间、地点是“10 / 3，1956，在 301 医院”。这样一来，叶剑英的休息时间更少了，只好“偷点时间休息”。他有时工作、学习累了，就坐在那里闭上眼睛休息 5 分钟、10 分钟。他认为，为了革命建设的需要，再辛苦、再劳累也值得，必须养成主动抓紧时间读书、学习的习惯。

叶剑英积攒了上万册图书，在叶剑英身边做秘书多年的张廷栋曾撰文写道：这些藏书都是叶剑英积少成多、逐渐累积起来的，有些是从战争年代一路携带过来的，有些是中央马恩列斯著作编译局和各省、市、自治区出版部门赠发的，有些是别人送的，但大部分都是自己从书店里买的。曾担任过叶剑英警卫的李德才回忆说，叶帅大约八成的工资都用在买书上了，只剩下二成的工资用于生活开支。叶剑英的藏书种类丰富繁多，马列著作、史地经传、诸子百家、诗词歌赋、科学技术、世界名著，古今中外，无所不及，简直就是个书的世界。叶剑英把这些藏书视为珍宝，经常沉醉其中。他常常说，书籍是他的精神食粮，是他干革命、干事业的重要力量源泉。叶剑英不仅注重藏书，而且十分爱惜书，凡是他读过的书，任何情况下都不能弄丢。别人可以借阅，但没有经过批准，就不能随便乱拿、乱画、乱改。有一次，工作人员没有经过他同意，就拿走了他正在阅读的《辩证法唯物论》，乱传乱改。他发现后十分生气，在被改的篇页天头上，用红笔批了“谁人传阅，瞎改！”从那以后，大家再也不会擅自乱动叶剑英的书，工作人员想看书学习，就去跟他借。

写给女儿的三封信

长女叶楚梅是叶剑英的第二个孩子，1928 年出生在香港，此后一直与父亲分隔两地，见面的次数屈指可数。她和父亲沟通交流的纽带就是那一封封“抵万金”的家书，这也是她对父爱最深的记忆。叶楚梅曾说，父亲给她写过很多信，可惜“文革”抄家时全部都失散了，现在仅存父亲于 1946 年、1949 年和 1950 年写给她的 3 封信，还是后来有关部门代转给她的。

1946 年，解放战争拉开序幕。叶剑英亲自送叶楚梅到部队，让她经受战火的洗礼，成为东北民主联军的一名战士。叶楚梅从小在广东长大，初到东北，生活很不适应，每天在零下三四十摄氏度的气温下练兵，非常艰苦。不久，为中华人民共和国建设培养人才，组织上决定送叶楚梅出国学习。于是，一向擅长古体诗写作的叶剑英亲切地写了一首新体长诗激励女儿：

亲爱的梅儿：

——爸爸有你而感觉骄傲。

鼓起你的劲儿，踏上你的长路。

这不是日暮途远呀！红日恰在东升。

阳光照着艰险的途程，比起黑夜里摸索，要便宜得万万千千。

急（疾）进吧！追上那先头出发的人们。

急（疾）进吧！再追上一程。

那里有广漠无边的地盘，等待着你们去开垦。

那里有大批优良的种子，等待着你们去拿回来散布，赶上春耕。

人民要翻身了，许多人已经翻了身。

敌人着慌了，不顾一切的（地）起来作绝望的抗衡。

这是人类历史上最热闹的场面。

急（疾）进吧！再追上一程。

我们不是速胜论者。

欢迎你们能够赶上这一场翻天覆地的斗争。

我想你们没有一个是“坐享其成”的人。

你们是铁骨铮铮。

爸爸

6./ Ⅻ .1946. 北平

父亲的信字里行间流露着深切的期望和嘱托。他为女儿赶上“人类历史上最热闹的场面”而高兴，告诫女儿不要做速胜论者，也不要做“坐享其成”的人，要做一个铁骨铮铮的革命者，为了理想和信仰不懈奋斗。这是一个久经沙场的革命家富于哲理的人生探索，也是一位父亲对子女的浓浓深情。叶楚梅读了一遍又一遍，热血沸腾，满怀激情，充满了力量，坚定了革命必胜的信念，增添了克服困难的勇气。周围的同志们看了这封信也很受鼓舞，当时正是胡宗南即将进攻陕北之时，许多人担心延安会被敌人占领。叶剑英的信使大家深信：黑暗即将过去，光明就在前方。

1948年，在苏联学习的叶楚梅由于患肺结核病，住进了医院，但是她仍然坚持自学并参加考试。1949年4月，她将自己病情好转并已经出院返校的情况写信告诉父亲。时任北平市军事管制委员会主任兼北平市长的叶剑英收到女儿的信后十分欣慰，但由于忙于北平的接管、建设工作，过了一个月才挤出时间给女儿回信。信中，他舐犊情深，把对女儿的牵挂化作殷殷期待，教导女儿要努力学习，把祖国建设成自由、快乐、文明、进步、庄严、华丽的世界。信中写道：

亲爱的梅儿：

收到你最近的信，是一九四九年四月二十一日的。知道你养病已经恢复了健康，增加了体重一公斤，也增加了血，又在继续着你们的学习，我很高兴！

女儿：爸爸很对不起你，你来很多信，都没有答复。我知道（你）远处在遥远的虽然是很自由的国家里，由于言语、习惯，等等，自然要增加一些对祖国的怀念，何况祖国的人民，正在以千万倍的信心和勇气，来打断快要挣断的锁链的时候，不断的胜利的狂风，吹到了远远的西方的时候，你们的心情，爸爸是很知道的。女儿！让爸爸们，把新民主的地基，铲得平平的，让你们后一代，把我们的祖国，加工的建筑起一座自由、快乐、文明、进步、庄严、华丽的世界。你们不能逃避这一责任，你们必须完成你们这一代的责任。因此，当着你们还在学习时期，就应该全心全意的（地）为建设我们完全新的中国而努力！

女儿：我考虑过，也和哥哥商量过，主张你学农业。因为现在才开始学医，时间太长，恐学不好。不过这仅仅是提供参考的意见而已。不过我另一种想法，不管学哪一门科学，首先要把俄文学个精通，那么，虽然在学校里没有学得很完全，出校以后，仍可自己继续研究的。

我在北平学习市政，跳下水去学泅水，时间还很短，学得还不多，我拟努力的（地）学习下去。这也是一件不很容易的科学。

我写这封信时，正值刘宁一同志等快要出国，拿护照来签字的时候，匆匆写一封信，托宁一同志带给你。此时妞妞上学未回来，因此，你的妹妹就没有写信给你了。下次再给你寄信。

祝你

健康、进步！

你的爸爸

27./ Ⅴ .1949. 北平

后因革命需要，叶剑英被调往华南工作。1950 年，叶剑英从时任中央人民政府外交部副部长李克农那儿收到女儿叶楚梅从苏联写来的信。得知女儿在异国学习勤奋、生活顺利，叶剑英便又抽时间给女儿写了回信，指导女儿学习的目的和做人的目的，不断给女儿新的鼓励与鞭策。

梅儿：

从李伯伯（即李克农——编者注）处转来的信及像（相）片均收到。返穗后，同志送给我一架照相机，特托李伯伯送给你。如需别的亦可来信。

努力把自己锻炼成为人民所需要的人，不是多一个少一个没有什么关系的人，不是可有可无的人，确有一点本领，拿出来为人民做点事，尽点小螺丝钉的作用。这就是学习的目的，也是做人的目的。不要好高骛远，幻想多而实干少。这一点，可要注意。许多人都说你学得不坏，爸爸是高兴的。但应该懂得还不够得很。望继续努力，日进不已的（地）学习，完成学习任务。在广州的人，你所认识的都好。勿念。

祝你健康和进步！

爸爸

22./ Ⅸ .1950. 广州

一言一语的刚正，字字珠玑的提醒，是叶剑英内心深处对孩子最深切的祝福。

在追思父亲时，叶楚梅满怀深情地说："是他老人家把我引上了革命道路，使我确立了为实现伟大的共产主义理想而奋斗的人生目标。老人家是我的父亲，也是我参加革命的启蒙人……"

叶楚梅与父亲一起生活的时间虽然不多，但在生活的风浪中，时时感受到父亲那刚正不阿、坚韧不拔精神的鼓舞，使她在艰难困苦中振奋精神，充满信心。

十年动乱中，叶剑英受到了一次次的冲击，他的子女也遭受了磨难。叶楚梅与爱人邹家华曾多次被批斗。叶剑英知道他们受到自己的牵连，很是愤懑，但他相信自己教育的儿女不是软骨头，总是对他们说："要挺得住，要经得起群众运动，不要有什么想不开。"短短几句话，给儿女们以莫大的慰藉，然而，

1977 年 5 月 20 日，叶剑英在北京住地同亲属、身边工作人员合影。

这又成为新的“罪状”，说叶剑英是黑后台，随之而来的是更残酷的迫害。

1968 年，叶楚梅与邹家华以“莫须有”的罪名被捕入狱，虽关在同一监狱，却相互音讯杳无。一日两餐，每餐两个窝头、一碗连根带泥的咸菜汤。每次开饭，只让盛有限的一点儿水喝，平时不供水。邹家华平素爱喝水，夏季渴得难忍，便想出一个主意：每次开饭盛水时，把凉鞋向下倒立放着，用鞋的前包头那块容积盛点儿水存着，实在渴极了，就喝几口鞋里的水。叶楚梅在狱中遭受非人的折磨，患了严重的妇科病，险些丧命。一次，在抢救时，医生给她滥用药，造成其身体内分泌严重失调；脚趾甲长得很长了，连鞋都穿不进，不得不用牙去咬，结果连牙也崩坏了……

叶剑英平素的言传身教，使他们都有一种摧不垮的精神，虽然在“文革”中屡遭折磨，却没有“低头认罪”。

1969 年 4 月，在党的九届一中全会上，叶剑英当选为中央政治局委员，然而此时，他的儿女还被关在监狱里未获自由。叶剑英没有为此找任何人求情说理，他相信“真金不怕火炼”，儿女也能体谅他的心情：整个国家都在受难，需要父亲保护的干部、群众千千万万，他此时怎能抛开人民去顾念自己的骨肉！1970 年前后，叶楚梅和邹家华才先后出狱。

叶楚梅曾经说：父亲什么财产也没有留给我们，但是他给我们留下了一身正气，一副铁骨，留下了父女之间的深情厚谊，留下了我们对他的永远怀念。

“以己之退，促党的事业之进”

1982 年 9 月 6 日，北京人民大会堂内灯火辉煌，群情振奋，不时响起一阵阵热烈的掌声。中共中央政治局常委叶剑英正在中国共产党第十二次全国代表大会全体会议上发表重要讲话。他以浑厚的声音说道：

“我们的党是一个生机勃勃的党。经过这次大会，将有一批年富力强的同志，走上中央的领导岗位和其他领导岗位，这是党的事业兴旺发达的重要标志。我们老一辈同志，看到这种情况，由衷地感到喜悦。唐朝诗人李商隐曾经用‘雏凤清于老凤声’的诗句，称赞他的后辈的诗才，意思是说，后来者居上，年轻的会超过年老的。可以说，这是历史发展和社会进步的一个基本规律。”

代表们听到这里，情不自禁地再次鼓掌。

叶剑英接着说：“这次大会以后，将有许多老同志从领导岗位上退下来，这是党的事业发展的需要。这些老同志勤勤恳恳奋斗几十年，他们是革命的功臣。他们的功绩，党和人民是不会忘记的。……我今年 85 岁了，年老多病，做事已力不从心，从党的事业着想，我曾多次要求退出领导岗位。在中央没有决定我退出之前，当尽力而为，‘鞠躬尽瘁，死而后已’。”

叶剑英的话，深刻地揭示了中国共产党的组织工作、干部工作中的一个重要问题，即年高体弱的同志，到了不能坚持正常工作的时候，应该从党的事业着想，主动从领导岗位、工作岗位上退出，让年轻的同志接替工作。这个问题，在党处于执政地位的情况下，尤其显得重要。只有这样，中国共产党的事业，才能犹如长江大河，后浪推前浪，奔流不息。

1982 年 9 月 6 日，叶剑英在中国共产党第十二次全国代表大会上发表重要讲话。

出席中共十二大会议的代表中的许多老同志都清楚地记得，重视年轻一代，重视培养革命事业的接班人是叶剑英的一贯主张。

早在 1956 年 11 月，叶剑英写下的《西游杂咏》组诗中就有这样的诗句：“引得春风度玉关，并非杨柳是青年。英雄一代千秋业，敢说前贤愧后生。”他以历史唯物主义的眼光看到，在无产阶级的千秋大业中，革命的后生将会不断地超过前贤，因此，要重视后生，关心青年。

党的十一届三中全会以后，随着改革开放和社会主义现代化建设的不断推进，迫切需要大批年富力强、有专业知识的年轻干部走上领导岗位，以保证党的事业后继有人，同时也需要解决好老干部从领导岗位上退下来的问题。在这个问题上，叶剑英以自己的实际行动为全党做出了表率。

20 世纪 50 年代末以后的很长时期，由于中国共产党在指导思想上出现“左”的偏差，培养革命事业接班人的工作也受到了极大的干扰。有鉴于此，1976 年粉碎“四人帮”后，处在党和国家领导岗位上的叶剑英，格外注意培养和选拔革命接班人的工作。1978 年 12 月，在中共中央工作会议上，叶剑英就提出：“造就和培养一大批革命事业的接班人，这是摆在全党全国面前的一项十分重要的战略任务。要不断增添干部队伍中的新生力量，把他们选拔到各级领导岗位上来。”1982 年 5 月，叶剑英在和几位中央领导人的一次谈话中，特别谈到三国时期蜀汉在接班人问题上的教训。他说：“蜀国那时也有个干部接班的问题。‘蜀中无大将，廖化做先锋’。诸葛亮晚年，不放手选拔、使用年轻的接班人。后来，诸葛亮很急，好容易发现姜维是个人才，让姜维做了接班人。蜀国人才的老化问题、接班问题，很值得我们借鉴。我们自从井冈山以来，50 多年了，多年征战的干部都老了，现在需要大力培养选拔接班人。”

叶剑英对党的组织建设中的新老交替问题不仅从理论上做出了精辟的阐述，更以自己的模范行动，为全党做出了楷模。早在 20 世纪 60 年代，叶剑英在谈到老干部工作时就曾指出，自然规律是不可抗拒的，老同志到了不能工作的时候，应当主动退位让贤。这种退位不是消极的，而是要“以己之退，促党的事业之进”。1977 年 11 月，他在广州松园宾馆赋诗一首：“四面青山列翠屏，松园终不老闲身。会当再奋十年斗，归读阴那梅水滨。”诗中表达了他早已萌生的退休之意。1979 年，鉴于已重新确立党的马克思主义路线，党中央的各项工作已逐渐走向正轨，更多的年轻同志已挑起了重担，叶剑英便向中央政治局打报告要求退出领导岗位，但中央没有同意，仍希望他留在领导岗位上。1981 年 6 月，叶剑英又给中央写信，要求改变中央政治局常委名次的排列，将自己的名字放到邓小平之后。中共中央经过慎重考虑，依然没有同意。

中共第十二次全国代表大会仍选举叶剑英为中央委员，在中共第十二届一中全会上，叶剑英当选为中央政治局常委，但是，叶剑英退位让贤的决心始终没有改变。1983 年 2 月 25 日，叶剑英在他担任第五届全国人大常委会委员长任期将满之际，给第五届全国人大常委会递交了请退信，重申了退出请求。

敬爱的同志们：

我担任第五届全国人民代表大会常务委员会委员长已经 5 年了，任期将满。第六届全国人民代表大会即将召开。为社会主义事业奋斗到底，这是我的夙愿，但毕竟年迈多病，力不从心。值此换届之际，请求这次常委会会议考虑我的实际情况，在第六届人大选举中，向各选举单位建议，不再提名选我为全国人民代表大会代表，当然，六届人大也就不再将我列为人大常委会委员长候选人。我诚恳地希望这个请求能够得到批准。

我们社会主义祖国的形势越来越好，政治安定，经济繁荣，文化进一步发展，外交取得很大成就，又有成千上万的中青年优秀干部被选拔到各级领导岗位上。在和人大常委会的同事们行将告别之际，我内心极感欣慰。

在去年召开的五届全国人大五次会议上，制定了一部能保障和促进我国社会主义现代化建设的新宪法。古代人们曾把法律铸在铜器上，以昭信守，以垂久远。我们应当继续深入宣传新宪法，使它铭刻在每个人的心上，成为人民群众手中捍卫社会主义制度和人民民主的有力武器，使新宪法得到彻底实施。这是我衷心的祝愿！

叶剑英

1983 年 2 月 25 日

这一次，第五届全国人大常委会考虑到叶剑英的身体状况，经过认真的讨论，终于同意了他的请求，并给他复信，表彰他在历史上为党、为人民建立的丰功伟绩，高度评价他担任全国人大常委会委员长期间所做的辛劳而卓有成效的工作。

1985 年 9 月，在中共十二届四中全会召开前夕，叶剑英同其他老同志一起致函全会，请求不再担任中央委员和候补中央委员。全会同意了他们的请求。自此，叶剑英退出了他在中共中央和中央军委的所有领导职务。中共十二届四中全会通过了《给叶剑英同志的致敬信》，高度评价了他的光辉业绩。

此前，在我党历史上，还没有一个最高层的领导人在自己健在并威望正隆的时候，主动要求从领导岗位上退下来，叶剑英是第一个。在叶剑英等老一辈革命家的身体力行和大力推动下，我国干部队伍的革命化、年轻化、知识化和专业化建设迈出重要步伐。至 1985 年年底，全国已有近 46 万名中青年干部走上县级以上领导岗位。至 1986 年年底，全国有 137 万中华人民共和国成立前参加工作的老干部离休或退休。叶剑英以自己的模范行动，为促进干部的新老交替和干部制度改革，为党的事业的兴旺发达做出了突出贡献。

李先念

受命于危难之际

1936年10月，红四方面军总指挥部到达会宁后，中共中央发来电报要红四方面军一部造船，准备过黄河，打宁夏战役。打宁夏战役是为了打通国际路线，这是中共中央过草地以前就决定的。时任红四方面军第三十军政治委员的李先念率部首先渡过黄河，开始执行宁夏战役计划。由于河东部队没有能粉碎国民党军的进攻，战局起了变化。11月8日，中共中央决定中止执行宁夏战役计划。11日，命令河西部队改称西路军，执行建立河西根据地和打通远方（苏联）的任务；成立西路军军政委员会，陈昌浩任主席，徐向前任副主席，李先念任军政委员会委员。

西路军只有两万多人，而且经过长征和过河作战，已是疲惫之师，但衣衫单薄的红军指战员们强忍着饥饿、寒冷和疲惫，向莽莽荒原进军。

蒋介石指使马步芳、马步青等部对于深入河西走廊的红军西路军进行围追"兜剿"。西路军广大干部、战士坚决执行中央命令，不怕牺牲，浴血奋战。由于无根据地作依托，又无兵员、物资的补充，孤军奋战，困难重重，同数倍于己的敌人连续作战，部队已几乎没有弹药；这时，天寒地冻，夜间气温在零下20摄氏度左右，许多指战员还单衣赤足；无论干部还是战士，体力都极其衰弱。虽然仍坚持顽强战斗，但西路军终因各方面条件的限制，伤亡很大，无法继续支撑，便决定利用山麓地形，边打边撤，向冰封雪盖的祁连山转移。

1937 年 3 月 14 日黄昏时分，西路军总部在石窝山崖召开了师以上干部会。会议决定，为了缩小目标，西路军主要领导人陈昌浩、徐向前离开部队，回陕北向党中央汇报情况；西路军成立工作委员会，由李先念负责军事指挥，政治部主任李卓然负责政治领导；将现有人员编为 3 个支队，其中红三十军的 1000 多人编为左支队，分别深入山区打游击；西路军工委会的成员大多随左支队行动。

陈昌浩、徐向前离队的决定，由于陈昌浩事前没有来得及征求徐向前的意见，徐向前毫无思想准备。他跟陈昌浩说：“我不走！部队打了败仗，我们回去干什么？大家都是同生死、共患难过来的，要死也死在一块儿！”陈昌浩坚决不同意，说：“这是军政委员会的决定。你如果留下，目标太大。个人服从组织，不要再说什么了！”散会后，徐向前对李先念说：“我实在不想走！”李先念叹了口气，说：“总指挥，我们也不愿你走。我再和昌浩同志说说。”说完，李先念便找陈昌浩，希望留下徐向前，但被陈昌浩回绝。李先念无奈，只好回来告诉了徐向前。徐向前双眼含泪，拉着李先念的手深情地说：“先念，这 3000 来人的队伍就交给你了，一定要带他们冲出去！能多带走一名战士，就能为革命多保存一份火种，你的担子不轻啊！”望着面容憔悴的徐向前，李先念坚定地说：“请你放心，我一定尽全力带着队伍冲出去！能多带走一个是一个！”其实，这支队伍能否突围出去，李先念自己也没底。西路军虽说还剩下 3000 多人，但伤员、妇女、小孩儿及非战斗人员就占了近一半，有枪的也只剩下几颗子弹，要带着这样的队伍从敌人的包围圈中冲出去，谈何容易！

送别陈昌浩、徐向前后，李先念在行军前动员说：“我们现在的处境是异常艰难的，但并不是无路可走，出路就是要快速行动，跳出敌人的包围圈，摆脱马家军骑兵的跟踪追击。只要我们能突围出去，就有回旋的余地，就有办法可想。万一我们冲不出去，要和敌人拼到底，就是死，也死在一起！”他说，“能多带走一个红军战士，就能为革命保存一份火种，将来定能燃成一片红啊！西路军虽然失败了，但河东的红军还在继续战斗，党中央还在陕北，革命并没有失败，暂时的失利吓不倒我们，最后胜利一定属于我们，属于红军！”

石窝会议后，李先念就一直在思考如何摆脱追敌，如何保存现有的兵力。他认为，向东向北都是马家军重兵集结、反复搜索追剿的地区，部队几乎没有立足生存与敌周旋的条件；向南是青海柴达木盆地，“马家军”的势力范围，“马家军”不会坐视西路军余部在那里生存和发展；向西虽然是渺无人烟的冰山雪岭，自然条件异常恶劣，但易于摆脱追敌。对于一支失败的军队来说，摆脱了追敌，就有生存的希望，就有出路。长征途中，雪山不是过了吗？草地不是过了吗？再恶劣的自然条件，也难不倒英勇的红军！只要到达敦煌一带，便可相机转入新疆，为党保存一批战斗骨干。后来，李先念回忆：“当时要想摆脱敌人，出路只有翻越祁连山。有人说，祁连山很高，终年积雪，过不去；还有人说，山南面是死海，就是过去了也无法生存下去；找当地的藏族同胞问，他们也不敢说能过得去。当时情况很危急，不过祁连山，剩下的两千多人就可能被敌人消灭。”李先念的想法得到了李卓然、程世才等人的支持，对统一部队的意志起了重要的作用。当然，在当时那种异常艰难而又与党中央失去联系的情况下，要使每个人都接受西进的决定，完全变为自觉的行为，也是很困难的。行军途中，有几位师团干部对西进缺乏信心，便不辞而别了。有人主张去追他们。李先念说：“算啦，强留是留不住的。只要革命，将来还会走到一起的。”这些干部，有的回到了延安，有的被俘，只有个别人叛变投敌。

李先念率领广大指战员冒着严寒，踏冰卧雪，向祁连山行进。部队经过深入动员，决心发扬长征过雪山草地的精神，征服这座海拔 5000 多米的冰山雪岭。好在天赐良机，当夜下了一场雪，漫山皆白，掩盖了部队的足迹，摆脱了马家军骑兵的跟踪追击。这里没有飞鸟，没有人迹，没有道路，只有深可没膝的雪层和呼啸刺耳的寒风，气温达到零下三四十摄氏度。行进的指战员们有的披着毛毯、羊皮，有的仅穿单衣、夹衣，有的打着赤脚，有的穿着用牛皮、羊皮做成的“草鞋”。呼啸刺骨的寒风夹着雪花、冰粒刮过，冻得他们不停地哈气、搓手、跺脚。大家你拉着我，我推着你，艰难地向前行进。没有粮食吃，惟一的办法就是找野菜和偶尔猎取黄羊、野猪等充饥。每个人都瘦得皮包骨头，脸上一层污垢，满身挂满冰碴，身上、腿上、脚上裂出一道道口子，饿得两条腿直打软。走着走着，有的人就一头栽倒，被饥寒和缺氧夺去了生命。翻过一座山头，又是一座山头。李先念不时拿出指北针，确定前进方向，号令队伍排除万难，勇敢前进。夜晚露宿，大家挖雪窝，几个人挤在一起避风取暖。李先念和警卫员、小号兵挤进一个雪窝。睡觉前，大家解开绑腿，脱掉鞋子，反复用雪搓腿、搓脚，直到腿脚血脉流通，麻木感消失，但仍有一些人冻掉了脚趾甲。部队疲惫不堪，减员很大，死亡可能随时落到每个人头上。常常有这样的情况：一些同志在起床时怎么也推不动、喊不醒，被严寒和饥饿夺去了生命。

3月23日早晨，队伍正在集合准备出发，李先念快步走到队前，高兴地说："告诉大家一个好消息，我们的电台与党中央联系上了！我们向党中央报告了现在所处的位置、困难的情况和决心。党中央、毛主席指示我们，要保存力量，团结一致，设法进入新疆。"他还鼓励大家："要振奋精神，先突围到新疆，再回到党中央、毛主席身边去，到抗日前线去！"李先念的话给大家以极大的鼓舞，许多战士高兴得跳起来，许久没有看到的生气又出现了。

日日夜夜与冰雪为伴、饥疲至极的指战员们扶伤带病，咬紧牙关，继续西进。每天都有倒地不起、长眠雪地的战友。李先念和工委会的领导同志不时地跑前跑后，鼓舞大家万众一心，团结奋斗，战胜困难。与风寒、冰雪、疲惫、伤痛比较起来，最难熬的还是饥饿。越是深入祁连山腹地，越是打不到野兽，就只能饿着肚皮行军。有的同志两三天吃不上一点儿东西，饿得昏倒在地。有的同志因误食野菜而中毒，跳来跳去，大喊大笑，像得了疯病似的。这时，团以下干部的战马都已杀光、吃光，全支队只剩下几匹首长的坐骑。李先念和李卓然、程世才等商量，决定把这些坐骑分给部队杀了吃。但指战员宁肯挨饿，也不肯宰杀坐骑，统统给退了回来。李先念只好派人每天骑上这些坐骑去寻猎野羊、野牛。军政治部的秘书陈熙是个红小鬼，与李先念的警卫员张明喜十分要好，有天饿得实在撑不住了，便对张明喜说："你行行好，给我点儿干粮，救我一命吧！"张明喜身边的一小袋炒面是在上山前分配干粮时，经指战员一致同意，保证首长需用的，他只有责任保管，却无权私自处理，便为难地向陈熙作了解释。李先念得知了这件事，立即说："拿些给陈熙。我们是红军，要讲阶级友爱，同舟共济，患难与共。我还熬得住，分点儿给他吃是应该的，多带走一个同志就是多一份力量。"张明喜遵嘱，给了陈熙一小搪瓷碗炒面，陈熙用这碗炒面拌上野菜糊汤，吃了两三天。中华人民共和国成立后，两个人见面时，陈熙还感激地说："李政委让你给我的炒面，救了我一条命，我是终生难忘啊！"

就这样，在李先念等的带领下，左支队的指战员们在祁连山里饮冰卧雪，风餐露宿，扶伤带病，向党中央指引的方向前进，于 4 月 24 日终于走出了祁连山，到达甘肃西部的安西附近。对于李先念在西路军建立的功绩和英勇奋斗的精神，徐向前在《历史的回顾》中曾给予高度评价："李先念受命于危难时刻，处变不惊，为党保存了一批战斗骨干，这是很了不起的。"毛泽东主席更是夸赞说："李先念是不下马的将军。"

多次推让职务升迁

值全民族的抗日烽火熊熊燃起之时，中国共产党为培养和造就领导抗战的骨干，大规模发展敌后游击战争，将大批干部送往延安抗日军政大学和马列学院学习。当时率领西路军余部在新疆学习的李先念向陈云提出回延安的申请，并得到中央批准。李先念从新疆回到延安后，毛泽东知道李先念是工农出身，就安排他去抗日军政大学第三期学习，着意培养。入学不到两个月，抗大第三期结业，李先念又转入马列学院学习。六届六中全会闭幕后，延安马列学院和抗大的广大学员都陆续安排了工作，走上了抗日前线。

一天，总政治部副主任谭政找李先念谈话："先念同志，组织决定你到八路军第一二九师当营长，你有什么意见吗？"早在 1933 年，年仅 24 岁的李先念就

1937年年底，李先念从新疆回到延安。图为李先念（左五）、郭述申（左三）等在延安合影。

担任了红四方面军第三十军政治委员，之后历经长征、西路军征战等，立功无数，虽然当时红军改编为八路军、新四军，部队缩编，干部降一两级也是正常的，但职务从师政治委员降至营长，连降6级，这是一般人难以接受的。可李先念没有想这些，他想的是只要能扛枪打日本侵略者，干什么都行。所以，他坚定地回答："坚决服从组织安排！"

后来，毛泽东知道了这件事，说这不公道，太不公道了！毛泽东说：李先念在红军长征时就是师政委，以后又把西征部队从河西走廊带回来，是立了大功的，怎么能够这样安排呢？于是，毛泽东把李先念找去，问："听说安排你到一二九师当营长，有这个事吗？"听李先念作了肯定的回答，毛泽东说："这太不公平！"李先念鼻子一酸，眼中涌出热泪。毛泽东的这句话不仅是对他个人的评价，也是对两万多西路军将士们的安慰。毛泽东接着问："要你到八路军当营长，你有什么想法？"李先念回答说："只要是干革命，当班长、当战士、当火夫，我也愿意干。我们一起参加革命的同志牺牲了那么多，我们还有什么值得计较职务高低呢？"毛泽东赞许地说："你讲得有志气，有风格。"并问："高敬亭这个人，你认识吗？"李先念说："不仅认识，还很熟。"毛泽东说："这样吧，你到他那里去当参谋长怎么样？"李先念表示听从组织的安排。毛泽东又说："不过，听说高敬亭这个人爱杀人，难共事，你怕不怕？"李先念说："不怕。在鄂豫皖苏区时期，我跟他在一起打过游击，后来，他担任苏区苏维埃主席，我担任陂安南县苏维埃主席，工作中有很多接触，无话不说，还在一个铺上打过滚呢！”毛泽东听后，高兴地笑了。

在毛泽东的亲自安排下，李先念没有到八路军第一二九师当营长，而改任新四军第四支队参谋长。新四军的支队相当于八路军初期的旅级编制，支队参谋长相当于旅参谋长。毛泽东没有同意总政治部对李先念的工作安排，而让他去新四军第四支队当参谋长，显然是对清算张国焘分裂主义错误的负面影响的一种纠正，同时体现了毛泽东自 1935 年 6 月红一、红四方面军会师初识李先念以来，通过数度交往对李先念的赏识。

1938 年 12 月，朱理治、李先念、郭述申等到达河南竹沟。时任中共河南省委书记的朱理治通过一路与李先念的相处和了解，认为他明达机敏，顾全大局，智能兼备，是个不可多得的军事人才，于是就与中原局委员郭述申商量，向中央申请把李先念留在豫鄂边，并得到了批准。

1939 年 1 月，奉中共中央和中原局的命令，李先念率领由 160 余人组成的新四军豫鄂独立游击大队自河南竹沟镇南下，进入鄂豫边区，深入敌后，会合和聚集中共领导的零散武装力量，认真贯彻党的抗日民族统一战线路线，独立自主地开展敌后游击战争。6 月中旬，他参加了中共鄂中区党委在京山县养马畈召开的扩大会议，会议决定冲破国民党的种种限制和束缚，在新四军的旗帜下，统一整编豫南、鄂中中国共产党所领导的武装力量，成立新四军豫鄂独立游击支队，李先念任司令员。他指挥部队同日伪军进行了新街等多次战斗，使支队迅速发展到 9000 余人。他坚决贯彻与抗日的各党派、各阶层、各军队团结的方针，扩大抗日统一战线。之后，鄂豫边、鄂豫皖、鄂中的抗日武装力量统一整编为新四军豫鄂挺进纵队，李先念任司令员。挺进纵队的建立，标志着中原地区形成了具有重要意义的独立战略单位。对此，党中央给予了高度评价：挺进纵队的创造，是一个伟大的成绩，并证明在一切敌后地区的党均可建立武装，而且可以存在和发展。

“皖南事变”后，根据中共中央革命军事委员会决定，豫鄂挺进纵队整编为新四军第五师，李先念任师长暂兼政委、军政委员会书记，任质斌任政治部主任。

新四军豫鄂挺进纵队司令员李先念（左四）、政治委员朱理治（左三）、参谋长刘少卿（左五）与中共鄂豫边区委副书记陈少敏（左一）等合影。

在发展鄂豫边区的前几年，以陈少敏为书记的边区党委主要领导地方工作，李先念、任质斌等部队负责人为党委委员；第五师则以李先念为军政委员会书记，陈少敏为委员。虽然边区党委和部队领导之间能长期团结合作，互相支持，但因环境所限，双方联系不便，协调上存在一定困难。

1942 年 5 月 7 日，华中局电示李先念、任质斌、陈少敏："为统一军政党的领导，我们提议组织鄂中党政军委员会，先念、质斌、少敏任委员，以先念为书记。"对此安排，李先念却再三推辞。7 月 18 日，李先念致电陈毅、刘少奇等并中共中央、中革军委，请求不再兼任鄂豫边区军政委员会书记一职。7 月 29 日，中共中央书记处复电李先念并告陈毅、饶漱石："军政委员会书记由先念担任，不要推辞。" 8 月 7 日，陈毅再电李先念，指出："五师地区主持全局责任应由你负责，希当仁不让，勉为其难。" 9 月 1 日，中共中央政治局通过了《中共中央关于统一抗日根据地党的领导及调整各组织间关系的决定》（以下简称"中央九一决定"），其中重点"确定中央代表机关（中央局、分局）及各级党委（区党委、地委）为各地区的最高领导机关，统一各地区的党政军民工作的领导，取消过去各地党政军委员会。" 1943 年 2 月 1 日，李先念以个人的名义致电中共中央、华中局："鄂豫边区领导应立即求得解决，建议由任质斌同志负此重责。因任在政治工作上开展，精细明达。由于他在中央机关领导下做过很长时间的工作，战争经验优于其他同志。我以党员（身份）对党提出，当以任为宜。" 2 月 13 日，中共中央书记处致电新四军军部、中共鄂豫边区委员会，特别指出："根据'中央九一决定'，第五师地区之党政军统一领导机关为鄂豫边区党委，以前之党政军委员会取销。中央决定，李先念为区党委书记兼五师师长兼政委，并以陈少敏为区党委副书记，任质斌为五师副政委。”

李先念接电后立即致电中共中央、华中局：“接中央书记处 13 日电，要我担任区党委书记一职，使我坐卧不安，特提议陈（少敏）、任（质斌）中一人担任……望中央采纳我的意见。”对于李先念的推辞，边区党委成员于 2 月 15 日联名致电中共中央，表示得到“先念同志任党委书记的通知后，党委各同志均感欣慰。惟先念同志仍在推让，且由其又向华中局及中央提出政委由别人任职的要求，以此我们建议华中局及中央坚持原来的决定，切勿再更改”，并说，“先念又宽大，富有民主精神，此是边区任何其他同志所不及者也。”2 月 18 日，刘少奇复电李先念：“关于区党委书记问题，中央既已久经考虑，决定要先念负责，还是不再变动的好。”任质斌、陈少敏都坚决拥护中共中央关于李先念任边区党委书记等职的决定，并在此前多次向中共中央反映了这一要求。陈少敏被李先念亲切地称为“大姐”。李先念后来回忆：“我和她合作得很好，她对我像小弟弟一样，有时吵几句就过去了。”对任质斌，李先念多次回忆：任质斌同志不仅会做政治工作，而且熟谙军事，单独指挥打了一些好仗。任质斌同志品质最好，他从不出人头地，从不虚张声势，从不夸夸其谈，从不争功图利。他不管在什么情况下，总是埋头苦干，实干。新四军第五师如果没有任质斌，那我的困难就大多了，就不会发展那么快，那么顺利。

1943 年 2 月，李先念同任质斌、陈少敏在大悟山蒋家楼子主持中共鄂豫边区委员会扩大会议。会上宣布了中共中央关于李先念任中共鄂豫边区委员会书记、新四军第五师师长和政治委员的决定。边区形成了以李先念为首，有任质斌、陈少敏等人组成的领导核心，新四军第五师和鄂豫边区抗日民主根据地自此跨入新的发展阶段。

不仅战争年代，中华人民共和国成立后，面对职务的提升，李先念仍然体现出一贯的谦虚谨慎作风。

1956 年 9 月 15 日，中共第八次全国代表大会在北京开幕。时任国务院副总理兼财政部长的李先念作为中南代表团团长出席了大会。9 月 27 日，经过充分酝酿和发扬民主，八大进入正式选举阶段，李先念当选为中央委员。中央委员会选举结果出来以后，中央政治局委员候选人名单也随即公布。李先念事前并不知道名单中有自己，当他看到八届中央政治局委员候选人名单时，感到很意外。在 17 位候选人中，有党的七届一中全会选举和七届五中全会增补的中央政治局委员 11 人，他们是毛泽东、刘少奇、周恩来、朱德、陈云、邓小平、林彪、林伯渠、董必武、彭真、彭德怀；新提名的有 6 人，包括 4 位开国元帅即刘伯承、贺龙、陈毅、罗荣桓和中共创建时期入党的老同志李富春，另外 1 人就是李先念。在 17 位候选人中，数李先念年龄最轻，也可以说资历最浅。尤其当李先念看到徐向前、聂荣臻、叶剑英 3 位开国元帅以及党内诸如王稼祥、邓子恢等诸多老资格的革命家都不在政治局委员候选人名单时，更感到了沉重的压力。

当天晚上，李先念即给中央写信，信是写给陈云、邓小平并转中央的。原文如下："在提中央委员会候选名单的时候，我没有提过意见的，但是在刚才政治局候选人名单公布之后，对我来说，等于晴天霹雳，心情极端沉重。无论从哪方面来讲，能力和资历，就在中央工作的时间来说，不应当提到我的。比我能力强、资历深和在中央长久工作的同志多。将我的名字摆上，对党对我个人都是不好的。而且应当说到，我的年龄虽然比党内一些同志小些，但身体也不好，经常头痛，因此，不行、不顺，我算是最突出的。为此，我真心请求将我的名字删掉。还是让我在中央机关做一点工作，这对我还是一个锻炼。这是我的衷心话。时间急迫，心情不安，要求中央慎重考虑。"

但是，中央从工作出发，没有接受李先念的意见。在第二天中共八届中央委员会第一次会议上，李先念仍被列入中央政治局委员候选人名单，被选为中央政治局 17 名委员之一。当时李先念 47 岁，成为八届中央政治局委员中最年轻的一员。在 1958 年 5 月 25 日中共八届五中全会上，李先念又被增选为中央书记处书记。

严己宽人

在鄂豫边区，广大指战员来自五湖四海，成分复杂。李先念任人惟贤，人尽其能，坚持原则，充分发扬民主。他艰苦朴素，率先垂范，严己宽人，爱护百姓。在他的领导下，鄂豫边区呈现出和谐向上、军民情深的良好局面。

李先念在使用干部上，从不问干部来自哪个山头，不管外来的还是本地的，工农出身还是知识分子，他都惟德是用，惟才是用。他曾反复强调："共产党是马列主义的党，不是帮派、小团体，不应该有山头与地区之分，也不能以个人关系分亲疏。提拔干部只能以党和人民的利益为前提，决不允许搞歪门邪道。"新四军第五师和鄂豫边区的干部有的是中央从延安派来的原红一、红二、红四方面军的老红军，有的是在当地坚持三年游击战争的老红军，更多的是抗战爆发后参加革命的边区本地干部。李先念说：干部的好坏看什么？看工作，不要看嘴巴！看工作就是看成绩。红军干部大都经过长期的革命战争考验，有丰富的斗争经验和领导才能，是革命的宝贵财富和革命队伍的精华，李先念十分珍惜他们，注意把他们安排在关键岗位上，发挥他们的骨干作用和主导作用。尽管第五师的组成没有成建制的红军部队做底子，但由于李先念正确配备使用这些干部，"好钢用在刀刃上"，因而保证了第五师从组建时起，就显示出强大的生命力和战斗力。对待边区工农出身的干部，李先念在使用上也有讲究，根据这些干部大多在边区土生土长，与当地群众血肉相连，对当地地形地貌、乡土民情熟悉等特点，主要把他们配备在军事和后勤岗位上。对于知识分子出身的干部，李先念根据他们文化理论水平较高，有技术、懂业务的特点，主要把他们安排在宣传、统战和各种技术岗位上。根据边区的敌后抗日游击战争发展快，军事、政治干部的成长在相当一个时期赶不上形势发展的客观实际，李先念强调要不拘一格地多渠道吸收人才。他批示要敞开军校校门，采取有力措施，“大量吸收部队外知识分子青年”进行培训，使“他们能接受抗战教育，而后投身于民族解放的事业”。李先念后来回忆:“五师知识分子干部是很多的，他们为五师和根据地建设发挥了重要作用，做出了重要贡献。”

李先念作风民主，平易近人，与人为善、宽厚待人是他处理党内矛盾、干部问题的一贯思想，也是他能团结五湖四海各类干部一道工作的重要原因。当时，大小鸡笼山的地方干部张牧云和两个营连干部想把部队带到大小鸡笼山去打游击。此事泄露后，3 个人被抓了起来，准备将他们法办。李先念知道后，让把他们送到自己这来，询问后，亲自解开绳子，把他们送到招待所。李先念说：他们还是要革命的，只是想在自家门口搞，这是农民觉悟不高的表现。我们第五师部队是小股子零星组织起来的，如果处理严了，对其他人影响就大了，不能团结人。他抓住问题的本质，把表面敌我矛盾改为内部矛盾处理，只给记过处分。后来，这 3 个人工作表现很不错。对犯了错误的干部，李先念在批评时也很讲究方式方法。根据对方性格特点，有时用委婉的方式进行批评，有时则采用笑骂的方式当面指出来，但他从不上纲上线，更不故意整人治人。第五师有领导回忆说：“在李师长面前，可以无拘无束，可以和他吵架，有什么说什么，吵到不可开交时，他就说先解决一个问题，是你服从我，还是我服从你？这样并不损害他的威信。尽管看法不同，但他不打棍子，不戴帽子，也不影响对干部的使用。他曾说：张体学每次来都骂老子，一骂十几里！但他并不因此不信任张体学。相反，谁向他请示多了，他倒要骂人。他说：这也问，那也问，那要你去做么事？”

李先念对干部有“柔情”的一面，但绝不是放弃原则的“溺爱”。对那些犯有原则性错误的干部，他坚决依法依纪严肃处理，绝不手软。他要求党员、干部在艰难困苦的抗日斗争中一心为公，清正廉洁。“贪污腐化是侮辱了自己的人格。”这是他经常与党员、干部谈话时的“口头禅”。1943 年 11 月，他亲自批准处决了两名严重违反党纪、军纪的营团领导干部。他要求每个干部绝对自觉地遵守党纪、军纪，千万不要明知故犯，特别是共产党员，要做执行党纪、军纪、政府法令的模范。他还常告诫大家，绝对不能自高自大，自夸其功，千万不要以自己的成绩来搪塞缺点。他说，历史上，关云长有过五关斩六将的功绩，但镇守荆州时不听孔明的话，违反联吴拒曹的统一战线政策，结果败走麦城，为吕蒙所杀，遗恨千秋，就是最深刻的教训。

李先念不仅对干部宽厚，也十分关心普通战士和根据地百姓。至今在大悟山还传颂着李先念修水桶的故事。那是寒冬腊月的一天，李先念的警卫员小何像往常一样给房东严大妈挑水。天气寒冷，水井井台上结了一层冰，他一不小心滑倒了，衣服湿了，水桶也摔掉了底。小何拿起桶底左拼右对，总是无法还原，想到损坏了群众东西可不是闹着玩的，便急得直想哭，因为第五师有条纪律：凡损坏群众的东西，一律照价赔偿，并要在全体军人大会上检讨。李先念出门，看到小何呆呆地站在那里，觉得奇怪，走前一看，明白了。他没有批评小何，却带着爱怜的口气说："还愣着干什么？快去把湿衣服换下来，别冻坏了身子骨！再去借斧头、锯子、刨子来，我给你想办法修补。"小何按照吩咐，很快找来了木工用具和几块木板。李先念脱下军大衣，挽起袖子干了起来。只见他拿着木板拼拼凑凑，画画点点，一会儿使斧，一会儿用锯，一会儿使刨，没多大工夫就把两只水桶修好了。小何钦佩地问："首长，您难道学过木工手艺？"李先念一边擦手，一边笑着说："小伙子，看不出吧。莫说修这两只水桶，就是制作织布机、纺线车、风斗那些技术难度大的活，也是我的拿手戏哟。15 年前，我是靠这手艺混饭吃哩！"李先念修水桶的故事后来在大悟山下传开了，至今房东严婆婆的家里还保存着这担水桶。

由于日军的封锁，边区人民的生活愈来愈困难，特别到了青黄不接时，日子就更难过了。同人民休戚与共的李先念虽然生活也很清苦，但打回饭菜后，常常要让给房东一家人吃，自己端起房东家的蕨根苕叶羹"咕噜咕噜"喝几碗。1941 年秋，姚家山地区遭受大旱灾，家家户户颗粒无收，粮绝炊断，乡亲们都跑到山上挖葛根充饥。李先念得知这一情况后，痛心地说："老乡们天天喝这黑水怎么行呢？"他费了很大气力，从边区拨出一批粮食，给乡亲们每人分了十几斤，使大家渡过了难关。

李先念爱兵爱民，宽厚待人，但对自己要求很严格。他平时吃的和战士们一样，从不搞特殊。他常年身着一套普通的土布军装，如果不熟悉，从外表上很难看出他是一位叱咤风云的将军。他为了把一套好些的军服留着开会或接见客人时穿，每逢劳动，就把军服脱下来。有一次，一个鄂豫边区参议员的儿子看见李先念光着膀子挑大粪，连连表示惊异和钦佩。李先念却毫不介意地说："这有什么了不起。我们现在正处在困难时期，我们自力更生搞生产，除了解决吃菜等问题外，多余的还可以卖一部分，解决办公费用，这样就可以减轻一点儿老乡的负担。"

"喊破嗓子，不如做出样子。"李先念还曾用无声的语言给来边区的青年学生上了生动一课。1941 年秋，湖北京山小花岭来了一批后方大城市的青年学生。李先念和部队官兵在十分困难的情况下，仍杀猪款待这批远道而来、投奔革命的青年学生。进餐时，有的学生不吃肉皮，把肉皮丢在了地上。李先念见了，一声不响地把肉皮捡起来，弄干净，自己吃了。这件事对青年学生的教育很大。学生们展开讨论，有的学生说："领导着千军万马的李师长，吃我们丢下的肉皮，这对我们是无声的教育啊！"有的学生在自我检讨时痛哭流涕，表示一定要改掉阔少爷习气，养成艰苦奋斗的作风。

情真意诚回复人民来信

早在中华人民共和国成立之初，湖北仙桃有一起"民告官"事件。原告是一位名叫闵全贵的农村妇女，沔阳县十区（今仙桃市沔城镇）人。1947 年，13 岁的闵全贵由表姐做主，许配给洪湖县（今洪湖市）六区的丁家旸。1951 年冬，17 岁的闵全贵出嫁。婚后，夫妻性情不合，经常闹矛盾。1952 年 3 月，闵全贵向沔阳县法院起诉，要求离婚并拿回陪嫁财物。沔阳县法院以管辖不合为由，将案件转至洪湖县法院。洪湖县法院接案后，将传票转给六区区政府，后来，管理民事案件人员更换，案件一直积压到9月也没办理。1952年9月23日，为争取婚姻自由，闵全贵请人代笔写信给时任湖北省委书记、省政府主席的李先念，详细说明了起诉以来的艰难生活和沔阳、洪湖两县人民法院积压她的离婚案件，迟迟不予判决，且工作人员态度恶劣、推诿刁难、隐瞒真相的情形。这来自社会最底层的求助声，会不会引起省委书记、省政府主席这样的高级干部的注意呢？闵全贵也不知道，只是出于无可奈何，别无他策。

一个普通民女寄给省委书记的信件，通常会被认为将石沉大海。然而，这封信很快到了李先念的手上。新解放的湖北，百孔千疮，万事待兴，身兼多职的李先念总是忙得团团转，但不论多忙，他每天仍然坚持看人民来信，看党报上的批评文章，写批语，了解民生疾苦。《湖北日报》的“群众园地”栏目刊登的群众来信，是他每天关注的焦点。早上报纸送给李先念不久，他就会打电话到省委办公室，省委办公室的同志就都猜到，十有八九，报上又有群众的意见或建议，李先念要求催办和督办了。他还要求各级党员和领导干部“要注意看报，并注意读者来信，不仅要看好的一面，而且特别要看批评的一面”，对反映的问题“不得一转了事”，要“特别重视”，“不管符合事实和不符合事实”，都要限期解决。

10月12日的《湖北日报》第一版刊登了李先念的批示和闵全贵来信中的内容。李先念写道：“令洪湖、沔阳两法院立即调查处理，妥善安置和保护好闵全贵，不得遭受意外侵害，并将处理结果送《湖北日报》公开发表。”李先念还责成省司法改革委员会协调有关部门解决好这一案件。“妥善安置和保护好闵全贵”，在当时含义深刻。1950年，《婚姻法》颁布后，各地婚姻纠纷案大增，妇女因婚姻问题引发的死亡事件多发。闵全贵起诉离婚后，婆家不能住，娘家也没有温暖，嫂子骂她说：“有本事就离婚，不然的话，梁上有绳子，河里有水，随你的便！”闵全贵走投无路，只得借宿亲戚家。

一个多月过去了，沔阳、洪湖两县法院依然互相推诿，设置种种障碍，仍然没有解决此案。焦急万分的闵全贵在多次往返没有结果之后，又给李先念写了第二封信，再次控告两县法院。

李先念再次做出批示，严肃批评了这种恶劣的官僚主义行为，再令解决。11月23日，《湖北日报》第一版再次全文登载李先念的批示及闵全贵的来信内容。李先念的批示是：闵全贵同志第二次来信，洪湖法院仍未合理解决闵的婚姻问题与她的财产问题，必须依据《婚姻法》迅速处理，省法院及司法改革委员会应派人检查，并将检查的结果送《湖北日报》登载。

遵照李先念的批示，有关部门采取了具体得力的措施，组成了一个专门承办这一案件的工作组，几次深入沔阳、洪湖两县调查，在判明情况后，迅速做出公正处理，使年仅17岁的闵全贵冲破重重阻力，获得了婚姻自主，个人问题终于得到了合理解决。第二年，在她18岁的时候，找到了自己如意的对象，喜结良缘，组成了一个幸福美满的家庭。

12月15日，闵全贵给李先念写了第三封信，表示衷心感谢李先念的深切关怀、支持与帮助。1953年1月8日，《湖北日报》刊登了闵全贵的第三封信和她的离婚案彻底解决的报道。

32年后的1984年7月，湖北日报社意外收到了年近50岁的闵全贵的一封来信和一张全家福照片。信中，她充满喜悦和感激之情，报告了她一家10口、祖孙4代的幸福生活，并再次感谢共产党，感谢人民政府，特别感谢已是国家主席的李先念和《湖北日报》对她的热情帮助和支持。尤其使闵全贵难忘的是，当年专门承办她案件的省府工作组的同志告知她的一段话："李先念主席虽然很忙，但每天早晨都要坚持看人民来信，读党报上的批评文章，为群众反映的情况写批语、批示，并限期要求相关承办单位及时处理答复。要是有哪一件事情没有处理好，他就一直追下去，直到完成、解决。你的事情也就是这样的。"

“我是国家的副总理，不是红安的副总理”

李先念具有坚强的无产阶级党性。他热爱故乡，关心亲人，但一生却从未对家乡和亲属开“小灶”、搞特殊化。

李先念深爱自己的亲人，在他晚年临终之际的睡梦中，还不断地呼唤着：“妈妈，妈妈！”尽管对亲人无限关爱，但李先念从不为亲属谋一点儿私利。李先念的亲哥哥在汉阳砖瓦厂当工人，中华人民共和国刚成立时快50岁了，又有慢性病，还在坚持参加生产。他哥哥孩子多，生活上有困难。李先念嘱咐不要随意开口向公家要补助，而是经常拿自己的工资给他补贴。哥哥去世后，家里收入更少了，由李先念的夫人林佳楣每月固定寄钱去，生活才得以勉强维持。李先念的侄子李良银在江苏仪征化纤厂，是个基层干部。有一年，李先念到江苏视察工作，其间也到仪征化纤厂视察。李先念提出想和李良银见个面，厂里负责人都很吃惊，才知道李良银是李先念的侄子。李良银解释说：我叔叔早就嘱咐我们，不要去宣扬叔叔是谁，所以，我们家里人一直“保密”，不对外人说。在李先念的严格要求下，他的亲姐姐、侄子、侄媳等大多一直生活在农村，和当地农民群众一样，靠种田过日子。20世纪五六十年代，有的亲属、乡亲想通过李先念到城里找个工作，当个干部，李先念总说：“我没有这个权哟！共产党的干部是干出来的，不是我口袋里掏出来的！”1979年，他回乡时，他的侄子、侄媳、侄孙、外甥等从各地赶来看望他，要求与他合个影，他满口答应了。照完相后，他当着陪同的省、地、县领导同志对自己的亲属说：“可别拿我的照片去招摇撞骗哟！”亲属中有个别人原想乘机找份工作，见李先念的口气还是像过去那么紧，只好打消念头。李先念没有一个亲属是以他的名义被照顾安排的。

李先念深爱自己的家乡，故乡的山山水水，到处留下了他的战斗足迹；故乡的城镇乡村，到处铭记着他的关切之情。李先念晚年在生病住院期间，还惦念着故乡的人民群众、故乡的建设事业。在逝世前的27天，他在医院插着氧气管接见了红安县县委代表。他关心红安的铁路、公路建设，关心红安的工农业生产，关心红安的绿化、教育，再三叮嘱要搞好红安老区的各项建设，让群众早日富裕起来。李先念为红安的革命和建设倾注了大量心血，却从来不利用职权给自己的家乡一点儿照顾，就是故乡建设的需要，也是通过组织来安排，而不是由他个人私自照顾。在“大跃进”时，因运输上需要，他的家乡红安县派人带着县委介绍信前来要求解决几部“解放牌”大卡车。李先念请来人吃了顿饭，向他解释说：我是全国的副总理，要照顾到全国，不能只照顾红安呀！ 1960 年 10 月，在三年自然灾害最困难的时期，李先念回故乡调查研究时，姐姐李德琴责怪说：“先念啊，你做了这么大的官，红安缺粮，你也不管管？”李先念严肃地说：“我的姐姐哟，你不要讲蛮话。红安人要吃饭，黑安人也要吃饭啊！全国这么大，到处缺粮食，都像你们这样伸手，我李先念有天大的本事也招架不下，你就不能为我想一想？”见姐姐低头不语，李先念稍微缓和了口气，说：“当然，我手里并不是完全没有粮食，也不是没权力调拨。我是国家的副总理，不是红安的副总理，红安缺粮，只能由省里调剂解决，我个人无权给红安拨粮。”1970 年，他的亲侄子受大队的委托，到北京找李先念要拖拉机。李先念说：“有拖拉机，但我不能给，我是国家的副总理，不是红安的副总理！”他要侄子回去告诉大队、公社，今后不许任何人找他要东西，否则一律不见。国家决定修建京九铁路时，计划中有一条从干线至武汉的联络线，对这条联络线的走向有 3 个方案，其中一个方案是路过大别山腹地麻城、红安。这样，麻城、红安以及周围的几个山区县的农副产品就可以顺畅地运出去，外面的东西也可以运进来，这对大别山老区的建设具有重大作用。红安的领导同志为此来京找李先念。他听了反映后觉得合情合理，就与铁道部和湖北的同志商量，建议确定这个方案，并建议在红安的八里湾设站。红安人民知道后高兴得放鞭炮。如果说这也算为家乡谋“私”，那么，这是李先念一生中惟一的一次。对于别人的不理解，李先念曾无奈地说：“做人难呐！湖北人骂我，说我不帮湖北上项目、拨资金，湖北吃了亏，所以，湖北的国民生产总值往下掉，干部的工资低。我说，我不是湖北的副总理，更不是红安的副总理，我要考虑全国的大局；周边省的人说我李先念巴家，好项目专门往湖北放，如武钢‘一米七’轧机、二汽、葛洲坝、三峡工程。我里外不是人。他们是瞎猜，上这些项目是要经过反复论证的，是要根据全国生产力的布局、交通资源等多方面的条件，经集体研究才能决定的，并不是因为我是湖北人就安排在湖北。把三峡工程定在上海行吗？上海有三峡吗？”

切切游子意，依依故乡情。中华人民共和国成立后，李先念先后5次回乡视察，并多次接见红安干部群众代表，对红安的各项工作做出指示，每次见到故乡来人都要问长问短，听到故乡有发展就十分高兴。1988年4月，李先念最后一次回红安。一踏上故土，李先念由衷感慨。他看到沿途村庄里新建的各式楼房和满山满畈呈现出的丰收景象，对前来迎接他的红安县委领导说：“快10年没回，变化不小啊！”在住地，李先念与省、地、县的负责同志进行了座谈。他说，这次回乡，沿途的所见所闻，令人欣喜。改革开放促进了经济的繁荣和各项事业的发展，前景很好。红安人民在革命战争年代做出过重大牺牲和贡献，有着光荣的革命传统，我们应当把这种光荣传统继承好。党员干部要以身作则，要争当模范干部，争做优秀党员，抓好党风建设。党风正了，社会风气和民风自然就会好转。共产党员要起模范带头作用。战争年代，党员干部总是冲在最前面，头带好了，什么事情都好办。要顾全大局，牢固树立全心全意为人民服务的思想。要当老实人，说老实话，办老实事，在共产党的领导下，真正的老实人是不会吃亏的。他半是叮嘱、半是希冀地对当地干部说：“家乡的事情就拜托你们了，希望你们经常有喜讯传到我那里！”

“我们不把老区建设好，就对不起老区人民”

李先念来自人民，心里始终装着人民。他曾语重心长地说：“水能载舟，水也能覆舟。人民是水，共产党是舟。共产党不能脱离人民。我们的一切工作都不

李先念和群众在一起。

能脱离人民群众。”从创建鄂豫皖革命根据地，到长征、西征，再到鄂豫皖湘赣抗战和中原突围、重返大别山。多年的革命生涯，让李先念与老区人民结下了深厚的感情，他曾多次指示要帮助贫困地区的人民发展生产，尽快促进老区经济的发展是他的最大心愿。

李先念晚年作为中国贫困地区发展基金会（中国扶贫基金会前身）的名誉会长，十分关心我国的扶贫事业。1989 年 2 月，在中国扶贫基金会成立前一个月，李先念给基金会负责人写信，就基金会的工作提出了自己的意见。信中说：“中央、国务院批准我出任‘中国贫困地区发展基金会’名誉会长，我意：一、国外的赞助，可以接受，但不要卑躬屈膝、低三下四到处‘化缘’；二、国内外赞助的钱，一定要用在贫困地区发展生产上，绝对不能挪作他用；三、贫困地区归根结底要依靠广大群众，以艰苦奋斗、自力更生的精神，努力发展生产，特别是农林牧副渔各业生产，否则永远也不可能改变贫困面貌。”基金会成立以来，正是根据李先念的指示精神，始终遵循为贫困地区服务的宗旨，树立了良好的社会形象。基金会首任会长项南曾说：“基金会一定要树立好的形象，因为先念主席是名誉会长。”

李先念非常关心革命老区的人民。他常说，是老区人民养活了我们，帮助我们打败了敌人，我们永远不能忘记他们。1946 年 6 月，他指挥部队从中原突围到达陕南时，曾在一个叫李发春的农民家里休养，从此，他们建立了友谊。中华人民共和国成立后，李先念在百忙之中曾给李发春写了3封信，了解他家的情况，问候乡亲们。他一直关心陕南老区的经济发展。随着年龄增大，李先念身体每况愈下。1992年2月25日，李先念因肺炎住进北京医院。当天，他对前来看望的国务院扶贫领导小组负责人说："我们不把老区建设好，就对不起老区人民。""如果说我现在有什么心思的话，那就是老区的建设怎样加快。这些年来，我想了两件事：一是在陕北建设一个大化工基地，充分利用陕北的煤和石油，带动整个大西北的经济腾飞；二是在四川建设一个大的冶金基地，用贵州的煤，冶炼攀枝花的矿石，综合开发，推进整个大西南经济的发展。"1992年4月底，李先念因精神过劳和发烧，再次住进北京医院。当时，他的身体已相当虚弱，在病房里走几步，腿就发软，但病中的他仍然念念不忘人民群众，不忘扶贫工作和改变老区的贫穷落后面貌。

5月，李先念在医院听取了扶贫基金会领导同志的汇报后，深情地说：战争年代，我在陕、鄂地区，那里的人民对我们帮助很大。那时，群众生活很艰苦，但他们把仅有的一点点吃的都给了我们。那些地方目前还很穷，我一直心里很不安。贫困使李先念不安，而贫困地区的每一点儿发展又令他喜悦。当听说经济较发达的苏南支持陕南、实行两地干部交流、把陕南一些乡镇企业救活时，李先念很高兴。他最后语重心长地说："搞好扶贫，造福当代，荫及子孙，功在千秋。"

5月27日，李先念听说要在北京召开经济发达地区和贫困地区干部交流座谈会，致信祝贺说："沿海经济比较发达的地区与贫困地区，通过干部交流，促进贫困地区的经济发展，是扶贫工作的一项创举。""扶贫工作是一项伟大的事业。扶贫工作也要进一步解放思想、深化改革。要努力探索扶贫开发的新路子。"李先念在信中殷切希望认真总结经验，以便逐步推广。他还为交流会亲笔题词："扶贫济困，共同富裕"。当天下午，李先念在医院病床上接见了家乡湖北红安县的代表，他边吸着氧，边和代表们亲切交谈。修建京九铁路要经过红安的方案，是李先念建议并经国务院批准的。李先念询问红安代表：京九铁路联络线的情况怎样？红安有哪些物资要运出运进？荒山绿化了没有？群众吃粮问题解决了吗？……他听

1988 年 4 月 18 日，李先念（左一）在湖北大悟视察时，看望当年在大别山战斗时的老房东段氏（左四）、陈新家（左二）及当年的村长田志海（左三）。

了汇报，非常高兴，再三嘱咐要让老区的人民群众早日富裕起来。他说：过去，家乡人民闹革命都很勇敢，那里的人民多好啊！没有他们的支持，革命是不能成功的。老区人民对革命做出的牺牲太多了！如果我们不能让他们富起来，不能让家家户户都富起来，我们就太对不起他们了！这就是李先念在逝世前 20 多天的心愿，多么感人肺腑、催人泪下的遗愿啊！

编写军史、历史要实事求是

李先念从 1927 年参加黄麻起义至 1949 年中华人民共和国成立，在 22 年的革命战争中，不知见过多少战友倒在枪林弹雨之中，为中国人民的解放事业献出了宝贵生命。漫漫征战路，深深战友情。李先念谈到曾经一起浴血奋战的老战友，动情地说：“红四方面军的领袖人物除了健在的以外，有的战死在沙场上，有的被张国焘错杀了，有的积劳成疾病故了。他们和许多先烈永远值得我们怀念。”

西路军的英勇斗争，是李先念戎马生涯中最为惨烈悲壮的一幕。每当向身边工作人员、医护人员谈起这段历史和牺牲的战友——孙玉清、陈海松、熊厚发……李先念都热泪盈眶，激动不已！他说：“他们有的战死在前沿阵地，有的被敌人抓住后砍了头。这些好党员、好同志没有看到胜利这一天，他们为今天的幸福生活流尽了最后一滴血，我非常怀念他们……”1992 年 6 月 1 日，李先念自感不久于人世，对夫人林佳楣说：“将来我的后事要节俭，一切按中央规定办。我只有一个请求，把我的骨灰撒到我曾经战斗过的地方——大别山、大巴山、祁连山。”沉思片刻，他又说，“那里是我成千上万的战友流血牺牲的地方，我舍不得牺牲了的战友，我想和他们在一起。”

中国共产党领导的武装力量经过土地革命战争、抗日战争和解放战争，时间之长，经验之丰富是无与伦比的，系统编辑我军的军史、战史，既是对以往革命战争历程的历史经验总结，在新的时期也起到资政育人的作用。作为红四方面军的老战士，李先念非常关心红四方面军战史和革命回忆录的编写工作。1983 年 8 月，中央军委批准成立红四方面军战史修改委员会。李先念对修改工作指示：“坚持历史唯物主义，坚持实事求是。”他多次接见战史修改委员会和参加编写工作的成员，勉励大家把战史送审稿改好，写好。在这段时间里，李先念比较系统地回顾了红四方面军的战斗历程。1982 年 11 月，秦基伟等看望李先念时，谈到了准备修改红四方面军战史送审稿和邀请老同志撰写革命回忆录的问题。李先念表示完全赞成，谈了红四方面军历史上的重大事件、史实以及对撰写历史的要求。1986 年，李先念在天津休息期间，又将与秦基伟等人的谈话内容加以充实和系统化，整理成文。与修改红四方面军战史送审稿差不多同时进行的，还有中共湖北省委决定编写的《新四军第五师抗日战争史》《鄂豫边区抗日民主根据地史》《中原突围史》《中原英烈》，简称“三史一传”。“三史一传”反映的是在抗日战争时期和解放战争时期，李先念等领导中原根据地军民的奋斗历程以及一部分烈士的事迹，受李先念委托，由任质斌指导编写。1982 年至 1983 年，李先念 3 次同武汉军区和湖北省从事编写革命史工作的同志谈话，讲述了他的意见。

综合李先念的谈话精神和意见，严肃认真，实事求是是他对于写史的基本要求。他说：我们讲实事求是，不仅是要符合历史事实，把主流写清楚，更重要的是要阐明历史发展的规律。从历史发展的正确与错误、顺利与挫折、胜利与失败中，把带规律性的东西总结出来，作为历史的借鉴，给人以启发，使人读了以后能受到教育和鼓舞。又说：写好历史，一方面要收集大量历史资料，掌握第一手材料，分析研究，去粗存精，去伪存真；另一方面请一些老同志回忆当时的历史情况，挖掘活材料，并把这两个方面很好地结合起来。光凭记忆不可靠，人云亦云，靠传闻更会出偏差。军事斗争保密性很强，当时许多事情的来龙去脉，知道的人就不多。即使是同时期的人，没有亲身经历，也不清楚。历史上有些大事，在当时，我就不清楚，后来才慢慢弄清楚。后人来写，有好写的一面，就是比较超脱，可以更客观些；不好写的一面是历史不熟悉，这就要认真收集各方面的史料，反复研究，有疑难的地方更要深入钻研，这样才能真正把它搞准确，才能写出有较高水平的著作。对历史上的一些问题有不同看法，这是正常的，不仅是允许的，而且应该鼓励和引导进行正常的争论，这样有好处，可以推动大家进一步收集材料，统一认识，做出符合历史实际的结论来。他强调说："写历史是一项很严肃的工作，要对历史负责，对人民负责。不但要对前人负责，而且要对后人负责。要有高度的责任感。总之，要严肃认真，实事求是。"

在谈到如何正确评价红四方面军重要领导人的功过问题时，李先念提出了"三要"原则：一要从当时具体历史条件出发，既不超越历史条件去苛求，也不原谅在当时历史条件下可以避免发生的过失；二要掌握大量可靠的资料，认真分析研究，看对重大问题的态度和表现，看大节，看主流；三要坚持实事求是，功是功，过是过，是非分明；不夸张，也不隐瞒；不拔高，也不贬低。他强调："能够掌握这三点，对人物的评价大体上可以做到公正。"李先念在回顾红四方面军的历史时指出："就个人来看，徐向前做出的贡献最大，他是红四方面军的最杰出的代表。"在谈到红四方面军另一位主要领导人陈昌浩时，他指出，"陈昌浩同志

1988 年 6 月，李先念在北京接见出席红四方面军战史修改领导小组会议的红四方面军老战士。

的情况复杂一点”，但“他和张国焘有本质区别”。一方面，李先念指出了陈昌浩“能文能武，有比较高的理论水平，对红四方面军的思想政治建设，做了大量工作”；在大多数情况下是支持徐向前军事指挥和作战部署的，自己也经常独立指挥部队战斗；陈昌浩打仗非常勇敢，不是纸上谈兵的书生，有时还身先士卒，冲锋在前，尤其在红一、红四方面军会合后，是拥护和支持中央北上战略方针的，多次打电报叫张国焘北上，并同张国焘进行过激烈的斗争。另一方面，李先念也不回避陈昌浩所犯的错误，明确指出：陈昌浩“也犯过严重错误，在鄂豫皖和川陕时期，执行王明‘左’倾机会主义路线，在‘肃反’中错杀了一些好同志”；“对西路军的失败，他负有重要责任”。在此基础上，李先念对陈昌浩在红四方面军历史上做出了“功大于过”的总评价。可以说，李先念对陈昌浩的评价，坚持了“三要”原则，体现了马克思主义的唯物史观。

与李先念的革命战斗生涯密切相关的还有西路军的历史。西路军的失败，是李先念亲身经历的中共党史、军史上的一个重大事件。对于西路军这支英雄部队的西渡、血战，特别是失败的原因，多年来一直归结为“张国焘的擅自命令”“国焘路线的影响”等，这种对西路军的错误定性和宣传，使一些幸存下来的同志背负着沉重的历史包袱。李先念是西路军的亲历者，当年任西路军军政委员会成员、红三十军政治委员，西路军最后分散游击时负责军事指挥，但因不在总指挥部，对于中央、中革军委与西路军往来的大量电文并不详知。20 世纪 80 年代初，根据邓小平的批示和陈云的建议，李先念组织人员查阅了大量历史档案，于 1983 年年初写出了《关于西路军历史上几个问题的说明》。《说明》指出：“西路军执行的任务是中央决定的。西路军自始至终都在中央军委领导之下，重要军事行动也是中央军委指示或经中央军委同意的。因此，西路军的问题同张国焘 1935 年 9 月擅自命令四方面军南下的问题性质不同。西路军根据中央指示在河西走廊创建根据地和打通苏联，不能说是执行张国焘路线。”后经陈云、邓小平的建议和批示以及胡耀邦、叶剑英等中央常委圈阅同意，西路军问题至此得到了实事求是的澄清，恢复了历史的本来面目。李先念在编写《说明》中也充分体现出编写军史、历史实事求是的态度。他在《说明》最后指出：“当前，全党和全国人民都忙于社会主义建设，西路军的问题已经是一个历史问题了，不应该公开争论。我写的这个材料不发表，如果中央认为合适，是否可将此材料存中央档案馆和中央党史研究室，供研究西路军历史的同志参考，以便今后在讲西路军历史的时候，能注意到中央当时的指示，尽可能符合历史事实。总之，在这件事情上，也要体现中央一再强调的实事求是的精神。”

始终保持着劳动人民的本色

李先念出身贫苦，当过学徒，投身革命后，在艰苦的战争环境里磨炼了二十几年，吃的苦很多，养成了过俭朴生活的习惯。中华人民共和国成立后，生活条件好了，他的地位高了，但他那俭朴的生活习惯没有改，始终保持着劳动人民的本色。

每月月初时，由李先念的夫人林佳楣把家里的生活费用交给家里惟一的阿姨；月底时，阿姨向林佳楣汇报每月详细的支出情况。家里伙食由阿姨安排，精打细算。在李先念家的餐桌上，看不到山珍海味，有的只是粗茶淡饭。李先念喜欢清淡的食品，最爱吃青菜、土豆和红薯。他的早饭常是一碗粥，一个馒头，一碟腐乳，一碟咸菜；中晚餐也不过是一荤、一素、一个汤，顶多再加一小碟子菜。留客人吃饭，也不加菜，只是数量多一点儿。一次，工作人员给他汇报工作时，看到他一个人在吃午饭，面前只放着一碟素炒土豆丝、一碟素炒菠菜、一碗排骨汤，碗里只有 3 小块排骨。工作人员就劝他吃好一点儿，注意保重身体。李先念说："这还不好啊！有饭、有菜、有汤，比起过去的生活，已经是天堂了。现在贫农、贫下中农生活都还很苦，大山区还是吃红苕，过着糠菜半年粮的生活。个人生活太奢侈了，会丧失贫下中农感情的。"

有一次，他全家围在一起吃饭，餐桌上有 4 盘小菜、一锅面条汤、一大盆烤红薯。李先念很快就吃完了，而且非常高兴地表示这顿饭吃得很舒服，因为他吃上了烤红薯。李先念曾说自己参加过不少宴会，也尝过不少美味佳肴，但都没有太深印象，在他的记忆中，还是家乡的臭干子、炸绿豆粑最好吃。李先念后来每次回湖北，都点名要吃这两样再普通不过的食品。如果他吃早饭时，能有炸油条，他就会很高兴地说："今天改善生活了！"李先念过生日也往往只是在中午吃面条时放上几块红烧肉和一个鸡蛋，晚饭也只比平常多一个菜，没有任何讲究，也没有大餐，更谈不上讲排场。餐桌，是他讲课的好地方。李先念不允许大家剩饭，他常在饭前或饭后给家人讲"粒粒皆辛苦"的传统。吃饭时，他常把孩子们掉在桌上的饭粒捡起来放进自己嘴里。有时，他吃药时，不小心把药掉到地上，从地上捡起来吹一下就吃了。晚年时，李先念的身体不太好，医生建议补充维生素，家人每天给他榨一杯橙汁。当他得知榨一杯橙汁要五六个橙子时，惋惜地说："太浪费了！以后不要榨橙汁，吃两个就行了。"李先念在北京医院住院期间，孩子们为了给他补充营养，有时会去人民大会堂的餐厅花 25 元钱打一份汤，李先念知道后，一再嘱咐说：别去打汤了，太贵了！

李先念外出工作、视察，也一律要求地方从简，不得浪费。他每次去外地视察，都要提醒身边工作人员两件事：一是当地有什么、吃什么，不吃贵重食品；二是按中央规定办，四菜一汤，吃饭付钱，不能收礼。1960年，李先念和林佳楣到红安调研，吃饭时，人们注意到，他们总是用公筷把菜夹到自己碗里吃。随行人员说，这是李先念家的习惯，这样卫生、节约，菜没弄脏，吃不完，可留着下顿吃。同桌就餐的人还注意到，李先念两次把撒在桌上的饭粒都夹起来吃了，看到还有一点儿剩菜，便对服务员说："在我们家里，饭菜吃不完，就留着煮汤饭吃，有时还叫孩子把剩饭带到单位去吃。"第二天临行前，李先念看到桌上还有没吃完的饼干，连忙对随行人员说："带上，丢了太可惜，路上还可以饱肚子嘛！"对于李先念的俭朴作风，我们由此可见一斑。

李先念穿着随便，从不讲究，很注意节省。中华人民共和国成立初进武汉后，李先念一直军装不离身，从老解放区穿来的军棉衣、军大衣也穿了好多年，为了接待外宾、接见民主人士，才做了一套中山装。身边的工作人员曾问李先念为什么不穿西装？他回答说："我就喜欢穿中山装，别人一看，就知道我是中国人。"李先念的外衣，破了就织补，不合身了就修改，一身衣服穿许多年。他的衬衣、领子破了，翻过来缝上再穿。曾担任李先念保健护理工作的杨春英回忆说："我在首长身边工作的4年，从没见首长添过一件新的衣服。如果上午有外事活动，早上起床就穿上没有补丁的较新一点儿的衬衣、中山装和皮鞋；如果下午或晚上有外事活动，就在午睡后起床换上这身行头；如果没有外事活动，便身着缝补过的衣服、便装和布鞋。即便是出国访问，也只是这几件衣服。但无论是哪件衣服，总是干净、整洁的。"李先念喜欢穿布鞋，说穿布鞋比穿皮鞋舒服。1983年，李先念当选国家主席，外事活动频繁，必须穿皮鞋。当时的警卫秘书想出了一个解决的办法：把皮鞋放在车里，抵达人民大会堂后，李先念在车上把皮鞋换上，会见外宾结束后进车，立即把皮鞋脱掉，换上布鞋。后来，李先念一直保持了这个习惯。李先念穿过的布鞋，前头磨破了，后跟磨得很薄，也不让丢，再改作拖鞋穿。他盖的棉被是自己家里缝制的。离京外出或出国访问，一直带在身边用，盖了十几年，还是舍不得换。

李先念的宿舍、会客室很简朴，更没有什么豪华的摆设，而且未经他的允许，严禁进行翻修和添置物品。李先念调来北京时，机关行政部门对分配给他的旧房进行了翻修。当房子修好后往里面搬家时，李先念一看就火了。他发现门、窗和廊柱等都用红漆或绿漆油过了，特别是看到房后墙上还拉了一排铁丝网。他把工作人员和财政部行政处的负责人叫去，当面进行了严厉的批评，问行政处处长为什么油漆门、窗、柱子，为什么要在居民区拉铁丝网？行政处处长解释说，刷油漆是为了保护木料，拉铁丝是公安部门提出来的。李先念听后连连说道："这样太过分了！要注意不能脱离群众嘛！"从那以后很多年，无论是他的办公室还是宿舍，工作人员都不敢擅自兴建或翻修什么项目。李先念的办公家具都是过去老旧的，有的还是他从湖北带到北京的。在湖北时，除毛主席肖像和办公桌椅外，李先念办公室里就有一些书籍、一台电子管的收音机和接收时统一分配的两套旧沙发。当时，有人曾建议购置一台收录机，录放一些唱片，并准备在重要会议中领导同志即席讲话时整理材料用，李先念听说要从香港进口，始终没有同意。

1954 年，李先念从湖北调中央工作前夕，向秘书提出，要把他使用过的家具带到北京继续使用，免得公家再花钱买新的。工作人员遵照他的意见，把他在湖北使用的办公桌椅、沙发等都搬上了他乘坐的火车。到北京不久，适逢全国六大行政区撤销建制，有很多负责同志调来中央工作。当时的政务院领导同志认为李先念的做法是一项节约行政经费的好办法，也有利于我党艰苦奋斗作风的发扬，便以政务院办公厅的名义向全国发了通知，推行这一办法，为国家节省了一笔开支。很多年后，从武汉带来北京的沙发旧得已经褪了颜色，沙发边上的线都开绽了，但还在继续使用。李先念办公室的办公桌上的用品也很简单，一个墨盒、一个看地图用的放大镜、几支毛笔、几支铅笔，最显眼的就是一个黄色的笔筒，那是用半截炮弹壳做成的，是抗美援朝时志愿军送给他的纪念品，用了几十年。

“从没见过像李先念主席这样平易近人的”

李先念与身边工作的人之间一向保持平等、友爱、互助的关系。大家普遍认为，跟他在一起，感到温暖、舒心、踏实。

李先念对身边工作人员很重感情。工作人员病了，他亲自到医院看望，或者派人拿上水果到医院探视。由于他和工作人员关系融洽，不少同志在他身边一干就是几十年。如被李先念尊称为“元老”的王嫂，在他家当保姆、服务员、厨师几十年，70 多岁才回武汉。他的司机老刘，给他开车，当服务员、管理员，也是一干几十年。在李先念身边做保健工作的杨春英，每周日下午没有活动就可以回家，晚上回来时，李先念往往会询问她家里的情况，问老百姓日常生活上的事情，从而间接地做调查研究。李先念有一个警卫员在“文革”期间被调走了，1981 年，他又把这个同志要回身边工作，一直到他去世。李先念管了二十几年全中国的钱，但他在家里从不管钱，从来都是身无分文。外出吃饭、理发、买烟，都是警卫员替他付钱，警卫员是他的“财政部长”，他很信任他们。许多同李先念一起战斗过、工作过的老同志，凡是要求见他的，只要他身体允许，就安排接见。有一次，一位老战友要来看他，考虑到他身体不适，身边工作人员就没有报告他。他知道后，严肃批评了工作人员，并让人捎信向这位老战友道歉，说今后什么时候来都可以。

不摆架子，平等待人，亲切的态度，平易近人的作风，使李先念走到哪里都能和群众打成一片。战争年代带兵打仗，他和部属同生死、共患难，在部队官兵的眼里，他是首长，更是战友。在建设时期的日常工作中，在一般干部、工作人员眼里，他是领导，更是同事，从不居高临下，盛气凌人。

李先念到中央工作后，有时在工作之余和家属、警卫员一起步行到住处附近的西养马营工人俱乐部看电影。他和普通观众一样，购票入场，按指定座位入座，

1978 年 1 月，李先念穿着普通的军大衣与武汉钢铁厂工人在一起。

从来不事先通知主管部门或公安部门，可谓来去简从。他还经常到新街口浴池去洗澡、修脚。由于去的次数多了，就和搓背、修脚师傅熟了，见了面就攀谈家长里短和北京的一些情况，从中也了解不少问题。他到北京饭店去理发，也是一边理发、一边和师傅聊天，师傅一点儿也没有感觉到他有国家领导人的“派头”。这位师傅去世时，李先念还专门派人送去了花圈。李先念因为工作关系，常去人民大会堂。他在接见外宾、开会的间隙，常和大会堂的工作人员拉家常，关心他们的工作进步，关心他们的学习，还关心他们的婚姻和家庭生活。时间久了，他在那里交了许多好朋友。1992 年 6 月 27 日，在八宝山礼堂向李先念遗体告别时，大会堂的十几位老服务员悲痛欲绝，哭声压倒了哀乐，使在场的人深为感动。对于李先念善于跟普通民众交谈沟通，他的一位老部下的女儿肖春临是这样介绍和评述的：“我与李伯伯的交谈，不论是说笑还是争论，都是那种一个普通人与一个普通人之间的平等的对话，是人品的自然流露。”

李先念平易近人的作风也像周恩来总理等领导人一样，国内外闻名。李先念担任国家主席期间，经常出国访问。作为中国人民的使者，他到处传播友谊，宣传和平共处五项原则，广交天下朋友。他不仅做上层领导者的工作，还非常注意做下面普通工作人员的工作。每到一地，他都不忘做三件事：给服务员签名，看望厨师，同接待人员合影留念，表示对他们的感谢。1985 年夏，李先念出访加拿大，住在总统府。那里的一个华人厨师，接待李先念后，在报纸上发表文章说：“我接待过许多国家元首，从没见过像李先念主席这样平易近人的。”

“你们谁要经商，打断你们的腿”

李先念在工作中是一位德高望重的党和国家领导人，在家庭中是一位严肃而宽容的父亲，从他一言一行的潜移默化的教育中，子女们受益良多。李先念共有4个子女，三女一男。长女李劲是李先念和前妻所生。1949年，李先念和林佳楣结婚后，又生育了3个孩子，即二女儿李紫阳、儿子李平和小女儿李小林。李先念长期担任党和国家的重要领导职务，但他一向严格要求自己和家人，从不利用手中的权力为自己和子女谋利。

李紫阳当了一辈子医生，曾任中国女医师协会副会长。李紫阳说：“‘文革’前，我确实对我父亲很不了解，但是父亲去世之后，通过历史文献，通过拍专题片，我感觉我父亲这个人的确值得写，值得尊敬。他做了很多工作，却从不拉自己的小圈子，始终很低调。”“有人说，你父亲管着经济大权，你干什么都可以，做几笔生意就能发财了。其实，我们的生活跟大家一样，也不富裕，我也和他提过，但他从来不同意我们经商。他一再讲，现在的生活已经很好了，要珍惜。”李小林在接受一次采访时，回忆说，改革开放后，李先念有一次在饭桌上对孩子们严厉地说：“你们谁要经商，打断你们的腿！”李小林说：“父亲教育子女非常严格。他对外人比对我们宽容。父亲就是要求我们做普通人的工作，不要去追求当官，不能赚钱，更不需要出名，把工作做好就行了。

1952年12月，李先念与家人合影。

这就是我们的家风。”时至今日，李家的 4 个子女没有一个人下海。战争年代曾任李先念随身参谋、原武汉军区空军副司令员肖健章曾对李先念的子女们说：“你爸爸一辈子管钱，但他从来没有把钱看得那么重，是我最佩服的。”

李先念常常带病坚持工作，同时他也要求子女不要轻易请病假，要坚守在自己的工作岗位上。李先念的儿子李平，16 岁参军，1970 年入党，1977 年从北京外语学院毕业后，被分配到基层部队工作，后又到军事科学院、中国驻澳大利亚大使馆、总参机关等单位工作，曾任北京军区副参谋长，少将军衔。李平 20 多岁时，有一天，一早上就拉肚子，难受得没去上班，却不敢让李先念知道，中午等父亲熟睡了，他才敢跑到厨房，让阿姨给他用剩饭煮点儿粥喝。可能因为李平是家里惟一的男孩儿，李先念对他的要求极为严格。李平回忆：“我 1977 年至 1985 年一直在军事科学院工作，到军事科学院时是正连职，离开时是正营职，8 年只提了两级。调到北京军区后，父亲专门派秘书到军事科学院调查我，看是不是没本事、干不下去了，是不是在那里惹祸了。”在李平心目中，父亲是父亲，自己是自己，父亲的功劳再怎么着也记不到他身上。李先念在战争年代以及在政治上的风风雨雨，从来不跟儿女讲，他们都是后来听父亲的老战友、老同事讲的。李先念从来不提这些事情，无形中给儿女一种影响，就是他做这些都是应该做的，有什么可显摆的呢？作为军人，李平评价说：“父亲这一辈子，用两个字就可以概括：忠诚。”他回忆：“父亲去世前不久还对我说过，当年，张国焘在红四方面军搞‘肃反’，我爸爸的亲哥哥被当作坏人拉出去枪毙，当时拉他的时候，他对我爸爸使劲地挤眼，意思是让我爸爸不要和他相认，假装不认识，如果认了，恐怕连爸爸也一块儿拉出去毙了。”父亲的讲述，让李平感到了战争年代斗争的残酷，同时也更让他感受到父亲内心深处的坚强。李平说：“毛主席一生说过两次李先念是好人，一次是在延安，一次是在‘文革’期间。”也许是毛泽东的评价得到了李先念的认同，李先念一直把“好人”作为评判一个人的特殊标准，并且把这个特殊的标准用在了自己的家里，用它来衡量孩子们的行为。直到李先念去世前不久，他还在告诫子女，一定要做个好人。

李先念的小女儿李小林从小生性好动，兴趣广泛，李先念曾开玩笑说她是典型的“小猫钓鱼”。李小林小时候憧憬长大了当一名“白衣天使”。父亲帮她分析：“你从小就胆小，既怕血，又怕死人，可以胜任这个工作吗？”18岁那年，她又想学外语。父亲说：“你干什么，我都不反对，但你干一行就要把它干好。”后来，李小林考入武汉大学外语系学习，毕业后进入中国人民对外友好协会当了一名普通翻译。李小林回忆说：“1983年，我从美国加州大学留学两年后回到北京的当晚，爸爸要我看一个片子，我时差还没倒过来，想睡，就说明天再看吧。爸爸说不行，态度坚决。当看到《火烧圆明园》时，我的心一下子热了。爸爸的一片苦心可鉴，怕我在国外时间长了，淡化了对祖国、对民族的感情。”在李小林心中，父亲属于那种办事非常认真、非常敬业、非常顾全大局，而且是个非常宽容的人。她从没有听到父亲抱怨过任何事，国事、家事，什么事情都自己去消化。李先念不要求儿女像他一样生活，但他的一言一行潜移默化地教育和影响了李小林的一生。几十年来，除了赴美攻读硕士、出任两年中国驻美大使馆一等秘书外，李小林一直工作在对外友协的岗位上。正像父亲希望的，她要把这一行干好。

1981年，李先念与家人合影。

尽管李先念工作非常繁忙，能够和儿女待在一起的时间不多，但是他对儿女的要求并没有降低。他经常教育孩子要珍惜今天的幸福生活，规定了许多“不准”，包括不准穿着背心、拖鞋上桌吃饭，等等，他希望孩子们能够在艰苦的环境里得到锻炼，而不是娇生惯养。在耳濡目染的教育和熏陶下，他的子女都能够严格要求自己，从不挑吃拣穿。在他的孩子们长大就要走上社会的时候，李先念给他们定下了“约法三章”：一是不能利用他的名义在外面干什么事情；二是不能以高级干部子弟自居、盛气凌人，要尊重人，有礼貌；三是要遵纪守法，按照中央的规定，不要到公司去经商，生活上不能贪图享受。李先念曾对肖健章说：“我家没有大官，（只有）参谋、干事、医生、翻译。”又说，“不管是谁，有什么水平就做什么事，有多大的能力就做多大的事，拔苗助长是要吃亏的。”李先念的3个子女结婚后仍住家里。他说，我这儿房子够住，你们就不要向单位要房子了，把房子留给急需的人。但是他晚年时换了口气，说：“我走之后，我住的房子，你们不能住。”子女们说，这是爸爸的遗嘱。

图书在版编目（CIP）数据

垂范：引燃真理之火的共和国领袖 / 史全伟著 .— 武汉：长江文艺出版社，2019.8（2019.10重印）

ISBN 978-7-5702-1164-7

I. ①垂… II. ①史… III. ①国家领导人－生平事迹－中国 IV. ① K827=7

中国版本图书馆 CIP 数据核字 (2019) 第 145367 号

垂范：引燃真理之火的共和国领袖

史全伟 著

选题产品策划生产机构 | 北京长江新世纪文化传媒有限公司
总 策 划 | 金丽红 黎 波 安波舜
执行主编 | 刘燕红
责任编辑 | 陈 曦　　装帧设计 | 郭 璐　　媒体运营 | 刘 冲 刘 峥 洪振宇
助理编辑 | 华海玲　　内文制作 | 张景莹　　责任印制 | 张志杰 王会利
法律顾问 | 梁 飞
总 发 行 | 北京长江新世纪文化传媒有限公司
电　　话 | 010-58678881　　传　　真 | 010-58677346
地　　址 | 北京市朝阳区曙光西里甲 6 号时间国际大厦 A 座 1905 室　　邮　　编 | 100028

出　　版 | 长江出版传媒 | 长江文艺出版社
地　　址 | 湖北省武汉市雄楚大街 268 号湖北出版文化城 B 座 9-11 楼　　邮　　编 | 430070
印　　刷 | 三河市百盛印装有限公司
开　　本 | 710 毫米 ×1000 毫米 1/16　　印　　张 | 25.75
版　　次 | 2019 年 8 月第 1 版　　印　　次 | 2019 年 10 月第 2 次印刷
字　　数 | 380 千字
定　　价 | 68.00 元